Heidi Rehn

Wir träumten vom Sommer

Heidi Rehn

Wir träumten vom Sommer

Roman

List

Besuchen Sie uns im Internet:
www.ullstein.de

List ist ein Verlag der Ullstein Buchverlage GmbH
ISBN: 978-3-471-36056-9

Gesetzt aus der Albertina powered by *pepyrus*
Druck und Bindearbeiten: GGP Media GmbH, Pößneck
Printed in Germany

»Das Private ist politisch.«

Carol Hanisch, US-amerikanische Feministin

1972

Florenz, Anfang April

Einmal genügte nicht. Amrei musste den Brief ein zweites, nein, besser gleich ein drittes Mal lesen, bevor sie endlich glaubte, was dort stand: Es hatte doch noch geklappt! Sie hatte einen der begehrten Hostessenjobs bei den Olympischen Spielen in München ergattert. Quasi in allerletzter Minute. Sofern sie ihn tatsächlich noch haben wollte.

Langsam ließ Amrei das Schreiben sinken, klemmte sich eine Strähne des nackenlangen dunkelblonden Haars hinters Ohr und blinzelte ins Sonnenlicht, versank in ihren Überlegungen.

Vor zwei Jahren hatte man die Hostessen für Olympia 72 ausgewählt. Sie hatte damals eine Absage erhalten. Was sie nicht einmal sonderlich bedauert hatte. Zu sehr war sie zu jener Zeit mit einem spannenden Job in einem der großen Pariser Warenhäuser beschäftigt gewesen. Ohnehin hatte sie die Bewerbung wenige Wochen zuvor nur halbherzig abgeschickt, um sich später keine Vorwürfe über verpatzte Chancen zu machen und es wenigstens versucht zu haben. Nachdem inzwischen wohl einige der ursprünglich ausgewählten Kandidatinnen abgesprungen waren, bot man ihr nun an nachzurücken, kein halbes Jahr bevor die Spiele in München begannen. So schmeichelhaft das war und so gelegen es ihr gerade auch kommen mochte, fragte sie sich dennoch, ob sie das wirklich wollte.

Das Einzige, was sie wusste, war, dass sie sich vor allem überrumpelt fühlte. Damit hatte sie nicht gerechnet. Nicht mehr. Sie saß in einem Straßencafé an der Piazza della Signoria in Florenz. Zu Frühlingsbeginn. Vor einer malerischen Kulisse. Verschwenderisch ergossen sich die Sonnenstrahlen über die Zinnen des Palazzo Vecchio, tauchten die zahlreichen Skulpturen und Standbilder sowie die prächtigen Renaissancefassaden ringsum in goldenes Licht, kitzelten Touristen wie Einheimische vorwitzig an den Nasenspitzen. Undenkbar, das gegen München einzutauschen. Vor allem gegen das München, wie sie es in Erinnerung hatte: laut, schmutzig und chaotisch. Die gesamte Stadt war damals zu einer gigantischen Baustelle mutiert, um sich für Olympia 72 modern zu machen. Was mittlerweile angeblich auch bestens gelungen war. Zumindest behaupteten das ihre Freundinnen Chris und Biggi in den Briefen, die sie ihr in immer größeren Abständen schickten, um sie über alles, was »daheim« passierte, einigermaßen auf dem Laufenden zu halten. Vielleicht sollte sie sich also doch eines Besseren belehren und von diesem modernen München überraschen lassen.

»Prego, Signorina!« Schwungvoll stellte der Kellner das Silbertablett mit dem Espresso und einem Wasserglas vor ihr ab und zwinkerte ihr aufmunternd zu. Automatisch lächelte sie, obwohl er bereits zum nächsten Tisch weitergeeilt war.

Gedankenverloren sah sie ihm nach, rührte Zucker in den Kaffee. Das Angebot aus München trudelte eigentlich im passenden Moment ein. Am Tag zuvor hatte sie erfahren, dass sie in der Florentiner Spedition, in der sie als Übersetzerin für die Korrespondenz mit der deutschen Kundschaft arbeitete, ab sofort nicht mehr gebraucht wurde. Die Tochter des Chefs hatte ihr Studium in Heidelberg beendet und sollte künftig ihre Aufgaben übernehmen. Damit blieb alles in der Familie. Und Amrei musste sich etwas Neues suchen. Wieder einmal. Als Ausländerin mit beschränkter Arbeitserlaubnis und ohne abgeschlossenes Studium war das alles andere als einfach. Insbesondere, wenn sie tatsächlich etwas dazulernen oder gar etwas Anspruchsvolleres tun und nicht nur die schlecht bezahlten, anspruchslosen Tätigkeiten übernehmen wollte. In einem Zug stürzte sie den Espresso hinunter. Seit ziemlich genau drei Jahren hangelte sie sich so von Job zu Job, von Stadt zu Stadt und Land zu Land. Erst in Frankreich, dann in England und seit einem Dreivierteljahr in Italien. Um die Sprachen besser zu lernen. Land und Leute zu studieren. Erfahrungen zu sammeln. Frei und unabhängig zu bleiben. Und natürlich Spaß zu haben. Sich immer wieder leicht zu verlieben. In das jeweilige Land wie in die zugehörige Sprache. Und in die Leute. Besonders in die Männer.

Wie zuletzt in Giuseppe. Amrei seufzte. Sie mochte ihn. Sehr sogar. Auch das Zusammensein mit ihm. In den vergangenen Wochen hatten sie viel Spaß miteinander gehabt. Und viel voneinander gelernt. Sogar das Pastakochen hatte er ihr beibringen wollen. Vergebene Liebesmüh! Fürs Kochen besaß sie leider kein Talent. Und seine Pasta war einfach zu perfekt. Wie auch er einfach zu perfekt war. Ein Bilderbuchitaliener eben. Mit Frau und Kindern, wie sie gestern zufällig erfahren hatte. Deshalb war es nun mit ihnen vorbei. Wieder einmal war sie diejenige, die ging. Auch wenn es ihr dieses Mal schwerer fiel als sonst. Doch mit verheirateten Familienvätern ließ sie sich nicht ein. Grundsätzlich nicht. Eine Träne rann ihr über die Wange, tropfte auf den Brief in ihrer Hand, wuchs sich dort zu einem dicken feuchten Fleck aus, der in wenigen Minuten von der Sonne getrocknet sein würde. Auch um die Enttäuschung mit Giuseppe zu verdauen, kam das Angebot aus München also genau im richtigen Moment.

Noch einmal überflog sie die Zeilen, blieb an dem doppelt unterstrichenen Termin hängen, bis zu dem sie antworten sollte. Viel Zeit, sich zu entscheiden, blieb nicht. Falls sie zusagte, sollte sie außerdem exakt ankündigen, wann sie in München einträfe, um für die verpflichtenden Vorbereitungskurse eingeteilt zu werden. Sie wischte sich über die feuchte Wange. Die pralle Sonne brannte auf ihrer hellen Haut.

Sich auf etwas strikt festzulegen, das hatte sie schon lange nicht mehr getan. Ohne hinzusehen, griff sie nach dem kleinen Wasserglas und trank es in einem Zug aus. Es hatte ihr gefallen, völlig ungebunden zu leben. Ohne feste Zu- und Absagen, nichts und niemandem verpflichtet außer sich selbst. Genauso hatte sie das gewollt, als sie vor drei Jahren aus München weggegangen war und einen Schlussstrich unter alles, was sie dort erlebt hatte, gezogen hatte. Aus gutem Grund. Doch war es nicht an der Zeit, das Vergangene endgültig vergangen sein zu lassen und wieder an die Isar zurückzukehren? Der Brief erschien ihr fast als Zeichen, auch wenn sie an so etwas eigentlich nicht glaubte. Auf einmal reizte es sie sehr, das Angebot anzunehmen. Wenigstens für eine Weile auszuprobieren, wie es war, irgendwo wieder mehr dazuzugehören und nicht mehr immer nur die Fremde aus dem Ausland zu sein, die man rasch vor die Tür setzen konnte, wenn sie plötzlich störte oder nicht mehr gebraucht wurde.

Von Neuem ließ sie den Brief sinken, legte den Kopf in den Nacken, schloss die Augen und genoss einige Atemzüge lang die Wärme auf dem Gesicht, ließ die nasse Haut trocknen.

Ginge sie nach München zurück, wäre das nicht nur das – zumindest vorläufige – Ende ihres unsteten Nomadentums und die Chance, ein wenig sesshafter zu werden. Mit ihren mittlerweile vierundzwanzig Jahren war sie auch genau im richtigen Alter dafür. Vor allem könnte sie dann aber auch wieder bei Annamirl wohnen. Die Aussicht hob ihre Stimmung sofort. Gewiss konnte sie wieder ihr früheres Zimmer in der Wohnung der Großtante beziehen. Mehrfach schon hatte Annamirl ihr das in den wenigen Briefen, die sie einander ab und an schrieben, und den noch selteneren Telefonaten, die sie sich gelegentlich leisteten, angeboten. Die Großtante vermisste sie sehr. Mit ihr war sie immer bestens ausgekommen. Trotz des großen Altersunterschieds zwischen ihnen. Und ihrer gegensätzlichen Lebenswelten. Annamirl war stets für sie da gewesen, wenn sie sie gebraucht hatte, ohne sich je ungefragt in ihr Leben einzumischen. Bei ihr hatte sie sich rundum heimisch gefühlt.

Reflexartig kramte sie ein Päckchen Zigaretten aus der Tasche und zündete sich eine an. Zu Ehren Annamirls. Und der vielen Gelegenheiten, bei denen sie freitagabends bei einer Zigarette am Küchentisch über fast alles miteinander hatten reden können. Sollte sie den Job annehmen, konnte sie für Annamirl da sein. Für die nächsten Monate zumindest. Inzwischen war die Großtante vierundachtzig. Da war es gut, jemanden um sich zu haben, dem sie sich nahe fühlte.

Kaum malte sie sich das Wiederaufleben der gemütlichen Zweisamkeit bei Annamirl aus, keimte eine weitere Idee in ihr. Für den Hostessenjob waren zwar verschiedene Einführungskurse angesetzt, wie es in dem Brief hieß. Bis die Spiele begännen, könnte sie parallel dazu allerdings gut wieder zur Uni gehen, um ihr abgebrochenes Studium zu beenden und das erste Staatsexamen abzulegen. Just im Mai begann praktischerweise das neue Semester. Ein weiteres deutliches Zeichen. Nahtlos könnte sie wieder in die Vorlesungen und Seminare einsteigen. Und langfristig an die interessanteren und anspruchsvolleren Jobs gelangen, in München wie im Ausland. Dann würde sie nicht mehr so einfach als günstige Aushilfe verheizt und bei erstbester Gelegenheit vor die Tür gesetzt werden.

Genüsslich blies sie den Zigarettenrauch beiseite, ließ den Blick über die Piazza schweifen, saugte das quirlige Treiben der Einheimischen und der Touristen in sich auf und bestellte bei dem vorbeiflitzenden Kellner einen weiteren Espresso. Wenn sie gleich begann, alles für die Abreise zu organisieren, würde sie in zwei bis spätestens drei Tagen in München sein. Voller Vorfreude trank sie auch den zweiten Espresso in einem Zug aus, legte das Geld auf den Tisch und erhob sich.

Im Weggehen registrierte sie, dass der Kellner ihr bewundernd hinterhersah. Ihr nordeuropäischer, groß gewachsener Typ mit dem hellen, am Hinterkopf auftoupierten Haar und den langen Beinen fiel im Süden auf. Lässig winkte sie ihm über die Schulter hinweg zu und schlenderte auf den hohen Plateausandalen elegant über das unebene Straßenpflaster davon.

1972

München, Anfang Mai

Sobald die schwere Haustür hinter Amrei ins Schloss fiel, atmete sie auf. Im Gegensatz zu draußen in der Stadt war im Haus wenigstens alles beim Alten. Jeder Blick fiel auf ein vertrautes Detail: die flackernde Glühbirne an der Decke, das schummrige Licht im Stiegenhaus, die braun getünchten Wände, der stumpfe Steinboden, die ausgetretenen Holzstufen, der muffige Geruch nach Bohnerwachs, Schmierseife und – genau! – der verführerische Duft nach Reiberdatschi. Sie schmunzelte. Kein Zweifel. Sie war wieder daheim. Bei Großtante Annamirl. Im Münchner Schlachthofviertel. Und das schon seit fast drei Wochen. Und es war Freitag. Freitags buk Annamirl Reiberdatschi. Heute wie vor drei und vor vier Jahren. Und wie wahrscheinlich alle Jahre, viele Jahre, die sie bereits in der Tumblingerstraße wohnte. Allein. Oder mit Amrei. Oder mit sonst wem, über den sie nie sprach.

Amrei knurrte der Magen. Ausgehungert nach den endlosen Vorlesungsstunden in der Uni, müde von den ewig gleichen Gesprächen mit Kommilitonen und erschöpft von den verwirrenden Eindrücken in der für die Olympischen Spiele inzwischen völlig umgekrempelten Stadt, schleppte sie sich nach oben, interpretierte das Knarzen der hölzernen Treppenstiege als Willkommensmelodie, knarrte jede einzelne Stufe doch anders als die andere und vermischte sich insgesamt zu einem vertrauten Klang.

Im zweiten Stock angekommen, bemerkte sie im Augenwinkel, wie sich die benachbarte Wohnungstür einen Spalt öffnete und ein Paar Augen neugierig herausspähte. Die Doblerin! Unbedingt musste sie wieder wissen, wer zu Annamirl wollte. Auch das war wie vor drei und vier Jahren und wie wahrscheinlich all die Jahre zuvor, die die Großtante und ihre Nachbarin Gerda Dobler schon Wand an Wand lebten.

Um die alte Frau nicht zu erschrecken, verkniff Amrei es sich, laut zu grüßen, und sperrte stattdessen die Tür auf.

In der Wohnung hing der Reiberdatschigeruch noch intensiver als im Stiegenhaus. Voller Vorfreude eilte sie in die Küche. Dort war der Kochdunst so dicht, dass sie mehr ahnte als sah, wie die Großtante in ihrer hoch aufgeschossenen Gestalt vor dem Kohleherd stand, trotz ihrer fast vierundachtzig Jahre bewundernswert aufrecht, und mit dem Pfannenwender in der einen und der Pfanne in der anderen Hand geschickt hantierte. Ohne sich zu ihr umzudrehen, verkündete sie mit ihrer rauen Stimme, die klang, als malträtierte sie freitags nicht nur die Kartoffeln auf dem Reibeisen: »Essen ist fertig.«

»Gut riecht's wieder«, stellte Amrei fest. Sie holte Gläser, Teller und Besteck aus dem Küchenbüfett und deckte den Tisch für sie beide.

»Schmeckt's?«, erkundigte sich Annamirl für ihre Verhältnisse überraschend fürsorglich nach dem dritten, perfekt goldbraun ausgebackenen Reiberdatschi, den Amrei voller Appetit verdrückt hatte, klatschte ihr ungefragt weitere drei auf den Teller und schob ihr die Glasschüssel mit dem Apfelmus hin.

Obwohl sie es nie offen zugäbe, wusste Amrei, wie gern sie darauf »Noch besser als daheim« von ihr als Antwort hörte. Ebenso gern sagte sie es ehrlich überzeugt und strahlte Annamirl an. Die lächelte zurück. Und lud sich ebenfalls die nächste Portion auf den Teller. Für ihr Alter und ihre schmale Figur war sie mit einem blendenden Appetit gesegnet.

Schweigend saßen sie sich gegenüber, jede mit ihren Reiberdatschi und ihren Gedanken beschäftigt. Zum x-ten Mal ging Amrei wieder durch den Kopf, wie oft sie sich in den vergangenen Jahren im Ausland nach diesem Beieinandersein mit der Großtante gesehnt hatte. Und wie gut es gewesen war, dass sie so schnell den Entschluss gefasst hatte, den angebotenen Hostessenjob anzunehmen und zur Großtante nach München zurückzukehren. Sie beide verband etwas ganz Besonderes. Von ihrer ersten Begegnung an. Zugleich verdankte Amrei Annamirl viel. Viel mehr, als manch einer ahnte. Ohne sie wäre sie nicht die, die sie jetzt war. Und ohne sie hätte sie nicht das erreicht, was sie bislang erreicht hatte. Vor allem nicht ihren mehrjährigen Aufenthalt im Ausland. Sie tastete nach Annamirls Hand, drückte sie. Die Großtante nickte kaum merklich. Und begriff.

»Die Annamirl ist eine ganz Spezielle«, hatte es bei ihrer Familie in Eggling früher zwar immer geheißen, wenn – was selten genug der Fall gewesen war – die Rede auf die mysteriöse Großtante im fernen München gekommen war. Doch gerade dieses »ganz Spezielle« liebte Amrei an ihr ganz besonders.

Vermutlich wäre sie nie aus der Oberpfalz in die Stadt gezogen, wäre Oma Babette vor fünf Jahren nicht unerwartet gestorben und Annamirl auf der Beerdigung ihrer jüngeren Schwester aufgetaucht. Ebenso unerwartet. Und völlig anders, als Amrei sich die ältere Schwester ihrer Oma vorgestellt hatte.

»Da schaut ihr, was?«, hatte Annamirl gesagt, sobald die vor Staunen aufgerissenen Münder sich wieder geschlossen hatten und eifrig Erde auf Babettes schweren Eichensarg geschaufelt worden war.

»Sie scheint ja doch ein Herz im Leib zu haben«, hatte die Mutter gemurmelt. Darauf hatte Annamirl nichts erwidert, sich nur verschämt die Augenwinkel gewischt, was offenbar nur Amrei bemerkt hatte, und war so selbstverständlich zum Leichenschmaus im Jägerwirt vorausgegangen, als hätte sie ihn zum Gedenken an ihre jüngere Schwester arrangiert. Amrei war es gelungen, neben ihr zu sitzen.

»Hast es wohl ganz eilig, von hier wegzukommen, was?«, war die Großtante sofort auf den Punkt gekommen, nachdem sie sich beiläufig eine Zigarette angezündet und zu rauchen begonnen hatte, während Amrei ihr von ihren Zukunftsplänen erzählt hatte. Sie war die Erste und bislang Einzige in der Familie, die studieren wollte, aber gewiss nicht im nahen Regensburg, wie vom Vater vorgesehen. Dazu war die restliche Welt zu verlockend, Regensburg zu nah am heimischen Eggling gelegen und damit die Gefahr zu groß, dass sie so nie wirklich herauskam aus dem allzu Vertrauten, Immergleichen.

»Ging mir genauso«, hatte Annamirl nach einer längeren Pause hinzugefügt und dabei eine Sekunde länger als nötig erst zu den Eltern, dann zu Alfons geblickt. Obwohl Amrei ihm klipp und klar gesagt hatte, dass sie erst in Ruhe studieren würde, bevor sie sich entschied, wie es mit ihnen beiden weiterging, hatte er sich zu ihrem Verdruss der Großtante dennoch als ihr Verlobter vorgestellt. Auch wenn er der Erste gewesen war, mit dem sie im Dunkeln im Gebüsch hinter dem Sportplatz mehr als nur verstohlen Händchen gehalten hatte und mit dem sie sich durchaus vorstellen konnte, eines Tages größere Pläne fürs Leben zu schmieden, war ihr das dann doch zu weit gegangen. So schnell hatte sie sich noch nicht festlegen wollen. Direkt nach dem Abitur sowieso nicht. Da hatte sich für sie die Tür fort aus Eggling doch gerade erst einen Spaltbreit geöffnet. Bei Oma Babettes Beerdigung war sie noch nicht einundzwanzig gewesen, also noch nicht einmal großjährig, und hatte theoretisch das ganze Leben vor sich, das sie sich nicht schon bei der ersten Gelegenheit mit fester Beziehung, Kindern und Eigenheim hatte verbauen wollen.

»Es ist anders, als du denkst«, hatte sie Annamirl zwar hastig erwidert, sich in derselben Sekunde jedoch bereits bestens verstanden gefühlt. Annamirl hatte nicht nachgefragt. Bis heute. Stattdessen war ein Lächeln über ihr faltiges Gesicht gehuscht. Kommentarlos hatte sie ihr die blaue Zigarettenpackung hingeschoben und genickt, als Amrei sich, ohne mit der Wimper zu zucken, ebenfalls eine Gauloise herausgenommen und zwischen die Lippen gesteckt hatte. Wie durch ein Wunder war es ihr gelungen, die starke französische Zigarette ohne peinliche Hustenattacke zu rauchen. Dabei hatte sie bis dahin nie geraucht.

»Ist mir auch recht«, hatte Annamirl nur gesagt, bevor sie ihr einige Zigarettenzüge später mit einem schelmischen Lächeln versichert hatte: »Kannst bei mir wohnen.«

Genüsslich hatte sie dann den Rauch ausgestoßen und sich in eine weiße Wolke gehüllt, aus der heraus sie Amrei mit ihren wachen braunen Augen triumphierend angefunkelt und nachgesetzt hatte: »Vorerst.«

Später hatte die Großtante so überzeugend auf Amreis Eltern eingeredet, dass sie im folgenden Herbst tatsächlich nach München statt nach Regensburg zum Studieren hatte gehen dürfen. Die erste Station auf einem langen, wichtigen Weg. Hätte der Vater zu jenem Zeitpunkt schon geahnt, wie es vier Semester später mit ihr weiterging, wäre seine Entscheidung vermutlich anders ausgefallen. Ebenso hätte die Mutter es wohl niemals zugelassen, wäre ihr in dem Moment klar gewesen, dass München für Amrei nur den ersten Schritt darstellen und es sie kaum anderthalb Jahre später bereits nach Paris, London und Florenz verschlagen würde. Nur Annamirl hatte nie einen Zweifel daran gelassen, dass sie Amreis Weg von Anfang an befürwortete. Trotz allem, was danach geschehen war.

»Schick bist du geworden im Ausland«, stellte sie nun mit einem anerkennenden Schmunzeln fest. »Das Kleidchen steht dir. Bringt deine Figur und die langen Beine fein zur Geltung. Die Burschen werden sich die Hälse nach dir verrenken. Auch wenn mir von dem verwirrenden Muster und dem knalligen Orange ganz schwindelig wird im Hirn.«

Sobald der letzte Reiberdatschi verdrückt und die Schüssel mit dem Apfelmus blank ausgeputzt war, kam Leben in sie. Vergnügt zwinkerte sie Amrei zu.

»In dem Aufzug wirst du auch den Burschen bei euch daheim in Eggling den Kopf verdrehen. Der Alfons wartet doch gewiss noch auf dich.«

Sie schob den leeren Teller weg, lehnte sich auf ihrem Stuhl zurück und holte die blaue Zigarettenpackung nebst einer zerfledderten Streichholzschachtel aus der Seitentasche ihrer Kittelschürze. Gemächlich steckte sie sich eine Gauloise zwischen die Lippen, zündete sie mit dem Streichholz an und wedelte die Flamme aus. Dabei ließ sie den Blick auf Amrei ruhen.

»Der hat doch schon lang eine andere!«, stellte Amrei amüsiert klar. »Und außerdem ist auch Eggling schon lange nicht mehr mein ›Daheim‹. Falls es das überhaupt je war.«

Auch sie stellte den Teller beiseite und angelte sich, ohne zu fragen, eine Zigarette aus der Packung, hielt geduldig ein Zündholz daran, blies es aus und rauchte einige Züge.

»Bis ich zu den Eltern fahre, wird's noch eine Weile dauern. Vorerst steht anderes an. Das Semester hat erst begonnen und ich will schnell wieder reinkommen.«

»Und wegen deinem Hostessenjob bei den Olympischen Spielen kommst du auch nicht so einfach hier weg«, ergänzte Annamirl. »Wann geht's eigentlich los damit? In der Zeitung hat's geheißen, die Dirndl wären fertig und die Lehrgänge würden bald beginnen. Wissen müsst ihr schließlich, was ihr den Fremden über die Stadt erzählen sollt, wenn sie von Gott weiß woher nach München kommen. Ausgerechnet hierher, wo früher die braunen ... Ach, die alten Geschichten lassen wir besser. Die sind vorbei. Zum Glück. Höchste Zeit war's.«

Amrei beugte sich vor, drückte ihr beruhigend die Hand. Annamirl nickte dankbar.

Eine Weile rauchten sie schweigend.

»Ganz so schnell geht's allerdings nicht mit den Dirndln und dem ganzen Zeug, das wir für den Hostessenjob noch lernen müssen.«

Versonnen sah Amrei den Rauchkringeln nach, die sich mit denen von Annamirl in der Luft verbanden. Auch eine Art olympischer Ringe. Verdammt! Jetzt sah sie schon in allem etwas, das mit den Spielen zusammenhing. So wie die ganze Stadt völlig von Olympia besessen schien. Selbst Annamirl. Auch wenn sie das stets bestritt und sämtliche Veränderungen, die die Spiele mit sich brachten, vehement ablehnte. Doch sie war nicht die Einzige, die sich derart schizophren verhielt.

Bei Amreis Weggang vor drei Jahren hatte das noch anders ausgesehen. Damals war ganz München eine einzige Zumutung gewesen. An jeder Ecke hatte eine metertiefe Baugrube geklafft, überall war es schlammig, staubig oder dreckig gewesen. Und voller Lärm obendrein. Fast jeder hatte nur noch von den explodierenden Kosten geredet und dem angeblich verloren gegangenen Charme des Millionendorfs hinterhergeweint. Auf eins der Plakate an den Bauzäunen, die stadtweit »München wird moderner« verheißen hatten, hatte jemand »In diesem Jahrhundert gewiss nimmer« geschrieben. Ebenso hatte man den Slogan von der »Weltstadt mit Herz« angesichts des allerorten herrschenden Durcheinanders gern in »Weltstadt mit Herzinfarkt« umgemünzt.

Inzwischen waren die meisten Münchner jedoch euphorisch gestimmt. Die versprochene Moderne war anscheinend tatsächlich angebrochen. Mit der U-Bahn sauste man unterirdisch problemlos durch die oberirdisch heillos mit Autos und Besuchern aus aller Herren Länder vollgestopften Stadt, in der brandneuen Fußgängerzone zwischen Marienplatz und Stachus flanierte man an den weltstädtisch aufpolierten Warenhäusern und Geschäften vorbei, graue Fassaden waren frisch gestrichen, marode Häuser schicken Neubauten gewichen und viele Altbauwohnungen durch praktische Badeinbauten aufgewertet worden. Selbst die ewig grantelnden Einheimischen gaben sich neuerdings Fremden gegenüber zuvorkommend, um die ganze Welt an der Isar willkommen zu heißen, wie Amrei mehr als einmal verwundert miterlebt hatte.

Auch die Olympiahostessen sollten schick, charmant, sympathisch und weltmännisch erscheinen. Amrei fand die türkisfarbenen Dirndl und was noch an farblich exakt darauf abgestimmten Accessoires dazugehörte zwar ein wenig übertrieben, aber Spaß haben würde sie bei den Spielen ganz gewiss. Und gut bezahlt werden obendrein. Zweitausend Mark erhielt sie für knapp zwei Monate. Viel Geld für eine Studentin, selbst wenn sie das Durcharbeiten der Unterlagen, die Wochenendkurse und die Schulungswoche kurz vor dem Start der Spiele Ende August als Arbeitsaufwand mit einrechnete.

Abwechslungsreich versprach die Tätigkeit ohnehin zu werden. Als Hostess erhielt sie zu sämtlichen Trainings-, Wohn- und Freizeitstätten der Teilnehmer freien Zugang, würde sich mit interessanten Gästen und den Athleten verschiedenster Nationen austauschen und ihre Sprachkenntnisse überall anwenden können. Überhaupt würde sie bei den als »heiter«, »jung« und »ungezwungen« geplanten Spielen eine Menge erleben, davon war sie überzeugt. Zweifellos hatte es sich gelohnt, nach München zurückzukehren. In Florenz hätte sie so schnell keinen auch nur annähernd vergleichbaren Job gefunden.

An der Uni hatte sie sich leichter wieder eingelebt als gedacht. Manche der früheren Freunde, allen voran Gaby, die Vertraute aus ihren ersten Monaten an der LMU – der Ludwig-Maximilians-Universität –, vermisste sie zwar. Inzwischen lebte Gaby in Hamburg, wo Amrei sie nach den Spielen besuchen wollte. Anderen Freunden aus ihrem früheren Studentenleben ging sie dagegen bewusst aus dem Weg, hoffte, das gelänge ihr noch eine geraume Weile. Und trotzdem fuhr sie jeden Tag gern in die Vorlesungen und Seminare und freute sich daran, endlich wieder etwas Sinnvolles für ihren Kopf zu tun.

»Wann kriegst du jetzt dein Hostessendirndl?«, fragte Annamirl mitten in ihre Gedanken hinein. »Gespannt bin ich, wie du ausschaust darin. Fesch hat's gewirkt auf dem Foto in der Zeitung. Das Türkis müsste gut zu deinen braunen Augen passen. Auffallen wirst du damit, schon von Weitem. So groß, wie du bist, ragst du ja aus allen heraus.«

»Das in der Zeitung waren nur die ersten Muster. Drei Dirndl bekomme ich als Grundausstattung, dazu eine wetterfeste Jacke, mehrere Paar Kniestrümpfe und Blusen zum Wechseln. Über 240.000 Kleidungsstücke brauchen sie insgesamt für alle, die rund um die Spiele beschäftigt sind.«

»Der helle Wahnsinn.« Annamirl nahm einen langen Zug an ihrer filterlosen Zigarette, atmete aus und sah der Rauchwolke nach. »Und lernen musst du auch noch so viel, bis es Ende August losgeht. Abfragen werden sie euch, wie früher in der Schule.«

»So ähnlich.«

Amrei drückte den Zigarettenstummel in der angeschlagenen Untertasse aus, die die Großtante ihr hinschob. Die roten Rosen auf dem Ton waren nur mehr eine blasse Erinnerung, begraben unter einer dicken Schicht alter Kippen.

»Demnächst geht's erst einmal mit Benimm- und Schminkunterricht los, die Prüfungen kommen später. Bis dahin muss ich mir merken, wie groß das Zeltdach im Olympiagelände ist und was man von der mittelalterlichen Befestigung in der Stadt noch sehen kann. Und natürlich, wie schnell man mit der neuen U-Bahn zum Marienplatz kommt. Zum Glück kenne ich mich noch einigermaßen aus, obwohl ich die letzten drei Jahre fort gewesen bin. Es hat sich so viel verändert.«

»Meinetwegen hättest du nicht fortgehen brauchen.«

Ohne sie anzusehen, drückte Annamirl ihre Zigarette ebenfalls aus und fegte mit einer schwungvollen Bewegung die letzten Ascheteilchen vom wächsernen Tischtuch.

»Ein Mann oder meinetwegen auch zwei Männer sind es nie wert, dass man sich abbringen lässt von dem, was man vorhat in seinem Leben. Du weißt doch: Das Einzige, was zählt, ist, dass man weiß, wovon man träumt ...«

» ... und was man bereit ist, dafür zu tun, damit es kein Traum bleibt«, ergänzte Amrei.

Darauf lachten sie beide. Das hatte die Großtante ihr früher schon mit auf den Weg gegeben.

Umständlich erhob Annamirl sich von ihrem Stuhl, verfluchte das Alter und die damit verbundene Unbeweglichkeit und begann, den Tisch abzuräumen. Amrei half ihr.

»Angerufen hat wer für dich. Kurz bevor du heimgekommen bist«, sagte Annamirl beiläufig.

Geräuschvoll stapelte sie das Geschirr im Spülstein. Die Gläser klirrten, die Teller schlugen gegeneinander. Achtlos ließ sie das Besteck darauf fallen, was abermals für reichlich Lärm sorgte. Amrei durchschaute die Taktik: So verhinderte die Großtante, weiterreden zu müssen. Und Amrei konnte ihr später nicht vorwerfen, den Anruf nicht erwähnt zu haben. Das ließ nur zwei Interpretationen zu: Entweder stammte der Anruf aus der WG in der Amalienstraße, also von Chris, Biggi oder David, oder Wastl hatte versucht, sie zu erreichen. Schon immer hatte sich Annamirl mit ihren Freunden schwergetan, wenn auch bei jedem der vier aus einem anderen Grund.

Gegen ihren Willen beschleunigte sich Amreis Herzschlag. Obwohl sie ahnte, wer angerufen hatte, weil sie in den letzten Jahren nur mit Chris und Biggi Kontakt gehalten und seit ihrer Rückkehr jede Gelegenheit, David und Wastl zu begegnen, gemieden hatte, konnte natürlich auch einer der beiden Freunde Wind von ihrer Rückkehr bekommen haben. Das aber wollte sie – noch – nicht.

»Wer war's denn?«

Amrei zwang sich, ebenso beiläufig wie Annamirl zu klingen. Bedächtig stellte sie den Zwiebeltopf zurück in die Speisekammer, rückte die Konservendosen auf dem Regalbrett zurecht und füllte den Wasserkessel am Hahn, bevor sie ihn auf den Kohleherd stellte.

»Wie?«, brummte Annamirl.

Lautes Klingeln hielt sie erneut davon ab, zu antworten.

»Das werden sie sein«, murmelte sie.

Ehe Amrei nachhaken konnte, wen die Großtante mit »sie« meinte, schlurfte die in den Flur und wischte sich noch im Gehen die Finger an der Kittelschürze trocken, so eilig hatte sie es auf einmal.

Schon bevor die Freundinnen die Küche betraten, erkannte Amrei ihre Stimmen.

»Schämt euch! Ihr wolltet uns nicht beim Essen dabeihaben, damit ihr die Reiberdatschi für euch allein habt.« Wie ein Naturereignis rauschte Chris herein und sog den Geruch ein, der noch vom Ausbacken in der Küche hing.

»Da du immer Massen davon verschlingst, will dich keiner dazu einladen.« Biggi folgte ihr dicht hinterher.

»Sie schlägt allweil zu wie eine halbe Fußballmannschaft«, beschwerte sich Annamirl. »Eine alte Frau wie ich aber kann doch nimmer zentnerweise Kartoffeln reiben, um so viel Reiberdatschi zu backen.«

»Gib einfach Bescheid, dann stehen wir nächsten Freitag auf

der Matte, um zu helfen«, versprach Biggi. »Für deine Reiberdatschi tue ich alles.«

»Wollt ihr jetzt etwa jeden Freitag kommen?« Annamirl tat übertrieben entsetzt, stürzte zum Tisch und brachte ihr Päckchen Gauloises in Sicherheit.

»Und ich dachte schon, ihr kommt, um mich zu sehen.« Amüsiert verfolgte Amrei das Geschehen.

»Da ist sie ja!« Mit einem schrillen Aufschrei stürzte sich Biggi auf sie und fiel ihr um den Hals.

»Jetzt tut doch nicht so, als hättet ihr euch Jahre nicht gesehen. Wenn ich euch erinnern darf, haben wir die verlorene Tochter an Silvester in Florenz besucht.« Chris blieb betont entspannt.

»Und Paris und London haben wir auch schon mit ihr unsicher gemacht.« Biggi lachte, obwohl sie sich eine Träne aus dem Augenwinkel wischen musste, nachdem sie Amrei wieder losgelassen hatte.

»So oft habt ihr euch in den letzten Monaten getroffen? Und mich hat kein Mensch nicht gefragt, ob ich mitkommen will, sie zu besuchen.« Unerwartet offen zeigte Annamirl Gefühl.

»Aber jetzt bin ich doch wieder bei dir.«

Behutsam nahm Amrei sie in den Arm. Obwohl sie wusste, wie beharrlich die Großtante Zärtlichkeiten aus dem Weg ging, erst recht vor Dritten, küsste sie sie auf ihre Altfrauenwange. Und registrierte erstaunt, wie ergriffen Annamirl sie dabei an sich drückte. Nur um sie ebenso jäh wieder von sich zu schieben.

»Höchste Zeit wird's, dass ihr drei loszieht. Auch wenn München sich neuerdings Weltstadt schimpft, gibt's allweil um eins in der Nacht noch die Sperrstunde für die meisten Lokale. Schaut, dass ihr bis dahin was erlebt!«

»Da, wo wir hinwollen, bleibt's länger offen.« Chris triumphierte, und Biggi ergänzte: »Ist euch etwa nicht aufgefallen, dass wir uns zur Feier des Abends extra in Schale geschmissen haben?«

Mit erhobenen Armen drehte sie sich einmal um die eigene Achse. Ihre langen blonden Haare flogen durch die Luft, das zitronengelbe Minikleid wirbelte um ihre schlanken Oberschenkel. Außer Puste schmiegte sie sich schließlich an die gut einen Kopf kleinere Chris, die trotz ihrer kräftigen, kurzen Beine ebenfalls nie auf einen Mini verzichtete und die fehlende Körpergröße mit hohen Absätzen wettzumachen versuchte.

»Was habt ihr vor?«

Noch während Amrei fragte, überlegte sie bereits fieberhaft, was sie anziehen sollte, um mit den beiden mitzuhalten. Chris war wieder einmal perfekt geschminkt. Das schimmernde schwarze Haar, das sie in einem nackenkurzen, geschickt toupierten Bob trug, verlieh ihr zusammen mit ihrem dunklen Teint einen exotischen Touch. Schon oft war sie für eine Perserin oder Inderin gehalten worden, ein Trugschluss, den sie nur zu gern unterstützte.

»Lass dich überraschen, Schätzchen«, erwiderte Chris und hakte sie unter. »Wir richten dich noch ein bisschen her, und dann geht's los.«

Dafür brauchten sie und Biggi nur wenige Minuten. Amreis blassem Teint verlieh Chris mit getönter Tagescreme dezent Farbe, widmete sich dann ihren Augen, um sie mit dickem schwarzem Lidstrich, verschwenderisch viel Mascara und goldglänzendem Lidschatten zu betonen. Die fein geschwungenen Lippen zog sie mit kirschrotem Lippenstift nach und bestäubte die hohen Wangenknochen mit reichlich Rouge, was ihre ovale Gesichtsform geschickt hervorhob. Unterdessen toupierte Biggi ihr den Bob am Hinterkopf auf und besprühte das Haar großzügig mit Taft, damit es hielt. Zuletzt zog sie eine lange Haarsträhne gekonnt zufällig schräg über die Stirn zum Ohr hinüber und klemmte sie fest.

Während die beiden Hand anlegten, fühlte Amrei sich in vergangene Zeiten zurückversetzt, als die einige Jahre älteren Freundinnen sie, das naive Landei aus der Oberpfalz, auch gern großstädtisch herausgeputzt hatten. Damals wie heute fürchtete sie sich allerdings davor, im falschen Moment in den Dialekt ihrer provinziellen Heimat zurückzufallen. Das, was sie bis zu ihrer Übersiedlung nach München vor viereinhalb Jahren für verständliches Sprechen gehalten hatte, hörte sich für die meisten Münchner wie unartikuliertes, dumpfes Bellen an, wie sie damals peinlich berührt festgestellt hatte.

»Du ahnst nicht, was sich hier in den letzten Jahren getan hat«, begann Chris, kaum dass sie sich am Goetheplatz zu dritt auf die Rückbank eines Taxis gequetscht hatten, um sich nach Schwabing chauffieren zu lassen. Ohne Punkt und Komma zählte sie auf, wer wann mit wem in letzter Zeit aufs Land gegangen, zu einem Selbstfindungstrip in die weite Welt aufgebrochen oder bei welcher Kommune oder WG in welchem Viertel eingezogen war.

»Und Jürgen wohnt auch nicht mehr bei uns«, beendete sie ihren Bericht.

»Dass sich in unserem Millionendorf einmal so viel tut, hättest du nie gedacht. Irre, oder?«, schob Biggi dazwischen.

Amrei holte tief Luft. Irre fand sie eher, dass sie ein sündhaft teures Taxi statt der U-Bahn genommen hatten.

»Ein paar unserer alten Kumpels sind aber natürlich immer noch da«, beruhigte Chris sie.

»Die Frage ist nur, ob das diejenigen sind, die Amrei wiedersehen will.«

Fürsorglich fasste Biggi sie an der Hand. Anscheinend wirkte sie desorientiert wie ein verlorenes Schaf.

»Heute Abend kann uns das wurscht sein. Erst einmal lassen wir es ordentlich krachen, weil Amrei wieder bei uns ist.«

Chris hakte sich auf ihrer anderen Seite ein.

Wie eine weibliche Version der drei Musketiere stolzierten sie ins Yellow Submarine. Amrei staunte. Auch das war irre. Der Club war zwar erst im vergangenen Jahr eröffnet worden, galt aber längst als eine der nobelsten Adressen der Stadt. Früher hätten Chris und Biggi freiwillig keinen Fuß in ein solches Etablissement gesetzt, doch während Amreis Abwesenheit schien sich tatsächlich einiges grundlegend verändert zu haben. Selbst Hippies und überzeugte Emanzen verschlug es neuerdings in die Schwabinger Schickimickitreffs. Generös bezahlte Chris für sie die sechs Mark Eintritt mit einem Zwanzigmarkschein und wies ebenso großzügig das Wechselgeld zurück.

Sie hatte auf die richtige Strategie gesetzt. Noch ehe sie die Wendeltreppe erreichten, die die drei Stockwerke zu einem neun Meter hohen, offenen Raum verband, erhielten sie die erste Einladung von einem der Kavaliere, die auf dem Weg zur Tanzfläche Spalier standen, um die neu eingetroffenen Frauen wie bei einer Fleischbeschau zu begutachten. Wahnsinn! Vor drei Jahren noch hätte Chris das als Verletzung der Menschenrechte angeprangert.

»Wie wär's mit einer Runde Schampus für uns alle?«, flötete der etwa Dreißigjährige in weißem Seidenanzug mit obligatorisch bis zum Bauchnabel aufgeknöpftem lila Hemd. »Ich bin übrigens der Tscharlie.«

»Wer sonst?«, gab Chris zurück.

Biggi kicherte. Ob über Chris' Anspielung, weil sich aktuell geschätzt jeder zweite Mann in München unterhalb des Rentenalters Tscharlie nannte, oder in Vorfreude auf den Champagner, den er mit dem lässigen Wedeln eines Fünfzigmarkscheins Richtung Bar orderte, blieb Amrei verborgen. Der Barkeeper verdrehte nur die Augen.

»Wollen wir tanzen?«, wandte sich Tscharlie an Amrei.

»Erst gehe ich die Haifische zählen. Ich muss wissen, ob da wirklich sechsunddreißig im Becken schwimmen, wie behauptet wird«, erwiderte sie und nutzte den Moment, in dem er sie verblüfft anstarrte, um über die Treppe nach unten zu fliehen. Die Bullaugen, die entlang der runden Wände Einblicke in das überdimensionale Aquarium mit den Raubfischen und Riesenschildkröten gewährten, beachtete sie dabei jedoch mit keinem Blick.

Biggi folgte ihr und lästerte: »Chris spielt mal wieder die Mutter der Nation und erbarmt sich der Armen und Verlassenen.«

»Arm kam mir Tscharlie nicht vor. Also sorgt Chris eher dafür, dass wir gleich noch mehr als einen Drink spendiert bekommen.«

»Ob Tscharlie uns auch auf eine Haifischflossensuppe oder gegrillten Hai einlädt? Probieren würde ich das zu gern einmal.« Biggi lächelte.

»Wenn du ihm zwei-, dreimal über die Wange streichelst und ihm fünf Minuten lang ins Ohr säuselst, wie toll du ihn findest, macht er das bestimmt.« Von der letzten Treppenstufe steuerte Amrei die erstbeste Lücke auf der Tanzfläche an.

Die Anfangstakte von »Aquarius« erklangen. Genau das, was sie jetzt brauchte. Mit geschlossenen Augen fand sie rasch ihren Rhythmus, spürte der Melodie nach und explodierte zum Refrain lauthals singend mit den anderen Tanzenden.

Ihre Begeisterung hielt auch bei den nächsten Titeln an. Wie alle jubelte sie, als schließlich die ersten Töne von »Rocket Man« zu hören waren.

»Auch ein großer Fan von Elton John?« Plötzlich tauchte Tscharlie neben ihr auf. Am liebsten hätte sie sich fortgedreht, doch er versperrte ihr den Weg.

Sein Aftershave roch aufdringlich männlich, sein spärliches Brusthaar kräuselte sich verschwitzt auf der nackten Brust, die dank des weit aufgeknöpften Hemds ausgiebig zu bewundern war. Provokant tanzte er sie an und legte ihr besitzergreifend einen Arm um die Hüfte.

»Deine Freundinnen sind auf meinem Stammplatz im blauen

Gewölbe bestens versorgt. Es bleibt uns beiden Hübschen also ausreichend Zeit, um uns allein zu vergnügen.«

»Ich liebe das blaue Gewölbe!«, log Amrei. Sie hatte keinen blassen Schimmer, was das sein sollte. In jedem Fall aber war es die beste Chance, gleich der drohenden Zweisamkeit mit Tscharlie zu entrinnen.

»Seit vorhin vermisse ich einen Hai. Lass uns schauen, ob der Bursche im blauen Gewölbe steckt, sonst geht heute gar nichts mehr bei mir.« Sie überwand sich und fasste Tscharlie an der Hand, damit er sie zu den anderen brachte.

Widerstrebend führte er sie durch das Gedränge bis in eine schummrige Ecke auf der oberen Etage. Tatsächlich hatten es sich Chris und Biggi dort in Gesellschaft weiterer Schickimickihengste gemütlich gemacht. Sie fläzten in Ledersesseln, die um einen runden Tisch ausgerichtet waren, flankiert von den Gastgebern, als wollten die um jeden Preis verhindern, dass Chris und Biggi ihnen zu rasch entwichen. Dafür waren die Verzehrpreise im Submarine zu hoch und ihre Spendierfreudigkeit eindeutig an die Erfüllung gewisser Erwartungen geknüpft.

Wie erhofft war Biggi an die Haifischflossensuppe gelangt und lavierte angestrengt, aber sichtlich vergnügt auf dem niedrigen Sitz vor dem Teller, um ihn auszulöffeln, und Chris fütterte kichernd einen der Seidenanzugträger mit einem Bissen Haifischsteak. Ausgerechnet sie, die früher nächtelang aus dem Stegreif über die verkorksten patriarchalen Strukturen der Gesellschaft hatte referieren können.

»Durst?« Tscharlie schnappte sich die Schampusflasche aus dem Eiskübel, goss die feinperlige Flüssigkeit schwungvoll in eine Kristallschale und reichte Amrei das Glas.

»Ich glaube, ich sehe nicht recht! Abtanzen bei Champagner und sündhaft teuren Häppchen im edelsten Schuppen der Stadt – und das auf Einladung eines der geldigsten Junggesellen weit und breit. Das nenne ich mal eine Karriere für ein Mädchen vom Dorf.«

Die Stimme kannte sie. Sollte sie sich jetzt freuen, obwohl sie ahnte, damit in der nächsten Bredouille zu landen? Langsam drehte sie sich um. Und sah wie vermutet in das grinsende Gesicht von Jürgen Baumann, dem einstigen WG-Mitbewohner von Chris, Biggi und David.

»Du bist also wieder da.« Ohne Rücksicht auf seine Brille umarmte Jürgen sie stürmisch. Zu stürmisch, wie sich zeigte. Schon verzog Tscharlie das Gesicht, weil Amrei sich nicht dagegen wehrte. Trotzig hielt sie Jürgen einen Moment länger als nötig fest. Was er sofort zu seinen Gunsten interpretierte.

»Eigentlich sollte ich beleidigt sein, weil Chris und Biggi mir verschwiegen haben, dass du aus der großen weiten Welt zurück bist.«

Er schob die Brille auf der Nase nach oben.

»Aber natürlich wollten die zwei dich erst einmal für sich allein haben. Egoistisch waren sie ja schon immer.«

In seiner selbstgefälligen Art störte er sich nicht im Geringsten an Tscharlies deutlich anschwellendem Ärger. Typisch! Zum ersten Mal war Jürgen Amrei sympathisch. Vor Kurzem noch hatte sie über ihn gelästert. Chris hatte erzählt, dass er sein erstes juristisches Staatsexamen bestanden und als Rechtsreferendar im Justizministerium angefangen hatte. Ein Wunder, angesichts seines politischen Engagements während der Studentenunruhen vor fast vier Jahren. Wahrscheinlich hatte sein Vater bei den Parteifreunden in der Regierung ein mehr als gutes Wort für ihn eingelegt, damit er nicht noch weiter vom rechten Weg abkäme und seine Zukunft als Jurist riskierte.

»Nichts für ungut, aber du störst.« Unmissverständlich schob Tscharlie Jürgen ein Stück beiseite. »Die Damen sind heute Abend meine Gäste. Ganz unter uns wollen wir ein paar schöne Stunden miteinander verbringen. Männer sind wir bereits mehr als genug, wie du siehst.«

Breitbeinig stellte er sich vor Jürgen auf, verschränkte die Arme vor der behaarten Brust und setzte eine bedrohliche Miene auf.

Amrei schmunzelte. Wenn die zwei dicht voreinander standen, wirkten sie in ihren hellen Anzügen mit der inzwischen bei jedem Bankangestellten beliebten Beatnikfrisur und dem leicht arroganten Auftreten wie Brüder. Wahrscheinlich war Tscharlie ebenfalls Jurist.

»Jürgen, das musst du probieren! Das ist sensationell.« Chris' spitzer Schrei aus den Untiefen der verknautschten Ledergarnitur schreckte sie auf.

Jürgen fuhr herum, ebenso Tscharlie. Mit dem ausgestreckten Arm hielt Chris Jürgen die Gabel mit einem aufgespießten Stück Haifischfleisch hin. Auf ihrem runden Gesicht breitete sich ein dämlich anmutendes Lächeln aus.

»Auch die Suppe ist köstlich. Kann ich nur empfehlen.« Mit dem gefüllten Löffel in der Hand sprang Biggi hoch, rempelte den Vollbärtigen neben sich an und kleckste ihm von der fettigen Brühe aufs sündhaft teure Designerhemd.

»Trampel!«, fluchte der. Hektisch begann er, an dem Stoff zu reiben. Was das Malheur nur verschlimmerte. Und ihn noch mehr verärgerte.

»Achtung, die Stimmung kippt.« Amrei hakte sich bei Jürgen unter und winkte den Freundinnen mitzukommen.

»Wird eh Zeit, das Lokal zu wechseln«, stellte sie auf der Wendeltreppe nach unten fest. »Ich sehne mich sowieso nach den alten Zeiten im PN und der schrägen Musik von Amon Düül.«

»Bist du sicher?«

Draußen auf der Leopoldstraße stellte Chris sich ihr in den Weg. Amrei ahnte, worauf sie hinauswollte: Im PN bestand die

Gefahr, David in die Arme zu laufen. Wenn er ausging, dann am liebsten dorthin. Daran hatte sich also nichts geändert.

Eine Sekunde zögerte sie. Dann holte sie tief Luft und erklärte: »Früher oder später muss es sowieso sein.«

1967

München, Ende November

Als Amrei sah, wie es vor dem Eingang der Großen Aula zuging, wurde ihr mulmig. Ausschließlich teuer gekleidete, würdig wirkende ältere Herrschaften warteten dort auf Einlass. War sie hier richtig? Mit einem scheuen Blick auf die Einladung, Büttenpapier mit Goldprägung, vergewisserte sie sich, ob sie nicht doch am falschen Ort gelandet war.

Eingeschüchtert reihte sie sich in die Schlange ein und hoffte, von niemandem angesprochen zu werden. Bereits ihre unverkennbar provinzielle Kleidung entlarvte sie, von ihrem schlecht zu kaschierenden Dialekt ganz zu schweigen.

Noch immer konnte Amrei es nicht fassen, als frisch in die Stadt gekommene Hinterwäldlerin zur »festlichen Rektoratsübergabe« an der Münchner Ludwig-Maximilians-Universität eingeladen zu sein. Fast hätte sie vor dem streng blickenden Türsteher wie ein artiges kleines Mädchen einen Knicks gemacht, dabei überragte sie ihn fast um einen Kopf.

Dazu kam sie jedoch gar nicht. Ohne auf ihre Karte zu blicken, verweigerte er ihr den Zutritt.

»Sie können hier nicht rein.«

»Aber ich bin eingeladen.« Jetzt war es passiert! Am liebsten hätte sie sich die Zunge abgebissen. Nicht nur ihre Art zu reden war peinlich. Ihre Stimme piepste obendrein. In einem mutigen Anflug von Trotz warf sie die offenen schulterlangen Haare in den Nacken und schob nach: »Genau wie die anderen.«

Hinter ihr in der Schlange wurde es unruhig. Sie hielt die geladenen Gäste auf. In deren Augen absolut unnötigerweise.

»Studenten nur dahinten«, knurrte der Ordner und fegte sie mit dem Arm beiseite, um dem nächsten, sichtlich erwünschteren Gast – wie seine ehrfürchtige Verbeugung verriet – Einlass zu gewähren.

Nachzufragen, wo sich das »Nur dahinten« für Studenten befand, traute Amrei sich nicht mehr.

»Kommen Sie mit«, hörte sie eine raue Frauenstimme. Sie wurde am Handgelenk gepackt und durch das Gedränge zu einer schmalen Tür geschleift. Auch dort wachte ein Ordner, allerdings weitaus ungezwungener, fast schon fröhlich. Vermutlich, weil hier nur Studenten anstanden, wie an den jungen Gesichtern und der Kleidung der Wartenden zu erkennen war.

»Erstsemester, was?«, erkundigte sich die Frauenstimme, die zu einer stämmigen dunkelhaarigen Person mit südländischem Teint gehörte. Gemeinsam postierten sie sich am Ende der Reihe.

Amrei nickte.

»Neu in München?«

Amrei nickte abermals.

»Vom Land?«

Ertappt! Sie zog den Kopf zwischen die Schultern, um neben der anderen nicht unnötig weit aufzuragen, wenn man ihr die Provinz offensichtlich schon ansah, ehe sie den Mund aufmachte. Wundern brauchte es sie nicht. Allein ihr Äußeres stach auch in dieser Schlange heraus. Niemand sonst trug einen einfallslosen grauen Tweedrock, eine noch einfallslosere weiße Bluse und zur Krönung lächerlich flache schwarze Spangenschuhe. Wie ein Erstkommunionkind sah sie aus! Zwar war sie wenigstens geschminkt, allerdings viel zu zurückhaltend, um als einigermaßen erwachsen durchzugehen, wie sie mit Blick auf die anderen feststellte. Ebenso schien ihr langes Haar, das sie mit Seitenscheitel trug, einigermaßen akzeptabel. Das war aber auch schon alles. Neidisch schielte sie zu ihrer neuen Bekannten, die ihre kräftigen Oberschenkel unter einem atemberaubend kurzen, schlicht geschnittenen, dafür umso auffälliger gemusterten Kleid souverän zur Schau stellte. Dazu trug sie schwarze Stiefel mit goldenen Schnallen, deren Schaft bis zu den Knien reichte. Die Augen hatte sie dick dunkel umrandet, die Lippen knallrot nachgezogen. Goldene Kreolen klirrten an ihren Ohrläppchen, hinter die sie das nackenkurze, schwungvoll auftoupierte schwarze Haar gestrichen hatte.

»Ich bin Chris.« Sie hielt Amrei die Hand hin. »Eigentlich Christine. Außer meinen Eltern nennt mich allerdings kein Mensch so. Ich studiere im siebten Semester Soziologie, Politik und Philosophie.«

»Ich bin Amrei. Gerade habe ich mit Deutsch und Französisch auf Lehramt …« Weiter kam sie nicht. Chris hatte jemanden entdeckt, den sie kannte, und ließ sie mit einem »Bin gleich zurück« stehen.

Enttäuscht sah Amrei ihr nach. Und beobachtete, wie Chris zwei gut aussehenden Typen um den Hals fiel. Der eine mit aschblonder Pilzkopffrisur, schwarz umrandeter Brille und beigem Cordanzug, der andere mit dunklem Lockenkopf, schlichtem weißem Hemd und dunkler Hose mit weitem Schlag. Beide ohne Krawatte, was sie von den anderen Studenten unterschied.

Während Amrei die drei beobachtete, fühlte sie sich noch einsamer als zuvor. Alle schienen einander zu kennen. Die Luft schwirrte vor fröhlichem Lachen. Sie war die Einzige, die sich allein herumdrückte. Was bei ihr besonders auffallen musste, weil sie wie ein Leuchtturm aus der Menge herausstach. Mit vor Scham rot glühendem Kopf. Verlegen zog sie erneut die Schultern hoch.

Nach einer halben Ewigkeit erreichte sie die Tür, zeigte noch einmal ihre Einladung und durfte dieses Mal tatsächlich eintreten. Über eine schmale Treppe stieg sie erleichtert und nervös zugleich zur Galerie hinauf.

Die Pracht der Großen Aula überwältigte sie. An der Stirnseite funkelte ein gold-blau-weißes Mosaik, auf der Bühne darunter saßen schwarz befrackte Orchestermusiker, in den Parkettreihen tummelten sich die festlich-eleganten Herrschaften, denen sie am Haupteingang im Weg gewesen war.

»Amrei, hier!«

Chris' Stimme übertönte das Stimmengewirr. Amrei erspähte sie vorn an der Brüstung. Sie zwängte sich durch die vollbesetzten Reihen zu ihr. Den zweien neben ihr, die sie unten bereits getroffen hatte, stellte Chris sie als »Amrei, unschuldiges Erstsemester vom Land« vor und bat: »Seid nett zu ihr. Es ist ihr erstes Mal.«

Zunächst ärgerte sich Amrei, so gewissermaßen als »dämlich« abgestempelt zu werden. Sobald sie ins Gesicht des Lockenkopfs sah, schluckte sie ihren Ärger jedoch hinunter. Aus der Nähe sah er noch besser aus. Verlegen senkte sie den Blick.

»Woher?«, wollte der junge Mann im beigen Cordanzug im selben Moment wissen und schob seine Brille auf der Nase nach oben, um sie gründlich zu mustern.

»Eggling.« Sie war stolz, das einigermaßen akzentfrei auszusprechen.

»Egg – was?«

»Eggling. In der Oberpfalz. Bei Cham«, wiederholte sie nun fast ein wenig widerborstig. Der Cordanzugträger schien nur darauf zu warten, sie bloßzustellen.

»Und ich dachte schon, im Riesengebirge. Bei Ihrer Größe.«

Über den Rand seiner Brille schenkte er ihr einen spöttischen Blick.

»Blöde Bemerkung. Am besten gar nicht erst beachten! Jurastudenten wie er müssen dumme Witze reißen. Mehr haben sie selten drauf«, schaltete sich sein Freund im weißen Hemd ein. »Ich bin David.«

Amrei bemerkte den angenehmen Klang seiner Stimme. Und sein charmantes Lächeln. An Chris vorbei hielt er ihr die Hand hin. Spuren bunter Farben zierten die Fingerspitzen. Erfreut ergriff sie seine Hand und spürte gleich darauf seine raue Haut an der ihren.

»Ich studiere Malerei an der Akademie«, erklärte er und blickte auf die Farbspritzer.

Amrei starrte ihn an und spürte, wie sie von Neuem errötete. Verflucht!

Davids Lächeln wurde noch breiter. Ihr zitterten die Knie.

Für einen Atemzug trafen sich ihre Blicke, verhakten sich ineinander. Verstanden sich.

Sie genoss es. Er offenbar auch.

»An der Akademie sind wir längst alle per Du.« Er bemühte sich um einen lockeren Ton, doch Amrei entging sein nervöses Räuspern nicht.

Was sollte sie ihm erwidern? Das war wohl ein klares Angebot.

»Auf dem Dorf duzen sich vermutlich auch alle, was?«

Der angehende Jurist feixte.

»Benimm dich!«, wies Chris ihn zurecht, bevor sie sich an Amrei wandte: »Von mir aus können wir gerne Du sagen. Siezen ist völlig von gestern und sollte abgeschafft werden.«

»Von mir aus auch. Danke.« Amrei freute sich. Sehr sympathisch. An der Uni duzte sie sich bislang noch mit keinem der Kommilitonen. Das war tatsächlich anders als daheim in Eggling. Dort kam kaum einer auf die Idee, sie zu siezen, erst recht kein Gleichaltriger.

»Gleich geht's los.« Mit dem Kopf wies David zur Bühne. »Ganz besonders festlich soll's heute werden.«

»Was sagst du zu der Aula? Macht was her, oder?« Chris zeigte zu dem aufwendigen Mosaik über der Bühne. Obwohl Amrei sich eben noch gefreut hatte, von ihr beachtet zu werden, wünschte sie sich jetzt, sie ließe sie in Ruhe, damit sie sich mit David unterhalten konnte. Allein.

»Weißt du überhaupt, was das darstellen soll?« Der Beatnik im hellen Cordanzug duzte sie auf einmal ebenfalls ganz selbstverständlich, ohne zu fragen, ob sie einverstanden war, und wies sie ebenfalls auf die Wandgestaltung hin.

»Apollo mit seinem Sonnenwagen«, erwiderte sie knapp.

Die prompte Antwort überrumpelte ihn. Um den unerwarteten Erfolg auszukosten, beeilte sie sich, ihm weiter zu erklären: »Daneben siehst du Hera, Athene, Hermes und Aphrodite. Soll ich dir auch kurz verraten, warum?«

»Das nenne ich humanistische Bildung.« Mit erhobenem Daumen signalisierte David ihr, wie sehr ihm ihre Antwort imponierte.

»Wahrscheinlich hast du das große Latinum und kannst die römischen Kaiser alle im Schlaf herunterbeten.« Auch Chris war anzumerken, dass sie sie beeindruckt hatte.

»Ihr nicht?« Das hörte sich forscher an, als Amrei es gemeint hatte. Doch es erreichte die gewünschte Wirkung, wie sie mit Genugtuung bemerkte.

»Eins zu null für dich.« David applaudierte. »Was sagst du dazu, Jürgen?«

Neckisch tätschelte er dem Jurastudenten die Schulter.

»Um mitzuhalten, wirst du dich anstrengen müssen, mein Lieber.« Genüsslich spitzte Chris den Mund. »Mir ist Amrei gleich aufgefallen. Sie gehört zu den handverlesenen Erstsemestern, die für die Feier eine Einladung bekommen haben.«

»Reiner Proporz, um der Landbevölkerung an der Uni ausreichend Beachtung ...«, setzte Jürgen an, um sofort von David unterbrochen zu werden: »Oder schlichtweg die Anerkennung besonderer Leistungen.«

Dankbar lächelte Amrei ihm zu. Wieder lächelte er zurück. Das Glühen auf ihren Wangen intensivierte sich. Er behielt sie im Blick.

»Amrei hat wohl euer Mitleid geweckt«, spottete Jürgen, nahm die Brille ab und putzte sie ausgiebig mit einem gebügelten weißen Taschentuch, das er aus seiner Jackentasche fischte.

»Der Ordner am Haupteingang war furchtbar unfreundlich«, sagte Chris.

»Man fasst es einfach nicht!« Empört schnaubte David. »Uns Studenten verbannen sie auf die billigen oberen Plätze, während unten im Parkett die angeblich Wichtigen sitzen. Präsidenten, Prodekane, Professoren, Politiker ...«

»Pfarrer und Prostituierte«, ergänzte Jürgen und grinste süffisant. »Übrigens nur Leute mit P.«

»Einen Blick auf die Prominenz solltest du dir gönnen. Es lohnt sich.« Chris stupste Amrei an und zeigte hinunter in den Saal. »So schnell wirst du nicht wieder so viele einflussreiche Menschen auf einen Schlag von oben herab begaffen können.«

»Im Gegensatz zu dir kann die baumlange Amrei aus der Oberpfalz das jederzeit tun.« Jürgens Grinsen wurde noch süffisanter, nachdem er die Brille wieder aufgesetzt und das Taschentuch ordentlich zusammengefaltet in der Außentasche seines Jacketts verstaut hatte.

»Neidisch?«, spottete David, dann schlug er salomonisch vor: »Lasst uns eine Runde Leute anglotzen.«

Sie lehnten sich über die Brüstung und starrten geradezu angestrengt hinunter. Neugierig ließ Amrei sich erklären, wer die Herren mit den Amtsketten, die mit den besonders wichtigen Gesichtern und die wenigen in Begleitung eleganter Damen waren. Einige der Gesichter kannte sie tatsächlich aus der Zeitung, ansonsten rauschten die Namen und Titel, ohne weiteren Eindruck zu hinterlassen, an ihr vorbei.

Plötzlich setzten sich alle wie auf ein geheimes Zeichen hin, ebenso brachen die Gespräche ab. Alle Blicke richteten sich zur Bühne. Auch Amrei, Chris, David und Jürgen schauten dorthin.

Der Dirigent erklomm das Podest und hob den Taktstock. Ein Marsch setzte ein. Von Mozart, wie der Text auf Amreis Einladungskarte verhieß.

Verspielt anmutende, eher beschwingte denn militärisch straffe Klänge schwebten durch den Saal. Das Publikum lauschte andächtig. Unten wie oben. Bis sich unter der Hauptempore die Flügeltüren öffneten und sich sämtliche Köpfe nach hinten umdrehten.

In wadenlange schwarze Talare gehüllte Männer mit ausladenden weißen Kragen marschierten herein: die Prozession des scheidenden und des neu gewählten Rektors, der Dekane und Professoren – die »Magnifizenzen, Spectabiles und Ordinarien«, wie auf der Einladungskarte in schönstem Latein angekündigt wurde.

Amrei spürte die wachsende Nervosität. Sie sah zu Chris, David und Jürgen, die stur ins Parkett starrten.

Plötzlich sprang auf dem gegenüberliegenden Balkon jemand auf und rief: »Wir begrüßen den närrischen Elferrat!«

Sein Sitznachbar schoss ebenfalls in die Höhe und blies in eine Plastiktrompete. Ein Dritter steckte die Finger in den Mund und stieß einen schrillen Pfiff aus.

Ein Tumult brach los. Nicht nur auf der schmalen Galerie gegenüber, auch auf Amreis Seite und auf der Haupttribüne am Saalende sprangen die Studenten von ihren Plätzen, stimmten Sprechchöre mit »Närrischer Elferrat! Närrischer Elferrat!« an, ließen Konfetti auf die Festgäste im Parkett niederregnen, Luftballons zur Decke aufsteigen oder zarte Seifenblasen durch die Luft schweben. Manche schwangen bunte Fähnchen, andere blecherne Rasseln und wieder andere klatschten im Rhythmus der Rufe kräftig in die Hände. David, Jürgen und Chris klapperten mit Holzkastagnetten, die sie offenbar in den Taschen gehabt hatten, tanzten dazu auf der Stelle und kreischten und johlten laut.

Die Studenten entfachten einen ohrenbetäubenden Lärm, der die zahlen- wie statusmäßig überlegenen Honoratioren im Parkett völlig aus dem Takt brachte. Und das Orchester auf der Bühne sowieso. Der Dirigent setzte alles daran, Mozarts Marsch dennoch zu Ende zu bringen.

Am akademischen Festzug prallten die Störmanöver vermeintlich spurlos ab. Mit versteinerten Mienen schritten die Würdenträger gemächlich weiter, ignorierten das Konfetti auf ihren Baretten, die Luftschlangen zu ihren Füßen und die vor ihren Nasen zerplatzenden Seifenblasen. Die Augen strikt nach vorn gerichtet, steuerten sie stur ihre reservierten Plätze in den ersten Reihen an.

Schlagartig war der Spuk vorbei. Die Studenten setzten sich wieder und steckten die Hölleninstrumente ein. David nutzte den Moment, flink mit Chris den Platz zu tauschen. Sobald er neben Amrei saß, zwinkerte er ihr zu, legte mahnend den Finger auf die Lippen und sah nach unten. Amrei tat es ihm nach.

Inzwischen stand der scheidende Rektor am Rednerpult. Verwundert verfolgte Amrei, wie routiniert er mit der Begrüßung der Gäste begann, minutenlang die Wichtigsten der Wichtigen aufzählte, angefangen beim Ministerpräsidenten über den Landtagsvize- und den Senatspräsidenten bis zum Staatsminister, den beiden Oberbürgermeistern, anderen hochrangigen Beamten, Politikern und Kirchenvertretern, um zuletzt unterwürfig »Seine Königliche Hoheit Prinz Franz«, den Repräsentanten des Hauses Wittelsbach, direkt anzusprechen.

Auf der Galerie erhob sich lautes Lachen. Unbeirrt arbeitete der Rektor den Rest seiner Liste ab. In dem von Neuem anschwellenden Lärm hörte Amrei aus seinem Mund nur noch ehrfurchtgebietende Titel wie »Ehrensenator«, »Prorektor«, »Magnifizenz« sowie natürlich immer wieder »Professor« und »Doktor«. Namen nahm sie kaum mehr wahr.

Erst zum Totengedenken wurde es wieder ruhiger. Die Anwesenden erhoben sich. Ebenso die Studenten auf der Empore. Selbst David setzte ein ernstes Gesicht auf.

Bald rasselte der Rektor von Neuem eine schier endlose Reihe Namen hoher Funktionsträger mitsamt ihren respekteinflößenden Titeln herunter. Eine Hierarchieebene nach der anderen ging er durch. Verstorbene Studenten waren nicht darunter. Das wurde Amrei erst bewusst, als auf der Galerie abermals Sprechchöre einsetzten, die »Ohnesorg! Ohnesorg!« skandierten, den Namen des im vergangenen Sommer in Berlin getöteten Benno Ohnesorg. Ein Polizist hatte ihn bei einer Demonstration gegen den persischen Schah erschossen. Amrei erinnerte sich, dass danach in Eggling ausschließlich über die »gschlamperten Studenten« und ihren fehlenden Respekt vor hochrangigen Persönlichkeiten geschimpft worden war. Die ungeheuerliche Tat des Polizisten war dagegen für niemanden ein Thema, der unschuldig Getötete für keinen der Rede wert gewesen. Trotzdem horchte sie jetzt auf.

»Was hat Ohnesorg mit den Toten in München zu tun?«

»Mehr, als du denkst«, erwiderte David. »Und mehr, als unserem verehrten Rektor lieb ist.« Auf einmal zeigte sein Gesicht eine verbissene Entschlossenheit.

Immer vehementer platzten die Zwischenrufe in die Aufzählung des Rektors. Immer mehr Studenten auf der Galerie schlossen sich den Rufen an. Auch die in Amreis unmittelbarer Nähe, David, Chris und Jürgen.

Auf der Empore gegenüber hakten sich die Studenten unter und begannen, im Takt ihrer Rufe auf der Stelle zu trampeln. Einer Welle gleich setzte sich das entlang der Galerie fort. Auch die neben Amrei Stehenden griffen nach ihren Ellbogen und stampften mit. Unmöglich, sich dem zu entziehen. Ebenso unmöglich, sich noch länger den »Ohnesorg! Ohnesorg!«-Rufen zu enthalten.

In einer einheitlichen Front reihten sich die Studenten aneinander, stampften auf den Boden, skandierten dazu »Oh-ne-sorg! Oh-ne-sorg!« und schauten auf eine ebenso einheitliche Menge schwarzer Würdenträger und Festgäste im Saal hinunter. Die schüttelten einvernehmlich die Köpfe über sie und ihr Verhalten.

Amrei fühlte sich mitgerissen, ehe sie begriffen hatte, was genau geschah. Und ehe sie entschieden hatte, was sie davon halten wollte. Geschweige denn, wie sie sich dazu verhalten wollte.

David strahlte, als sie endlich seinen Arm nahm. Ihr wurde warm. Ganz eng zog er sie an seine Seite. Durch den dünnen Stoff seines Hemds meinte sie, das Pochen seines Herzens zu spüren. Sie wagte nicht mehr, sich zu regen.

Jetzt gehörte sie dazu. Zu ihm. Und zu den anderen. Und sie hoffte, der Moment währte ewig.

1972

Mitte Mai

So selbstverständlich sich Amrei bei Annamirl im Münchner Schlachthofviertel wieder einlebte, so oft fremdelte sie mit dem, was sie außerhalb der vertrauten vier Wände beobachtete. Als wäre sie in eine unbekannte Stadt gekommen und nicht in das ihr gut bekannte München zurückgekehrt, in dem sie fast zwei Jahre lang gelebt und sich wohlgefühlt hatte. Trotz des damals allgegenwärtigen Modernisierungswahns für Olympia, dem jeder Stein und jede Ecke zum Opfer zu fallen drohte, weil sie der neuen U- und S-Bahn oder überhaupt dem generell anstehenden Umbau im Weg waren. Wahrscheinlich lag es an dem mittlerweile weitgehend beendeten Totalumbau, dass Amrei länger brauchte, bis sie sich wieder zurechtfand. Nicht nur die abenteuerliche Streckenführung für Trambahnen und Autos über mehrstöckige Stelzenanlagen entlang der Ludwig- und Leopoldstraße oder die metertiefen, kaum gesicherten Abgründe mitten auf dem Marienplatz sowie die wacklige, viel zu enge Fußgängerbrücke am Stachus waren verschwunden. Ebenso fehlte auf einmal das ohrenbetäubende Konzert der Presslufthammer, Schlagbohrer und Bagger.

»Der Wahnsinn! Man kann sich wieder auf der Caféterrasse unterhalten, ohne sich die Seele aus dem Leib zu brüllen.« Verblüfft sah sie Chris und Biggi an. Mindestens eine halbe Stunde saß sie bereits mit den beiden an einem der kleinen Tische des Rialto direkt neben der vierspurigen Leopoldstraße – und das mitten am Nachmittag, also zu bester Baustellenarbeitszeit. Vor vier Jahren war es noch undenkbar gewesen, hier gemütlich einen Eiskaffee zu schlürfen und miteinander zu plaudern. Und das in normaler Lautstärke. Chris und Biggi wechselten amüsierte Blicke.

»Gehörgeschädigt sind wir trotzdem alle«, erwiderte Chris. »Dafür hat's einfach überall in der Stadt zu lang zu laut geklopft, gesägt und gedonnert.«

»Und dafür haben wir auch zu lang zu laute Musik und tiefe Bässe beim Tanzen in den Discos gehört«, ergänzte Biggi.

»Und zu laut in den Hörsälen oder auf Demonstrationen geschrien. Megafone gab's ja selten genug und wenn, dann waren die meist fest in Männerhand«, stimmte Chris zu.

»Als ob sich daran groß etwas geändert hätte«, entgegnete Biggi, worauf Chris jedoch nur eine Augenbraue hochzog und sich eine Zigarette anzündete.

»Apropos: Was ist eigentlich aus den Protesten geworden?«, griff Amrei das Stichwort auf. »Seit einer Woche gehe ich jetzt wieder brav in die Uni, aber bislang habe ich noch kein einziges Flugblatt in die Hand gedrückt bekommen, nirgendwo ein Plakat mit einem Streikaufruf entdeckt, geschweige denn ein popeliges Sit-in oder Teach-in in den Vorlesungen erlebt. Nicht einmal in den Seminaren wird noch grundsätzlich diskutiert, und rund um die Kunstakademie herrscht beschauliche Frühlingsstimmung. Was ist nur los?«

»Willkommen zurück im Millionendorf. Protest war gestern, jetzt sind wir hier schick und modern. In die sauber geschleckten Straßen passt kein aufmüpfiger Krawall, und an die frisch verputzten Fassaden gehören keine selbst gemalten Spruchbänder.« Spöttisch grinsend hüllte Chris sie mit einer Wolke Zigarettenrauch ein.

»Außerdem hat keiner mehr die Zeit dafür, weil sich inzwischen jeder etwas dazuverdienen muss, um über die Runden zu kommen«, warf Biggi ein. »München ist nicht nur modern, sondern leider auch verdammt teuer geworden, gerade für uns Studenten.«

»Das war es doch schon immer«, widersprach Chris.

»Jetzt aber ist es noch extremer geworden«, beharrte Biggi. »Denk nur daran, wie viel eine Fahrt mit U- und S-Bahn kostet.«

»Kaum zu fassen!« Chris schüttelte den Kopf. »Erinnert ihr euch noch? Wegen des Trambahnzehnerls sind wir vor einigen Jahren zu Tausenden auf die Straße gegangen. Danach ging es dann so richtig los mit den Protesten.«

Versonnen blies sie die nächste große Rauchwolke aus und sah dabei zu, wie sie sich im dunstigen Maisonnenlicht auflöste. Die Frühlingsstimmung schien selbst den hässlichen schwarzen Hertie-Koloss an der Münchner Freiheit in ein betörend schönes Gebilde zu verzaubern.

»Inzwischen haben es alle brav geschluckt, dass sie sich die eigene Stadt kaum mehr leisten können. Statt dagegen Front zu machen, rödeln sie lieber in der Kneipe oder als Aushilfe im Laden.« Biggi wirkte auf einmal seltsam entrückt.

»Das liegt aber auch daran, dass selbst vor vier Jahren die höheren Fahrpreise bei der Straßenbahn nur kurze Zeit ein Thema für Demonstrationen und Streiks gewesen waren. Stattdessen ging es ganz schnell um die ganz großen Themen der Welt- und Gesellschaftspolitik: Krieg der Amis in Vietnam, Radikalenerlass und Hochschulpolitik oder die NS-Vergangenheit von Politikern und Hochschulprofessoren. Kein Wunder, wenn man sieht, wer vorneweg meist das große Wort geschwungen hat: Leute wie Jürgen und seine Jura-Kommilitonen, die schon von Haus aus locker das Zehnerl mehr für die Tram bezahlen konnten. Wenn sie überhaupt je mit der Straßenbahn und nicht mit dem eigenen Auto in die Uni gefahren sind.« Amrei merkte, wie eine lang verdrängte, erstaunlicherweise immer noch schwelende Wut in ihr zu brodeln begann. Sie zwang sich, einmal tief durchzuatmen, bevor sie weitersprach.

»So gesehen haben die meisten inzwischen wohl einfach nur kapiert, dass das Protestieren an der persönlichen Situation leider wenig ändert«, fügte sie etwas ruhiger hinzu.

»Willst du ernsthaft zurück ins Biedermeier? Soll sich jeder nur noch um seinen eigenen Kram kümmern und den Rest den selbst ernannten Eliten überlassen, die immer schon an den Schalthebeln der Macht gesessen haben?« Chris' Augen funkelten angriffslustig, doch Amrei verspürte auf einmal ebenso Lust zu provozieren.

»Was nützt einem der Frieden in Vietnam, wenn man hier in München die Miete fürs WG-Zimmer nicht mehr bezahlen kann?«

»Für solche Fälle gibt es seit letztem Jahr BAföG«, gab Chris zurück.

»Für Glückliche wie dich und Amrei vielleicht, aber nicht für Leute wie mich und noch viele andere«, warf Biggi ein.

»Selbst schuld, wenn du als Österreicherin in München studierst«, erwiderte Chris.

»Außerdem reicht auch das BAföG nicht aus, um in München klarzukommen, nicht einmal, wenn man so wie ich günstig wohnt«, ergänzte Amrei.

»Also ein Hoch auf Typen wie den großzügigen Tscharlie, die uns wenigstens ab und an einen Abend im Yellow Submarine ermöglichen.« Biggi beeilte sich, das Thema zu wechseln.

Dankbar hob Amrei ihr Colaglas, um mit den Freundinnen anzustoßen. Sofort machte Chris mit.

»Und wenn wir keine Lust haben, schmierigen Aufreißern die sonnenverbrannte Brust zu kraulen, gibt es immer noch Kneipen wie den Bungalow in der Türken- oder das Chez Margot in der Nordendstraße, wo niemand etwas sagt, wenn wir uns den ganzen Abend an einem Bier festhalten und uns zu dritt einen Teller Nudeln teilen«, bekräftigte sie.

Erleichtert, dass die Stimmung gerettet war, winkte Amrei dem Kellner.

»Heute Nachmittag lade ich euch ein. Dafür langt es ausnahmsweise noch«, verkündete sie übermütig.

»Dann bleibt uns wohl keine Wahl, als heute Abend im Chez Margot unsere wiedergewonnene Studentenarmut bei einem gemeinsamen Bier und einem kargen Schmalzbrot für uns alle drei zu feiern.« Biggis Augen leuchteten.

»Höchste Zeit wäre es. Und nach der Sperrstunde gönnen wir uns eine Flasche Helles aus dem Automaten im Picnic und ziehen weiter auf die Monopteros-Wiese im Englischen Garten.« Auch Chris strahlte wieder vergnügt.

Amrei lehnte sich in ihrem Plastikstuhl zurück und schwieg. Zu gern würde sie sich den beiden anschließen, allerdings besaßen die genannten Orte den Nachteil, dass sie dort allzu leicht David begegnen konnte. Nach wie vor war ihr noch nicht danach. Dass sie ihm am vergangenen Freitag im PN entgangen war, nachdem sie im Yellow Submarine vor Tscharlie und seinen Freunden Reißaus genommen hatten, war großes Glück gewesen.

»Wollen wir nicht lieber zum Tanzen ins Big Apple oder ins *Crash*?«, schlug sie stattdessen vor. Dorthin würde es David wohl kaum verschlagen.

»Hört, hört, so spricht die reiche BAföG-Bezieherin, die sich im Gegensatz zu uns solche Lokalitäten noch leisten kann. Lass das nur nicht den Kultusminister hören. Fürs Vergnügen war die Kohle nicht gedacht«, spottete Chris.

Das an allen Ecken und Enden fehlende Geld schien in München das beherrschende Thema geworden zu sein. Das war vor drei Jahren zwar ähnlich gewesen, damals aber war es vor allem um die Kostenexplosion für den »gspinnerten Entwurf fürs Olympiagelände« und den U- und S-Bahn-Bau gegangen. Nun drehte es sich immer stärker darum, wie sehr jeder einzelne Münchner von den gestiegenen Preisen betroffen war. Nahezu jeden Tag, bei allem, was fürs tägliche Leben besorgt werden musste.

»Eine Apotheke ist der Viktualienmarkt inzwischen!«, schimpfte Annamirl. Deutlich hörbar schnaufte sie und blieb am nächsten Treppenabsatz stehen.

Besorgt hielt Amrei neben ihr an und stellte die schwere Tasche ab. Unglaublich, dass die Großtante die Einkäufe von der Bushaltestelle an der Zenettistraße herübergeschleppt hatte. Fast schon angefleht hatte Amrei sie, dass sie künftig die Besorgungen ganz übernehmen dürfe.

»Mein Lebtag lang habe ich für mich selbst gesorgt, also werde ich jetzt nicht damit aufhören«, hatte Annamirl den Vorschlag verärgert zurückgewiesen. Wenigstens hatte Amrei sie unten an der Haustür abfangen und ihr die Last abnehmen können, sonst hätte sie die schwere Tasche auch noch in die Wohnung im zweiten Stock hinaufgeschleift.

»Den Radi verkaufen sie besser gleich als Delikatesse, so teuer, wie der neuerdings ist«, fuhr Annamirl fort, sobald sie wieder bei Puste war. »Ob die Standlweiber überhaupt merken, dass ihnen die Einheimischen bald als Kundschaft abgehen, weil sie nur noch auf Touristen aus sind, die sich den Luxus leisten können?«

In seltener Eintracht stimmte die Doblerin ihr zu, die ihnen auf der Treppe entgegenkam.

»Mit meiner kleinen Rente traue ich mich schon gar nicht mehr bis zum Marienplatz, um was einzukaufen.«

»Klopapier täten wir auch mal wieder brauchen, aber nicht das ganz harte. Da kann einer gleich Schmirgelpapier nehmen. Mit dem Kaufen bist übrigens du wieder dran«, raunzte Annamirl die Nachbarin an und wollte damit das kaum begonnene Gespräch schon wieder beenden.

»Wenn demnächst der neue Kaufhof an der Stelle vom Roman Mayr eröffnet, kenne ich mich in München gar nimmer aus«, jammerte die Doblerin ungerührt weiter und verstellte ihr den Weg. »Bestimmt hocken da dann keine Kräuterweiberl mehr beim Eingang und verkaufen einem Gewürze oder Kräutertee. Und einfache Strümpfe oder ein warmes Wollleiberl wird's für unsereins da auch nimmer geben. Nur noch Däsus oder Länscherie oder wie sich das Zeugerl jetzt nennt für die feinen Herrschaften aus Grünwald und Starnberg.«

»Waren das Zeiten, als es den Hirschvogl am Rindermarkt noch gegeben hat! Da hat ein jeder alles gekriegt, egal, wie groß oder klein sein Geldbeutel gewesen ist und wonach ihm gerade der Sinn gestanden hat«, pflichtete Annamirl bei. Die Erinnerung schien sie sichtlich zu bewegen. Verstohlen fuhr sie mit den Fingern am Augenwinkel entlang.

»Und beim Uhlfelder im Rosental sowieso«, ergänzte die Doblerin.

»Echte Kaufhäuser von Münchnern für Münchner.« Verträumt sah die Großtante zum Flurfenster in den sonnigen Frühlingshimmel hinauf.

»Obwohl sie Juden waren«, platzte die Doblerin dazwischen.

»Das hat damals keinen nicht interessiert. Zumindest meine Leute und mich nicht.« Annamirls Miene verfinsterte sich.

Die Doblerin kniff die Lippen zusammen.

»Und jetzt sind sie alle tot oder fort. Die alten Zeiten sind vorbei«, setzte Annamirl nach.

»Das alte München ist weg«, pflichtete die Doblerin ihr bei.

»Als ob's dich allweil je gestört hätte.« Brüsk schob Annamirl die Nachbarin beiseite, stapfte die Stiegen hinauf, jeder Tritt ein wortloser Vorwurf an die Doblerin, und rief von oben herunter:

»Denk ans Klopapier. Beim Schmiedinger vorn am Goetheplatz kriegst du welches. Dann brauchst du nicht einmal vor bis zum Marienplatz.«

Dann knallte sie die Tür hinter sich zu.

Einen Moment schwiegen Amrei und die Doblerin.

»Meine Cousine hat gefragt, ob du wieder bei ihr im Laden aushelfen magst.« Die Doblerin sah Amrei treuherzig an. Gewiss hatte sie der Pfefferle gleich brühwarm von ihrer Rückkehr erzählt.

Amrei sparte sich die Frage, warum die Pfefferle sich nicht selbst bei ihr meldete. Ihre Nummer musste sie noch haben. Zugleich war Amrei erleichtert, dass sie ihren früheren Aushilfsjob in dem Zeitungs- und Tabakladen beim Sendlinger Tor sofort wiederhaben konnte, wenn sie wollte. Dann musste sie ihre Eltern in Eggling nicht um weitere Unterstützung bitten, weil sie im teuren München nicht mit dem BAföG auskam.

»Freuen täte sie sich, wenn du wieder zu ihr kämst, hat die Elis gemeint«, bekräftigte die Doblerin. »Am Freitagnachmittag ist allweil viel los bei ihr. Aber das weißt du ja. Bei ihr hat sich nichts geändert. Und das Geld kannst du sicher gut brauchen. Als Hostess kriegst du deinen Lohn doch bestimmt erst, wenn die Spiele im August anfangen.«

»Sogar erst im September, wenn sie vorbei sind«, erwiderte Amrei.

Auf das Wiedersehen mit der Pfefferle freute Amrei sich nicht nur wegen der Möglichkeit, sich so wieder etwas dazuzuverdienen. Gleich am nächsten Tag ging sie zu ihr ins Geschäft nahe beim Sendlinger Tor, um die Details zu besprechen.

»Wie hab ich dich vermisst!«, begrüßte die inzwischen Siebzigjährige sie und drückte sie liebevoll an sich. Sie reichte Amrei nur knapp bis zur Brust, was das Ganze etwas seltsam wirken ließ. Das aber störte sie genauso wenig wie Amrei. Schnell wurden sie sich über die Details wieder einig, die letztlich dieselben wie vor vier Jahren geblieben waren.

»Nächsten Freitag ab Mittag wie gehabt vorn im Laden. Die Stammkundschaft hat allweil wissen wollen, warum du so lang fortgeblieben bist. ›Ein halbes Jahr bin ich höchstens weg, länger nicht‹, hast du damals behauptet. Und dann sind es mehr als drei Jahre geworden. Zum Glück sind alle noch quietschfidel und bei bester Gesundheit. Ein Wunder, in dem Alter, in dem die schon sind. Jetzt kannst du ihnen selbst sagen, warum du so viel länger im Ausland geblieben bist.«

Das hatte Amrei zwar nicht vor, doch es tat ihr gut zu hören, dass sie vermisst worden war. Und dass die Pfefferle so wenig Bohei um ihr langes Wegbleiben und ihre plötzliche Rückkehr machte. Nicht mit einer Silbe fragte sie sie über die letzten drei Jahre aus. Für sie zählte offenkundig nur, dass Amrei wieder da war, um ihr auszuhelfen, wenn die Stammkundschaft freitags wie gewohnt kurz vor Annahmeschluss anrückte, um die Lottoscheine abzugeben.

Und das tat sie am folgenden Freitag wie verabredet zur gewohnten Zeit. In dem winzigen Geschäft schien die Zeit stehen geblieben, während sich draußen alles komplett verändert hatte. Der Schacht für die U-Bahn-Röhre am Sendlinger-Tor-Platz war inzwischen zugeschüttet worden und damit auch die Trambahnstrecke zum Marienplatz verschwunden. Stattdessen zerschnitt der Autoverkehr über den mehrspurigen Altstadtring das Viertel. Wer den winzigen Zeitungs- und Tabakladen eingangs der Thalkirchner Straße betrat, stieß dort drinnen jedoch auf dieselbe Welt wie vor fünf, zehn, zwanzig oder wahrscheinlich noch mehr Jahren. Nur das graue Haar der Pfefferle auf dem von Muttermalen übersäten Kopf wurde stetig weniger, der altmodische Dutt in ihrem Nacken filigraner, während sich die Runzeln in ihrem Gesicht sofort inflationär vermehrten, wenn sie einen anlachte. Und das tat sie mindestens ebenso oft, wie die Glocke über der Tür bimmelte.

»Als ob der Holzapfel Kurt je einen gebraucht hätte, der ihm beim Ankreuzen der Kasterl hilft«, knurrte sie in einer Mischung aus Amüsiert- und Beleidigtsein, nachdem Amrei sich mit ihm über den winzigen Schein mit den Zahlenblöcken gebeugt und die gewünschten Kästchen auf seine Anweisung hin markiert hatte.

»Soll er halt nicht gleich zum Frühstück schon das erste Weißbier kippen, dann zittert ihm beim Schreiben auch allweil nimmer die Hand«, schimpfte die Sinnhuberin, die als Nächste aus dem Stammkundenensemble eintrudelte.

»Schön, dass du wieder da bist, Mädel«, säuselte sie jedoch, sobald sie Amrei hinter der Ladentheke erblickte.

Die elegante Thilda Schuster, die fast zeitgleich mit ihr auftauchte, wies sie indigniert zurecht: »Ein ›Sie‹ sind wir Fräulein Amrei mindestens schuldig, nicht, dass sie gleich wieder vor Schreck das Weite sucht.«

»Hoffen wir, sie bringt mir Glück bei der Olympia-Lotterie. Viel zu lang warte ich schon drauf, dass das was wird mit mir und der Million.« Der Winninger Schorsch, der als Letzter aus dem vertrauten Kreis im Laden erschien, rieb sich erfreut die Hände.

»Wer weiß?« Die Sinnhuberin schaute ihn mit verklärtem Augenaufschlag an. »Am Ende gewinnst du jetzt, wo die Amrei wieder zurück ist, tatsächlich einmal. Dann musst du uns aber auf einen Sekt einladen. Mindestens.«

»Ein Millionengewinn wäre eine schöne Belohnung dafür, dass wir die letzten Jahre überall in der Stadt über die depperten Baustellen gestolpert sind«, mischte sich die Pfefferle ein. »Sogar im dicksten Winter bei Schnee und Eis sind wir über die windige

Fußgängerbrücke am Stachus balanciert. Ein Wunder, dass sich keiner von uns die Haxen gebrochen hat.«

»Das ist allweil besser gewesen, als wenn einer von uns bei den Olympischen Spielen mitturnen müsst«, spottete Kurt Holzapfel.

»Sag das nicht!«, widersprach der Winninger Schorsch und stellte sich mit herausgeschobener Brust in Positur. »Seit meiner Jugend bin ich Mitglied der Turnerriege beim TSV 1860. Den Felgaufschwung kriege ich gewiss noch hin. Und den Purzelbaum vorwärts sowieso. Soll ich's euch zeigen?«

»Bitte nicht hier im Laden, Herr Winninger«, bremste Amrei ihn amüsiert ab.

»Wollt ihr jetzt noch die Lottoscheine abgeben oder nicht?« Ungeduldig trommelte die Pfefferle mit den Fingern auf den Tresen. »Gleich geht gar nichts mehr für heute, dann ist nämlich Annahmeschluss.«

Überraschend postierte sich Thilda Schuster als Erste vor dem Tresen, die anderen reihten sich brav hinter ihr ein. Amrei nahm die Tippscheine entgegen, um sie mit der Maschine zu registrieren, die Pfefferle rechnete die Einsätze ab. In wenigen Sekunden waren sie dabei wieder so eingespielt wie früher. Auch die Kundschaft spulte die seit Jahren eingefahrenen Abläufe ab. Der Winninger Schorsch leckte sich umständlich die Finger, um den sorgfältig ausgefüllten Tippschein aufzufalten, die Sinnhuberin murmelte erst noch einige Zahlen vor sich hin, bevor sie dieselbe Zahlenkombination wie immer tippte, und Kurt Holzapfel erwarb zum Schluss noch ein Rätselheft.

Rasch war Amrei mit der Lottozeremonie der Stammkunden wieder bestens vertraut. Bereits am folgenden Freitag hatte sie das Gefühl, auch aus dem Zeitungs- und Tabakladen nie für länger fort gewesen zu sein, so gut wusste sie gleich wieder, was wer wann sagte oder wie er seinen Tippschein vorlegte.

Darüber verging der Nachmittag von Neuem rasend schnell. Kurz vor Geschäftsschluss tauchten noch einige weitere Kunden auf, um sich mit Zigaretten, Kaugummi, Zeitungen und Zeitschriften fürs bevorstehende Wochenende zu versorgen. Kaum registrierte Amrei, wer da zum Abkassieren vor ihr stand, derart hektisch wurde es auf einmal in dem engen Geschäft. Bis eine ihr nur zu gut bekannte Stimme sie aufschreckte.

»Einmal Marlboro bitte.«

David! Sie erstarrte.

»Und einen Lottoschein dazu«, setzte er betont gelassen nach, als sie ihn anstarrte wie ein Wesen vom anderen Stern.

Sie ärgerte sich. Am meisten über sich selbst.

»Wenn ich schon kein Glück in der Liebe habe, sollte ich es wohl unbedingt einmal mit dem Lottospielen probieren«, versuchte er zu scherzen, doch es war ihm deutlich anzumerken, wie schwer es ihm fiel.

»Dazu ist es zu spät«, erwiderte Amrei mechanisch.

»Abgabe war schon vor einer halben Stunde, junger Mann«, kam ihr die Pfefferle zu Hilfe. Zwar schien sie David nicht zu erkennen, dazu waren sie sich früher zu selten begegnet, aber vermutlich war ihr nicht entgangen, dass sein Auftauchen Amrei völlig aus dem Lot brachte.

»So ein Pech! Nichts gelingt mir.« Er verzog das Gesicht zu einem bedauernden Lächeln.

Amrei bemerkte, wie interessiert er die Pfefferle musterte. Als Maler imponierte ihm offenkundig ihr Gesicht. In jeder einzelnen Falte sah man ihr das Leben an, das hinter ihr lag. Bevor er sie bat, ihm Modell zu sitzen, stellte Amrei klar: »Wir schließen jetzt.«

»Prima! Dann können wir gleich zusammen essen gehen.

Beim Filmtheater vorn am Sendlinger Tor ist jetzt ein netter kleiner Italiener mit der besten Pizza der Stadt.«

»Ich muss noch die Kasse machen. Das dauert.«

»Das schaffe ich gut allein. Hab's die letzten Jahre allweil auch ohne dich hinkriegen müssen. Geh du mal lieber mit dem netten jungen Mann essen. Gewiss lädt er dich ein.«

Netter junger Mann! Amrei schnaubte in einer Mischung aus Empörung und Amüsement. Die Pfefferle hatte ihn tatsächlich nicht erkannt. »Franz Marc in spe« hatte sie ihn früher genannt, eine Anspielung auf den zu Lebzeiten nicht sonderlich erfolgreichen, dafür bei den Frauen umso begehrteren Maler des Blauen Reiter.

David zögerte, auf einmal sichtlich verunsichert. Amrei musste nun doch schmunzeln. Einladen wollte er sie wohl nicht. Das hatte er früher schon nie getan.

Die Pfefferle sah ihn auffordernd an, sodass ihm gar keine andere Wahl blieb, als ihrem Vorschlag zuzustimmen. Triumphierend zwinkerte sie Amrei zu.

Sie überlegte einige Sekunden. Pizza beim Italiener neben dem Kino – so billig war sie nicht zu haben. Andererseits machte es keinen Sinn, das in Gegenwart der Pfefferle mit David auszudiskutieren. Also schnappte sie sich ihre Jeansjacke und den Batikbeutel, um mit ihm nach draußen zu gehen.

»Kenn ich Sie nicht von irgendwoher?« An der Ladentür hielt die Pfefferle David noch einmal zurück, betrachtete ihn ungeniert. Das behagte ihm noch weniger.

»Sie haben die Amrei doch früher, bevor sie weg ist aus München, schon öfter von meinem Laden abgeholt. Vor allem, nachdem sich dann auch der junge Wachtmeister für sie interessiert hat. Damit Sie in jedem Fall vor ihm da sind, um sie auszuführen. Konkurrenz belebt das Geschäft, sag ich allweil. Auch in der Liebe. Wie's ausschaut, sind Sie dieses Mal in jedem Fall rechtzeitig dran. Der Polizist hat sich jedenfalls noch nicht blicken lassen. Aber das kann noch werden. So lange ist Amrei noch nicht wieder da. Das hier ist ja immer noch sein Revier. Ab und an schaut er auf seiner Streife vorbei. Einen schönen Abend, ihr zwei.«

Sie zwinkerte Amrei zu, bevor sie den Schlüssel hinter ihnen zweimal im Schloss umdrehte und die Jalousie an der Glastür schwungvoll heruntersausen ließ.

»Den schönen Abend musst du dir leider allein machen, David. Ich komme nicht mit. Ich habe schon was vor«, erklärte Amrei, nachdem sie einige Schritte schweigend nebeneinander zum Sendlinger-Tor-Platz gelaufen waren. »Da vorn steht mein Fahrrad. Es ist Freitag. Annamirl wartet mit den Reiberdatschi auf mich.«

»Ruf sie an und sag ihr, dass du nicht zum Essen kommst.«

»Warum sollte ich?«

»Weil ich mich wahnsinnig freuen würde, wenn du den Abend mit mir verbringst. Schon der alten Zeiten wegen. Und meinetwegen. Oder vielmehr unseretwegen. Oder hast du das alles vergessen? Komplett aus deinem Gedächtnis gestrichen?« Abrupt blieb er stehen und fasste sie am Arm. Sah sie fast schon flehend an. Aus seinen atemberaubend schönen dunklen Augen, denen so schwer zu widerstehen war.

»Und du lädst mich wirklich ein?«, hakte sie rasch nach, bevor sie sich allzu leicht überrumpeln ließ. Sie wollte nichts tun, was sie später bereute.

»Seit fast einem Monat bist du schon zurück, haben mir die anderen erzählt. Warum hast du dich noch nicht bei mir gemeldet?«

»Das fragst ausgerechnet du?« Sie lachte. Damit war die Entscheidung gefallen. Auf einmal fiel es ihr gar nicht schwer, ihm einen Korb zu geben. »Du hast es früher auch nicht so genau genommen mit dem Sichmelden. Im Nu waren Wochen vorbei, bis du wieder aus der Versenkung aufgetaucht bist und mich angerufen hast. Dann aber sollte ich natürlich sofort Zeit für dich haben. Genau wie jetzt.«

»Das hatte seine Gründe. Das weißt du.«

»Oh, du hattest natürlich deine Gründe. Selbstverständlich. Und ich darf die nicht haben?«

Seine Antwort amüsierte sie. Er schien sich nicht geändert zu haben.

»Amrei, bitte, fang nicht gleich wieder ...«

»Ganz bestimmt nicht. Die Zeiten, in denen ich mich deinetwegen geärgert habe, sind wirklich vorbei.«

Großzügig winkte sie ab.

»Dann lass uns endlich zum Italiener vorn ...«

»Nichts für ungut. Ein anderes Mal vielleicht. Aber der Freitagabend gehört Annamirl. Das solltest du noch wissen. Ruf die Tage mal an, dann machen wir was aus. Die Nummer hast du bestimmt noch.«

Sie hauchte ihm einen Kuss auf die Wange und lief zu ihrem Fahrrad.

1967

Dezember

Die Rektoratsfeier beschäftigte Amrei noch lange. Vor allem David ging ihr nicht aus dem Kopf. Leider war sie viel zu überwältigt von ihm und der mitreißenden Stimmung gewesen, um ihn rechtzeitig nach seiner Telefonnummer oder Adresse zu fragen. Sobald die Feier zu Ende war, war es zu spät gewesen. Sie hatte es nicht einmal geschafft, ihm, Chris und Jürgen nach unten zu folgen. Viel zu leicht hatte sie sich von den unzähligen anderen abdrängen lassen, die die Empore ebenfalls über die enge Treppe verließen. Trotz ihrer Größe, die es ihr erleichterte, über Köpfe und Schultern zu sehen, hatte sie die drei aus den Augen verloren. Nicht einmal im Lichthof der Universität, wo die meisten Studenten noch eine Weile stehen geblieben waren, um sich über die erfolgreiche Aktion auszutauschen, hatte sie sie noch ausfindig machen können. Wahrscheinlich feierten sie irgendwo gemeinsam ihren Erfolg. Frustriert, dass sie sie offenbar so schnell wieder vergessen hatten, war Amrei schließlich zu Annamirls Wohnung gefahren.

In den nächsten Wochen hegte sie noch die Hoffnung, zufällig einem der drei an der LMU oder in einer der Kneipen im Univiertel zu begegnen. Zwar studierte David an der benachbarten Kunstakademie, aber sie hoffte, dass er gelegentlich seine Freunde an der LMU besuchte. Aus diversen Gesprächen in den

Hörsälen und auf den Gängen schnappte sie auf, wo sich die politisch engagierten Kommilitonen zu versammeln pflegten.

Mit klopfendem Herzen wagte sie sich in das winzige Trikont-Café in der Schellingstraße. Gleich fühlte sie sich von den überlebensgroßen Porträts von Marx, Mao und Hô-Chí-Minh an den Wänden eingeschüchtert. Auf den Regalen und Tischen stapelten sich die entsprechenden Schriften, von denen sie noch keine einzige in Händen gehalten, geschweige denn sie je angelesen hatte. Ebenso sagten ihr die Titel der ausliegenden Zeitungen und Zeitschriften wenig. Ein süßlicher Duft hing in der Luft, vermischte sich mit dem Geruch von kaltem Zigarettenrauch, schalem Bier und Schweiß.

Die in der Mehrzahl vollbärtigen Männer, die den engen Raum bevölkerten, schenkten ihr nicht die geringste Beachtung. Hoch konzentriert diskutierten sie mit dem halb leeren Bierglas in der einen und der Zigarette oder dem Joint in der anderen Hand über anstehende Aktionen, den aktuellen Stand ihrer Strafverfahren oder den sinnvollen Einsatz von Molotowcocktails. Amrei wurde mulmig. Eine rothaarige, knapp dreißigjährige Frau in wallenden Gewändern kam auf sie zu. Mitleidig musterte sie Amrei von oben bis unten.

»Ich glaube, du hast dich verirrt«, sagte sie. »Eine wie du passt hier sicher nicht hin. Und Freunde findest du hier bestimmt auch nicht.«

Amrei spürte, wie ihr das Blut in die Wangen schoss. Beschämt schlich sie zur Tür hinaus.

Am folgenden Abend überredete sie Gaby, eine Kommilitonin aus der Germanistik, mit der sie im Proseminar zusammensaß, sie zum Wirtshaus Atzinger an der Ecke Schelling-/Amalienstraße zu begleiten. Zu zweit irgendwo zum ersten Mal aufzutauchen, schien ihr einfacher, um nicht allzu sehr aufzufallen.

»Ist ein bisschen langweilig hier, findest du nicht?«, stellte

Gaby nach kaum einer halben Stunde fest, während Amrei sich den Hals verrenkte, um zu sehen, wer sich an den Tischen oder am Tresen herumdrückte. David, Chris oder Jürgen waren jedenfalls nicht darunter. Enttäuscht nippte sie an ihrem Radler.

»Lass uns lieber tanzen gehen«, schlug Gaby vor. »Warst du schon einmal im Gaslight in der Ainmillerstraße? Da soll ordentlich was los sein. Das sollten wir uns mal anschauen.«

»Aber nur, wenn wir vorher kurz im Chez Margot vorbeigehen. Das liegt auf dem Weg.«

»Suchst du wen?«, hakte Gaby neugierig nach.

»Wie kommst du darauf?« Amrei bemühte sich um einen beiläufigen Ton und hoffte inständig, nicht zu erröten. Sie war eine lausige Lügnerin.

»Ich will nur wissen, wie die Kneipen so sind, von denen in der Uni immer alle reden«, beeilte sie sich als harmlose Erklärung nachzuschieben.

Draußen auf der Straße hakte sie sich bei Gaby unter. Es war bitterkalt. Bestimmt fiel bald der erste Schnee, vielleicht sogar in dieser Nacht. Eine reichlich bescheuerte Idee, jetzt noch zu Fuß quer durch die ausgestorbene Maxvorstadt zu stapfen, nur um vielleicht irgendwo jemanden zu treffen, der sie wahrscheinlich längst vergessen hatte. Einen sonderlich nachhaltigen Eindruck konnte sie auf David nicht gemacht haben, sonst hätte er doch bestimmt selbst daran gedacht, sie nach ihrem vollständigen Namen und ihrer Adresse zu fragen.

Noch wollte sie sich das nicht endgültig eingestehen. Noch bestand die Hoffnung, ihn wiederzusehen, ermutigte sie sich. Wenn nicht an diesem Abend, dann eben an einem anderen.

Das Chez Margot war ausnahmsweise geschlossen, wie ein handgeschriebener Zettel an der Tür verhieß.

»Scheint ja ein sehr aufregender Schuppen zu sein«, bemerkte Gaby nach einem kurzen Blick durch die Scheiben. Wahrscheinlich hätte sie sich dort ebenso schnell gelangweilt wie zuvor im Atzinger.

Fast schon erleichtert steuerte Amrei mit ihr das Gaslight an und war froh, dass es dort nicht nur warm, sondern auch ganz nach ihrem Geschmack war. Gleich nach den ersten Songs stand fest: Hier waren sie richtig. Hier wurde ihre Musik gespielt.

Nach den Anfangstakten von *Massachusetts* von den Bee Gees tauchte sie endgültig ins Tanzen und Träumen ab und vergaß für den restlichen Abend die Suche nach der berühmten Nadel im Heuhaufen, sprich nach David und Chris. München war groß, München war jung und bot viele Möglichkeiten, sich abzulenken und nette Leute kennenzulernen. Und Gaby war die Richtige, mit der sie das tun konnte.

Das Tanzen machte durstig, die stickige Luft trocknete ihnen die Kehle aus. Viel zu rasch tranken sie mehrere Glas Bier. Bald begannen sie, albern kichernd über zwei Typen zu lästern, der eine mit dicker Brille, der andere mit dickem Schnauzer, die krampfhaft versuchten, sie anzubaggern. Erst auf der Tanzfläche, wenig später an der Bar. Durch nichts ließen sie sich abschütteln. Bis Amrei es nicht mehr aushielt und sie verärgert anraunzte: »Schleicht's euch!« In dumpfestem Oberpfälzisch! Sobald ihr das klar wurde, wäre sie am liebsten vor Scham im Boden versunken.

Verblüfft wichen die beiden zurück. Auch Gaby schien für einen Moment völlig perplex. Dann aber fasste sie sich als Erste und zog Amrei mit sich fort. Kicherte bald wieder ähnlich albern wie vorhin und stellte draußen auf der Straße bewundernd fest: »Denen hast du es aber gezeigt. So schnell machen die bestimmt keine Frauen mehr an.«

Mit Gaby auszugehen, gefiel Amrei. Immer öfter begaben sie sich im studentischen Nachtleben auf Entdeckungsreise. Das machte umso mehr Spaß, weil sie dieselbe Musik mochten und beide gern tanzten. Auch in der Uni trafen sie sich häufig in denselben Vorlesungen und Seminaren und entdeckten noch weitere gemeinsame Vorlieben. Nie ging ihnen der Gesprächsstoff aus. Bald war es Amrei, als würden sie sich schon seit Jahren kennen, so gut verstanden sie sich.

Dennoch ertappte sie sich nach wie vor dabei, weiterhin auch nach David und Chris Ausschau zu halten. Sie hatten etwas in ihr zum Schwingen gebracht, das sie nicht mehr losließ.

Als sie wenige Tage später zufällig an der Kunstakademie vorbeikam, beschloss sie, sich hineinzuwagen. Sie rechnete zwar nicht ernsthaft damit, David zu treffen, doch sie war neugierig, wie es dort zuging.

In jedem Fall anders als bei den Geisteswissenschaftlern in der Schellingstraße und im Hauptgebäude der benachbarten LMU. Das stand spätestens dann zweifelsfrei fest, als sie beobachtete, wie lässig die Kunststudenten mit überdimensionalen Mappen unterm Arm über die großzügig geschwungene Auffahrtsrampe oder die breite Steintreppe vor dem imposanten Bau am nördlichen Ende der Amalienstraße schlenderten. Männer wie Frauen, Vollbärtige und Langhaarige ebenso wie Glattrasierte und Glatzköpfige oder verrucht Geschminkte und betont achtlos Frisierte. Verlegen zwirbelte Amrei sich den Pferdeschwanz um ihren Finger. Wieder einmal sah man ihr sofort an, nicht dazuzugehören. Eine Sekunde lang meinte sie sogar, den gehässigen Kommentar aus dem Trikont bereits im Ohr zu hören. Doch anders als dort schien sich in der Akademie niemand sonderlich an ihrem Auftreten zu stören, geschweige denn, dass sie jemand darauf ansprach und wegscheuchen wollte. Die Akademiestudenten waren viel zu sehr mit sich beschäftigt, um sie überhaupt zu beachten.

Den Weg in die Cafeteria fand sie überraschend schnell, organisierte sich am Büfett einen Kaffee und suchte sich einen freien

Tisch am Rand des Geschehens, von dem aus sie den besten Überblick hatte. Mit dem dampfenden Becher in der Hand setzte sie sich und verfolgte neugierig das fröhliche Kommen und Gehen.

Rasch wurde sie wieder neidisch, wie selbstverständlich auch hier fast jeder jeden zu kennen schien, zur Begrüßung stürmisch umarmte oder rechts und links auf die Wangen küsste. Selbstverständlich duzten sich alle, wie David ihr schon zu Semesterbeginn in der Großen Aula erzählt hatte. Kaum dachte sie daran, wünschte sie sich auf einmal doch nichts sehnlicher, als dass er jetzt auftauchte.

Um sich abzulenken, las sie ein, zwei Seiten in ihrem Buch, ohne sonderlich viel von dem zu verstehen, was sie da gerade las. Auf Französisch. Pflichtlektüre für die Einführungsvorlesung in Romanistik. *Bonjour tristesse* von Françoise Sagan. Ausgerechnet.

Nach einem weiteren Blick durch die Cafeteria las sie die ersten Seiten noch einmal.

David tauchte noch immer nicht auf.

Sie las das erste Kapitel ein weiteres Mal. Und noch einmal. Bis es ihr zu dumm wurde und sie das Buch energisch zuschlug. Sie erschrak, wie laut es knallte. Doch niemand an den anderen Tischen sah deshalb auf.

Sie beschloss zu gehen. Das Wiedersehen mit David überließ sie besser dem Zufall. Schließlich war es auch Zufall gewesen, dass Chris sie im November vor dem Eingang zur Großen Aula aufgesammelt und oben auf der Empore unter ihre Fittiche genommen hatte.

Bald hatte sie ohnehin kaum mehr Zeit, noch viel über David und ein mögliches Wiedersehen zu grübeln. Unverhofft kam sie zu einem Job. Was ihr ebenso unverhofft aus der Bredouille half, jeden Pfennig dreimal umzudrehen, bevor sie ihn ausgab. Die Stadt war teurer als das Land, selbst wenn sie sich aufs Nötigste beschränkte. »Wenn du unbedingt nach München willst, musst du selbst schauen, wie du mit dem Geld auskommst«, hatte der Vater vor ihrem Weggang gesagt und war lediglich bereit gewesen, ihren Anteil der Miete bei der Großtante zu übernehmen. Die restlichen Ausgaben bestritt sie vorläufig aus ihrem Ersparten. In den vergangenen Jahren hatte sie sich mit Nachhilfestunden für die Nachbarstochter im Dorf einiges zusammengekratzt. Sofern sie sparsam lebte, würde es für die kommenden Monate reichen.

Bislang weigerte Annamirl sich hartnäckig, Geld fürs Essen von ihr zu nehmen, und wehrte ihre Versuche, etwas in die Haushaltskasse einzuzahlen, mit den Worten ab: »Kochen muss ich eh, und essen tust du sowieso wie ein Spatz.« Doch Amrei wusste, dass es so auf Dauer nicht funktionieren würde. Sie konnten gewiss nicht zu zweit von Annamirls Rente leben. Und das wollte sie auch gar nicht. Längst hatte sie sich angewöhnt, auf dem Heimweg von der Uni ein frisches Brot aus der Hofpfisterei mitzubringen, nach dem gemeinsamen Abendessen ab und an eine Packung Gauloises auf den Tisch zu legen und einmal in der Woche einige Flaschen Bier, Milch sowie ein halbes Pfund Butter beim Lebensmitteltandler am Goetheplatz zu kaufen und in der Speisekammer zu platzieren.

»Hättest du freitags vielleicht ein paar Stunden Zeit?«, fing die Doblerin sie eines Abends vor der Wohnungstür ab, als sie wieder einmal in ihrem Batikbeutel nach dem Schlüsselbund kramte.

Zu ihrer Überraschung trat sie sogar aus der Wohnung zu ihr auf den Treppenabsatz heraus. Zum gefühlt ersten Mal seit ihrem Einzug bekam Amrei mehr als nur einen Teil ihres Gesichts und ihre wachen grauen Augen zu sehen, mit denen sie durch den Türspalt zu spicken pflegte. Verblüfft starrte sie die zierliche Frau an. Der kleine, symmetrisch geformte Kopf war von dichtem schlohweißem kurzem Haar umrahmt, die Haut von Falten und

Leberflecken übersät. Die gebeugte Gestalt steckte im typischen grauen Altweiberkittel. Sie sprach mit einer erstaunlich hellen, festen Stimme im schönsten Münchnerisch.

»Eine Aushilfe tät meine Cousine für ihren Zeitungs- und Tabakladen suchen. Gerade jetzt, wo es auf Weihnachten zugeht. Als sie gefragt hat, ob ich wen wüsste, hab ich gleich an dich gedacht. Ein bisserl was extra im Geldbeutel wirst du als Studentin gewiss gut gebrauchen können. Und mit der Elis ist gut auskommen.«

Amrei wunderte sich erst gar nicht, woher die Doblerin wusste, dass sie studierte. Der entging einfach nichts, auch wenn sie weder mit Annamirl noch mit ihr redete.

»Die Pfefferle Elis ist in Ordnung«, urteilte Annamirl, nachdem Amrei ihr beim Abendessen von dem Angebot berichtet hatte. »Von der wirst du gewiss nicht über den Tisch gezogen. Ein anständiger Mensch ist das, ganz ein anständiger. Viel zu selten gibt's solche wie die heute noch. Ein Wunder, dass die Doblerin mit ihr verwandt ist.«

Auf Anhieb wurde Amrei sich mit der Pfefferle einig. Bereits am folgenden Freitag konnte sie bei ihr im Laden anfangen.

Nach kaum einer halben Stunde war ihr zwar klar, dass der Job mit der Kontrolle der Tippscheine, dem Verkauf der richtigen Zigarettenmarken an den richtigen Kunden und den zugleich immer wieder schlagfertig zu parierenden Frotzeleien der Stammkundschaft höchste Konzentration erforderte, aber dennoch vergnüglich war. Letztlich kannte jeder jeden und wusste, was der andere von ihm wollte. Eigentlich genau wie früher daheim in Eggling, stellte sie erschrocken und zugleich amüsiert fest.

Als die Pfefferle irgendwann »Feierabend« verkündete, bemerkte Amrei, dass es draußen längst stockdunkel geworden war. Wie die Zeit verflogen war! Und wie selbstverständlich sie die ganzen Stunden ohne den lästigen Oberpfälzer Akzent geredet hatte. Kein einziger Kunde hatte nachfragen müssen, weil er sie nicht verstanden hatte. Niemand war auch nur auf die Idee verfallen, sie stamme aus der Oberpfalz. Das besserte ihre Laune gründlich. Fortan fieberte sie den Freitagen bei der Pfefferle im Zeitungs- und Tabakladen genauso entgegen wie den Reiberdatschi, mit denen Annamirl sie abends empfing. In der Stadt klarzukommen, war einfacher als gedacht.

»Jetzt hast du dich eingelebt.« Annamirl schmunzelte zufrieden, als Amrei sich nach dem Abendessen vor dem Spiegel im Flur noch einmal zurechtmachte. Sie wollte mit Gaby ins Kino. In den Türkendolch, wo *Zur Sache Schätzchen* gezeigt wurde. Über den Film redete momentan gefühlt die halbe Uni. Und die andere Hälfte schwieg darüber. Wohl aus gutem Grund, denn es ging um Münchner Studenten. Oder vielmehr um einen Münchner Studenten, der besonders faul und gammelig war, also eben genau so ein Gammler war, für die die meisten Menschen die Studenten sowieso hielten.

»Im Türkendolch sitzen wir direkt an den Schauplätzen«, meinte Gaby, als sie von der Trambahnhaltestelle zu dem kleinen Programmkino im Univiertel liefen. »Und vielleicht sogar direkt neben dem Hauptdarsteller Werner Enke und seiner Freundin, der Regisseurin May Spils. Angeblich hocken sie abends oft selbst dort, um sich den Film anzuschauen.«

»Allmählich müsste er ihnen doch zu den Ohren herauskommen.« Amrei verdrehte die Augen. Dann aber fiel bei ihr der Groschen. Natürlich hoffte Gaby insgeheim darauf, den beiden aufzufallen. So wie vermutlich die meisten anderen Mädchen, die mit ihnen um die besten Plätze in dem nicht sonderlich großen Kino rangelten, fast alle in Aufmachung und Kleidung ein getreues Abbild von Enkes Filmpartnerin Uschi Glas. Doch auch die jungen Männer versuchten, ähnlich lässig wie Martin aus dem Film zu wirken. Fast amüsierte es Amrei mehr, das zu beobachten, als die Geschichte selbst anzuschauen, die sie ohnehin nicht sonderlich spannend fand.

Noch am nächsten Tag bedauerte Gaby die vermeintlich entgangene Karrierechance, als sie in der Pause zwischen zwei Vorlesungen zur Germanisten-Cafeteria stiefelten. »Schade, dass wir gestern keinen Platz mehr im Bungalow bekommen haben. Der Enke war tatsächlich dort, mit der Spils, habe ich gehört. Und der Fassbinder und noch einige andere vom Film sowieso. Da haben wir echt was verpasst.«

»Das glaube ich nicht«, widersprach Amrei. Noch immer war sie froh, dass sie am Vorabend unverrichteter Dinge zu einem anderen Lokal hatten ziehen müssen. Die winzige Kneipe in der Amalienstraße war heillos überfüllt gewesen. Ihr wäre es ohnehin nicht geheuer gewesen, sich dort unter die Masse der Möchtegern-Schauspielerinnen und Schauspieler zu mischen. Das war nicht ihre Welt.

»Wir hatten es doch sehr lustig mit deinem Freund Frank und diesem Hans-Peter«, erinnerte sie Gaby. »Was für ein Glück, dass wir sie in der Tram getroffen haben und mit ihnen in der Isarvorstadt gelandet sind.«

Die nächtliche Tour mit den beiden war viel besser gewesen als ein verkrampftes Herumsitzen in einem völlig überfüllten Lokal, nur um zufällig mit irgendwelchen Filmfritzen ins Gespräch zu kommen.

»Das dauert mir jetzt zu lang«, maulte Gaby, als sie die lange Schlange vor der Cafeteria erreichten. Wieder einmal reihten sich die Studenten in einer langen Reihe die Treppe hinunter bis ins Foyer. »Ich muss noch rüber ins Hauptgebäude. Wir sehen uns bald?«

Zu Amreis Enttäuschung machte Gaby bereits auf dem Absatz kehrt. Amrei aber blieb. Sie brauchte unbedingt einen Kaffee, um die nächste Lehrveranstaltung zu überstehen. Die Einführung ins Mittelhochdeutsche war an diesem Vormittag eine echte Herausforderung, nachdem ihnen Gabys Freunde letzte Nacht noch die Deutsche Eiche beim Gärtnerplatz gezeigt hatten. »Ein Lokal für schöne Männer«, hatten sie augenzwinkernd angekündigt. Bis weit nach Mitternacht hatten sie von denen tatsächlich mehr als genug zu sehen bekommen. Nie und nimmer wäre der Abend im Bungalow unter Filmmenschen so lustig geworden, davon war sie felsenfest überzeugt.

»Wen haben wir denn da?« Eine Stimme, die ihr entfernt bekannt vorkam, riss sie aus der Erinnerung an die Schwulenkneipe. Sie fuhr herum. Chris! Glücklich fiel Amrei ihr um den Hals. Hatte sie es nicht geahnt? Der Zufall hatte sie zusammengebracht und sorgte jetzt auch für ihr Wiedersehen.

»Langsam, langsam. Nicht so stürmisch mit einer alten Frau wie mir.« Lachend befreite sich Chris aus ihren Armen.

»Wo hast du gesteckt? Von wegen ›Man sieht sich‹! Dumm, dass wir keine Adressen ausgetauscht haben.«

»Wie du siehst, haben wir uns trotzdem gefunden. München ist ein Dorf, lass dir das gesagt sein. Früher oder später läuft man sich hier immer wieder über den Weg. Also nur die Ruhe bewahren und immer schön geduldig bleiben. Es ergibt sich alles. Ganz easy.« Sie grinste.

Amrei seufzte. An diese Gelassenheit musste sie sich noch gewöhnen. Aber natürlich hatte Chris recht: München war ein Dorf. Das hatte sie sich auch schon mehrfach als Mantra vorgesagt – und nun war es bewiesen!

»Das hier ist übrigens meine Freundin Biggi.«

Chris zeigte auf ihre Begleiterin. Auf den ersten Blick war die das glatte Gegenteil von ihr: groß, schlank, blond. Aber ebenso ausgefallen angezogen mit einem weiten kunterbunten Pullover, der augenscheinlich selbst gestrickt war, und ebenso buntem Minirock und hohen hellbraunen Wildlederstiefeln.

»Hi.« Biggi streckte ihr die Hand entgegen.

Obwohl sie sympathisch wirkte, war Amrei doch enttäuscht. Sie hätte Chris gern allein getroffen.

»Achtung, ich warne dich. Ich bin waschechte Ausländerin. Aus Österreich. Genau genommen vom Attersee.«

Wenigstens sparte sie sich von vorneherein das Sie.

»Gustav Klimt hat da seine Sommer verbracht. Mit seiner Seelenfreundin, der Flöge. Er im weiten blauen Kittel, sie in ihren Reformkleidern. Echte Hippies der Jahrhundertwende. Ich hab versucht, es dort auch im Winter auszuhalten, ohne Seelenfreund. Nach der Matura bin ich dann doch lieber nach München, weil's mir daheim zu grau und einsam gewesen ist. Hier aber geht's selbst im Winter hoch her, und das nicht nur an Fasching. Auch wenn der dieses Jahr schon im November ordentlich losgelegt hat.« Sie lachte. Einzigartig. Und so, dass Amrei keine andere Wahl blieb, als einzustimmen. Auf einen Schlag war ihr anfänglicher Unmut vergessen. Im Handumdrehen stand für sie fest, dass sie Biggi mochte. Noch dazu, da sie sie gleich bat, ihr Annamirls Telefonnummer aufzuschreiben, damit sie sich bei ihr melden konnte. Was sie wenige Tage später tatsächlich tat, um sich mit ihr für den Abend zu verabreden.

Nach dem fünften Hellen im Atzinger berichtete Biggi von ihren Wohnungsproblemen, wenn auch schon sehr unsicher in der Aussprache einzelner Konsonanten.

»Wir gründen eine WG«, verkündete sie feierlich und schob sich auf der harten Holzbank vor der dunkel getäfelten Wand aufrecht in Positur, als müsste sie sich sofort bei einem potenziellen Vermieter vorstellen.

»Höchste Zeit, dass wir so leben, wie wir wollen.«

»Blöderweise fehlt uns der Vermieter, der uns eine Wohnung

zu akzeptablen Konditionen und einer bezahlbaren Miete überlässt.« Chris klang weitaus weniger enthusiastisch, aber artikulierte dafür deutlicher, obwohl sie ähnlich viel und schnell getrunken hatte wie Biggi.

»Er fehlt uns nicht, er muss nur noch wirklich wollen.« Mit der flachen Hand schlug Chris energisch auf den Tisch, als könnte sie dadurch eine Zusage erzwingen.

»Drück uns die Daumen«, bat sie Amrei. »Die Lösung für unser Problem ist erschreckend einfach. Aber wie so oft sind wir Frauen mal wieder von der Gunst eines Mannes abhängig.«

»Du hörst von uns, sobald wir es geschafft haben«, versprach Biggi, als sie sich um eins in der Nacht an der Trambahnhaltestelle in der Ludwigstraße mit innigen Umarmungen voneinander verabschiedeten.

Amrei freute sich, die beiden getroffen zu haben. Über David hatten sie zwar kein einziges Wort verloren, wie ihr erst im Nachhinein auffiel, aber auch so hatten sie viel zu reden und noch mehr Spaß miteinander gehabt.

Schon nach dem ersten gemeinsamen Abend hatte sie das Gefühl, bestens vertraut mit den beiden zu sein. Schon jetzt war sie gespannt, was sie ihr beim nächsten Mal alles erzählen würden. Und natürlich, ob sie mit ihrer Wohnungssuche erfolgreich sein würden. Zwei junge Frauen allein im teuren München – das klang aufregend. Und für viele Vermieter vermutlich immer noch ungewöhnlich.

1972

Mitte Mai

David war es ernst damit, Amrei wiederzusehen. Das wurde ihr rasch klar. Und rührte sie. Nachdem sie seine Einladung zum Pizzaessen abgelehnt hatte, rief er gleich am folgenden Nachmittag bei Annamirl an. Allerdings verpasste Amrei den Anruf, weil sie mit Treppen- und Toilettenputzen beschäftigt war. Annamirl bewies keine Eile, ihr den Anruf auszurichten, sondern erzählte ihr erst einen Tag später beim Abendessen davon.

»Wenn er fast drei Jahre braucht, bis er auf die Idee kommt, sich bei mir zu melden, um nach dir zu fragen, kann er auch noch ein bisserl länger warten, bis du ihn zurückrufst«, schob sie hinterher.

»Du magst ihn immer noch nicht, was?« Amrei musterte die Großtante.

»Spielt das eine Rolle? Du musst mit ihm auskommen, nicht ich«, stellte Annamirl klar. »Sonderlich dringend scheint es dir selbst nicht zu sein, ihn zu treffen, sonst hättest du das längst getan. Fast einen ganzen Monat bist du jetzt zurück.«

»Vier Wochen, um genau zu sein.«

Sie bliesen sich gegenseitig den Rauch ihrer Gauloise entgegen. Schmunzelten.

»Chris und Biggi hast du seither schon öfter getroffen.«

»Führst du Buch?« Amreis Schmunzeln wurde breiter.

Annamirl zog lange an ihrer Zigarette. Den Rauch blies sie in kleinen Ringen wieder aus.

»Was stört dich an David? Meinst du nicht, es ist an der Zeit, dass du mir das endlich verrätst.« Halb amüsiert, halb ernsthaft interessiert bohrte Amrei nach.

»Er kann auch nichts dafür, dass er der Enkel von Elly Grafenstetter aus der Buchhandlung in der Amalienstraße ist«, setzte sie nach, sobald ihr einfiel, dass das für die Großtante schon vor vier Jahren ein Grund gewesen war, David nicht sonderlich herzlich willkommen zu heißen, wenn er sie besuchte. »Was hast du eigentlich gegen die?«

»Nichts hab ich gegen die Elly Grafenstetter, gar nichts.« Annamirls Antwort kam schnell. Zu schnell. Und noch genauso unwirsch wie früher, wenn der Name gefallen war.

»Nur zu tun haben will ich nichts mehr mit ihr«, fügte sie nach einer längeren Pause hinzu. »Nie mehr in meinem Leben, wenn's möglich ist. Allzu lang wird's eh nimmer dauern mit mir. Da sollte das also gut zu schaffen sein.«

Das sagte sie leise, bevor sie sich räusperte und nachsetzte: »Ruf jetzt den David an. Damit ist das dann auch erledigt.«

Sie drückte die Gauloise im Aschenbecher aus und erhob sich, begann, das Geschirr abzuräumen, ließ das Spülwasser ein und begann mit dem Abwasch.

Nicht zum ersten Mal spürte Amrei, dass es keinen Sinn machte, gegen Annamirls Sturheit aufzubegehren. Irgendetwas schwelte zwischen den beiden alten Damen, über das sie niemandem Auskunft geben wollten. Davids Großmutter war Amrei gegenüber stets ähnlich reserviert aufgetreten wie Annamirl David gegenüber. Auch er hatte nie herausgefunden, warum. Selbst seine Mutter konnte es ihnen nicht erklären. Zumindest war das bis vor drei Jahren so gewesen. Letztlich war es jedoch unwichtig für die Beziehung zwischen David und ihr, damit hatte Annamirl recht. Die war ohnehin kompliziert genug.

Nach dem Abwasch rief sie ihn zurück. In der WG. Ganz wie

in alten Zeiten. Nur dass sich dieses Mal nicht Jürgen, sondern ein gewisser Uri am anderen Ende der Leitung meldete.

»Ich bin der neue Mitbewohner. Seit vier Wochen wohne ich hier. In Jürgens altem Zimmer«, stellte er sich vor.

Wahrscheinlich hatte er ihrer Stimme angehört, wie überrascht sie war, einen Fremden unter der bekannten Telefonnummer zu erreichen. Bis ihr einfiel, dass Chris auf der Fahrt zum Yellow Submarine auch von Jürgens Auszug erzählt hatte. Gleich nach Beendigung seines Jurastudiums Ende Februar habe er seine Sachen gepackt.

»Als Rechtsreferendar im Justizministerium kommt es wohl nicht so gut, in einer WG zu leben. Noch dazu mit Dauerstudenten wie uns«, hatte Chris gespottet. »Da hat Papa eben tief in die Tasche gegriffen und ihm ein schickes Apartment im Arabella-Haus in Bogenhausen spendiert.«

»Die es momentan zum Sonderpreis gibt, weil sie einen Großteil der Wohnungen rechtzeitig zu den Olympischen Spielen in Hotelzimmer verwandelt haben. Damit lässt sich noch mehr verdienen. Und den wenigen verbliebenen Bewohnern wird das mit einer günstigeren Miete versüßt«, hatte Biggi ergänzt.

»Ein Wunder, dass auch mal etwas günstiger wird in München«, hatte Amrei nur festgestellt.

»Aber nur vorübergehend. Und nur für wenige Auserwählte«, hatte Chris dagegengehalten.

Über den neuen Mitbewohner hatten sie und Biggi allerdings kein Wort verloren. Das wunderte Amrei. Sonst konnten sie nichts für sich behalten, erst recht keine aufregenden Neuigkeiten. Und die verhieß Uri in jedem Fall. Er sprach zwar fließend Deutsch, allerdings mit einem Akzent, den sie schwer zuordnen konnte. Der Vorname kam aus dem Hebräischen, so viel wusste sie noch aus dem Religionsunterricht in der Schule. Ob er aus Israel stammte? Wie aufregend! Sie brannte darauf, ihn kennenzulernen und mehr von ihm zu erfahren. Inzwischen ging man unter Studenten zum Glück lockerer miteinander um als noch vor wenigen Jahren, war sofort beim Du und sparte sich die üblichen umständlichen Höflichkeitsfloskeln.

Offenbar dachte sie noch viel zu viel über Uri nach, auch wenn sie längst David am Telefon hatte. Wie sonst war zu erklären, dass sie sofort einwilligte, ihn bereits am folgenden Donnerstag abends im Biergarten der Max-Emanuel-Brauerei zu treffen? Eigentlich ging ihr das immer noch viel zu schnell. Obendrein lag der Biergarten im Univiertel. Höchstwahrscheinlich würden sie dort weiteren Bekannten über den Weg laufen, was es erschwerte, ungestört miteinander zu reden. Doch David hatte bereits aufgelegt. Ihn noch einmal anzurufen, um ihn auf ein späteres Treffen an einem anderen Ort zu vertrösten, schien ihr unfair.

»Sorry, dass ich dich letzten Freitag bei der Pfefferle überfallen habe. Ich hätte vorher anrufen und fragen sollen, ob es dir überhaupt recht ist, dass ich komme«, begrüßte David sie, als sie eine Viertelstunde später als ausgemacht im Biergarten eintraf. Er wirkte ehrlich zerknirscht.

Amrei stutzte. Was war auf einmal los mit ihm? Warum entschuldigte er sich bei ihr? So kannte sie ihn gar nicht. Offenbar war ihm ihre Abfuhr doch mehr zu Herzen gegangen als erwartet. Das rührte sie.

In den vergangenen Wochen hatte sie sich viele Gedanken gemacht, was passieren würde, wenn sie ihn wiedersähe. Zu deutlich spürte sie, dass sie nach wie vor viel für ihn empfand. Zu viel, um genau zu sein.

»Lass uns einen Platz suchen«, schlug sie vor.

Der Biergarten war gut besucht. Kein Wunder. Das Wetter war ideal für einen lauen Frühlingsabend an der frischen Luft. David gelang es jedoch, einen kleinen runden Tisch abseits der voll besetzten Bierbänke für sie beide zu erobern. Stolz rückte er ihr den Klappstuhl auf dem unebenen Kiesboden zurecht und machte eine einladende Handbewegung.

»War vielleicht doch keine so gute Idee hierherzukommen.«

Mit dem Maßkrug in der Hand wies David auf das Gedränge in dem ummauerten Innenhof mit den riesigen Kastanien. Immer wieder winkte jemand zu ihnen herüber, weil er entweder David oder Amrei oder sie beide erkannte und ihr vermeintlich trautes Zusammensein mit überraschtem oder süffisantem Gesichtsausdruck kommentierte.

»Da musst du jetzt durch«, kommentierte sie seinen Unmut über die Störungen. »Du wolltest dich mit mir treffen. In aller Öffentlichkeit.«

Lachend prostete sie einer Brillenträgerin zu, mit der sie sich zwei Semester lang durch französische Grammatik gequält hatte. Von wegen *Weltstadt* – München blieb ein Dorf, in dem man ständig und überall denselben Leuten begegnete. 1972 noch genauso wie 1970 und 1968. Das änderte sich wohl nie.

»Mensch, Amrei! Wieder im Land?« Eine Frau in etwas über den Hüften spannender Hose und eng anliegendem T-Shirt stand plötzlich an ihrem Tisch, ignorierte Davids Augenbrauenhochziehen und hätte sich wohl ungefragt zu ihnen gesetzt, hätte sie einen Stuhl aufgetrieben. Fieberhaft überlegte Amrei, wer sie sein mochte.

»Kommst du auch zu Müller-Seidel ins Hauptseminar? Die Günderrode als weiblicher Werther – das ist doch das Thema für dich.«

Amrei stutzte, wie gut die andere über sie Bescheid wusste. Tatsächlich hatte sie sich schon dafür angemeldet. Wer zum Teufel war sie?

David schnaubte vernehmlich und gab sich nicht die geringste Mühe zu verbergen, wie genervt er von ihrem Auftauchen war.

»Sorry, nichts für ungut. Wir sehen uns Montag im Günderrode-Seminar. Schön, dass du wieder da bist.« Schon war sie weg.

»Wenigstens eine, die sich auf mich freut.« Amrei prostete David zu.

Er wollte etwas erwidern, doch zwei in schrilles Gelb und noch schrilleres Pink gekleidete Frauen tauchten auf und sprachen dieses Mal ihn an. Kommilitoninnen von der Akademie, vermutete Amrei.

»Hi!«, grüßten sie ihn lässig und schenkten ihr nur einen flüchtigen Blick.

Genauso schnell, wie sie überzeugt gewesen war, dass sie angehende Künstlerinnen sein mussten, hatten die zwei wohl entschieden, dass sie keinesfalls zu dem Kreis der Auserwählten gehörte. Dafür war sie mit ihrer weiten grünen Schlaghose und der gelbweiß-karierten Bluse mal wieder zu schlicht gekleidet. Nervös zupfte sie an einer Strähne ihres leicht ausgefransten Bobs, der ihr eine entfernte Ähnlichkeit mit Romy Schneider verlieh, und zwang sich, einigermaßen desinteressiert an den beiden vorbei in die Weite des Biergartens zu blicken.

»Bist du morgen im Atelier von Hauke dabei?«, hörte sie eine der beiden David fragen.

»Um zwölf geht's los. Frieder hat eine Kamera besorgt, um unser Happening zu filmen«, ergänzte die andere.

»Mal schauen.«

»Sei kein Spielverderber!« Die Größere beugte sich vor und küsste David auf den Mund.

Ihm war das sichtlich unangenehm. Als die beiden endlich verschwunden waren, seufzte er deutlich erleichtert und wollte zu einer Erklärung ansetzen.

»Ich will es gar nicht genauer wissen«, winkte Amrei ab. »Sei einfach brav morgen um zwölf in Haukes Atelier und erzähl mir hinterher von eurem Happening.«

»Dann sehen wir uns wieder öfter?« Seine dunklen Augen nahmen einen eigentümlichen Glanz an. Von Neuem fühlte sie sich hin- und hergerissen, wie sie reagieren sollte. Es ließ sie nicht kalt, wie er sich verhielt. Er ließ sie nach wie vor nicht kalt.

»Kommt darauf an, was ihr in Haukes Atelier veranstaltet«, wich sie aus.

»Du hast dich verändert.« Unvermittelt griff er nach ihrer Hand, hielt sie fest, suchte ihren Blick. Sie zwang sich, das auszuhalten.

»Wäre schlimm, wenn nicht.«

Sanft entzog sie ihm die Hand wieder und nahm einen großen Schluck von ihrem Bier.

»Gibst du mir noch eine Chance?«

»David, bitte.« Ohne hinzusehen, fingerte sie eine Zigarette aus der blauen Packung, zündete sie mit einem billigen Plastikfeuerzeug an. Ein Werbegeschenk, das ihr die Pfefferle zugesteckt hatte. Zusammen mit zwei Päckchen Gauloises.

»Salut, David.« Ein mittelgroßer, auffallend athletischer Mann in verwaschenen Jeans und lässig angeschmuddeltem weißen T-Shirt war ihre Rettung. Wie aus dem Nichts war er an ihrem Tisch aufgetaucht und legte zwar David die Hand auf die Schulter, strahlte jedoch eindeutig sie an.

»Ist das die nette Dame vom Telefon?« Schon reichte er ihr die Hand.

Eigentlich hasste sie solche Sprüche. Doch bei ihm klang es seltsamerweise nicht nach billiger Anmache. Neugierig betrachtete sie ihn. Er hatte dunkle kurze Locken, noch dunklere Augen und ein sehr gewinnendes Lächeln. Und eine weiche, tiefe Stimme. Genauso hatte sie sich Uri vorgestellt. Sie mochte ihn sofort.

»Und du bist also der neue Mitbewohner in der Amalienstraße. Wie lebt es sich in Jürgens Zimmer? Gibt es die Yucca-

Palme noch, oder hat er sie mitgenommen? Früher hat er immer vergessen, sie zu gießen. Das arme Ding.«

»Pflanzen führen einen harten Überlebenskampf in dieser Wohnung. Doch jetzt bin ich da. Der Retter allen Grüns. Die Palme habe ich bereits erfolgreich aufgepäppelt. Sie ist schöner denn je. Magst du einen Ableger? Einen Ficus benjamina habe ich noch dazu gekauft. Und auf dem Balkon einige Kräuter gepflanzt. Eine Schande, den brach liegen zu lassen. Eine Oase mitten in der Stadt.«

Ehe David protestieren konnte, hatte Uri sich einen Stuhl organisiert und setzte sich an ihren Tisch. Ganz selbstverständlich nahm er einen großen Schluck von Davids Bier.

»Ihr wollt jetzt nicht im Ernst über Grünzeug reden?« Entgeistert sah David zwischen ihnen beiden hin und her.

»Sollen wir lieber über dein neues Lieblingsthema sprechen?« Neckend boxte Uri gegen seinen Oberarm.

»Und das wäre?«, hakte Amrei ein, bevor die beiden vergaßen, dass sie nicht allein waren. Zu innig wirkte ihr Umgang miteinander.

»Weißt du das nicht?« Uri grinste.

»Würde ich sonst fragen?«

»Derzeit redet David über nichts lieber als über die Olympischen Spiele. Tag und Nacht. Er kann es gar nicht erwarten, bis sie endlich losgehen.«

»Hat euer Happening in Haukes Atelier damit zu tun?«

Überrascht sah sie David an. Wie die anderen aus der WG hatte er früher keinen Hehl daraus gemacht, dass er die Olympischen Spiele in München für eine schlechte Idee hielt, ebenso wie den damit verbundenen Komplettumbau der Stadt und überhaupt so ziemlich alles, was damals »von oben« entschieden und durchgesetzt worden war. Deshalb hatte es sie irgendwann nicht mehr wirklich interessiert. Es war ihr schlichtweg zu viel »dagegen«

und zu wenig »dafür« geworden. Rasch schob sie die aufkeimenden Erinnerungen an die endlosen Diskussionen in der WG-Küche beiseite. Außer Kopfschmerzen wegen des schlechten Weins, den sie dabei getrunken hatten, und schlechter Laune, weil sie sich allzu leicht in die Haare geraten waren, hatten sie ohnehin nichts bewirkt.

»Komm schon, heraus mit der Sprache«, versuchte sie, David aus der Reserve zu locken. »Was hast du morgen mit den Ladys von eben vor? Wird's wieder ein nackter Aufstand gegen den Kommerz? Oder doch etwas Subtileres wie damals euer Motorradrennen auf den Gängen der Akademie?«

»Das hört sich fast an, als wäre David früher auf die Barrikaden gegangen, um die Spiele zu bekämpfen.« Belustigt sah Uri erst sie, dann David an. Ohne zu fragen, bediente er sich selbstverständlich an den Zigaretten auf dem Tisch. Während er sich eine Gauloise zwischen die Lippen steckte, schüttelte er sichtlich amüsiert den Kopf.

Amrei suchte Davids Blick. Abermals wich er ihr aus.

»Was ist aus eurem Anti-Olympischen Komitee geworden?«, bohrte sie nach. »Und was aus eurer Lust, euch ›im Dienst der Sache‹, wie ihr das früher genannt habt, komplett auszuziehen, weil euch schlichtweg alles, was in der Politik und der Gesellschaft geschehen ist, hautnah berührt hat?«

Die Entwicklung des Gesprächs wurde David sichtlich unangenehm. Er bedachte Uri mit einem bösen Blick.

»Alte Ratsch-Kathl. Wenn du schon keine Ahnung von nichts hast, dann halt doch wenigstens den Mund«, fuhr er Uri an.

»Entspann dich, Alter! Ich habe doch gar nichts gesagt«, verteidigte der sich in bestem Studentenslang. Zum Beweis seiner Unschuld hob er abwehrend die Hände und lachte, trotz Davids unflätigem Angriff.

»Ich verstehe nur noch Bahnhof.« Amrei verschränkte die

Arme vor der Brust und lehnte sich vorsichtig auf dem wackligen Klappstuhl zurück. »Verrat mir endlich, was aus deinen Sachen geworden ist, David. Es interessiert mich. Wirklich.«

Anscheinend hatte er bei seiner Haltung zu den Spielen eine Hundertachtzig-Grad-Wende vollzogen. So wie fast alle in der Stadt. Warum zum Teufel konnte er das nicht offen zugeben? Warum war ihm das peinlich?

Ob es ihm leichter fiele, wenn sie ihm von ihrem Hostessenjob erzählte? Ihr Herz klopfte. Wahrscheinlich war jetzt der beste Moment, halbwegs unbefangen darüber zu reden. Noch ahnte er nicht, dass sie sich schon vor Jahren von Paris aus dafür beworben und jetzt vor allem deswegen nach München zurückgekehrt war. Sie zögerte jedoch eine Sekunde zu lang.

»Ich hol noch was zu trinken.« Auf einmal hatte er es eilig, vom Tisch wegzukommen. Beim Aufstehen warf er seinen Stuhl um.

»Noch jemand?«, fragte er, während er ihn wieder hinstellte. »Oder sonst noch etwas?«

»Gern einen Radi und eine Breze. Danke!« Uri zog einen zerknüllten Zehnmarkschein aus der Hosentasche und hielt ihn David hin.

»Für mich bitte ein Schnittlauchbrot.« Amrei kramte ein Zweimarkstück aus ihrer Tasche und reichte es ihm. Mit dem gläsernen Maßkrug in der Hand trottete David durch den knirschenden Kies zur Schänke.

Kaum war er außer Hörweite, wandte Amrei sich an Uri. »Was ist denn auf einmal mit dem los?«

Uri zuckte mit den Schultern. »Mir war nicht klar, dass es ihm peinlich ist, auf die Spiele angesprochen zu werden, sonst hätte ich nichts gesagt. Inzwischen sind alle im Olympiafieber. Auch in der WG. Ich dachte, das wüsstest du. Wo ihr doch alle so dick befreundet seid.«

»Ich war lange weg. Wir hatten keinen Kontakt. Heute Abend treffen wir uns zum ersten Mal seit bald drei Jahren.«

»Sorry, dann lasse ich euch wohl besser ...« Schon machte er Anstalten aufzustehen, doch sie hielt ihn fest.

»Bitte bleib.« Kurz hielt sie inne. Überlegte.

»Ist bestimmt besser, wenn David und ich erst einmal nicht allein miteinander sind«, schob sie nach kurzer Pause nach.

»Hört sich gefährlich an. Was gibt es eigentlich Aufregendes aus Davids Vergangenheit, über das er partout nicht reden mag?« Neugierig musterte Uri sie.

»Nichts. Nichts Besonderes.«

»Das klang eben anders.«

Amrei errötete. Was hatte sie da nur angerichtet?

»Die Studenten an der Kunstakademie hatten immer sehr ausgefallene Ideen, um ihren Unmut gegen die allgemeine Weltlage, die Situation bei uns in Deutschland und konkret in München kundzutun.«

Ihre kryptische Äußerung quittierte Uri mit Stirnrunzeln. Verzweifelt suchte sie nach einem Beispiel, das aussagekräftig genug war, ohne ihm von Neuem einen falschen Eindruck von David zu vermitteln.

»Einmal haben sie eine öffentliche Pseudo-Immatrikulation für Erstsemester mit reichlich Pomp und all dem lächerlichen Getue darum inszeniert«, fiel ihr endlich ein. »So wollten sie das haarsträubende Auswahlverfahren vonseiten der Professoren entlarven. Also mit Talaren, bierernsten Gesichtern, salbungsvollen Reden und dergleichen.«

Uris Gesicht verschwand hinter einer dichten Zigarettenrauchwolke, dennoch merkte sie, wie wenig ihn das überzeugte.

»Egal, was bei den Protesten auf die Beine gestellt wurde, David war immer vorn mit dabei. Seine Einfälle waren besonders originell und deshalb auch besonders begehrt.«

Uri nickte beiläufig und zündete sich bereits die nächste Zigarette an. Sie kapitulierte.

»Erzähl mir doch ein bisschen mehr von dir«, bat sie. »Du hast bestimmt Aufregenderes hinter dir als wir hier im braven München.«

»Nicht dass ich wüsste.« Leicht verzog er das Gesicht, offenbar unschlüssig, was er sagen sollte. Anscheinend war es ihm unangenehm, von sich zu reden. »Zum Sommersemester bin ich hergekommen, studiere Maschinenbau. Vorher war ich in Aachen. Da fand ich es stinklangweilig, deshalb bin ich nach München gekommen.«

»Und woher stammst du ursprünglich? Du sprichst perfekt Deutsch.«

»Danke.« Jetzt lachte er doch wieder. Ob vor Stolz oder Erleichterung, war schwer zu entscheiden.

»Ursprünglich komme ich aus Nazareth. Seit drei Jahren bin ich hier zum Studium.«

Sein Blick glitt in die Ferne, seine Finger zerknüllten das Zellophan der leeren Zigarettenpackung.

»Verstehe.«

Sie wagte nicht nachzuhaken. Es lag auf der Hand. Wahrscheinlich stammte seine Familie aus Deutschland, hatte im Dritten Reich fliehen müssen und war jetzt gewiss nicht sonderlich begeistert, ihn im Land der Täter inmitten von direkten Nazinachfahren an der Uni zu sehen.

»Und wie stehst du dazu?« Uri sah sie neugierig an.

»Was? Wozu?« Sie brauchte eine Weile, bis sie sich wieder sortiert hatte.

»Wie stehst du zu den Spielen?«, wiederholte er, was er sie anscheinend gerade schon einmal gefragt hatte, ohne dass sie ihm geantwortet hatte. »Willst du auch unbedingt dabei sein wie die anderen?«

»Ich habe dort sogar schon einen festen Job.«

Endlich konnte sie wieder halbwegs klar antworten.

»Gratuliere! Welchen?« Uri schien aufrichtig interessiert.

»Ich werde als Hostess arbeiten und ausländische Gäste betreuen. Oder Athleten. Das entscheidet sich noch. In jedem Fall werde ich mittendrin sein.«

»Klingt spannend. So ein Job ist – wie sagt man bei euch? – ein Sechser im Lotto.«

»In der Tat. Zuerst hatte ich auf meine Bewerbung eine Absage kassiert. Jetzt bin ich nachgerückt, weil einige Auserwählte kurz vor Schluss abgesagt haben.«

»Wie kann man einen solchen Job ausschlagen?« Verwundert zog er eine Augenbraue hoch. »Für dich natürlich ungeheures Glück. Beneidenswert! Halte mich auf dem Laufenden, was du genau tun wirst, wen du triffst, was du hinter den Kulissen erlebst. Leider habe ich keine Möglichkeit, ähnlich nah dabei zu sein.«

»Probier es doch einfach mal. Fremdsprachenkenntnisse sind immer gesucht. Als Israeli beherrschst du neben Englisch bestimmt auch Hebräisch, vielleicht sogar Arabisch. Das tun nicht viele. Vielleicht wäre das deine Chance auf einen Dolmetscherjob.«

Täuschte sie sich oder wurde er kurz unwirsch? Verlegen presste sie die Lippen aufeinander. Und war erleichtert, dass er im nächsten Moment schon wieder schmunzelte.

»Habe ich schon, aber ich war zu spät dran. Die wenigen Jobs in dem Bereich sind wohl schon lange weg.«

»Tut mir leid«, erwiderte Amrei.

»Erzähl mir lieber noch ein bisschen mehr von Davids originellen Protesten an der Akademie«, wechselte Uri betont neugierig das Thema. »Wie weit ist er damit gegangen?«

»Das fragst du ihn am besten selbst. Da kommt er schon.« Sie wies mit dem Kopf ins Innere des Biergartens.

Tatsächlich näherte sich David ihnen von dort mit großen Schritten, musste allerdings das ein oder andere riskante Ausweichmanöver absolvieren, bevor er den Tisch erreichte. Vor seiner Brust balancierte er ein großes, voll beladenes Tablett, das durch die rutschenden Bierkrüge mehr als einmal in Schieflage geriet.

Sobald er Amreis Blick bemerkte, grinste er triumphierend. Allerdings wohl nicht wegen des üppigen Essensangebots, das er anschleppte, sondern wohl eher wegen ihres entgeisterten Gesichtsausdrucks. Er kam nicht allein, sondern in Begleitung von Jürgen. Der hatte ihr gerade noch gefehlt! Obwohl ihr Wiedersehen im Yellow Submarine überraschend unterhaltsam gewesen war. Trotzdem sprühte sie nicht gerade vor Freude, ihn ausgerechnet jetzt schon wieder zu treffen.

Sie musterte die beiden. Die beiden sahen so gegensätzlich aus, wie sie vom Charakter her waren: David mit seiner hoch aufgeschossenen Gestalt, dem nackenlangen lockigen Haar, dem von breiten Wangen- und eckigen Kieferknochen dominierten Gesicht, der stets nur zerknitterte Hemden und verwaschene Jeans trug und ebenso nachlässig auftrat. Nie hatte sie verstanden, wieso er ausgerechnet mit dem peniblen Juristen-Jürgen so dick befreundet war. Der sich nicht nur mit seiner schon früher sehr bewusst durchkomponierten, bestens gepflegten Kleidung, sondern auch mit seinem besserwisserischen Gehabe deutlich von ihm abhob. In die WG hatte Jürgen nie richtig gepasst, obwohl er sich unzweifelhaft aus tiefster Überzeugung in den Unigruppen und im SDS – dem Sozialistischen Deutschen Studentenbund – engagiert hatte. Sogar in der Rechtshilfe für diejenigen, die bei den Protesten Ärger mit Polizei und Justiz bekommen hatten. Amrei hatte immer vermutet, dass er nur wegen der günstigen Miete eingezogen war. Und natürlich des lockeren Liebeslebens mit Chris und Biggi wegen. Auch bei Amrei hatte er es einmal probiert, was sie zum Glück erfolgreich hatte abwehren können.

Letztens im PN aber war er sehr fair gewesen, hatte nicht den geringsten Versuch unternommen, sie wieder anzubaggern. Vielleicht färbte das Referendarleben im Justizministerium ab. Ob das bedeutete, dass er unter alles, was er früher gedacht, getan und wofür er sich politisch so stark engagiert hatte, einen Schlussstrich gezogen hatte?

»Da wären wir!«, verkündete er überflüssigerweise, kaum dass David das Tablett vorsichtig, damit nicht allzu viel Bier aus den Glaskrügen schwappte, auf den Tisch geschoben hatte.

Übermütig umarmte Jürgen Uri. Der klopfte ihm sichtlich erfreut auf den Rücken. Amrei staunte. Die zwei kannten sich also auch gut, wirkten fast wie alte Freunde.

»Hast du dich wieder eingelebt in der alten Heimat?«, begrüßte er sie mit dem ihr von früher vertrauten breiten Grinsen. »Gib zu: Ein bisserl kann unser Millionendorf inzwischen mit Weltstädten wie London und Paris mithalten, wenn schon so kosmopolitische Gäste wie Uri hier auftauchen. Hat er dir schon von seinem Kibbuzleben vorgeschwärmt und dem Kräutergarten, den er auf dem WG-Balkon angelegt hat?«

»Und von der Rettung deiner vernachlässigten Yucca-Palme.«

»Vor dir kann man aber auch nichts geheim halten.« Er schob die Hände in die Taschen seiner Bundfaltenhose und wippte auf den Fußspitzen. Er trug beige Slipper ohne Socken, farblich exakt abgestimmt auf seine sandfarbenen Hosen und das beige Poloshirt. Schicke Freizeitkluft. Leger. Genau richtig für einen angehenden Karrierejuristen im Staatsdienst.

Ob er die Überprüfung seiner Studentenzeit bestand? Dass Anfang des Jahres ausgerechnet die Regierung unter dem von ihm verehrten Willy Brandt den Radikalenerlass durchgesetzt hatte, musste ihn tief getroffen haben. Jahrelang hatte er dagegen gekämpft. Aber vielleicht richtete sein Vater auch das wieder mit einem entsprechenden Anruf bei einem Parteifreund.

»Da hinten ist ein Stuhl frei. Ich hol ihn schnell.« Flink stürmte David los.

Das tat er für Jürgen? Freiwillig? Perplex sah sie ihm nach. Als er zurückkehrte, hob Uri sein Glas: »Auf uns!«

Sobald sie alle am Tisch saßen, gab Uri das Kommando. Übermütig hoben sie die Bierkrüge, stießen reihum an. Und sahen einander dabei kurz in die Augen. Auch Amrei und David.

Wie früher blieben sie aneinander hängen. Länger, als gut war.

Verdammt! Genau das hatte sie verhindern wollen. Eilig senkte sie den Blick. Er gefiel ihr noch immer. Viel zu gut. Genau wie damals. Offenbar hatten drei Jahre im Ausland nicht gereicht, um ihn hinter sich zu lassen.

1968

Mitte Februar

Bis Amrei Chris und Biggi wieder traf, dauerte es doch länger als erwartet. Was dieses Mal allerdings auch an ihr lag. Über Weihnachten und Silvester fuhr sie nach Eggling, obwohl es ihr widerstrebt hatte, Annamirl allein zu lassen. Doch die hatte sie wie gewohnt nicht sonderlich sentimental fast schon aus München weggescheucht.

»Was glaubst du, hab ich die letzten 80 Jahre meines Lebens über die Feiertage gemacht?«, hatte sie mehr festgestellt denn gefragt. »So gern ich dich habe, komme ich allweil gut allein klar.«

Als Amrei Anfang des Jahres nach München zurückkehrte, nahmen Gaby und einige weitere Kommilitonen, mit denen sie sich vor Weihnachten angefreundet hatte, sie vollends in Beschlag. Die Faschingsfeste an der Uni starteten. Die wollten Gaby und sie keinesfalls verpassen, nach allem, was ihnen die anderen Kommilitonen davon vorschwärmten. Tagelang beschäftigten sie sich damit, ausgefallene Kostüme zu entwerfen, in unzähligen kleinen Läden in Schwabing die benötigten Utensilien dafür aufzutreiben und endlich von früh bis spät daran zu nähen und zu basteln. Der Aufwand lohnte sich. Selten zuvor hatte Amrei so viel Spaß am Verkleiden gehabt, selten zuvor hatte sie derart berauschende und verrückte Feste gefeiert.

Darüber verlor sie für eine Weile völlig aus dem Sinn, dass sie sich eigentlich längst bei Chris und Biggi hatte melden und nach dem Erfolg ihrer Wohnungssuche erkundigen wollen. Einmal meinte sie dann, Chris' rabenschwarzes glänzendes Haar im Gewühl auf der Tanzfläche beim Biedersteiner Fasching zu erspähen. Sobald sie sich jedoch durch das Gewühl bis zur vermeintlichen Chris vorgekämpft hatte, entpuppte sich das als Verwechslung. Ähnlich erging es ihr wenige Tage später in der Warteschlange vor der Germanisten-Cafeteria. Schon wollte sie auf eine große blonde Frau weiter vorn zustürzen und sie als Biggi umarmen, da bemerkte sie gerade noch rechtzeitig den Irrtum. Auch die beiden ließen lange nichts von sich hören. Vermutlich waren sie also noch immer auf der Suche nach einer Bleibe, vermutete Amrei, als sie wieder einmal mit Gaby im Atzinger saß und sich an ihr letztes Zusammentreffen mit Chris und Biggi dort erinnerte. Gewiss würden sie sie anrufen, sobald sie eine Wohnung gefunden hatten.

Tatsächlich wurde es Mitte Februar, bis Biggi sich meldete. Allerdings saß Amrei zu der Zeit noch in einer Grammatikübung bei den Romanisten. Erst abends beim Abwasch nach dem Essen erwähnte die Großtante beiläufig den Anruf.

»Umgezogen sind sie, soll ich dir ausrichten«, sagte sie lediglich, ohne aufzublicken.

»Und wohin?« Amrei platzte vor Neugier. Davon aber ließ Annamirl sich nicht beeindrucken. Seelenruhig hielt sie ihr einen Teller hin, der vom heißen Spülwasser dampfte. Amrei presste die Lippen aufeinander, als sie ihn mit dem Handtuch entgegennahm. Vorsichtig trocknete sie ihn ab und räumte ihn in den Schrank.

»In die Maxvorstadt, nicht weit von der Uni«, murmelte Annamirl und schrubbte den nächsten Teller intensiver als nötig.

»Wohin genau?« Längst stand Amrei wieder neben ihr.

»In die Amalienstraße.«

»Die ist lang. Die Hausnummer hat sie nicht zufällig ...?«

»An der Ecke zur Theresienstraße«, fiel Annamirl ihr unwirsch ins Wort. »Eine Buchhandlung ist unten im Haus. Wirst sie gleich sehen, wenn du davorstehst.«

Auf einmal hatte sie es eilig. Sie drückte ihr den zweiten, ebenfalls noch dampfenden Teller in die Hand, warf den Schwamm achtlos ins Wasser und verschwand aus der Küche.

Perplex starrte Amrei ihr hinterher. Was sollte das? Störte sie etwas an der Adresse? Oder an Biggi? Die kannte sie doch gar nicht. Doch sie konnte sich jetzt nicht auf das seltsame Verhalten der Großtante konzentrieren. Hauptsache, sie wusste jetzt, wo sie die anderen fand. Vielleicht erfuhr sie beim nächsten Treffen auch noch etwas über David. Ihr Herz machte einen Satz.

Gleich am nächsten Morgen entschloss sich Amrei, Chris und Biggi in ihrem neuen Domizil zu besuchen. Sie platzte vor Neugier, wie die beiden nun lebten. Und wollte außerdem die Buchhandlung sehen, die sich laut Annamirl im selben Haus befand. Aus irgendeinem Grund musste die ihr besonders im Gedächtnis geblieben sein. Dabei schien sie sonst keinen großen Wert auf Bücher oder aufs Lesen zu legen. Ein Regal mit Büchern gab es jedenfalls nicht bei ihr in der Wohnung.

Bei klirrender Kälte und munterem Schneetreiben, dick eingepackt in Mantel, Schal und Mütze wie zu einer Nordpolexpedition, startete sie. Erfreulicherweise fuhr die Tram vom nahe gelegenen Goetheplatz in die Maxvorstadt durch. Die Strecke kannte sie von ihren täglichen Fahrten zur Uni längst in- und auswendig.

Erst kurz vor dem Odeonsplatz ergatterte sie einen Sitzplatz, direkt am Fenster. Mit dem Handballen wischte sie die Scheibe frei. Draußen bot sich ein Szenario, das jeden Tag, an dem sie hier entlangfuhr, etwas anders aussah. Das verwirrte und faszinierte sie gleichermaßen.

Um die für den Bau der U-Bahn benötigten metertiefen Schächte in der Erde zu überwinden, wurden die Fahrbahnen für

Autos, die Fußgängerspur sowie die Trambahngleise eine Etage über dem Boden, streckenweise sogar auf mehreren Ebenen übereinander geführt. Als befände man sich nicht in München im Februar 1968, sondern in Fritz Langs legendärem *Metropolis*-Film aus den Zwanzigerjahren, den sie mit Gaby im Häberl-Kino gesehen hatte.

Auf einmal stockte die Tram. Amrei presste ihre Nase an der Scheibe platt, um zu sehen, warum. Doch da war nichts zu entdecken. Buchstäblich nichts. Der Waggon schien in der Luft zu schweben. Ihr wurde übel. Ob das Gerüst das Gewicht der Straßenbahn trug? Sie krallte die Finger in den Stoff ihres Beutels, den sie auf den Oberschenkeln balancierte.

Nach einer gefühlten Ewigkeit ging es weiter. Die Tram zuckelte gemächlich bergab, als wäre nichts gewesen. Amrei atmete auf. Ihre Finger knackten, als sie sie wieder lockerte.

Von der Haltestelle in der aufgerissenen Ludwigstraße bis zu Biggis und Chris' neuer Adresse war es nur ein Katzensprung. Zwischen aufgespannten Regenschirmen und schwer bepackten Fußgängern lief Amrei in der Theresienstraße Slalom über das kaum schulterbreite Trottoir. Auf dem glitschigen, halb gefrorenen Schneematsch eine Herausforderung.

Wegen der abenteuerlichen Trambahnfahrt hatte sie sich jetzt einen Abstecher in die Buchhandlung mehr als verdient, entschied Amrei. Dabei fand sie vielleicht auch heraus, was die Großtante an der störte.

Wie von Annamirl angekündigt, erspähte sie die Buchhandlung in der Amalienstraße sofort. Direkt vor dem Ladeneingang lief sie jedoch Biggi in die Arme.

»Amrei, du? So schnell schon? Was für eine Überraschung!« Erfreut fiel Biggi ihr um den Hals. Dass Amrei unangemeldet auftauchte, schien sie nicht im Geringsten zu stören. Noch ehe Amrei einen Blick auf die Schaufensterauslage werfen konnte, zog Biggi sie zum Hauseingang in der benachbarten Toreinfahrt.

Beim Blick auf das Klingelschild war Amrei heilfroh, sie getroffen zu haben. Ohne die Nachnamen von ihr und Chris zu wissen, hätte sie auf der goldglänzenden Messingtafel vergeblich nach ihnen gesucht. Der Hinweis auf eine von mehreren Personen bewohnte Wohnung fehlte.

»In der Buchhandlung wissen sie Bescheid.« Offenkundig hatte Biggi ihren ratlosen Blick bemerkt. »Die hätten dich schon zu uns geschickt. Den Buchhändlerinnen gehört das Haus. Und wir sind sowieso die erste und einzige WG. Uns kennen alle.«

Vermutlich blieben sie auch die einzige WG, befürchtete Amrei, als sie ihr ins Treppenhaus folgte. Ohrenbetäubend schallte *Satisfaction* von den Stones von oben herunter, begleitet von ähnlich lauten Stimmen und übermütigem Gelächter.

Der Lärm stand im krassen Gegensatz zu den gepflegten Eichenholzpaneelen entlang der Wände und zu den kunstvoll gestalteten Glasfenstern auf den Treppenabsätzen. Jugendstil pur. Die auf Hochglanz polierten Namensschilder an den doppelflügeligen Wohnungstüren wirkten mindestens so edel wie die Namen, die sich in verschnörkelter Schrift darauf fanden: »Grafenstetter«, »Von Krumbholz« oder »Zur Mühlen«. Gleich hatte sie die dazugehörigen, in edlen Tweed oder feinen Zwirn gekleideten grauhaarigen Herrschaften vor Augen, wie sie distinguiert die Stirn über »die Studenten aus dem vierten Stock« runzelten. Eine Wohngemeinschaft schien in diesem Ambiente ähnlich fehl am Platz wie die Gauloises rauchende Großtante Annamirl bei Oma Babettes Leichenschmaus im Egglinger Jägerwirt.

»Voilà«, verkündete Biggi, als sie die vierte Etage erreichten. Einladend stand die Wohnungstür offen, doch zu Amreis Verwunderung drangen Jaggers Gesang und die anderen Stimmen gar nicht von dort heraus. Die laute Musik und die Stimmen kamen eindeutig von noch weiter oben.

Biggi musste ihre Verwirrung bemerkt haben. »Unterm Dach hat David sein Atelier. Zurzeit feilt er fleißig an seinem Künstlergehabe, wie du hörst.«

»David wohnt auch hier?« Vor Aufregung überschlug sich Amreis Stimme. Hoffentlich wurde sie nicht gleich wieder rot wie eine Tomate.

»Sollen wir hochgehen? David freut sich bestimmt, dich zu sehen.« Ein vielsagendes Lächeln huschte über Biggis Gesicht.

Amrei konnte nicht verhindern, dass ihre Wangen jetzt doch verräterisch zu glühen begannen. Woher wusste sie …? Bei der Rektoratsfeier in der Uni letzten November war sie doch gar nicht dabei gewesen.

»Lass uns erst mal zu Chris gehen«, schlug Amrei hastig vor, um von ihrer Verlegenheit abzulenken. Ausgiebiger als nötig trat sie sich die nassen Schuhe auf der Fußmatte ab und schlüpfte an Biggi vorbei in die Wohnung.

Der von ihr erwartete Geruch nach Drogen, Räucherstäbchen und Patschuli fehlte. Stattdessen stieg ihr der typische Putzgeruch nach Schmierseife, Bohnerwachs und Scheuermittel in die Nase. Auf den ersten Blick wirkte der Flur penibel ordentlich. Umzugskartons stapelten sich vor der sonnengelb gestrichenen Wand, zwischen weißen Türstöcken lehnte ein goldgerahmter mannshoher Spiegel, auf einer Fußmatte davor sammelten sich mehrere Paare Winterschuhe und Stiefel verschiedenster Größen. Von der stuckverzierten Decke baumelte eine nackte Glühbirne.

»Wie du siehst, sind wir frisch eingezogen und voll bester Vorsätze, nicht allzu sehr im Chaos zu versinken. Was bislang sogar einigermaßen gut funktioniert.« Biggi wies mit der Hand den Flur hinunter.

Sämtliche Zimmertüren standen offen. Amrei zügelte ihre Neugier und vermied es, hineinzuschauen.

Die Wohnung wirkte wie ausgestorben. Außer Biggi und ihr war anscheinend niemand da. Erst als Biggi die Flurtür hinter sich schloss und damit die laute Musik endgültig ins Treppenhaus verbannte, vernahm Amrei das Plätschern von Wasser am anderen Ende des Gangs, wo sich demzufolge das Bad befand.

»Chris macht sich schön«, kommentierte Biggi und schmunzelte. »Als hätte sie geahnt, dass du …« Mitten im Satz brach sie ab.

An besagtem Flurende trat Chris in den Gang und schlenderte ihnen entgegen. Splitterfasernackt. Dicht gefolgt von Jürgen. Ebenfalls splitterfasernackt. Und ohne Brille. Dafür tropfend vor Nässe.

Von Neuem glühten Amreis Wangen. Sie wusste gar nicht, wo sie hinschauen sollte.

»Was für eine Überraschung! So schnell hätte ich nicht mit dir gerechnet.« Chris schlang ihr die Arme um den Hals und kümmerte sich nicht darum, dass sie ihr dabei auch die nassen Haare ins Gesicht klatschte.

»Unsere Landpomeranze will wohl echtes Studentenleben schnuppern, bevor sie bei ihrer alten Tante vertrocknet.« Aus kurzsichtigen Augen blinzelte Jürgen sie an.

»Du wärst der einzige Mensch auf der Welt, der es fertigbrächte, bei meiner Tante zu vertrocknen.«

Ihre Schlagfertigkeit verblüffte ihn. Für den Bruchteil einer Sekunde lag eine Mischung aus Staunen und Bewunderung auf seinem Gesicht.

»Wir wollten gerade frühstücken. Magst du auch etwas?« Ungerührt überging Chris das Geplänkel.

»Zieh doch erst einmal Mantel und Schuhe aus.« Biggi zupfte Amrei am Ärmel.

»Wir ziehen uns in der Zwischenzeit auch etwas an. Dann weiß unsere Kleine wenigstens, wo sie hinschauen darf, wenn sie mir gegenübersitzt.« Wie zufällig streifte Jürgen mit seiner nackten Hüfte im Vorbeigehen Amreis Hand und verschwand in einem der Zimmer.

»So schlimm, wie er tut, ist er gar nicht. Manchmal besitzt er sogar tatsächlich so etwas wie Anstand.« Chris schmunzelte und huschte in das danebenliegende Zimmer.

»Und wer kümmert sich jetzt ums Frühstück?« Biggi schnaubte.

»Ich helfe dir«, bot Amrei an. »Wo ist die Küche?«

Die Küche lag zum Hinterhof. Vor dem Miniaturbalkon, der gerade für eine Person zum Luftschnappen reichte, streckten sich die Äste einer riesigen malerisch verschneiten Kastanie gen Himmel. Ein Wirtshaustisch, dem man ansah, wie viele Geschichten schon an ihm erzählt, wie viele Biere dabei getrunken und wie viele Kerben darüber vor Freude und Frust ins Holz geritzt worden waren, dominierte die Mitte des fast quadratischen Raums. Mehr als ein halbes Dutzend bunt gestrichener Stühle mit vermutlich ähnlich bewegter Vergangenheit umringten ihn, gut bewacht von Herd, Spülstein und einem gefährlich durchgebogenen Regal an der linken Wand. Hinter der schmalen Tür vor dem Fenster lag die Speisekammer, aus der Biggi Amrei bereits Brot, Marmelade sowie Honig reichte. Teller, Tassen und Besteck holte sie aus dem farbenfrohen Küchenbüfett auf der rechten Seite des Tischs.

»Klasse Wohnung.« Amrei war neidisch. So gern sie bei Annamirl wohnte, war das hier doch etwas ganz anderes als die bescheidene Zweizimmerwohnung im Schlachthofviertel mit dem Gemeinschaftsklo die halbe Treppe hinunter. »War wohl ein Riesenglück, die an Land zu ziehen. Mit wem wohnt ihr eigentlich alles hier?«

»Nur mit David und Jürgen«, erwiderte Biggi. »Aber die zwei reichen uns als Mitbewohner.«

Während Amrei die Sachen auf den Tisch stellte, brühte Biggi den Kaffee auf, goss dafür andächtig das kochende Wasser mit einer Kelle in konzentrischen Kreisen auf das Pulver im Porzellanfilter. Ein verführerischer Duft zog durch die Küche.

»Wie seid ihr an die Wohnung gekommen?«, erkundigte sich Amrei. »Vor Weihnachten wart ihr noch sehr skeptisch, ob ihr überhaupt etwas finden würdet.«

»Wir haben lange gezittert, ob es klappt. Letztlich hing alles an David.«

»Wieso an ihm? Ich dachte, nur Chris und du wolltet ...«

»Eine reine Frauen-WG wäre toll, aber welcher Vermieter lässt sich darauf ein? Und David sitzt an der Quelle. Doch er hat sich lange geziert, bis er seine Oma endlich gefragt hat, ob sie uns die Wohnung vermietet. Dabei hat alles bestens gepasst und sie ist im richtigen Moment frei geworden.«

»Dann ist seine Oma eine der Buchhändlerinnen?« Allmählich begriff Amrei.

»Ihr gehört das ganze Haus. Zusammen mit Davids Mutter wohnt sie im zweiten Stock. Dort hat David vorher auch gewohnt. Wahrscheinlich ist es ihm peinlich gewesen, mit uns quasi direkt unter ihren Augen hier einzuziehen. Sein Atelier befindet sich sowieso schon oben im Dachgeschoss. Aber er kann es sich nicht leisten, sich anderswo etwas anzumieten. Und in der WG ist es für ihn schon weitaus besser als vorher mit Oma und Mama in derselben Wohnung.« Sie lachte.

»Wohl dem, der solche Probleme hat.«

»Solange Davids Familie das Haus gehört, wird er wohl nie hier fortkommen. Zumindest, wenn er in München bleibt.«

»Es könnte Schlimmeres geben.«

»Ein schöner Trost!«

Daraufhin lachten sie beide.

»Wow! Wie herrlich das nach frischem Kaffee duftet! Da kommen wir wohl genau richtig.« Zwei Frauen betraten die Küche, dicht gefolgt von David.

Amrei erblasste. Das hätte sie sich denken können. Natürlich hatte er eine feste Freundin. Oder sogar gleich zwei?

Kaum entdeckte er sie, blieb er wie angewurzelt im Türrahmen stehen. Ihr Herz klopfte heftiger.

»Warum hat mir niemand gesagt, dass Amrei uns besucht?« Vorwurfsvoll sah er zu Biggi.

Amrei beschloss, es als gutes Zeichen zu sehen, dass er sie auf Anhieb erkannt und sogar ihren Namen parat gehabt hatte.

»Hi, David«, grüßte sie.

»Hi.« Schüchtern lächelnd, wie sie meinte, schob er die Hände in die Hosentaschen. Sie lächelte zurück.

»Immer das Gleiche. Kaum steht das Essen auf dem Tisch, trudeln alle ein, um sich den Bauch vollzuschlagen.« Energisch schob Biggi sie beiseite, um die Kaffeekanne auf den Tisch zu stellen.

Die beiden Frauen, die mit David hereingekommen waren, sahen irritiert zwischen Amrei und ihm hin und her.

»Das ist Amrei, eine Freundin von uns«, erklärte Biggi, die die fragenden Blicke wohl bemerkt hatte. Sie verschränkte die Arme vor der Brust und musterte die beiden. »Ich bin Biggi und wohne hier mit David, Chris und Jürgen. Und wer seid ihr?«

»Peggy und Sandra.« Eilig nannte David ihre Namen, bevor er hinzufügte: »Sie studieren mit mir an der Akademie. Oben im Atelier haben wir an unserer Wochenaufgabe für die Stilllebenklasse gearbeitet.«

»So früh am Morgen?« Um Biggis Mundwinkel zuckte es. Noch einmal betrachtete sie die beiden Frauen ausgiebig.

Auch Amrei erlaubte sich einen genaueren Blick auf sie. Sie

waren fast so groß wie sie und auffallend hübsch. Und für Kunststudentinnen überraschend durchschnittlich in Bluejeans und schwarze Rollkragenpullis gekleidet. Wie Amrei selbst. Das nahm ihr etwas von ihrer Nervosität.

»Sieht mir eher danach aus, als hätten die drei schon die ganze Nacht hart geschuftet. Du weißt doch, welch fleißige Nachtarbeiter Künstler sind.« Plötzlich stand Jürgen in der Küche, fertig angezogen in brauner Cordhose und dunkelblauem Rollkragenpulli, die Brille wieder auf der Nase, die Füße jedoch weiterhin nackt.

»Ich brauche dringend einen Kaffee. Biggis Kaffee ist der beste.« Unvermittelt schob David Amrei zum Tisch, drückte sie auf einen blauen Stuhl, goss dampfenden Kaffee in eine Tasse und reichte sie ihr. Dann schenkte er sich ebenfalls ein, rückte sich einen grünen Stuhl direkt neben sie. Peggy und Sandra schien er kaum noch wahrzunehmen.

»Hat Chris dich angerufen und zu uns eingeladen?«, erkundigte er sich bei Amrei. »Seit Tagen redet sie davon, dass du unbedingt herkommen und unsere WG kennenlernen musst. Bei der Rektoratsfeier musst du großen Eindruck auf sie gemacht haben. Immer noch schwärmt sie davon, wie selbstverständlich du Jürgen das Mosaik erklärt hast.«

»Du warst auch völlig begeistert, gib's zu!« Rücklings setzte Jürgen sich auf einen gelben Stuhl zu ihnen und bediente sich am Kaffee.

Wahrscheinlich war es Wunschdenken, dass Amrei meinte, David auf Jürgens Worte erröten zu sehen. Sie vermied es, David länger anzusehen, und beschäftigte sich stattdessen ausgiebig mit dem Bestreichen einer Brotscheibe mit Butter und Marmelade.

Die anderen nahmen ebenfalls am Tisch Platz. Weitere Teller wurden verteilt, Tassen mit Kaffee gefüllt, Brot, Butter, Käse und

Marmelade herumgereicht. Endlich tauchte auch Chris fertig angekleidet auf und setzte sich ans Tischende.

Niemand redete, alle konzentrierten sich aufs Essen. Amrei spürte, wie sie sich mit jedem Bissen mehr entspannte und unter den anderen wohlzufühlen begann, selbst direkt zwischen Jürgen und David.

»Scheint ja wirklich allen zu schmecken«, stellte Chris fest.

»Kein Wunder, wenn man sich an eine fertig gedeckte Tafel setzen kann und nur noch zugreifen muss, bis der Bauch voll ist.« Biggi wies auf die leer geputzten Teller.

»Dafür spülen die anderen.« Chris lehnte sich auf dem Stuhl zurück, stellte einen Fuß auf die Kante und zündete sich eine Zigarette an.

Niemand hatte es jedoch eilig, die Anregung aufzugreifen.

»Was sagt ihr zu der Aktion mit den falschen Polizisten?« David schob den leeren Teller von sich, um sich ebenfalls erst einmal eine Zigarette zum Dessert zu gönnen.

Auch Sandra, Peggy und Jürgen zündeten sich welche an, nur Amrei lehnte ab. Bald hüllte sie von allen Seiten dichter Rauch ein, verdrängte zu ihrem Leidwesen den angenehmen Kaffeeduft.

»Echt krass, wie gekonnt die Leute getan haben, als müssten sie linksextreme Störer aus der Vorlesung im Audimax abführen«, sagte Chris.

Amrei erinnerte sich an den Vorfall aus der vergangenen Woche, bei dem sechs Studenten in Polizeiuniformen in mehrere Vorlesungen gestürmt waren. Die Aktion hatte hohe Wellen geschlagen. Sogar im Zeitungs- und Tabakladen der Pfefferle war Amrei darauf angesprochen worden. Die Stammkunden gingen davon aus, sie hätte das hautnah miterlebt. Was sie nur zu gern getan hätte, aber leider war sie nicht im Audimax gewesen, sondern hatte zur selben Zeit bei den Romanisten französische Grammatik gepaukt.

»Das war absolut realistisch«, pflichtete Biggi bei. »Zufällig saß ich in einem der Hörsäle, in den sie eingedrungen sind. Mir ist schier das Herz stehen geblieben, als sie die Leute festgenommen haben. Einen davon kannte ich sogar. Der Prof war auch komplett aus dem Häuschen.«

»Schon irre, wie leicht die Studenten an die Uniformen gekommen sind«, stellte Sandra fasziniert fest.

»Offenbar waren sie tatsächlich echt. Wo sie die wohl herhatten? Einfach kaufen kann man die bestimmt nicht«, entschlüpfte es Amrei ebenfalls voller Bewunderung. Das Detail beschäftigte sie, seit sie davon gehört hatte.

»Solche Uniformen bekommst du in jedem Kostümverleih.« Jürgen klang, als hätte er das schon ausprobiert.

»Wahrscheinlich verkaufen pensionierte Polizisten die an den Verleih, um ein paar Mark extra einzustecken. So viel Kohle kriegen die ja alle nicht«, mutmaßte Chris.

»Oder die Polizisten werden im Kostümverleih ausgestattet, und keiner hat das bislang gemerkt.« Peggy kicherte.

»Die ganze Ordnungsmacht ist in Wahrheit eine billige Schmierenkomödie, bestückt aus dem Theaterfundus – köstlich!« Sandra stieg sofort darauf ein.

»Die Aktion war wichtig, um die Selbstherrlichkeit der Unileitung vorzuführen«, stellte Jürgen ernst fest und warf den beiden einen bösen Blick zu.

»Eine riesige Sauerei, dass sie polizeiliche Zivilbeobachter gegen uns Studenten zulassen. Dabei ist das Unigebäude eine Art Hoheitsgebiet«, ereiferte sich Chris.

»Schon im Dezember haben sie bei einem Teach-in Spitzel entlarvt«, ergänzte Jürgen. »Seither wird in den verschiedensten Gremien diskutiert, wie man am besten darauf reagiert.«

»Wahrscheinlich hatten die sechs genug vom Reden und wollten einfach mal etwas tun«, warf Amrei schneller ein, als sie darüber nachdenken konnte. Aber letztlich war es genau dieses ewige Diskutieren, was sie seit Längerem störte. Kaum eine Vorlesung, ein Seminar oder eine Übung begann mittlerweile noch, ohne dass sich nicht irgendwer bemüßigt fühlte, vorab eine langatmige Erklärung vom Blatt abzulesen oder in ausschweifenden Sätzen zum »kritischen Dialog« aufzufordern. So richtig das im Detail sein mochte, so unverständlich fand sie, was da im Einzelnen vorgebracht wurde. Meist mit so vielen Fremdwörtern gespickt, dass sie meinte, ein Fremdwörterbuch zu benötigen, um es zu verstehen.

»Praxis vor Theorie ist immer gut.« David legte die Zigarette weg und klatschte ihr laut Beifall.

»Die Lage ist weitaus ernster, als ihr denkt.« Jürgen schenkte erst ihr, dann aber auch David einen sichtlich genervten Blick. Vermutlich hielt er sie wieder einmal für das naive Dummchen vom Land, das einfach nicht mitkam.

»Wahrscheinlich hat der Verfassungsschutz bereits den gesamten Unibetrieb unterwandert. Und das mit Billigung der Hochschulleitung.« Um seine Empörung zu unterstreichen, aschte er seine Zigarette schwungvoll auf den Teller vor sich.

Verärgert schüttelte Chris den Kopf. Ob über Jürgens Tun oder seine Mutmaßung über das Geschehen an der LMU, war nicht eindeutig ersichtlich.

»Achtung! Big Brother is watching you!«, rief David übermütig.

»Das Ganze ist leider nicht so lustig, wie es sich anhört«, wies Chris ihn zurecht. »Den falschen Polizisten von letztem Mittwoch droht eine Anzeige wegen Amtsanmaßung.«

»Hausverbot haben sie wohl bereits erhalten«, ergänzte Jürgen. »Damit können sie ihr Studium vermutlich vergessen.«

Nun war Amrei fassungslos. Damit hatte sie nicht gerechnet.

»An der LMU bestimmt«, erwiderte Chris.

»In jedem Fall gebührt ihnen Respekt, dass sie das in Kauf genommen haben«, konstatierte Jürgen.

»Eindeutig.« Aus tiefstem Herzen stimmte Amrei ihm zu.

»Und was lernen wir aus dem Ganzen?« Biggi drückte energisch die Zigarettenkippe in einem blechernen Aschenbecher aus.

»Die Zukunft gehört der Ironie!« David strahlte.

Damit brachte er es auf den Punkt. Dankbar sah Amrei ihn an. Sein Strahlen wurde noch intensiver, sobald sich ihre Blicke begegneten.

»Denkt doch einmal darüber nach«, erklärte er, halb an sie, halb an die anderen gerichtet. »Bierernste Theoriediskussionen oder langatmige Absichtserklärungen bei Teach-ins ernten nur müdes Gähnen. Das unverständliche Geschwafel will wirklich keiner mehr hören. Spaßige Proteste wie die Polizistenmaskerade oder das Faschingstreiben auf der Rektoratsfeier aber fallen auf! Und das nicht nur an der Uni bei uns Studenten und den Professoren. Darüber berichten sogar die Zeitungen. Was wollen wir mehr?«

Insgeheim jubelte Amrei. Er sagte genau das, was sie dachte. Als ob er in ihren Kopf hineinsehen konnte.

»Damit riskieren wir, als Clowns hingestellt zu werden und uns der Lächerlichkeit preiszugeben«, entgegnete Chris. »Dabei geht es uns durchaus um etwas Wichtiges. Aber weder der Rektor noch der bayerische Kultus- oder der Innenminister verstehen Spaß. Das war schon nach dem Spektakel bei der Rektoratsfeier im November zu sehen. Solche Veranstaltungen soll es in Zukunft nicht mehr geben.«

»Was nur beweist, wie erfolgreich die Aktion war und wie klug es ist, künftig noch mehr auf diese Form des Protestes zu setzen«, mischte Amrei sich abermals ein.

Wieder lächelte David ihr zu. Das gefiel ihr. Die anderen aber sahen sie nur verständnislos an.

»Die Reaktion beweist, dass sich die Hochschulleitung durch das Spektakel in ihrem Selbstverständnis getroffen sieht«, fuhr sie unbeirrt fort. »Wäre dem nicht so, würden sie sich trauen, die Feier nächstes Jahr wieder in der gewohnten Weise zu veranstalten. So aber haben sie kapiert, wie lächerlich ihr Aufzug ist. Und wie sehr er der heutigen Zeit widerspricht. Damit wurde von uns Studenten doch genau das erreicht, was wir bezweckt haben. Und das ohne lange Reden und viele Worte, sondern mit einer originellen Idee und ungewöhnlichen Mitteln, die trotzdem jeder sofort versteht.«

Sie war selbst verblüfft, wie überzeugt sie das vorbrachte.

»Hört, hört, unser Landei hat den Durchblick!« Auch Jürgen schien überrascht. Allerdings im positiven Sinn. Zum ersten Mal klopfte er ihr anerkennend auf die Schulter.

Auch Biggi, Peggy und Sandra nickten beeindruckt.

»Habe ich es euch nicht von Anfang an gesagt? Amrei ist eine ganz Besondere.« Begeistert klatschte Chris Beifall, bevor sie verschmitzt lächelnd nachsetzte: »Und die weniger besonderen Gäste machen sich jetzt endlich an den Abwasch.«

Sandra stieß Peggy an. Beide sprangen auf und begannen, den Tisch abzuräumen.

»Und was ist mit dir?« Spöttisch grinsend wandte Chris sich an Jürgen. »Vornehme Zurückhaltung ist doch sonst nicht deine stärkste Eigenschaft.«

Jürgen grinste nur zurück.

»Willst du mein Atelier sehen?« David stupste Amrei an.

»Gern.« Sie errötete. Natürlich war ihr klar, dass es ihm um mehr ging als nur um sein Atelier. Ihr selbst auch. Sie hoffte, schnell aus der Küche verschwinden zu können, bevor einer der anderen etwas merkte.

Zu spät!

»Pass auf!« Anzüglich spitzte Jürgen den Mund. »Davids Vorbild ist Franz Marc. Der war nicht nur als Maler auf seinen blauen Pferden unterwegs, sondern auch als genialer Frauenverführer.«

»Halt doch einmal die Klappe!« Verärgert schlug Biggi mit dem Geschirrtuch nach ihm.

Davids Atelier war großartig. Exakt so hatte Amrei sich das vorgestellt: ein riesiger heller Raum unterm Dachgiebel, in jeder Hinsicht karg. Durch halbrunde Gaubenfenster auf beiden Seiten des Dachgestühls fiel Licht auf eine Staffelei. Ein halb fertiges Bild stand darauf. Weitere Leinwände verschiedener Größen lehnten rücklings an einer Ziegelsteinmauer.

Unter dem schlecht isolierten Gebälk pfiff der Wind. Ein winziger Ölofen vor dem Kaminschacht versuchte gegen die Kälte anzukämpfen. Vergeblich. Das grobe, unverputzte Mauerwerk und der blanke, von Farbflecken besprenkelte Zementboden verstärkten die unwirtliche Atmosphäre. Ebenso der penetrante Geruch nach Terpentin, Ölfarben und feuchten Leinwänden, vermischt mit kaltem Zigarettenrauch.

»Im Winter stehe ich oft hier in Mantel und Mütze«, erklärte David lächelnd.

»Also doch wie Franz Marc«, rutschte es ihr heraus. Sie erinnerte sich an Erzählungen ihres Kunstlehrers. Dem zufolge hatte Marc eingemummelt in Pelzmütze, Mantel und selbst geflochtenen Strohschuhen sowie mit dicker Zigarre oder Pfeife im Mund auf einem Speicher in Sindelsdorf gemalt.

David verzog das Gesicht. Die Bemerkung schien ihm nicht zu gefallen. Verflixt! Warum hatte sie das gesagt?

Fröstelnd rieb sie sich die Arme und machte einige zögerliche Schritte in den Raum hinein. Ihr Blick wanderte zu einem langen Tisch oder vielmehr zu drei aneinandergeschobenen, auf Holzböcken ruhenden Türblättern, auf denen kleinere Leinwände, Zeichenblöcke und lose Blätter lagen. Sie stellte sich davor und betrachtete die Skizzen mit einer Mischung aus Neugier und Anspannung.

Waren das die Sachen, an denen er mit Peggy und Sandra gearbeitet hatte? Bei dem Gedanken erschrak sie. Ob die zwei gleich wieder heraufkamen? Sollte sie David danach fragen? Sie nahm eines der Blätter in die Hand. Das Papier fühlte sich dick und rau an. Was sollte sie zu den Zeichnungen sagen? Sie hatte doch keine Ahnung von Malerei. Vor allem nicht von moderner, abstrakter. Und das, was sie jetzt in Händen hielt, zählte zweifellos dazu.

»Du hältst es falsch herum«, stellte David fest.

Am liebsten wäre sie jetzt vor Scham im Boden versunken. Angestrengt starrte sie weiter darauf. Wusste erst recht nicht mehr, was sie tun sollte.

Behutsam nahm er ihr das Blatt aus der Hand und drehte es um, hielt es ihr wieder hin. Lächelte. Als sie danach griff, hielt er ihre Finger fest.

Sie war gefangen. Und genoss die raue, trockene Haut seiner Finger, die sich trotz der Kälte auf dem Dachboden herrlich warm anfühlte. Sie dachte an ihre erste Begegnung in der Großen Aula, als ihr zum ersten Mal aufgefallen war, wie besonders Davids Haut war. Und nicht nur seine Haut.

Wie von einer Schnur gezogen, neigten sie sich zueinander, schauten sich in die Augen, küssten sich. Erst vorsichtig, dann immer fordernder.

Er nahm sie bei der Hand. Mit klopfendem Herzen folgte sie ihm zu einem durchgesessenen Kanapee in der hinteren Ecke des Speicherraums. Auf dem Weg dorthin ließ sie ebenso wie er ein Kleidungsstück nach dem anderen zu Boden fallen. Trotz der Kälte. Bis sie splitternackt waren.

Vor dem Kanapee wärmte ein Flokati ihre bloßen Füße. David fischte aus einem Korb eine kuschelige Wolldecke, warf sie fürsorglich über sie, bevor er sie aufs Sofa zog.

Sein nackter Leib fühlte sich noch besser an als die raue Haut seiner Hände. Und war wunderbar warm, sodass auch sie rasch aufhörte zu frieren.

»Chris hat recht. Du bist etwas ganz Besonderes.« Noch einmal küsste David sie zärtlich.

»Findest du?« Sie wollte schier platzen vor Glück. Nicht nur, weil er das sagte. Es war einfach zu schön mit ihm. Wohlig schmiegte sie sich eng an seine Seite.

»Eindeutig«, setzte er nach und strich mit der rauen Fingerkuppe versonnen die Konturen ihres Gesichts nach. Als ob er Maß nähme für ein Porträt.

»Warum?« So gern sie weitergemacht hätte mit den Zärtlichkeiten, die sie ausgiebig miteinander ausgetauscht hatten, hielt sie inne und sah ihn an. Sie war neugierig zu hören, was er ihr noch zu sagen hatte.

»Einfach genial, wie du dich vorhin beim Frühstück in der Diskussion mit den anderen gehalten hast. Du hast deinen eigenen Kopf bewiesen. Behaupte noch einer, die Oberpfälzer seien wortkarg.«

»Der Oberpfälzer denkt oft einfach nur mehr, als er sagt«, erwiderte sie prompt und lachte.

»Genau das ist es! Du bist wirklich klug. Und redest nicht jedem nach dem Mund. Das haben auch die anderen vorhin gemerkt. So schnell lassen sich Chris und Jürgen sonst nie dazu herab, jemanden zu loben. Noch dazu, wenn er neu ist bei uns.«

»Und das, nachdem Jürgen mich zuerst wieder als Landpomeranze begrüßt hat.«

»Das hat er nicht so gemeint. Schon als du ihm letzten Herbst in der Großen Aula das Mosaik mit Apollo und seinen Göttinnen erklären konntest, war er tief beeindruckt. Er tut sich nur schwer, das zuzugeben.«

»Schade. Das macht ihn schnell unsympathisch.« Amrei runzelte die Stirn.

»Was er aber wirklich nicht ist. Du wirst sehen, eigentlich ist er ein prima Bursche. Ich mag ihn wirklich.«

»Eigentlich interessiert er mich aber gar nicht so dringend.«

»Das will ich hoffen.« Von Neuem schlang David die Arme um sie. Damit hatte sie wieder, was sie sich gewünscht hatte. Noch einmal versanken sie in ihrer Leidenschaft.

»David, wo steckst du? Es ist schon bald drei!« Eine aufgebrachte Frauenstimme schreckte sie auf. Sie mussten eingeschlafen sein. David stöhnte. Amrei zupfte an der verrutschten Wolldecke, um sie über sich zu ziehen, bis sie halbwegs darunter verborgen waren. Doch das Chaos mit den Klamotten auf dem Boden verriet ohnehin genug von dem, was sie auf dem Kanapee miteinander getrieben hatten.

»Ich wollte nicht stören, aber die Tür stand offen.« Eine Frau mittleren Alters in grauem Tweedkostüm stellte sich vor das Kanapee, nicht im Mindesten geschockt von dem, was sie sah. Amrei bedachte sie lediglich mit einem knappen Blick. Als ob sie die Situation gewohnt wäre. Amreis Gesicht glühte einmal mehr, David verdrehte die Augen.

Ob das seine Mutter war? Verstohlen musterte Amrei die Frau, konnte jedoch keine auffälligen Ähnlichkeiten zwischen ihnen erkennen.

»Höchste Zeit für die Auslieferungen«, verkündete die Frau und verschränkte die Arme vor der Brust. »Professor Schön hat bereits zwei Mal angerufen wegen des bestellten Wörterbuchs. Das braucht er dringend für seine Arbeit. Sei froh, dass deine Mutter und deine Oma nicht im Laden sind. Wenn sie erfahren, dass du schon wieder nicht pünktlich ...«

»Alles easy, Rita. Ich kümmere mich drum. Wie du siehst,

habe ich noch Besuch. Das ist übrigens Amrei. Wenn du uns bitte allein lassen würdest, damit wir uns ungestört wieder anziehen können? Danke!«

Zu Amreis Entsetzen machte er tatsächlich Anstalten, die Decke zurückzuschlagen und sich aufzurichten. Rita schüttelte nur den Kopf und wandte sich nach einem letzten, abschätzigen Rundumblick durchs Atelier ab.

Kaum fiel die Tür hinter ihr ins Schloss, beugte David sich von Neuem zu Amrei herüber und wollte sie küssen. Sie aber wich ihm aus.

»Nicht jetzt! Du hast zu tun«, sagte sie abwehrend.

Sie versuchte, vom Sofa zu klettern, doch er war schneller, packte sie an den Armen und drückte sie rücklings wieder nach hinten und hielt sie fest.

»Klar! Mit dir habe ich zu tun. Professor Schön kann warten. Der ist in Rente. Dem läuft die Arbeit nicht mehr davon.«

»Aber dir! Nicht dass du Ärger kriegst.«

»Deinetwegen mehr als gern.«

Eine Weile rangelten sie miteinander, lachten und küssten sich, bis es ihr gelang, sich unter seinen Armen durchzuschlängeln und vom Kanapee aufzustehen.

»Leider muss ich los.«

Sie hatte Annamirl versprochen, die Treppe zu putzen. Diese Woche waren sie dran. Die Doblerin wartete bestimmt schon darauf nachzuprüfen, ob sie das ordentlich genug tat.

Rasch raffte sie ihre Klamotten zusammen und schlüpfte hinein. Er blieb liegen und sah ihr zu.

»Also dann.« Unschlüssig verharrte sie vor dem Sofa, sah auf ihn hinunter und wartete.

»Man sieht sich«, sagte er und sprang mit einem Satz auf, umarmte sie noch einmal stürmisch, bevor er sich mit einem Kuss auf die Wange von ihr verabschiedete.

Nach ihrem Besuch im Atelier ließ David sie lange zappeln. Sie haderte mit sich, ob sie ihn nicht doch zuerst anrufen sollte. Über die Auskunft hatte sie sich längst die Telefonnummer der WG besorgt.

Kaum hatte sie den Hörer in der Hand, legte sie jedoch auf. Jedes Mal. Es genügte, sich auszumalen, Lästermaul Jürgen zuerst an der Strippe zu haben. Auf eine blöde Bemerkung von ihm hatte sie keine Lust.

Außerdem hatte David gesagt, er fände sie »ganz besonders«. Also sollte er sich ruhig ein bisschen mehr um sie bemühen. Ohnehin war ihr aufgefallen, dass er es sich nur zu gern bequem machte. Das wollte sie nicht noch zusätzlich unterstützen, so schwer es ihr auch fiel, konsequent zu bleiben.

Das Telefon auf der Kommode im Flur klingelte. Endlich! Hatte sie es nicht gewusst? Das musste David sein. Dennoch blieb sie auf dem Bett sitzen, wartete, bis Annamirl nach ihr rief: »Für dich. David aus der WG in der Amalienstraße.«

Am liebsten hätte Amrei triumphierend laut gejubelt, verkniff sich das jedoch. Die Großtante verzog keine Miene, als sie ihr den Hörer reichte.

»Ich wollte mich bei dir in Erinnerung bringen«, sagte er.

»Freut mich«, ging Amrei auf seinen lockeren Ton ein und zwirbelte die Telefonschnur um ihre Finger, zog fest zu, bis es schmerzte.

»Was hältst du davon, dir heute Abend mit mir einen Teller Nudeln im Bungalow in der Türkenstraße zu teilen?«

»Ist das eine Einladung?« Amüsiert schüttelte Amrei den Kopf. Dass man im Bungalow zu zweit günstig einen Teller Nudeln essen durfte, war allgemein bekannt und deshalb nicht sonderlich spendabel. Trotzdem freute sie sich.

»Danach bummeln wir über die Leopoldstraße«, überging David ihre Reaktion. »Es ist zwar erst Februar, aber wenn man sich warm einpackt, kann man schon die ersten Frühlingsgefühle genießen. Im Picnic besorgen wir uns dann einige Flaschen Bier und schauen im Englischen Garten in den Himmel. Momentan sind die Nächte besonders klar. Da lässt sich dem Mond am besten beim Flirten mit den Sternen zuschauen.«

Wie er das sagte! Und was er sagte. Ihr Herz machte einen gewaltigen Satz. Sie schmolz dahin. Schneller wahrscheinlich, als gut war, aber sie konnte nicht anders. Viel zu rasch sagte sie zu.

Nach dem Auflegen erntete sie von der Großtante ein missbilligendes Stirnrunzeln. Hatte sie etwa die ganze Zeit neben ihr gestanden und sie beobachtet, am Ende gar belauscht?

Annamirl schien das nicht im Geringsten peinlich zu sein. Sie knurrte nur »Männer!« und schlurfte kopfschüttelnd in ihre Kammer. Die Tür schloss sie lauter als nötig hinter sich.

Amrei wusste zu schätzen, dass die Großtante auf weitere Kommentare verzichtete, sobald David fester Bestandteil ihres Lebens wurde und regelmäßig anrief. Zu gut erinnerte sie sich, wie lächerlich und letztlich sogar verletzend ihr Vater daheim in Eggling auf die Freunde seiner Töchter reagiert hatte. Den Mann seiner Ältesten bezeichnete er selbst nach fünf Jahren Ehe weiterhin verächtlich als ihr »Tschamsdara«, als ob sie nur vorübergehend miteinander liiert wären, und Amreis Ex-Freund Alfons nannte er stur ihr »Gspusi«, was nicht weniger abwertend gemeint war.

Annamirls Verhalten empfand sie als umso erstaunlicher, weil sie angedeutet hatte, dass ihr Davids familiärer Hintergrund nicht behagte. Seine Großmutter, die Buchhändlerin Elly Grafenstetter, war im selben Alter wie sie. Die beiden schienen sich zu kennen, von früher wahrscheinlich, legten aber jeweils größten Wert darauf, das zu ignorieren. Amrei wurde das vollends klar, sobald sie zum ersten Mal die Buchhandlung in der Amalienstraße betrat und ihre Verwandtschaft mit Annamirl erwähnte.

»Wohnt sie noch in der Tumblingerstraße? Ganz allein?«, erkundigte sich Elly im ersten Moment sehr interessiert. Kaum antwortete Amrei mit »Ja, aber jetzt bin ja ich bei ihr«, setzte Elly ein indifferentes »Na fein« nach, bevor sie Amrei einfach stehen ließ und sich betont konzentriert mit dem Aufräumen eines bereits viel zu aufgeräumten Postkartenständers beschäftigte.

»Alte Frauen, alte Geschichten«, wischte David das wenig später in seinem Atelier ungerührt beiseite, nachdem sie es ihm irritiert erzählt hatte.

Schon schlang er ihr die Arme um den Leib, schmiegte sich an sie und begann, *Ruby Tuesday* von den Stones vor sich hin zu summen. Zielsicher tanzte er mit ihr zum Kanapee. Auf dem Weg dorthin zog er ihr ein Kleidungsstück nach dem anderen aus, warf zuletzt seine eigenen Klamotten achtlos beiseite und setzte die nächste Stunde alles daran, sie vergessen zu lassen, dass es überhaupt noch etwas anderes als sie beide gab.

Die nächsten Wochen tauchte Amrei mit David in neue Welten ein. So gern sie mit den anderen in der WG-Küche zusammensaß, um zu kochen, essen, diskutieren und herumzualbern, war sie am liebsten mit ihm allein in seinem Atelier unterm Dach. Dort liebten sie sich, schauten sich seine Bilder und Skizzen an, hörten eng ineinander verschlungen Musik, redeten über Kunst, Bücher und Politik. Wie schon bei ihrem ersten Frühstück mit den anderen stellten sie auch jetzt immer wieder von Neuem erfreut fest, wie sehr sich ihre Ansichten ähnelten, wie sehr sie darin übereinstimmten, was zu tun war.

Enthusiastisch schilderte er ihr seine Erlebnisse aus dem vergangenen Jahr. Daheim in der Oberpfalz hatte sie zwar aufmerksam in der Zeitung mitverfolgt, was in Berlin, Frankfurt, München und den anderen Unistädten los war. Es nun aber noch einmal aus seinem Mund zu hören, war etwas ganz anderes.

»Die Nachricht von Benno Ohnesorgs Tod in Berlin hat uns alle tief getroffen.«

David schien sichtlich bewegt zu sein. Rang um Worte, um noch besser auszudrücken, was in ihm vorging. Ihr ging es wie ihm. Sie legte den Arm um seine Schultern, er sprach leise weiter.

»Ohne ihn gekannt zu haben, sind wir alle wie erstarrt gewesen. Wie ihn hätte es jeden von uns treffen können. Das ist uns damals bewusst geworden. Und warum? Nur weil wir uns als Studenten nicht mehr alles gefallen lassen und endlich aufbegehren gegen das, was nicht stimmt bei uns.«

Von Neuem hielt er inne, strich sich nachdenklich übers Kinn. Sie wartete gespannt, was er noch erzählen würde.

»Hunderte, nein eher Tausende, sind durchs Univiertel und Schwabing gezogen. Schweigend. Nicht nur Studenten. Auch Schüler, Lehrlinge und auch ältere Leute waren dabei.«

»Auch bei uns am Gymnasium haben wir für Ohnesorg Kerzen angezündet und eine Schweigeminute abgehalten«, berichtete Amrei.

»Klasse! Wie kam das an bei euch auf dem Land?«

»Schlecht natürlich«, räumte sie ein. »Den meisten ist das alles doch viel zu weit weg. Von Ohnesorgs Tod hatten überhaupt nur ganz wenige etwas mitbekommen, genauso wie von den Protesten gegen den Schah-Besuch. Die wahren Hintergründe waren ihnen ohnehin völlig fremd. Nur eine Handvoll Leute hat mitgemacht. Ziemlichen Ärger haben wir kassiert von wegen Aufwiegeln der Schülerschaft und Verharmlosen einer Straftat. Wir wüssten doch gar nicht, was da wirklich passiert sei, hat unser Direx gemeint und uns empfohlen, uns nicht anzumaßen, über irgendwen, erst recht nicht über einen Polizisten, der nur seine Pflicht erfüllt, zu urteilen.«

Kaum sagte sie das, hatte sie wieder deutlich vor Augen, wie feindselig der Direktor sie angesehen hatte, als er sie und ihre

Freunde zu sich zitiert hatte. Den Verweis erspare er ihr nur, weil er ihre Eltern kenne und wisse, dass sie das Ihre tun würden, sie wieder auf den rechten Weg zu bringen, hatte er gemeint. Angerufen hatte er die Eltern trotzdem. Vier Wochen Hausarrest waren der Kommentar des Vaters gewesen, die Mutter hatte geschwiegen.

»Echt klasse, was ihr euch hier in München bei euren Protesten einfallen lasst«, schob Amrei schnell hinterher, um die Erinnerung beiseitezuschieben. Fröstelnd zog sie sich die Wolldecke über die Schultern. Noch immer saßen David und sie nackt auf dem Kanapee. Eben erst hatten sie sich wieder geliebt, jetzt waren sie wie so oft schon wieder mittendrin im Reden. Mit Alfons hatte sie nie so viel geredet, erst recht nicht über Politik.

»Was ihr hier macht, hört sich so ganz anders an als das, was man aus Berlin, Hamburg oder Frankfurt mitbekommt. Viel origineller.«

»Das funktioniert vor allem bei uns an der Kunstakademie gut«, antwortete er. »An der LMU ist es schon weitaus schwieriger, wie du an den Diskussionen mit Chris und Jürgen und deren Freunden merkst. Andere sind da sogar noch extremer. Erst kommt die Theorie, dann die Moral.«

Er schmunzelte, hielt inne, um sich eine Zigarette anzuzünden und einige Züge zu inhalieren. Zog die bloßen Knie gegen die Brust, schlang die Arme darum und redete weiter, den Blick ziellos in die Weite des Ateliers gerichtet.

»Wir sind Künstler«, fuhr er fort. »Wir wissen, dass die Öffentlichkeit uns und unsere Anliegen desto eher wahrnimmt, je kreativer wir auftreten. Das erleichtert es auch, Sympathien dafür zu entwickeln. Wie zum Beispiel für unser Freiluftatelier, das wir vor einigen Monaten vor dem Kultusministerium aufgeschlagen haben. Damit haben wir dagegen protestiert, dass die Profs die Ateliers und Werkstätten an der Akademie ganz selbstverständlich für ihre privaten Arbeiten nutzen – natürlich ohne dafür zu zahlen –, während wir Studenten auf der Straße stehen und uns keine geeigneten Räume zum Arbeiten leisten können. Die Herren Kunstprofessoren haben in ihrem verknöcherten Gehabe ganz schön alt ausgesehen, zumal sie nicht erklären konnten, mit welchem Recht sie das tun. Und der Herr Kultusminister wusste auch nicht, wie er das rechtfertigen sollte. Die Münchner aber waren sich einig, dass es so nicht geht. Schließlich wird die Akademie aus Steuermitteln finanziert. Und die Professoren verdienen viel Kohle mit ihrer Kunst. Damit waren wir die Guten, die die bösen Raffzähne. Und unser Ziel war erreicht. Ab sofort stehen uns die Ateliers an der Akademie vorrangig zur Verfügung. Wir müssen nicht mehr draußen campen, um zu arbeiten. Doch das ist erst der Anfang. Es steht noch viel mehr auf der Agenda, was sich ändern muss.«

Er sprang vom Sofa, um ihr von seinem Arbeitstisch Flugblätter, Zeichnungen und Plakatentwürfe zu holen. Neugierig betrachtete sie sie. Sie besaßen einen eigenen Witz, wie sie gleich nach dem ersten Blick darauf feststellte. So etwas fiele ihr nie ein. David war eben ein echter Künstler. Abermals war sie hin und weg.

Ihr gefielen vor allem die Arbeiten, die im Stil konventioneller Ansichtskarten daherkamen, wie man sie aus dem Urlaub verschickte. Auf einer der Karten fand sich der legendäre *Arme Poet* von Caspar David Friedrich mit der Unterzeile »Leider (k)ein Gruß aus der Vergangenheit«, auf einer anderen einer der derzeitigen Akademieprofessoren im Papstornat, garniert mit den Worten »Ein Hoch auf die Unfehlbarkeit«, und auf einer dritten war Münchens Stadtsilhouette im goldenen Sonnenschein zu sehen, im Vordergrund jedoch eine Gruppe Kunststudenten in Bettlermontur, kommentiert mit »München leuchtet – leider nicht mehr für alle«.

»Das bezieht sich nicht nur auf die Situation an der Akademie.« Aufgeregt tippte David auf die letzte Karte. »Das hat auch ganz viel mit dem zu tun, was hier passiert, seit München sich für die Olympischen Spiele aufbrezelt. Von wegen ›München wird moderner‹! Einfach nur furchtbar wird es. Und es drängt die Alteingesessenen an den Rand. Am Ende wird es nicht mehr das München sein, das es einmal war.«

»Aber ist das nicht auch gut so? So besonders toll ist gerade die jüngste Vergangenheit der Stadt auch nicht gewesen«, merkte sie an. Doch er unterbrach sie ungeduldig. »Damit meine ich nicht die entsetzliche Zeit Münchens als ›Hitlers Lieblingsstadt‹ und ›Hauptstadt der Bewegung‹.«

Offenbar hatte sie bei ihm einen Nerv getroffen. Aufgewühlt sprang er vom Kanapee, begann, im Atelier hin und her zu laufen, gestikulierte beim Weiterreden mit den Armen wild durch die Luft, ungeachtet der brennenden Zigarette in der rechten Hand und der Asche, die von ihr zu Boden rieselte.

»Mir geht es um die große Zeit Münchens als Kunst- und Bohemestadt. Und um die Jahre nach dem Krieg als heimeliges Millionendorf, als so viele hier wieder ein echtes Zuhause gefunden haben, nachdem die Nazis sie in den Lagern im Osten vernichten wollten und sie nach der Befreiung an der Isar gestrandet sind. Ausgerechnet hier – ein gewaltiger Triumph über den braunen Sumpf! Ein bezahlbares Zuhause ist München für viele gewesen. Auch für die kleinen Leute, die sonst nirgendwo anders hinkonnten. Die aber werden im ›modernen‹ München keinen Platz mehr finden, weil sie es sich schlichtweg nicht mehr leisten können.«

Sie nickte nur. Je länger sie das alles betrachtete und ihm zuhörte, desto mehr dämmerte ihr, wie sehr sie ihn unterschätzt hatte. Seine Art zu protestieren war nicht nur originell. Er dachte auch weit über die aktuellen Anliegen der Studenten hinaus, hatte die gesellschaftliche Entwicklung insgesamt im Blick. Und offenbar genau den Nerv getroffen, wie man die Kritik auf sehr einnehmende, sympathische Weise der Öffentlichkeit nahebringen konnte.

»Wahrscheinlich sind wir noch viel zu zahm.« Jäh änderte sich seine Stimmung. Er blieb mitten auf dem Flokati stehen. Immer noch splitternackt. Stemmte die Hände in die Hüften, schaute mit provozierender Miene auf sie herunter. Was meinte er auf einmal? Verwirrt starrte sie ihn an.

»Es geht ja nicht nur um die Arroganz der Professoren, die größtenteils schon unter den Nazis in Amt und Würden gewesen sind«, fuhr er fort. »Letztlich sind das alles Auswüchse des verkorksten Systems, das weltweit für die Unterdrückung ganzer Völker und Kulturen steht. Denk beispielsweise an Vietnam. Eine einzige Sauerei läuft da ab, notdürftig kaschiert als ›Kampf für Demokratie‹. Pah, wer sich so alles Demokratie auf die Fahnen schreiben darf!«

Er kniete sich hin, zerdrückte die Zigarettenkippe in einem Dosendeckel, stieß eine letzte Rauchwolke durch die Nasenlöcher aus und schüttelte den Kopf.

»Chris hat letztens durchaus recht gehabt«, setzte er nach und wirkte auf einmal sehr nachdenklich. »Die Frage, wie wir weiter vorgehen sollen, ist eine Gratwanderung. Früher oder später müssen wir uns mehr als bunte Luftschlangen oder harmlose Teach-ins mit Tee- und Bierausschank einfallen lassen, um unsere Ziele zu erreichen. Sonst laufen wir tatsächlich Gefahr, dass sie uns für lustige Protesthanseln halten, die sie nicht ernst zu nehmen brauchen. Die anderen kämpfen schließlich auch nicht nur mit Spielzeugpistolen.«

Amrei erschrak.

»Worauf willst du hinaus?«, fragte sie leise.

Statt zu antworten, verfinsterte sich seine Miene. »Worauf wohl? Hast du etwa nicht mitbekommen, was die Amis in Vietnam anrichten? Die schmeißen Napalmbomben auf die Bevölkerung, keine Luftschlangen oder buntes Konfetti wie wir. Das können wir nicht einfach so hinnehmen.«

»Das ist doch eine ganz andere Geschichte«, wehrte sie ab, spürte, dass sie sich zu ärgern begann. »Natürlich müssen auch wir hier dagegen protestieren. Aber mehr, als auf die Straße zu gehen und so das Ganze anzuprangern, können wir wohl nicht tun. Schließlich wählen wir den amerikanischen Präsidenten nicht. Und leider interessiert es ihn wohl kaum, was wir über seine Politik denken. Selbst wenn bei uns mit Molotowcocktails dagegen mobilgemacht wird. Das schadet meiner Ansicht nach eher, weil damit die Akzeptanz für die Proteste in der Öffentlichkeit sinkt, die Sympathie verloren geht. Hast du vorhin nicht selbst davon gesprochen, wie wichtig es ist, mit kreativen Aktionen für unsere Anliegen zu werben? Damit ziehen wir die Öffentlichkeit auf unsere Seite, statt sie gegen uns aufzubringen.«

David schwieg, senkte den Blick und begann, die Fransen des Flokati mit den Fingern durchzukämmen.

Sie biss sich auf die Lippen. War sie zu weit gegangen? Andererseits hatte sie sich Luft machen müssen. Alles konnte sie nicht hinnehmen. Auch nicht bei David.

»Du bist wirklich klug. Und ganz besonders.« Er hob wieder den Kopf, lächelte sie an.

Sie erstarrte. Meinte er das jetzt ernst, oder machte er sich über sie lustig?

Erst als er die Hand nach ihr ausstreckte, sich seine Finger mit ihren verknoteten und er sie zu sich auf den Teppich zog, um sie zu küssen, entspannte sie sich wieder.

»Magst du lieber ganz in die WG in der Amalienstraße ziehen?«, erkundigte sich die Großtante am Sonntagnachmittag, sobald Amrei unter strikter Beobachtung der Doblerin die Wohnungstür aufgeschlossen hatte. Siedend heiß fiel ihr ein, dass sie die Reiberdatschisession am Freitag hatte sausen lassen und nach fast einer Woche erst wieder zum Wäschewaschen in der Tumblingerstraße auftauchte.

»Auf mich brauchst du keine Rücksicht nehmen. Ich komm allein klar«, versicherte ihr Annamirl und schlurfte ihr in dem winzigen Flur entgegen, stützte sich an der Kommode ab. Wahrscheinlich sagte sie das nur, weil Amrei sie schuldbewusst anstarrte.

»Mein ganzes Leben bin ich allein klargekommen. Fast.« Das letzte Wort fügte sie so leise hinzu, dass Amrei es beinahe überhört hätte.

Auf einmal sah Annamirl traurig aus. Behutsam legte Amrei ihr die Hand auf die Schulter. Sichtlich verlegen strich die Großtante mit ihren arthritisch verformten Fingern darüber und lächelte sie an. Betrübt. Und zugleich auf eine geheimnisvolle Art entrückt.

Plötzlich gab sie sich einen energischen Ruck.

»Es sind noch Reiberdatschi vom Freitag da. Ganz schnell warm gemacht hab ich die für dich. Und das Apfelmus auch.«

Amrei war erleichtert, dass die Großtante nicht noch einmal nachhakte, ob sie lieber in der WG wohnen wolle statt bei ihr. Natürlich ging es dort lustiger zu als in der winzigen Zweizimmerwohnung im Schlachthofviertel. Außerdem war der Weg zur Uni und zu den Kneipen, die sie abends gern besuchte, wesentlich kürzer. Sie würde sich viele nervige Trambahnfahrten sparen, die dank der unendlichen Baustellen in der Innenstadt immer abenteuerlicher wurden.

Doch nicht nur der freitäglichen Reiberdatschi wegen wollte sie ihr Zimmer bei Annamirl nicht aufgeben. Vorerst. Es tat gut, ab und an bei der Großtante in der Küche zu sitzen, mit ihr in Ruhe eine Gauloise zu rauchen und sich anzuschweigen. Oder kurze Sätze über dies oder jenes zu wechseln. In der WG fühlte sie sich zwar pudelwohl, aber es war Gold wert, sich irgendwann daraus verabschieden zu können und zu Annamirl heimzugehen.

1972

Mitte Mai

Wo war sie? Amrei fuhr aus dem Liegen hoch, sah sich in dem dämmrigen Zimmer um, war verwirrt, fühlte sich völlig desorientiert. Und zwang sich, tief durchzuatmen. Am besten, sie wurde erst einmal richtig wach.

Es dauerte, bis sich ihre Augen an das Halbdunkel gewöhnt hatten und erste Umrisse unterschieden.

Vor einem hohen Fenster bauschten sich dicke altmodische Samtvorhänge, ließen durch einen schmalen Spalt zartes Frühlingslicht herein. Trotzdem fand sie keinen rettenden Halt, um sich zurechtzufinden. Sie erkannte nichts von dem, was sich in verschiedenen Abstufungen von Grau vor ihr abzeichnete.

Viel war es ohnehin nicht. Ein alter Schrank, ein Sessel, ein Tapeziertisch mit schlichtem Holzhocker davor und ein baufälliges Bücherregal aus Obstkisten. Das alles war ihr völlig fremd. Oder doch nicht? Sie presste die Fingerspitzen fest an die Schläfen. Atmete wieder tief ein und aus. Vielleicht musste sie sich nur stärker anstrengen, um sich zu besinnen, wo sie sich befand.

Sie tastete neben sich. Nichts. Sie war allein. Mutterseelenallein. Keine zweite Kuhle auf der Matratze, kein weiterer Kopfabdruck auf dem Kissen. Beides sprach dafür, dass sie vermutlich die Nacht allein verbracht hatte. Wenigstens das.

Ihr Blick fiel auf ein Plüschtier in der Ritze zwischen Matratze und Wand. Ein reichlich abgegriffener, stellenweise kahler Bär mit riesigen dunklen Knopfaugen und einer verblassten rosa Schleife am Hals. Kunibert! Sie schmunzelte. Strich dem alten Bekannten zärtlich über den eingefallenen Bauch. Wie schön, dass es ihn noch gab. Nachdenklich betrachtete sie ihn.

Mit Davids Plüschteddy Kunibert kehrte auch die restliche Erinnerung zurück. Sie befand sich in seinem WG-Zimmer. Hatte dort übernachtet. Weil sie zwei oder drei Bier zu viel getrunken hatte. Oder doch eher einige Cuba Libre? Sie massierte sich die Schläfen, presste abermals fest dagegen und wartete, bis sie den Druck von außen spürte, der guttat, um den Druck im Kopfinnern zu verdrängen. Vorübergehend zumindest.

Wie aus dem Nebel stiegen die Bilder der vergangenen Nacht in ihr auf. Sie, David, Uri und Jürgen waren noch im PN gewesen. Nachdem der Biergarten geschlossen hatte. Wie üblich um 23 Uhr. Im PN war es voll, laut, völlig verraucht und heiß gewesen. Auch das kannte sie nur zu gut. Dafür stieg man schließlich in den etwas verunglückt dekorierten Keller hinunter. Daran hatte sich in den letzten drei Jahren also nichts geändert. Kein Wunder, dass sie viel getrunken hatte. Zu viel. Auch deshalb ging man ins PN. Wie schon früher oft hatten sie danach auf dem Weg durch die sternenklare Nacht im Picnic noch ein weiteres, allerletztes Bier getrunken und waren alle zusammen in die WG in der Amalienstraße getorkelt. Weiter wäre sie beim besten Willen nicht mehr gekommen. Die U-Bahn war sowieso nicht mehr gefahren. Die Tram auch nicht. Ein Taxi aber kam nicht infrage. Nicht bei ihrem begrenzten Budget. Also hatte sie Davids Angebot angenommen und sich auf seiner Matratze breitgemacht, während er in sein Atelier hinaufgestiefelt war. Allein? Sie überlegte. Das wusste sie beim besten Willen nicht mehr zu sagen. Aber sollte es ihr nicht auch egal sein?

Vorsichtig kletterte sie aus dem Bett, das nach wie vor nur eine auf dem Boden liegende Matratze war, griff nach einem

Hemd, das daneben lag, und warf es sich über. Auf bloßen Füßen huschte sie über das Parkett zur Tür hinaus auf den Flur.

Die Dielen knarrten. Sie hielt inne. Lauschte. Alles ruhig.

Sie lief zum Bad, öffnete die Tür. Sah sich unvermittelt Uri gegenüber. Braun gebrannt. Gut gebaut. Durchtrainiert. Splitternackt. Lachend.

An seiner Seite Biggi. Ebenfalls splitternackt. Und quietschvergnügt.

Beide standen eng umschlungen vor der Wanne. Offenbar wollten sie gerade duschen.

Amrei unterdrückte einen spitzen Aufschrei und warf die Tür wieder zu.

»Sorry, aber ich muss dringend aufs Klo«, rief sie durch die geschlossene Tür. Die einzige Toilette der Wohnung befand sich zwar in einem abgetrennten kleinen Raum, aber der lag hinter Badewanne und Waschbecken.

»Geh einfach durch«, rief Uri.

»Wir gucken dir schon nichts weg«, fügte Biggi kichernd hinzu.

So unangenehm es ihr war, folgte sie dem Vorschlag und war froh, wenig später wieder in Davids Zimmer zu landen. Allein. Schwungvoll riss sie die Vorhänge auf, öffnete die beiden Fensterflügel und atmete die frische Mailuft ein.

Davids Zimmer ging zum Hinterhof, nach Osten. Die Morgen- oder vielmehr Mittagssonne wärmte ihr ein letztes Mal die Nasenspitze, bevor sie gleich um die Dächer südwärts weiterwandern würde. Der leise Windhauch kühlte Amrei die glühenden Wangen. War es ihr peinlich, Biggi und Uri im Bad ertappt zu haben? War sie auf einmal spießig geworden?

Aus der Küche nebenan vernahm sie Geschirrklappern. Aromatischer Kaffeeduft zog herüber. Hastig schlüpfte sie in ihre Klamotten, die über Hocker, Tisch und Boden verstreut lagen, bezwang ihre Neugier, sich die Skizzen und Notizen auf dem Tisch genauer anzusehen, und schenkte auch den offenbar neu aufgehängten Bildern an den Wänden keinen weiteren Blick. Wenigstens malte David fleißig weiter.

Fast floh sie auf einmal hinaus, in die Küche hinüber.

Wie vermutet war es Chris, die am Herd stand und mit allergrößter Hingabe den Kaffee aufbrühte. Hochkonzentriert goss sie das Wasser aus der Schöpfkelle in konzentrischen Kreisen auf das Kaffeepulver im Porzellanfilter. Genau so, wie Biggi es ihr einmal beigebracht hatte.

»Schon wach?«, begrüßte Chris Amrei und schaute auf.

»Ist was passiert?« Ihre Miene wechselte ins Sorgenvolle. »Du siehst aus, als wärst du einem Ungeheuer begegnet.«

»Nur Biggi und Uri«, erwiderte Amrei. »Im Bad. Gemeinsam. Nackt.«

»Also alles wie immer!« Chris legte die Schöpfkelle beiseite, sah sie herausfordernd an.

»Was sagst du zu Uri?«, fragte Chris. »Für den lasse ich alles stehen und liegen.«

»Hast du schon?«, fragte Amrei amüsiert zurück.

»Leider bin ich nicht sein Typ. Offenbar zu klein und zu rundlich. Vielleicht auch dem zu ähnlich, was er von zu Hause kennt. Mit meinem dunklen Teint gehe ich ja oft als Araberin oder Perserin durch. Er meinte sogar letztens zu mir, ich sehe aus wie seine Schwester.«

»Blöd gelaufen.«

Sie lachten beide.

»Zum Glück gibt es ständig andere Angebote. Sehr hübsche sogar.« Chris zwinkerte ihr zu.

»Ich hab einen wahnsinnigen Hunger«, überging Amrei die Anspielung. »Wollen wir frühstücken? Die anderen stehen sicher auch sofort auf der Matte, sobald wir den Tisch fertig gedeckt und alle niederen Arbeiten erledigt haben.«

Kaum hatte Amrei als Letztes das Honigglas neben der Butter platziert und Chris Kaffee in die großen Tassen ausgeschenkt, tauchten auch schon Biggi und Uri Hand in Hand in der Küche auf, die Haare noch nass, die Wangen gerötet, die Klamotten sichtlich hastig übergestreift. Wie Amrei es vorhergesagt hatte.

»Ich könnte glatt einen Bären verschlingen.«

Abrupt ließ Biggi Uris Hand los und stürzte sich gierig auf das frisch aufgeschnittene Rosinenbrot.

»Gut geschlafen?« Uri begrüßte Chris mit einer Umarmung, zögerte kurz vor Amrei, dann schlang er ihr ebenfalls die Arme um den Hals, hauchte ihr rechts und links einen Kuss auf die Wange und setzte sich.

»Shit!«, hörte sie Biggi sagen.

Sie ließ die dick mit Butter bestrichene Rosinenbrotschnitte sinken, ohne davon abgebissen zu haben, und blickte zur offenen Tür. Auch Amrei drehte sich um. Und schluckte.

Zu ihrem Verdruss spürte sie, wie sie errötete. Dabei gab es für sie keinen Grund, verlegen zu sein. Für David dagegen schon. Eng umschlungen kam er mit Peggy herein.

Warum hatte er nichts gesagt? Im Gegenteil sogar eher den Eindruck erweckt, als wollte er wieder mit ihr zusammenkommen? Und wieso musste es obendrein ausgerechnet Peggy sein?

Früher war sie stets im Doppelpack mit Sandra in Davids Dunstkreis oder in der WG aufgetaucht. Unverhohlen hatten sie ihn angehimmelt und nie einen Zweifel daran gelassen, wie sehr es ihnen missfiel, dass er mit Amrei zusammen war. Die anders als sie keine künstlerischen Ambitionen verfolgte. Und auch nicht annähernd so unangepasst auftrat wie sie beide. In ihren Augen sogar viel zu langweilig und bieder.

Eng schmiegte sich Peggy jetzt an seine Seite, den Arm um

seine Hüften drapiert, sodass sie ihre Hand bequem in seine Gesäßtasche stecken konnte.

»Hi!«, rief sie fröhlich, als sie am Kopfende des Tischs stehen blieben, und ließ ihren Blick über die Anwesenden wandern.

Längst hatten die anderen auf den bunten Stühlen Platz genommen. Auch Amrei. Peggys Augen streiften sie zuletzt.

»Wieder zurück aus der großen weiten Welt?« Sie löste sich von David und nahm ihr gegenüber Platz, lächelte sie an. Freute sich offenkundig ehrlich, Amrei zu sehen.

Lag es daran, dass sie anders als früher ohne Sandra bei ihnen war? Oder daran, dass sie mindestens diese Nacht, vermutlich schon einige weitere Nächte mit David in dessen Atelier verbracht hatte? Bereits vor vier Jahren hatte sie alles darangesetzt, das zu tun. Damals ohne Erfolg. Oder lag ihr Lächeln jetzt daran, dass Amrei dank ihrer Zeit in Paris, London und Florenz in ihren Augen akzeptabler geworden war? Peggys frühere Ressentiments schienen auf einmal vergessen. Gelassen bediente sie sich am Kaffee, ebenso an Brot und Butter. Ohne die geringste Scheu. Und ohne zu registrieren, dass ringsum am Tisch ein verlegenes Schweigen eingekehrt war. Selbst Uri schien irritiert, bemerkte Amrei aus dem Augenwinkel.

Ihretwegen mussten sie sich nicht zurückhalten. Auch wenn es wehtat: David war frei. Sie hatte ihn nicht zu lebenslanger Enthaltsamkeit verdonnert. Sie hatte ihn verlassen. Und in den vergangenen drei Jahren selbst alles andere als zölibatär gelebt.

»Bist du auch wegen der Olympischen Spiele hier?«, wollte Peggy wissen, nachdem sie den ersten Schluck Kaffee und einen beherzten Bissen vom Marmeladenbrot intus hatte. Neugierig sah sie Amrei direkt an. Dabei kaute sie gemächlich, schluckte, bevor sie weitersprach, und ließ sie die ganze Zeit nicht aus den Augen.

Wenigstens eine, die sich normal verhielt. Jetzt musste Amrei doch schmunzeln.

»Nach allem, was man so hört, gibt es noch eine ganze Reihe interessanter Jobs«, plapperte Peggy munter drauflos. »Sogar als Hostess. Einige aus der ersten Runde sollen inzwischen schon wieder abgesagt haben. Sogar gar nicht so wenige. Denen hat es wohl zu lange gedauert, bis sie einen sicheren Vertrag in der Tasche hatten. Kann ihnen auch niemand verdenken. Zu gern würde ich mich als Hostess bewerben, aber leider hab ich kein Talent für Sprachen. Ist einfach ein toller Job, direkt vorn bei den Spielen und den Leuten aus aller Welt dabei zu sein. Mitten im Getümmel der Sportler, Funktionäre, Journalisten, die von überallher zu uns kommen. Sogar in das peinliche Dirndl und die weißen Kniestrümpfe würde ich mich dafür zwängen. Ich hab gehört, dass die meisten den Rock kürzen, damit es nicht allzu spießig aussieht. Eine Handbreit über dem Knie geht wohl gut, ohne dass es allzu sehr auffällt. Probieren solltest du es unbedingt, Amrei. Nachdem du jetzt bestimmt Französisch, Englisch und sogar noch Italienisch fließend sprichst, hast du gewiss beste Chancen, dass sie dich nehmen.«

»Das haben sie sogar schon. Den Vertrag habe ich bereits unterschrieben. Deshalb bin ich nach München zurückgekommen.«

Damit war es heraus. Amrei war erleichtert.

»Wow!« Peggy applaudierte.

»Super!« Auch Biggi klatschte in die Hände.

»Gratuliere!« Sogar Chris nickte anerkennend. »Warum hast du uns das nicht schon längst erzählt?«

»Mir war nicht klar, wie ihr das aufnehmen würdet. So entschieden, wie ihr früher gegen die Olympischen Spiele in München gewettert habt, wollte ich es mir nicht gleich mit euch verderben«, räumte sie ein.

»Woher hätte Amrei auch wissen sollen, dass ihr neuerdings ganz handzahm geworden seid?« Uri zwinkerte ihr zu.

Sosehr Amrei sich über den unerwarteten Beistand freute,

klopfte ihr Herz trotzdem noch heftig, als sie zu David sah, der ihr am Tisch schräg gegenübersaß.

Sobald sich ihre Blicke trafen, hob er den Daumen und signalisierte ihr ebenfalls seine Zustimmung. Sie stutzte.

»Willkommen im Klub!«, verkündete er. »Dann sind wir im Sommer alle mehr oder weniger mit den Spielen beschäftigt.«

»Und haben endlich was von dem ganzen Aufstand«, ergänzte Chris.

»Aber ich dachte …«, setzte Amrei verwundert an, Chris schnitt ihr jedoch das Wort ab. »Das Denken solltest du dir besser abgewöhnen. Das ist längst aus der Mode gekommen. Man lernt schließlich am besten von seinen Gegnern. Ohne lange nachzudenken, denn das tun die auch nicht. Deshalb haben wir uns entschlossen, die Waffen zu strecken und uns mit dem zu arrangieren, was wir eh nicht ändern können, sprich: den Olympischen Spielen in München.«

»Was nicht automatisch heißt, dass wir mit dem ganzen Zirkus einverstanden sind«, fügte David rasch hinzu. »Natürlich bewahren wir trotzdem unsere kritische Distanz. Aber wenn wir den Wahnsinn schon nicht verhindern können, wollen wir wenigstens das Beste daraus machen, sprich: Kohle damit verdienen. Selbstverständlich ohne uns zu verbiegen und unseren Prinzipien untreu zu werden.«

Das war Amrei zu hoch. Außerdem passte es nicht zu David, derart verklausuliert zu reden. Das hatte er früher Jürgen und dessen Juristenfreunden vom SDS überlassen.

»Wie soll das funktionieren?«, hakte sie irritiert ein. »Womit verdient ihr jetzt konkret euer Geld bei den Spielen, ohne vor irgendetwas oder irgendwem einzuknicken?«

»Erinnerst du dich an das AOK – das Anti-Olympische Komitee?«

»Klar. Oft genug haben wir damals über deren Aktionen gegen die Spiele gesprochen. Daran hast du dich doch auch mit deinen Postkartensets beteiligt. Was aber hat das jetzt mit euren neuen Jobs zu tun oder gar damit, dass ihr euch mit dem angeblich ›Unausweichlichen‹ zu euren Gunsten arrangiert habt?«

Allmählich wurde sie ungeduldig. David ignorierte das und trumpfte auf einmal regelrecht auf: »Das AOK war nicht halb so nutzlos wie von einigen befürchtet. Dank seines Einsatzes kommt bei den ›heiteren Spielen‹ jetzt nämlich auch die Kritik zum Zug. Und das nicht einmal verschämt und kaum wahrnehmbar irgendwo am Rand, sondern mitten im Herzen des Geschehens, am Ufer des Olympiasees. Dort wird es eine sogenannte Spielstraße geben. Mit verschiedenen Kunstaktionen, Straßen- und Figurentheater und Mitmachangeboten, damit die Besucher nicht nur passiv konsumieren, sondern sich aktiv ins Geschehen einbringen. Alle Altersgruppen. Ganz ohne Eintritt. Damit läuft das Programm jenseits des Kommerzes, den die Spiele sonst veranstalten. Bei den Leuten, die das koordinieren und betreuen, bin ich dabei. Und kriege auch noch ordentlich Kohle dafür. Sozusagen als männliche Spielstraßenhostess. Allerdings leider nicht in einem so feschen Dirndl und blitzsauberen weißen Kniestrümpfen wie du.«

»Deine haarigen Haxen will eh keiner freiwillig anschauen.« Chris verdrehte die Augen.

»Ich schon.« Verliebt strich Peggy ihm eine dunkle Locke aus der Stirn.

»Ich halte es weitaus prosaischer und jobbe seit einiger Zeit in einem Andenkenkiosk in der Fußgängerzone.« Chris beeilte sich, auf das ursprüngliche Thema zurückzukommen.

Amrei kam sich vor wie im Beichtstuhl. Sie als Priesterin, die anderen als Beichtende, die ihr der Reihe nach anvertrauten, was sie bei den Spielen anstellen wollten. Und jetzt auf ihre Absolution warteten. Allen voran Chris.

»Es ist zwar nicht das Gelbe vom Ei, diesen überflüssigen Firlefanz zu verkaufen, aber wenn sich die werten Mitmenschen unbedingt gegenseitig damit beschenken wollen, will ich meinen Anteil davon einstreichen und mit dem Geld mein Studium finanzieren.«

»Was gäbe ich für einen solchen Job!« Biggi seufzte. »Als Österreicherin bleibt mir mangels Arbeitserlaubnis abseits des Kellnerns oder der Spülküche mal wieder nur das Halblegale. Deshalb mache ich seit einiger Zeit auf Mädchen für alles bei einem österreichischen Sportjournalisten, der den Sommer über mit seiner ganzen Familie in München wohnt. Ich schrubbe das Klo, wasche die Wäsche, putze den Kühlschrank und passe auf die ungezogenen Gören auf. Ist zwar auch nicht besonders üppig bezahlt, aber immer noch besser, als mit dem Serviertablett in der Hand fremde Finger am Hintern oder gierige Blicke in den Ausschnitt zu ertragen. Wenn ich Glück habe, springt für mich bei dem ein oder anderen Wettkampftag sogar ein Ticket heraus, weil die Kinder für den Besuch im Stadion eine erwachsene Begleitung brauchen.«

»Hoffentlich mal zwei, damit ich auch etwas von den Spielen mitbekomme«, warf Uri ein. »Mich wollen sie nämlich leider nicht einmal als Laufbursche oder Toilettenwärter haben.«

»Versuch es doch noch einmal mit einer offiziellen Bewerbung als Dolmetscher. Am besten direkt bei einem der Zeitungsverlage oder beim Fernsehen, wenn das Olympische Komitee nicht zugreift«, schlug Amrei vor. »Gestern schon habe ich dir gesagt, dass deine Sprachkenntnisse ganz bestimmt gesucht sind.«

»Mal sehen«, sagte Uri leise. Das klang nicht sonderlich enthusiastisch.

»Gib's zu: In Wahrheit bist du nur zu faul«, neckte Biggi ihn.

Fast hätte Amrei ihr dafür applaudiert. Das traf es wohl am besten.

»Du magst es, andere für dich schuften zu lassen«, zog Biggi ihn weiter auf. »Am liebsten natürlich Frauen. Weil du ein echter Macho bist.«

»Apropos: Dein Küchendienst ist überfällig«, störte Chris das Geplänkel der beiden. »Und damit meine ich nicht das spaßige Rumgezupfe an deinem Kräutergarten auf dem Balkon, sondern Kühlschrank auswischen, Speisekammer aufräumen, Abspülen und Müll runtertragen. Am besten fängst du sofort an.«

Sie erhob sich.

»Gibt es inzwischen etwa richtige Putzpläne bei euch?«, spottete Amrei.

In derselben Sekunde klingelte es an der Wohnungstür.

»Erwartet wer Besuch?« Fragend sah Chris in die Runde.

»Ist heute nicht dein Happening in Haukes Atelier?« Amrei stupste David an. »Du hast doch zugesagt mitzumachen. Bestimmt holen dich die beiden Grazien von gestern jetzt persönlich ab.«

»Shit. Das habe ich völlig vergessen.« Er strich sich übers unrasierte Kinn. Amrei spürte ein Kribbeln in den Fingern. Zu gut wusste sie, wie sich das anfühlte.

»Ist Sandra dabei?«, meldete Peggy sich. Auf einmal wirkte sie wütend. Die Freundschaft der früher unzertrennlichen Kommilitoninnen hatte in den vergangenen drei Jahren offenkundig gelitten.

»Dachte ich's mir!«, erklang es plötzlich fröhlich von der offenen Tür zum Flur her. »Ihr haltet mal wieder eine Versammlung ab, ohne mir Bescheid zu sagen. Noch dazu mit Amrei.«

Amrei erschrak abermals. Wastl tauchte auf. Sebastian Drexler. Chris musste ihm die Tür geöffnet haben, während sie David und Peggy beobachtet hatte.

Ihn hätte sie ebenfalls gern erst mit etwas mehr Vorbereitung wiedergesehen, ähnlich wie David. Wastl war der zweite Grund, warum sie vor drei Jahren aus München weggegangen war. Reichlich überstürzt. Weshalb sie es auch jetzt hinausgezögert hatte, Kontakt mit ihm aufzunehmen.

»Was um alles in der Welt machst du hier?«, rief sie.

Das klang unfreundlicher als beabsichtigt, aber er hatte sie auch nicht sonderlich zuvorkommend begrüßt. Eigentlich hatte er sie noch gar nicht richtig begrüßt. Ausgerechnet er, der stets viel mehr als David darauf bedacht gewesen war, besonders feinfühlig mit ihr umzugehen.

»Dasselbe wie du«, entgegnete er ebenfalls eine Spur zu aufgebracht. »Ich besuche die anderen. Anscheinend bin ich allerdings der Letzte, mit dem du hier in der WG gerechnet hast. Den du wahrscheinlich überhaupt hast sehen wollen, sonst hättest du dich wohl längst bei mir gemeldet. Durch Zufall habe ich von Jürgen erfahren, dass du wieder zurück bist. Und dass ich dich heute Vormittag wahrscheinlich hier treffe. Gestern Nacht ist es anscheinend spät geworden. Bei euch allen.«

Er machte keinen Hehl daraus, dass er beleidigt war. Leider hatte er allen Grund dazu, musste sie ihm zugestehen.

»Keine Sorge. Ich bin nicht gekommen, um dir eine Szene zu machen. Oder mir deinetwegen mit David die Köpfe einzuschlagen«, fügte er dann jedoch hinzu und schmunzelte. »Die Zeiten sind vorbei.«

»Magst du einen Kaffee?« Chris nutzte die Sekunde, in der er Luft holte. Hielt einladend die Kanne in die Luft und lächelte.

»Oder vielleicht eine Zigarette?« Auch Biggi gab sich Mühe, die Situation zu entkrampfen, und hielt ihm eine halb aufgerissene Packung Ernte 23 entgegen, die herrenlos auf der Fensterbank gelegen hatte.

»Danke nein.« Er winkte ab. Er hatte nie geraucht, tat es offenbar nach wie vor nicht. Er war Sportler. Immer noch. Das sah man ihm auch deutlich an. Die kurzen Ärmel seines T-Shirts spannten über dem Bizeps, seine kräftigen Oberschenkel drohten die Hosenbeine der Jeans zu sprengen.

»Schön, dass du gekommen bist. Setz dich her. Im Stehen redet es sich so schlecht.« Amrei versuchte sich ebenfalls an einem Friedensangebot und rückte den Stuhl neben sich zurecht, auf dem bis eben Chris gesessen hatte.

»Danke, aber mir ist eher nach frischer Luft. Ich wollte zum Olympiapark radeln. Magst du mitkommen? Warst du überhaupt schon dort, seit das Gelände fertig ist? Gigantisch ist es geworden. Extrem modern. Ein echtes Wunder. Das musst du dir anschauen. Es wird dir gefallen.« Seine Augen leuchteten.

Sie wussten beide, dass er ihr das nicht von ungefähr vorschlug. Vor drei Jahren waren sie gemeinsam dort gewesen, bei ähnlich strahlend schönem Sonnenschein. Stolz hatte Wastl ihr damals die Baustelle gezeigt, begeistert von dem dahinterstehenden Konzept geschwärmt.

So faszinierend das gewesen war, hatten sie beide gewusst, dass sie noch weitaus mehr voneinander fasziniert gewesen waren. Obwohl Amrei zu jener Zeit fest mit David liiert war. Kaum dachte sie jetzt daran, spürte sie sofort wieder das vertraute Kribbeln im Bauch. Genau wie damals aber haderte sie mit sich, wie es sein konnte, beide zu lieben. Gleichermaßen. Hieß das etwa, sie tat es noch immer? Ihr wurde flau.

»Ein anderes Mal gern, aber heute bin ich ohne Fahrrad unterwegs«, lehnte sie plötzlich eine Spur zu hastig ab. Sobald ihr das auffiel, setzte sie ruhiger nach: »Außerdem wartet Annamirl auf mich. Ich muss noch für sie einkaufen. Und später bin ich wieder bei der Pfefferle im Laden. Heute ist Freitag. Lottoscheinabgabe.«

»Verstehe.« Sichtlich enttäuscht schob Wastl die Hände in die Gesäßtaschen seiner Jeans, sah durchs weit offen stehende Balkonfenster auf die Kastanie im Hof. Überlegte.

»Mensch, Wastl! Mach nicht so ein Gesicht. Das war eindeutig eine Zusage. Natürlich will Amrei zum Olympiapark! Mit dir. Zwar nicht heute, aber morgen oder spätestens übermorgen.«

David schien nichts von ihren und Wastls Qualen mitbekommen zu haben. Oder nicht mitbekommen haben zu wollen. Er erhob sich, tätschelte Wastl kameradschaftlich die Schulter und grinste.

Uri stand ebenfalls vom Tisch auf und begann, Geschirr und Frühstücksreste abzuräumen. Trällerte dabei fröhlich *When I'm Sixty-Four* von den Beatles.

»Also gut.« Amrei beschloss mitzuspielen.

»Wie wäre es Sonntagabend um sechs mit den Rädern an der Münchner Freiheit?« Erwartungsvoll suchte Wastl ihren Blick. »Am besten treffen wir uns vor dem Eingang zum schwarzen Hertie-Hochhaus. Da verpassen wir uns nicht.«

»Ich bin dabei«, mischte David sich ein. »Auf meine Begleitung werdet ihr wohl kaum verzichten wollen.«

Sein Grinsen wurde noch breiter. Seine Hand ruhte weiter auf Wastls Schulter. Der schnitt dazu allerdings ein alles andere als begeistertes Gesicht, sagte jedoch nichts.

Amrei atmete auf. Die Tour nicht allein mit Wastl zu unternehmen, behagte ihr besser. Gewiss war es leichter, zu dritt den Gespenstern der Vergangenheit gegenüberzutreten. Auch wenn David alles andere als ein Unbeteiligter war. Vielleicht war das jedoch die beste Voraussetzung, um endlich offen miteinander zu reden.

1968

Mitte April

In der Karwoche half Amrei täglich bei der Pfefferle im Zeitungs- und Tabakladen aus. Das passte gut, da David während der Semesterferien in den Bavaria-Filmstudios in Grünwald Kabel schleppte und wenig Zeit für sie hatte. Zumindest spitzte er nicht auf eine Karriere vor der Kamera wie Gaby, tröstete sie sich. Die hatte ebenfalls neuerdings selten Zeit, weil sie ständig in den einschlägigen Kneipen rumhing, in denen angeblich die richtigen Leute vom Film verkehrten. Auch die anderen in der WG waren fleißig mit Jobben beschäftigt, selbst Biggi, die als Österreicherin offiziell nur in der Gastronomie arbeiten durfte, aber trotzdem immer irgendwo anders etwas zu tun hatte. Schwarz natürlich. Die Stunden bei der Pfefferle lenkten Amrei also gut von der drohenden Langeweile ab und brachten ihr außerdem Geld.

Endlich stand das ersehnte Osterwochenende vor der Tür. Trotz des heftigen Protests der Eltern hatte sie beschlossen, nicht zu ihnen nach Eggling zu fahren, sondern in der Stadt zu bleiben. Den Eltern gegenüber hatte sie vorgeschützt, die Großtante nicht allein lassen zu wollen. Annamirl hatte das vorgeschlagen.

»Brauchst keine Angst haben, dass ich erwarte, mit dir Ostereier zu suchen und in die Kirche zu rennen. Das hab ich mir schon vor mehr als einem Leben abgewöhnt. Geh du lieber zu deinem David. Das ist gescheiter, als bei mir am Küchentisch zu vertrocknen oder in Eggling zu versauern.«

Für ihr Verständnis hätte Amrei die Großtante küssen mögen,

unterließ das jedoch. Annamirl ging Zärtlichkeiten meistens vorsätzlich aus dem Weg.

Auf die Feiertage freute Amrei sich jetzt umso mehr. David würde wohl kaum nach Grünwald zu Filmaufnahmen müssen, sondern bestimmt Zeit für sie haben. Vier Tage lang. Die Aussicht war fantastisch.

»Scheint, als gäb's heut ordentlich was zu tun für uns. Und das ausgerechnet bei Föhn. Pass nur auf, dass du dich nicht aus der Ruhe bringen lässt und am Ende wen falsch abkassierst oder einen Tippschein verkehrt herum in die Maschine steckst«, begrüßte die Pfefferle sie an Gründonnerstag.

Wegen der Feiertage war der Lottoannahmeschluss vorverlegt worden. Außerdem versprach es eher ein Sommer- denn ein Frühlingstag zu werden. Und das Mitte April.

Nicht einmal zum Schwitzen blieb ihnen jedoch Zeit, so viel gab es zu tun, sobald die Ladentür aufgesperrt war. Nahezu pausenlos strömte Kundschaft in den winzigen Laden.

»Was pressiert's denen immerzu? Als wären sie alle miteinander narrisch geworden, nur weil sie wegen Ostern ihren Tippschein einmal eher abgeben müssen und es heute ein paar Grad wärmer ist als sonst«, grantelte die Pfefferle im Lauf des Vormittags mehrmals.

Amrei musste ihr recht geben. Die bevorstehenden Feiertage und der Föhn waren eine krude Mischung, die dafür sorgte, dass es jeder ganz besonders eilig hatte mit seinen Erledigungen und selten Zeit blieb für ein freundliches Wort oder gar einen kleinen Scherz. Jenseits der Lottokästchen, Zigaretten- und Bonbonpackungen sowie der zusammengerollten *Bild*-Zeitung bekam sie gar nichts mit.

Das wurde ihr erst bewusst, als sie nach dem anstrengenden Tag abends in die WG kam. Chris, Biggi und Jürgen hockten am Küchentisch, David thronte auf der Fensterbank. Den dicken Zigarettenwolken um ihre Köpfe und den leeren Bierflaschen vor ihnen auf dem Tisch nach zu urteilen saßen sie schon länger zusammen. Es herrschte eine Stimmung wie auf einer Beerdigung. Eher wie auf einer misslungenen Beerdigung, denn bei denen, die Amrei bislang erlebt hatte, war es spätestens beim Leichenschmaus im Wirtshaus fröhlicher zugegangen. Hier aber dudelte keine Musik aus dem Radio, es gab keine albernen Witzeleien und vor allem kein Essen auf dem Tisch. Trübsinnig starrten sie stattdessen alle vor sich hin. Amrei schaute fragend in die Runde.

»Hast du denn gar keine Ahnung?« Erstaunt sah Biggi sie an.

»Kann man sich den ganzen Tag derart vom Rest der Welt abschotten, ohne das Geringste aufzuschnappen? Und das in einem Zeitungs- und Tabakladen in der Innenstadt, wo halb München ein und aus geht?« Jürgen machte keinen Hehl daraus, dass er sie wie stets für das dämlichste Landei hielt, das ihm je über den Weg gelaufen war.

»Mach mal halblang!«, protestierte David und rutschte von der Fensterbank.

Amrei hoffte, er tat das, um sie endlich wenigstens mit einem Kuss zu begrüßen. Enttäuscht sah sie jedoch, wie er stattdessen zum Tisch ging, um seine Kippe auszudrücken.

»Was ist denn passiert? Ihr hört euch an, als hätten die Amis eine Atombombe geworfen.«

Das schien das richtige Stichwort gewesen zu sein. Ihr wurde bang. Plötzlich redeten alle wild durcheinander. Es war gar nicht so einfach, sich einen Reim darauf zu machen, über was sie sprachen. Amrei sank auf einen Stuhl, hörte angestrengt zu. Und begriff allmählich. Das, was die anderen erzählten, schien ungeheuerlich. Falls es stimmte.

David legte ihr die Hand auf die Schulter, als wollte er ihr das Verstehen dadurch erleichtern.

Endlich erfasste sie, was am späten Nachmittag im etwa fünfhundert Kilometer entfernten Berlin auf dem Kurfürstendamm geschehen war: Jemand hatte auf Rudi Dutschke geschossen.

»Einfach so«, wiederholte David mehrmals sichtlich erschüttert.

»Drei Mal«, korrigierte Chris mit betont ernster Miene.

»Natürlich war es einer aus München.« Jürgen nahm seine Brille ab und putzte sie mit einem Hemdzipfel, den er dafür extra aus dem Hosenbund zog. In der Geste, mit der er die Brille danach wieder aufsetzte, lag die ganze Verachtung, die er für den Täter empfand. Als wären Münchner per se für solche Verbrechen prädestiniert.

»Was heißt ›natürlich war es einer aus München‹? Woher weißt du das so genau?«, hakte Amrei ein, doch niemand beachtete sie.

»Dutschke lebt. Das ist das Wichtigste. Er muss weiterleben«, rief Biggi. Sie zwirbelte sich eine Strähne ihres langen blonden Haars um den Finger, löste sie wieder.

»Und jetzt?«, fragte Amrei.

Darauf kehrte abermals Schweigen ein.

Das Telefon im Flur klingelte. Jürgen rannte hinaus, offenkundig froh, einen guten Grund zu haben, sich für eine Weile zu verdrücken.

Amrei hörte ihn heftig mit jemandem am anderen Ende der Leitung diskutieren. Anscheinend mit einem Kommilitonen vom SDS, dem er inzwischen angehörte, wie seinen Worten zu entnehmen war. Auch die anderen in der Küche lauschten erwartungsvoll.

»Kommt ihr mit? Wir stürmen die *Bild*-Zeitung in der Schellingstraße.« Sichtlich begeistert von dem Vorhaben kam Jürgen in die Küche zurück und strahlte in Vorfreude auf das, was er sich von der Aktion erhoffte.

»Super Idee!« David klatschte in die Hände.

»Aus welchem Grund?«, hakte Amrei ein.

»Weil die Springer-Presse die Bevölkerung seit Monaten gegen uns Studenten aufhetzt. Dagegen muss endlich etwas getan werden«, sagte Jürgen.

»Schlimm genug, dass erst jemand auf Dutschke schießen musste, damit das passiert«, stellte Chris fest.

»Der Jemand heißt Josef Bachmann«, sagte Jürgen. »Das hat mir Kurt vom SDS eben noch erzählt. Ein Hilfsarbeiter ist er. Hier aus München, wie gesagt. Aufgewiegelt von seiner täglichen *Bild*-Zeitungslektüre.«

»Das war zu befürchten.« David nickte zustimmend. »Jeden Tag bläut dieses Drecksblatt den Leuten ein, wir Studenten wollten die Weltrevolution oder wären die Erfüllungsgehilfen Moskaus.«

»Kein Wunder, dass jemand von Bachmanns beschränktem Verstand irgendwann zur Waffe greift, um Dutschke als den vermeintlichen Anführer des Ganzen zu erschießen.« Jürgen wusste anscheinend wieder bestens Bescheid.

»Was soll denn ›jemand von Bachmanns beschränktem Verstand‹ bedeuten? Hältst du Hilfsarbeiter generell für ...«, versuchte Amrei von Neuem einzuhaken.

»Gewalt erzeugt immer Gegengewalt«, schnitt Chris ihr das Wort ab, offensichtlich, um weiteren Streit zu vermeiden. »In Berlin sind sie völlig ausgetickt und haben das Springer-Hochhaus gestürmt. Zweitausend Demonstranten sollen es gewesen sein, wurde vorhin im Radio berichtet.«

Von solchen Massen konnte in München nicht die Rede sein, stellte Amrei wenig später fest, als sie vor dem Buchgewerbehaus in der Schellingstraße eintrafen, einem schmucklosen Nachkriegsbau inmitten einer Reihe ähnlicher Gebäude aus der Wiederaufbauzeit. Dort befanden sich die Redaktionsräume des

Münchner Büros der *Bild*-Zeitung. In der NS-Zeit war an diesem Ort der *Völkische Beobachter* produziert worden. Kein gutes Omen, fürchtete Amrei. Ihr Blick wanderte über die Szenerie in der nächtlichen Dunkelheit.

Etwa ein- bis maximal zweihundert Demonstranten drückten sich vor dem Verlagsgebäude herum. Die meisten wirkten ratlos, was genau sie tun, rufen und gegen was sie konkret Stimmung machen sollten. Unschlüssig, fast schon verloren standen sie auf der Straße. Bis einer zaghaft »Enteignet Springer! Enteignet Springer!« zu rufen begann. Zögerlich stimmten einige andere ein. Sonderlich überzeugt von ihrer Forderung klangen sie jedoch nicht.

Eine weitere Gruppe Protestler hielt Autos an, andere versperrten einem Bus den Weg, wieder andere setzten sich auf die Fahrbahn. Die Ersten versuchten, mit Passanten zu diskutieren, die die Studenten als »blöde Revoluzzer« oder »alberne Lausbuben« beschimpften. Die Studenten blieben dennoch bewundernswert ruhig und begannen, ihre Gegenüber über die aus ihrer Sicht wahren Sachverhalte aufzuklären und die Wichtigkeit des Protests gegen die *Bild*-Zeitung und den Springer-Verlag zu betonen. Damit aber ernteten sie erst recht Empörung.

»Geht doch nach drüben!«

Wütend reckte ein älterer Mann die Faust in Richtung eines bärtigen Studenten.

Ein anderer schubste eine junge Frau vom Bordstein und rief dabei: »Unterm Adolf hat man wenigstens noch gewusst, was man mit solchen wie euch machen muss.«

»In Dachau wär gewiss wieder Platz für euch«, stimmte ein Dritter in die Flegelei ein.

Amrei erschrak. Was sollten diese Sprüche? Ungeheuerlich! Alarmiert sah sie sich um.

»Gammler, elendige. Wascht euch erst mal«, echauffierte sich eine ältere Frau. »Schämen muss man sich, wenn man sieht, wie ihr rumlauft.«

»Habt ihr nichts Besseres zu tun, als hier draußen rumzulungern? Früher wär man froh gewesen, eure Freiheiten zu haben«, sagte ein älterer Mann, der sie kopfschüttelnd musterte.

Zu Amreis Erleichterung ließen sich die Demonstranten von der aggressiver werdenden Stimmung nicht provozieren, dabei waren sie bald regelrecht umringt von Passanten, die sie anstarrten wie fremde Wesen aus dem All. Das war wohl »Volkes Zorn«, wie er so gern in dem Springer-Blatt heraufbeschworen wurde. Amrei schauderte.

Selbst aus den Fenstern der umliegenden Häuser schauten Neugierige auf das Geschehen herunter. Manche hatten sich bereits Kissen zum gemütlichen Aufstützen bereitgelegt. Wahrscheinlich erwarteten sie ein länger andauerndes Spektakel, unterhaltsamer als das, was an diesem Abend im Fernsehen geboten wurde.

Allmählich wurde Amrei unbehaglich. David legte ihr den Arm um die Schultern und flüsterte ihr »Keine Angst. Alles läuft gut« ins Ohr.

»Hoffentlich.« Schutzsuchend schmiegte sie sich an ihn.

»Wo bleiben die Schandis?«, fragte Chris erstaunt.

Tatsächlich waren keine Streifenpolizisten zu entdecken, wie Amrei jetzt erst auffiel. Ebenso wenig war ein Martinshorn zu hören, das signalisiert hätte, dass die Einsatzkräfte nahten, um die spontane Kundgebung aufzulösen.

»Vielleicht sind sie noch gar nicht alarmiert worden«, sagte Biggi.

»Nach allem, was aus Berlin zu hören war, hätten sie hier in München sicherheitshalber gleich eine Hundertschaft auffahren müssen«, sagte Jürgen. »Wann, wenn nicht jetzt könnten sie das Funktionieren ihrer berühmten Münchner Linie zur Deeskalation beweisen? Genau für solche Situationen wie diese hier haben sie die doch entwickelt. Felsenfest überzeugt sind sie davon, dass sie Krawalle wie im Sommer vor sechs Jahren in Schwabing verhindern, wenn sie sich rechtzeitig unter die Demonstranten mischen, mit ihnen im selben Takt marschieren und ihnen so den Rhythmus vorgeben und auf gut Freund mit ihnen machen.«

»Krawall droht heute Abend wohl eher von den Gaffern am Rand als von uns Demonstranten.« Mit dem Kopf wies Amrei in Richtung eines älteren Herrn, der gerade einem Studenten in die langen Haare griff und seinen Kopf brutal nach unten zog. Trotz sichtlicher Schmerzen wehrte sich der Angegriffene nicht gegen die Attacke. Vermutlich hielt ihn die Ehrfurcht vor dem Alter ab, was Amrei in dem Fall gänzlich fehl am Platz schien. Überhaupt bewiesen gerade die Älteren, wie man sich wohl besser nicht aufführte. Unfassbar!

»Bei uns in München rechnet niemand mehr ernsthaft mit Ausschreitungen.« David fuhr sich sichtlich ratlos durch die dunklen Locken.

»Zumindest nicht von den Studenten«, erwiderte Amrei, verwirrt, dass die anderen das Ungeheuerliche gar nicht wahrnahmen. Oder nicht wahrnehmen wollten, weil sie mit anderen Gedanken beschäftigt waren.

»Spätestens seit dem witzigen Faschingsspektakel in der Großen Aula gelten wir Studenten leider nur noch als harmlose Spinner«, pflichtete Jürgen David bei. »Das habe ich euch schon öfter prophezeit. Sie glauben, wir wären alle die besten Kumpels, Demonstranten wie Polizisten.«

»Nicht jammern, mitkommen!« Biggi zupfte ihn am Jackenärmel und wies auf die weit offen stehende Eingangstür des Buchgewerbehauses. Die Pförtnerloge daneben war leer.

»Kaum zu fassen! Eine direkte Einladung.«

Begeistert klatschte Jürgen in die Hände und lief los. Biggi und Chris folgten ihm. David zögerte, sah Amrei an. Auch sie wusste nicht so recht, was sie machen, ob sie es wagen sollte.

»Jetzt kommt endlich!«, rief Chris.

Von der offenen Eingangstür winkte auch Biggi ihnen auffordernd zu. Also setzten sie sich doch in Bewegung, Hand in Hand.

Einige andere, die neben ihnen gestanden und ebenfalls die offene Tür entdeckt hatten, schlossen sich ihnen an.

Obwohl Amrei sich dicht an David hielt, klopfte ihr das Herz bis zum Hals. Wirklich gut fand sie immer noch nicht, was sie gerade taten. War das nicht Einbruch, mindestens aber Hausfriedensbruch, trotz der offenen Tür? Sie wollte Jürgen fragen. Als Jurastudent sollte er das wissen. Längst aber war er außer Sichtweite.

Je höher sie die Treppe hinaufstiegen, desto eiliger hatte David es auf einmal. Die Gruppe, in der sie sich befanden, entwickelte einen gewaltigen Sog, der sie wie an einer Leine stur hinaufzog. An Stehenbleiben oder gar Umdrehen war nicht mehr zu denken. Ebenso bestätigte ihr ein Blick auf die Gesichter von Biggi, Chris und den anderen, dass es zu spät war für kleinbürgerliche Bedenken. Keiner war mehr ansprechbar für Zweifel an ihrem gemeinschaftlichen Tun, alle waren wild entschlossen vorwärtszustürmen.

Ohnehin schien ihnen im Redaktionsgebäude der rote Teppich ausgelegt worden zu sein. Niemand stellte sich ihnen in den Weg, als sie in die oberen Stockwerke rannten. Niemand ließ sich blicken. Anscheinend war niemand mehr im Haus, auch kein Wachpersonal. Seltsam. Bei jedem einzelnen Schritt die Treppen hinauf wurde Amrei noch mulmiger.

Die Redaktionsräume befanden sich in der zweiten Etage. Auch die präsentierten sich einladend offen. David hatte es plötzlich sehr eilig, als einer der Ersten hineinzugelangen, und stürzte davon. Chris und Biggi folgten ihm. Amrei zögerte jedoch, die Büros zu betreten.

Drinnen begannen die Ersten, Papiere, die auf den penibel aufgeräumten Schreibtischen akkurat in den Ablagekörben lagen, übermütig aufzuwirbeln, Zeitungen von den Tischen zu fegen, Bücher aus den Regalen zu reißen und Notizblöcke auf den Boden zu schmeißen. Bald griff sich einer eine Schreibmaschine und öffnete ein Fenster, um sie auf die Straße zu werfen. Ein Zweiter tat es ihm mit einer weiteren Schreibmaschine nach. Das war das endgültige Signal. Plötzlich gab es kein Halten mehr. Alle gerieten außer Kontrolle. Auch David, Chris, Biggi und Jürgen. Sie waren mittendrin und machten mit, wie Amrei entsetzt von der Tür her feststellte. Was genau sie taten, konnte sie nicht sehen. Es reichte ihr allerdings schon, ihre von blinder Wut verzerrten Gesichter zu erspähen. Konnte das wahr sein? Verwandelten sich friedfertige Menschen derart schnell in Monster? Sie meinte, keinen der vier mehr wiederzuerkennen.

Verstört beobachtete sie, wie um sie her willkürlich Papiere zerrissen, Wasser aus Kannen und Flaschen über die Tische gegossen, Bilderrahmen, Stifte und Ablagekörbe auf dem Boden zertrampelt, Kaffeetassen, Blumentöpfe und Aschenbecher aus den Fenstern geschmissen wurden. Das war nicht in Ordnung. Mindestens war das Sachbeschädigung, auch wenn es bei der hetzerischen *Bild*-Zeitung geschah.

Was tat sie hier? Warum konnte sie nicht wenigstens David, Biggi, Chris und Jürgen packen und zur Vernunft bringen? Mitgefangen, mitgehangen, schoss ihr in den Sinn. Sie war unfähig, sich von der Stelle zu rühren und einzuschreiten, um irgendwen an der blindwütigen Zerstörung zu hindern.

»Die Bullen!«, brüllte plötzlich jemand, der gerade eine Kiste mit Büchern aus dem Fenster gekippt und offensichtlich unten auf der Straße einen Streifenwagen entdeckt hatte. Im nächsten

Moment waren Martinshörner zu hören. Eindeutig näherten sie sich dem Verlagsgebäude.

»Nichts wie weg, sonst sind wir dran«, ertönte eine laute Stimme, die Amrei nicht kannte. Sofort ließen sie alles fallen.

Auch Amrei erwachte aus ihrer Starre und stürmte mit den anderen die rückwärtige Treppe hinunter, rannte zu einer Tür, die immer noch offen stand, und floh über einen seitlichen Ausgang vom Gelände, den anderen blindlings hinterher.

»Das ist noch mal gut gegangen«, keuchte Chris, als sie sich nach einer gefühlten Ewigkeit völlig außer Atem, mit Seitenstechen und Herzrasen vor einer Baustelle in der Barer Straße wiederfanden.

»Was heißt hier ›noch mal gut gegangen‹?« Amrei wollte es nicht fassen und sah befremdet von einem zum anderen, wartete, bis sie alle wieder einigermaßen zu Puste gekommen waren.

Biggi wich ihrem Blick aus und sah zu Boden, Jürgen grinste sie jedoch frech an, und David wollte sie beschwichtigend in die Arme nehmen. Sie aber drehte sich weg.

»Komplett aus dem Ruder gelaufen ist das gerade eben«, empörte sie sich. »Wie konntet ihr nur? Das war mindestens Hausfriedensbruch. Und mutwillige Zerstörung fremden Eigentums.«

»Nie im Leben werden die es wagen, Anzeige zu erstatten. Und wenn, dann höchstens gegen unbekannt. Keinem von uns können sie etwas nachweisen. Niemals werden sie herausfinden, wer alles dabei gewesen ist.« Chris gab sich betont gelassen.

»Kommt ihr mit?«, fragte Jürgen bester Laune, als wäre alles gesagt. »Die anderen vom SDS gehen noch auf ein Bier ins Chez Margot.«

»Klasse Idee. Nach der Aufregung haben wir uns das mehr als verdient.« Im Schein einer Straßenlaterne leuchteten Davids Augen. Auf seinem Gesicht lag sichtlich Zufriedenheit, wenn nicht gar Stolz.

War das wirklich der David, den sie kannte? Amrei meinte, ihren Augen und Ohren nicht zu trauen. War das derselbe, der sie so zärtlich liebte? Und so geniale Einfälle hatte, um auf witzige Weise zu protestieren, zum Nachdenken über die Lage anzuregen, dabei auf Sympathie in der Öffentlichkeit zu setzen?

»Mir reicht's«, erklärte sie und suchte doch bang seinen Blick. »Wollen wir nicht lieber zu dir ...?«

»Entspann dich. Erst trinken wir noch was mit den anderen. Ein Bier schadet nie. Vor allem nach der ganzen Aufregung. Du wirst sehen, wie gut das tut. Auch dir.«

Er legte ihr den Arm um die Taille, drückte ihr einen Kuss aufs Haar und wollte sie ganz selbstverständlich mit sich ziehen, den anderen hinterher.

Im ersten Moment sträubte sich jedoch alles in ihr, ihm zu folgen. Zu tief steckte ihr das Entsetzen in den Knochen, wie sie eben erst ihn und die anderen in den Verlagsräumen erlebt hatte. Plötzlich außer Rand und Band. Von einem auf den anderen Moment absolut unerreichbar für Vernunft.

Dann aber sah sie David in die Augen. Und wusste, dass sie bei ihm bleiben wollte. Um jeden Preis. Dass sie mit ihm gehen würde, wo auch immer er hinging. Hauptsache, sie waren zusammen. Sie stand an seiner Seite und gehörte fest zu ihm. Und er gehörte zu ihr.

Die Feiertage verliefen ganz anders, als Amrei sich ausgemalt hatte. Und endeten jetzt wohl auch so, stellte sie Ostermontag resigniert fest. Zumindest hörte es sich so an, nach allem, was David ihr am Telefon erzählte. Und dafür hatte sie die harschen Beschimpfungen ihres Vaters ertragen, weil sie kein einziges Mal daheim in Eggling angerufen hatte. Wenn sie es schon nicht für nötig befunden habe, nach Hause zu kommen, wie es sich für ein anständiges Mädchen gehöre. Ganz zu schweigen von den verklausulierten Vorwürfen der Mutter, die ihr in aller Ausführlichkeit vom Feiertagsessen mit den Familien ihres Bruders und ihrer Schwester berichtete. Was natürlich nichts anderes bedeutete, als dass sie es ihr übel nahm, nicht dabei gewesen zu sein. Amrei spürte, wie das schlechte Gewissen an ihr nagte. Zugleich ließ David nicht locker und schlug ihr vor, ihn zu einer Demo zu begleiten. Noch an diesem Abend.

»Schon wieder? Macht das Demonstrieren überhaupt noch Sinn? Schert sich noch irgendwer tatsächlich darum, ob wir hier in München gegen die Vorfälle in Berlin und die Hetze der Springer-Presse aufbegehren?«, fragte sie.

Sie fühlte sich erschöpft. Freitag und Samstag waren sie auch schon bei den Protesten dabei gewesen, lediglich Sonntag hatte nichts angestanden, und sie und David hatten den gesamten Tag im Bett verbracht.

»Sie lassen uns keine Wahl«, erklärte David. Sein Ton hatte sich verändert. Er klang auf einmal ungewohnt energisch. Und fremd. Als betete er herunter, was ein anderer ihm vorformuliert hatte.

»Schweigen hieße einverstanden sein. Oder feige den Schwanz einziehen. Beides ist ausgeschlossen. Wir müssen da wieder hin. Unbedingt. Am besten treffen wir uns gleich dort.«

Sie fühlte sich überrumpelt. Was hieß »Sie lassen uns keine Wahl«? Er ließ ihr keine Wahl! Dabei wusste sie nicht, ob sie wirklich noch einmal dabei sein wollte. Natürlich verabscheute sie nach wie vor das Attentat auf Dutschke und hieß den Umgang von Staat, Polizei und Gesellschaft mit den aufbegehrenden Studenten nicht gut. Allerdings fühlte sie sich immer noch unwohl, wenn sie an die Ereignisse in der *Bild*-Redaktion dachte. Hautnah hatte sie erlebt, wie schnell alles aus dem Ruder lief. Und wie schnell sie plötzlich selbst mittendrin gesteckt hatte, einerlei, ob sie wollte oder nicht.

»Wie soll ich dich finden? Bestimmt ist die Hölle los«, hörte sie sich unterdessen David antworten. Das klang weinerlicher, als sie es meinte, doch zu etwas anderem fühlte sie sich nicht in der Lage. Und merkte enttäuscht, dass ihm nicht einmal aufzufallen schien, wie hilflos sie reagierte. Das war das Schlimmste überhaupt.

»Ganz easy«, beruhigte er sie. »Kurz hinter der Ecke Barer- zur Theresienstraße gibt es eine Weinhandlung. Die siehst du schon, wenn du von der Tramhaltestelle herüberkommst. Vor dem Eingang warte ich auf dich. Da können wir uns gar nicht verfehlen.«

Das hörte sich an, als hätte er sich das schon vorher alles genau überlegt.

»Ich halt nach dir Ausschau. Versprochen«, setzte er dann allerdings etwas zu hastig nach.

Ehe sie noch etwas sagen konnte, legte er auch schon auf. Offenbar hatte er es eilig loszuziehen.

Auf einmal war sie beunruhigt. Das klang alles ganz und gar nicht nach David. Erst recht nicht nach dem David, den sie am Tag zuvor erlebt hatte. Der unersättlich gewesen war, gar nicht hatte aufhören wollen, sie zu küssen und zu lieben. Sie seufzte. Und kämpfte energisch gegen die Erinnerung an, wie gut er nach dem gemeinsamen Baden gerochen hatte und wie albern sie miteinander geworden waren, als sie eng umschlungen auf dem Flokati im Atelier gesessen und zusammen alte Mickey-Mouse-Hefte gelesen hatten.

Doch einerlei, wie sehr sie sich ärgerte und sträubte, sie wusste, dass sie trotzdem zu der verabredeten Stelle gehen und mit ihm vor der Auslieferung der *Bild*-Zeitung demonstrieren würde. Zu groß war ihre Sehnsucht, mit ihm zusammen zu sein. Außerdem: Was er tat, konnte doch gar nicht grundlegend falsch sein, sonst würde er es nicht tun. Abgesehen vielleicht vom vergangenen Donnerstag, aber das war wohl nur ein Ausrutscher gewesen, der allgemeinen Stimmung geschuldet, die ihn stärker mitgerissen hatte als sie, beruhigte sie sich.

Sie suchte ihre Klamotten zusammen, schnürte sich die Schuhe zu. Langsamer als sonst. Unerbittlich drehte sich das Gedankenkarussell weiter.

Keinesfalls würde sie an diesem Abend ein weiterer friedlicher Spaziergangsprotest erwarten, »SpaPro«, wie die Studenten ihn mittlerweile abkürzten. Die Aktion an diesem Ostermontagabend war von vorneherein als neuerliche Provokation gedacht. Schließlich ging es wie schon an Karfreitag darum, die Auslieferung der *Bild*-Zeitung aus der Druckerei zu blockieren, damit sie am nächsten Tag nicht bayernweit von Neuem ihre Hetzkampagne gegen die Studenten und Dutschke fortsetzen konnte.

Nachdem die Polizei an Karfreitag erbarmungslos mit Wasserwerfern und Knüppeln auf die Demonstranten losgegangen war, erschien Amrei die abermalige Blockade als gewagtes Manöver. Zu allem Überfluss hatten die Leute von der Kommune Freitagnacht nichts Besseres zu tun gehabt, als mit ihrem weißen »Chevi« – Chevrolet – vorzufahren und wie die Narren beim Karnevalsumzug in die Menge zu grüßen. So lustig das gemeint gewesen sein mochte, so schlecht war es angekommen. Das Ziel sei gewesen, die »Staatsgewalt verächtlich zu machen«, hatte es hinterher selbst in der weniger reißerischen Tagespresse geheißen. Damit war wohl auch der letzte Rest Sympathie mit den Studenten flöten gegangen. Amrei wollte lieber nicht wissen, wie die *Bild* die Ereignisse in ihrer neuen Ausgabe kommentierte.

»Hoffentlich ist dir klar, was du wirklich willst. Bei dir musst du bleiben, bei keinem anderen sonst«, gab Annamirl ihr zu allem Überfluss kryptisch mit auf den Weg, als sie sich von ihr verabschiedete.

Der Frage, wann sie zurückkäme, wich Amrei aus und erntete dafür ein ostentatives Stirnrunzeln von der Großtante.

Kein Zweifel: Ihr konnte sie nichts vormachen. Sie blickte wahrscheinlich tiefer in sie hinein als sie selbst, ersparte ihr jedoch die Peinlichkeit, das offen anzusprechen.

Keine halbe Stunde später schlenderte Amrei die Theresienstraße entlang. Nicht allein. Was sie sehr beruhigte, angesichts dessen, was sie für den weiteren Verlauf des Abends befürchtete. Neben ihr lief Robert, ein Student. Zwar hatte sie ihn eben erst in der Tram kennengelernt, jedoch auf Anhieb Vertrauen zu ihm gefasst. Wie sie wollte er ebenfalls zur Blockade vor der Druckereiausfahrt der *Bild*-Zeitung in der Barer Straße.

»So wie vermutlich alle in der Tram«, hatte er schmunzelnd festgestellt.

»Vermutlich«, hatte sie zugestimmt, nachdem ihr Blick über die dicht gedrängt stehenden Fahrgäste im Waggon gewandert war. Dank ihrer Größe hatte sie wie üblich alles bestens im Blick gehabt. Fast alle schienen im nahezu selben Alter wie sie, der Kleidung und Frisur nach zu urteilen größtenteils Studenten, Lehrlinge oder Schüler.

»Lass uns ein Stück zusammen gehen«, hatte Robert vorgeschlagen. Offenbar war ihm aufgefallen, dass sie angesichts der Masse Protestierender schon in der Theresienstraße zurückgeschreckt war. Wie wollte sie in dem unübersichtlichen Getümmel nachher David finden? Vor der Weinhandlung hatten sich gewiss bereits noch mehr Menschen versammelt. Wenn sie überhaupt bis zu dem Treffpunkt vordrang.

Nach dem Aussteigen aus der Straßenbahn hatte sich die Menge jedoch rasch zu einem erstaunlich aufgelockerten Zug formiert. Gemächlich flanierten Amrei und Robert mit Hunderten anderen westwärts. Es war eine sternenklare Nacht, immer noch ungewöhnlich warm für Mitte April. Entsprechend unbeschwert war die Stimmung unter den Demonstranten. Eher als ginge es zum Biergarten oder Volksfest und nicht zu einer politischen Aktion.

Robert Struwe, wie er sich mit vollem Namen vorstellte, wirkte ruhig und überlegt. Er studiere im sechsten Semester BWL – Betriebswirtschaftslehre –, erzählte er. Bislang sei er noch nie bei einer Demonstration dabei gewesen, verriet er Amrei.

»Aber das mit Dutschke letzten Donnerstag in Berlin war eindeutig zu viel. Ungeheuerlich, dass ihn dieser Mensch einfach niedergeschossen hat. Dabei kannte er ihn doch gar nicht persönlich, hat nie im Leben etwas mit ihm oder den Studentenunruhen zu tun gehabt. Als ich davon gehört habe, ist selbst mir der Kragen geplatzt. Nachdem dann die Polizei am Karfreitag auch hier in München so brutal gegen die Protestierenden vorgegangen ist, um die Lkws der Springer-Presse zu beschützen, ist bei mir endgültig Schluss gewesen mit der Geduld. Es kann doch nicht sein, dass der Staat denjenigen beisteht, die dazu aufrufen, gegen andere Gewalt anzuwenden und eine ganze Gruppe der Bevölkerung zu diffamieren.« Er schüttelte den Kopf. »Zum Glück hat sich die Lage hier in München wieder beruhigt. Heute Abend wird es gewiss wieder friedlicher zugehen. Die Leute sind bei uns eben doch ganz anders drauf als in Berlin oder Hamburg. Typisch München eben.«

»Hoffen wir.« Amrei beschloss, sich zuversichtlich zu geben, trotz stetig wachsender Bedenken angesichts der vielen Menschen, die ebenso wie sie die Straße entlangströmten.

»Nach meinen Erlebnissen an Gründonnerstag und Karfreitag wollte ich eigentlich nie mehr auf eine Demo«, räumte sie schließlich ein. »Aber der SpaPro am Samstagabend hat mir dann doch noch einmal bewiesen, dass man seine Meinung auch friedlich kundtun kann, sogar in der großen Masse.«

»Hast du schon mitgekriegt, wie die Polizei den SpaPro inzwischen nennt?«, hakte Robert nach.

Verneinend schüttelte sie den Kopf.

»Gänsemarsch – wegen seines besonders langsamen, harmlosen Tempos.« Er lachte. Sie stimmte ein.

»Das Geheimnis ist und bleibt, sich nicht provozieren zu lassen«, setzte er nach einer kurzen Pause fast schon trotzig nach. »Der SpaPro war friedlich, also ist auch die Polizei friedlich geblieben. Wenn die Studenten jedoch wie am Karfreitag zu aufmüpfig werden, fährt die Polizei schwerere Geschütze auf. Wie sonst hätte sie die Hanseln im Chevi kleinkriegen sollen? Geradewegs und ohne zu bremsen sind die auf die Wasserwerfer zugefahren. Da hätte sonst was passieren können.«

Roberts Worte verärgerten Amrei. So einfach war die Lage dann doch nicht. »Du bist nicht dabei gewesen und hast nicht miterlebt, wie rasch sich die Situation verselbstständigen kann und wie wehrlos du plötzlich im Strudel der Masse fortgerissen wirst. So leicht hast du dann keine Chance mehr, wieder rechtzeitig herauszufinden, einerlei, ob du willst oder nicht.«

Deutlich hatte sie wieder die Erlebnisse in den Redaktionsräumen der *Bild*-Zeitung vor Augen, der Sog, der entstanden war, nachdem die offene Tür entdeckt, die unbewachten Büros erst einmal betreten worden waren. Ein Funke hatte genügt, um selbst bei den Friedliebendsten blinde Zerstörungswut zu entfachen, an deren Ende die leer gefegten Tische und die aus den Fenstern geworfenen Schreibmaschinen gestanden hatten.

»Es gibt keinen Freibrief für Gewalt«, beharrte Robert. »Gewalt ist durch nichts zu rechtfertigen. Gewalt ist niemals ein Weg, um seine Ziele durchzusetzen. Gerade in der Masse darf man sich nicht einfach kritiklos treiben und zu Gewalt animieren lassen.«

»Und was machen wir gerade jetzt?« Vorwurfsvoll wies sie auf die inzwischen dicht um sie wogende Menge, sie beide mittendrin. »Was tun wir im Moment anderes, wenn nicht uns darin treiben zu lassen und der Menge kritiklos zu folgen?«

»Noch ist der Abend nicht zu Ende. Noch bin ich guter Dinge, dass es nicht wieder zu unnötiger Gewalt kommt. Trotz der vielen Menschen hier. Und falls doch, hoffe ich, dass ich mich rechtzeitig heraushalten kann, weil ich mich keinesfalls zu etwas hinreißen lassen will, was ich nicht gutheiße.«

»Machst du es dir nicht ein bisschen zu einfach?«, setzte Amrei nach. »Bist du überhaupt schon einmal in einer Situation gewesen, in der du dich gegen den Strom stemmen und dem Sog der Masse entziehen wolltest? Glaubst du ernsthaft, du kommst hier heute Abend noch rechtzeitig raus, falls es wieder losgeht?«

»Wie gesagt, noch hoffe ich es. Jedenfalls habe ich es mir fest vorgenommen. Mehr geht wohl nicht.«

Auf einmal lächelte er scheu. Offenbar war ihm doch bewusst, wie leicht es war, beste Absichten zu haben, und wie schwer, sie wirklich umzusetzen.

Sie haderte mit sich. Sollte sie ihm erzählen, was sie am vergangenen Donnerstag erlebt hatte? Wie es sich für sie angefühlt hatte? Bislang hatte sie mit keinem darüber gesprochen, nicht einmal mit David. Weil sie ahnte, dass er ihre Gewissensqual nicht nachvollziehen konnte. Schließlich war nichts Dramatisches passiert, niemand zu Schaden gekommen. Der Springer-Verlag konnte die zerstörten Schreibmaschinen locker verschmerzen und den angerichteten Saustall von unterbezahlten Putzfrauen aufräumen lassen.

Trotzdem ging ihr das Ganze nicht aus dem Kopf. Wie machtlos sie sich gefühlt hatte, als die anderen plötzlich in den Redaktionsräumen begonnen hatten, blindlings zu wüten. Wie erschreckt sie gewesen war, dabei auch in Davids, Chris' und Biggis wutverzerrte Gesichter zu schauen. Und sie war mittendrin gewesen und hatte nicht einmal versucht, sie aufzuhalten. Feige war sie gewesen, das musste sie leider einräumen, ganz erbärmlich feige. Weil sie nicht wieder als das dumme Landei hatte dastehen wollen. Zur Heldin war sie eben nicht geboren, einerlei, wie sehr sie es sich auch wünschte.

Zweifellos hatten sie einen guten Grund gehabt, auf die Straße zu gehen, die Stimme zu erheben, allen voran die Springer-Presse anzuklagen. Die war letztlich Mittäter und mitverantwortlich für das Dutschke-Attentat und ganz gewiss nicht das unschuldige Opfer, als das sie sich in der Öffentlichkeit selbstverständlich gerierte. Davon abgesehen hatte keiner von ihnen im Vorfeld auch nur im Entferntesten vorgehabt zu randalieren. Keiner hatte damit rechnen können, dass die friedlich begonnene Aktion so schnell eskalieren würde. Und das vermutlich auch deshalb, weil die unfassbaren Angriffe angeblich »braver Bürger« kurz zuvor auf der Straße hatten verarbeitet werden müssen und sich in dem Verlagsgebäude eine unverhoffte Gelegenheit dazu geboten hatte. Auch aus diesem Grund war es zu der blinden Zerstörungswut gekommen.

So sehr Amrei das nachvollziehen konnte, wollte sie jedoch nie wieder Teil einer solchen Situation werden. Die Scham, trotz aller Bedenken einfach mit gerannt zu sein, saß zu tief. Noch immer.

Sollte sie Robert das jetzt alles erzählen? Würde er begreifen, worauf sie hinauswollte? Verstehen, was ihr angesichts der demonstrierenden Massen um sie herum von Neuem durch den Kopf ging?

Eigentlich war es sowieso egal. Einerlei, welche Absichten sie als friedliebende Protestierende verfolgten, einerlei, wie sehr sie versuchten, sich auch nur gegen den geringsten Ansatz aufkeimender Gewalt zu stemmen: Sobald es losging, hatten sie sowieso keine Chance, sich dagegenzustemmen. Karfreitag hatte sich gezeigt, wie schnell die Polizei losschlug, sobald sie sich provoziert fühlte. Trotz der berühmten Münchner Linie. Dass die Sicherheitsorgane mit lustig verpacktem Protest in Form eines vollbesetzten Chevrolets nichts anzufangen wussten. Leider hatte die Polizei die eindeutig stärkeren Mittel zur Verfügung und setzte sie auch ein.

Hoppla! Amrei erschrak. Jetzt hatte sie ungefiltert die Argumentation von Jürgen und seinen Freunden vom SDS übernommen. So schnell ließ sie sich also mitreißen. Ohne kritische Distanz zu wahren. Weil sie bis über beide Ohren in David verknallt war und deshalb guthieß, was er guthieß. Aber hätte sie sich sonst je in ihn verliebt?

Wie würde es mit ihnen weitergehen? Sie musste mit ihm reden. In aller Ruhe. Ihm offen sagen, was ihr durch den Kopf ging, wovor sie sich fürchtete und was sie guten Gewissens noch mitmachen konnte und was nicht. Und hoffen, dass er das ähnlich sah wie sie. Oder zumindest nachvollzog, was sie umtrieb.

»Wir sind da. Und nicht die Einzigen, wie es aussieht.« Robert riss Amrei aus ihren Gedanken. Zeigte zur Kreuzung Theresien- Ecke Barer Straße, von der sie nur noch wenige Meter entfernt waren. Amrei wurde bang, als sie das Gedränge entdeckte. Anders als von David vermutet war die Lage bereits völlig unübersichtlich. Ihr Herzschlag beschleunigte sich.

Wie bei einem Sternmarsch mussten Hunderte, wenn nicht gar Tausende aus allen Himmelsrichtungen der Stadt hierhergekommen sein. Hin und wieder entdeckte sie zwischendrin auch Ältere, die offenbar ihre Solidarität bekunden wollten. Das war schon Samstag beim SpaPro so gewesen.

»Sieht aus, als würdest du deinen Freund nicht so leicht finden«, schrie Robert ihr ins Ohr, um den Lärm zu übertönen, den die vielen Menschen schon jetzt verursachten.

»Bleib einfach dicht bei mir. Bestimmt finden wir einen Weg, wie du am sichersten zu der Weinhandlung gelangst.«

»Danke.« Sie nickte.

Im selben Moment zog er den Kopf ein. Haarscharf zischte ein Tannenzapfen an seinem rechten Ohr vorbei. Verwundert sah er dem Geschoss nach. Kaum hatten sie sich von dem Schreck erholt, flogen Zweige durch die Luft. Allerdings in die entgegengesetzte Richtung.

Dort standen ziemlich viele Polizisten, entdeckte Amrei, sobald sie sich auf die Zehenspitzen stellte und über die Köpfe und Schultern vor ihr sah. In einer geschlossenen Kette hatten die Schandis in Front der Demonstranten Stellung bezogen. Die Demonstranten formierten sich nicht weniger geschlossen Arm in Arm ihnen gegenüber. Ein weiß-rotes Absperrgitter trennte die Parteien voneinander. Noch. Eine weitere Reihe Uniformierter hatte ein Seil gespannt, wahrscheinlich um die Protestierenden entschiedener abzudrängen, falls sie trotzdem vorrückten.

Erste Sprechchöre mit der bereits von Gründonnerstag bekannten Parole »Enteignet Springer! Enteignet Springer!« wurden aus der Menge der Demonstranten heraus angestimmt. Dazwischen mischte sich der ebenfalls mehrfach wiederholte Reim »Haut dem Springer auf die Finger!«. Im Takt dazu reckten sich Fäuste in die Luft. Von anderer Seite wurde wie zur Antwort gerufen: »Springer, Mörder! Springer, Mörder!« sowie »Bild hat mitgeschossen!« Einer skandierte: »Heute Dutschke, morgen wir!«

Ein dunkler Bass aus den Reihen der Polizisten antwortete: »Hätt's dich doch nur schon erwischt!«

Darauf ertönten empörte Aufschreie, teilweise sogar aus den Reihen der uniformierten Kollegen. Auf beiden Seiten wuchs die Anspannung. Spürbar.

Amrei wurde nervös.

»Das verspricht sehr ungemütlich zu werden. Wenn wir Glück haben, bleibt es beim Säbelrasseln.« Offenbar ahnte Robert, was in ihr vorging.

Währenddessen wurde die Stimmung auf beiden Seiten aggressiver. Immer häufiger wurden unter den Demonstranten Kommandos zum Steineschleppen und Barrikadenbauen laut. In den Reihen der Polizisten rumorte es ebenfalls immer auffälliger.

Die Protestler rückten enger zusammen, die Schandis ebenso.

Amreis Blick wanderte weiter. Blieb an einer auffälligen Gruppe hängen. Täuschte sie sich, oder war das nur wenige Meter von ihnen entfernt ein Trupp Uniformierter mit Fotoapparaten, Kameras und sogar großen Batterielampen? Die würden doch nicht etwa filmen, wer hier protestierte? War das erlaubt? Amrei wurde immer blümeranter.

»Die Presse ist auch vertreten. Die wird genau dokumentieren, was die Polizei tut. Die steht unter Kontrolle.« Abermals konnte Robert wohl ihre Gedanken lesen. Mit der ausgestreckten Hand zeigte er auf einen Fotografen, der sich nah bei ihnen aufhielt.

Der hatte das offenbar gehört, trotz des ohrenbetäubenden Geschreis um sie herum.

»Heute Abend wird alles, was irgendwer tut, für alle Zeit festgehalten. Uns entgeht nichts«, rief er zu ihnen herüber.

Beruhigend fand Amrei das dennoch nicht. Zumal sie ständig an David dachte, der sich gleich um die Ecke von ihr aufhalten musste, auf einmal jedoch unerreichbar weit weg schien. Verzweiflung erfasste sie.

Die Reihen vor ihr gerieten ins Stocken, schlossen immer dichter zu einer Art Mauer auf. Abermals stellte sie sich auf die Zehenspitzen, um die Uniformierten weiter vorn besser zu sehen.

Entsetzt stellte sie fest, dass fast alle Schandis Stahlhelme trugen und Schlagstöcke in der Hand hielten. Ebenso waren direkt neben ihnen Wasserwerfer aufgefahren. Ein mehr als bedrohliches Szenario.

»Hunde, die bellen, beißen nicht.« Robert versuchte sich an einem aufmunternden Lächeln. »Die Polizei will uns nur einschüchtern. Die kann sich gar nicht erlauben, blindlings auf friedliche Demonstranten einzuprügeln. Nach dem Dutschke-Attentat wäre das ein Skandal sondergleichen.«

Das fand Amrei zwar reichlich naiv, aber es gefiel ihr, wie eifrig er darauf bedacht war, sie zu beruhigen.

Die immer lauter anschwellenden Sprechchöre sorgten für einen festen Rhythmus, in dem sich die Reihen von Neuem westwärts bewegten. Daraus entwickelte sich eine Art Tanz.

»Heute Abend passiert nichts Aufregendes. So kriege ich keine guten Bilder«, hörte sie den Fotografen von vorhin zu einer neben ihm stehenden Frau sagen. Amrei wunderte sich. Auf sie machte die Lage einen völlig anderen Eindruck.

»Gibst du in der Redaktion Bescheid?«, bat er die Frau. »Im Schelling-Salon ist ein Telefon. Von dort kannst du anrufen. Die Kollegen sollen Feierabend machen.«

Die Frau ging weg. Er folgte ihr einige Schritte in den sich öffnenden schmalen Gang zur Barer Straße. Schon überlegte Amrei, ob sie ihm nicht hinterherlaufen sollte, um zu David zu gelangen. Robert hielt sie jedoch am Arm zurück.

»Nicht!«, sagte er leise, aber bestimmt.

In der nächsten Sekunde schoben die Polizisten von vorn gegen die Menge. Das zwischen ihnen gespannte Seil half ihnen, die Demonstranten gewaltsam nach hinten zu drängen. Darunter war auch der Fotograf, wie Amrei an seinem hocherhobenen Arm mit dem Fotoapparat erkannte.

Als wäre das ein Zeichen, flogen auf einmal Steine durch die Luft. Flaschen folgten. Sogar Holzlatten. Mit Nägeln daran, wie Amrei erschreckt entdeckte.

Die Sprechchöre erstarben. Stattdessen wurde lauthals geflucht. Befehle wurden gebrüllt. Plötzlich knüppelten die Polizisten los, angefeuert von den Passanten am Straßenrand.

Schmerzensschreie ertönten.

Der Fotograf tauchte ab.

»Tot! Der ist tot!«, hörte Amrei eine Frauenstimme schrill aufkreischen.

»Nichts wie weg!«, rief Robert und riss Amrei herum.

Sie kamen nicht weit. Die Polizisten mit den Kameras schlossen sie ein. Darunter ein kräftiger, älterer Schandi mit einer schweren, riesigen Lampe. Und einem vor blinder Wut verzerrten, tiefrot angelaufenen Gesicht.

Grelles Licht flammte auf. Amrei wurde geblendet. Robert ließ sie los. Schützend hob sie die Arme vor die Augen.

»Nein!«, hörte sie Robert direkt neben sich schreien.

Auf einmal war da ein undurchdringliches Handgemenge um sie herum. Mit Uniformierten und Zivilisten. Sie mittendrin.

Erneut wurde gebrüllt. Panik erfasste sie. Es rauschte ihr in den Ohren. Sie wollte raus. Weg. Kam nicht von der Stelle.

Dann wurde es dunkel. Auch das grelle Licht erlosch.

Sie spürte etwas Weiches, Schweres zu ihren Füßen.

Sie schrie auf. Und sank langsam zu Boden.

Vorsichtig tastete sie um sich. Bekam Stoff zu spüren. Eine Jacke. Eine Cordhose. Ein Bein, ein Arm, eine Hand, Finger, relativ warm. Zweifellos ein menschlicher Leib.

Es würgte sie. Sie zwang sich, weiter zu tasten. Allmählich konnte sie auch wieder etwas sehen, hell und dunkel unterscheiden. Dann zeichneten sich grobe Umrisse vor ihr ab.

Sie erkannte Robert. Reglos lag er vor ihr auf dem Asphalt.

Sie erstarrte.

Er blutete an der Schläfe. Und vorn an der Brust.

Als sie den Blick hob, sah sie, wie der Polizist mit der schweren, riesigen Lampe in der Hand den Arm sinken ließ. Totenbleich deutete er auf Robert und sagte: »Eine Latte kam geflogen. Am Hinterkopf hat die ihn erwischt. Genau gesehen hab ich's!«

»Holen Sie Hilfe!«, brachte Amrei mühsam heraus. »Einen Arzt. Einen Krankenwagen. Schnell!«

Wieder beugte sie sich über Robert. Rüttelte an ihm.

Er reagierte nicht mehr.

Am Hinterkopf aber war er nicht verletzt. Das sah sie deutlich. Niemals würde sie das vergessen.

1972

Mitte Mai

Wie verabredet traf Amrei Sonntagabend pünktlich um 18 Uhr beim Hertie-Hochhaus an der Münchner Freiheit ein. Den schwarzen Koloss hatte sie bereits ab dem Odeonsplatz auf dem letzten Stück Weg deutlich vor Augen gehabt. Mit jedem ihrer Tritte in die Pedale hatte er sich höher aus der Stadtsilhouette herausgeschraubt. Ein nicht zu ignorierendes Indiz der Moderne vor der Kulisse der königlichen Ludwig- und der pappelgesäumten Leopoldstraße. Und eine gute Vorbereitung auf das, was sie im hypermodernen Olympiagelände erwartete.

Doch nicht deshalb hatte ihr Herz begonnen, heftiger zu schlagen, je näher sie ihrem Ziel kam. In Wahrheit bangte ihr davor, sich mit David und Wastl auszusprechen. Seit ihrer Rückkehr nach München im April schob sie das schon vor sich her. Einfach würde es nicht werden. Für keinen von ihnen. Trotzdem war es an der Zeit, es zu tun.

David und Wastl warteten schon am vereinbarten Treffpunkt auf sie. Kaum hatten sie sich begrüßt, stieg Wastl auf sein Rad und fuhr los.

»Hey, nicht so schnell!«, rief David ihm nach und stolperte beinahe über die eigenen Füße, als er sich auf den Sattel schwingen wollte. Amrei war jedoch erleichtert, rasch weiterzukommen. Im weitläufigen Olympiapark würde sie sich gewiss freier fühlen als in der zubetonierten, vom dichten Autoverkehr und unzähligen Fußgängern überfluteten Stadt. Der ungewöhnlich warme Juniabend zog halb München ins Freie.

Kaum erreichten sie das Olympiagelände im Norden, hatte Wastl es auf einmal noch eiliger. Nachdem sie ihre Fahrräder am Rand des Parks an einem Laternenpfahl abgeschlossen hatten, führte er David und sie quasi im Laufschritt über verschlungene Pfade den Olympiaberg hinauf. Amrei ahnte bereits, welche Stelle er ansteuerte.

Um etwas Zeit zu gewinnen, gestattete sie sich an jeder Wegbiegung einen kurzen Stopp und blickte auf das futuristische Ensemble von Olympiastadion, -halle und -schwimmbad am Hügelkamm des gegenüberliegenden Seeufers, gut sichtbar miteinander verbunden durch die kühne Zeltdachkonstruktion. Mehr *Raumschiff Enterprise* denn Oberbayern. Wastl hatte recht. Es war ein echtes Wunder, was in den vergangenen sechs Jahren auf dem Oberwiesenfeld entstanden war. Das über Jahrzehnte brach gelegene ehemalige Kasernen- und Flughafengelände am nördlichen Stadtrand war nicht mehr wiederzuerkennen. Vor dieser Kulisse würden die als heiter angekündigten Olympischen Spiele einen endgültigen Schlussstrich unter das Bild von Hitlers Lieblingsstadt und der »Hauptstadt der Bewegung« ziehen. Zwei Wochen lang würden Sportler, Funktionäre, Journalisten und Zuschauer aus aller Welt erleben, wie modern, weltoffen, zukunftsgewandt und vor allem friedlich München inzwischen geworden war. Eine echte Weltstadt. Kein Vergleich mehr zu früher, zu dem ewigen Millionendorf!

Wie so viele hatte auch Amrei das lange nicht für möglich gehalten. Wie sie so vieles nicht für möglich gehalten hatte. Nicht in München. Und nicht bei ihren Freunden. Und trotzdem war es geschehen, das hatten die vergangenen Wochen bewiesen. Alles war auf einmal anders und zugleich noch genauso wie immer. In

München. Bei Annamirl, der Pfefferle und ihren Kunden. Und bei den Freunden in der WG sowieso. Vor allem aber bei Wastl und David.

Endlich erreichten sie den Gipfel. Natürlich waren sie nicht die Einzigen, die bei Sonnenuntergang die grandiose Aussicht auf Gelände, Stadt und Umland genießen wollten. Angesichts des Gedränges hätte Amrei am liebsten gleich wieder umgedreht. Zumal Wastl wie befürchtet nicht zu irgendeiner, sondern exakt zu der Stelle auf der Wiese lief, auf der sie schon einmal gesessen hatten. Zu zweit. Nur er und sie.

Als ahnte er ihre Gedanken, nahm er sie an der Hand und zog sie mit sich. David flankierte sie auf der anderen Seite. Zu dritt setzten sie sich ins Gras. Und ließen die Umgebung auf sich wirken. Schwiegen.

»Schon schön hier.«

Das war das Einzige, was Amrei zunächst herausbrachte. Dann versagte ihr die Stimme. Ohnehin fehlten ihr die Worte für das, was sie da vor sich hatte. Für das, was es in ihr auslöste, erst recht. Plötzlich überwältigte sie die Erinnerung an ihr erstes Beisammensein mit Wastl noch kolossaler als erwartet. Ihre Augen füllten sich mit Tränen.

Sentimentale Zicke!, schalt sie sich. Dabei hatte sie sich doch fest vorgenommen, auf alle Fälle gelassen zu bleiben. Es keinesfalls mit der Begeisterung für das neue Olympiagelände zu übertreiben. Von Rührung zeigen über die Situation hier oben und generell zwischen ihnen dreien gar nicht erst zu reden. Nicht vor David und Wastl. Mit ihrer albernen Gefühlsduselei signalisierte sie den beiden nur zu viel Schwäche.

Zu spät! Schon sah sie, wie David spöttisch den Mund verzog. Sie hatte es gewusst. Sie kannte ihn doch. Er hatte sich nicht geändert. Nicht in allem. Verschämt schnäuzte sie sich in ein Papiertaschentuch, tupfte sich die feuchten Augenwinkel.

Genug! Entschlossen zwang sie sich, einmal tief durchzuatmen. Wieder nach vorn zu schauen. Die Aussicht würde sie ablenken. Musste sie ablenken. Sie wusste allerdings nicht, wo sie zuerst hinsehen sollte. Eher links hinüber, wo allmählich die hinterm Horizont verschwindende Sonne sich anschickte, über dem sensationell geschwungenen Zeltdach sämtliche vorstellbaren Rot-, Blau- und Lilatöne explodieren zu lassen? Schon drei Monate vor Eröffnung der Olympischen Spiele leuchtete das Stadion als überdimensionale Goldmedaille bestimmt bis ins Weltall hinauf. Oder war es geradeaus besser, wo die letzten Sonnenstrahlen den steil zum Ufer abfallenden Terrassenhang hinuntertanzten und das schillernde Ausleuchten der Seebühne probten? Oder sollte sie doch lieber nach rechts blicken, wo der Olympiaturm die letzte Chance des Tages nutzte, um golden schimmernd in schwindelerregende Höhen zu ragen und dem neuerdings in direkter Nachbarschaft zu ihm aufschießenden BMW-Bau in Form eines silbernen Vierzylinders die Show zu stehlen? Sie haderte mit sich. Sie konnte sich nicht entscheiden. Wieder einmal. Wie schon zu oft im Leben. Viel zu oft.

»Gib's zu: Gegen den Blick kommt Paris mit seinem verrosteten Eiffelturm nicht an«, riss Wastl sie aus ihrer Träumerei. »Von Florenz und seinem geleckten Michelangelo-David oder London und seinem wuchtigen Tower mit all den funkelnden Thronjuwelen ganz zu schweigen.«

Trotz seines Lachens merkte Amrei ihm die Genugtuung über ihr andächtiges Schweigen an. Mit diesem faszinierenden Panorama hatte er sie beeindrucken wollen, um dann, wenn sie nahezu sprachlos wäre, mit ihr über die vergangenen drei Jahre zu reden, die sie weit entfernt von ihm verbracht hatte. Ohne sich auch nur ein einziges Mal bei ihm zu melden. Nicht einmal nach ihrer Rückkehr. Sie ahnte, dass er ihr das nicht verzieh.

»Warum bist du überhaupt von hier weg, wenn's dir in München so gut gefällt?«, hörte sie dann jedoch David als Ersten fragen.

Verwundert sah sie ihn an, doch er wich ihr aus. Konzentrierte sich stattdessen darauf, eine Ernte 23 aus der Packung zu klopfen. Steckte sie zwischen die Lippen, zündete sie mit einem Streichholz an, bevor er die zerknautschte Packung in die Tasche seines braunen Trevira-Hemds stopfte.

Sie ärgerte sich. Mit welchem Recht zeigte ausgerechnet er sich verschnupft über ihr damaliges Weggehen? Sie war diejenige von ihnen, die aus gutem Grund immer noch sauer sein durfte. Auf ihn. Auf Wastl. Und überhaupt auf alles, was damals geschehen war. Zwischen ihnen dreien.

Doch was änderte das?

»Vielleicht hab ich einfach mal frische Luft um die Nase gebraucht«, hörte sie sich endlich sagen. Auf einmal hatte sie doch keine Lust mehr, es genauer zu erklären. Sie stibitzte David lieber die Zigarette aus dem Mundwinkel und rauchte sie weiter, ließ den Blick währenddessen von Neuem über das weite Gelände schweifen.

Im Abendlicht schlängelte sich der lang gestreckte künstliche See als glitzerndes Band durch die Hügellandschaft. Wie ein überdimensionales Spinnennetz spannte sich das Plexiglasdach an Drahtseilen auf dem Hang darüber zwischen Stadion, Schwimm- und Olympiahalle. Wirkte so fragil, als würde es schon beim geringsten Wind in sich zusammenfallen.

»Ich kann mir gut vorstellen, warum du damals weg bist, Amrei«, begann Wastl. Neugierig wandte sie sich zu ihm um.

»Davids ständige Protestiererei war einfach nicht mehr auszuhalten«, fuhr er fort. »Alles hat er darüber vergessen, sogar sich selbst. Wahrscheinlich hat er oft schon gar nicht mehr gewusst, wogegen er gerade losgezogen ist. Tage- oder vielmehr wochenlang ist er in der Kunstakademie verschwunden, hat dort bei jedem Teach-, Sit- oder Sleep-in mitgemacht, für jede Wandmalerei oder vielmehr -schmiererei zu Pinsel und Farbe gegriffen, an jeder Vollversammlung teilgenommen und sich für jeden noch so kleinen Aufstand etwas Originelles einfallen lassen. Einen kreativen Kopf hat er ja. Nur schade, dass er sich allzu leicht immer wieder dazu verleiten lässt, sein Talent für jeden Firlefanz zu verschwenden. Dabei könnte er so viel mehr daraus machen. Für seine Kunst. Und sich selbst. Aber schon damals ist ihm der schnell zu habende Spaß lieber gewesen als eine längerfristige Sache, die Geduld und Ausdauer erfordert hätte. Die sind halt nicht seins. Keine Party hat er damals ausgelassen, keine noch so lustige Aktion versäumt. Und darüber hat er sogar dich aus dem Sinn verloren, Amrei. Eigentlich war er zeitweise überhaupt nicht mehr recht bei Sinnen. Kein Wunder, wenn man bedenkt, was da alles in der Kunstakademie und auf den Wiesen davor in Umlauf gewesen ist.«

Er trank einen langen Schluck aus der Bierflasche. Amrei nahm sie ihm aus der Hand, trank ebenfalls daraus. Lächelnd ließ er sie gewähren. David brummte.

»Deine spießige Beamtengschaftlhuberei ist ihr mindestens genauso heftig auf den Geist gegangen«, ging er in der nächsten Sekunde auf Wastl los.

»Es kann halt nicht jeder so genial verpeilt sein wie du alter Schlawiner«, gab der zurück.

»Alter Foamzuzler.«

»Bist bloß neidisch, weil ich ein geregeltes Einkommen hab.«

»Depperter Geldsack.«

Schon hoben sie die Fäuste, wollten miteinander raufen. Amrei, die zwischen ihnen saß, schrie auf: »Es langt, ihr elenden Streithansel!« Sie wischte sich den Bierschaum von den Lippen. »Eure blöde Eifersucht ist mir schon vor drei Jahren gegen den Strich gegangen. Wann kapiert ihr endlich, dass ich euch beide mag, so wie ihr seid? Aber so hat das keinen Zweck. Besser, ich pack's gleich wieder.«

Sie erhob sich. Blitzschnell griff David nach ihrem Handgelenk und hielt sie fest. So fest, dass es wehtat. Von Neuem stiegen ihr Tränen in die Augen.

»Sei wenigstens einmal ehrlich.« Vorwurfsvoll suchte er ihren Blick.

Am liebsten hätte sie ihm gründlich den Kopf gewaschen. Stattdessen kniff sie die Lippen zusammen. Es hatte keinen Sinn. Er verstand es nicht, wollte es nicht verstehen. Damals nicht. Und auch jetzt nicht.

Wastl schwieg.

»Wir zwei waren dir doch völlig wurscht«, fuhr David nach kurzer Pause fort. »Nur an dich hast du gedacht. Und daran, wovon du geträumt, was du vorgehabt hast in deinem Leben. Allein. Ohne uns.«

In ihr begann es zu kochen.

Wastl sah David an, nickte, statt ihr beizuspringen. Was sollte das? Hatten die beiden sich jetzt etwa gemeinsam gegen sie verschworen?

»Kein einziges Mal hast du daran gedacht, was du uns antust, wenn du uns hier sitzen lässt«, pflichtete Wastl David endlich bei.

»Dabei haben wir dich von ganzem Herzen geliebt. Alle beide«, ergänzte David wieder.

Sie traute ihren Ohren nicht, sah erstaunt zwischen beiden hin und her.

Plötzlich setzte David eine übertrieben schmerzerfüllte Grimasse auf und schlug sich theatralisch mit der Hand auf die Brust, dorthin, wo er sein Herz vermutete, aber nur die knisternde Plastikhülle der Zigarettenpackung traf.

Sie lachte verlegen, unsicher, was sie davon halten sollte.

Meinte er das tatsächlich ernst, oder foppte er sie nur? Verflucht! Er war noch derselbe Kasperl wie damals.

»Und natürlich lieben wir dich noch immer. Alle beide. Aus tiefstem Herzen. So wie wir uns inzwischen lieben«, sprang Wastl ihm wieder bei. Er legte David den Arm um die Schultern, zog ihn an seine Seite. Offenbar hatten sich die zwei tatsächlich gefunden. Sie schluckte.

»Seid froh, dass ich vor drei Jahren weg bin und euch allein gelassen habe«, brachte sie mühsam heraus. »Nur weil ich euch nicht gestört habe, habt ihr offenkundig eure Zuneigung füreinander entdeckt.«

»Geteiltes Leid ist eben immer halbes Leid«, erwiderte Wastl.

Sie konnte, wollte es nicht fassen, was sie da gerade erlebte. Stets hatte David darauf bestanden, dass es nur ein Entweder-Oder geben könne und sie sich entscheiden müsse. Sollte sie mit einem Bullen befreundet sein, wäre das automatisch das Aus für ihre Beziehung mit ihm, hatte er ihr damals unmissverständlich erklärt. Und Wastl hatte umgekehrt nie einen Hehl daraus gemacht, wie fremd ihm die Welt der WGler und Studenten war, wie sehr er sie verachtete. Jetzt aber schien kein Blatt mehr zwischen die Freunde zu passen. Und Wastl auch in der WG ganz selbstverständlich ein und aus zu gehen, als hätte er schon immer dazugehört. Als hätte die gegenseitige Ablehnung zwischen ihnen nie existiert.

»Träume ich? Was habe ich verpasst, wenn ich euch beide jetzt so innig …«, begann sie, wurde jedoch sofort von David unterbrochen: »Du meinst, wie es kommt, dass ich mich mit einem Bullen angefreundet habe?«

Er lachte.

»Und dass ich mich mit einem verlotterten Gammler abgebe, der noch dazu in völlig undurchsichtigen Verhältnissen mit zwei

Frauen und einem Mann in einer völlig verlotterten Wohnung haust?«, ergänzte Wastl, ebenfalls sichtlich amüsiert.

»München ist modern geworden«, warf David ein.

»Und wir Münchner sowieso«, stimmte Wastl zu.

»Das kommt halt davon, wenn du Hals über Kopf deine Zelte hier abbrichst, in die Fremde ziehst und uns uns selbst überlässt«, ergänzte David. »Dann wird dir das Vertraute fremd und die einstigen Vertrauten ebenso.«

»Und wir müssen uns gegenseitig über unseren herben Verlust hinwegtrösten«, sagte Wastl.

»Ein Bier ergibt dann eben schnell das andere, ein Joint ...«, setzte David an, um von Wastl sofort mit erhobenem Zeigefinger, aber schier platzend vor Lachen ermahnt zu werden: »Obacht! Ich bin Polizist.«

»Wie sollte ich das vergessen.« David konnte sich ebenfalls kaum mehr beherrschen.

»Sämtliche Einzelheiten müssen wir Amrei sowieso nicht erzählen«, beschloss Wastl. »Die gehen sie nichts an.«

»Nicht mehr«, stellte David klar. »Es reicht, wenn sie weiß, dass wir beide uns gefunden haben.«

»Blutsbrüder geworden sind.«

»Mehr als das.«

Albern kichernd fielen sie einander um den Hals, klopften sich auf die Rücken, fielen eng umschlungen nach hinten, wälzten sich im Gras und rollten ein Stück den Hang hinunter.

Verlegen betrachtete Amrei die beiden. Sie brauchten sie wohl tatsächlich nicht mehr als Dritte im Bunde. Im Gegenteil. Ihre Gegenwart sorgte am Ende nur wieder für Streit.

Hoppla! Wurde sie da gerade eifersüchtig? Neidete sie den beiden etwa ihre Freundschaft? Kam sie sich gar ausgeschlossen vor? Sie biss die Lippen zusammen, sah beiseite.

Ihr Blick verlor sich in der Ferne, wo die Dämmerung über den kühn geschwungenen Olympiabauten aufgezogen war. Wenn sie ehrlich war, liebte sie sie noch immer. Beide. Genau wie damals. Weil sie untrennbar mit ihnen verbunden war.

1968

Mitte April

Plötzlich ging alles sehr schnell. Amrei fühlte sich vom Boden hoch- und von Robert weggerissen. Verzweifelt trat sie nach allen Seiten, schlug um sich. Vergebens. Der rechte Arm wurde ihr auf den Rücken gedreht, sie wurde nach vorn gedrückt. Tränen schossen ihr in die Augen.

»Hilfe!«, brachte sie eher weinerlich-kläglich denn laut hörbar heraus.

Niemand beachtete sie. Um sie herum herrschte ein einziges Gezerre und Gerangel. Sie war nicht die Einzige aus den Reihen der Demonstranten, die von einem uniformierten Wachmann in die Zange genommen worden war. Und Robert offenkundig nicht der Einzige, der am Boden lag.

»Vorwärts! Wird's bald«, brüllte ihr jemand ins Ohr und stieß sie ungnädig in die vorgegebene Richtung.

Mit aller Kraft versuchte sie dennoch, auf den schwer verletzten Robert aufmerksam zu machen. Auch das interessierte nicht. Weder einen der Polizisten noch einen von den Protestlern. Keiner bekam mit, was mit ihr geschah.

»Keine Mätzchen. Weiter, weiter!«

Der Griff in ihrem Rücken verstärkte sich. Wie sollte sie das aushalten? Aus dem Augenwinkel nahm sie eine dunkle Uniform und eine stämmige Figur direkt hinter sich wahr.

»Bring sie zu den andern und dann fort mit ihnen in die Zelle in der Ettstraße«, ordnete eine zweite Männerstimme an.

Beim Vorwärtslaufen stolperte sie über ihre eigenen Füße, ging in die Knie, schrie abermals auf, weil ihr daraufhin der auf den Rücken verdrehte Arm noch gewaltsamer hochgezogen wurde und ihre Schulter ohnehin schon entsetzlich wehtat.

»Vorsicht, Kollege! Siehst doch, dass das Fräulein Schmerzen hat.« Endlich eine verständnisvolle Stimme! Sie wollte aufatmen, hoffte, der erste Schandi würde sie loslassen und dem anderen übergeben, der neben dem Einsatzwagen stand, einem VW-Bus, und sie in Empfang nehmen wollte. Ein schlanker, auf den ersten Blick sympathisch wirkender Polizist, kaum älter als sie.

»Mitleid brauchst du nicht haben, Wastl. Wär noch schöner«, blaffte der ältere Kollege ihn an. »Mit dicken Steinen haben sie nach uns geschmissen. Und mit Latten, in denen Nägel drin waren. Deinen Freund Quirin hat's erwischt. Am Auge. Hoffen wir, er hat Glück und verliert's nicht. Übel ausgeschaut hat's, ganz übel. Wirst sehen: Beim nächsten Mal werfen sie Molotowcocktails auf uns, wie in Berlin. Als wären wir im Krieg.«

Er versetzte ihr einen weiteren kräftigen Schubs nach vorn. Sein ganzer Abscheu gegen solche wie sie steckte darin.

Mit dem Gesicht schlug sie auf dem Boden auf. Dieses Mal verlor sie das Bewusstsein.

Als sie die Augen wieder öffnete, saß sie im VW-Bus auf dem Beifahrersitz. Gesicht, Kopf, Schultern, der ganze Leib tat ihr weh. Um nicht laut aufzuschluchzen, kniff sie die Lippen aufeinander. Eine schlechte Idee. Sofort schmeckte sie Blut.

»Geht's wieder?«

Abermals vernahm sie die angenehm verständnisvolle Stimme. Sie gehörte dem jungen Polizisten, der vorhin an der Wagentür gestanden hatte. Besorgt beugte er sich vom Fahrersitz zu ihr herüber und reichte ihr ein weißes Stofftaschentuch. Lächelte ihr aufmunternd zu.

Überrascht und zugleich verunsichert wegen seiner unerwarteten Freundlichkeit nahm sie das Taschentuch mit zittrigen Fingern, tupfte vorsichtig das Blut von ihrer Lippe, trocknete die Tränen und schnäuzte sich die Nase.

»Wenn Sie Glück haben, ist nichts gebrochen.«

»Bringen Sie mich ins Krankenhaus?«

»Wir haben strikte Anweisung, Sie alle ins Präsidium in der Ettstraße zu fahren.«

»Bin ich etwa festgenommen?« Ihre Stimme überschlug sich. Angst erfasste sie. »Aber ich habe doch nichts getan.«

»Wir brauchen Ihre Personalien und Ihre Aussage. Danach können Sie bestimmt nach Hause gehen.«

»Was ist mit Robert? Er liegt vorn an der Straßenecke. Schwer verletzt. Er braucht einen Arzt. Dringend!«

»Wer ist das? Ihr Freund?«

Klang das etwa enttäuscht? Was wollte er von ihr? Sie rückte zur Tür.

»Ein Student«, antwortete sie.

Kaum ausgesprochen, sah sie wieder vor sich, was passiert war. Unfassbar! Mit tränenerstickter Stimme fügte sie hinzu: »Wir sind doch nur zur Demo gegangen. Plötzlich waren wir von Polizisten umringt. Die haben uns gefilmt.«

»Das war der Beweismittelsicherungstrupp. Die dokumentieren, was passiert ist. Damit niemand hinterher ...«

»Der was?« Der Begriff irritierte sie.

»Der Beweismittelsicherungstrupp«, wiederholte der Schandi ohne zu zögern. Als wäre ihm der Begriff längst in Fleisch und Blut übergegangen.

»Die halten das Geschehen filmisch fest, sodass hinterher leicht geklärt werden kann, was heute Abend wirklich passiert ist.«

Sie wunderte sich, wie bürokratisch das Wortungetüm klang.

Typisches Juristendeutsch. Wie die gesamte Angelegenheit. Auf einmal sprudelte es nur so aus ihr heraus.

»Wir haben nichts getan! Ein grelles Licht hat uns geblendet, und dann ist Robert von dem dicken Uniformierten mit der Lampe …«

»Warten Sie mit Ihrer Aussage, bis Sie im Präsidium sind«, unterbrach der junge Schandi sie und fügte leise hinzu: »Und auf dem Weg dorthin überlegen Sie noch einmal in aller Ruhe, was wirklich vorgefallen ist. Gehen Sie jedes Detail durch, das Sie für wichtig halten, und wägen sorgfältig ab, ob es tatsächlich so oder nicht doch ein bisserl anders gewesen sein könnte. Allzu schnell ist etwas gesagt, was man womöglich doch nicht so meint, und dann ist es zu spät, weil es schon heraus ist. Womöglich wird es von der anderen Seite dann ganz anders aufgenommen als gemeint.«

»Ich kann doch nur die Wahrheit sagen. So, wie es gewesen ist.«

Eine nie gekannte Furcht stieg in ihr auf. Er glaubte ihr nicht. Dabei war er ihr trotz allem anscheinend wohlwollend gesinnt. Wie würde es ihr erst mit seinen unfreundlichen Kollegen ergehen? Ein Albtraum! Wie kam sie da nur wieder heraus?

Verzweifelt schaute sie aus dem Beifahrerfenster. Wild ging es draußen durcheinander, kaum war Genaueres zu erkennen. Uniformierte Polizisten, Protestler, Schaulustige standen oder liefen herum, kreuz und quer durcheinander. Duckten sich, weil etwas durch die Luft flog. Eine Latte, ein Stein, was auch immer. Hin und wieder flammte ein Blitzlicht auf. Irgendwer schrie »Aufhören!«, ein anderer »Mitkommen!«. Dazwischen fuhren Autos herum. Mit Blaulicht. Ohne. Streifenwagen. Krankenwagen. Zivilfahrzeuge. Im Schritttempo. Hielten an. Starteten den Motor wieder und fuhren weg. Niemand schien den Überblick zu haben, wer was warum tat, was gerade geschah oder nicht geschah.

Wo genau befand sich der VW-Bus, in dem sie saß? Und wo steckte David? War er auch festgenommen worden? Wäre er doch nur bei ihr …

»Natürlich müssen Sie die Wahrheit sagen«, hörte sie den jungen Polizisten neben sich leise sagen. »Doch nicht immer kann man der eigenen Erinnerung trauen. Gerade in gefährlichen Situationen wie heute Abend nicht. Da ist man verwirrt. Redet sich vor Angst ein, wie es gewesen sein könnte. Doch manchmal existieren verschiedene Wahrheiten nebeneinander, ohne dass die eine wirklich falsch und die andere eindeutig richtig ist.«

Sie fuhr herum, wollte ihm aufgebracht widersprechen, sah ihn an. Und er sie.

Für den Bruchteil einer Sekunde schien alles um sie herum stillzustehen.

Plötzlich wandte er sich ab, griff zum Schlüssel, drehte ihn im Zündschloss, startete den Motor und fuhr an.

Was hatte er vor? Ihre rechte Hand umklammerte den Türgriff, bis die Fingerknöchel schmerzten.

»Keine Angst. Ich tue Ihnen nichts. Ich bringe Sie heim. Wo wohnen Sie?« Er sprach, ohne sie noch einmal anzusehen. Zu sehr war er darauf bedacht, niemanden in dem unübersichtlichen Getümmel draußen auf der Straße umzufahren.

Im Schritttempo steuerte er den Bus durch das Gedränge, bedankte sich bei einem Kollegen mit erhobener Hand, nachdem der ihn oder vielmehr den Einsatzwagen, in dem sie saßen, auf die Fahrbahn gelotst hatte. Danach hatte er freie Fahrt. Gab Gas. Endlich.

Allmählich dämmerte ihr, was er da gerade tat. Was er für sie tat. Und riskierte: alles! Ohne das Geringste von ihr zu wissen, außer, dass sie eine von denen war, die gerade gegen die Bild-Zeitung protestiert und den Einsatzkräften der Polizei die Stirn geboten hatten.

Amrei war froh, dass Wastl sie nicht einfach vor der Haustür in der Tumblingerstraße absetzte, sondern sogar noch die Treppe hinauf bis zu Annamirls Wohnungstür im zweiten Stock begleitete. Zwar war es ihr peinlich, von einem uniformierten Schandi nach Hause gebracht zu werden. Seine festen Schritte hallten erschreckend laut in der Stille der Nacht im Stiegenhaus wider, sodass sie fürchtete, er weckte die ganze Nachbarschaft auf. Doch es fühlte sich verblüffend gut an, ihn bei sich zu haben. Und das nicht nur, weil ihr die Beine ständig einzuknicken drohten. Die Kopfschmerzen und der wilde Schwindel im Hirn sorgten dafür, dass sie die gebohnerten Holzstufen eher wie eine Betrunkene hinauftorkelte denn ordentlich hinaufstieg. Wastl, Sebastian Drexler, wie er ihr vorhin seinen vollständigen Namen ins laute Tuckern des VW-Buses hinein verraten hatte, fasste ihr ganz selbstverständlich unter den Arm, um sie zu stützen.

Seine Nähe zu spüren, beruhigte sie. Schon auf der knapp zwanzigminütigen Fahrt quer durch die Stadt hatten sie sich gut unterhalten. So, wie fast Gleichaltrige das eben taten, wenn sie sich zufällig irgendwo über den Weg liefen und ins Gespräch kamen. Nicht wie Polizist und Festgenommene bei einem Verhör auf der Wache. Und so, wie zwei Menschen es taten, wenn sie sich sympathisch waren, Gefallen aneinander fanden. Vielleicht sogar noch ein kleines bisschen mehr als das.

Bei dem Gedanken glühten ihr die Wangen. Auch, weil ihr immer stärker bewusst wurde, was Wastl ihretwegen aufs Spiel setzte, nachdem er eigenmächtig beschlossen hatte, sie nach Hause zu bringen statt ins Präsidium: nichts weniger als seinen Job und seine berufliche Zukunft bei der Polizei.

»In dem ganzen Chaos hat das keiner der Kollegen mitbekommen«, hatte er zwar behauptet. Am leichten Flackern seiner grünen Augen und dem rauen Klang seiner Stimme hatte sie jedoch erkannt, dass er sich darüber selbst nicht so sicher war, wie er ihr gegenüber tat. Jetzt aber war es ohnehin zu spät. Jetzt war »der Käs gegessen«, wie Oma Babette gesagt hätte.

Zwei Jahre älter war er als sie, hatte sich herausgestellt, und seit fast sieben Jahren bei der Polizei. »Gleich nach der Mittleren Reife bin ich hin.« Aufgewachsen war er als Sohn eines Klempnermeisters im ländlich geprägten Moosach im Münchner Nordwesten. »Meine Oma hält Hühner im Garten. Und mästet jedes Jahr ein Schwein«, hatte er erzählt. »Gemüse und Obst bauen wir auch an. Schmeckt eh am besten, wenn es aus dem eigenen Garten kommt.«

»Das klingt wie bei uns daheim in Eggling. Und das mitten in der Stadt«, hatte sie erwidert. Es hatte sie erstaunt, wie rasch es ihm gelungen war, dass sie so vertraut miteinander sprachen. Dass sie fast vergaßen, in welcher Situation sie sich eigentlich gerade befanden.

»München ist und bleibt ein Millionendorf«, hatte er ihr versichert, »trotz des ganzen Getues wegen Olympia 72 und dem Gerede von wegen ›Weltstadt mit Herz‹ und all dem großkopferten Schmarren.«

Vor einer just auf Rot umspringenden Ampel am Sendlinger Tor hatte er scharf abbremsen müssen. Unsanft waren sie nach vorn gegen das Armaturenbrett geflogen. Sofort hatten ihr Kopf und ihr Magen wieder heftig rebelliert. Sie hatte würgen müssen und sich gleich die Hand vor den Mund gepresst. Besorgt hatte Wastl sich zu ihr gebeugt und aufmerksam ihr Antlitz studiert.

»Tut mir leid. Das war ungeschickt. Geht's wieder?«

Scheu hatte er ihr die Hand auf die Wange gelegt, sacht darüber gestrichen.

Die unverhoffte Berührung war ihr in Mark und Bein gefahren. Tränen waren ihr in die Augen geschossen.

Verdammt, was lief da gerade zwischen ihnen ab? Erschrocken hatte sie den Blick gesenkt.

»Lass uns Du zueinander sagen. So von Dorfbewohner zu Dorfbewohnerin«, hatte er vorgeschlagen.

So behutsam, als transportierte er rohe Eier, war er weitergefahren, eifrig darum bemüht, abruptes Bremsen und jähes Wechseln der Fahrbahn auf der restlichen Strecke zu vermeiden. Nicht ganz einfach auf den provisorisch angelegten Spuren zwischen den unübersichtlichen Absperrungen für den U-Bahn-Bau. Umso beeindruckender, wie geschickt es ihm gelungen war.

Sie hatte nur genickt. Zu mehr war sie ohnehin nicht mehr in der Lage gewesen.

»Ich bin der Erste bei uns in der Familie, der etwas anderes als ein Handwerk lernt. Wenn es gut läuft, hole ich bald mein Abitur nach und werde später mal Kriminalkommissar.«

»Willst du zur Mordkommission? Das ist bestimmt sehr aufregend. Aber auch wahnsinnig gefährlich. Warum bist du zur Polizei gegangen?«

Noch einmal hatte sie ihn von der Seite betrachtet. Erst da war ihr aufgefallen, wie lang er das helle Haar trug. Ein echter Pilzkopf. War das einem Münchner Polizeibeamten überhaupt erlaubt? Am Kinn hatte er so ein nettes Grübchen. Nach dem langen Tag und der noch längeren Nacht sprossen die Bartstoppeln darauf bereits munter. Auch das war sicher nicht ganz die Norm bei der Polizei, vermutete sie.

»Obacht!«

Wastls Warnung riss sie in die Gegenwart zurück. Über ihren Gedanken war sie in der Kurve zum nächsten Treppenabsatz ins Leere getreten. Kippte rücklings ins Nichts.

Mit beiden Armen fing er sie auf.

Plötzlich waren sich ihre Gesichter sehr nah. Sie atmeten einander an. Und verharrten für den Bruchteil einer Sekunde so. Für den Bruchteil einer wunderbar langen Sekunde. Im Schein des flackernden Treppenlichts starrte sie von Neuem auf das Grübchen an seinem Kinn, die Barthaare drum herum. Verlockend, die Lippen zu spitzen und ihn jetzt einfach …

Stopp! War sie komplett verrückt geworden? Jäh riss sie sich los, versuchte, auf ihren puddingweichen Beinen besseren Halt zu finden und die Treppenstufen weiter hinaufzusteigen. Allein. Ohne seine Unterstützung.

Auch er wirkte verschreckt. Seine grünen Augen funkelten unsicher. Energisch räusperte er sich.

»Zweiter Stock, hast du gesagt? Dann sind wir da.« Das klang erleichtert.

Übertrieben konzentriert durchwühlte sie den Batikbeutel nach dem Wohnungsschlüssel, nahm aus dem Augenwinkel wahr, wie sich die Tür der Doblerin einen Spaltbreit öffnete.

Selbst um diese ungewöhnliche Nachtstunde entging ihr nichts.

Im selben Moment, in dem Amrei den Schlüssel ins Schloss steckte, schwang die Tür von innen auf.

»Endlich!«, begrüßte Annamirl sie. Und stutzte im nächsten Moment.

»Das sieht schlimmer aus, als es ist«, beeilte Amrei sich zu versichern.

Erst nachdem sie das gesagt hatte, begriff sie, dass es nicht ihr von Blutergüssen und Schwellungen deformiertes Gesicht war, das die Großtante erschreckte, sondern der uniformierte Wastl direkt neben ihr. Ein Polizist.

»Wer ist das?«, fragte Annamirl, packte den völlig verdutzten Wastl und zog ihn in den Flur, schimpfte dennoch durch die halb offene Tür zur Doblerin herüber: »Da schaust du wieder, was? Kommt dir natürlich gleich bekannt vor: ein Schandi in Uniform vor meiner Wohnung, der mir wen bringt, der offensichtlich schwer vermöbelt worden ist.«

Zeitgleich mit der Nachbarin schlug auch sie die Tür zu.

Amrei wollte fragen, was das sollte, da entdeckte sie Chris, Biggi und David, die offenbar vom Lärm angelockt aus der Küche in den Flur gekommen waren.

»Gut, dass du wieder da bist!«, rief David, quetschte sich an den anderen vorbei, nahm sie behutsam in die Arme und hauchte ihr vorsichtig Küsse aufs geschundene Gesicht.

Sie begann zu weinen.

»Ich geh dann wohl besser«, hörte sie Wastl sagen.

Verlegen löste sie sich aus Davids Armen, wischte mit dem Handrücken über ihr nasses Gesicht. Eine schlechte Idee. Es tat höllisch weh. Dennoch versuchte sie sich an einem Lächeln. Nur für Wastl. Eine noch schlechtere Idee.

»Nicht, bevor Sie uns erklärt haben, wie Sie dazu kommen, Amrei heimzubringen.« Annamirl stellte sich ihm in den Weg, verschränkte die Arme vor der Brust und sah ihn betont herausfordernd an.

»Das übernehme ich selbst«, ging Amrei hastig dazwischen. Es war ihr peinlich, wie unfreundlich die Großtante mit ihm umsprang. Das hatte er nicht verdient. Nicht nach allem, was er für sie getan hatte. Und wie freundlich er zu ihr gewesen war. Von der ersten Sekunde an.

»Danke für alles«, sagte sie leise, aber mit Nachdruck, und streckte ihm zum Abschied die Hand hin.

Er zögerte, blickte sie einen Moment unsicher an, statt ihre Hand zu ergreifen.

Sie lächelte.

David postierte sich unmissverständlich neben ihr, legte ihr besitzergreifend den Arm um die Schultern.

Sie wollte ihn wegschieben, merkte aber, dass ihr die Kraft dafür fehlte.

Einen Moment drehte Wastl seine Uniformmütze unschlüssig in der Hand, sah aus, als wollte er etwas sagen. Dann aber setzte er die Mütze auf, tippte mit dem Zeigefinger kurz dagegen und wandte sich ab.

Zunächst mit langsamen Schritten, dann immer schneller werdend, verschwand er die Treppe hinunter.

Als die Haustür unten ins Schloss fiel, fiel ihr siedend heiß ein, dass sie ihn nicht nach seiner Telefonnummer gefragt hatte.

1972

Juni

Nach dem Abend am Olympiaberg fand Amreis Münchner Leben schneller und leichter als erwartet in unbeschwerte Bahnen zurück. David, Wastl und ihr gelang es erstaunlich gut, fortan locker miteinander umzugehen. Einfach nur gute Freunde zu sein. Keiner von ihnen hatte Ambitionen, daran etwas zu ändern, gar an frühere Verhältnisse anzuknüpfen. Wieder einmal hatte Amrei sich im Vorhinein viel zu viele überflüssige Gedanken gemacht. Es kam ohnehin stets so, wie es kommen sollte, beruhigte sie sich. Das hatte schon Oma Babette zu Lebzeiten prophezeit. Und oftmals kam es weitaus weniger kompliziert als befürchtet. Wenn sie die Erkenntnis doch nur endlich tief in sich verankern würde, um sich künftig unnötige Grübeleien zu ersparen!

»Welcher von deinen beiden Verehrern holt dich heute Abend zum Ausgehen ab? Der Franz Marc in spe oder der fesche Schandi?« Nach Ladenschluss machte sich die Pfefferle freitagabends einen Spaß daraus, Vermutungen anzustellen. Bestens gelaunt lud sie Amrei noch auf einen Eierlikör ins Hinterzimmer ein. »Natürlich selbst gemacht«, verkündete sie, als sie die zierlichen Likörgläser mit ihren verknöcherten Händen vorsichtig zum penibel aufgeräumten Schreibtisch in dem winzigen Raum transportierte und die zähe gelbe Flüssigkeit aus der umfunktionierten Essigflasche einschenkte.

»Als Spezialwette müsst ich das mit deinen beiden Kavalieren anbieten. Für ein Zehnerl mehr pro Tippschein. Und als Hauptgewinn gibt's einen Biergartenbesuch mit dir am Chinesischen Turm.« Vergnügt prostete sie Amrei zu.

»Aber nur für die Stammkundschaft«, ging Amrei übermütig darauf ein und stieß mit ihr an. »Und nur, wenn Sie mitkommen.«

»Auf mich als Zusatzgewinn legt keiner einen Wert nicht. Die Zeiten sind vorbei. Ein für alle Mal. Aber der Winninger Schorsch hätte gewiss seine Freude daran, wenn er dich einmal ausführen dürfte.« Als freute sie sich schon jetzt darauf, ihm die frohe Botschaft zu verkünden, rieb sie sich über die nackten Altweiberarme. Versonnen schmunzelnd sah sie zum schmalen Fenster in den Hof hinaus.

»Lustiger mag's mit dem Schwabinger Schlawiner von Maler zwar sein, aber solider ist der Polizist, nicht nur, weil er später mal eine hübsche Beamtenpension einstreicht.«

Sie gab sich einen deutlichen Ruck, bevor sie sich wieder zu Amrei umwandte. In ihren grauen Augen schimmerte es verräterisch, ihre schmalen Lippen zuckten.

»Überlegen musst du's dir, was dir wichtiger ist im Leben: Kunst oder Verlässlichkeit. Ich an deiner Stelle hätte meine Wahl längst getroffen.«

»Das habe ich auch.«

»Und? Für wen hast du dich entschieden?«

»Für keinen von beiden. Gute Freunde sind wir mittlerweile. Und das bleiben wir auch. Deshalb gehe ich nachher auch mit beiden gemeinsam aus.«

»Vor drei Jahren hat das noch ein bisserl anders ausgeschaut.« Die Pfefferle machte keinen Hehl aus ihrer Enttäuschung. Schenkte sich und Amrei noch ein zweites Glas Likör ein und kippte ihres in einem Zug hinunter.

»Das war vor drei Jahren«, bekräftigte Amrei und schüttelte

sich. Der Likör war ihr viel zu stark. »Das ist vorbei. Und das ist auch gut so.«

Ehe die Pfefferle nachhaken konnte, schnappte sie sich ihre dünne Jacke vom Haken und hängte sich den Batikbeutel über die Schulter.

»Erst gibt's noch Reiberdatschi bei meiner Großtante. Wie jeden Freitag.«

»Euer heiliger Freitag! Grüß die Annamirl von mir. Und auch meine Cousine. Gewiss streckt sie wieder die Nase zur Tür heraus, wenn's bei deiner Großtante an der Tür klingelt und die zwei Burschen davorstehen. Das macht sie allweil so, seit Jahrzehnten schon.«

Die Pfefferle kicherte verschmitzt. Amrei verzichtete auf den Hinweis, dass weder David noch Wastl es wagten, bei Annamirl zu klingeln, um sie abzuholen. Daran hatte sich in den vergangenen drei Jahren nichts geändert.

»Mag sein, dass es nette Burschen sind. Aber mich verschon bitt'schön mit der Verlegenheit, auf meine letzten Tage noch einmal dem Enkel von der Elly Grafenstetter oder einem Schandi einen von meinen Reiberdatschi anbieten zu müssen«, hatte Annamirl klargestellt, sobald sie mitbekommen hatte, dass Amrei wieder mit David und Wastl befreundet war.

Sosehr Amrei das bedauerte, wusste sie, dass es keinen Sinn hatte, sie überreden zu wollen, es sich vielleicht doch noch einmal zu überlegen. Genauso zwecklos wäre es nachzubohren, was genau hinter Annamirls offenkundiger Abneigung gegen Davids Großmutter steckte. Dass sie einem Polizisten distanziert begegnete, konnte Amrei halbwegs nachvollziehen. Obwohl sie sich gefreut hätte, wenn die Großtante Wastl wenigstens die Chance eingeräumt hätte, ihn näher kennenzulernen. Dann hätte sie rasch festgestellt, wie viel sich inzwischen bei der Polizei geändert hatte, auch im Präsidium in der Ettstraße. Gerade mit Blick auf die bald bevorstehenden Olympischen Spiele in München. Wastl wäre genau der Richtige, ihr das zu erklären. Aber Annamirl konnte sehr stur sein. Wenn sie nicht wollte, dann wollte sie nicht.

»Bist du heute Abend wieder mit deinen Freunden aus der WG unterwegs?«, erkundigte sich Annamirl vermeintlich beiläufig.

Das war der erste Satz, nachdem sie wie gewohnt nahezu schweigend gegessen und die obligatorische Gauloise zum Nachtisch am Küchentisch geraucht hatten.

Umständlicher und schwerfälliger als sonst erhob sie sich von ihrem Stuhl. Amrei protestierte zwar, als sie abzuräumen begann, doch das war vergebene Liebesmüh. Die Großtante konnte und wollte es nicht lassen. Trotz ihrer mittlerweile vierundachtzig Jahre.

Entschlossen schob sie Amreis Arm weg, als die nach den Tellern in ihrer Hand greifen wollte. Geschirr und Besteck darauf klapperten bedenklich.

»Wird gewiss wieder spät«, schwenkte Annamirl auf ein anderes Thema um. »Denk dran, die U-Bahn fährt nicht die ganze Nacht durch, und auch die Tram ruckelt irgendwann zurück ins Depot.«

»Ich komme schon heim. Um mich brauchst du dir keine Sorgen machen.«

»Hm«, knurrte Annamirl nur.

Dass sie es trotz aller Schroffheit nicht schaffte, ihre Gefühle gänzlich zu verbergen, erstaunte Amrei. Und ging ihr nahe. Rasch hauchte sie ihr einen Kuss aufs schlohweiße, dicke Haar, wofür sie ein weiteres undefinierbares »Hm« erntete.

»Gib mir die Schüssel. Ich mach das schon.« Endlich gelang es ihr, Annamirl doch noch etwas abzunehmen. Als sie bemerkte, wie rasch die Großtante nachgab und wie matt ihre sonst so wachen braunen Augen sie dabei anblickten, wurde ihr mulmig. So hatte sie sie noch nie erlebt.

»Vielleicht bleibe ich auch einmal daheim. Wir könnten eine Partie Karten spielen«, verkündete sie ebenso beiläufig, wie Annamirl sich vorhin nach ihren Plänen erkundigt hatte.

»So weit käm's noch! Am Freitagabend will ich dich nicht hier bei mir altem Weib am Küchentisch hocken und versauern sehen«, protestierte die Großtante jedoch sofort und drohte sogleich mit gewohnt fester Stimme: »Wenn du hierbleibst, geh ich fort. Mich aufs Radl zu schwingen, schaffe ich allweil noch.«

»Da würden David und Wastl sich aber freuen.«

Kaum war das heraus, bereute Amrei die Bemerkung. Zu ihrer Überraschung huschte jedoch ein schelmisches Lachen statt des üblichen Missmuts über Annamirls hageres Gesicht.

»Davonradeln würde ich denen, dass sie Augen machen. So viele Jahre, wie ich als Kurierfahrerin durch die Stadt geflitzt bin, schaffe ich das allweil noch, das kannst du mir glauben. Das verlernt man nie.«

»Du bist einmal Kurierfahrerin gewesen? Mit dem Radl? Was genau hast du da gemacht?«

Das war Amrei neu. Sie hatte die Großtante noch nie Radfahren sehen, aber vor vier Jahren ein altes Rad im Keller gefunden, das Annamirl gehören musste. Am liebsten hätte sie den anderen abgesagt, um mehr von der Großtante über ihre Vergangenheit zu erfahren, die sie hütete wie ein Geheimnis.

Rasch aber winkte die schon wieder ab: »Lang ist's her. Jedes Wort darüber ist zu viel. Es ist vorbei. Schluss, aus. Mach lieber, dass du dich noch ein bisserl hübsch aufbrezelst. Wenn du nur noch befreundet bist mit deinem Wastl und deinem David, solltest du schauen, was es an Alternativen gibt. So jung, wie München heutzutage ist, gibt's mehr als genug Auswahl für ein hübsches Madl wie dich.«

Die gab es in der Tat, wie Amrei kaum eine halbe Stunde später feststellte, als sie den Abend im Crash begannen. David und Wastl hatten sie in Gesellschaft von Biggi und Uri zur verabredeten Zeit am Kapuzinerplatz erwartet und vorgeschlagen, den Abend in der Diskothek an der nahen Lindwurmstraße zu beginnen.

Vor einer guten Stunde hatte das Crash in den Räumen unter der Eisenbahnbrücke erst geöffnet, längst ging es bereits zu wie im täglichen Feierabendstau auf dem Stachus. Zwischen die Leiber der wild zur bewährten Beat- und Rockmusik Tanzenden passte kaum eine Hand, so voll war es. Das aber störte niemanden. Im Gegenteil. Das dichte Gedränge machte für die meisten wahrscheinlich den eigentlichen Reiz aus, um Led Zeppelins Gitarrenriffs bei *Stairway to Heaven* in eine atemberaubende Luftnummer zu verwandeln, während sich die nicht nur der stickigen Hitze wegen offenherzig gekleideten Frauen voller Bewunderung an die Möchtegern-Jimi-Hendrixe schmiegten.

Biggi tänzelte ungeduldig auf der Stelle, den Arm besitzergreifend um Uris Hüften gelegt, damit niemand auf die Idee kam, ihn ihr streitig zu machen. Amrei schien das reichlich überflüssig. So verliebt, wie er ständig seine Nase in ihr goldblondes langes Haar vergrub, wagte ohnehin keine, sich ihm zu nähern, geschweige denn ihn anzuflirten. Er würde es ohnehin nicht registrieren.

»Wo steckt Peggy überhaupt?«, erkundigte sie sich bei Wastl, nachdem Biggi und Uri endlich zu den Klängen von *Brown Sugar* von den Stones auf die Tanzfläche abgedüst waren.

Überraschend schnell hatte sich auch David von einer Rothaarigen in schwarzen Hotpants dorthin führen lassen. Wahrscheinlich eine von seinen unzähligen Kommilitoninnen aus der Kunstakademie, die er immerfort überall in der Stadt traf. Die beiden in schrilles Gelb und Pink Gekleideten aus dem Biergarten waren seltsamerweise bislang nicht mehr aufgetaucht, fiel Amrei auf, als sie ihm nachblickte. Wahrscheinlich, weil er sie bei der Aktion in Haukes Atelier schmählich versetzt hatte, um sich Peggy zu widmen und nicht der Kunst.

Machte ihr das etwas aus? Noch während sie sich das fragte, beantwortete Wastl ihre Frage.

»Ich glaube, Peggy ist nach Berlin gegangen, wie viele in der letzten Zeit. Angeblich ist ihre Freundin Sandra schon seit Ostern dort und neuerdings ganz dick mit Uschi Obermaier. Über die hofft sie den Jagger von den Stones kennenzulernen und die ganz große Model- und Filmkarriere zu starten. Und Peggy meint wohl, da auch eine Chance zu haben.«

»Was haben die nur alle mit dem Typ? Schade eigentlich, ich hatte gerade angefangen, Peggy zu mögen.«

»Große Träume haben wir doch alle. Und wenn sich eine Gelegenheit ergibt, sie zu verwirklichen, greift man sofort danach. Oder etwa nicht?«, mischte Uri sich ein, nachdem er plötzlich wieder neben ihnen aufgetaucht war.

Biggi kuschelte sich in seine Armbeuge.

»An dir ist wohl ein Philosoph verloren gegangen.« Amüsiert betrachtete Amrei ihn. Sein hervorragendes Deutsch verblüffte sie wieder einmal aufs Neue. Außerdem musste er Ohren wie ein Luchs haben. Selbst bei der ohrenbetäubenden Geräuschkulisse verstand er jedes Wort, das geredet wurde, noch dazu in der für ihn fremden Sprache.

Wie zur Bestätigung dröhnte im folgenden Moment Uriah Heeps *Lady in Black* so gewaltig aus den Boxen, dass Amrei den Bass im Bauch spürte.

»Puh, allmählich wird mir das hier zu hardrockig. Bestimmt legen sie gleich noch Black Sabbath auf«, maulte David, der ohne die Rothaarige zu ihnen zurückgekehrt war. »Lasst uns lieber nach Schwabing fahren.«

»Prima Idee! Am besten in den Englischen Garten. Der Himmel ist so klar, heute Nacht kann man das ganze Weltall sehen«, schwärmte Uri. »Wäre doch schade, die Show zu verpassen, noch dazu, wo es eine milde Sommernacht ist.«

»Da kriegst du fast Heimatgefühle, was? In Israel gibt's wohl nur mildes Sommerwetter.« Schon grinste David wieder.

»Ist nicht auch noch Vollmond? Wie romantisch.« Biggi strahlte Uri verliebt an. Die hatte es voll erwischt! Amrei streifte die Erinnerung an Davids Vorschlag von einst, vom Monopteros-Hügel aus dem Mond beim Flirten mit den Sternen zuzusehen.

Als sich sein und ihr Blick trafen, vermutete sie, dass ihm das wohl auch gerade durch den Kopf ging. Schnell wandte er den Blick wieder ab.

Ehe sie sichs versahen, fanden sie sich bereits mit den anderen in der nahen U-Bahn-Station Poccistraße und hatten sich keine halbe Stunde später wie gewohnt im Picnic mit Getränken versorgt, um den Rest der Nacht im Englischen Garten zu verbringen.

Sie waren nicht die Einzigen.

»Wie das wohl wird, wenn ab August auch noch die Besucher der Olympischen Spiele hier einfallen?« Besorgt wies Wastl über die dicht besetzte Wiese. Der einzige Unterschied zum unwesentlich größeren Andrang der Sonnenanbeter bei Tag war, dass die Mondsüchtigen weitaus mehr Stoff an ihren Körpern trugen. So lau war die Sommernacht dann eben doch nicht. Es war auch erst Anfang Juni.

»Gammler aller Welt vereinigt euch, um nach München zu kommen! Im Englischen Garten könnt ihr so lange lagern und Liebe machen, wie ihr wollt«, rief David und breitete übermütig die Arme zur Seite aus. »Hauptsache, ihr habt lange Haare, hasst das Arbeiten und mögt das Fummeln. Die Münchner Polizei steht euch mit der neuesten Version ihrer Münchner Linie nur zu gern bei. Was, Wastl?«

Er kicherte albern. Wastl warf ihm einen vernichtenden Blick zu.

»Komm schon! Auf deinen Streifengängen darfst du bestimmt höchstpersönlich mitfummeln, lieber Herr Wachmann.« David prostete ihm mit der Bierflasche zu.

»Neidisch? Falls du News von der vordersten Gammler- und Fummlerfront erwartest, muss ich dich leider enttäuschen. Vorgestern kam die Zusage, dass ich beim Sicherheitsdienst im Olympiadorf dabei sein werde.«

»Mensch, Wastl, gratuliere! Ich wusste gar nicht, dass du dich beworben hast.« Amrei hielt ihm ebenfalls die hoch erhobene Bierflasche hin.

»Die Nackerten im Englischen Garten werden dir abgehen. Und du ihnen, da bin ich mir mindestens genauso sicher.« David stieß noch einmal mit ihm an, und Uri unterbrach sogar das Knutschen mit Biggi, um sich ihnen anzuschließen.

»Dachte ich mir doch, dass ihr heute Nacht auch hier herumgammelt.«

Aus dem Dunkeln tauchte Jürgen bei ihnen auf. Ob ihn das helle Klirren der Glasflaschen angelockt hatte? Ein Wunder, dass er sie gefunden hatte. Aus sämtlichen Grüppchen, die sich zu Hunderten über der weitläufigen Wiese zu Füßen des Monopteros verteilten, erklangen dieselben Geräusche. Überall wurde aus Flaschen getrunken und zwischendurch immer wieder übermütig angestoßen, albern gekichert und viel geraucht. Nicht nur Zigaretten.

Kurz flammte in Amrei ein Bild von vor vier Jahren auf. Die ewige Party an der Kunstakademie im Sommer des Protests. Über der stets derselbe süße Geruch gehangen hatte, der auch jetzt über dem Englischen Garten schwebte. Für einen Moment schloss sie die Augen, um eine weitere aufsteigende Erinnerung mit aller Kraft wegzuschieben. An David. Es tat zu weh. Noch immer. Aber es war vorbei, beruhigte sie sich und schlug die Augen wieder auf.

Die Frühsommernacht war märchenhaft schön. Romantisch und erstaunlich hell beleuchtete der Mond die Szenerie. Einzelne Gesichter waren dennoch aus der Entfernung kaum zu unterscheiden. Jürgen musste einen siebten Sinn für das Aufspüren seiner Freunde besitzen.

»Wie hast du uns entdeckt?« Neugierig sah Amrei ihn an.

»Meine große Sehnsucht nach euch hat mich hergetrieben. Die führt mich immer wieder zu euch, egal, wo ihr steckt und wie weit ich mich von euch entfernt habe. Wahrscheinlich komme ich nie im Leben von euch los.«

»Vielleicht hättest du doch nicht aus der WG ausziehen sollen. In deinem schicken Arabella-Haus-Apartment muss es sehr einsam sein.«

»Dann wäre uns Uri nie begegnet«, warf Biggi sofort ein.

»Wer weiß, was du noch mit mir erlebt hättest?« Jürgen ließ sich direkt neben sie ins Gras plumpsen. An Selbstbewusstsein hatte es ihm noch nie gemangelt.

»Es gibt Dinge, die will ich gar nicht wissen.« Ostentativ drehte Biggi sich von ihm weg und stupste Uri rücklings ins Gras, um ihn ausgiebig zu küssen.

David verdrehte die Augen.

»Eifersüchtig, weil du heute keine Frau im Arm hältst, die mit dir in die Unendlichkeit des Firmaments durchstartet?« Jürgen grinste anzüglich.

»Idiot!« Im Sitzen trat David nach ihm.

»Lass dich nicht provozieren! Du weißt doch, wie er ist.« Instinktiv schnappte Wastl nach Davids Fuß und hielt ihn fest.

»Und wir wissen, wie unser Malerfreund ist«, erwiderte Jürgen breit grinsend. »Immer schnell auf 180, aber genauso schnell auch wieder völlig tiefenentspannt. Alles easy eben. Inzwischen sogar wieder, ohne dass er mit einer Tüte nachhelfen muss. Trotzdem schön zu sehen, dass du die Deeskalationstaktik der legendären Münchner Linie auch in deiner Freizeit anwendest, Wastl. Du bist eben immer brav im Einsatz. So wünschen wir uns unsere Münchner Schandis. Vor allem bei den bald beginnenden heiteren Spielen. Ein Fiasko mit Toten wie an Ostern vor vier Jahren kann sich München als selbst gekrönte Weltstadt mit Herz wahrlich nicht leisten.«

»Musst du ausgerechnet jetzt damit anfangen?«, fragte Amrei verärgert.

Die anderen hielten erschrocken inne. Sogar Jürgen.

Es war ihr egal. Jäh stand ihr wieder vor Augen, was damals geschehen war, wie Robert vor ihr gelegen hatte. Reglos. Blutverschmiert. Verzweifelt kämpfte sie gegen die aufsteigenden Tränen an. So lange hatte sie nicht mehr daran gedacht. Warum musste das nur jetzt auf einmal alles wieder hochkommen?

Sacht rüttelte Jürgen sie am Knie. »Tut mir leid. Wenn ich gewusst hätte, wie hart es dich noch immer trifft, hätte ich den Mund gehalten. Ich Idiot hätte es wissen müssen.«

Auf einmal wirkte er ehrlich zerknirscht.

»Geht schon wieder.« Sie zwang sich zu einem Lächeln. Verlegen sahen die anderen sie an. Sie nickte ihnen zu. Versicherte ihnen mehrmals: »Wirklich! Alles okay. Wird schon«, obwohl ihr noch immer zum Weinen zumute war. Sie rupfte eine Handvoll Gras aus. Warf die Halme weg. Sah zu Jürgen.

Unerwartet scheu erwiderte er ihren Blick.

»Bist du eigentlich noch in der studentischen Rechtshilfe aktiv? Oder beißt sich das mit deinem Referendariat im Justizministerium?« Sie fragte mehr aus Verlegenheit, um überhaupt etwas zu sagen, um die unerträgliche Stille zu durchbrechen.

»Wieso?« Verwundert sah David sie an, auch Wastl horchte auf. Wollte offenbar gerade Luft holen, um etwas zu sagen, doch

Jürgen war schneller. »Willst du wissen, wie weit wir mit unseren Ermittlungen zu Roberts Tod sind?«

»Die Staatsanwaltschaft hat die längst abgeschlossen.« Dieses Mal gelang es Wastl, das klarzustellen. Dabei war er plötzlich ganz der Vertreter der Münchner Polizei, wie sein ernster Gesichtsausdruck verriet.

»Selbst die Wiederaufnahme, die dieser Investigativjournalist wenige Zeit später initiieren wollte, hat keine neuen Erkenntnisse erbracht. Damit ist der Fall endgültig zu den Akten gelegt. Du musst dir keine Sorgen mehr machen …«

»Ich mache mir keine Sorgen. Nicht mehr.«

»Heißt das, du bist endgültig damit durch?« Über Wastls Antlitz huschte eine Mischung aus Freude und Erschrecken. Zu gern hätte Amrei mit ihm darüber gesprochen. Doch das war in diesem Moment undenkbar. Darüber waren Wastl und sie sich nach einem Blickwechsel sofort einig.

»Sprecht ihr über die ungeklärten Todesfälle bei den Osterunruhen 68 vor der *Bild*-Zeitungs-Druckerei?« Uri setzte sich auf und schaute neugierig zwischen ihnen beiden hin und her.

»Woher weißt du …?« Irritiert musterte Amrei ihn.

»Letztens kam das in der WG zur Sprache. Beim Sonntagsfrühstück. Jürgen ist extra gekommen, um die anderen auf den neuesten Stand zu bringen. Angesichts der bevorstehenden Olympischen Spiele soll jetzt wohl alles endgültig vom Tisch kommen. Der Wahnsinn, dass so etwas bei euch in München passiert ist. Nachdem es in Frankfurt, Hamburg und vor allem in Berlin bei den Protesten weitaus heftiger zuging. Nach Ohnesorg, dessen Tod ganz am Anfang stand, hat es sonst nirgendwo noch Tote gegeben. Hier in München dafür aber dann gleich zwei.«

»Absurderweise bei den durchaus berechtigten Protesten gegen das Attentat auf Dutschke in Berlin.« David schüttelte den Kopf, als könnte er es noch immer nicht fassen.

»Ein Wunder, dass in der Stadt danach alles heil geblieben ist.« Von Neuem überfiel Amrei die Erinnerung an Roberts Tod überdeutlich. Ihr war, als konnte sie es noch immer nicht fassen. Fürsorglich legte Wastl ihr die Hand auf die Schulter.

»Die Stimmung aufseiten der Studenten hätte komplett explodieren können«, stimmte Jürgen zu. »Viel gefehlt hat jedenfalls nicht.«

»Zwei Tote, zahlreiche Verletzte und Dutzende Verhaftete an einem einzigen Abend – und das nur, weil die Auslieferung der *Bild*-Zeitung mit ihrer ständigen Hetzerei gegen uns Studenten von der Polizei verteidigt wurde.« David schüttelte den Kopf.

»Die Schuld dafür wurde allein den Demonstranten in die Schuhe geschoben. Das war mehr als genug Zunder. Schlimm, dass es bis heute keine ordentliche Aufarbeitung der Vorfälle seitens der Staatsanwaltschaft gibt«, kam es von Jürgen.

»Es gab eine ordentliche Untersuchung. Nachdem sämtliche Spuren überprüft und ausgewertet waren, wurden die Ermittlungen abgeschlossen«, betonte Wastl.

»Das ist der Standpunkt der Polizei«, entgegnete Jürgen.

»Ihr dreht euch im Kreis. So kommt ihr nicht weiter«, versuchte Uri zu schlichten.

Alle verstummten, jeder versank in seinen Gedanken.

»Selbst schuld sind wir«, meldete sich Jürgen nach einer Weile abermals zu Wort.

Er sah von einem zum anderen, bis er sich der Aufmerksamkeit aller gewiss war.

»Statt damals entsprechend Druck zu machen, haben wir lieber wieder die lustigen Kasperle gespielt und eine originelle Aktion nach der anderen aus dem Hut gezaubert, um unserem Unmut über die Politik Luft zu machen. Höchst einfallsreich, aber leider völlig wirkungslos. Das habe ich damals schon gesagt, wie ihr euch bestimmt erinnert.«

»Das war das einzig Richtige, um die Gewaltspirale zu durchbrechen«, erwiderte Wastl.

»Auf Gewalt mit noch mehr Gewalt zu antworten, wäre wirklich der falsche Weg gewesen«, stimmte Amrei zu. »Dann wäre die Stimmung doch noch explodiert.«

»Niemandem hätte das geholfen, keinen von den Toten wieder lebendig gemacht, sondern womöglich noch mehr Opfer gefordert.« Biggi beharrte auf demselben Standpunkt.

»Bedauerst du das heute? Glaubst du, ihr hättet mehr erreicht, wenn ihr mehr gewagt hättet? Wärst du bereit gewesen, mehr zu riskieren, um eure Ziele durchzusetzen?« Neugierig rückte Uri näher an Jürgen heran.

Amrei horchte auf. Worauf wollte er hinaus? Sympathisierte er etwa mit denen, die sich nach den Unruhen radikalisiert hatten?

»Was heißt ›mehr riskieren‹? Und von wegen ›lustige Kasperle spielen‹?«, schaltete David sich ein. »Die Eskalation bei den Osterdemonstrationen hat doch klargemacht, dass es so nicht mehr weitergehen durfte. Weitere Ausschreitungen, bei denen Menschen zu Schaden kamen, wollten wir nicht mehr riskieren. Deshalb waren unsere Aktionen an der Kunstakademie das einzig Richtige, um den Verantwortlichen in Politik, Staat und Gesellschaft den Spiegel vorzuhalten. Und wirkungslos waren sie nicht. Im Gegenteil. In der Öffentlichkeit haben sie große Aufmerksamkeit erregt und für Diskussionen gesorgt. Bestimmt wurde dadurch mehr als einer für unsere Anliegen sensibilisiert, vielleicht sogar für unseren Standpunkt gewonnen. Gewalt und Zerstörung lehnen die meisten zu Recht ab. Es ist immer einfacher, sich für etwas einzusetzen, was einem sympathisch ist. In Scharen sind die Münchner in jenem Sommer zur Akademie gepilgert, Busse voller Touristen waren da, um sich anzusehen, was wir inszeniert haben. Die *Bild*-Zeitung hat sich selbst übertroffen in ihrem Gegeifer gegen uns, das Kulturministerium musste reagieren. Unrühmlich, wie sich zeigte, aber etwas anderes war auch nicht zu erwarten. In jedem Fall haben wir es geschafft und sie zu einer Reaktion gezwungen. Und viele unserer Forderungen haben wir an der Kunstakademie durchgesetzt: Das Lehrangebot wurde im theoretischen und praktischen Bereich erweitert, die Privilegien der Professoren beschnitten und das Aufnahmeverfahren für Studenten transparenter gestaltet.«

»Wohlgemerkt an der Kunstakademie, nicht allgemein an den Unis oder gar in der Politik«, schränkte Jürgen sofort ein.

»Hört sich nach einem durchschlagenden Erfolg an.« Uri klang fast schon höhnisch.

»Glaubst du etwa, es wäre besser gewesen, Bomben zu werfen?«, fragte David.

»Die hätten nur mehr zerstört und die Öffentlichkeit komplett gegen die Studenten aufgebracht«, schaltete Amrei sich ein.

»Seid ihr wirklich zufrieden mit dem, was ihr damals erreicht habt?« Uri ließ nicht locker. »Darf ich kurz zusammenfassen: Die Notstandsgesetze sind noch im Juni 1968 mit den Stimmen der SPD in der Großen Koalition verabschiedet worden, der Radikalenerlass ist Anfang dieses Jahres ausgerechnet von der sozialliberalen Koalition unter Bundeskanzler Willy Brandt verabschiedet worden, der Krieg in Vietnam ist noch immer nicht befriedet ...«

»Wieso weißt du eigentlich so gut über die Zustände in Deutschland Bescheid, kennst alle möglichen Details?« Biggi zeigte sich tief beeindruckt von Uris Fragen.

»Mir ist es wichtig, mich mit der Politik des Landes zu beschäftigen, in dem ich lebe.«

»Hochinteressant, welche Gedanken du dir machst«, sprang David ihm bei.

»Gewalt ist trotzdem niemals der bessere Weg, um etwas zu erreichen«, betonte Amrei noch einmal.

So ähnlich hatte es Robert kurz vor seinem Tod formuliert. Bis heute dachte sie oft an die Begegnung mit ihm, wunderte sich, wie gut sie miteinander hatten reden können. Und wie furchtbar es gewesen war, ihn plötzlich reglos vor sich liegen zu sehen. Von Neuem wischte sie sich die Augenwinkel.

»Gewalt heißt nicht immer gleich Waffen, Bomben und dergleichen«, rechtfertigte sich Uri unterdessen.

»Stimmt, der Gewaltbegriff muss viel weiter gefasst werden«, pflichtete ihm David bei.

Auf einmal suchte er Amreis Blick, als wäre sie diejenige, die die ganze Diskussion losgetreten und jeden um eine Stellungnahme gebeten hätte. Sie schnaubte empört. Typisch David! Doch er hatte noch nicht genug.

»Persönliche Belange ohne Rücksicht auf andere durchzusetzen, ist auch schon eine Form von Gewalt«, sagte er leise.

»Worauf willst du hinaus?« Irritiert horchte sie auf. Eindeutig spielte er auf ihre gemeinsame Geschichte an. Das ging zu weit. Er hatte kein Recht, sie anzugreifen.

»Welche Sternbilder man heute Nacht wohl entdeckt?«, fragte Wastl, um sie beide abzulenken.

»Vollmond und absolut klare Sicht«, fuhr er nach kurzer Pause fort und deutete nach oben. »Kein einziges Wölkchen streift ziellos herum. Beste Voraussetzungen für eine Erkundungstour im Überirdischen.«

Er legte den Kopf in den Nacken und sah ostentativ nach oben. Als gälte die Aufforderung ihnen, schauten Biggi und Uri in den Nachthimmel.

Amreis Blick hing noch einen Moment an David. Bis der sich als Erster abwandte und ebenfalls die Augen zum Firmament richtete.

»Unser guter Wastl! Auf Münchner Linie zum Deeskalieren durch und durch, selbst nachts um zwei«, lästerte Jürgen von Neuem.

Amrei hätte ihn gern zurechtgewiesen, doch um des lieben Friedens willen schwieg sie. Und starrte wie die anderen in den Nachthimmel hinauf.

1968

Ende April

Die ersten Tage nach Ostermontag waren entsetzlich. Amrei meinte, durch die Hölle zu gehen. Sie konnte nur an den Anblick des reglosen Robert vor sich auf dem Boden denken, heftig blutend an Schläfe und Brust. Nachts träumte sie von ihm, wenn sie überhaupt in den Schlaf fand.

Wieder und wieder fühlte sie, wie sie von hinten gepackt und von ihm weggerissen wurde. Allein hatte sie ihn zurücklassen müssen. Ohne die geringste Chance, ihm beizustehen oder Hilfe zu holen. In jener Nacht nicht und jetzt erst recht nicht mehr. Nie mehr. Robert war tot.

Ebenso wie der Fotograf, den sie kurz zuvor gesehen hatten. Darüber hatten die Zeitungen berichtet. Ausgiebig. Annamirl hatte es erzählt, als sie vom Einkaufen zurückgekommen war. Tagelang hatte das tragische Ende der Proteste die Schlagzeilen beherrscht.

»Schlimm, dass es Tote gegeben hat. Nichts auf der Welt ist es wert, dass einer dafür sterben muss.«

Sichtlich erschüttert angelte Annamirl sich eine Zigarette aus der Packung.

»Dich aber trifft keine Schuld. In keinster Weise nicht«, betonte sie nach den ersten Zügen, beugte sich über den Tisch zu Amrei, griff nach ihrer Hand und drückte sie fest.

Nach längerem Schweigen fügte sie hinzu: »Helfen hättest du ihm sowieso nicht mehr können.«

Amrei nickte. Zwar änderte es nichts, aber trotzdem tat es gut, dass Annamirl versuchte, sie zu trösten.

»Der Pfefferle hab ich Bescheid gegeben, dass du vorerst nicht kommst. Warum, hab ich ihr nicht gesagt. Geht sie nichts an. Geht keinen nichts an.«

Dankbar lächelte Amrei. Annamirls Fürsorge war ein Geschenk. Sie schwieg, wenn Amrei schwieg, redete, wenn Amrei redete, rauchte, wenn Amrei rauchte. Und strich ihr gelegentlich kaum merklich über den Arm. Oder ließ es bleiben. Immer exakt in dem Maß, in dem Amrei es in dem Moment gerade brauchte. Als besäße sie einen sechsten Sinn dafür.

Gelegentlich rief Gaby an, erkundigte sich, wie es Amrei ging. Chris und Biggi hatten ihr wohl erzählt, was los war. Reden wollte Amrei weder mit ihr noch mit Chris und Biggi. Sie schaffte es einfach noch nicht. Also übernahm Annamirl es, zwischen ihnen zu vermitteln, richtete die Grüße der einen aus, gab Amreis ausweichende Antworten weniger ausweichend zurück.

Selbst David duldete sie in ihrer Wohnung, an ihrem Küchentisch, in Amreis Bett. Wenn Amrei wollte, rund um die Uhr. Was viel hieß angesichts ihrer bisherigen Ablehnung ihm gegenüber. Offenbar spürte Annamirl, wie hilfreich seine Gegenwart für Amrei war, um wieder aus dem dunklen Loch herauszufinden, in das sie gestürzt war.

Jedenfalls glaubte die Großtante das alles, wie es schien. Auch Amrei würde es selbst nur zu gern glauben. Immer stärker drückte sie jedoch das schlechte Gewissen. Annamirl gegenüber, weil sie so fürsorglich zu ihr war, und David gegenüber, weil er sich ebenfalls aufrichtig bemühte, ihr beizustehen. Sie aber bezweifelte immer öfter, ob sie das tatsächlich verdiente. Weil sie nicht ehrlich war. Weder zu ihm noch zu Annamirl. Und nicht einmal zu sich selbst.

Genau genommen war sie reichlich verwirrt. Die Begegnung

mit Wastl, dem Polizisten Sebastian Drexler, der sie in jener Nacht nach Hause gebracht hatte, beschäftigte sie. Mehr, als sie sollte. Deutlich hatte sie vor Augen, wie er sie angesehen hatte. Spürte, wie er ihr nach der Vollbremsung im VW-Bus über die Wange gestrichen, sie beim Stolpern auf der Treppe aufgefangen hatte. Sie wusste noch genau, was sie dabei empfunden hatte. Und nach wie vor empfand, wenn sie daran dachte. Sie hatte es genossen. Deshalb fiel es ihr zunehmend schwerer, Davids Beistand zu ertragen.

Sogar seinen gut bezahlten Aushilfsjob in den Bavaria Filmstudios hatte David aufgegeben, um rund um die Uhr bei ihr zu sein. Am liebsten würde er sie nie mehr allein lassen, verkündete er beim Abendessen am Küchentisch. Er machte sich immense Vorwürfe, sie zu der Weinhandlung beordert zu haben, statt sie an der Trambahnhaltestelle abzuholen.

»Ein Wunder, dass es dich nicht auch erwischt hat. Dass du einigermaßen heil aus dem Schlamassel herausgekommen bist«, sagte er.

»Ein Wunder, dass dich dieser Schandi heim- statt ins Präsidium in der Ettstraße gebracht hat«, murmelte Annamirl.

Amrei wurde flau. Die Großtante ahnte es also. Ob David ebenfalls etwas bemerkte? Scheu sah sie zu ihm.

Er reagierte nicht.

»Und noch ein größeres Wunder«, fügte Annamirl leise hinzu, »dass noch keiner seiner Kollegen bei uns vor der Tür gestanden ist, um dich fürs Verhör im Präsidium abzuholen.«

Geräuschvoll schob sie erst den Teller mit den Reiberdatschi, dann die Schüssel mit dem Apfelmus über den Tisch zu Amrei.

Amrei war unfähig, sich zu rühren. Essen konnte sie erst recht nicht.

Natürlich wusste sie, dass es kein Wunder, sondern eine logische Folge dessen war, was »dieser Schandi« Wastl für sie getan hatte: Seine berufliche Zukunft hatte er riskiert, um ihr die vorläufige Festnahme, die Aufnahme ihrer Personalien und das Verhör im angsteinflößenden Polizeipräsidium in der Ettstraße zu ersparen. Und Annamirl wusste das vermutlich ebenfalls. Warum sonst sprach sie das an? Auch der Grund dafür musste ihr klar sein, wie Amrei an ihrem Gesichtsausdruck ablas.

David jedoch schien nichts davon mitzubekommen. Amrei verging der Appetit endgültig.

Erzählt hatte sie den beiden nicht viel von dem, was sie in jener Nacht genau erlebt hatte. Nur das Allernötigste und ganz Offensichtliche: dass sie neben Robert gestanden hatte, als es passiert war, und dann gewaltsam von ihm weggezerrt und zu Wastl in den VW-Bus geschleppt worden war.

Es klingelte. Überrascht schraken sie zusammen.

»Besuch? Bildet sich da etwa wer ein, von meinen Reiberdatschi noch welche abzubekommen?« Die Großtante fasste sich als Erste. »Langt gerade, dass wir mittlerweile schon zu dritt statt wie sonst zu zweit in der Küche hocken.«

Sie schlurfte zur Wohnungstür. Amrei und David wechselten verlegene Blicke.

»Wenn man vom Teufel spricht«, rief Annamirl im Flur und schob wenig später Wastl zur Küchentür herein.

Amrei wurde blass.

Dieses Mal trug er Zivil. Das karierte Hemd und die Jeans standen ihm gut. Besser als die Uniform. Vermutlich hieß das, dass er privat kam und nicht, um sie zum Verhör abzuholen. Wenigstens deswegen konnte sie aufatmen.

»Für dich«, stellte Annamirl überflüssigerweise fest.

Amrei errötete. Wastl auch. Und David glotzte verblüfft.

»Was will der …?«, setzte er an, doch Annamirl unterbrach ihn ungeduldig: »Ich bin zwar kein Freund nicht von unangemeldetem Besuch – erst recht nicht von der Polizei. Genauso wenig übrigens wie von Buchhändlerenkeln aus der Amalienstraße. Aber wenn ihr schon einmal alle zwei da seid, um nach der Amrei zu schauen, können wir auch gleich miteinander essen. Bislang hat's bei mir noch immer für alle gelangt.«

Ausreichend Reiberdatschi waren auf alle Fälle vorhanden. Nicht allein der Menge wegen, die Annamirl jeden Freitagabend zu backen pflegte. Auch die Stimmung, die sich nach Wastls Auftauchen am Tisch ausbreitete, trug dazu bei.

Kaum setzte er sich, hatte David offenkundig keinen Appetit mehr. Die Großtante machte ohnehin keinen Hehl aus ihrem Missmut, Amrei brachte nach wie vor kaum etwas herunter, und Wastl war anzusehen, dass er nur aus Höflichkeit eine kleine Portion hinunterzwang.

Die Spannung zwischen ihnen elektrisierte die Luft in der Küche deutlich.

»Die Doblerin könnte ich noch zu uns einladen«, sinnierte Annamirl, schob den Teller mit dem kaum angerührten Essen von sich, zündete sich eine Gauloise an und inhalierte besonders ausführlich. »Für die tät's auch noch reichen. Zudem bekäme sie gleich mit, was bei mir in der Küche los ist, und müsst nicht mehr an der Wand lauschen. Gesehen hat sie eh schon, wer an meiner Tür geläutet hat. Genug Reiberdatschi wären allweil noch da. Eine Schande ist's! Wie die Spatzen pickt ihr auf den Tellern herum, statt ordentlich zuzulangen, wie sich das für Burschen in eurem Alter gehört.«

Am liebsten wäre Amrei aufgestanden und hinausgelaufen. Nur schnell weg von allen und allem.

»Du kannst nicht ernsthaft von mir verlangen, dass ich mit einem Bullen fröhlich beim Abendessen sitze und nett über das Wetter plaudere«, brauste David auf, sobald Amrei mit ihm in ihrer Kammer auf dem quietschenden Kanapee saß.

»Erst recht nicht nach dem, was an Ostern passiert ist«, fuhr er nach einer Pause fort. »Du selbst bist von denen niedergeknüppelt worden. Von den beiden Toten gar nicht erst zu reden.«

»Aber Wastl ist keiner von denen gewesen, die auf die Studenten eingeprügelt haben. So ein Polizist ist er nicht.«

Ihr wurde unbehaglich. Damit hatte sie schon fast zu viel gesagt. Keinesfalls durfte sie David verraten, was Wastl für sie getan hatte, als er die Anweisung, sie ins Präsidium zu bringen, ignoriert hatte. Und sie durfte David erst recht nicht gestehen, was sich noch zwischen Wastl und ihr angebahnt hatte.

Gegen den plötzlichen Druck im Hirn massierte sie sich die Schläfen mit den Fingerspitzen. Es tat weh, David so über Wastl reden zu hören. Das war nicht fair. Es stimmte, er war Polizist. Stand bei den Protesten auf der anderen Seite. Aber trotzdem war er einer von den Guten.

»Was ist er dann für einer?«, bohrte David nach. »Was weißt du von ihm? Du kennst ihn doch gar nicht. Und was will er überhaupt von dir?«

Nah stellte er sich vor sie hin, sah ihr forschend in die Augen.

Sie senkte den Blick. Hoffte, nicht zu erröten. Wenigstens nicht allzu offensichtlich. Er ahnte doch sowieso, was Wastl von ihr wollte. Es war zu eindeutig. Zwar hatte sie Wastl vorhin allein hinausbegleitet, als er sich nach kaum einer halben Stunde mühsamen Gesprächs über ihr Befinden, das ungewöhnlich warme Frühlingswetter und die nervigen Umleitungen wegen der vielen Bauarbeiten überall in der Stadt von Annamirl und David verabschiedet hatte. Durch die offene Tür musste David allerdings mitbekommen haben, wie Wastl im Flur noch leise mit ihr geredet und ihr einen Zettel mit seiner Adresse zugesteckt hatte, bevor er endgültig verschwunden war.

Sie mochte ihn. Sehr. Gar keine Frage. Aber sie mochte auch David. Ebenfalls sehr. Auch das war keine Frage. Ach herrje! Wo war sie da nur hineingeraten?

»Du musst dich entscheiden, Amrei. Mit einem Polizisten und mir zugleich befreundet zu sein, ist unmöglich.« David fasste sie an den Händen, drückte sie sacht.

»Du musst wissen, was du willst«, setzte er nach.

»Weißt du es denn?«, brauste sie auf.

Bildete sie sich das ein, oder zögerte er den Bruchteil einer Sekunde, bevor er antwortete? Dafür klang er anschließend umso entschlossener.

»Bei dir sein will ich. Und auf dich aufpassen. Tag und Nacht«, erwiderte er.

»Das will ich doch auch!«

Sie schlang ihm die Arme um den Hals und überschüttete ihn mit Küssen. Mehr um sich selbst, als um ihn zu überzeugen.

Sie blieben zusammen, Tag und Nacht. Amrei hatte sich entschieden. David hatte recht. Es musste sein. Auch Wastl gegenüber war das notwendig.

Um Davids letzte Zweifel auszuräumen, zerriss sie den Zettel mit Wastls Adresse, warf die Fetzen vor seinen Augen in den Papierkorb. Er würde ahnen, warum sie sich nicht meldete. Er hatte gesehen, wie David und sie zueinander standen.

In Annamirls Wohnung wurde es ihr zu eng. Lange genug hatte sie sich dort verkrochen, weil sie sich nicht auf die Straße getraut hatte. Plötzlich aber sehnte sie sich nach frischer Luft, einer anderen Umgebung. Vielleicht konnte sie so auch die Albträume hinter sich lassen, den Anblick des reglosen Robert aus ihrem Gedächtnis verdrängen.

David fühlte sich bei Annamirl ohnehin nicht wohl, sosehr sie sich auch bemühte, für ihre Verhältnisse freundlich zu ihm zu sein. Wahrscheinlich fehlte ihm auch das Malen im Atelier. Ab und an kritzelte er in ein Notizheft, schenkte ihr die Zeichnungen. Von ihr. Von Annamirl. Von der Küche. Dem kleinen Zimmer. Dem Ausblick in den Hof. Mit jedem Tag wurden es weniger. Stattdessen ging er immer häufiger hinunter auf die Straße, »um frische Luft zu schnappen«, wie er behauptete. Allein. Anscheinend aber auch, um in einer der Telefonzellen zu telefonieren. Mit jedem Tag wurde er unruhiger, bemühte sich aber weiterhin um Amreis Wohlbefinden.

Die Großtante vermied immer auffälliger, zur selben Zeit in der Küche zu sitzen wie er, sagte jedoch nichts zu seiner Anwesenheit und Amreis Beziehung zu ihm. Auch zu Wastl machte sie keinerlei Andeutungen mehr, erwähnte ebenso wenig noch einmal die Sache mit Amreis weiterhin nicht erfolgter Vorladung ins Präsidium.

»Bei allem, was du tust, denk immer dran: Das ist dein Leben, deine Entscheidung«, riet sie Amrei unvermittelt, als sie zu zweit zum Rauchen am Küchentisch saßen und David erneut für wenige Minuten nach unten verschwunden war.

»Schau, dass du hinterher nichts von dem bereust, was du im Leben getan hast. Oder eben auch nicht getan hast«, bekräftigte sie, als sie die Kippe auf dem Untersetzer ausdrückten.

»Lass uns in die WG fahren«, schlug Amrei David vor, sobald er wieder bei ihr im Zimmer war.

»Gute Idee!«, stimmte er zu, ähnlich erleichtert wie auch Annamirl über das Ende ihrer Notfall-WG. Vielleicht aber auch über das Ende des langen Alleinseins mit Amrei? Sie war sich nicht sicher. Er schien ihre Zweifel nicht zu bemerken.

»Es wird Zeit, wieder aktiver bei den Protesten zu werden. Ideen habe ich schon, die anderen natürlich auch.« Schwungvoll warf er seine Sachen in die kleine Sporttasche, die er vor Längerem mit in Annamirls Wohnung gebracht hatte. »Im Mai machen wir Front gegen die Notstandsgesetze. Das ist aber erst der Anfang. Es wird noch lustig diesen Sommer, glaub mir.«

Sie erschrak. Das hörte sich an, als könnte es wieder so fröhlich und unbeschwert weitergehen wie vor Ostern, gar wie beim Studentenfasching zur Rektoratsfeier im letzten Herbst. Hatte er etwa schon vergessen, dass bei den jüngsten Protesten zwei Menschen gestorben waren? Zum Glück war Rudi Dutschke in Berlin über den Berg und inzwischen mit seiner Familie in die Schweiz gebracht worden, um in einem Sanatorium wieder sprechen zu lernen. Wahrscheinlich war das aus Sicherheitsgründen notwendig.

»Was hast du?« Mitten im Packen hielt David inne. Offenbar war ihm doch aufgefallen, dass sie ihm nicht begeistert zustimmte. Zärtlich nahm er sie in die Arme.

»Das Leben geht weiter. Das darfst du nie vergessen«, flüsterte er ihr ins Ohr. »Niemand wird wieder lebendig, wenn du dir für alle Zeit die Freude versagst.«

Er hauchte ihr einen Kuss aufs Haar. Ihr gelang nur ein stummes Nicken als Erwiderung.

Genau deshalb wollte sie doch wieder raus, in die WG und zur Uni. Unter Leute vor allem. Unter viele Leute möglichst. Sie musste vergessen. Nichts anderes half.

In der WG-Küche stießen sie auf mehr als ein halbes Dutzend Leute. Außer Chris, Biggi und Jürgen waren Peggy und Sandra von der Kunstakademie dort sowie zwei langhaarige, vollbärtige Männer, die sich als Udo und Rainer, Kommilitonen von Jürgen, entpuppten. Chris und Biggi kümmerten sich ums Essen, die anderen vor allem ums Debattieren. Die übliche Aufgabenteilung.

Ebenso wie üblich führte Jürgen wieder das Wort. Er thronte am Kopfende des Tischs, vor sich ein Brettchen mit teilweise zerhackten Kräutern. Statt sie weiter zu zerkleinern, schwang er das scharfe Küchenmesser wild durch die Luft und redete.

»Zwar ist es nach den Todesfällen an Ostermontag ruhig geblieben, doch das natürlich nur, weil wir uns ganz bewusst dazu entschlossen haben, jede weitere Eskalation zu vermeiden. Das heißt aber nicht, dass wir vom SDS aufgeben. Im Gegenteil. Keine Ruhe werden wir geben, bis die Vorfälle restlos aufgeklärt sind, bis auch die letzten Zweifel ausgeräumt sind, wie und warum der Fotograf sowie unser Kommilitone Robert zu Tode gekommen sind. Aus erster Hand wissen wir, dass noch immer nicht alle Zeugen vernommen worden sind, die sich bei der Polizei gemeldet haben. Derzeit protokollieren wir bei der studentischen Rechtshilfe akribisch jede einzelne Aussage, damit alles, was für die Aufklärung wichtig sein könnte, für alle Fälle dokumentiert wird. Früher oder später muss sich die Staatsanwaltschaft damit beschäftigen, auch wenn das unangenehm für die Polizei werden könnte. Genau danach sieht es nämlich aus.«

»Pst!« Chris, die gerade die Speisekammer auf verwertbare Vorräte durchforstete, legte den Zeigefinger auf die Lippen und wies mit dem Kopf zum offenen Türrahmen, in dem Amrei und David stehen geblieben waren, um die Lage zu sondieren.

»Passt schon.« Amrei räusperte sich, David drückte ihr aufmunternd die Hand.

»Mir geht's besser«, versicherte sie.

Die Behauptung bereute sie sofort. Jürgen verstand sie anders als gedacht. »Wäre toll, wenn du jetzt auch so schnell wie möglich deine Aussage bei uns machst. Biggi hat erzählt, du hättest direkt neben Robert …«

»Das hat bestimmt noch ein bisschen Zeit«, mischte Chris sich wieder ein. Wahrscheinlich war ihr aufgefallen, wie blass Amrei geworden war.

»Was gibt's zu essen? Es riecht klasse. Ich hab einen Bärenhunger.« Ostentativ rieb David sich die Hände und ging zum Herd, wo Biggi in einem riesigen Topf rührte.

»Wenn Jürgen sich jemals von der Petersilie auf dem Brettchen vor sich trennt, ist die Suppe gleich fertig.« Biggi lachte. Sie scheuchte David beiseite, um Jürgen das Brettchen mit einem Ruck wegzuziehen. Gekonnt zerhackte sie die Kräuter und rührte sie in den Topf.

Amrei beeilte sich, Geschirr und Besteck aus dem Schrank zu nehmen und den Tisch zu decken. Es tat gut, etwas zu tun zu haben. Udo holte Bier aus einem Kasten auf dem winzigen Balkon, bevor er sich mit Rainer und David zu Jürgen setzte. Die vier prosteten sich bereits zu, während Amrei, Chris und Biggi die gefüllten Suppenteller verteilten und Sandra und Peggy Brot herumreichten.

»Auf uns!« David ließ seine Bierflasche gegen Amreis klirren und suchte ihren Blick, versank darin, genau wie damals, bei ihrer ersten Begegnung in der Großen Aula. Unvermittelt schlang sie ihm die Arme um den Hals und küsste ihn.

»Hey, ihr zwei! Spart euch das zum Nachtisch auf«, spottete Chris.

»Wenn ihr's noch so lang aufschieben könnt«, lästerte Jürgen, und Biggi schob nach: »Passt auf, sonst will Jürgen noch mit dabei sein.«

»Es gibt Dinge, die braucht kein Mensch.« Sandra verzog das Gesicht, und Peggy ergänzte: »Jürgen ist echt ein Ding, da hast du recht.«

Alle lachten. Sogar Jürgen.

Nachdem Jürgen in Windeseile seine Suppe ausgelöffelt und die letzten Reste mit Brot aufgetunkt hatte, wandte er sich an Udo, während er die letzten Krumen in Rekordtempo zerkaute.

»Wie war's eigentlich letzten Samstag in Bonn? Erzählt doch mal. Ihr wart beim Sternmarsch gegen die Verabschiedung der Notstandsgesetze? Muss eine Riesensache gewesen sein.«

»Sechzigtausend waren bestimmt dort, auch wenn die Polizei auf maximal zehntausend beharrt«, brüstete sich Udo, sichtlich stolz, einer davon gewesen zu sein. »Studenten, Schüler, Gewerkschafter, Intellektuelle aus dem ganzen Land, aber auch ganz normale Bürger – alle waren im Hofgarten. Wirklich gigantisch.«

»Wäre das Wetter nicht so trüb gewesen, hätten es locker noch mehr werden können«, pflichtete Rainer bei.

»Zum Abschluss hat Heinrich Böll ganz klar gesagt, dass die Notstandsgesetzgebung keine harmlose Verkehrsregelung für Naturkatastrophen ist, sondern schlimmstenfalls für eine Mobilmachung missbraucht werden kann«, erzählte Udo weiter.

»Was einen bei einer Regierung unter Kurt Kiesinger als Kanzler nicht wundern muss, schließlich war er früher Mitglied der NSDAP«, ergänzte Rainer.

»Willy Brandt als Vizekanzler und aufrechter Sozialdemokrat hätte die Verabschiedung des Gesetzes in jedem Fall verhindern müssen«, stellte Chris klar.

»Niemals hätte er überhaupt die Koalition mit Nazi-Kiesinger eingehen dürfen«, entgegnete Udo und schlug mit der Faust auf den Tisch. Besteck und Teller schepperten. »Eigentlich unfassbar, dass ausgerechnet Brandt mit einem Altnazi in der Regierung sitzt und jetzt auch noch dessen faschistoide Politik mitträgt«, warf Udo ein.

»Wirklich ungeheuerlich!«, stimmte Rainer zu und schüttelte den Kopf.

»Man glaubt es nicht.« Sandra wirkte persönlich betroffen.

»Wer, wenn nicht Brandt, weiß, was es heißt, Opfer eines faschistischen Systems zu werden?« Jürgen verschränkte die Arme vor der Brust.

Amrei horchte auf. »Du willst jetzt nicht ernsthaft eine Parallele zwischen damals und heute ...«, setzte sie an, unsicher, ob sie das eben wirklich richtig verstanden hatte.

»So krass natürlich nicht«, wiegelte er auch schon ab. »Trotzdem ist es bedenklich, dass ausgerechnet unter Beteiligung von Willy Brandt ein solches Gesetz auf den Weg gebracht wird.«

»Wehret den Anfängen, kann man da nur immer wieder sagen. Vielleicht hört es doch noch jemand.« Sichtlich resigniert stützte Chris den Kopf in die Hände.

»Kapitalismus führt zwangsläufig zum Faschismus. Deshalb müssen wir der kapitalistischen Gesellschaftsordnung ein Ende bereiten. Sofort«, postulierte Rainer.

»Notfalls auch ohne Rücksicht auf die demokratischen Gegebenheiten«, pflichtete Udo bei.

Abermals zuckte Amrei zusammen. Das klang nach Revolution und Umsturz. Sie begriff gar nichts mehr. David jedoch nickte zustimmend. Chris, Jürgen, Rainer und Udo waren ohnehin auf derselben Ebene unterwegs und Sandra und Peggy wahrscheinlich auch. Zumindest taten sie so, als verstünden sie, um was es ging.

Erleichtert bemerkte Amrei, dass zumindest Biggi die Augen rollte. Sie war wohl ähnlich verwirrt wie sie. Amrei hatte schon befürchtet, die rüde Behandlung durch die Polizei hätte Folgen für ihr Hirn gehabt und sie könnte nicht mehr klar denken. Zeitung gelesen oder Radio gehört hatte sie seit Ostern nicht mehr, ebenso hatte sie weder mit Annamirl noch mit David über Politik oder das Geschehen an den Unis geredet.

»Die Akademie wird zum Aktionszentrum.« Sandra ballte die Faust.

»Neun Professoren, acht Assistenten und fünfundneunzig Prozent der Studenten sind bereit, hier in München gegen die skandalöse Politik in Bonn mobilzumachen.«

»Morgen wird es ein riesiges Notstands-Happening auf der Wiese vor der Akademie geben.« Auch Peggy war auf einmal Feuer und Flamme.

»Großartig!« David klatschte in die Hände. Er strahlte. »Dann sind wir genau zum richtigen Zeitpunkt wieder dabei.«

Amrei war sich sicher, dass er davon jetzt nicht zum ersten

Mal hörte. Bestimmt hatte er deswegen in den vergangenen Tagen so viel telefoniert. Seltsamerweise aber störte sie das nicht. Immerhin hatte er »wir« gesagt, sie also selbstverständlich mit einbezogen. Zur Bekräftigung legte er ihr den Arm um die Schultern und zog sie nah zu sich heran.

»Montag wird es einen großen Protestmarsch zum DGB-Haus in der Schwanthalerstraße geben. Wir wollen die Gewerkschaftsführer auffordern, sich mit den Werktätigen dem Generalstreik anzuschließen, also ein breites Aktionsbündnis mit uns zu schließen«, fügte Jürgen hinzu.

»Wie in Frankreich!«, platzte Biggi heraus und strahlte über das ganze Gesicht.

»Ist erst einmal das öffentliche Leben lahmgelegt, wird offensichtlich, wie groß mittlerweile der Widerstand in der gesamten Gesellschaft gegen das Vorgehen der Großen Koalition ist. Viel zu lange regiert die SPD schon mit der CDU. Dagegen muss sich endlich Widerspruch regen. Brandt muss kapieren, welchen Verrat er mit seiner Politik begangen hat«, resümierte Chris.

Alle am Tisch zeigten sich plötzlich hellauf begeistert von der Aussicht, sahen wahrscheinlich schon die Massen auf die Barrikaden steigen, Arbeiter, Studenten, Schüler und Gewerkschafter entschlossen vereint im Kampf gegen das, was die Regierung in Bonn vorhatte. Womöglich hielten sie den Umsturz bereits für glorreich durchgezogen, ehe er überhaupt begonnen hatte, mutmaßte Amrei verblüfft.

Bei dem Gedanken, wieder Massen auf der Straße zu wissen, schauderte es ihr allerdings. Dann aber hatte sie Wastl vor sich, hörte seine angenehme Stimme, seine verständnisvollen Worte in der Nacht von Ostermontag und fühlte sich gleich wieder besser. Instinktiv schien er gewusst zu haben, was sie bewegte, was in ihr vorging. Warum hatte sie nur seine Adresse so leichtfertig zerrissen? Zu gern hätte sie seine Meinung zu den Vorgängen in

Bonn und München gehört. Als Polizist stand er zwar auf der anderen Seite, dennoch machte er sich auch als Privatmensch seine Gedanken, wie sie von ihm gehört hatte. Vor allem gewiss dann, wenn er bei den Demonstrationen Gleichaltrigen gegenüberstand, die meinten, Deutschland vor einem neuerlichen Abgleiten in den Faschismus bewahren zu müssen.

Wenn sie jedoch ehrlich war, wollte sie ihn einfach nur wiedersehen und mit ihm den traumhaft schönen Frühling genießen, ohne gleich wieder über Politik und die Notwendigkeit irgendwelcher Protestaktionen zu diskutieren.

»Völker, hört die Signale ...«, stimmte Biggi auf einmal übermütig an und tat, als trötete sie in eine Posaune.

»Wird wirklich Zeit, dass die Mehrheit im Land den Hintern hochkriegt«, verkündete Chris.

Kaum hörte Amrei das, erfasste sie eine ganz andere Befürchtung.

»Seid ihr sicher, dass es bei uns in der Gesellschaft tatsächlich einen breiten Rückhalt für den Protest geben wird?«, fragte sie in die Runde. »In Frankreich sind die Verhältnisse doch ein wenig anders gelagert, die Bereitschaft für Generalstreiks generell stärker ausgeprägt als bei uns.«

»Mach dir da mal keine Gedanken. Den gibt es gewiss«, beruhigte Chris sie in einem fast schon mitleidigen Ton und tätschelte ihr mütterlich die Hand.

»Man darf die Klugheit der Masse nicht unterschätzen«, setzte Rainer an, und Udo assistierte sofort: »Die gigantische Einigkeit aus dem Bonner Hofgarten wird auch hier in München zu spüren sein, auf sehr imposante Weise.«

»Du musst keine Angst haben, Amrei«, beeilte sich David ihr zu versichern und schmiegte sich noch enger an ihre Seite. »Die Proteste an der Akademie werden absolut friedlich verlaufen. Und ich passe gut auf dich auf.«

»Viel Musik wird es geben, verschiedene Theaterperformances und ein gigantisches Picknick auf der Wiese davor«, ergänzte Biggi.

Auch sie war erstaunlicherweise bestens über die Pläne an der Kunstakademie informiert, obwohl sie eigentlich an der LMU studierte, genau wie Chris, Jürgen und Amrei.

»Schüler sind aufgerufen, sich zu beteiligen, sogar Familien mit kleinen Kindern werden kommen«, fügte Peggy hinzu. »Beim Notstands-Happening wollen wir gemeinsam aus Betttüchern Spruchbänder schneidern, Pappschilder bunt bemalen, Skulpturen basteln. Das schweißt für das gemeinsame Ziel zusammen.«

»Amon Düül und Embryo haben bereits zugesagt, live vor der Akademie zu spielen«, warf Chris ein.

»Das ist nicht so ganz meine Musik«, wagte Amrei anzumerken.

David lachte auf. »Du wirst noch lernen, sie zu mögen, wenn du sie besser kennst. Auch dafür sorge ich.«

An die anderen gewandt erklärte er: »Wie ihr hört, muss ich noch eine entscheidende Überzeugungsarbeit leisten. Damit fangen Amrei und ich am besten sofort in meinem Atelier an.«

»Make love, not war!«, rief Jürgen übermütig. »Das ist das Einzige, was im Leben zählt.«

Sichtlich neidisch sah er Amrei an, bevor sie eng umschlungen mit David die Küche verließ.

1972

Mitte August

Das Wetter war miserabel. Hundsmiserabel. Seit Tagen regnete es. Pausenlos. Und kalt war es obendrein. Abwechselnd hauchte Amrei sich warmen Atem in die gewölbten Hände oder rieb sich fröstelnd über die Oberarme. Und das Mitte August! Sie trug einen Pullover und Jeans, an den Füßen sogar dicke Socken und Filzpantoffeln. Trotzdem fror sie erbärmlich.

»Von wegen heitere Spiele. Ein einziges Trauerspiel wird das«, stellte Annamirl fest und sah angewidert aus dem Küchenfenster in den engen Hof. »Wenn das so weitergeht, werden das Olympische Winter- statt Sommerspiele. Völlig falsches Zeugs übers Münchner Brauchtum haben sie dich für den Hostessenauftritt lernen lassen. Von wegen Biergarten oder Floßfahren auf der Isar! Besser erzählst du den Fremden was vom Eisstockschießen auf dem Nymphenburger Kanal oder am besten vom Skifahren in den Bergen. Und das in deinem luftigen dünnen Kleidchen! Leidtun kannst du einem. Hoffentlich holst du dir nichts dabei.«

Die Pfefferle gab im Scherz ihrer Lieblingskundschaft die Schuld am kalten Regenwetter.

»Zu geizig seid ihr gewesen! Statt einem Olympiagroschen hättet ihr allweil ein Olympiafuffzigerl für die Zusatzlotterie springen lassen müssen. Das hätte den Petrus oben im Himmel gnädig gestimmt. Jetzt aber haben wir den Schlamassel«, hörte Amrei sie schimpfen, als sie freitags die Tippscheine entgegennahm. »Nicht mal für gescheite warme Kleidung bei den Hostessen ist gesorgt. Und brave Madl wie die Amrei müssen es ausbaden, wenn sie bei Regen und eisigem Wind mit ihren lächerlichen Kniestrümpfen und feinen Schühchen im Stadion stehen.«

Zu Amreis Erstaunen wagten weder der Winninger Schorsch noch die Sinnhuberin Widerworte darauf, selbst Thekla Schuster schwieg betroffen. Lediglich Kurt Holzapfel knurrte: »An mir liegt's nicht, dass sie die Hostessen nur für schönes Wetter ausgestattet haben. Wenn's hilft, spende ich gern einen Fuffziger für warme Socken.«

»Dicke Socken unterm dünnen Dirndl – das tät ausschauen! Dann würde die ganze Welt uns Münchner für völlig hinterwälderisch halten«, schnaubte die Sinnhuberin empört.

»So arg wird's schon nicht werden«, bemühte Amrei sich, die Wogen zu glätten. »Bis Ende August kann das Wetter sich noch bessern. Farblich passende Regenjacken haben wir ohnehin für alle Fälle.«

»Jetzt weiß man, warum Meteorologen schon vor Jahren den günstigsten Termin bestimmen mussten, an dem es für die Spiele garantiert Sonnenschein satt und den berühmten weiß-blauen Himmel über der Stadt gibt«, spottete David einen Tag später und schüttelte sich beim Eintreten in die WG-Küche die Regentropfen aus den schulterlangen dunklen Locken.

»Deshalb hat man sie auch von Anfang an als heitere Spiele angekündigt«, ergänzte Amrei vergnügt.

Wieder einmal verbrachte sie den Abend in der WG. Sogar Jürgen war aus seinem schicken Arabella-Apartment gekommen. Kein Wunder. So sparte er sich das Kochen. Es gab Nudeln mit Tomatensoße und billigen italienischen Supermarktwein in rauen Mengen.

Nachdem Amrei den ganzen Tag in einer ungemütlichen Halle auf dem Messegelände an der Schwanthaler Höhe in Benimmregeln für Hostessen geschult worden war, hatte sie sich nach Ablenkung gesehnt. Und die war in der WG allemal garantiert, seit die früheren Diskussionen über die Entwicklungen in der Politik und das gesellschaftlich notwendige Aufbegehren dagegen längst den Lästereien über die bald anstehenden Olympischen Spiele gewichen waren. Nur dass Wastl inzwischen selbstverständlich zu der Runde dazugehörte, empfand sie noch als etwas gewöhnungsbedürftig, so gern sie ihn auch dabeihatte. Vor drei Jahren hätten David, Chris, Biggi und Jürgen jeden für verrückt erklärt, der ihnen prophezeit hätte, dass sie einmal fröhlich mit einem Schandi ihre Nudeln teilten. Nun aber fiel ihnen das gar nicht mehr auf.

»Das Geld für die Wetterfrösche hätten sie besser ins Olympiadach investiert«, grantelte Jürgen mittlerweile, halb ernsthaft, halb ironisch. »Dann hätte es wenigstens übers gesamte Stadion gereicht statt nur übers halbe.«

»Für Menschen aus meinen Breitengeraden ist so ein verregneter deutscher Sommer einfach nur paradiesisch«, widersprach Uri und schmunzelte. »Selbst mein Kräutergarten auf dem Balkon genießt den.«

»Und ich genieße dein Talent, in allem nur das Positive zu sehen.« Leidenschaftlich küsste Biggi ihn.

Chris verdrehte die Augen.

»Was haltet ihr von einem Ausflug an den Attersee?«, schlug Biggi vor, sobald sie wieder atemlos von Uri gelassen hatte.

»Solches Wetter hat dort seine ganz besonderen Reize. Ihr werdet staunen, wie großartig es ist, dabei die verschiedenen Farben des Sees zu erleben und das Rauschen der Wellen zu hören.«

»Vom lauten Prasseln der Regentropfen ganz zu schweigen. Auf Österreichisch muss das völlig anders klingen als hier«, spottete Wastl.

»Weil man am Attersee ganz besonders nass wird, von unten

und von oben zugleich, also sozusagen synchron?« Chris gab sich keine Mühe, mit ihrer mangelnden Begeisterung hinterm Berg zu halten. Sie lud sich eine Extraportion Pasta auf den Teller und schenkte sich großzügig vom Rotwein ein.

»Noch nie habt ihr euch angesehen, wo ich herkomme.« Beleidigt klatschte Biggi sich ebenfalls die Nudeln auf den Teller.

»Wir waren auch noch nie bei Amreis Familie in Eggling in der Oberpfalz«, warf David ein.

»Da wollen wir auch gar nicht hin«, feixte Jürgen.

»Ich würde gern einmal deine Heimat kennenlernen.« Amrei lächelte Biggi aufmunternd an. »Du hast uns schon so viel davon erzählt.«

»Überhaupt klingt Österreich sehr verlockend.« Uri strahlte Biggi an. Sofort schmiegte sie sich wieder an ihn.

Amüsiert und gerührt zugleich wandte Amrei sich ab. Es freute sie, dass sich die beiden gefunden hatten. Das hatte Biggi mehr als verdient.

Ihr Blick streifte Wastl. Er zwinkerte ihr schelmisch zu. Das Turteln zwischen Biggi und Uri schien ihm ebenfalls zu gefallen. Amrei erwiderte sein Augenzwinkern.

»Um Österreich verlockend zu finden, muss man wohl von ganz weit her kommen«, lästerte Chris.

»Oder von ganz nah«, entgegnete Jürgen.

»Das lange Wochenende mit Mariä Himmelfahrt eignet sich bestens für eine Fahrt an den Attersee«, überging Biggi Jürgens Lästern. »Montag ist in Bayern und Österreich Feiertag. Da hätten wir drei volle Tage, bevor wir alle wieder arbeiten müssen. Meine Mutter und meine Oma freuen sich bestimmt, euch kennenzulernen. Ich habe ihnen schon so viel von euch erzählt.«

»Oje«, warf Jürgen ein.

»Von dir natürlich nur das Beste.« David grinste frech.

»Platz genug zum Schlafen ist im Haus für uns alle sowieso.

Die Fremdenzimmer stehen momentan leer.« Abermals überging Biggi die Kommentare.

»Klasse Idee!« Wastl strahlte. »Andere Luft um die Nase tut immer gut, selbst bei Regen. Und der schmeckt am Attersee vielleicht ganz anders als hier. Unbedingt sollten wir das ausprobieren. Zwar kann ich erst Samstag fahren, weil ich bis Freitagabend noch Dienst habe, aber ich bin in jedem Fall sehr gern dabei. Besten Dank für die Einladung.«

Sichtlich vergnügt drehte er sich eine dicke Portion Spaghetti um die Gabel, schob sich das gewaltige Bündel in den Mund und kaute ausgiebig, bevor er weiterredete. »Übrigens ist das mein letzter Dienst im Altstadtrevier. Nächste Woche nehmen wir unsere Arbeit im Olympiadorf auf. Die ersten Sportler sind schon eingetroffen.«

»Bist du schon aufgeregt?« Neugierig sah Uri ihn an. »Das wird völlig anders als im normalen Streifendienst. Waffen tragt ihr keine, neue Uniformen habt ihr …«

»Nächste Woche geht es für uns alle mit den Jobs bei den Spielen los«, unterbrach David ihn. »Dann sehen wir Amrei nur noch im türkisfarbenen Dirndl und Wastl im hellblauen Trevira-Anzug.«

»Und dich im bunten Clownskostüm. Etwas anderes wird es für dich bei der Spielstraße wohl kaum geben.« Chris schob ihren Teller weg und zündete sich eine Zigarette an.

»Passt doch«, stimmte Jürgen frech grinsend zu.

»Was ist jetzt mit dem Attersee?«, brachte Biggi sich in Erinnerung. »Kommt ihr mit oder nicht?«

»Dir folge ich überallhin, selbst bis ans Ende der Welt«, säuselte Uri.

»Obacht! Sei vorsichtig, was du einer Österreicherin versprichst«, warnte Jürgen und grinste noch frecher.

»Ich bin auch gern dabei. Regnen wird es überall, und ein Tapetenwechsel tut gut, kurz bevor es richtig losgeht mit unseren Jobs bei den Spielen. Danke schon mal für das großzügige Angebot«, meldete sich Amrei und nickte Biggi zu.

Der Vorschlag kam ihr sehr gelegen. Fuhr sie an den Attersee, hatte sie eine hervorragende Ausrede, das Feiertagswochenende nicht in Eggling verbringen zu müssen.

»Bevor die Spiele losgehen, kannst du gut noch einmal heimkommen, sonst kriegen wir dich gar nicht mehr zu Gesicht«, hatte der Vater vergangenen Sonntag am Telefon gemeint. Auch ohne dass er mehr dazu sagte, ahnte sie, dass es ihm weniger um sie als um ihre Mithilfe bei der Buchhaltung für sein Geschäft ging. Seit Wochen lag wieder einiges im Argen.

»Auf meine Mithilfe muss er künftig verzichten«, hatte ihre ältere Schwester Bärbel letztens überraschend erklärt. »Ich hab jetzt in Regensburg eine feste Anstellung. Zwar bin ich da auch nur in der Buchhaltung, aber wenigstens kriege ich dafür dort Geld.«

»Der Alfons weiht sein Eigenheim ein«, hatte die Mutter es mit einem anderen Argument versucht. »Extra gefragt hat er mich, ob ich denke, du würdest vielleicht kommen und es dir ansehen wollen.«

Sosehr Amrei ihn nach wie vor mochte, wusste sie, dass sie das niemals im Leben tun würde.

»Also auf an den Attersee!«, verkündete David und hob sein Glas, um mit allen reihum anzustoßen.

Beim Aufbruch aus München goss es noch immer wie aus Kübeln. Ein Ende des tagelangen Regenwetters schien schon gar nicht mehr vorstellbar. Amrei war froh, in Jürgens soliden BMW einsteigen zu können, den ihm sein alter Herr zum ersten Staatsexamen geschenkt hatte. Damit ihr Chris' klapprige Ente erspart blieb, nahm sie zwei bis drei Stunden Macho-Sprüche gern in

Kauf. Das Dach des 2CV hielt sie ohnehin für nicht besonders regensicher, ganz zu schweigen von Chris' Fahrkünsten.

»Alte Spießerin!«, schimpfte Chris lachend, und Biggi warf Amrei einen neidischen Blick zu, bevor sie Uri zuliebe neben ihn auf die Rückbank der Ente kletterte.

Amrei, David und Jürgen hatten sich bereits eine geraume Weile in der gemütlichen Küche von Biggis Mutter ausgeruht, mit großem Appetit den selbst gebackenen Zwetschgendatschi von Biggis Großmutter verschlungen und den liebevoll aufgebrühten Kaffee genossen, als die anderen reichlich grün um die Nasen und mit steif gefrorenen Gliedmaßen Stunden später erst im Dämmerlicht am Attersee wieder aus der Ente krochen.

»Lieber schlecht gefahren als gut gelaufen, was?«, spottete Jürgen.

»Könnte man glatt auch über deine Fahrkünste sagen«, bremste Amrei seinen Übermut. »Denk bitte beim nächsten Mal daran, dass du die schwungvolle Kurve bei der Autobahnausfahrt gefühlvoller nimmst. Du trainierst nicht für die Formel 1. David saß mir dicht im Nacken, und seine Spucktüte war schon reichlich überstrapaziert.«

»Selbst schuld, wenn er am Abend vorher im PN so viel säuft«, gab Jürgen zurück.

»Was bleibt mir übrig, wenn Amrei nicht mehr mit mir tanzen will?« Davids Miene triefte vor Selbstmitleid.

»Die reinsten Luxusprobleme!«, stöhnte Biggi.

Mit einer schmerzverzerrten Grimasse stemmte sie die Hände in den Rücken. Sofort eilte Uri herbei und massierte ihr die Stelle mit beiden Händen.

»Sorgt bitte jemand dafür, dass der Kachelofen eingeheizt wird, bevor ich komplett erfriere?« Fröstelnd rieb Chris sich die Arme.

»Doch nicht im Sommer!«, widersprach Oma Gretl empört und musterte sie.

»Die Stadt hat euch wohl völlig verdorben. Ihr seid gar nichts gewohnt«, spottete Mutter Doris. »Probiert's lieber hiermit, dann wird euch viel schneller warm.«

Schwungvoll stellte sie eine Flasche selbst gebrannten Obstler auf den Tisch und wies einladend auf die Holzbank, die vor den Fenstern über Eck stand.

»Quitte gibt von innen Feuer«, fügte sie noch verschwörerisch hinzu.

Großzügig schenkte sie allen in die von Oma Gretl bereitgestellten Gläser ein.

»So ein fescher Bursche wie der Uri tut nachher im Bett noch sein Bestes von außen dazu«, ergänzte Oma Gretl, als sie mit einem verschmitzten Lächeln das Stamperl hob und ihnen reihum zuprostete.

Biggi lief dunkelrot an, die anderen lachten. Auch Uri. Jedes Wort schien er zu verstehen, trotz des starken österreichischen Einschlags bei Gretl und Doris.

Je mehr Obstler getrunken wurde, desto gelöster wurde die Stimmung. Und umso anzüglicher entwickelten sich die Bemerkungen. Uri hielt bei allem mit, beim Trinken wie bei den schlechten Witzen. Nicht nur dafür schlossen Biggis Mutter und Großmutter ihn offenkundig in ihre Herzen.

»Da hast du dir einen feinen Burschen geangelt«, hörte Amrei Oma Gretl Biggi zuflüstern, als sie den Abwasch erledigten. Auch Doris strich ihrer Tochter zärtlich über die Wange und bestätigte ihr: »Den darfst du gern wieder herbringen. So oft du magst.«

»Alle ihre Freunde darf die Biggi gern wieder mitbringen. Durch die Bank eine nette Gesellschaft ist das«, mischte Oma Gretl sich mit vor Vergnügen rot glühenden Wangen ein.

Ein Anflug von Neid erfasste Amrei. Auf Biggi. Für diese wunderbare Familie. Sie malte sich lieber nicht aus, wie ein Ausflug nach Eggling ausgegangen wäre. Keinesfalls derart ungezwungen und lustig für alle, selbst wenn die Mutter versucht hätte, gastfreundlich zu sein.

Den fröhlichen Abend und vor allem den reichlichen Genuss des selbst gebrannten Obstlers büßten sie am folgenden Morgen mit dicken Schädeln. Auch damit wussten Mutter Doris und Oma Gretl gut umzugehen. Das üppige Frühstück mit selbst gebackenem Brot, selbst gekochter Marmelade, ergänzt von sauer eingelegten Gurken und duftendem Kaffee stand längst auf dem Tisch, als sie einer nach dem anderen schlaftrunken und mit Leidensmienen in die Küche kamen. Neben jedem Gedeck fanden sich vorsorglich noch ein Glas Wasser sowie ein Aspirin. Doris und Gretel wussten eben mit allem umzugehen.

Die gute Stimmung vom Vorabend wollte sich trotzdem nicht wieder einstellen. Bis in den Nachmittag hockten sie mehr oder weniger schweigend am Tisch. Irgendwann schlug Chris vor, Stadt-Land-Fluss zu spielen. Mutter Doris bot an, ein Mensch-ärgere-Dich-nicht!-Spiel vom Speicher zu holen.

»Ich kann euch auch zeigen, wie man den Schweinestall ausmistet«, mischte Oma Gretl sich ein und schmunzelte wieder so verschmitzt, wie sie das anscheinend am liebsten tat. »Dann lernt ihr, was es wirklich heißt, auf dem Land zu leben.«

»Ich bin dabei! Allerdings weiß ich schon, wie das geht.« Sofort sprang Uri auf und bot ihr galant den Arm. Verblüfft zögerte Oma Gretl einen Moment, dann hängte sie sich ein.

»Obacht, Biggi, der meint es tatsächlich ernst!« Sie lachte. Uri stimmte ein.

»Wirklich ein handfester Bursche, dein Uri.« In einer Mischung aus Bewunderung und Irritation sah Jürgen den beiden hinterher, wie sie Arm in Arm vergnügt aus der Küche tänzelten.

»Wenn du nicht aufpasst, bist du nach dem Wochenende fest verkuppelt, Biggi.«

»Eifersüchtig?« Gelassen schenkte Biggi sich Kaffee nach. »Für mich gibt es Schlimmeres als ein Leben mit Uri.«

»Verschon uns bitte noch ein Weilchen mit deiner Familienplanung.« Chris stöhnte. Jürgen nickte zustimmend.

»Ihr seid wirklich nur blöde Neidhammel.« Sichtlich beleidigt verzog Biggi sich mit ihrer Kaffeetasse in die entgegengesetzte Ecke der Ofenbank.

Bald wurde es Amrei zu eng in der niedrigen Stube mit den rußgeschwärzten Deckenbalken, den winzigen Fenstern in den dicken Mauern und dem ewigen Kohl- und Stallgeruch in der Nase. Ratlos schweifte ihr Blick nach draußen.

Der Regen vor den Fenstern schien gar nicht mehr aufhören zu wollen. Schöne Aussichten für das letzte freie Wochenende vor Beginn ihres Hostessendienstes bei den Olympischen Spielen. Ganz zu schweigen von den Aussichten für die Spiele selbst. Würde Annamirl mit ihrer düsteren Vorhersage von Winterspielen richtigliegen?

Auf einmal vermisste Amrei Wastl. Der wusste allem etwas Positives abzugewinnen, selbst Dauerregen. Hoffentlich kam er pünktlich nach Dienstschluss aus München weg und war bald bei ihnen. Das würde die Stimmung gewiss rasch heben.

Ihr Blick streifte David. In Wastls Gegenwart war er in den letzten Wochen stets bestens gelaunt gewesen. An den Wochenenden hatten sie zu dritt Fahrradtouren aufs Land unternommen, waren einige Male in den Bergen wandern und im Chiemsee baden gewesen und hatten sogar den Tierpark Hellabrunn besucht.

»Damit die Affen nicht vergessen, wer von ihren Verwandten in freier Wildbahn herumläuft«, hatte Wastl gewitzelt und David im Affenhaus dicht vor die Glasscheiben gezogen. Wortlos hatte

David seinen kleinen Skizzenblock aus der Gesäßtasche seiner Jeans gezogen und mit wenigen Bleistiftstrichen einen Schimpansen mit Wastls Gesichtszügen und in der Uniform eines Streifenpolizisten gezeichnet.

»Und damit die Schandis nie vergessen, wer sie in Wahrheit sind«, hatte er erwidert, als er ihm das Blatt mit einer Verbeugung überreicht hatte.

Albern kichernd waren sie an den Gehegen vorbeigeschlendert. Amrei hatte sich einen halben Schritt hinter ihnen gehalten. Nicht zum ersten Mal hatte sie gespürt, dass die beiden etwas Besonderes verband. Verrückt! Früher war David rasend eifersüchtig auf Wastl gewesen. Wastls ausgleichende Art – sein Hang zur »Deeskalation«, wie Jürgen gern spottete – schien David jetzt gutzutun. Amrei konnte das nachvollziehen. Ihr ging es ähnlich. Deshalb hatte sie sich damals in Wastl verliebt. Aber auch Davids sprühender Witz, seine überschäumende Fantasie und seine lustigen Einfälle hatten ihr stets gefallen. Und das war auch heute noch so. Versonnen wanderten ihre Augen von Neuem nach draußen.

Irgendwo in dem nassen Grau lag der See. Riesengroß. Fast schon ein kleines Meer. Ein österreichisches Meer. Welche Farbe es gerade hatte? Mehrmals am Tag wechselte der Attersee sein Aussehen, so viel hatte sie trotz des Regens mitbekommen. Manchmal zeigte er sich in Grün, dann verwandelte er sich ins Tiefblaue oder verfärbte sich Mausgrau. Gelegentlich gab er sich spiegelglatt, ein anderes Mal so aufgewühlt, dass die Wellen heftig ans Ufer brandeten. Als ob ein riesiges Ungeheuer aus der Mitte emporstieg und für Unruhe sorgte. Ein gewaltiger Schatz für Maler. Kein Wunder, dass Gustav Klimt hier einst über Jahre seine Sommer verbracht und gemalt hatte.

Wann würde David wohl zum Skizzenblock greifen und endlich loslegen?

»Wie wär's mit einem Regenspaziergang?« Erwartungsvoll sah sie in die Runde.

Niemand reagierte.

»Eine halbe Stunde an der frischen Luft wird uns allen sehr guttun.«

»Und uns erfrieren lassen«, warf Chris ein. »Nee, meine Liebe, das spare ich mir lieber. Morgen will ich nicht krank sein.«

»Alles eine Frage der richtigen Kleidung«, schaltete Biggi sich munter wie üblich ein. »Im Stall stehen Dutzende Stiefel. Ein Paar wird dir wohl passen. Einen Regenmantel treibe ich für dich auch noch auf.«

»Notfalls tut es auch eine aufgeschnittene Plastiktüte«, rief Uri, der gerade vom Ausmisten zurückkam.

»Lasst doch die Stiefel stehen! Das ist die Gelegenheit für eine Kneippkur. Wir krempeln die Hosen hoch und laufen barfuß nach draußen. Oder ist wer von euch aus Zucker?« Begeistert sprang Jürgen von der Bank, schlug sich die Hosenbeine um, streifte sich die Socken ab und rannte auf nackten Füßen voraus.

Biggi folgte ihm dicht auf den Fersen.

»Barfuß im Regen tanzen wir zu zweit ...«, begann David zu singen und zog Amrei zur Tür hinaus. Ihr blieb kaum Zeit, Pantoffeln und Strümpfe abzustreifen.

Binnen weniger Minuten war sie völlig durchnässt, stapfte aber übermütig an Davids Hand weiter den beiden anderen hinterher zum Ufer.

Die Wiese hatte sich längst in eine Moorlandschaft verwandelt. Knöcheltief sank sie ein. Der Matsch war eiskalt. Sie fühlte sich in Kindertage zurückversetzt. Überglücklich legte sie den Kopf in den Nacken und fing mit herausgestreckter Zunge Regentropfen auf.

»Jetzt fehlen uns nur noch die Reformkleider von Emilie Flöge. Genauso spinnert wie sie und der Klimt sind wir allemal.«

Biggi breitete die Arme zur Seite und drehte sich immer schneller um die eigene Achse.

Ein Zeichen von Uri genügte, und sie stürzten sich alle auf Chris, die voller Skepsis an der offenen Haustür stehen geblieben war. Kurz entschlossen packten sie sie an Armen und Beinen und schleppten sie zum Bootssteg.

»In den See mit ihr!«, rief Uri.

»Zum Ungeheuer vom Attersee.« David.

»Eins, zwei ...«, begann Jürgen zu zählen.

»Untersteht euch! Niiicht!« Empört kreischte Chris auf.

»Lasst gut sein.« Amrei setzte als Erste Chris' Fuß behutsam zu Boden, die anderen taten es ihr nach, wenn auch sichtlich enttäuscht.

»Die kleine Erfrischung hätte sie verdient.« Abrupt ließ Jürgen den rechten Arm los, David den linken. Unsanft plumpste Chris mit dem Hintern in eine Pfütze.

»Idioten!«, schimpfte sie.

Alle lachten.

»So stelle ich mir das Kibbuzleben vor: Lustige Menschen um einen herum, und trotz aller Arbeit findet sich zwischendurch immer eine Gelegenheit herumzualbern. Das wird klasse«, verriet Biggi Amrei später.

Zu zweit stiefelten sie in den Hühnerstall, um nach Eiern zu suchen. Am Morgen hatten sie das verschwitzt, obwohl sie Oma Gretl am Vorabend hoch und heilig versprochen hatten, sich darum zu kümmern.

»Weiß Uri eigentlich, dass du eure Zukunft längst schon ziemlich genau im Kopf hast?« Amrei fühlte sich hin- und hergerissen, ob sie lachen oder beunruhigt sein sollte.

»Zwar scheint er ans Landleben gewöhnt, hat ein Händchen für Pflanzen und Kräuter, aber das heißt nicht, dass er vorhat, auf

Dauer so zu leben. Er hat auch noch nie erwähnt, dass er nach Israel zurückwill.«

»Natürlich will er.« Biggi wirkte nicht im Geringsten irritiert.

»Und ich gehe mit«, setzte sie nach kurzer Pause nach. »Ich bin ein Kind vom Land, ich weiß, was auf dem Hof zu tun ist.«

»Deshalb suchen wir auch am späten Nachmittag im Stall nach Eiern. Oh, schau her, hier liegt tatsächlich noch eins.«

Froh, fündig geworden zu sein, bückte Amrei sich danach und entdeckte wenig später sogar noch zwei weitere. Auch Biggi fand eine Handvoll. Schweigend kehrten sie in die Küche zurück.

Als sie triumphierend ihre Ausbeute präsentierten, ernteten sie statt Beifall jedoch beredtes Schweigen. Verwundert sah Amrei einen nach dem anderen an.

Alle wichen ihrem Blick aus.

»Was ist los?« Ihr wurde unbehaglich.

Niemand antwortete.

»Ist etwas mit Wastl?«, hakte sie panisch nach. »Ist er etwa auf dem Weg hierher …?«

»Wastl geht's gut«, unterbrach David sie.

»Zum Glück«, fügte er nach kurzer Pause hinzu.

»Aber?«

»Annamirl ist schlecht beieinander.« Chris kam zu ihr, legte ihr die Hand auf den Arm. »Sehr schlecht. Leider. Es tut mir so leid, Liebes.« Sie nahm Amrei in den Arm und drückte sie fest an sich.

Aus nebulöser Ferne hörte Amrei David weiterreden.

»Wastl hat angerufen. Die Pfefferle hat ihm Bescheid gegeben, nachdem sich ihre Cousine, die Doblerin, bei ihr gemeldet hat, dass deine Großtante …«

»Wieso hat die Pfefferle Wastl …?«

»Das ist sein Revier. Er schaut gelegentlich bei ihr im Laden …«

»Das ist jetzt völlig wurscht«, unterbrach Jürgen ihn. »Pack dein Zeug. Ich fahr dich nach München. Sofort. Zu Deiner Großtante ins Krankenhaus.«

»Oh mein Gott!« Spitz schrie Biggi auf und schlug sich die Hand vor den Mund.

»Ich komme mit.« David fasste Amrei an der Hand, lief mit ihr die Treppe hinauf und half ihr, die Tasche zu packen.

1968

Mai / Juni

»Dich sieht man gar nicht mehr«, maulte Gaby, als Amrei sie zufällig auf dem Weg zwischen LMU-Hauptgebäude und Kunstakademie traf.

»Längst wollte ich dich anrufen und mich bedanken, dass du es so oft bei mir probiert hast, als es mir schlecht ging.« Erfreut fiel Amrei ihr um den Hals. »Meine Großtante hat mir deine Grüße immer ausgerichtet. Hat gutgetan zu wissen, dass du an mich gedacht hast.«

Vor Verlegenheit sprach sie viel zu schnell.

»Was machst du da? Willst du etwa Flugblätter verteilen?«

Gaby schien nicht sonderlich überzeugt von ihrer Ausrede. Zu Recht, wie Amrei sich eingestand. Statt darauf einzugehen, wies Gaby auf den Stapel Papier in Amreis Hand.

»Die hab ich für meinen Freund in der Druckerei abgeholt. Er braucht sie drüben in der Akademie. Kommst du mit auf einen Kaffee?«

Eine Sekunde schien Gaby zu überlegen, sah die Amalienstraße zur Akademie hinauf. Selbst aus der Entfernung war die Partystimmung zu erahnen, die dort inzwischen herrschte. Ein Vorgeschmack auf das Mitte des Monats geplante Notstands-Happening, das ganz bewusst als fröhliches Spektakel für jedermann geplant war. Dröhnend schallten schon jetzt Musik und Reden aus Lautsprechern in den offenen Fenstern nach draußen, wummerten durch die gesamte Nachbarschaft bis zum Siegestor und der LMU. Über dem Portal flatterte ein riesiges Transparent in Form eines weit aufgerissenen Mauls von einem Ungeheuer. In fetten Versalien stand darauf geschrieben: »Kein 1933. Kein Notstandsgesetz«. Wer ins Innere des Gebäudes wollte, musste zwangsläufig unter dem Transparent hindurch. Auf den geschwungenen Auffahrtsrampen, der breiten Haupttreppe und den Wiesen vor der Akademie herrschte Volksfestgetümmel. Selbst Kinder und Hunde tollten munter herum.

»Lieber nicht«, lehnte Gaby ab. »Heute Nachmittag hab ich ein Vorstellungsgespräch drüben im Arri, für einen Aushilfsjob im Kino. Auf das muss ich mich noch gründlich vorbereiten. Man sieht sich.«

Auf einmal hatte sie es eilig wegzukommen. Enttäuscht sah Amrei ihr nach. Und ahnte, dass sie sich so schnell nicht mehr wiedersehen würden.

Die folgenden Wochen verbrachte Amrei mit David. Natürlich ausschließlich bei ihm im Atelier, in der WG oder an der Akademie. Kaum noch war sie bei Annamirl. Wohlweislich verkniff die sich die abermalige Frage, ob sie nicht gleich ganz in die Amalienstraße ziehen wollte. Auf das Reiberdatschiessen am Freitagabend verzichtete Amrei dennoch nie.

Immer seltener dachte sie an Wastl, wie sie irgendwann erstaunt feststellte. Und auch die Erinnerung an den reglosen, schwer verletzten Robert konnte sie immer besser wegschieben, auch wenn sie die Angst vor allem nachts noch oft einholte. Doch David setzte alles daran, sie jedem Anflug von Panik, Traurigkeit oder düsterer Grübelei zu entreißen. Nahezu jeden Tag versuchte er ihr zu beweisen, wie viel ihm an ihr lag. Wie sehr es ihm darum ging, sie glücklich zu sehen und sie mit nichts zu überfordern.

»Dass ihr noch getrennt aufs Klo geht, grenzt an ein Wunder«, begrüßte Jürgen sie grinsend in der WG-Küche.

Wieder einmal kamen sie eng umschlungen herein, setzten sich auch am Tisch gleich direkt nebeneinander.

»Du bist doch nur neidisch, weil du gar nicht weißt, was wahre Liebe ist«, schimpfte Biggi und schenkte ihnen einen sehnsüchtigen Blick, weil sie sich bei jeder Gelegenheit zärtlich berührten.

»Ein echtes Kunststück in heutigen Zeiten.«

Chris betrachtete sie durch den aufsteigenden Rauch ihrer Zigarette ebenfalls eine Weile versonnen, dann aber fügte sie energisch hinzu: »Muss man aber natürlich auch wollen.«

Und wie Amrei das wollte! Mit David schwebte sie auf Wolken und störte sich nicht im Geringsten daran, ob die anderen das spießig fanden. Es tat ihr einfach gut. David tat ihr gut. Gerade nach den Erlebnissen am Ostermontag.

Die sie sich leider doch noch einmal en détail in Erinnerung rufen musste, um sie Jürgen wie versprochen für die studentische Rechtshilfe zu Protokoll zu geben.

David wollte sie zu deren Büro nahe der Uni begleiten, das aber lehnte sie ab. Aus gutem Grund. Sie musste Wastl aus der Sache heraushalten, durfte mit keiner Silbe erwähnen, dass ein junger Streifenpolizist sie nach Hause gebracht und so vor der Vernehmung in der Ettstraße bewahrt hatte. Auf eigene Faust. Niemand durfte den geringsten Verdacht gegen ihn hegen, auf keiner Seite. Seit Tagen grübelte sie, wie ihr das am besten gelänge. Falls sie wissen wollten, warum sie daheim und nicht wie die anderen Demonstranten, die von der Polizei aufgegriffen worden waren, im Polizeipräsidium gelandet war.

»Toll, dass du ausgesagt hast. Das war bestimmt nicht leicht für dich. Auf alle Fälle hilfst du uns damit weiter. Wir bleiben an den Ermittlungen dran, einerlei, was Polizei oder Staatsanwalt dazu sagen. Sobald wir etwas Neues erfahren, hörst du von uns«, versicherte Jürgen ihr nach ihrer Verabredung.

Kurz stutzte sie. Es schien ihm ernst damit. So einfühlsam hatte sie ihn noch nie erlebt.

So erleichtert Amrei war, die Aussage endlich hinter sich zu haben, desto mehr erschrak sie, wie sehr sie nun wieder an Wastl dachte. Nach allem, was er für sie aufs Spiel gesetzt hatte, sollte sie sich wenigstens einmal bei ihm melden. Was war schon dabei? Er wusste doch, dass sie mit David zusammen war. Und David musste nicht unbedingt davon erfahren.

Ihr freitäglicher Besuch bei Annamirl zum Reiberdatschiessen war die beste Gelegenheit, die Papierfetzen mit Wastls Adresse aus dem Papierkorb in ihrem Zimmer zu fischen und wieder zusammenzusetzen. Ihr Herz klopfte heftiger, als sie die Adresse las. Wieder und wieder. Als wollte sie sie auswendig lernen.

»Und? Passt alles zusammen? Wird Zeit, dass du mit ihm redest. Angerufen hat er hier. Mehrere Male schon.«

Ertappt fuhr Amrei herum. Annamirl lehnte in der offenen Tür, betrachtete sie schweigend. Rauchte. Wahrscheinlich stand sie schon länger dort und hatte ihr beim Puzzeln zugesehen.

»Mal schauen.« Mit einem Handstreich fegte sie die Papierfetzen wieder in den Abfalleimer. So entschlossen sie zuerst gewesen war, fürchtete sie sich auf einmal davor, tatsächlich zum Hörer zu greifen und Wastl anzurufen. Wie enttäuscht musste er sein, dass sie ihn so lange hatte warten lassen!

Und was würde passieren, wenn er erfuhr, dass sie inzwischen ihre Aussage gemacht hatte? Wenn auch nur bei den Studenten und nicht bei der Polizei. Sobald der Staatsanwalt deren Forderung nach weiteren Ermittlungen nachkam, würde sie jedoch gewiss vorgeladen werden, weil sie bei der studentischen Rechtshilfe als wichtige Zeugin aufgelistet war.

»Wissen, was du willst, musst du«, holte Annamirl sie aus ihren Grübeleien. »Entscheiden musst du dich irgendwann einmal. Auch der beiden Burschen wegen. Gut ist's nicht, wenn sie denken, du hältst sie hin. Das hat keiner nicht verdient. Einerlei, was er für einer ist.«

Schon drehte sie sich um und schlurfte in die Küche zurück, begann mit dem Abwasch. Amrei folgte ihr, schnappte sich das Geschirrtuch und trocknete ab.

Amrei entschied, Wastl vorerst nicht anzurufen. Demnächst war auch noch früh genug. David war ohnehin klar, dass sie sich für ihn entschieden hatte. Und Wastl hatte sowieso keinen Anlass, sich Hoffnungen zu machen. Sie hatten lediglich vereinbart, in Kontakt zu bleiben. Mehr nicht. Und das würden sie. Ganz bestimmt. Demnächst eben.

Als sie nach mehr als einem Monat Pause zu ihrem Freitagsjob im Zeitungs- und Tabakladen der Pfefferle zurückkehrte, wurde sie wie eine verlorene Tochter empfangen. Das tat ihr besonders gut.

Keiner der Stammkunden ahnte, warum sie so lange fortgeblieben war. Vermutungen, was sie den Rest der Woche an der Uni tat oder aktuell eher nicht tat, gab es ohnehin mehr als genug. Es fiel Amrei schwer, nichts darauf zu sagen. Obwohl öfter durchklang, wie verständnislos die Pfefferle-Stammkundschaft den Studentenprotesten gegenüberstand, war es für Amrei ausgeschlossen, ihnen offen zu widersprechen. Dazu mochte sie sie alle viel zu sehr. Ungern wollte sie sie vor den Kopf stoßen oder es sich mit ihnen verderben. Und die Pfefferle wollte sie erst recht nicht in die Bredouille bringen, ihretwegen mit ihrer Kundschaft Ärger zu bekommen.

»Gehörst du jetzt auch zu den Gammlern aus Schwabing, so wie die anderen Studenten?«, erkundigte sich der Winninger Schorsch argwöhnisch.

»Warst du etwa bei den Krawallen an Ostern dabei und bist

nicht mehr hergekommen, weil man dich in die Ettstraße gebracht und eingesperrt hat?« Die Sinnhuberin hielt sich ebenfalls nicht zurück. In einer Mischung aus Fürsorge und unverhohlener Sensationslust musterte sie sie.

Kurt Holzapfel beeilte sich klarzustellen, dass nicht jeder, der an Ostern demonstriert habe, automatisch ein Radaubruder sei. Ebenso wenig seien die Zeugen in der Ettstraße sofort ins Gefängnis gekommen und auch nicht alle Studenten mit Gammlern gleichzusetzen. Lange Haare und Vollbärte seien eben nicht immer ein Zeichen der Verwahrlosung, wie man sie Gammlern unterstelle.

»Gut, dass ausgerechnet Sie das sagen«, kommentierte Thilda Schuster seine Erklärungen und rümpfte deutlich die Nase über die Alkoholfahne, die er bei jeder Silbe ausstieß.

»Gut also, dass du wieder da bist, Amrei, und dass dir nichts passiert ist. War schlimm genug, was in der Maxvorstadt los war«, beendete der Winninger Schorsch das Thema und faltete seinen Tippschein umständlich auseinander.

Die Pfefferle versicherte Amrei: »Vermisst haben wir dich, nicht nur wegen deiner Hilfe bei den Lottoscheinen. Dass du keine bist, die auf die Barrikaden steigt und Krawall macht, wissen wir doch. So gut kennen wir dich inzwischen.«

»Wollen wir hoffen, dass es so bleibt. So übel, wie es neuerdings im Univiertel zugeht«, erwiderte Thilda Schuster mit gespitzten Lippen, und die Sinnhuberin ergänzte in seltener Eintracht mit ihr: »Auch wenn's angeblich nur ein kleiner Teil der Studenten ist, der es mit Drogen, Alkohol und wilder Liebe auf die Spitze treibt, muss man stets Obacht geben. Schnell entwickelt sich daraus eine Bewegung. Und die muss nicht immer was Gutes im Schilde führen. Nur zu gut wissen wir das hier in München. Leider.«

Amrei war froh, dass die Pfefferle die Bemerkung mit einem

entschiedenen »Vor allem du musst es wirklich wissen mit den Bewegungen hier in München« beiseiteschob und auf die Abgabe der Lottoscheine drängte.

Die Befürchtungen der Pfefferle-Stammkunden entpuppten sich als völlig überzogen. Nicht nur Amrei war verblüfft, wie schnell die Proteste gegen die *Bild*-Zeitung und die Widersprüche bei den Ermittlungen zu den Osterunruhen in der breiten Öffentlichkeit vergessen wurden. Ende Mai sprach niemand mehr davon. Ebenso wenig aber auch von den weiteren Aktionen der Studenten rund um den Erlass der Notstandsgesetze.

»Unfassbar, dass die Gewerkschaftsführer und die Leute aus der Produktion sich dem Generalstreik verweigert haben«, wetterte Jürgen beim morgendlichen Frühstück in der WG. »Und das auch noch, ohne überhaupt lange darüber nachzudenken. Keine Ahnung haben die, welche Macht wir gehabt hätten, wenn sie sich mit uns zusammengetan hätten. Studenten und Gewerkschaften in einem Boot – dagegen hätte keine Regierung eine Chance gehabt, erst recht keine Große Koalition.«

»Dass die Sozialdemokraten selbst unter Brandt kein Rückgrat mehr besitzen, zeigt sich doch schon daran, dass sie seit zwei Jahren mit der CDU unter Kanzler Kiesinger regieren«, echauffierte sich Chris.

»Ein emigrierter Hitlergegner unterstützt aktiv einen Altnazi im Kanzleramt – schlimmer geht's nimmer«, stimmte David ein.

»Wir sind eben nicht in Frankreich. Bei uns tickt die Mehrheit der Bevölkerung anders, sobald sie die Begriffe ›Streik‹ und ›Gewerkschaft‹ hören«, gab Chris zu bedenken.

»Exakt das hat Amrei euch letztens schon prophezeit, falls ihr euch erinnert.« Jetzt konnte David sich das süffisante Schmunzeln doch nicht mehr verkneifen.

Amrei war sein unverhohlener Stolz auf sie ein wenig peinlich.

»Die Frage ist doch: Wie wollen wir künftig einen nennenswerten Teil der Bevölkerung oder die Gewerkschaften von unseren Anliegen überzeugen, wenn es uns nicht einmal mehr gelingt, eine größere Zahl Studenten dafür zu begeistern?«, schob sie rasch nach, um von der aufkeimenden Missstimmung abzulenken.

»Klug gefragt. Und leider zu Recht«, lobte Chris sie und stieß den Rauch ihrer Zigarette betont langsam aus, um mehr Zeit zum Formulieren des nächsten Gedankens zu gewinnen. »Wenn wir an der LMU und an der Technischen Universität Flugblätter verteilen, schmeißt die Mehrzahl der Leute sie gleich weg, ohne auch nur einen Blick darauf geworfen zu haben. Und die Dozenten und Professoren ersticken schon den kleinsten Versuch, eine kritische Diskussion zu beginnen, sofort im Keim.«

»Teach-ins oder Sit-ins finden auch kaum mehr statt, geschweige denn andere Aktionen.« Biggi klang enttäuscht.

»Da ist wohl etwas die Luft raus.« Ratlos runzelte Jürgen die Stirn.

»Dafür lebt der revolutionäre Geist bei uns an der Kunstakademie weiter, auch nach Erlass der Notstandsgesetze«, triumphierte David ganz offen. »Bei uns wird's ein heißer Sommer werden, lasst euch das gesagt sein.«

Amrei genoss den beginnenden Sommer mit David ausgiebig. Fast jeden Tag schlenderte sie mit ihm zur Akademie, besuchte ihre eigenen Lehrveranstaltungen in der LMU zwar erst noch sporadisch, bald aber gar nicht mehr. Nachdem der Kontakt zu Gaby abgerissen war, hatte sie auch den Anschluss zu den anderen Kommilitonen in der Germanistik und Romanistik verloren.

Nach dem Notstands-Happening Mitte Mai und den daran anschließenden Aktionen stand die gesamte Kunstakademie weiter im Zeichen des Protests. Ein ordentlicher Lehrbetrieb fand nicht mehr statt, fast alle Studenten und die Mehrheit der Professoren engagierten sich am Alternativprogramm. Bei nicht enden wollendem Sonnenschein und milden Frühlingstemperaturen mit verführerisch lauen Nächten breitete sich das bunte Treiben in Windeseile aus den Ateliers, Sälen und Fluren über die majestätischen Auffahrtsrampen aus königlichen Zeiten bis über die großzügigen Grünanlagen im Umfeld des imposanten Gebäudes aus dem vergangenen Jahrhundert aus. Auf den Wiesen lagen bunte Picknickdecken, zwischen den Erwachsenen sprangen Kinder jeden Alters herum, Hunde kläfften aufgeregt dazwischen, dazu gab es von früh bis spät Musik. Laute Musik vor allem.

Kaum erreichten sie die Wiese, fasste David Amrei an den Händen und begann mit ihr zu *Jumpin' Jack Flash* von den Stones mehr herumzuhüpfen denn zu tanzen, gerierte sich dabei immer wilder, bis sie das Gleichgewicht verloren, über die eigenen Füße stolperten und lachend zu Boden fielen. Eng umschlungen rollten sie über den leicht abschüssigen Grund, küssten und verknoteten sich leidenschaftlich ineinander. David schob ihr Kleid hoch, machte sich an ihrem Slip zu schaffen.

»Wir wollten zur Vollversammlung. Schon vergessen?«, rief sie ihn zur Ordnung und befreite sich aus seinen Armen. Schnell strich sie das knappe Sommerkleid wieder über die Oberschenkel herunter, richtete den Ausschnitt überm Busen und zupfte sich die Grashalme aus den Haaren.

Als David nicht reagierte, boxte sie ihn sacht in die Seite. »In der Großen Aula geht es gleich darum, wie man die NS-Vergangenheit von Hermann Kaspar am besten öffentlich präsentiert. Irgendwer hat Kaspars jahrelangen Briefwechsel mit niemand Geringerem als Hitlers Lieblingsarchitekten Albert Speer kopiert. Das sind bestimmt entlarvende Dokumente.«

»Damit kann er sich nicht mehr herausreden«, stimmte David ihr geistesabwesend zu. Er war sichtlich enttäuscht, dass sie ihn zurückgewiesen hatte. »Wird höchste Zeit, dass auch für Akademieprofessor Kaspar die tausendjährige Amtszeit zu Ende geht.«

Mit einem Satz sprang er hoch und half auch ihr vom Boden auf.

»Und heute Abend hören wir zur Belohnung Amon Düül, wenn sie hinten im Garten live auftreten. Das wird eine Riesenparty«, schob er hinterher.

»Nicht schon wieder!«, protestierte sie. »Ich wollte zu der Theateraufführung. Rainer Werner Fassbinder tritt mit seiner Truppe im Keller auf und stellt sich hinterher der Diskussion. Das ist einmal etwas anderes, als sich immer nur von Musik zudröhnen zu lassen.«

Ohnehin wusste sie, wie es enden würde, wenn sie mit David beim Konzert auf der Wiese saß: in einer mehr als ausgiebigen Knutscherei.

»Da kommt wohl die Germanistin in dir durch«, neckte David sie. »Kein normaler Mensch muss über das, was er auf der Bühne gesehen hat, hinterher auch noch stundenlang reden. Du weißt doch, wie schnell solche Diskussionen in das immer gleiche theorieüberfrachtete Geschwafel abgleiten. Da ist es doch allemal besser, sich draußen in der lauen Sommernacht Amon Düül anzuhören. Die haben auch viel im Sinn mit ihrer Musik. Und du tanzt klasse dazu.«

Abermals legte er ihr den Arm um die Hüften, schmiegte sich an sie und küsste sie in die Halsbeuge.

»Manchmal habe ich das Gefühl, dir geht es nur noch ums Tanzen, Musikhören und Partymachen. Dabei waren wir uns einig, dass der Sommer ganz im Zeichen des Protests steht. Weil der bitter nötig ist. Und ich nicht umsonst das Semester dafür sausen lasse.« Wieder schob sie ihn von sich.

»Wer sagt denn, dass das nicht so ist, wenn wir abends auf der Wiese liegen und Musik hören, tanzen, ein bisschen Spaß haben?

Du weißt doch, was passiert, wenn die Demonstrationen zu ernst genommen werden.«

»Fang bitte nicht damit an!« Sogleich hatte Amrei wieder vor Augen, was Ostern passiert war. Sie zwang sich, tief durchzuatmen, um es zu verdrängen.

»Verzeih!« Reumütig strich er ihr über die Wange.

»Geht schon wieder.«

»Außerdem gehen wir jetzt brav zur Vollversammlung und sitzen nachher mit in der Arbeitsgruppe, die das Teach-in zur NS-Vergangenheit von Hermann Kaspar vorbereitet«, bekräftigte David energisch.

Sie beschloss, es dabei bewenden zu lassen. Ganz unrecht hatte er nicht. War es nicht die Mischung aus lustigen Happenings, fröhlichem Beisammensein und dennoch tiefschürfenden Gesprächen, die ihr an der Akademie so gut gefiel? Das war bei Weitem besser als das, was sie in den Wochen zuvor an der LMU in krampfigen Teach-ins mit Endlosmonologen vollbärtiger Möchtegernrevoluzzer erlebt hatte.

Ab und an plagte sie trotz allem das schlechte Gewissen, weil sie in diesem Semester tatsächlich keinen einzigen Schein für ihr Studium machen würde. An den Ärger, den ihr das daheim in Eggling einbrachte, dachte sie vorerst besser nicht. Der Vater würde toben. Leider durchaus gerechtfertigt, schließlich zahlte er den größten Teil ihres Studiums. Was er trotz seines gut gehenden Landmaschinenhandels nicht für alle Ewigkeit tun konnte, wie sie wusste. Ihren beiden älteren Geschwistern hatte er ohnehin keine vergleichbare Ausbildung finanziert.

»Aktuell gibt es Wichtigeres zu lernen als die mittelhochdeutsche Lautverschiebung oder die Bedeutung der blauen Blume in der romantischen Dichtung«, meinte Biggi, als sie in der WG-Küche darüber sprachen.

David war in der Akademie geblieben, um an der geplanten Ausstellung des Kaspar-Speer-Briefwechsels mitzuarbeiten. Amrei genoss es, sich einmal in Ruhe mit den anderen auszutauschen. Bei David waren ihre Grübeleien zum Thema Geld, Eltern und fehlende Scheine auf völliges Unverständnis gestoßen. Kunststück. Er lebte kostenlos im Haus seiner Großmutter. Ebenso wie seine Mutter bekam sie jeden Tag hautnah mit, was er trieb, und beide standen den Studentenaktionen beneidenswert offen gegenüber.

»Außerdem geht es um mehr als nur um Frieden für Vietnam«, ergänzte Chris.

»Und selbst wenn es ›nur‹ um Frieden für Vietnam ginge, wären die Proteste wichtig und sollten alle von ihren Büchern wegreißen und auch den Rest der Bevölkerung unseres zufällig einmal friedlichen Landes auf die Straße treiben.« Empört hieb Jürgen mit der flachen Hand auf den Tisch.

»Leider sieht mein Vater das nicht so«, erwiderte Amrei. »Der Vietnamkrieg und die Notstandsgesetze sind ihm herzlich egal, wenn es um die Kosten für mein Studium geht. Und da er zahlt, ist er damit wohl leider auch im Recht.«

»Dann sag's ihm einfach nicht«, entgegnete Jürgen.

»So einfach ist das nicht. Er will sich nach Semesterende die Scheine von mir vorlegen lassen. Wie früher die Zeugnisse in der Schule.«

»Shit!«, entschlüpfte es Biggi.

»Wenn du ihn nicht überzeugen kannst, wie kurzsichtig sein Denken ist, weil Vietnam und die Notstandsgesetze uns letztlich alle betreffen, musst du ihn eben hinhalten«, riet Chris.

»Behaupte doch einfach, du würdest die Scheine erst im nächsten Semester bekommen. Bis dahin hat er das entweder vergessen, oder du hast die Klausuren längst nachgeholt.« Biggis Augen leuchteten, so begeistert war sie von ihrem Vorschlag.

»So halte ich das schon seit Jahren«, stimmte Chris zu und hob ihr Rotweinglas, um Amrei aufmunternd zuzuprosten.

Amrei zögerte anzustoßen. Ganz so einfach war das bei ihr nicht. Aber das konnte Chris nicht wissen. Sie hatte ja ebenfalls nicht die geringste Ahnung, aus welchen Verhältnissen Chris und die anderen stammten. Das war bislang nie ein Thema in der WG gewesen. Man fragte nicht, was einer gewesen war, bevor er hier aufgetaucht war, wollte nur wissen, wer er jetzt war. Nicht einmal David fragte sie je ausführlicher nach Eggling und ihrer Familie aus. Verrückt! Mit Wastl hatte sie gleich über sein gesamtes Umfeld geredet. Anscheinend interessierte das die anderen jedoch nicht. Vielleicht verstanden sie es auch nicht, weil sie aus besseren Kreisen kamen, keine Geldsorgen kannten, Studieren bei ihnen daheim eine Selbstverständlichkeit war.

»Danke für die Anregung«, ging sie nach kurzem Zögern auf Biggis Vorschlag ein. »Ich werde es probieren. Es scheint die einfachste Lösung zu sein. Im nächsten Semester muss ich dann halt mehr Klausuren und Hausarbeiten schreiben. Weder meine Eltern noch sonst wer in Eggling würde je verstehen, wenn ich der großen Politik in Bonn und Amerika wegen am Ende länger studiere als vorgesehen. Das hat für die alle nichts miteinander zu tun. Und Frauen hat die Politik in deren Augen schon gleich gar nicht zu interessieren.«

»Eine imponierende Weltsicht – ein weiteres Hoch auf Eggling und die Oberpfalz!«, spottete Jürgen sofort wieder.

»Mach dir nicht immer so viele Gedanken.« Aufmunternd stieß Biggi sie in die Seite. »Wir beide werden das im nächsten Semester schon hinkriegen. Meine Mutter hat am Attersee nur die Schnapsbrennerei von meiner Oma und ein paar Fremdenzimmer. Groß unterstützen kann sie mich also auch nicht. Trotzdem weiß ich, dass ich den Sommer über in jedem Fall bei den Protesten an der Akademie dabeibleibe. Im Winter muss es dann eben schneller gehen mit den Scheinen. Was ich bei den Protesten lerne und erlebe, bleibt mir fürs Leben. Jetzt müssen wir aktiv werden. Das können wir nicht aufschieben wie ein paar Klausuren. Das allein zählt, und deshalb ist es mir das wert, mich dafür später mehr ins Zeug zu legen.«

»Danke!« Bewegt von ihrem Beistand umarmte Amrei sie. Nicht zum ersten Mal fühlte sie sich Biggi näher als den anderen. Wahrscheinlich, weil sie beide in einer Welt gelandet waren, die sich von ihrer Heimat deutlich unterschied.

»Wo willst du hin? In dein Atelier? Malst du etwa noch?«, griff Sandra David empört an, als er, Amrei und sie sich wenige Tage später im Foyer der Akademie über den Weg liefen. Nach einer stundenlangen Podiumsdiskussion über die Systemrelevanz abstrakter Malerei in einem kapitalistisch dominierten Kunstmarkt wollten Amrei und David sich gerade davonstehlen.

Amrei freute sich schon darauf, den Abend allein mit ihm in seinem Atelier zu verbringen, fernab von theorieüberfrachteten Redeschlachten in der Großen Aula über die gesellschaftliche Verantwortung des Künstlers in der Gegenwart oder einer im Drogenrausch tanzenden Menge auf der Wiese hinter dem Akademiegebäude.

Der süßliche Geruch in den Gängen und auf den Freiflächen vor dem riesigen Bau vernebelte ihr mittlerweile bereits derart die Sinne, dass sie sich überhaupt keine Tüte mehr bauen musste. Längst war es ein offenes Geheimnis, dass inzwischen auch weitaus härtere Drogen ihren Weg auf das Akademiegelände gefunden hatten.

»Wie will man sonst die Aktionen und Diskussionen bis spät in die Nacht durchstehen?«, hatte Jürgen das letztens gerechtfertigt, als sie in der WG-Küche darüber gesprochen hatten.

»Vielleicht dauern die Aktionen und Diskussionen bis spät in die Nacht, weil alle komplett bekifft sind?«, hatte Chris amüsiert zurückgefragt und ihm damit ihre Zustimmung signalisiert.

Und Biggi hatte wie stets einen unbeschwerten Standpunkt eingenommen: »Ein bisschen Spaß muss sein. Bierernst wird das Leben früh genug.«

Daran dachte Amrei jetzt wieder, als sie den markanten Geruch wahrnahm. David und Sandra schien der gar nicht mehr aufzufallen.

»Alles ist Kunst«, erwiderte David Sandra gerade auf ihre provokante Frage, die klang, als sei inzwischen jeder obsolet, der auch nur eine Sekunde lang erwog, sich vorübergehend dem Geschehen in der Akademie zu entziehen.

Sofort sprang Amrei ihm bei und erklärte Sandra: »Jeder ist ein Künstler und für fünf Minuten berühmt.«

Über so viel Ignoranz gegenüber den aktuellen gesellschaftspolitischen Erfordernissen konnte die jedoch offenbar nur noch den Kopf schütteln. »Derzeit gibt es sozial Wertvolleres, als Kunst zu machen.«

Streng sah sie sie beide an.

»Da hast du völlig recht. Ich weiß auch schon, was.« David schlang seine Arme um Amrei und küsste sie auf den Mund.

»Eure Zweisamkeit ist abstoßend kleinbürgerlich.« Sandra ließ nicht locker. »Selbst in der Liebe geht offenbar völlig an euch vorbei, worauf es ankommt: die Kollektivierung der Erfahrung. Und das geht nur, wenn ihr euch auch im Bett der Vergesellschaftung öffnet.«

»Und wofür öffnest du dich? Für die Paraphrasierung deines Lebens?«, platzte Amrei heraus.

David kicherte.

»Du machst wohl alles mit, was andere dir sagen«, verspottete er Sandra.

»Vergesst es!«, zischte sie verärgert und rauschte davon.

»Das war leider das falsche Stichwort.« Aus heiterem Himmel überfiel es Amrei. Plötzlich hatte sie wieder Robert vor Augen, hörte sich wieder mit ihm reden. Nicht zum ersten Mal. Aber dieses Mal war es anders als sonst. Sie sah auch wieder vor sich, wie sie an Gründonnerstag einfach mit in die Redaktionsräume gerannt war, nur weil Chris, Biggi und Jürgen sie dazu aufgefordert hatten, David sie mitgezogen hatte. Und wie sie danach noch mit ins Chez Margot gekommen war, obwohl sie das nicht gewollt hatte. Immer wieder passierte ihr das. Seit Wochen. Auch jetzt an der Akademie. Letztlich machte sie nur mit, weil andere, vor allem David, ihr das sagten. Weil sie schon gar nicht mehr wusste, was sie selbst wirklich wollte. Oder nicht den Mut hatte, sich zu entscheiden, was sie wollte. Völlig zu Recht hatte Annamirl ihr das letztens auf den Kopf zugesagt.

»Was ist los? Was hast du auf einmal?« David wollte sie an sich ziehen.

Jäh stieß sie ihn zurück. Plötzlich konnte sie das nicht mehr ertragen. Konnte sie ihn nicht mehr ertragen. Obwohl sie im selben Moment erkannte, wie unfair das war. Ihm gegenüber. Er meinte es nur gut mit ihr. Zu gut allerdings. Wie alle um sie herum es immer nur gut mit ihr meinten. Das erleichterte es ihr, sich davor zu drücken, sich endlich zu entscheiden, was sie wirklich wollte. Endlich einmal in aller Ruhe und mit möglichst klarem Kopf zu überlegen, was sie bezweckte mit dem, was sie tat.

»Ich brauche eine Pause«, sagte sie.

»Die wollten wir doch sowieso einlegen. In meinem Atelier. Nur wir beide.« Er schmunzelte.

»Nicht so. Ich fahre zu Annamirl und übernachte dort.«

»Aber heute ist doch gar nicht Freitag. Heute gibt es keine Reiberdatschi ...«

»Die brauche ich auch gar nicht. Ich melde mich, wenn ich wieder zurück bin.«

»Von wo zurück? Aus dem Schlachthofviertel? Das klingt nach einer halben Weltreise.« Er lachte. »Pass auf, dass du dich nicht verfährst. Von dort bist du mindestens eine halbe Stunde mit der Tram über die ruckeligen Baustellen in der Innenstadt unterwegs, bis du wieder hier bist.«

»Ich fahre heim nach Eggling. Für ein paar Tage. Wird höchste Zeit. Seit Weihnachten bin ich nicht mehr da gewesen.«

»Ich bin dabei. Ich wollte schon immer sehen, wo du herkommst«, stieg David sofort darauf ein.

»Ein anderes Mal vielleicht, aber nicht jetzt. Ich brauche ein bisschen Luft und Abstand. Von dem allen hier.« Obwohl Amrei sich gleich sehr schlecht dabei fühlte, lehnte sie sein Angebot ab.

»Von mir auch?«

»Vor allem von mir selbst.«

Kaum in Eggling aus dem Bus gestiegen, zweifelte Amrei bereits daran, ob es wirklich eine gute Idee gewesen war, ausgerechnet hierherzufahren, um den gewünschten Abstand zu gewinnen. Um sich Gedanken darüber zu machen, was sie wirklich wollte. Das Erste, was der Vater sie fragen würde, wäre doch, wie es an der Uni lief. Am besten beherzigte sie dann Biggis Ratschlag und schummelte ein wenig.

Was aber noch viel schlimmer war: Hier in Eggling kannte sie jeden Strauch und jeden Stein, an dem sie vorbeikam, jedes Blatt am Baum war ihr bestens vertraut. Der Hauptplatz vor der Kirche mit den schmucken Bürgerhäusern und dem frisch renovierten Rathaus, dahinter die schattigen Nebenstraßen mit den bescheideneren Geschäften und Bauernhöfen und schließlich die staubige Ausfallstraße nach Westen, wo sich das mehrstöckige Wohnhaus mit dem Landmaschinenhandel des Vaters befand. Nichts hatte sich in den Wochen und Monaten, seit sie nach München gegangen war, verändert. Außer dem Wetter natürlich. Freundlich grüßte sie die wenigen, die ihr zur besten Abendessenszeit begegneten. Zumeist alte Frauen mit Kopftuch und Kittelschürze, das Gebetbuch unter den Arm geklemmt, um zur Vesper in die Kirche zu gehen. »Daheim in Eggling findest du gewiss nicht, was du suchst«, hatte Annamirl ihr prophezeit, nachdem Amrei ihr von ihren Plänen erzählt hatte. Was das bedeutete, begriff Amrei jetzt: Hier war sie noch dieselbe, die bei den Eltern aufgewachsen und vor einem Dreivierteljahr in die Großstadt zum Studieren aufgebrochen war. Wie wollte sie hier Abstand zu sich finden, geschweige denn in Ruhe nachdenken?

»Trotzdem höchste Zeit, dass du dich mal wieder dort blicken lässt«, hatte die Großtante mit ungewöhnlich strenger Miene hinzugefügt. »Dein Vater zahlt dir jeden Monat die Miete, die Mama schickt dir gelegentlich Packerl mit guten Sachen. Da können sie schon erwarten, dass du sie besuchst und nicht nur sonntags anrufst.«

Es hatte sie überrascht, dass ausgerechnet Annamirl das sagte. Sonst legte sie nie Wert auf familiäre Verpflichtungen, überhaupt auf das, was andere von einem erwarteten.

»Gut, dass du da bist. Im Büro hätte ich einiges für dich zu tun«, begrüßte der Vater sie an der Haustür und wollte sie bereits mit sich ziehen.

»Lass sie nach der stundenlangen Fahrt erst einmal etwas essen und trinken«, protestierte die Mutter, allerdings nur schwach. Natürlich gab sie ihm nach. So hatte sie es immer gehalten. Der Vater kam für sie stets an erster Stelle.

»Passt schon«, winkte Amrei ab, froh, dass er doch nicht zuerst nach der Uni gefragt hatte. Ohnehin war Widerspruch zwecklos. In der Küche schenkte sie sich ein Glas frische Milch aus dem Kühlschrank ein und folgte ihm in den winzigen Raum am Flurende.

Kaum mehr als ein Regal mit Ordnern, ein Schreibtisch und

zwei Stühle fanden darin Platz. Früher hatte sie das Zimmer als Kerker empfunden, in den sie zur Zwangsarbeit eingesperrt wurde. En détail hatte sie sich das ausgemalt, wenn sie beim Tippen auf der Uraltschreibmaschine mit dem klemmenden Ä und dem quietschenden Wagen aus dem Fenster zum Blumengarten hinausgestarrt hatte. Zumindest ging es nicht in den Hof hinaus, wo die riesigen Traktoren, Mähdrescher, Melkmaschinen und sonstigen Gerätschaften ausgestellt waren. An so manchen Tagen hatte sie die Margeriten und Bauernrosen vor dem Fenster gezählt, mehrfach, während sie auf die Anweisungen des Vaters gewartet hatte, statt mit ihren Freundinnen im Freibad zu faulenzen oder nach Regensburg zum Bummeln zu fahren.

»Dafür musst du dein Leben nicht mit dem Verkauf von Melkmaschinen verbringen«, hatte der dreizehn Jahre ältere Bruder Alois zur ihr gesagt. Auf ihre Frage, was er stattdessen lieber in seinem Leben machen würde, war er nicht eingegangen.

»Seit du in München bist, ist einiges aufgelaufen«, beschwerte sich der Vater, sobald sie auf dem alten Bürostuhl Platz genommen hatte.

»Die Mutter schreibt die Rechnungen viel zu langsam und hat auch nicht den Überblick, wann was raus muss und was besser noch liegen bleibt. Und die Bärbel ist mit ihren Kindern beschäftigt. Die kommt gar nicht mehr her, um zu helfen.«

»Drei kleine Kinder hat sie. Da bleibt ihr keine Zeit«, erinnerte Amrei ihn. »Was ist eigentlich mit Alois' Frau Gundi?«

Die Schwägerin und ihr Bruder hatten bereits größere Kinder als die Schwester. Außerdem lebten Gundis Eltern im selben Haus und konnten auf die Kinder aufpassen. Was sie auch gern taten.

»Die packt's nie so gut wie du«, brummte der Vater kaum hörbar. Das klang fast so, als hätte er Amrei vermisst. Sie wusste allerdings, dass er in Wahrheit nur mit Gundi nicht klarkam. Die ließ sich nicht so leicht von ihm herumkommandieren. Zugeben würde er das allerdings nie.

Unwirsch nahm er einige Ordner aus dem Regal, schlug sie willkürlich auf, zeigte ihr verschiedene handschriftliche Notizen zu Sonderabsprachen. Zum Glück war sie noch ausreichend eingearbeitet in seine und Alois' Kürzel, um sich sofort wieder einzufinden und die ersten Rechnungen zu formulieren. Seit ihrem vierzehnten Lebensjahr hatte sie das übernommen. Zusätzlich zur Schule.

»Du solltest jemanden einstellen, zumindest stundenweise«, wagte sie anzumerken, nachdem sie das letzte Blatt mit Durchschlag und Kohlepapier aus der Schreibmaschine drehte.

»Und wer soll den bezahlen?«, brauste der Vater auf. »Glaubst du, ich habe einen Gelddrucker hier stehen? So selbstverständlich, wie du mein Geld für dein Studium nimmst, muss es wohl so sein. Ich hoffe, du beeilst dich wenigstens damit.«

Um das Thema gar nicht erst zu vertiefen, schwieg sie lieber.

»So ist er halt«, sagte die Mutter wenig später, als sie in der Waschküche zusammen Handtücher falteten. Der Vater war zum Stammtisch ins Wirtshaus gegangen. Demnächst standen Gemeinderatswahlen an. Da gebe es noch Wichtiges zu klären, hatte er behauptet, ohne näher zu erläutern, was genau.

»Das ist Männersache«, war ihm die Mutter beigesprungen, als Amrei Details hatte wissen wollen. Dabei interessierte es sie, was die Leute in Eggling politisch umtrieb. Wäre doch spannend zu hören, was sie von den gegenwärtigen Entwicklungen in der Welt hielten oder ob sie das Geschehen in der Tschechoslowakei verfolgten. Die Grenze war nicht weit, Alexander Dubček regierte fast vor ihrer Haustür.

»Ihr seid näher am Eisernen Vorhang als an München oder gar Bonn«, hatte sie die Eltern erinnert.

»Was nichts daran ändert, dass für uns die Musik in München

spielt«, hatte der Vater entgegnet, bevor er sie auf einmal wütend angesehen hatte. »Oder gehörst du neuerdings etwa auch zu denen, die den Sozialismus für den allein selig machenden Weg halten? Vergiss nicht, wer dir dein Studium zahlt. Ihr Studenten solltet erst einmal ordentlich arbeiten und selbst für euren Unterhalt aufkommen müssen, bevor ihr schlaue Sprüche klopft und meint, alles besser zu wissen als der Rest der Welt.«

»Keine Sorge, ich weiß, was arbeiten heißt«, hatte sie zu widersprechen gewagt, doch er war bereits zur Tür hinausgestürmt.

»Von Politik verstehen wir Frauen doch eh nichts. Das überlassen wir lieber den Männern«, bekräftigte die Mutter jetzt noch einmal und hörte sich fast schon an, als wollte sie eher sich selbst als Amrei davon überzeugen. Schnell wechselte sie das Thema. »Erzähl doch endlich mal, wie es dir in München mittlerweile geht. Wie kommst du mit der Großtante klar? Eigen ist sie schon, was? Aber du wolltest unbedingt zu ihr.«

Am liebsten hätte Amrei ihr vorgeschwärmt, wie gut sie sich mit Annamirl verstand. Doch das würde die Mutter wohl nicht nachvollziehen können. Erst recht nicht, wenn sie ihr vom abendlichen Ritual mit dem gemeinsamen Gauloises-Rauchen erzählte. Oder sollte sie es probieren?

Für einige Sekunden schwankte sie, fuhr mit der Hand bereits in die Seitentasche ihres Kleids, in der die Zigarettenpackung steckte. Sah die Mutter an. Die war doch auch einmal jung gewesen.

Zu welchen Zeiten aber? Sie nahm die Hand wieder aus der Tasche. Und beschränkte sich auf den Satz, wie günstig es sei, bei der Großtante zu wohnen. In vielerlei Hinsicht. Damit konnte die Mutter in jedem Fall etwas anfangen.

»Die Tram fährt vom Goetheplatz durch bis zur Uni. Demnächst werde ich mir ein Radl besorgen, um schneller unterwegs zu sein. Und freitagnachmittags verdiene ich mir ein bisserl was in einem Zeitungs- und Tabakladen dazu. Bei einer netten alten Dame am Sendlinger Tor. Eine urige Münchnerin.«

Mehr wollte die Mutter nicht wissen, stapelte schwungvoll das letzte Frotteehandtuch auf den Turm und landete mit den nächsten Sätzen bei Amreis elf Jahre älterer Schwester Bärbel und deren drei Kindern. »Ein Geschrei ist das bei denen, wenn's ins Bett gehen soll, das glaubst du nicht! Wie gut, dass die Bärbel den Benno hat. Der packt manchmal mit an. Stell dir vor: als Mann! Bei dem fehlt's ihr sowieso an nichts. Ordentlich verdienen tut er mit seiner Zimmerei. Häuser gebaut werden immer, Dachstühle und Treppen braucht ein jeder. Der Alfons hat auch gerade angefangen mit seinem Eigenheim.«

Das Wort Eigenheim sprach sie ehrfürchtig aus.

»Richtig feudal wird's werden. Jetzt, wo er die Filiale von der Sparkasse in Pemfling leitet, kann er sich das leisten. Vielleicht überlegst du es dir noch einmal mit ihm. So ein schönes Paar seid ihr gewesen. Das sagt hier ein jeder. Schade, dass du ihn nicht mehr gewollt hast. Er täte dich sicher immer noch wollen. Eine andere hat er jedenfalls nicht, soweit ich weiß. Und warten täte er gewiss auch, bis du dein Studium in München fertig hast. Ewig dauert das ja nicht mehr, oder? Und Lehrerin sein kannst du hier in der Gegend sowieso gut. Gebraucht werden die überall, nicht nur in München.«

Das hörte sich alles schon so fertig an. Das ganze Leben. Jetzt musste Alfons es nur noch leben. Aber ohne sie. Amrei seufzte.

Was die Mutter wohl sagen würde, wenn sie ihr von David erzählte? Und von der WG in der Amalienstraße, den Protesten an Ostern und dem derzeitigen Chaos an der Kunstakademie? Wastl dagegen würde ihr gefallen. Der hatte als Polizist einen soliden Beruf, mit dem sie mehr anfangen konnte als mit einem Künstler. Dass Wastl Amrei zuliebe seine berufliche Zukunft aufs Spiel gesetzt hatte, würde sie allerdings kaum verstehen. Nein, es hatte keinen Zweck. Das, was sie in München erlebte, konnte sie der Mutter nicht erzählen. Nicht einmal für die Großtante konnte die Mutter sich ja erwärmen.

Rasch griff Amrei nach dem Handtücherturm und trug ihn zum Wäscheschrank. Und nahm sich vor, nach ihrer Rückkehr nach München endlich Wastl anzurufen.

253

1972

Mitte August

Annamirl sah beneidenswert friedlich aus, wie sie in den weißen Kissen des Krankenhausbetts lag. Beinahe glücklich. Amrei konnte die Augen kaum von ihr abwenden, derart faszinierte sie der Anblick.

Eine schöne Frau. Eine starke Frau. Auch mit vierundachtzig Jahren noch.

Was sie wohl schon alles erlebt und hinter sich hatte? Nie sprach sie darüber. Zu ahnen war es gelegentlich trotzdem. Doch mit keinem Wort hatte sie sich je beklagt.

Sanft strich Amrei ihr über die Wange, spürte die trockene, welke Haut unter den Fingern. Sie fühlte sich überraschend warm an. Und zart. Behutsam ließ sie ihre Hand für eine Weile darauf liegen.

Nachdenklich blieb ihr Blick am Gesicht der Großtante hängen, eingerahmt von dem schlohweißen kinnlangen Haar. Für eine Frau ihres Alters hatte sie erstaunlich wenig Falten, das Haar war dick und voll. Die Augenlider waren durchscheinend, von winzigen Äderchen durchzogen, die schmalen Lippen blass und kerzengerade.

Plötzlich meinte Amrei, ein leichtes Zucken in den Mundwinkeln wahrzunehmen. Als wollte Annamirl etwas sagen. Wahrscheinlich eher etwas sarkastisch feststellen, wie sie das gern tat. Doch es blieb still. Zu still.

Amrei nahm ihre Hand, schloss die Finger darum und bettete den Kopf vorsichtig neben Annamirl aufs Bett.

Sie sehnte sich danach zu schlafen. In Annamirls Obhut. Seit dem vergangenen Abend war es ihr immer mal wieder für eine halbe Stunde gelungen. Sofern sie den Schreck verdrängte, der nach wie vor in ihr steckte.

In Rekordzeit hatte Jürgen sie vom Attersee nach München gefahren, direkt zur Uni-Klinik in die Nußbaumstraße beim Sendlinger Tor. Die ganze Zeit hatte David ihre Hand gehalten. Wastl hatte sie im Foyer des Krankenhauses erwartet und tröstend in die Arme genommen.

Zuerst hatte man ihr die Auskunft über Annamirls Zustand verweigert, weil sie nur die Großnichte war. Mithilfe der drei Freunde war es ihr jedoch gelungen, glaubhaft zu machen, dass sie Annamirls nächste noch lebende Angehörige war. Daraufhin wurde man freundlicher, berichtete ihr, die Doblerin habe sie reglos auf der gemeinsamen Toilette gefunden. Gerade noch rechtzeitig. Ein Herzinfarkt. Den Annamirl wie durch ein Wunder überlebt hatte.

Verblüffend schnell hatte sich ihr Zustand stabilisiert. Das sprach für ihre gute Verfassung. Man ging davon aus, dass sie von selbst wieder zu sich kommen würde. Wahrscheinlich ohne Nachwirkungen.

Hoffentlich, hatte Amrei im Stillen hinzugefügt und beschlossen, neben ihr auszuharren, bis sie die Augen wieder aufschlug. Die drei anderen hatte sie nach Hause geschickt.

Laute Stimmen auf dem Flur weckten sie. Wo war sie? Verwirrt blinzelte sie ins grelle Tageslicht, bis sie begriff, wo sie sich befand: in der Klinik. An Annamirls Krankenbett. Immer noch.

Durch die dünnen Vorhänge fiel Sonnenlicht herein. Der Regen war vorbei, der Sommer zurück, wie das gekippte Fenster verriet. Ein lauer Wind sorgte für einen warmen Luftzug.

Amrei wandte den Kopf zum Bett. Ruhig sah die Großtante sie aus ihren braunen Augen an.

»Bist du wach?«, fragte sie überflüssigerweise in ihrer rauchigen Stimme. »Meinetwegen brauchst du nicht so unbequem hier am Bett hängen. Ganz ungesund ist das für deinen Rücken. Setz dich lieber gerade auf den Stuhl, dann sehe ich dich auch besser.«

Allmählich begriff Amrei. Annamirl musste sie seit Längerem beobachtet haben, hatte jedoch keinen Mucks von sich gegeben, um sie schlafen zu lassen, vornübergebeugt aufs Krankenbett. Lachend schüttelte sie den Kopf.

»Du bist unverbesserlich«, sagte sie lächelnd.

»Du auch.«

»Lass uns die Krankenschwester rufen«, schlug Amrei vor. »Bestimmt hast du Hunger und Durst.«

»Ich nicht, aber du«, erwiderte die Großtante. Zweifellos war sie wieder ganz auf der Höhe.

»Essen musst du, Amrei«, setzte sie nach. »Und trinken, viel trinken. Schlapp wirst du sonst. Vertrocknest. Hässliche Falten kriegst du dann. So wie ich altes Weib.«

Sie lachte.

»Dein Dienst als Hostess bei den Spielen beginnt demnächst. Ein paar Tage sind's nur noch. Fit musst du dafür sein. Und hübsch ausschauen. So wie allweil.«

»Da gehe ich nur hin, wenn es dir wieder besser geht. Oder glaubst du, ich lass dich hier liegen, während ich …«

»Mir geht's doch schon längst wieder blendend. Siehst's doch! Still liegen bleibe ich gewiss nimmer lange hier. Gestorben bin ich doch noch nicht. Meine Tasche holst jetzt bitt'schön aus dem Schrank. Zusammenpacken tun wir, und dann geht's heim. Da kann ich mich sowieso am besten erholen.«

Sie setzte sich auf, wollte sich offenbar die Kanüle aus dem Arm ziehen, um aufzustehen. Amrei gelang es gerade noch, sie zu überzeugen, das der Schwester zu überlassen, die sie sofort rufen würde.

»Aber erst packst du! Am Ende kommen die sonst tatsächlich auf die Idee, mich noch länger hierzubehalten«, befahl die Großtante.

Widerstand war zwecklos, das wusste Amrei. Folgsam ging sie zum Schrank und begann, Nachthemden und Wäsche aus den Fächern herauszunehmen, behutsam zusammenzulegen und sorgfältig in die Tasche zu stopfen.

Gerade war sie dabei, Zahnbürste und Zahnpasta vom Bord über dem Waschbecken einzustecken, als es erneut laut auf dem Flur wurde. Wieder mehrere Stimmen. Erregt wurde diskutiert. Direkt vor der Tür verstummten sie.

Jemand klopfte an. Energisch.

»Die Krankenschwester wird's nicht sein«, brummte Annamirl. »Ohne Anklopfen kommt die sonst herein. Und die Visite auch.«

»Kriegst du Besuch?«, fragte Amrei ungläubig.

»Von wem?« Annamirl seufzte missmutig, bevor sie »Herein!« rief.

Fast wäre Amrei die Zahnbürste aus der Hand gefallen. Davids Großmutter Elly! Dicht gefolgt von seiner Mutter Jule. Hilflos trottete er hintendrein, streckte vergeblich die Hand aus, um die beiden Frauen aufzuhalten.

Hinter ihm tauchte Wastl auf, mit einem bunten Sommerblumenstrauß in der Hand. Auch er bemühte sich darum, die Prozession aufzuhalten. Ebenfalls erfolglos.

Amrei war auf alles gefasst. Zu gut wusste sie, dass Elly Grafenstetter aus der Buchhandlung in der Amalienstraße so ziemlich die Letzte war, der Annamirl begegnen wollte. Erst recht nicht in der aktuellen Situation, geschwächt von einer Herzattacke im Krankenhausbett liegend.

Was wollte Elly hier? Seit Jahren hatte sie nicht die geringsten Anstalten unternommen, sich bei der Großtante zu melden. Oder sich bei Amrei nach deren Befinden zu erkundigen. Einige Male war sie sogar regelrecht vor Amrei geflüchtet, als befürchtete sie, dass sie ihr von sich aus von Annamirl erzählte. Dass Elly ausgerechnet jetzt auftauchte, erweckte den Anschein, als wollte sie die letzte Gelegenheit nutzen, Annamirl noch einmal lebend zu sehen. Amrei merkte, wie Empörung in ihr hochstieg.

David und Wastl empfanden das offenbar ähnlich. Selbst Davids Mutter Jule runzelte die Stirn. Verzweifelt sahen sie alle drei zu ihr, gestikulierten heftig durch die Luft. Amrei aber wusste auch nicht, was sie tun sollte, fühlte sich wie versteinert. Die anderen kapitulierten schließlich und ließen die Hände sinken.

»Was machst du nur für Sachen!« Längst stand Elly vor Annamirls Bett, zierlich, durchscheinend, so wie Amrei sie aus der Buchhandlung kannte, und betrachtete die Großtante aufmerksam.

Um ihr zu zeigen, dass sie bei ihr war, legte Amrei Annamirl die Hand auf die Schulter. Wollte sie beruhigen. Doch die schob sie fort.

Kerzengerade saß sie auf einmal in der weißen Bettwäsche und starrte Elly an. Die starrte zurück.

Die Stille zwischen ihnen wurde unerträglich.

»Steht's schon so schlimm um mich, dass du herkommen musst, um zu schauen, wie lange ich's noch mache?«, platzte Annamirl auf einmal heraus, nicht im Geringsten darum bemüht, ihren Unmut zu überspielen. »Hat dich doch früher keinen Dreck nicht interessiert, wie es mir geht. Und was mit mir ist. Allweil nur an dich hast du gedacht. Und wie es dir geht. Die anderen waren dir wurscht. Alle. Jetzt musst du auch nicht mehr so tun, als tät dir was an wem liegen. An mir erst recht nicht. Mit mir dauert's eh nimmer lang. Bald kannst du gewiss sein, dass du mich los bist. Für immer.«

Amrei und David wechselten verwirrte Blicke, seine Mutter Jule legte mahnend den Finger auf die Lippen. Wastl hob den Blumenstrauß, als wollte er damit ein Friedenssignal geben.

»Als David mir erzählt hat, was dir passiert ist, bin ich zutiefst erschrocken«, überging Elly Annamirls Anfeindung. Richtete sich ein wenig höher aus. Sah der Großtante direkt ins Gesicht.

»Nix ist mir passiert. Siehst doch, dass es mir gut geht. So wie allweil.«

»Aber ...«, setzte Elly an und streckte die Hand aus.

Ostentativ wandte Annamirl sich ab.

»Komm bloß nicht auf die Idee, mir helfen zu wollen«, sprach sie Richtung Fenster. »Schiefgegangen ist das schon einmal. Die arme Henni. Das hätt's nicht gebraucht. Wirklich nicht. Nach allem, was sie durchgemacht und überstanden hat, war das mehr als überflüssig.«

»Du weißt, dass das so nicht stimmt«, fiel Elly ihr hastig ins Wort. »Dass ich alles getan habe, um Henni beizustehen. Genau wie du. Dass auch ich sie sehr geliebt habe. Genau wie du. Ein bisserl anders vielleicht, aber geliebt habe ich sie trotzdem. Mein ganzes Leben lang.«

»Hör endlich auf, so einen Schmarren zu reden!« Jäh fuhr Annamirl wieder zu ihr herum. Ihre braunen Augen funkelten empört. Erneut wollte Amrei ihr beruhigend die Hand auf die Schulter legen. Wieder wehrte sie die ab.

»Leben täte sie noch, wenn du damals nicht ...«, schrie sie auf, um im nächsten Moment jäh in sich zusammenzusacken und kaum hörbar vor sich hin zu murmeln: »Ist auch egal. Leider. Lebendig wird sie eh nimmer davon. Verloren hab ich sie ja trotzdem. Deinetwegen.«

Für das letzte Wort richtete sie sich wieder auf. Böse schrie sie Elly an: »Raus mit dir! Sofort!«

Dazu fuchtelte sie wild mit dem Arm ohne Kanüle durch die Luft.

Amrei fürchtete das Schlimmste. Die Miene der Großtante verwandelte sich abermals. In der nächsten Sekunde begann sie zu weinen. Heftig. So hatte Amrei sie noch nie erlebt.

Sie wollte sie in den Arm nehmen und halten. Eine resolute Stimme von der Tür ließ sie jedoch innehalten: »Was ist das hier? Eine Vollversammlung?«

Plötzlich stand eine Krankenschwester in der offenen Tür, stemmte die Hände in die Seiten und schüttelte fassungslos den Kopf. »Ich denke, Sie gehen jetzt besser. Alle«, sagte sie mit fester Stimme.

»Amrei bleibt«, stellte Annamirl klar, tastete nach ihrer Hand und klammerte sich fest. So fest, dass Amrei vor Schmerz leise seufzte.

Mit letzter Kraft setzte Annamirl nach: »Allweil.«

Im Nachhinein erschien es Amrei wie ein Wunder. Sowohl, dass Annamirl nach ihrem Herzinfarkt schnell wieder auf die Beine gekommen war, als auch, dass sie sich von dem Besuch von Davids Großmutter an ihrem Krankenhausbett und der dadurch verursachten Aufregung erholt hatte. Ebenfalls verblüffend schnell. Ohne das näher zu erklären.

»Frag niemals nicht, warum ich die Elly Grafenstetter nicht um mich haben will«, lautete ihre Bitte an Amrei.

Sie standen zusammen in der Küche. Wie jeden Freitag bestand die Großtante darauf, Reiberdatschi mit Apfelmus auf den Tisch zu bringen. Zuerst hatte sie die allein zubereiten wollen.

»Wir wollen was Gescheites auf dem Teller haben. So kurz vor den Spielen ist das wichtiger denn je für dich«, murmelte sie und schob Amrei energisch beiseite, als sie zur ersten Kartoffel greifen wollte, um sie zu schälen.

Nachdem ihr jedoch einige Male das Messer aus der Hand geglitten war, sah sie ein, dass sie es nicht schaffte, und erlaubte Amrei schließlich sogar, das Reiben der Kartoffeln zu übernehmen. Natürlich nur unter ihrer genauen Anleitung, als täte sie das zum ersten Mal im Leben. Langsamer als üblich würfelte sie unterdessen eine Zwiebel.

»Das Kapitel Elly Grafenstetter ist für mich abgeschlossen. Ein für alle Mal«, betonte sie unvermittelt, sobald Amrei unter ihrem strengen Blick die letzte Knolle über den Stahl des Reibeisens gerieben und die restlichen Kartoffelstücke ordentlich in die Schüssel abgewischt hatte.

»Auch nach Henni fragst du mich nicht. Niemals.«

Zur Bestätigung stieß sie mit der Messerspitze schwungvoll das letzte Stück Zwiebel auf.

Folgsam nickte Amrei, obwohl sie gar nichts mehr begriff. Natürlich brannte sie darauf zu erfahren, wer diese Henni war und was sie mit der Großtante und Davids Großmutter zu tun hatte. Was es überhaupt mit dem offenkundig jahrzehntelang schwelenden Konflikt zwischen ihnen auf sich hatte. Das kleine Zwischenspiel in der Klinik hatte sehr dramatisch geklungen. Offenbar war es um Leben und Tod gegangen. Trotzdem wollte Amrei alles tun, um Annamirl nicht von Neuem aufzuregen.

Hastig räumte sie das Reibeisen in den Spülstein, trug die Schüssel mit dem Kartoffelteig zum Herd, damit Annamirl ihn dort mit Muskatnuss, Pfeffer und Salz abschmecken konnte, und stellte die gusseiserne Pfanne mitsamt dem Pfannenwender bereit.

»Dein David darf wieder herkommen. Aber nur, wenn er sich an die Abmachung hält. Und kommt bloß nicht auf die Idee, die Elly nach Henni zu fragen. Die hat gar nichts über sie zu erzählen.

Die ist überhaupt die Letzte, die sich je zu ihr äußern darf«, fuhr die Großtante fort, als die ersten Reiberdatschi gebacken auf den Tellern lagen und sie sich am Tisch gegenübersaßen.

»Den Wastl darfst du auch wieder mitbringen«, setzte sie nach einer Pause nach. »Ohne Uniform. Die Doblerin weiß zwar inzwischen längst Bescheid, aber trotzdem muss man es nicht allweil zu offensichtlich heraushängen, dass er Polizist ist.«

Seit die Doblerin ihr das Leben gerettet hatte, sprach sie eine Spur freundlicher über die Nachbarin. Amreis Vorschlag, sie zum Dank zum Essen einzuladen oder wenigstens auf ein Glas Wein, hatte sie dennoch abgelehnt.

»Da müsst die mir schon sieben Leben retten. Aber das weiß sie selbst nur zu gut.«

Über so viel Verbohrtheit konnte Amrei nur den Kopf schütteln.

1968

Juni

Als Amrei in München aus dem Zug stieg, atmete sie auf. Wohlweislich hatte sie weder David noch den anderen gesagt, wann sie aus Eggling zurückkäme. So blieben ihr die Stunden bei der Pfefferle sowie das Reiberdatschiessen mit Annamirl, um sich in Ruhe von dem zu erholen, was sie in Eggling alles gehört hatte.

Das war noch weitaus mehr gewesen als die Buchhaltungssachen fürs Geschäft, das Chaos bei Schwester Bärbel und Alfons' Zukunftsplänen mit Haus und Bankkarriere. Natürlich war ihr darüber keine Zeit für sich geblieben. Erst recht nicht, um über sich und ihre eigenen Pläne nachzudenken.

»Gut, dass du wieder da bist«, empfing die Pfefferle sie in ihrem Zeitungs- und Tabakladen mit einer Miene, als wäre sie zum Beichten in die Frauenkirche zitiert worden.

In dem engen Geschäft herrschte Hochbetrieb, dabei war es erst kurz nach Mittag. Bis zum Abgabeschluss der Lottoscheine blieb also noch viel Zeit. Dennoch drängten sich Kurt Holzapfel, der Winninger Schorsch, die Sinnhuberin und noch so manch anderer vertrauter Kunde vor den Regalen mit den Heftromanen, Tabakdosen und Bonbongläsern, als würden bereits jetzt die Lottozahlen bekannt gegeben!

»Stell dir vor: Eingebrochen worden ist bei mir. Letzte Nacht«, fuhr die Pfefferle an Amrei gewandt fort, halb empört, halb sensationslüstern. »Das Wechselgeld hinten aus der Dose haben sie gestohlen. Zwölf Mark fünfzig. Mehr nicht. Und dafür der ganze

Aufriss! Mit heim nehme ich die Kasse abends doch allweil. Zum Glück! Sonst wäre alles komplett weg, was ich gestern umgesetzt hab'. Aber durchwühlt haben sie das ganze Büro. Einen Saustall haben sie angerichtet. Nicht einmal aufräumen darf ich. Spuren müssen sie sichern, haben die von der Kripo mir gesagt. Warum das jetzt aber so lang dauert in der winzigen Kammer, das sagt mir keiner!«

»Vom Hof her sind sie rein. Den ganzen Vormittag war die Kriminalpolizei da und hat die Nachbarschaft verhört, ob die was gesehen hat«, beeilte sich die Sinnhuberin das kurze Innehalten der Pfefferle zu nutzen, um sich mit ihrem Wissen dazwischenzuschieben.

»Ein Drogensüchtiger wird's gewesen sein. Beschaffungskriminalität nennt sich das.« Leicht schwankend stützte sich Kurt Holzapfel mit einer Hand auf der Verkaufstheke ab.

»Eher war's einer von den Gammlern«, widersprach der Winninger Schorsch. »Schwabing und der Englische Garten reicht denen nimmer, heißt es. Die ganze Isar hinauf bis auf Thalkirchen zu lungern sie inzwischen im Kies herum und strecken ihre nackerten Ärsche in die Sonne. Da werden sie nachts gewiss auch hier beim Sendlinger Tor sein.«

»Kann ich meine Tasche trotzdem hinten abstellen?«, fragte Amrei. So gern sie die Kundschaft mochte, wurde ihr das Gerede jetzt doch zu viel. Sie reckte sich auf die Zehenspitzen, um über die Köpfe der anderen nach hinten zu schauen. Einen uniformierten Polizisten entdeckte sie in dem schmalen Hinterzimmer. Offenbar hielt er Wache. Sie lief zu ihm.

Als er sich umdrehte, blieb ihr die Luft weg. Wastl! Die Knie wurden ihr weich. Sie musste sich am Türrahmen festhalten.

»München ist ein Dorf.« Er lachte. »Schön, dich wiederzusehen, Amrei.«

»Ich freu mich auch. Ich wollte mich schon längst bei dir melden … ich wollte dir vorschlagen … es war einfach viel zu viel los, sodass ich …« Sie brach ab. So machte das keinen Sinn. Sie brachte einfach keinen vernünftigen Satz zustande. Viel zu offenkundig sprach das schlechte Gewissen aus ihr.

Angestrengt versuchte sie, ihn nicht direkt anzusehen. Es fiel ihr jedoch schwer, sich von ihm abzuwenden. Jäh wurde ihr klar, wie sehr sie sich wirklich nach einem Wiedersehen mit ihm gesehnt hatte.

»Ich bin im Dienst.« Verlegen rückte er die Mütze auf dem Kopf zurecht.

»Vielleicht können wir heute Abend nach Dienstschluss miteinander in den Biergarten …?«, schlug Amrei vor.

»Da geht's leider nicht bei mir.«

»Und morgen Nachmittag?«, schob sie hastig nach.

Über Wastls Gesicht huschte ein Leuchten.

»Warst du schon einmal am Oberwiesenfeld?«, fragte er. »Die Baustelle vom Olympiastadion kann man besichtigen. Auch die für das Olympische Dorf. Und überhaupt das ganze Gelände, das sie für 72 anlegen. Hochinteressant. Am besten fahren wir mit dem Radl hin, falls du eins hast.«

»Leider nicht. Aber ich könnte eins auftreiben«, antwortete Amrei lächelnd.

War sie wahnsinnig? Das war bereits eine Zusage. Wollte sie das wirklich? Überrumpelte er sie nicht gerade genauso wie sonst David? Doch sie wollte ja endlich mit ihm reden.

Den restlichen Nachmittag beschäftigte sie sich trotzdem damit, was sie tun oder besser nicht tun sollte. David würde nie verstehen, dass sie gleich nach ihrer Rückkehr jemand anderen treffen wollte. Noch dazu Wastl. Ein Polizist. Ein »Bulle«, wie sie neuerdings abfällig sagten.

»Wo bist du mit deinen Gedanken, Madl? Zwei Zehnerl mehr tät ich herausbekommen.«

Die Sinnhuberin schüttelte den Kopf und streckte ihr auffordernd die flache Hand mit dem Wechselgeld hin. Sie musste sich mehr zusammennehmen. Gerade heute brauchte die Pfefferle sie.

»Verzeihung«, murmelte sie und gab die fehlenden Groschen hastig heraus.

Kaum zehn Minuten später kassierte sie bei jemand anderem eine Mark zu wenig für Zigarren ab. Bis sie es bemerkte, war der Mann schon aus dem Laden hinaus. Sie rannte hinterher, doch er war längst im unübersichtlichen Baustellengewühl am Sendlinger-Tor-Platz verschwunden.

Selbst beim ersehnten Abendessen mit Annamirl war sie unaufmerksam, zwang sich ohne Appetit drei Reiberdatschi hinunter. Mehr ging beim besten Willen nicht.

»War's so übel bei dir daheim in Eggling, dass sie dir die Lust aufs Essen verdorben haben?« Die Großtante steckte sich eine Gauloise in den Mundwinkel, zündete sie jedoch nicht an. »Oder ist's die Sehnsucht nach deinem Farbkleckser in der Amalienstraße, die dir die Kehle zuschnürt? Lass gut sein. Mit dem Abwasch komme ich schon allein klar. Schau lieber, dass du zu ihm kommst, ehe es dich vor Sehnsucht ganz zerreißt. Ich weiß doch, was das heißt.«

Der Blick, den sie Amrei schenkte, barg eine ganze Geschichte. Und brachte Amrei noch mehr durcheinander.

Es war absolut unmöglich, sich der Großtante anzuvertrauen. Zu deutlich sah Amrei wieder vor sich, wie sie in jener Nacht auf Wastl reagiert hatte, als er sie in Uniform nach Hause gebracht hatte. Und wie Annamirl dafür auch noch die Doblerin angeschnauzt hatte.

Erst als sie kaum eine halbe Stunde später die Treppen zur WG in der Amalienstraße hinaufhastete, fiel ihr auf, dass sie der Großtante nicht einmal vom Einbruch bei der Pfefferle erzählt hatte. Inzwischen war sie offenkundig völlig unzurechnungsfähig. Ob die Doblerin schon Bescheid wusste und Annamirl davon berichtete? Dazu müssten die zwei allerdings miteinander reden. Vielleicht auf dem Weg zum gemeinsamen Klo die halbe Treppe hinunter, wenn sie sich wieder einmal übers ausgegangene Toilettenpapier in die Haare gerieten.

»Willkommen zurück«, empfing Chris sie an der offenen Wohnungstür in einem abenteuerlich anmutenden Hausmantel aus dunkelroter Seide mit schwarzem Kragen. Chinesisch-exotisch. Darunter war sie nackt. Amrei hoffte, das bedeutete nicht automatisch, dass sie auch Jürgen wieder nackt begegnete. Das würde sie jetzt nicht ertragen.

Sie blieb verschont. Im Flur tauchte er nicht auf. Dafür stieß Biggi zu ihnen, ebenfalls nur mit einem Seidenmantel bekleidet. Sie umarmte sie zur Begrüßung. Der Seidenmantel roch muffig, das Parfüm, eine entfernte Erinnerung an Moschus, ebenfalls. Leider hatte Biggi es viel zu großzügig aufgetragen.

»Schick, was?« Sie breitete die Arme zur Seite und drehte sich einmal um die eigene Achse. Im Rücken prangte eine Drachenstickerei.

»Die hat uns Davids Oma Elly überlassen«, erzählte sie sichtlich stolz. »Auf dem Speicher haben wir sie gefunden. In einem angestaubten Reisekoffer voller Vasen, Schälchen, Buddhafiguren und solchem Kram. Das Zeug muss uralt sein. Als ob Elly mal in China gewesen wäre. In ihrer Jugend oder so. War sie aber nicht, hat sie gesagt.«

»Hast du Lust auf eine chinesische Suppe?«, unterbrach Chris den Redeschwall und blickte Amrei erwartungsvoll an.

»Wir haben uns an etwas versucht«, meldete Biggi sich wieder zu Wort. »Das Kochbuch hat auch in der Kiste gelegen. Handgeschrieben.«

Sie zog Amrei in die Küche. Auf dem Herd köchelte etwas in

einem hohen Suppentopf. Ein würziger Geruch zog zu Amrei herüber.

»Ich wollte zu David«, wiegelte Amrei ab. Sie hätte doch direkt ins Atelier hinaufgehen sollen. Auf einmal wollte sie so schnell wie möglich mit ihm reden.

»Ist er in seinem Zimmer oder oben im Atelier?«, fragte sie.

»Weder noch.« Sichtlich enttäuscht von ihrer Absage rührte Biggi die Suppe durch. »In der Akademie ist er. Seit du in der Oberpfalz warst, ist er mehr oder weniger dort eingezogen.«

»Über Nacht hat der Hausmeister die Transparente und Plakate gegen die Notstandsgesetze entsorgt. Du erinnerst dich? ›Kein 1933‹ stand in fetten roten Lettern wie ein offenes Maul direkt über dem Haupteingang. Jetzt haben sie beschlossen, die weißen Wände im Foyer und in den Fluren zu bemalen. Als Ersatz«, berichtete Chris.

»Und als überdimensionale Kunstausstellung. Schließlich sind sie angehende Künstler.« Biggis Augen leuchteten wieder.

Hastig verabschiedete Amrei sich und lief neugierig zur Akademie.

Schon von Weitem schallte laute Musik herüber. Wieder einmal war die Party also in vollem Gange. Auf der Wiese hockten Grüppchen, aßen, tranken, lachten, auf den Auffahrtsrampen wurde getanzt und geknutscht. Hinter den Büschen ging es bereits eindeutiger zur Sache. Dazwischen schoben sich Neugierige Richtung Eingang, bei denen es sich offenbar nicht um Studenten, sondern um ›rechtschaffene‹ Bürger in Freizeitkleidung und mit gepflegter Frisur handelte. Neugierig begafften sie die Akteure und das Geschehen. Wie im Zoo.

Gleich im Foyer stieß Amrei auf David. Neben einem Kommilitonen mit Afrolook, was bei blondem Haar und blasser, sommersprossenübersäter Haut sehr gewöhnungsbedürftig aussah.

Gedankenverloren bepinselte er die Wand. Die obligatorische Zigarette steckte ihm im Mundwinkel, eine Bierflasche hielt er in der linken Hand. Als sie nach ihm rief und er langsam den Kopf in ihre Richtung drehte, erschrak sie. Seine Pupillen waren riesengroß. Das konnte sie sogar aus der Entfernung erkennen. War das noch ihr David? Bislang hatte er von harten Drogen die Finger gelassen. Tränen traten ihr in die Augen.

Das war's dann wohl. Mindestens für die nächsten Tage.

Sie wandte sich ab, bitter enttäuscht, besah sich die Wand. Erschrak von Neuem. War das sein Ernst? Malte er da gerade tatsächlich an einem überdimensionalen Penis?

Mit äußerst naturalistisch wiedergegebenen Details ragte er vom Erdgeschoss in den ersten Stock hinauf.

Was hatte das mit den Protestparolen zu tun, die ihm so am Herzen lagen? Was war mit David passiert, seit sie sich vor wenigen Tagen von ihm verabschiedet hatte?

»Nicht stehen bleiben! Andere wollen auch noch sehen, was hier los ist.«

Jemand stieß sie von hinten unsanft beiseite. Ein untersetzter Mann in beigem Sommeranzug, an dessen Seite sich eine hochtoupierte Frau in passendem beigen Hemdblusenkleid untergehakt hatte, baute sich neben ihr auf.

»Eine Sauerei sondergleichen!«, rief er.

»Gleich gesagt hab ich's dir. Die schämen sich für nichts«, ereiferte sie sich in schriller Stimme. Einvernehmlich schüttelten sie die Köpfe. Was sie wohl gesagt hätten, prangte statt des Penis eine harmlose Blume an der Wand?

»Da bist du ja endlich!« Plötzlich stand David direkt vor Amrei, legte ihr die farbverschmierte Hand an die Wange. Lächelte.

Sie schlang ihm die Arme um den Hals und presste sich an ihn. Weinte.

Die Frau im beigen Hemdblusenkleid seufzte.

»Doch nicht in aller Öffentlichkeit«, schnaubte ihr Mann.

»Lass uns zu dir gehen«, wisperte Amrei David ins Ohr, fasste nach seiner Hand und wollte mit ihm zum Ausgang.

David rührte sich jedoch nicht von der Stelle.

»Wir bleiben«, erklärte er. »Ich schlafe hier. Seit Tagen. Nachdem sie unsere Transparente widerrechtlich entfernt haben, lassen sie uns keine Wahl. Kunst findet statt. Hier und jetzt. Kunst hat eine gesellschaftliche Aufgabe, gehört in die Öffentlichkeit. Deshalb müssen wir noch einige Wände bemalen. Dringend.«

Er streckte den freien Arm zur Seite aus, wies damit in die Tiefen des Gebäudes. Grinste schief.

»Außerdem dürfen wir doch unser Publikum nicht enttäuschen, das immer zahlreicher anrückt, um unsere Werke zu bestaunen. Bleib da. Es wird dir gefallen. Das ist die größte und wichtigste Kunstausstellung Münchens. Bei freiem Eintritt. Vielleicht sollte ich mich an einem Reh versuchen. Als Friedensangebot. Oder denkst du, das wird sie arg enttäuschen? Sie kommen ja her, um hier ganz andere Bilder zu sehen. Rehe haben sie selbst über dem Sofa. Und brunftige Hirsche gewiss auch.«

Er nahm sie in den Arm, verschloss ihr den Mund mit einem atemberaubenden Kuss, strich ihr fordernd über den Rücken, den Hintern hinunter, begann, an ihrem Kleid herumzunesteln und schob ihr unmissverständlich seinen Oberschenkel zwischen die Beine.

»Nicht!« Schroffer als beabsichtigt stieß sie ihn von sich.

»Nicht hier«, setzte sie sanfter nach, wollte wieder nach seiner Hand greifen, um ihn nach draußen zu ziehen. Er widersetzte sich.

»Nur hier. Ich kann hier nicht weg. Ich habe eine Menge zu tun, wie du siehst. Wichtiges zu tun.«

»David? Wie weit seid ihr?«, rief eine Frauenstimme. »Wo steckst du denn schon wieder?« Sandra.

Amrei schluckte.

»Dann heute wohl nicht«, sagte sie leise. »Wir sehen uns.«

»Morgen?«

»Mal schauen.«

Es war feige von ihr gewesen, David nicht sofort abzusagen. Aber er hätte es ohnehin nicht wirklich registriert, so schnell wie er mit Sandra den langen Flur hinunter verschwunden war, versuchte sie sich zu beruhigen. Er war gar nicht zurechnungsfähig gewesen.

Bei der Erinnerung, wie er ausgesehen hatte, als er am Tag zuvor im Foyer der Akademie vor ihr gestanden hatte, schüttelte Amrei den Kopf. Erst einen Tag war sie wieder zurück in München. Unfassbar, was in der kurzen Zeit alles passiert war.

Der David, den sie in der Akademie getroffen hatte, war nicht der David, den sie bislang kannte und von dem sie sich vor knapp einer Woche verabschiedet hatte. Und das war nicht das München, aus dem sie weggefahren war.

Erschöpft sank sie ins Gras. Schloss die Augen. Genoss die warme Sonne auf dem Gesicht.

»Schon schön hier, was?«

Eine Männerstimme weckte sie. Sie schoss hoch, blinzelte verwirrt ins grelle Nachmittagslicht. Wusste nicht, wo sie war. Mit wem. Nur langsam kehrte die Erinnerung zurück.

»Verzeih, ich wollte dich nicht erschrecken.« Wastl balancierte einen Grashalm zwischen den Lippen, wagte ein zaghaftes Lächeln. Das stand ihm gut.

»Passt schon.« Sie erwiderte sein Lächeln. Es war schön, ihn zu sehen und bei sich zu haben. Endlich.

»Ja, schon schön hier!«, bekräftigte sie Wastl gegenüber nach einer Weile zur Sicherheit, zog die Knie vor die Brust und sah sich aufmerksamer um.

Sie saßen am Hang des Schuttbergs, gegenüber des neuen

Fernsehturms, und blickten auf die Großbaustelle hinüber, aus der einmal das Olympiastadion, die Schwimmhalle und noch so manch anderes erwachsen sollte, was in vier Jahren Austragungsort der Olympischen Spiele sein würde. Selbst samstags wurde auf der Baustelle gearbeitet. In praller Sonne und bei größter Sommerhitze. Baukräne hievten Stahlträger durch die Luft, Bagger baggerten Gruben aus, Lastwagen karrten tonnenweise Erde weg oder brachten Zement in gewaltigen Betonmischern heran. Eine ganze Armada Arbeiter mit bunten Helmen auf dem Kopf wuselte umher, jeder offenkundig bestens informiert, was er zu tun hatte.

Noch brauchte es allerdings reichlich Fantasie, um sich vorzustellen, was eines Tages aus dem Chaos entstehen sollte. Oder eine der riesigen Bautafeln, die überall in der Gegend den Baustellenbesuchern mittels vieler beeindruckender Zeichnungen das anvisierte Ziel vor Augen führten.

»Das wird unser Aufbruch ins nächste Jahrtausend. Endlich gilt München nicht mehr als Hitlers Lieblingsstadt oder als verschlafenes Millionendorf.« Wastl geriet ins Schwärmen. Und hörte sich an, als ginge es um seine persönliche Zukunft.

Schon beim Herradeln war ihr das aufgefallen. Als er ihr Moosach gezeigt hatte. Sein Viertel. Sein Zuhause. Sein München. In dem es noch fast so ländlich zuging wie bei ihr daheim in Eggling mit dem alten Dorfkern, der Kirche am Dorfplatz mit dem Maibaum und den Bauernhöfen, die noch bewirtschaftet wurden. Sicher nicht mehr lange, falls in der Stadt weiter so rasant gebaut wurde. Die Baukräne dräuten bereits in der Ferne.

Wogegen Wastl anscheinend nichts einzuwenden hatte, so stolz, wie er ihr auch das alles präsentiert hatte. Selbst das Vereinshaus und die Anlage seines Schützenvereins hatte er ihr vorgeführt.

»Du schießt?«, war ihr entgeistert herausgerutscht.

»Es ist ein Sport wie jeder andere. Und erfordert eine enorme Konzentration. Das gefällt mir daran.«

»Bist du deshalb zur Polizei gegangen?«

»Glaubst du, wir ballern aus purer Freude wild in der Gegend umher?« Sichtlich amüsiert hatte er den Kopf geschüttelt. »Da kennst du die Münchner Polizei schlecht. Seit Jahren wird bei uns großer Wert auf Deeskalation gelegt. ›Münchner Linie‹ nennt sich das. Um die werden wir in der ganzen Bundesrepublik beneidet. Darum bin ich dabei.«

»Wie das mit der Deeskalationstaktik funktioniert oder vielmehr nicht funktioniert, hat man an Ostern gesehen«, hatte sie verärgert entgegnet.

»Da ist alles aus dem Ruder gelaufen. Auf beiden Seiten. Leider. Echt übel. Du weißt, dass ich ...«

»Hast du mich deshalb auf eigene Faust heimgebracht?«

»Auch.«

Eine Weile hatten sie einander schweigend angesehen.

Da war er wieder gewesen, der verständnisvolle, einfühlsame Wastl, wie sie ihn in jener Nacht erlebt hatte. Alles in ihr hatte sich danach gesehnt, ihm um den Hals zu fallen, ihn direkt am Leib zu spüren.

Jetzt musterte sie sein prägnantes Profil, die dominante Nase, das strohblonde Haar, das ihm über die Ohren und sogar bis weit in den Nacken reichte. Für einen Polizisten war das erstaunlich lang. Zweifellos traute er sich etwas. Wahrscheinlich mehr, als für einen braven Streifenpolizisten gut war.

»Wollen wir weiter?«, fragte er.

Sie musste ihn angestarrt haben wie ein Weltwunder. Beschämt murmelte sie eine Entschuldigung. Jetzt winkte er mit einem lässigen »Passt schon« ab und erhob sich, streckte ihr die Hand hin, um sie hochzuziehen.

Seite an Seite schlenderten sie die staubigen Feldwege hinunter, die durch die bunte Blumenwiese über den Hügel mäanderten, berührten sich dabei gelegentlich wie zufällig, taten beide, als wäre nichts dabei, genossen es zweifellos jeder still für sich.

Ihre Fahrräder lehnten am Bauzaun, hinter dem eine riesige Grube für den künstlich angelegten See klaffte. Wastl öffnete das Zahlenschloss, mit dem er die Räder gesichert hatte.

Amrei war froh über seine Vorsicht. Das Rad, mit dem sie unterwegs war, gehörte Annamirl. »Kannst du nehmen«, hatte die Großtante nach kurzem Zögern erlaubt. Ausgerechnet dieses Radl gleich bei der ersten Benutzung zu verlieren, wäre furchtbar. Auch wenn Annamirl sicherlich so tun würde, als hinge sie nicht daran. Ihr Blick auf das Gefährt aber hatte nur schlecht kaschiert, wie viel es ihr bedeutete.

»Was hältst du von einem Abstecher in den Biergarten? Ich könnte jetzt gut ein Radler und was zu essen vertragen.«

Wieder dieses feine Lächeln von Wastl. Und wieder konnte Amrei ihm nicht widerstehen.

Zehn Minuten später erreichten sie ihr Ziel, einen kastanienumsäumten Biergarten unweit eines alten Krankenhausbaus und inmitten zahlreicher in die Jahre gekommener Villen. Wieder sperrte Wastl die Räder ordentlich ab, bevor sie dicht nebeneinander den schmalen Kiesweg zum Eingang entlangspazierten.

Der Biergarten war beliebt, das Sommerwetter trug das Seine dazu bei, die Plätze zu füllen. Kaum ein freier Tisch war noch zu entdecken.

»Hier geht's zu wie am Stachus«, rief Wastl vergnügt und legte Amrei spontan den Arm um die Schulter, zog sie übermütig zu sich heran, um sie vor einem gefährlich schwankenden Mann mit zwei noch gefährlicher schwankenden Maßkrügen in den Händen zu retten.

Dankbar schmiegte sie sich an Wastls Seite, legte ihm automatisch ebenfalls den Arm um die Hüften. Was sich gut anfühlte. Bestens sogar. Kurz begegneten sich ihre Blicke. Glücklich.

»Hoppla, wen haben wir denn da?«, klang es plötzlich nah an ihrem Ohr.

Die Stimme kannte sie. Der spöttische Ton war unverkennbar. Jürgen! Ausgerechnet. Und neben ihm stand Chris. Sie kamen von der Bierschwemme, trugen frisch gefüllte Maßkrüge sowie ein Tablett mit einer Brotzeit vor der Brust.

Sobald Chris klar war, wen sie vor sich hatte, lächelte sie wissend und zog Jürgen in die andere Richtung davon.

1972

Ende August

In der letzten Woche vor Eröffnung der Olympischen Spiele war Amrei bereits offiziell im Dienst. Das Sommerwetter ließ weiterhin auf sich warten. Aus den Bergen wurden sogar Schneefälle gemeldet. Allein bei dem Gedanken fror Amrei erbärmlich und hüllte sich morgens auf dem Weg zum Olympiadorf in Pulli, lange Hosen und warme Schuhe sowie einen Regenmantel. Die offizielle Uniform schonte sie noch ein wenig. Es reichte völlig, wenn sie die erst im Olympiadorf anzog.

Was für ein Segen, für den Weg die neue U-Bahn nutzen zu können. So war sie nicht nur konkurrenzlos schnell vor Ort, sondern bekam auch nur wenig von dem frustrierenden Wetter mit.

In der WG beschlossen sie dennoch, am folgenden Abend eine große Party steigen zu lassen, wie sie Amrei verkündeten, als sie auf dem Heimweg zu Annamirl kurz bei ihnen vorbeischaute.

»Das hilft immer gegen miese Laune und trübes Wetter«, behauptete Biggi.

»Und den Wettergott stimmen wir damit auch milde«, ergänzte David.

»Außerdem ist es die letzte Gelegenheit, bevor wir alle endgültig dem olympischen Wahn verfallen.« Chris schmunzelte.

So einleuchtend das klang, zögerte Amrei dennoch, in die Begeisterung einzustimmen. Rasch verabschiedete sie sich mit einer vagen Zusage. Sie wollte Annamirl nicht bis spät in die Nacht allein lassen, wenn sie schon den ganzen Tag außer Haus war. Seit deren Krankenhausaufenthalt saß sie bei ihren ersten Hosteseinsätzen ohnehin wie auf Kohlen, um abends pünktlich bei ihr zu sein. Ständig fürchtete sie, die Großtante erlitte einen weiteren Herzanfall und die Doblerin bekäme das nicht mit, weil sie neuerdings nicht einmal mehr durch den Türspalt spähte, wenn jemand vor Annamirls Wohnungstür stand, geschweige denn, dass sie noch registrierte, was sich im Treppenhaus tat. Zu böse hatte die Großtante sie offenbar inzwischen doch wieder beschimpft.

Vermutlich hatte Annamirl sich bislang nicht einmal ausdrücklich bei der Doblerin für ihre Rettung bedankt. Amrei beschloss, das nachzuholen und besorgte am folgenden Tag auf dem Heimweg einen Blumenstrauß, Pralinen und eine Flasche Sekt.

»Nur rausgeschmissenes Geld!«, regte Annamirl sich auf, als Amrei das zur Nachbarin hinüberbringen wollte. »So was trinkt die eh nicht. Die weiß doch gar nicht, was Sekt ist. Am Ende hält sie's noch für Limonade. Und die Pralinen stopft sie sich sowieso wie billige Schokolade in den Mund. Wirst's schon sehen.«

»Gönn der Doblerin doch mal was! Verdient hat sie sich die Sachen in jedem Fall«, erwiderte Amrei und freute sich, mit welchem Strahlen auf dem Gesicht die Doblerin die Präsente entgegennahm.

»Allweil bei mir hocken und dich langweilen brauchst du gewiss nicht«, protestierte Annamirl wenig später, sobald Amrei Anstalten machte, auch diesen Abend wieder bei ihr verbringen zu wollen.

»So weit kommt's noch!«, brauste sie schließlich auf, nachdem Amrei immer noch nicht weggehen wollte. Warum zum Teufel hatte sie vorhin beim Essen nur die WG-Party erwähnt?

»Ich bin doch keine Tattergreisin, die es nicht einmal mehr allein die Treppe runter aufs Klo schafft«, schimpfte Annamirl.

Nach der obligatorischen Zigarette zum Nachtisch scheuchte sie Amrei endgültig fort. »Hau endlich ab und untersteh dich, vor morgen Mittag wieder zurück zu sein. Eigenhändig verweigere ich dir den Zutritt in die Wohnung! Daheim hocken wirst du eines Tages früh genug. Damit brauchst du jetzt noch nicht anfangen.«

Mit schlechtem Gewissen und noch schlechterem Gefühl im Bauch befolgte Amrei die Aufforderung und packte eine kleine Tasche.

»Denk dran, dein Schminkzeug mitzubringen, das ihr bei eurem Lehrgang bekommen habt«, hatte Biggi sie vorhin telefonisch noch einmal erinnert. »Einmal im Leben will ich mir mit sündhaft teurem Kajalstift die Augen umranden und luxuriösen Lippenstift auf den Lippen schmecken.«

»Schade, dass mir deine Strumpfhosen nicht passen. Die wären auch was für mich«, stellte Chris kurz darauf fest, nachdem Amrei in der Amalienstraße eingetroffen war. Sie hatten sich ihr WG-Zimmer als Umkleide hergerichtet und waren über Amreis Tasche hergefallen, kaum dass sie sie auf dem Boden abgestellt hatte. Fast schon andächtig ließ Chris jetzt die Maschen der feinen Seidenstrümpfe über die gespreizten Finger gleiten.

»Was ist los?«

Erstaunt musterte Amrei die Freundinnen. Sie trugen die rotseidenen Morgenröcke, die sie vor Jahren auf dem Speicher gefunden hatten.

»Sonst wehrt ihr euch mit Händen und Füßen gegen das ganze Geschrei um teure Schminke, elegante Klamotten und Markengläubigkeit, und jetzt habt ihr auf einmal nichts Besseres zu tun, als euch auf das Zeug zu stürzen?« Amrei verstand sie immer weniger.

»Komm du mir nicht mit Klischees! Wer von uns stolziert demnächst im türkisen Dirndl übers Olympiagelände?«, entgegnete Chris.

»Es ist doch nur ein Spaß!«, ging Biggi dazwischen. »Lasst uns den Kram einfach mal ausprobieren. Das bedeutet noch lange nicht, dass wir künftig immer so perfekt geschminkt herumlaufen wollen. Genauso wenig, wie Amrei ab sofort ein Olympiapüppchen wird.«

»Ausprobieren ist immer gut.« Ungeniert durchwühlte Chris weiter Amreis Tasche, in der sich die offizielle Grundausstattung der Hostessen befand, unter anderem ein knielanges Regencape. »Das aktuell wichtigste Stück deiner Ausstattung«, stellte sie fest und legte es besonders vorsichtig beiseite. Darunter fand sie Sanitäts- und Nähzeug, das Programm für die Wettkämpfe und die Spielstraße, ein mehrsprachiges Sportlexikon sowie einen Stadtplan.

Besonders kritisch musterte sie den offiziellen Hostessenausweis und die Akkreditierung für das Olympiagelände. Damit besaß Amrei Zugang zu allen Bereichen, wie es darauf hieß.

»Wow! Ein Freifahrtschein, um sich bei einem der attraktiven Muskelpakete ins Bett zu schleichen«, spottete Chris.

»Lass sehen!« Interessiert blickte Biggi ihr über die Schulter.

»Die Papiere sehen nicht sonderlich professionell aus«, merkte sie nach längerem Hinschauen kritisch an. »Jemand mit etwas grafischem Geschick hat das ruckzuck gefälscht.«

»Seit wann kennst du dich mit so etwas aus?«, fragte Chris.

Achtlos zuckte Biggi die Schultern. »Uri und einige seiner Freunde haben sich letztens schon darüber unterhalten, wie locker das bei den Spielen mit den Sicherheitsvorschriften gesehen wird. Unter dem Stichwort heiter lässt sich vieles kaschieren. In Israel ist man bei solchen Dingen wohl andere Standards gewohnt.«

»Die Sicherheitsleute sind bestens geschult. Denen kannst du nichts vormachen. Wastl wird dir das bestimmt gern genauer erklären.«

Rasch nahm Amrei ihnen die Papiere ab und stopfte sie mit den anderen Sachen zurück in die Handtasche.

»Auf geht's, Mädels. Wir wollten uns schön machen«, mahnte Chris, und Biggi pflichtete bei: »So schön, dass die Jungs reihenweise umfallen vor Begeisterung.«

Den Schreibtisch hatten sie zum Schminktisch umfunktioniert. Mittags schon hatte Biggi dafür den Spiegel aus dem Bad konfisziert, woraufhin David geflucht habe, dass er sich nicht mehr rasieren könne, erzählte sie.

»Seit wann rasierst du dich?«, habe Chris ihn gefragt und ihm über die mehrere Tage alten Bartstoppeln gestreichelt.

»Schon mal was von orientalischer Bartpflege gehört?«, habe er zurückgegeben.

»Nimm bei Uri Nachhilfe, der zeigt dir, wie man sich im Nahen Osten pflegt«, habe Biggi vorgeschlagen, berichteten sie amüsiert weiter.

»Uri könnte unseren Jungs noch bei so manch anderen Dingen Nachhilfe geben«, schwärmte Biggi.

»Verschon uns mit der Lobhudelei auf die Machos aus dem Nahen Osten. Bei denen haben wir Frauen doch erst recht nichts zu melden«, wies Chris sie unwirsch zurecht.

»Du bist nur sauer, weil Uri nicht mit dir ins Bett will«, gab Biggi zurück.

»Aufhören!«, ging Amrei dazwischen.

»Du hast gut reden, du hast mit David und Wastl nach wie vor gleich zwei attraktive Burschen an der Hand, sofern du nur willst.« Nun griff Chris auch sie an.

»Mit Jürgen sogar drei. Ist dir aufgefallen, wie begeistert er neuerdings von Amrei ist?«, warf Biggi ein.

»Wenn ihm das einer vor vier Jahren gesagt hätte! Erinnert ihr euch, für wie verblödet und provinziell er Amrei damals gehalten hat?«

Chris prustete los. Biggi kicherte. Amrei verdrehte die Augen. Wahrscheinlich hatten die beiden schon nachmittags die erste Flasche Sekt geleert, natürlich nur zur Einstimmung auf die Party.

Wenig später wünschte sie sich, sie hätte sich vorsorglich ebenfalls schon einen entsprechenden Alkoholpegel zugelegt. Überall in der Wohnung waren Lautsprecherboxen verteilt, aus denen Musik von Deep Purple, den Stones oder Amon Düül dröhnte. Im Flur wurde getanzt, in verschiedenen Ecken geknutscht, auf den Matratzen in den einzelnen Zimmern bereits leidenschaftlich geliebt. Vor allzu eindeutigem Gestöhne rettete Amrei sich in die Küche.

Auch dort fand sie wenig Ruhe. Unter den eingeladenen Gästen, die sich in der WG-Küche drängelten, erspähte sie Rainer und Udo, zwei frühere Kommilitonen von Chris und Jürgen. In den Hochzeiten der Studentenproteste vor vier Jahren gehörten sie fast zum festen Inventar der WG, obwohl sie nicht weit entfernt in der Türkenstraße gewohnt hatten. Wann immer über Demonstrationen oder Aktionen diskutiert worden war, waren die beiden dabei gewesen – und zwar stets auf der radikaleren Seite. Jetzt wirkten sie eher kritisch angespannt denn wirklich bereit, die baldige Eröffnung der Olympischen Spiele rauschhaft zu feiern. Aus ihrer Sicht nur logisch, bedachte man, wie sie früher schon dagegen argumentiert hatten.

Neugierig näherte Amrei sich ihnen, um zu belauschen, ob sie mit ihrer Vermutung richtiglag.

»Der Leistungsdruck auf die einzelnen Sportler ist viel zu hoch. Das ist Kapitalismus pur. Wer die vorgegebene Norm nicht erfüllt, muss mit harten Konsequenzen rechnen«, schnappte sie eine Bemerkung von Rainer auf, der mit Udo und einigen von Uris Freunden in der Nähe der Balkontür stand.

»Deshalb müssen wir jedes Mannschaftsmitglied ausführlich über seine Möglichkeit informieren, sich den von außen vorgegebenen Leistungsanforderungen noch vor Beginn der Spiele offiziell zu widersetzen«, erwiderte Udo. »Dazu haben wir bereits eine schriftliche Erklärung entworfen, die jeder der Athleten unterzeichnen ...«

»Lass uns nach dem Rotwein suchen, sonst schaffe ich die vorgegebene Feier-Leistungsnorm nicht«, wandte Amrei sich aufstöhnend an Jürgen, der sich zufällig in ihrer Nähe befand.

»Die Konsequenz daraus wird mehr als furchtbar für dich sein«, prophezeite er.

Gemeinsam kehrten sie Rainer und Udo den Rücken. Uris Freunde blieben bei den zweien stehen. Wahrscheinlich war ihr Deutsch zu schlecht, um überhaupt etwas von den gestelzten Verlautbarungen zu verstehen, die die beiden absonderten, oder ihre Höflichkeit zu groß, um ihnen ebenfalls den Rücken zu kehren.

»Du solltest deine Feier-Leistungsnorm beim Rotwein nicht zu hoch ansetzen«, riet Jürgen Amrei, als sie zu Davids Zimmer hinübergingen, wo die Bar aufgebaut war. »Ich habe gehört, dass ihr Hostessen die nächsten Tage Versuchskaninchen spielen müsst, um die Labore zu testen, die wiederum die Sportler auf verbotene Substanzen überprüfen sollen. Wahrscheinlich wird dabei auch der Alkoholgehalt in eurem Blut bestimmt.«

»Außerdem rupfen sie uns die Haare aus, um sie unters Mikroskop zu legen. Angeblich sind sie nah dran, auf diese Weise das Geschlecht einer Person zweifelsfrei zu ermitteln. Schließlich soll kein als Frau verkleideter Mann die Goldmedaille beim Kugelstoßen der Damen gewinnen.«

»Jetzt weiß ich, warum ihr Dirndl tragt. Bei der Kürze der Röcke kann eh keiner gescheit haarige Männerbeine verbergen«, mischte David sich plötzlich ein. Offenbar hatte er genug davon, den Barkeeper zu mimen, und kam hinter dem provisorisch aus mehreren übereinandergestapelten Bierbänken gezimmerten Tresen hervor. Sichtlich amüsiert über die Vorstellung grinste er von einem Ohr zum anderen.

»Gewogen werden wir auch noch. Rein aus Versuchsgründen, versteht sich«, erzählte Amrei weiter und prostete ihm zu.

»Hoffentlich sind die Waagen geeicht. Ein falsches Leichtgewicht wäre bei manchen Wettbewerben fatal und würde langwierige Proteste nach sich ziehen«, brachte Jürgen an.

»Da spricht der Jurist! Wäre das nicht genial für dich? Für den Rest deines Lebens könntest du gutes Geld damit verdienen, dass du entsprechende Schadenersatzklagen für diejenigen übernimmst, die deswegen keine Medaille bekommen haben. In jedem Fall wäre das spannender als dein öder Job im Justizministerium.« Gönnerhaft tätschelte David ihm die Schulter.

»Das sind fast so schöne Aussichten wie für dich.« Jürgen hob die Bierflasche und stieß mit David an. »Du hast doch schon im Vorfeld der Spielstraße interessante Kontakte geknüpft, um nach den Spielen bei einer renommierten Galerie auszustellen, wie man hört. Wenn du nicht aufpasst, wirst du ein zweiter Beuys und erzielst mit deinen Kunstwerken Höchstpreise. Dann bist du ein gemachter Mann.«

»Davon weiß ich ja noch gar nichts. Um was genau geht es?« Interessiert sah Amrei David an. Der wand sich unbehaglich.

»Spruchreif ist es noch nicht, aber der Galerist war vorgestern oben in meinem Atelier und hat sich meine Sachen zeigen lassen. Prinzipiell abgeneigt schien er jedenfalls nicht, mit mir demnächst eine Ausstellung zu wagen. In Düsseldorf.«

»Das wird bestimmt etwas. Du weißt, dass ich an dich und deine Kunst glaube.« Amrei fiel David um den Hals und küsste ihn auf die Wange.

Für einen Moment drückte er sie fest an sich, wollte ihr etwas zuflüstern, sie aber schälte sich hastig wieder aus seinen Armen. Wastl war bei ihnen aufgetaucht.

»Was ist los, Herr Kommissar?«, begrüßte David ihn mit einem lässigen Handschlag.

»Wieso Kommissar? Hast du mir etwa auch etwas Wesentliches verschwiegen?« Neugierig wandte Amrei sich an Wastl. »Zur Kriminalpolizei wolltest du doch schon immer.«

Sie dachte an ihre erste Begegnung, Ostern vor vier Jahren, als er sie im Einsatzwagen nachts heimlich nach Hause gebracht und ihr von seinem Traum, eines Tages zur Kripo zu gehen, berichtet hatte.

»Schaut nicht schlecht aus.« Auch er gab sich betont zurückhaltend, als fürchtete er, seine Chancen durch zu vieles Reden darüber zu zerstören.

»Nach meinem Einsatz beim Sicherheitsdienst der Spiele wird endgültig entschieden«, gab er nach kurzem Zögern schließlich doch preis. »Für den Lehrgang Anfang nächsten Jahres habe ich wohl gute Aussichten auf einen Platz.«

»Mensch, Wastl, du alter Leisetreter«, zog Jürgen ihn auf. »Gib endlich zu, dass du beste Chancen auf den Chefsessel im Präsidium in der Ettstraße hast. Blond, blauäugig, katholisch und gebürtiger Münchner – besser qualifiziert als du kann kein anderer für den Posten sein.«

»Und Sportschütze bist du obendrein. Bestimmt hast du einen Schützenbruder in Moosach, der beim Polizeipräsidenten ein gutes Wort für dich einlegt oder vielmehr einschießt«, neckte David.

»Wenn's so einfach wäre.« Wastl grinste.

»Ist es nicht wundervoll?« Amrei strahlte die drei Freunde an, einen nach dem anderen. »Dank der Olympischen Spiele stehen uns allen auf einmal viele Türen offen. Da ergeben sich in naher Zukunft ungeahnte Chancen für uns.«

»Und jetzt schon haben wir tatsächlich die Welt bei uns zu Gast! Zumindest heute Abend«, spottete Jürgen und wies mit der Bierflasche Richtung Tür. Neugierig drehte Amrei sich um.

Eng umschlungen kam Biggi mit Uri zu ihnen, im Schlepptau Uris Freunde, die vorhin in der Küche brav Rainer und Udo gelauscht hatten. Eilig versorgte David sie mit Bier und Wein, dann stießen sie reihum alle miteinander an.

»Die Olympischen Spiele sind ein Fest für die Jugend der Welt. Und das in unserer schönen Stadt«, verkündete Biggi mit schwerer Zunge. Offenbar hatte sie schon einiges an Alkohol intus.

»Du klingst wie das Münchner Fremdenverkehrsbüro in persona«, amüsierte sich Jürgen.

»Und das als Österreicherin.« David schmunzelte.

»Was habt ihr nur immer gegen Österreich?«, fragte Uri.

»Nichts. Jedenfalls nichts Wirksames«, lästerte Jürgen.

David und Wastl begannen einvernehmlich laut zu lachen.

»Willkommen im Millionendorf!«, rief David übermütig, klopfte Uri auf die Schulter und stieß mit seinen Freunden ringsum an.

»Auf uns!« Uri hob die Bierflasche in die Luft.

»Und auf die Spiele«, ergänzte einer seiner Freunde.

»Auf dass alles bestens gelingt!«, rief ein zweiter.

Noch einmal prosteten sie einander zu.

Amrei fragte sich, warum sie sich vor wenigen Wochen noch geniert hatte, ihren Freunden von ihrem Hostessenjob bei den Olympischen Spielen zu erzählen. Inzwischen waren sie alle dem Rausch erlegen, der mit dem Spektakel verbunden war und die ganze Stadt in eine besondere Stimmung versetzte.

»Hast du einen Moment Zeit?«

Überrascht blieb Amrei auf der Treppe stehen. Fast schon

scheu blickte Elly Grafenstetter, Davids Großmutter, ihr aus der halb offenen Tür in der zweiten Etage entgegen.

»War's zu laut letzte Nacht? Tut mir leid. Wie immer sind viel mehr Leute gekommen, als wir gedacht haben. So eine Party spricht sich im Univiertel rasend schnell rum. Kein Wunder, wenn es etwas umsonst zu essen und zu trinken gibt. Aufgeräumt und geputzt haben wir aber bereits. Alle brav miteinander. Sogar David ist schon wach und hat mitgeholfen.« Sie lächelte. Und wollte rasch weiter.

Vorhin am Telefon hatte Annamirl erschöpft geklungen. Das beunruhigte Amrei. So schnell wie möglich wollte sie nach Hause. Weitere Details zum vergangenen Abend sollte Elly direkt mit David klären. Ihr gehörte das Haus, ihm hatte sie die Wohnung für seine WG überlassen.

»Ich würde gern ein paar Sätze mit dir reden. Dauert nicht lang. Wäre schön, wenn es dir passt.« Anders als sonst klang Elly unsicher. Knetete unablässig ihre dünnen Finger und vermied es, sie direkt anzusehen.

»Wegen deiner Großtante«, setzte sie nach. »Und meinem Besuch bei ihr in der Klinik.«

Mehr als ein verblüfftes »Ja?« brachte Amrei nicht heraus.

»Am besten kommst du kurz herein.« Elly öffnete die Tür und wies einladend in die Wohnung, lächelte.

Dennoch zögerte Amrei. Wollte sie wirklich mit ihr über Annamirl reden? Angesichts deren heftiger Reaktion im Krankenhaus schien ihr das fast schon ein Verrat zu sein. Andererseits würde sie zu gern erfahren, was Elly ihr zu sagen hatte, ihr vielleicht sogar zu der mysteriösen Geschichte mit Henni erzählen würde.

Zum ersten Mal betrat sie Ellys Wohnung. Sie vermied es, sich allzu neugierig darin umzusehen. Stellte lediglich fest, wie überraschend hell, schlicht und modern sie eingerichtet war. Nicht einmal Teppiche oder schmale Läufer bedeckten das auffallend gepflegte Fischgrätparkett.

Das mittlere Zimmer vorn heraus diente offensichtlich als Wohnzimmer. Eine deckenhohe Bücherwand füllte die eine Seite komplett aus, drei versetzt hängende abstrakte Gemälde beherrschten die andere. Ob sie von David stammten, vermochte Amrei nicht festzustellen. Zu oft hatte er in den vergangenen Jahren seinen Stil geändert, um einen charakteristischen Pinselstrich erkennen zu lassen.

Sie setzten sich, Elly in einen der schwarzen kubusförmigen Stahlrohrsessel, Amrei auf das dazu passende Sofa, das mitten im Raum stand. Sie waren allein. Jule war vermutlich noch unten in der Buchhandlung. Unbehaglich rutschte Amrei nach vorn auf die Kante. Wartete.

Jetzt, da sie sich gegenübersaßen, ließ Elly sich Zeit. Suchte offenbar nach den passenden Worten, um zu beginnen. Räusperte sich mehrfach. Angestrengt versuchte Amrei, nicht ungeduldig zu wirken, wurde es allmählich aber doch.

»Das, was ich dir jetzt sage, bleibt unter uns«, hob Elly endlich an, suchte Amreis Blick.

Zustimmend nickte Amrei.

»Ich wollte Annamirl nicht verärgern, als ich zu ihr in die Klinik gekommen bin. Oder ihr gar wehtun. Aber ich war in größter Sorge«, fuhr Elly fort, wandte das Gesicht zu den Bildern, sprach auf einmal flüssiger. »David hat angedeutet, dass es womöglich mit ihr zu Ende gehen könnte. Unbedingt musste ich sie deshalb noch einmal sehen, mit ihr reden. Letztlich habe ich gehofft, wir könnten uns ...«

Mitten im Satz brach sie ab. Die Stimme versagte ihr. Sie senkte den Blick. Spitzte die Lippen. Mehrmals. Nach einem neuerlichen Räuspern ging es wieder.

»Einmal musste ich es doch noch versuchen, die Sache mit

Henni zu klären. Bevor es zu spät ist. So vieles ist da noch unausgesprochen zwischen uns. Aber das ist eine andere Geschichte. Du weißt wahrscheinlich nicht einmal, wer Henni ist. Oder vielmehr gewesen ist. Annamirl hat dir gewiss nie viel von früher erzählt.«

Abermals sah sie Amrei an, blickte ihr direkt in die Augen. Wartete einen kurzen Moment.

Amrei konnte nur verneinend den Kopf schütteln.

»Schade. Deine Großtante ist eine starke Frau, eine bewundernswerte Frau«, hob Elly erneut an. »Es gibt keinen Grund, dir nicht davon zu erzählen. Als ihre Nichte solltest du etwas besser über sie Bescheid wissen. Sie hat viel durchgemacht in ihrem Leben. Trotzdem hat sie sich nie geschlagen gegeben und ist sich immer treu geblieben. Und Henni.«

Sie hielt inne. Für einige Sekunden verlor sich ihr Blick in der Ferne. Amrei war aufs Ärgste gespannt, was noch kommen würde, wagte jedoch nicht, zu ungeduldig zu erscheinen. Nicht dass auch Elly wieder schwieg.

»Henni war eine Freundin von uns«, begann sie endlich wieder, vermied aber weiterhin den Blickkontakt mit Amrei, sprach stattdessen in Richtung der Bilder an der Wand. »Wir haben sie geliebt. Beide. Annamirl und ich. Jede von uns auf ihre Art. Ich habe Henni von Kindheit an gekannt. Wie Schwestern sind wir füreinander gewesen. Annamirl und sie haben sich erst später kennengelernt. Und sind ein Paar geworden.«

»Was?«, entfuhr es Amrei jetzt doch überrascht, Elly beachtete den Zwischenruf allerdings nicht, sondern redete gleich weiter. »Jahrzehntelang waren sie zusammen. Bei der Revolution 1918 haben sie sich kennengelernt und aktiv gemeinsam mitgemischt. Die rauschhafte Zeit in den Zwanzigerjahren haben sie gründlich ausgekostet und sich in den Hitler-Jahren gegenseitig den nötigen Halt gegeben. Ich brauche dir nicht zu sagen, dass keine von beiden je gut gefunden hat, was damals geschehen ist. Darin waren wir uns einig. Zum Glück. Annamirl und Henni haben sehr mutig versucht, das Ihre dagegen zu tun. Und die Konsequenzen dafür tragen müssen.«

Erneut hielt sie inne.

Gebannt von ihren Worten, aber auch davon, wie sie über die Großtante und Henni redete, konnte Amrei kaum atmen. Allmählich begriff sie, dass Annamirl noch besonderer war, als sie ohnehin schon vermutet hatte. Und warum sie sich mit Uniformen schwertat, vor allem mit denen von Polizisten.

»Zum Glück haben uns die Amerikaner 1945 dann endlich befreit«, sagte Elly schließlich. »Ausgerechnet im ersten Sommer danach hat es Henni jedoch erwischt. Eine banale Blutvergiftung. Unfassbar, nach allem, was sie vorher durchgestanden hat. Beim Brombeerpflücken auf dem Land hat sie sich die Wade aufgerissen. Weder sie noch Annamirl sind auf die Idee gekommen, dass das gefährlich werden könnte. Als sie schon mit hohem Fieber im Bett lag, weil sich die Wunde entzündet hatte, sollte ich Penicillin auftreiben. Ich hatte enge Beziehungen zu den Amis. Die aber haben leider nicht ausgereicht. Penicillin war knapp. Ich habe keins bekommen. Und Henni musste sterben. Das hat Annamirl mir nie verziehen.«

Sie senkte den Blick, schüttelte den Kopf. Offenbar konnte sie es nach wie vor nicht fassen.

»Und weißt du, was das Schlimmste ist?« Mit einem Ruck richtete sie sich wieder auf, sah Amrei direkt an. Mit schmerzverzerrter Miene. »Ich habe mir das auch nie verziehen. Bis heute nicht. Nie mehr im Leben kann ich das wiedergutmachen.«

Amrei sprang auf, ging zu ihrem Sessel und beugte sich zu Elly herunter, nahm sie behutsam in die Arme.

Zusammen weinten sie.

1968

September

»Gratuliere! Jetzt bist du endgültig in München angekommen.« Chris verschränkte die Arme vor der Brust, lehnte sich an den Türrahmen und musterte Amrei.

Mit dem Kajal in der Hand hielt Amrei inne. Sie stand vor dem Badezimmerspiegel und war dabei, ihre Augen zu umranden. Wie sollte sie das verstehen? Unsicher blinzelte sie Chris im Spiegel an.

Seit der Begegnung im Biergarten, als Wastl und sie eng umschlungen ihr und Jürgen in die Arme gelaufen waren, rechnete sie täglich mit einer Bemerkung von Chris. Die aber nicht kam. Auch keine zweideutige Andeutung. Nicht einmal, wenn sie allein waren, hatte Chris bislang etwas gesagt. Als sich jetzt ihre Blicke im Spiegel begegneten, lächelte Chris nur und wies auf ihre neue Frisur.

Amrei hatte sich die Haare abschneiden lassen, trug jetzt einen nackenlangen Bob mit Seitenscheitel, eine Locke kühn mit Taft auf der Wange fixiert. Anerkennend hob Chris den Daumen und zeigte anschließend auf ihre Kleidung, bevor sie augenzwinkernd »Fesch!« sagte.

Stolz drehte Amrei sich einmal um die eigene Achse. Sie trug einen schmalen braunen Ledermini und ein eng anliegendes grafisch gemustertes T-Shirt. Beides hatte sie in einer Secondhandboutique in Schwabing aufgestöbert.

»Fesch?«, mischte Jürgen sich ein. Ungefragt gesellte er sich zu ihnen. Schob die Hände in die Gesäßtaschen seiner Cordhose und maß Amreis lange Beine mit einem anzüglichen Blick. Der kurze Rock und die hohen Stiefel ließen sie noch länger aussehen.

»Amrei schaut sensationell aus. Glatt könnte man vergessen, dass sie einmal als Außerirdische aus der Oberpfalz in der Stadt gelandet ist.« Er grinste breit.

»Von wegen Außerirdische aus der Oberpfalz! Amrei gehört genauso hierher in die Stadt wie du.« Biggi, die ebenfalls gerade vorbeigekommen war, zwickte ihn in den Arm.

»Klar! Deshalb freue ich mich auch, wie gut sie sich inzwischen an die Gepflogenheiten bei uns angepasst hat. Vor allem hinsichtlich der Rocklänge. Sogar auf das monogame Dasein aus der Provinz pfeift sie inzwischen, wie sie schon gezeigt hat.« Jürgens Grinsen wurde noch breiter. Amrei hielt die Luft an. Jetzt kam es also zur Sprache.

»Mach dir mal keine falschen Hoffnungen, Kleiner.« Sichtlich amüsiert tätschelte Chris ihm die Wange, bevor sie in ihrem Zimmer verschwand.

Biggis Gesicht war ein einziges Fragezeichen.

»Was sagen eigentlich die bei dir daheim in Eggling zu deiner revolutionären Veränderung?« Flink nutzte Jürgen Chris' Verschwinden, um sich näher an Amrei heranzupirschen. Unvermittelt versetzte er ihr einen Klaps auf den Po und ließ seine Hand darauf liegen.

»Was die sagen, ist mir völlig wurscht. Aber daheim in Eggling wissen sie sich trotz aller Provinzialität wenigstens zu benehmen.« Genervt schob sie seine Hand weg und betrachtete sich noch einmal ausgiebig im Spiegel.

Es stimmte. Sie hatte sich verändert. Nicht nur äußerlich. Eggling und das dortige Leben entrückten ihr immer mehr. Oder sie ihm. Und jedem, den sie damit verband, allen voran den Eltern. So schnell würde sie ganz gewiss nicht mehr zu ihnen fahren. Der letzte Besuch reichte ihr für Monate.

»Komm gefälligst heim. Hierher gehörst du. München ist nur eine Zwischenstation, Eggling deine Heimat«, hatte der Vater Sonntag am Telefon wieder losgepoltert, nachdem sie angekündigt hatte, bis zum Beginn des Wintersemesters in der Stadt zu bleiben, bei der Pfefferle zu jobben und sich um ihre Angelegenheiten in der Uni zu kümmern. Dank den protestintensiven Monaten des vergangenen Semesters hatte sie einiges nachzuholen, wollte sie nicht völlig den Anschluss verlieren und ihre Scheine wenigstens annähernd in der vorgesehenen Frist erwerben.

»Der Alfons fragt oft nach dir«, hatte die Mutter ihr noch gesagt. »Ein ganz ein sympathischer junger Mann ist das. Walnüsse hat er mir vorbeigebracht, aus seinem eigenen Garten. Einen ganzen Korb voll. Aufmerksam ist er. Und so gescheit! Der macht was aus sich. Und wartet auf dich. Immer noch.«

Amrei hatte nur geseufzt. Natürlich war Alfons sympathisch, aufmerksam und gescheit, sonst hätte sie sich niemals mit ihm eingelassen. Eine schöne Zeit hatten sie miteinander gehabt. Fast zwei Jahre lang. Aber die war vorbei. Endgültig.

Sie dachte an David. An dessen wirre Locken, die ständig schmutzigen, rauen Künstlerhände, die so sanft zu ihr sein konnten. Auch er war sympathisch und gescheit. Mit ihm hatte sie ebenfalls eine schöne Zeit verlebt. Und eine verrückte obendrein. Oft sogar eine fast schon zu verrückte. Vor allem in den vergangenen Wochen. Hartnäckig kämpfte sie dagegen an, wie sehr sein Auftreten sie inzwischen befremdete. Immer seltener unternahmen sie etwas zusammen, noch seltener nur zu zweit. Auch an diesem Abend nicht. Obwohl sie die vergangene Nacht in schönster Zweisamkeit verbracht hatten.

Wenn sie ehrlich war, zog es sie mittlerweile viel stärker zu Wastl hin. Der mindestens so sympathisch und gescheit war wie die beiden anderen zusammen. Und genauso aufmerksam wie Alfons. Und ähnlich sanft wie David. Aber nicht ganz so verrückt.

Leider sah sie ihn viel zu selten. Durch seine unregelmäßigen Dienste hatte er kaum Zeit. Oder wollte wohl auch nicht zu viel Zeit mit ihr verbringen, weil sie mit David zusammen war. Immer noch. Trotz allem.

Wie es wohl mit Wastl wäre? Das fragte sie sich nicht zum ersten Mal. Erschrocken verbot sie sich sofort wieder, den Gedanken weiterzuspinnen. Sie war mit David zusammen. Basta!

Ja, sie hatte sich verändert. Aber sie hatte sich nicht an die Gepflogenheiten in der Stadt oder vielmehr in der WG angepasst, wie Jürgen das formuliert hatte. Wastl und sie waren Freunde, mehr nicht. Das betonte er immer wieder, wenn sie sich trafen. Er wäre gewiss der Letzte, der sie in Verlegenheit bringen wollte. Obwohl er sie stets ein wenig traurig ansah. Was ihr jedes Mal aufs Neue das Herz zerriss. Abermals seufzte sie.

»Was hast du?« Besorgt berührte Biggi sie am Arm. »Jürgen ist ein Macho. Den darfst du nicht ernst nehmen.«

»Den Gefallen, mich über ihn zu ärgern, tue ich ihm gar nicht erst«, beruhigte Amrei sie und warf Jürgen, der ein gutes Stück kleiner war als sie, einen mitleidigen Blick zu.

Mit einem kecken Hüftschwung drängte sie ihn aus der offenen Badezimmertür und steuerte Davids Zimmer schräg gegenüber an. Seelenruhig, wie sie sich einbildete.

Im PN war es stickig und voll wie immer. Amrei brauchte einige Atemzüge, bis sie sich in dem riesigen Kellerraum mit den verspiegelten Wänden zurechtfand. Von der hohen Decke hingen lange Zylinderlampen, versprühten einen seltsamen Lichtnebel. Das grelle Zucken und Blitzen im Mix von Bier, Rauch und Staub verwirrte eher noch mehr, denn dass es für Erleuchtung oder gar Orientierung sorgte.

Aus den überdimensionalen Lautsprechern wummerten die Bässe, vorn auf der Bühne zupften drei Beatniks an ihren Gitarren, die sie sich quer vor die schmalen Hüften geschnallt hatten, und brüllten in die Mikrofone. Im Hintergrund trommelte sich ein Schlagzeuger in den Wahnsinn. Eine schier unübersichtliche Menge, die meisten langhaarig und sichtlich verschwitzt, hüpfte und stolperte ekstatisch mit geschlossenen Lidern über die Tanzfläche. Ein Wunder, dass überhaupt ausreichend Platz blieb, um sich zu bewegen.

David fasste sie an der Hand, als fürchtete er, sie wollte ausbüxen, und dirigierte sie zielsicher zur Bar.

»Lass uns erst einmal etwas trinken und rauchen«, brüllte er ihr ins Ohr.

Sie hielt es nicht lange bei ihm aus. Mochte er sein kühles Helles genießen, sie war zum Tanzen da. Ausgelassen stürzte sie sich ins Gewühl, warf wie die anderen die Arme über den Kopf, schwang die Hüften und verlor sich bald ganz im Rhythmus der Musik, wohl wissend, dass David sie aus der Ferne mit den Augen verschlang.

Ein dunkelhaariger Typ in gestreiftem Hemd tanzte sie an, sie ignorierte ihn. Das hielt ihn nicht davon ab, stur vor ihr zu bleiben und sich immer näher an sie heranzudrängen, bis ihn jemand energisch beiseiteschob. Jürgen!

Verblüfft starrte sie ihn an. Ausnahmsweise trug er nicht seinen beigen Cordanzug mit dem weißen Hemd, sondern einen für die tropischen Innentemperaturen des PN viel zu warmen Rollkragenpulli und Bluejeans. Die verschwitzten Haare klebten ihm auf der Stirn und im Nacken, sein glatt rasiertes Gesicht war gerötet, die Brillengläser beschlagen.

»Du darfst gern Danke sagen, wenn ich dich vor fremden Typen rette.« Er grinste sie an.

»Wofür? Dass du mich heute schon zum zweiten Mal anbaggerst?« Mit einer schwungvollen Drehung wandte sie sich ab und schlängelte sich zum entgegengesetzten Ende der Tanzfläche durch. Dort tanzte sie weiter, bis sie genug hatte und zu David an den Tresen zurückkehrte.

Er begrüßte sie mit einem leidenschaftlichen Kuss auf den Mund. Deutlich schmeckte sie heraus, dass er inzwischen bereits mehrere Gläser Bier intus und nicht nur Zigaretten geraucht hatte. Sein Blick war leicht glasig, die Pupillen geweitet. Das geschah ihr inzwischen zu oft. Und nicht nur, wenn er an den Aktionen in der Kunstakademie teilnahm.

Verärgert wollte sie ihn wegschieben, er presste sie jedoch noch fester gegen seine spitzen Hüftknochen, drückte ihr beim Küssen fast die Luft ab.

Auf einmal waren seine Finger überall. Eine Hand wanderte unter ihr Oberteil, die andere glitt unter den Rocksaum und arbeitete sich von dort die Oberschenkel herauf.

»Nicht hier«, protestierte sie und versuchte abermals, ihn abzuwehren.

»Da sind aber zwei verliebt!« Zu allem Überfluss tauchten Sandra und Peggy neben ihnen auf. Grinsten anzüglich, während sie vor allem Amrei ausgiebig in Augenschein nahmen.

»Richtig süße Turteltäubchen.« Amüsiert spitzte Peggy die Lippen und kletterte auf den freien Hocker neben David. Sandra trank sein Helles aus, schnappte sich seine qualmende Zigarette aus dem Aschenbecher und wechselte sich beim Weiterrauchen mit Peggy ab.

»Und ich dachte, das spießige Besitzstandsdenken unserer verklemmten Eltern hätten wir hinter uns gelassen und lebten die freie Liebe auch in der Praxis.« Sandra zwinkerte Peggy zu.

»Genau das tun wir gerade.« Übermütig wirbelte David Amrei herum und hielt sie wie ein Schild vor sich, küsste sie schmatzend in den Nacken.

»Wenn ihr nicht aufpasst, endet ihr noch als altes Ehepaar.« Sandra zeigte sich nicht im Geringsten beeindruckt.

»Neidisch?«, fragte David.

Amrei verdrehte die Augen.

»Na, ihr zwei? Euch gibt es wohl nur im Doppelpack.« Wie aus dem Nichts stand auch Jürgen plötzlich neben ihnen, richtete seine Pilzkopffrisur und den Rollkragenpulli, strahlte allerdings Peggy und Sandra an. Amrei atmete auf.

»Darf ich euch auf ein Helles einladen?«, fragte Jürgen die beiden Frauen.

»Ein Whisky wäre mir lieber«, erwiderte Sandra und legte ihm lässig die Hand auf die Schulter.

»Bestell mir auch gleich einen mit. Danke!« Peggy wickelte sich ihre lange Halskette um die Finger, während sie eine Kaugummiblase dicht vor seinem Gesicht zerplatzen ließ und ihn genauso auffällig anglotzte wie er sie.

»Wow! Ihr lasst es krachen.« Er schluckte, bevor er dem Mann hinter dem Bartresen ein Zeichen gab. Zumindest besaß er ausreichend Stil, sich ebenfalls einen teuren Whisky zu genehmigen.

»Zum Wohl!« Amrei und David prosteten ihnen mit den Biergläsern zu.

»Gibt's bei euch etwas zu feiern? Da bin ich gern dabei.« Kaum hatten sie reihum angestoßen, drängte sich jemand in Anzug und offenem Hemd zwischen sie. Jürgens Juristenkommilitone Udo.

»Mensch, Jürgen, altes Haus! Wenn du einlädst, wirst du doch deinen alten Kumpel nicht vergessen.« Er tätschelte ihm die Schulter und bestellte sich einen Whisky auf Jürgens Rechnung. Amrei, Sandra und Peggy tauschten amüsierte Blicke, David kicherte.

»Das wird teuer, mein Lieber.«

»Wieso seid ihr heute eigentlich alle im PN? Das ist doch sonst nicht eure Ecke.« Jürgen stöhnte.

»Stimmt, im Trikont oder im Stop In wäre es weitaus billiger für dich. Wenn du schon mal die Spendierhosen anhast.« Udo lachte.

»Falls ihr wieder nur politisieren und die Weltrevolution planen wollt, seid ihr da ganz sicher besser aufgehoben als hier. Wir wollen tanzen, was, Mädels?« Kaum erklangen die ersten Gitarrenriffs des nächsten Stücks, kreischte Peggy begeistert auf und zerrte Sandra und Amrei auf die Tanzfläche.

»Abhauen gilt nicht, wenn ihr euch schon auf meine Kosten betrinkt.« Blitzschnell stellte sich Jürgen ihnen in den Weg.

»Was höre ich da? Wir dürfen uns auf deine Kosten betrinken? Na, dann mal los«, rief Sandra übermütig.

»Auf geht's!« Sofort orderte Peggy an der Bar die nächste Runde.

Auf einmal fand Jürgen sichtlich Gefallen daran, den großen Zampano zu mokieren. Sandra himmelte ihn offen an. Besitzergreifend legte er ihr den Arm um die Taille, was ihr sichtlich gefiel. Peggy prostete unterdessen Udo zu.

»Ich fasse es nicht! Ihr lasst es euch gut gehen und vergesst, eure besten Freunde auch noch einzuladen.« Schon tauchte der nächste Bekannte auf: der vollbärtige Rainer.

»Lang nicht mehr gesehen, altes Haus.« Lässig klatschte David sich mit ihm ab.

»Hi!« Jürgen reagierte etwas verhaltener, was wohl an der Geschwindigkeit lag, mit der sich Rainer über seinen Kopf hinweg bereits ein Getränk an der Bar bestellt hatte. Ebenfalls einen teuren Whisky statt eines günstigen Biers. Und natürlich auf Jürgens Rechnung.

»Schön, dich wiederzusehen.« Mit dem Whisky in der Hand wandte Rainer sich Amrei zu, musterte sie ungeniert vom Scheitel bis zur Sohle. Ihr wurde unwohl.

»Hab ich dich nicht vor ein paar Tagen im Kino gesehen? In

der gemütlichen kleinen Klitsche in Moosach?« Er setzte ein besonders interessiertes Gesicht auf.

Ihr Unbehagen wuchs.

»Wieso hat es dich denn nach Moosach verschlagen? Kennst du da wen?«, mischte Sandra sich ein.

»Wer kennt da schon wen? Freiwillig?« Peggy kicherte, Sandra verdrehte die Augen. Amrei errötete. Was fragte Rainer so dämlich? Natürlich kannte sie da wen! Wastl. Das Rot auf ihren Wangen wurde intensiver.

Rainer aber ging es gar nicht darum, dass sie und Wastl möglicherweise mehr als nur gute Freunde waren. Das meinte sie aus seiner Frage herauszuhören, an dem Ton zu erkennen, wie er sie stellte, und an der Art, wie er sie dabei anschaute. Mögliche Komplikationen bei irgendwelchen Liebesgeschichten waren ihm einerlei. Er musste Lunte gerochen haben und ahnen, dass Wastl kein Student, sondern Polizist war. So etwas fand er schnell heraus. Dafür hatte er seine Kanäle. Sich mit einem Polizisten – einem Bullen! – anzufreunden, mit ihm seine Freizeit zu verbringen, das war aus seiner Sicht undenkbar.

Zu allem Überfluss hatte sie auch gleich wieder die entsetzten Gesichter vor sich, als Wastl sie nach den Ostermontagprotesten fürsorglich zu Annamirl nach Hause gebracht hatte. In Uniform. Nach wie vor bestand die Großtante darauf, dass er nicht in Dienstkleidung bei ihr auftauchte. Wenn überhaupt, dann bekam er bei ihr nur in Zivil Zutritt.

Verflucht! Wieso musste Rainer sie ausgerechnet in Moosach gesehen haben? Nie im Leben hätte sie erwartet, in dem winzigen Lichtspielhaus auf jemanden aus der Uni oder dem Umfeld der WG zu treffen. Für alle, die in Schwabing und der Maxvorstadt wohnten, lag Moosach weitab vom Schuss. Dort gab es keine Kneipen nach ihrem Geschmack und erst recht keinen Club, keine Disco oder Ähnliches zum Tanzen. Nur das Kino. Das Wastl sehr mochte und ihr unbedingt hatte zeigen wollen. Stolz wie stets, wenn es um sein Viertel ging.

»*Bonnie und Clyde* lief«, brachte sie endlich heraus. »Den wollte ich unbedingt noch einmal sehen. In der Innenstadt ist der längst durch. Faye Dunaway ist klasse. Und Warren Beatty einfach zum Niederknien.« Sie sprach viel zu schnell. Außerdem zitterte ihre Stimme. Peinlich!

»Warren Beatty – na klar.« Rainer grinste. Wurde dann aber sofort wieder ernst. Die Begründung genügte ihm nicht.

»Der Typ, mit dem du dort warst, das ist kein Student oder einer, den du von der Uni kennst, was? Hab ich den nicht letztens irgendwo bei einer Demo gesehen? Allerdings nicht auf unserer Seite, sondern …?«

»Mensch, Rainer, spielst du neuerdings Kindermädchen und schaust, wer wann wo mit wem im Kino sitzt?«, fiel Peggy ihm ins Wort und zupfte ihn sichtlich amüsiert am Bart. »Dir ist schon klar, dass du Amrei mit deiner Fragerei in Schwulitäten bringst? Ausgerechnet vor eurem gemeinsamen Freund David!«

»Willst du etwa andeuten, der Typ, mit dem Amrei in Moosach unterwegs gewesen ist, gehört zu den Bullen?«, überging Sandra Peggys Bemerkung.

Sie wirkte alarmiert. Ohne Rainers Antwort abzuwarten, wandte sie sich Amrei zu. Der Blick eine einzige Anklage.

Von dem rasch hinuntergestürzten Whisky war ihr nichts mehr anzumerken. Dafür umso mehr von der Verachtung, die sie Amrei für diese Erkenntnis plötzlich entgegenbrachte.

»Das war Wastl. Sebastian Drexler. Ein Freund von mir.« Amrei sammelte all ihre Kraft, um das so beiläufig wie möglich zu sagen. Rainer und Sandra sollten bloß nicht auf die Idee kommen, ihr wäre es unangenehm, über ihn zu sprechen.

Innerlich bebte sie. Vor allem vor Empörung. Was war schon dabei? Sie taten gerade so, als wäre Wastl ein Feind, nur weil er

Polizist war. Dabei war er auch ein Mensch. Ein sehr netter sogar. Viel mehr als das. Ihre Wangen glühten noch stärker.

»Du triffst dich mit einem Polizisten?« David hatte eine Weile gebraucht, bis er kapierte, was gerade ablief. Irritiert sah er sie an. »Doch nicht etwa mit dem, der dich am Ostermontag nach Hause ...?«

»Genau mit dem. Wir waren, wie gesagt, zusammen im Kino. Alles völlig harmlos.«

Je feindseliger die Stimmung um sie herum wurde, desto trotziger wurde Amrei. Sie weigerte sich, aus der Geschichte ein Drama zu machen. Zumindest nicht aus dem Grund, den Rainer und Sandra dahinter vermuteten. Die zweite Alternative, dass sie etwas mit einem anderen Mann haben könnte, schien dagegen niemanden zu stören.

»Du hältst es also für harmlos, mit einem Bullen ins Kino zu gehen?« Sandras Stimme wurde schrill. »Und das nach allem, was an Ostern passiert ist? Die haben Robert getötet!«

Fassungslos starrte Sandra sie an.

In der ersten Sekunde blieb Amrei die Luft weg. Was fiel Sandra ein, ausgerechnet ihr das an den Kopf zu werfen? Schließlich hatte sie neben Robert gestanden, als er zu Boden gegangen war, und vermutlich als Einzige genau gesehen, warum und wieso.

Gerade noch rechtzeitig hielt sie sich jedoch zurück. Sandra, Peggy, Rainer und Udo hatten keinen blassen Schimmer. Es war wohl in jedem Fall besser, es dabei zu belassen. Besonders Wastl zuliebe, der in jener Nacht noch mehr für sie getan hatte, wovon niemand etwas ahnte. Ahnen durfte.

»Wastl ist ganz sicher nicht daran schuld«, erwiderte sie leise und schaute David erwartungsvoll an.

Ihm musste das klar sein. Er war in jener Nacht dabei gewesen, als Wastl sie zu Annamirl zurückgebracht hatte. Aus reiner Fürsorge und Menschlichkeit. Das tat doch keiner, der sich vorher mit harmlosen Studenten eine Straßenschlacht geliefert und Dutzende Demonstranten niedergeknüppelt hatte!

Als David ihrem Blick auswich und schwieg, setzte sie nach: »Ich bin müde. Ich muss nach Hause.«

Zu ihrer Enttäuschung rührte er sich noch immer nicht.

Wastl hätte anders reagiert. Davon war sie überzeugt.

Oh, verflucht! Was passierte da gerade mit ihr, mit David, mit ihnen beiden?

Rasch drehte sie sich um und ging. Nach wenigen Schritten, die sie allein Richtung Ausgang trippelte, gab sie den Widerstand gegen die hochsteigenden Tränen auf.

Die folgenden Tage quälte sie sich. Wartete. Vergeblich. Sie ahnte es bereits. David würde sich nicht melden. Und das nicht einmal aus Eifersucht oder Wut, wie sie ebenfalls immer deutlicher ahnte. Wahrscheinlich hatte er nicht einmal wirklich registriert, was im PN vorgefallen war. Was Rainer und Sandra ihr vorgeworfen hatten: dass sie sich mit einem Polizisten angefreundet hatte.

Nicht einmal, dass sie mit Wastl ins Kino ging, vielleicht sogar gelegentlich mehr mit ihm unternahm, ihm sogar nähergekommen sein könnte, schien David ernsthaft zu beunruhigen. Weil ihn derzeit anscheinend gar nichts ernsthaft beunruhigte, was sich außerhalb der Protestaktionen an der Kunstakademie ereignete. Ganz und gar hatten die ihn aufgesaugt, erforderten seine gesamte Aufmerksamkeit.

Wenn sie ehrlich zu sich war, war das eigentlich seit ihrer Rückkehr aus Eggling so. Wie ein Albtraum schwirrte ihr sein völlig entrückter Anblick durch den Kopf. Sie war froh gewesen, zur selben Zeit Wastl wiederzubegegnen. Er hatte sich tatsächlich dafür interessiert, wie es ihr ging. Und sich gefreut, etwas mit ihr zu unternehmen. Und es respektiert, dass sie dennoch weiter zu David gehören wollte. Weil sie ihn immer noch liebte. Verflucht!

Er dagegen schien nicht einmal wahrzunehmen, was mit ihr war, was sie tat, ob sie überhaupt bei ihm war oder nicht. Lag ihm so wenig an ihr? War sie ihm etwa gleichgültig? Das konnte doch gar nicht sein. Nicht nach allem, was sie miteinander erlebt, miteinander geredet, füreinander empfunden hatten.

»Hier hocken und warten, macht dich krank. Wenn er dir das wert ist, ist es gut. Dann muss er dir aber schon sehr viel wert sein. Und du musst dir selbst sehr wenig wert sein, wenn du dir das antust. Überleg's dir gut, ob's so ist. Ob du das auf Dauer ertragen magst. Dir zuliebe. Nur dir selbst zuliebe.« Eindringlich sah Annamirl sie zwischen zwei langen Zügen an der abendlichen Gauloise nach dem Essen an. Stieß dazwischen den Rauch mindestens genauso lange aus. Ohne den Blick von ihr abzuwenden.

»Wenn du aber wissen willst, was jetzt genau ist mit euch zwei, ob überhaupt noch was ist mit euch, dann geh lieber zu ihm und red mit ihm«, fügte sie hinzu. »Was anderes hat keinen Zweck nicht.«

Sie beugte sich vor, drückte die Zigarette im geblümten Unterteller aus, den sie als Aschenbecher benutzte. Schnaubte deutlich vernehmbar.

»Das ist allweil besser, als hier noch länger zu versauern«, setzte sie nach und fegte den Aschestaub mit der flachen Hand vom Tisch. Schwungvoll. »Das ist kein Mann nicht wert. Nie im Leben nicht.«

Sie lehnte sich zurück, hielt kurz inne, bevor sie feststellte: »Lieber ein Ende mit Schrecken als ein Schrecken ohne Ende.«

Einen Moment horchte sie dem nach. Dann erhob sie sich von ihrem Stuhl und ging zum Spülstein, um mit dem Abwasch zu beginnen. Das eindeutige Zeichen, dass das Gespräch für sie beendet und alles zum Thema gesagt worden war.

»Triffst du dich jetzt öfter mit dem Polizisten vom Ostermontag? Wie ist er so? Wie ist es überhaupt mit einem Bullen? Anders als mit David? Setz dich doch zu uns in die Küche und erzähl es uns.« Kaum stand Amrei im Flur der WG in der Amalienstraße, fiel Biggi neugierig über sie her. Sie hatte sich nicht einmal die Mühe gemacht, sie zu begrüßen oder sie den nassen Parka und die verdreckten Schuhe ausziehen zu lassen.

Pünktlich zum Herbstbeginn war das Wetter umgeschlagen. Es regnete und stürmte. Und es war empfindlich kalt geworden. Scheußliches Wetter für die Schausteller auf dem Oktoberfest. Und erst recht für die zigtausend Arbeiter auf den vielen Baustellen in der Stadt. Und für die Passanten, denen akrobatische Kunststücke abverlangt wurden, wenn sie sich auf den provisorischen Fußgängerwegen an den metertiefen Schächten am Marienplatz und auf dem Stachus vorbeizwängen mussten.

»Jürgen hat erzählt, dass das mit dir und dem Schandi schon seit Sommer geht. Warum hast du uns nie etwas davon gesagt? Gut schaut er aus, dein Herr Polizist, und sympathisch wirkt er auch. Und dass er an dir persönlich interessiert ist, habe ich mir schon damals gedacht, als er dich an Ostern zu deiner Großtante nach Hause gebracht hat. So, wie der dich angeschaut hat, war eigentlich da schon alles klar. Pass nur auf! Der würde alles für dich tun. Das nenne ich wahre Liebe!«

»Was redest du da für einen Unsinn von wegen ›Habe ich mir schon damals gedacht‹? Hinterher kannst du das leicht behaupten. Monatelang hast du keinen Ton davon gesagt.« Eingeschnappt spitzte Chris die Lippen.

»Du hast auch mit allem hinterm Berg gehalten«, entgegnete Biggi beleidigt. »Immerhin warst du im Sommer dabei, als Jürgen Amrei und den Schandi im Biergarten erwischt hat.«

Jetzt wurde es Amrei zu bunt. Es tat weh zu hören, wie Biggi über Wastl sprach. Und was sie selbst sich nicht hatte eingestehen wollen. Weil sie zu feige dafür gewesen war.

»Da gab's gar nichts zu erwischen, weil da nichts war zwischen Wastl und mir«, stellte sie jedoch laut klar.

»Hört, hört. Damals *war* also noch nichts. Das heißt nichts anderes, als dass jetzt etwas zwischen euch *ist*. Gratuliere!« Laut applaudierte Chris.

Verdammt! Wie kam sie da nur wieder heraus? Erschöpft lehnte Amrei sich an die Wand.

»Und was ist mit David?«, erkundigte sich Biggi.

»Was soll schon sein?« Der Triumph war Chris jetzt noch deutlicher anzuhören. Und auch anzusehen, derart strahlte sie übers gesamte Gesicht. »Eine Frau hat dieselben Rechte wie ein Mann. Warum muss Amrei sich überhaupt entscheiden? Sie kann beide haben. Und das soll sie auch, wenn sie will.«

»Ob Amrei das wirklich will?« Zweifelnd zog Biggi die Augenbrauen nach oben.

Amrei verzichtete auf eine Erwiderung. Es war sinnlos. Ohnehin würden sie ihr nicht zuhören, geschweige denn ihre Antwort akzeptieren, einerlei, was sie sagte.

»Ist David in seinem Zimmer? Oder oben im Atelier?«, fragte sie.

»Weder noch«, antwortete Chris.

»Aber auch nicht an der Akademie.« Jetzt war es an Biggi zu triumphieren.

»Du findest ihn unten in der Buchhandlung.« Wie aus dem Nichts war Jürgen auf einmal bei ihnen aufgetaucht, schob die Hände in die Hosentaschen und grinste breit.

»Seine Mutter hat darauf bestanden, dass er mit anpackt. Im hinteren Raum gab es einen Wasserschaden. Eine Wand muss komplett trockengelegt und neu gestrichen werden.«

»Und dafür muss der halbe Laden umgeräumt werden«, fiel Biggi ihm ins Wort.

»Wir richten ihm aus, dass er sich bei dir melden soll, wenn er damit fertig ist.« Jürgen trat einen Schritt vor.

Amrei wich zurück. Und beschloss zu gehen.

1972

Ende August/Anfang September

Am Morgen des offiziellen Beginns der Spiele hätte Amrei ihren Hostessenjob beinahe hingeworfen. Noch vor dem Frühstück erreichte sie ein Anruf aus dem Büro der Chefhostess, dass sie doch nicht an der Eröffnungsfeier teilnehmen dürfe. Aus Sicherheitsgründen wolle man darauf verzichten, diejenigen Hostessen, die zu der Zeit keinen Dienst hatten, ins Stadion zu zitieren. Ursprünglich war geplant gewesen, dass sie sich dort auf den Zuschauertribünen verteilen sollten, um der Veranstaltung mit ihren inzwischen international viel beachteten türkisfarbenen Dirndln noch mehr Glanz zu verleihen. Nach dem Anruf war Amrei erst bitter enttäuscht, dann nur noch wütend. Seit Wochen freute sie sich darauf, bei der Zeremonie dabei zu sein. Überglücklich war sie gewesen, zu den Auserwählten zu gehören. Und nun das!

»Dann gehst du eben mit den anderen auf den Olympiaberg«, versuchte Annamirl sie zu trösten. Amrei hatte ihr erst am Vorabend erzählt, dass die WG-Freunde die Eröffnung von dort aus verfolgen wollten. Wie vermutlich zigtausend andere Münchner und mindestens ebenso viele Touristen, die keine Tickets mehr für das Stadion hatten ergattern können.

»Nach dem Frühstück fahrt ihr am besten gleich los. Dann könnt ihr euch noch einen guten Platz sichern«, riet die Großtante und schenkte ihr Kaffee ein. »Denk ans Fernglas, damit du ein bisserl was siehst vom Einzug der Sportler, dem Fackellauf und was sie sich sonst noch alles ausgedacht haben. Imponieren wollen sie ja gleich der ganzen Welt mit ihrer Show. Die Musik, die sie extra dafür komponiert haben, soll ganz modern sein. Ganz so wie das Zeugs, das ihr jungen Leute in der Disco beim Tanzen hört. Oder was allweil aus dem Radio dudelt. Wird dir gewiss gefallen.«

Amrei staunte, wie gut informiert Annamirl war. Und das, obwohl sie seit Jahren so tat, als würden sie die Spiele in München nicht im Geringsten interessieren.

»Oder dein Wastl schleust dich unauffällig ins Stadion«, fuhr Annamirl fort. »Gewiss hat er heute Dienst. Ihm wird schon was einfallen, wie er dich an seinen Kollegen vorbeischummeln kann. Bei ihm werden sie wohl nicht so streng hinschauen, so brav und unschuldig, wie er in seinem himmelblauen Anzug als Sicherheitsmann ausschaut.«

Annamirls verschmitzter Gesichtsausdruck verriet, dass sie sich das gerade anschaulich ausmalte. Von ihrer Herzattacke, dem Krankenhausaufenthalt und der Begegnung mit Elly hatte sie sich inzwischen offenbar vollständig erholt. Mit spöttischem Schmunzeln schob sie nach: »Wär ja nicht das erste Mal, dass er ein Wunder für dich bewirkt.«

Ehe Amrei klarstellen konnte, dass es weder ihr Wastl war, noch dass er je Wunder für sie bewirkt hatte, was sie auch gar nicht wollte, erst recht nicht, wenn es um seinen Dienst ging, klingelte das Telefon erneut. Amrei war froh, Annamirls Neckerei zu entkommen und hastete abermals zum Apparat in den Flur.

»Jetzt sollen wir Hostessen doch wieder ins Stadion kommen. Natürlich sofort«, berichtete sie der Großtante kurz darauf, stürzte den noch viel zu heißen Kaffee in einem Zug hinunter und packte das Marmeladenbrot in die Hand, um es auf dem Weg zur U-Bahn zu verschlingen.

»Na also!« Annamirl nickte. »Wollen wir nur hoffen, die nächsten zwei Wochen gibt's nicht allweil in der Früh so ein widersprüchliches Hickhack, was du tun, nicht tun und dann doch wieder tun sollst. Irgendwer von den gescheiten Herrn im Komitee hat hoffentlich einen Plan, wie das ablaufen soll mit den heiteren Spielen bei uns in München. Sonst kommt am Ende die Heiterkeit allein wegen dem ständigen Chaos auf, mit dem sie sich vor der Welt blamieren.«

»Wird schon schiefgehen!« Zum Abschied küsste Amrei die Großtante ausnahmsweise flüchtig auf die Wange. Auf einmal war sie doch wieder versöhnt mit ihrem Hostessenjob und sehr aufgeregt, was sie in den folgenden vierzehn Tagen erleben würde.

Je näher der Moment rückte, in dem die Spiele tatsächlich starteten, desto mehr wurde ihr bewusst, welch einmalige Sache das war. Und dass sie als Hostess Teil des Ganzen war. Teil eines einzigartigen Geschehens, auf das sich München und die Münchner über Jahre vorbereitet hatten. Wenn sie nachher hautnah miterlebte, wie die teilnehmenden Nationen ins Stadion einmarschierten, würden ihr bestimmt die Augen feucht werden. Vor Rührung. Und vor Stolz, mittendrin dabei zu sein.

Nach der offiziellen Eröffnung am letzten Samstag im August rauschte die Zeit nur so an Amrei vorbei. Das, was sie jeden Tag im Olympischen Dorf und im Umfeld des Stadions mitbekam, schlug sie völlig in Bann. Darüber rückte alles andere in den Hintergrund, selbst das Gespräch mit Elly nach der WG-Party kurz vor den Spielen und sämtliche damit verbundenen Grübeleien über Annamirl und ihre Vergangenheit. Und sogar die ständige Sorge um ihren Gesundheitszustand.

Ohnehin schien die Großtante wieder völlig genesen und erfreulicherweise ganz die Alte. In den wenigen Stunden, die Amrei überhaupt zwischen ihren Schichten zu Hause verbrachte, tat Annamirl so, als wäre sie nie zusammengebrochen und in der Klinik gewesen, hätte nie einen Herzinfarkt gehabt oder könnte womöglich noch geschwächt davon sein. Offenbar wollte sie Amrei keinesfalls zur Last fallen und setzte alles daran, dass sie ihren Job als Hostess voll und ganz auskosten konnte. Und das tat Amrei. Jeden einzelnen Tag.

Meist ging es schon auf dem Weg zum Olympiazentrum los. Die Frühschicht begann um acht. Um keinesfalls zu spät im Olympiazentrum einzutreffen, startete Amrei mit ausreichend Puffer um kurz nach sieben vom Goetheplatz. Selbst um diese frühe Stunde waren bereits die ersten Besucher in der U-Bahn unterwegs und bestaunten sie in ihrer Kluft, in der Regel ehrfürchtig, oft allerdings auch dreist. Gelegentlich wurde sie direkt nach Klatsch und Tratsch rund um die Sportler und deren Treiben hinter den Kulissen ausgefragt. Manchmal zückte jemand sogar ostentativ den Geldbeutel, um klarzumachen, dass er für besonders spektakuläre Neuigkeiten auch bereit war zu zahlen.

Selbstverständlich wies Amrei solche Angebote sofort zurück.

»Ich bin doch nicht bestechlich«, betonte sie ihrer Kollegin Mona gegenüber.

»Dabei wäre es ein lukrativer Nebenverdienst für uns arme Studentinnen.« Mona schmunzelte. »Der würde die tausend Mark pro Wettkampfwoche noch einmal hübsch aufbessern, um nach den Spielen noch einen Campingurlaub an der Adria anhängen zu können.«

»Ich wusste nicht, dass du so kapitalistisch eingestellt bist.« Amüsiert betrachtete Amrei sie. Sie war ebenfalls vierundzwanzig und ebenso groß wie sie, allerdings strohblond und blauäugig, was das türkisfarbene Dirndl und die weißen Strümpfe an ihr komplett anders wirken ließ als an Amrei.

Mona stammte aus Hamburg, deshalb war sie erst kurz vor dem Eröffnungstag angereist und wohnte mit den anderen auswärtigen Kolleginnen im sogenannten Hostessenhochhaus in Freimann in einem Zweibettzimmer mit Kochnische und Dusche. Ihre Mitbewohnerin ginge ihr auf die Nerven, berichtete sie. »Das ist eine Hundertfünfzigprozentige. Vor dem Einschlafen studiert sie jeden Abend noch einmal das Handbuch. Wahrscheinlich träumt sie nachts davon, was sie am nächsten Tag erzählen kann.«

Um ihr möglichst selten zu begegnen, war sie deshalb inzwischen fast ständig mit Amrei unterwegs. Nachdem sie am Eröffnungstag bei dem chaotischen Hin und Her für die Hostessen im Stadion zufällig nebeneinandergesessen und festgestellt hatten, dass sie beide zur Betreuung des kanadischen Teams im Olympiadorf eingeteilt waren, hatten sie sich angefreundet. Und versuchten, möglichst gemeinsame Schichten zugewiesen zu bekommen, zumal es während der auf acht Stunden angesetzten Einsätze nicht pausenlos etwas zu tun gab. Gab es Leerlauf, vertrieben sie sich die Zeit bald bestens gelaunt miteinander. Mona studierte zwar BWL, hatte ihre ausgezeichneten Sprachkenntnisse allerdings schon in ihrer Kindheit erworben. Ihr Vater arbeitete bei einer Mineralölfirma. Viele Jahre hatte die Familie deshalb im Ausland gelebt. Amrei konnte gar nicht genug bekommen von ihren Erzählungen, wo sie überall in der Schule gewesen war oder wo schon einmal gelebt hatte.

»Bringst du die Post nachher ins Frauendorf?«, erkundigte sich Amrei jetzt, während sie rasch die Briefe sortierte, die für die gesamte Mannschaft im Büro an der Connollystraße abgegeben worden waren. Das übliche Morgenritual zu Dienstbeginn.

»Bleibt mir eine Wahl? Wieso habe ich mir nur eingebildet, der Hostessenjob wäre aufregender als der eines Postboten?« Mona zog eine übertrieben genervte Grimasse.

»Sitzen in der Poststelle nur Analphabeten?«, schimpfte Amrei nach der ersten groben Durchsicht des Briefstapels. Schon wieder waren eine Handvoll Briefe für die Israelis und die DDR-

Sportler dazwischengerutscht. Zur Unterkunft der Israelis ging sie gern. Dort herrschte stets eine lockere Stimmung. Am Vortag erst waren Mona und sie den israelischen Gewichthebern auf dem Weg in die Mensa begegnet und spontan von ihnen zu einem Picknick auf dem Olympiaberg eingeladen worden. Ebenso hatten sie angeboten, ihnen Eintrittskarten für das Musical *Anatevka* zu besorgen, das an diesem Abend im Deutschen Theater gezeigt wurde.

»Wir dürfen nach der Vorstellung sogar zu den Sängern hinter die Bühne«, hatte der junge Gewichtheber Ze'ev Friedman ihr vorgeschwärmt.

Schweren Herzens hatte Amrei jedoch abgesagt, für Mona gleich mit. Falls die Kanadier davon erführen, wären sie vermutlich beleidigt, weil Mona und sie eine Einladung von ihnen in die Olympiadorf-Disco wenige Tage zuvor ausgeschlagen hatten.

So sympathisch sie die Jungs alle fanden, waren sie dennoch froh, wenn sie sich nach dem Ende ihrer Hostessenschicht im Olympischen Dorf wieder ganz dem normalen Münchner Leben widmen konnten.

Bei den Ostdeutschen fühlten sie sich beide nicht wohl und vermieden es so weit wie möglich, dorthin zu gehen. Leider aber landete immer wieder Post für die DDR-Sportler fälschlicherweise bei ihnen, sodass ihnen oft keine andere Wahl blieb, als sie dort vorbeizubringen. Bereits vor dem Haus, in dem sich deren Büro befand, saß ein übel gelaunter Aufpasser. Falsch sortierte Post war ihm ein Dorn im Auge.

»Das kann doch kein Zufall sein«, stellte er jedes Mal aufs Neue fest und ließ sich immer wieder erklären, dass das auch mit anderen Empfängern passierte. Einmal war Amrei kurz davor gewesen, ihm vorzuschlagen, er solle sich selbst in die Poststelle setzen. Dann wisse er wenigstens sofort, wer noch welche Post von wo erhielt. Das Auftauchen eines Athleten hielt sie jedoch davon ab. Verwundert beobachtete sie, wie der Aufpasser dessen Ausweis prüfte. Den allgemeinen Zugangskontrollen an den Eingängen zum Olympischen Dorf misstrauten die Ostdeutschen mindestens so sehr wie den eigenen Leuten.

»Die Kontrollen an den Zugängen sind wirklich lasch«, bestätigte der amerikanischstämmige David Berger von den israelischen Gewichthebern, als sie ihm die Geschichte bei einer Zigarettenpause erzählte. Längst hatte sich eingebürgert, dass man sich gelegentlich auf dem Fußweg hinter den Unterkünften für einen kurzen Plausch traf.

»Vorhin bin ich ganz ohne Ausweis reingekommen.« Berger nippte an seiner Cola. »Offenbar hat mein Sportdress ausgereicht, um mich einzulassen. Trainingsanzug statt Ausweis – eine solche Schlamperei wäre bei uns daheim undenkbar.«

Amrei hatte an ihr Gespräch mit Chris und Biggi vor Beginn der Spiele denken müssen. Als die beiden sich ihre Hostessenausstattung vorgeknöpft und über die dilettantischen Ausweise gelästert hatten. Uri hatte ebenfalls strengere Sicherheitsvorkehrungen in Israel erwähnt. Biggi zufolge kannten er und seine Freunde sich mit dem Fälschen von Ausweisen aus. Amrei hatte sich schon damals gefragt, woher. Außerdem wollte sie seitdem mit Wastl darüber sprechen, ob es tatsächlich so einfach war, falsche Papiere herzustellen. Als Polizist musste er das wissen. Und als Sicherheitsmann bei den Spielen sollte es ihn interessieren, was an Gerüchten in Umlauf war. Aber wahrscheinlich waren ihm die längst bekannt.

»Ich habe einen auswärtigen Freund im Trainingsanzug reingeschmuggelt. Unbedingt wollte er mit mir in die Disco hier im Dorf«, steuerte der kanadische Kanute Scott Lee unterdessen bei.

Wie im Dorf mittlerweile üblich, hatte er sich ganz selbstverständlich zu ihnen gesellt, als er Amrei und David Berger zusammen plaudern gesehen hatte.

»Da ist die Musik auch besser als in den Clubs der Stadt«, erwiderte Berger.

»Wahrscheinlich seid ihr bislang einfach nur in den falschen Clubs unterwegs gewesen. Ihr solltet einmal mit ins PN in der Leopoldstraße kommen. Oder ins Crash in der Lindwurmstraße«, schlug Amrei vor. »Wenn ihr Glück habt, spielt dort eine Liveband. Danach werdet ihr nicht mehr behaupten, in der hiesigen Disco sei die Musik besser.«

»Das muss ich nach meinen Wettkämpfen überprüfen«, versprach Scott.

»Ich bin auch dabei«, schloss Berger sich an.

»Ich nehme euch beim Wort.« Amrei lachte vergnügt.

Die zwanglose Atmosphäre zwischen den Nationen genoss sie. So hatte sie sich das vorgestellt. Jeder sprach mit jedem. Ganz selbstverständlich wechselte man zwischen den Sprachen. Eine fand man immer, die alle zumindest ansatzweise beherrschten. Und letztlich machte niemand einen Unterschied, ob man zu den Sportlern, den Hostessen oder dem Sicherheitsdienst gehörte. Gelegentlich traf sie sogar Wastl auf einem Patrouillengang oder in der Mensa beim Essen.

Nur David hatte sie noch nicht in der Spielstraße am Olympiasee besucht. Vielleicht würde sie den kanadischen Bogenschützen vorschlagen, am folgenden Tag nach Dienstschluss um 16 Uhr mit ihr dorthin zu gehen. Die hatten sie vorhin um einen Vorschlag gebeten, weil sie nachmittags trainings- und wettkampffrei hatten und nicht schon wieder im Hofbräuhaus oder beim Weißwurstessen im Donisl landen wollten.

Als sie Mona davon berichtete, zeigte die sich erleichtert: »Allmählich reagiere ich allergisch auf diese seltsame Wurstart.«

»Für eine Hamburgerin schmecken die wohl mindestens so exotisch wie für die Israelis«, spottete Amrei.

»Wollen wir nachher noch in die Schwimmhalle?«, wechselte

Mona das Thema. »Einer der kanadischen Schwimmer hat mir eben unter dem Siegel der Verschwiegenheit verraten, dass Mark Spitz heute um 17 Uhr garantiert auch im Becken ist, um zu trainieren. Das dürfen wir uns keinesfalls entgehen lassen. Für solche Erlebnisse haben wir schließlich überall freien Zugang. Definitiv ist es die letzte Gelegenheit, ihn noch einmal live zu sehen. Seine Wettkämpfe sind vorbei. Er hat die Goldmedaillen in den Koffer gepackt und wird morgen nach der Pressekonferenz für immer davonfliegen.«

»Wie schade! Bei mir geht es heute leider nicht. Aber Mark Spitz hat bislang auch jede Gelegenheit, mich zu treffen, hartnäckig verweigert.« Amrei lachte.

»Was hast du denn Sensationelles vor, dass du dafür Mark Spitz im knappen Badehöschen sausen lässt?«

»Ich bin in der WG eingeladen. Uri kocht für alle. Magst du mitkommen?«

»Uris Koch- gegen Mark Spitz' Schwimmkünste? Eine interessante Herausforderung! Die sollte ich mir natürlich nicht entgehen lassen.« Mona stimmte in ihr Lachen ein. Amrei freute sich, dass sie mitkommen wollte. Mona passte bestens zu den Freunden in der Amalienstraße. Mit dem WG-Leben kenne sie sich aus, hatte sie gleich gesagt, als Amrei sie zum ersten Mal mit in die Amalienstraße genommen hatte. »Seit Jahren lebe ich selbst in einer. Egal, ob in Hamburg, München oder Berlin: Überall läuft das WG-Leben nach demselben Muster ab. Die Männer palavern groß über Politik, Gesellschaft und natürlich auch Emanzipation. Und hinterher überlassen sie uns Frauen ganz generös doch den Abwasch.«

»Chris hat Uri wohl zum Kochen verdonnert«, erzählte Amrei nun. »Er ist der Einzige in der WG, der derzeit keinen festen Job hat. Also hat er auch Zeit, sich ums Essen zu kümmern.«

»Nicht einmal bei McDonald's am Stachus wollten sie ihn? Ich dachte, da hätte er Aussichten gehabt, Hamburger braten zu dürfen. In der Gastronomie schauen sie doch sonst nicht so streng auf den Pass. Die Jobs sind eh schlecht bezahlt. Die macht keiner freiwillig, wenn er es nicht nötig hat. Wie bitter für Uri, dass auch daraus nichts geworden ist. Aber natürlich umso besser für uns. So kommen wir zu einem original israelischen Essen. Seit meiner Kindheit liebe ich Humus und Falafel. Vielleicht haben wir Glück, und er zaubert uns Shakshuka oder Shawarma.«

»Leider habe ich noch nichts davon probiert. Aber wenn du dafür die letzte Gelegenheit für Mark Spitz sausen lässt, muss das gigantisch schmecken«, sagte Amrei lachend.

»Hoffentlich hält Uri, was er verspricht.« Mona setzte eine gespielt ernste Miene auf.

»Wenn Chris ihn zum Kochen verdonnert hat, schuldet er es seiner Macho-Seele, zu beweisen, wie gut er das draufhat.«

»Als Belohnung sollten wir ihm einen Waldi besorgen. Zur Erinnerung an das, was er in München während der Spiele erlebt hat.«

Sie lachten.

Nach dem Schichtwechsel um vier Uhr nachmittags liefen sie bestens gelaunt zur U-Bahn, stoppten unterwegs kurz am Marienplatz und besorgten in einem der offiziellen Souvenirläden einen Waldi, den in den olympischen Farben gestreiften Dackel.

»Nie hätte ich gedacht, je Geld für so einen Unsinn auszugeben«, gestand Amrei, als sie wenig später wieder in der U-Bahn saßen und das offizielle Maskottchen der Spiele ausgiebig bewunderten.

»Uri wird ihn mögen und ihm einen Ehrenplatz einräumen«, erwiderte Mona.

»Aber nur, weil er von uns ist. Nicht, weil er ihn schön findet«, stellte Amrei klar.

»Wehe, wenn nicht!« Wieder kicherten sie.

Uri freute sich sichtlich über das quietschbunte Plüschtier. Sofort postierte er es neben seinem Teller, sah es immer wieder verzückt an.

»Hab ich es dir nicht gesagt?«, flüsterte Mona Amrei zu. Die nickte nur.

»So etwas habe ich noch nie besessen«, sagte Uri und strich beinahe andächtig über den bunten Waldi.

»So etwas Hässliches hat es auch noch nie gegeben«, kommentierte Chris.

»Du bist doch nur beleidigt, weil du noch nicht auf die Idee gekommen bist, Uri einen Waldi zu schenken. So leicht hättest du sein Herz erobern können«, lästerte Jürgen. »Dank deines Jobs im Andenkenladen hättest du nicht einmal den vollen Preis dafür zahlen müssen.«

»Ein Zamperl als offizielles Maskottchen – so was kann's auch nur in München geben.« David schnappte sich den Waldi und untersuchte ihn ausgiebig von allen Seiten, zupfte an den Ohren, spreizte die Beine, als wollte er testen, was er aushielt. Anscheinend war er zufrieden mit dem Resultat.

»Warum?« Sichtlich besorgt um seinen Liebling riss Uri ihm den wieder aus der Hand.

»Na, weil man hier gern sagt: ›Hund san's scho‹, wenn welche besonders gerissen sind. Und gerissen sind die Herrschaften vom Olympischen Komitee auf alle Fälle. Denkt nur daran, welch gewaltigen Reibach sie am Ende mit den Spielen machen werden«, erklärte David und begann, so ansteckend zu lachen, dass alle einstimmten.

Der Abend in der WG wurde länger und feuchtfröhlicher als geplant. Trotzdem schlug Amrei das Angebot aus, bei den Freunden zu übernachten. Unbedingt wollte sie bei Annamirl nach dem

Rechten sehen, bevor sie am folgenden Tag, einem Dienstag, wieder um acht Uhr morgens Dienst hatte.

Auch Mona fuhr ins Hostessenhochhaus zurück. »Nicht dass meine Mitbewohnerin mich noch verpetzt, weil ich aushäusig übernachte. Im Vergleich zu ihr ist selbst der Stasi-Aufpasser bei den Ostdeutschen lasch mit seinen Kontrollen.«

Am Odeonsplatz verabschiedeten sie sich voneinander, um in entgegengesetzte U-Bahnen einzusteigen.

»Hoffentlich schnarcht deine Mitbewohnerin nicht auch noch und hält dich so vom Schlafen ab«, wünschte Amrei ihr.

»Viel Zeit dafür bleibt uns sowieso nicht«, stellte Mona fest und zeigte auf die Uhr. Es war nach eins. Zum Glück fuhren die U-Bahnen während der Spiele länger.

»Wie immer um Viertel vor acht in der U-Bahn-Station Olympiazentrum?«, fragte Amrei.

»Aye, aye, Captain!« Mona tat, als salutierte sie.

Am Morgen fürchtete Amrei schon, Mona verpasst zu haben. Dabei trafen sie sich seit Tagen zur selben Zeit an derselben Bank auf dem U-Bahn-Steig. Dort aber herrschte an diesem Morgen außergewöhnlicher Trubel. Selbst ihre überdurchschnittliche Größe nutzte ihr wenig, um nach Mona Ausschau zu halten. Eindeutig mehr Menschen als üblich steuerten wie sie den direkten Aufgang zum Olympiadorf an. Nur nicht Mona. Wo steckte sie nur?

»Sieht aus, als wollte heute die halbe Stadt zum Frühstück mit den Athleten«, scherzte Mona, sobald sie sich schließlich doch noch gefunden hatten.

»Hoffentlich fallen für uns auch frische Semmeln und eine Portion extra starken Kaffees ab. Nach der kurzen Nacht wäre mir ein echter italienischer Espresso mehr als recht.« Amrei gähnte herzhaft.

»Für mich bitte auch einen, Signorina. Aber einen doppelten«, kam es von Mona.

Arm in Arm schlenderten sie zur Rolltreppe. Dort wurde das Gedränge noch dichter. Geduldig mussten sie sich hinter einem Pulk Männer einreihen, den Ausweisen am Revers ihrer Jacketts nach offenbar Journalisten aus den Niederlanden. Unter ihren tief ins Gesicht gezogenen Mützen schauten sie ihnen mit bierernsten Mienen entgegen und schwiegen verbissen.

»Hi!«, grüßten Mona und Amrei betont freundlich.

Keiner der Männer reagierte.

»Wahrscheinlich steht ein besonders spannender Wettkampf an. Da verstehen die keinen Spaß«, mutmaßte Mona, als sie endlich auf der Rolltreppe nach oben glitten.

»Oder Mark Spitz führt höchstpersönlich neue Badehosen vor, und den meisten Männern hier ist klar, wie peinlich sie damit neben ihm aussähen«, schlug Amrei vor.

Sie lachten.

»Wir sind spät dran«, stellte Mona mit einem Blick auf die Uhr neben dem U-Bahn-Ausgang fest.

Tatsächlich war es mittlerweile bereits fünf Minuten vor acht.

»Hoffentlich kommen wir bei dem Andrang rasch durchs Tor.«

Besorgt sah Amrei auf die breite Fußgängerrampe, die zur Connollystraße führte.

»Die Leute werden sich schon verlaufen. Platz genug ist im Dorf doch für alle, die reinwollen«, beruhigte Mona sie.

Mona hakte sich bei ihr unter. Flink schlängelten sie sich im Zickzacklauf durch die Menge zum Eingangsposten, wo der Zutritt ins Olympiadorf kontrolliert wurde. Anders als sonst erwartete sie dort allerdings eine lange Schlange.

»Das hat noch gefehlt! Einmal sind wir spät dran, und ausgerechnet heute kontrollieren sie gründlich.« Jetzt war Amrei doch irritiert und reckte sich auf die Zehenspitzen, um zu sehen, was vorne los war.

»Wisst ihr es etwa noch nicht?« Eine dunkelhaarige Hostessenkollegin direkt vor ihnen drehte sich zu ihnen um. Amrei meinte, sie von einem der Lehrgänge zu kennen. Henrike, las sie auf ihrem Namensschild. Schon fiel ihr wieder ein, dass sie sich fürs Pressezentrum hatte einteilen lassen und allem Anschein nach auch tatsächlich dort gelandet war.

»Was wissen wir noch nicht?«, fragte Amrei.

Henrike sah sie ernst an. »Sie haben Geiseln genommen. In einer der Athletenunterkünfte.«

»Was?«, fragte Mona ungläubig.

»Wer? Wen? Und wo genau?« Amrei begriff ebenso wenig wie Mona. Ein Glas Wein weniger am Vorabend wäre wohl ratsam gewesen. Plötzlich brummte ihr der Kopf, die Augen schmerzten. Die Morgensonne blendete unangenehm, zumal sie von den großen Glasscheiben am nahen Pressezentrum besonders grell zurückgeworfen wurde. Zu allem Überfluss dröhnte jetzt auch noch ein Hubschrauber so tief über sie hinweg, dass ihr das dumpfe Grollen in die Eingeweide fuhr.

Von allen Seiten prasselten laute Stimmen auf sie ein.

»Im Morgengrauen hat sich eine Gruppe Fremder Zutritt zu den Unterkünften der israelischen Mannschaft verschafft«, sagte einer.

»Geschossen worden ist«, ergänzte ein anderer.

»Eine richtige Schießerei hat's gegeben, mit Toten und Verletzten«, warf ein Dritter ein.

»Ob das so stimmt, ist nicht klar.« Mit wichtiger Miene brachte sich Henrike vom Pressezentrum wieder in Erinnerung. »Einen genauen Überblick, was wo wann passiert ist, hat anscheinend niemand.«

»Was ist mit David Berger und Ze'ev Friedman?«, platzte Amrei heraus. »Weißt du Genaueres, wer vom israelischen Team unter den Geiseln ist?«

Ihr Herzschlag beschleunigte sich. Am vergangenen Tag noch hatten sie zusammengestanden und sich unterhalten. Und jetzt?

»Und was ist mit Scott Lee von den Kanadiern? Deren Haus ist direkt neben ...«

»Wie gesagt, bislang kann niemand eindeutig sagen, was los ist«, wiederholte Henrike, sichtlich erfreut, wie aufmerksam man ihr von allen Seiten zuhörte. »Ebenso wenig ist klar, ob und wenn ja wie viele aus dem Team der Israelis entkommen konnten und ob Athleten anderer Nationalitäten oder aus benachbarten Unterkünften betroffen sind.«

»Woher weißt du so gut Bescheid?«, erkundigte sich Amrei, plötzlich misstrauisch.

»Kommt alles seit heute früh im Radio«, antwortete jemand aus der Menge.

»Inzwischen haben sich die Terroristen in den Räumen der Israelis in der Connollystraße verschanzt. Alles Weitere wird sich im Lauf der nächsten Stunden klären«, beendete ein älterer Herr energisch die Mutmaßungen. Dem Ausweis am Revers nach gehörte er zum Pressekorps, schrieb für eine Sportredaktion in Hamburg.

»Die Unterkunft der Israelis ist gleich bei uns. Was machen wir denn jetzt?«, fragte Mona fassungslos.

Auf ihrem Gesicht erkannte Amrei dieselbe Ratlosigkeit und Betroffenheit, die sie vermutlich selbst ausstrahlte.

Einvernehmlich postierten sich die Leute wieder in der Schlange. Warteten schweigend, bis die Reihe langsam vorrückte. Quälend langsam. Schritt für Schritt.

»Was machen wir wohl? Wir müssen zum Dienst. Man wird uns gewiss noch Bescheid geben, was wir sonst noch tun sollen«, erwiderte Amrei nach kurzer Pause, in der sie hastig das Für und

Wider abgewogen hatte. »Wahrscheinlich brauchen sie heute erst recht jeden, um die Ordnung im Dorf einigermaßen aufrechtzuerhalten.«

»So ist es.« Der ältere Herr nickte.

»Auspacken!«, wurden Amrei und Mona wenig später barsch an der Einlasskontrolle aufgefordert.

Zum gefühlt ersten Mal seit Beginn der Spiele wurden sie beim Betreten des Olympischen Dorfs aufs Gründlichste durchsucht. Ihre Dokumente, insbesondere die Fotos darauf, wurden akribisch geprüft.

Kaum standen sie endlich auf der anderen Seite der Kontrollstelle und packten Stifte, Heftpflaster, Stadtplan, Wörterbuch und was sie sonst noch als Hostessenausrüstung in den Handtaschen mit sich trugen, wieder ein, hörte Amrei, dass jemand ihren Namen rief. David! Sie drehte sich um.

Gegen die lauten Proteste der Wartenden kämpfte er sich bis zum Posten am Eingang vor. Kaum erreichte er ihn, stellte sich ihm ein bulliger Sicherheitsmann in den Weg und hielt ihn an den Armen fest.

»So nicht, junger Mann!«, dröhnte er mit dunkler Stimme.

»Geh da nicht rein!«, rief David Amrei zu. Seine Stimme schwankte zwischen Verzweiflung und Flehen. »Das ist zu gefährlich.«

»Ich habe Dienst. So wie Mona und die anderen auch«, erwiderte Amrei. »Uns wird schon nichts passieren. Dafür wird gesorgt.«

»Dann halt dich wenigstens an Wastl. Er hat heute früh auch Schicht. Er soll auf dich aufpassen.«

»Macht er bestimmt.« Amrei versuchte sich in einem aufmunternden Lächeln, obwohl ihr auf einmal ganz und gar nicht mehr danach zumute war. Erst recht nicht nach Davids Hinweis auf Wastl.

Der Sicherheitsdienst im Olympischen Dorf trug keine Waffen, wie sie wusste. Die heiteren Sommerspiele in München sollten nicht im Geringsten an Hitlers martialische Spiele in Berlin 1936 erinnern. Obendrein war Wastl ein entschiedener Verfechter der legendären Münchner Linie. Deeskalation statt Provokation und Gewalt, das hatte er als Credo tief verinnerlicht. Ob ihm das etwas nutzte, wenn Gewalttäter wild um sich schossen?

Auf puddingweichen Beinen ging sie mit Mona den gewohnten Weg zur Connollystraße weiter. Die Musik, die sonst aus den dicken bunten Kunststoffröhren über ihren Köpfen dröhnte, war an diesem Morgen verstummt. Ebenso die Stimmen der Athleten, Trainer, Reporter, Hostessen und wer sich sonst den ganzen Tag auf den gepflasterten und mit riesigen Betonblumenkästen, bunten Sitzgruppen und abstrakten Installationen aufgelockerten Fußgängerwegen zwischen den Sportlerunterkünften, Mannschaftsbüros und Wettkampfstätten herumtrieb. Das ganze Dorf war verstummt. Stattdessen hing eine gedrückte Atmosphäre in der Luft. Niemand wusste, was genau passiert war und wie es weitergehen würde an diesem ersten Dienstagmorgen im September, dem elften Tag der Olympischen Sommerspiele. Amrei war froh, dass Mona bei ihr war. Und vielleicht bald auch Wastl, der hier ebenfalls irgendwo Dienst schob.

1968

November

Amrei litt. Weitaus mehr, als sie wollte. Dagegen konnte sie jedoch nichts tun. Dass David ihr letztens im PN nicht beigestanden hatte, schlimmer noch, sich auch danach nicht bei ihr gemeldet hatte, um sich mit ihr auszusprechen, hatte sie tief verletzt. Fast hätte es sie sogar krank gemacht, genau wie von Annamirl befürchtet. Aber zum Glück wenigstens nur fast. Dass sie nach ihrem Besuch in der WG noch immer nichts von ihm hörte, war wahrscheinlich ihre Rettung. So konnte sie etwas mehr Abstand zu allem gewinnen. Was guttat.

Chris und Biggi meldeten sich ebenfalls nicht. Sosehr sie das bedauerte, war es genau das, was sie brauchte. Es half ihr, über Davids Schweigen hinwegzukommen, weniger an ihn zu denken.

»Dein Franz Marc in spe hat wohl ausgemalt bei dir«, stellte die Pfefferle am Freitag nach Geschäftsschluss fest. Mit einem kräftigen Ruck an der Schnur ließ sie die Innenjalousie an der Eingangstür nach unten schnellen, spreizte die Lamellen in Kopfhöhe mit den Fingern auseinander und spähte ein letztes Mal auf die von Straßenlaternen beleuchtete Thalkirchner Straße, bevor sie sich ins Ladeninnere wandte.

»Lang nimmer gesehen hab ich den Herrn Künstler«, stellte sie fest. »Sehr beschäftigt ist er wohl mit dem Protestieren an der Akademie. Sonst kam er dich doch ab und zu abholen, nachdem du bei mir im Laden gestanden bist.«

Sie verschränkte die Arme vor der Brust und musterte Amrei. Amrei spürte, dass sie noch etwas in petto hatte. Etwas ganz Entscheidendes. Also zwang sie sich zur Geduld.

»Der fesche Herr Polizist steht vorn am Eck zur Blumenstraße«, verkündete die Pfefferle schließlich mit triumphierender Miene. »Sein Dienst müsste zu Ende sein. In Zivil steht er da. Schaut aus, als ob er auf dich wartet.«

Zu den letzten Worten strahlte sie übers ganze Gesicht, als wartete er auf sie.

»Gefallen täte der mir auch«, räumte sie ein. »Besser sogar als dein Maler. Bei dem klebt allweil zu viel Ölfarbe an den Fingern. Aber der fesche Herr Wachtmeister, der hat was, wenn du mich fragst.«

Das Strahlen in ihren Augen wurde noch glänzender.

»Die Zeiten aber sind vorbei, wo einer auf mich gewartet hat. Leider.« Sie seufzte. »Viel zu schnell gegangen ist das. Glauben mag ich es allweil noch nicht. Geht tatsächlich schneller, als man denkt. Lass dir das von einer alten Frau wie mir gesagt sein.«

Sie ließ den Blick ins Leere gleiten.

»Führt dich dein Schandi heute Abend aus? Zum Tanzen vielleicht?«, fragte sie nach längerem Schweigen. In ihre wässrigen Augen stahl sich eine Freude, als startete sie gleich selbst, um die Nacht zum Tag zu machen.

Der Anblick rührte Amrei. Deshalb sparte sie sich die Klarstellung, dass Wastl nicht *ihr* Schandi war. Erschrocken ertappte sie sich dabei, im Kopf ein »leider« hinzuzufügen. War sie von Sinnen? Wollte sie das wirklich? Was wollte sie überhaupt?

Annamirl hatte recht. Es war an der Zeit, sich zu entscheiden. Ihr selbst zuliebe. Dass ihre Beziehung zu David ungeklärt in der Schwebe hing, war keine gute Lösung. Für niemanden. Und fair sowieso nicht.

»Mal schauen, was der Abend bringt.« Sie schnappte sich den

Batikbeutel, schlüpfte in ihren braunen Dufflecoat und eilte zur Tür.

Sobald Wastl sie sah, kam er ihr entgegen. Am liebsten wäre sie losgestürmt und ihm um den Hals gefallen. Mühsam beherrschte sie sich und versuchte, betont gelassen zu gehen.

Als er unter dem Lichtkegel einer Straßenlaterne stehen blieb, wurde ihr klar, wie gut sie daran getan hatte, sich zurückzuhalten. Mit ernster Miene blickte er sie an.

»Was hältst du von einem kleinen Spaziergang?«, schlug er vor, nachdem er sie förmlich begrüßt hatte. »Warst du schon einmal auf dem Alten Südfriedhof?«

»Du willst im Dunkeln dorthin?« Bei der Vorstellung schauderte es sie.

Er erwiderte nichts, sondern lief einfach los. Ihr blieb keine Wahl, als ihm zu folgen. Mit mehr als gemischten Gefühlen.

Bis zum Stephansplatz war es nicht weit. Das gusseiserne Tor neben der kleinen Kirche war bereits geschlossen. Energisch drückte Wastl dagegen. Nach kurzem Widerstand und neuerlichem Schieben schwang es auf. Wastl zog sie hinein. Obwohl weit und breit niemand zu sehen war und das Quietschen des Tors in den rostigen Angeln ohnehin ausreichend Lärm gemacht hatte, legte er mahnend den Zeigefinger auf die Lippen.

Er kannte sich auf dem Friedhof bestens aus. Auch bei Dunkelheit. Zielsicher führte er sie abseits des Hauptwegs an steinernen Büsten, Engeln und Stelen vorbei, warnte sie vor knorrigen Wurzeln im Boden, über die sie stolpern könnte, und wies hin und wieder auf besonders prächtige Grabmäler oder besonders kuriose Ruhestätten hin.

»Hast du schon einmal von der studentischen Rechtshilfe gehört?«, fragte er endlich in die drückende Stille hinein.

Sie zuckte zusammen. Wie kam er ausgerechnet jetzt darauf?

»Natürlich. Davids Mitbewohner Jürgen ist darin aktiv. Er studiert Jura und …«, räumte sie zögerlich ein.

»Und hat dich um eine Aussage gebeten, zu dem, was du an Ostermontag gesehen hast.« Jäh blieb Wastl stehen.

Sie prallte gegen seinen Rücken, murmelte eine Entschuldigung und wich zur Seite aus. Stolperte, strauchelte, fing sich glücklicherweise gleich wieder.

»Was hast du denen gesagt?«, wollte Wastl wissen.

»Hast du Ärger bekommen?« Amrei bekam Angst. Der Herzschlag galoppierte ihr davon. Ihr Gesicht musste selbst im Dunkeln tiefrot glühen, leuchten wie eine Laterne. Wieder einmal. Sie konnte seinen Ärger nachempfinden. Für ihn stand viel auf dem Spiel. Alles. Kaum wagte sie, ihn anzusehen.

Von seinem Gesicht erkannte sie praktisch nichts. Der nächtliche Himmel war dicht bewölkt, auf dem von hohen Mauern umgebenen Friedhof war es nahezu stockfinster. Die uralten hohen Bäume warfen riesige Schatten, das dichte Gebüsch sowie die teilweise mannshohen Grabmale schirmten sie von jedem noch so schwachen Lichteinfall ab.

Je länger sie zwischen den Gräbern verharrten, desto besser gewöhnten sich die Augen an die Verhältnisse. Bald meinte Amrei, wieder mehr als nur grobes Helldunkel unterscheiden zu können, und erschrak über Wastls Gesichtsausdruck.

»Ich habe dich nicht verraten. Mit keinem Wort habe ich erwähnt, dass du mich nach Hause statt ins Präsidium …«, stammelte sie.

»Es gibt einen Film. Ein Student soll ihn gedreht haben«, erwiderte Wastl. »Anscheinend zeigt er, wie Robert Struwe zu Boden geht. Und wer um ihn herumstand. Die studentische Rechtshilfe und der Bruder des Toten fordern, dass er als Beweismittel ausgewertet wird.«

»Und du befürchtest, darauf wäre ich zu sehen? Dadurch

würde man mich als Zeugin aufspüren und herausfinden, dass du mich entgegen der ausdrücklichen Anweisung deiner Vorgesetzten auf eigene Faust statt mit den anderen Festgenommenen in die Ettstraße nach Hause gefahren hast?« Sie hielt inne.

Eine vage Erinnerung schälte sich heraus. Ein helles Licht, ein gedrungener älterer Mann mit einer Lampe. Als sie bei dem reglosen Robert gekniet hatte, war er plötzlich neben ihr gewesen. Hatte viel zu hastig auf sie eingeredet, kaum dass sie begriffen hatte, was geschehen war. Hatte etwas von einer Latte erzählt, die Robert am Kopf getroffen haben sollte. Und eine Polizeiuniform hatte er getragen. War das wirklich geschehen? Wusste sie das noch? Was wusste sie überhaupt noch? Hatte sie in jener Nacht mit Wastl nicht genau darüber geredet? Hatte er ihr nicht damals schon prophezeit, wie schwer es war, sich immer hundert Prozent gewiss zu sein, was wirklich gewesen war und was man sich hinterher einredete, was gewesen war?

Er hatte auch erwähnt, dass aufseiten der Polizei gefilmt wurde, um das Geschehen zu dokumentieren. Von einer eigens dafür abgestellten Truppe Beamter. Damit später eindeutig geprüft werden konnte, was die Zeugen womöglich nicht mehr eindeutig erinnerten.

»Was ist eigentlich mit dem Beweismittelsicherungstrupp?« Ein komplizierter Begriff. Sie war überrascht, wie leicht er ihr über die Lippen kam. Dabei hatte sie ihn erst einmal im Leben gehört. In jener Nacht. Von Wastl.

»Die haben in der Nacht doch auch gefilmt«, setzte sie hastig nach. »Direkt neben Robert und mir. Erinnerst du dich? Wir haben darüber im Einsatzauto …«

»Die Aufnahmen sind längst ausgewertet. Die Staatsanwaltschaft hat alles herangezogen, was …«

»Der Film des Studenten zeigt das Geschehen wahrscheinlich aus der entgegengesetzten Perspektive. Deshalb bin ich vermutlich darauf zu sehen. Neben dem Polizisten mit der Lampe, der mir gesagt hat, eine Latte hätte Robert am Hinterkopf ...«

»Pst!«, unterbrach Wastl sie. Angestrengt lauschte er in die Tiefe des Friedhofs.

Amrei tat es ihm nach.

Kies knirschte, ein Käuzchen rief, es raschelte im Gebüsch. Vermutlich ein Eichhörnchen, das über die Äste zu seinen Vorräten flitzte. Stimmen von außerhalb der Friedhofsmauer näherten sich, entfernten sich wieder. In einem der benachbarten Häuser flammte ein Licht auf, das über die Mauer zu ihnen hereinstrahlte. Ein Auto brummte auf der Straße vorbei.

Wie absurd, mitten in der Stadt im Dunkeln auf dem Friedhof zu stehen. Als hätten sie etwas zu verbergen. Amrei beschloss, zum Ausgang zurückzugehen. Wastl hielt sie fest.

»Du hast also tatsächlich bei der studentischen Rechtshilfe eine Aussage gemacht?«, fragte er erneut.

»Die Polizei will ja offenbar keine von mir«, antwortete Amrei forsch. Kaum waren die Worte heraus, begriff sie. Und musste auf einmal laut lachen.

»Nicht so laut! Bist du völlig wahnsinnig?« Entsetzt ermahnte Wastl sie.

Sie aber konnte nicht aufhören zu lachen. Sie war erleichtert. Alle Ängste und Gewissensbisse fielen plötzlich von ihr ab.

Wastl starrte sie umso befremdeter an.

»Alles ist gut! Zumindest für dich«, versuchte sie, ihn zu beruhigen. »Du musst dir keine Gedanken mehr machen. Dir kann nichts passieren. Gar nichts. Niemals!«

Sein Blick wurde noch verständnisloser.

»Keiner von deinen Kollegen wird je wollen, dass dir irgendwer Schwierigkeiten macht, weil du mich heimgefahren hast, bevor meine Personalien aufgenommen wurden. Selbst wenn ich auf dem Film des Studenten zu erkennen bin, werden sie nicht nach mir suchen. Weil sie nicht wollen, dass ich je zu Protokoll gebe, dass dein Kollege vom Beweismittelsicherungstrupp mit der Lampe bei Robert und mir gewesen ist und mir gegenüber womöglich etwas Falsches behauptet hat. Er war es doch, der mit der Lampe ausgeholt und Robert ...«

»Was ist mit deiner Aussage bei der studentischen Rechtshilfe?«, unterbrach Wastl sie.

»Denen habe ich natürlich erzählt, wie Robert und ich ins Gerangel geraten sind, er zu Boden ging, an der Schläfe und aus der Brust blutete und ein Polizist mir gegenüber behauptete, er sei von einer Latte am Hinterkopf getroffen worden. Die aber nirgendwo zu sehen war. Außerdem passte das nicht zu den Verletzungen, die Robert hatte. Mehr aber wollten sie nicht von mir wissen. Nicht einmal was danach mit mir gewesen ist, hat sie überhaupt interessiert.«

Den letzten Satz fügte sie leise hinzu. Es hatte sie schon damals erstaunt. Im Vorfeld ihrer Aussage hatte sie sich alle möglichen Varianten zurechtgelegt, um Wastl und sein Tun gar nicht erst erwähnen zu müssen. Die aber hatte sie dann gar nicht gebraucht. Niemand hatte wissen wollen, wie sie in jener Nacht nach Hause gekommen war. Warum sie nicht wie die anderen Demonstranten ins Polizeipräsidium in der Ettstraße gebracht worden war. Ihnen war es einzig darum gegangen, Roberts Todesumstände zu hinterfragen.

»Was ist mit deiner Großtante? Mit David und deinen Freundinnen aus der WG? Die haben uns in jener Nacht bei dir daheim in Empfang genommen. Auch die Nachbarin hat gesehen, dass ich bei dir war. In Uniform. Mit ihrer Schimpferei hat deine Großtante gewiss dafür gesorgt, dass ihr das besonders im Gedächtnis geblieben ist.«

Nervös fuhr er sich mit den Händen durch die nackenlangen Haare. Zum ersten Mal fiel ihr auf, wie lang und schmal seine

Hände waren. Pianistenhände, hätte Oma Babette behauptet. Zu gern würde sie sie berühren, festhalten, ihn beruhigen.

»Sie werden nichts sagen«, erklärte sie stattdessen mit fester Stimme. »Darauf kannst du dich verlassen. Hundertprozentig. Bei allen.«

Bei der Doblerin war sie sich zwar nicht so sicher, aber notfalls würde Annamirl das mit ihr regeln. Bei der Großtante und den anderen hegte sie sowieso nicht den geringsten Zweifel. Annamirl hatte öfter als einmal zu verstehen gegeben, was sie davon hielt, jemanden bloßzustellen und ihm damit zu schaden: nichts!

»Es ist vorbei, Wastl, die Sache ist aus der Welt. Ganz bestimmt.« Von Neuem lachte sie.

Ungläubig starrte er sie an. Konnte es wohl immer noch nicht fassen. Bis sie ihm einfach um den Hals fiel und sich gegen ihn presste.

Er versteifte sich.

Also musste sie für Klarheit sorgen. Viel zu lange hatte sie gezögert. Jetzt begann sie, ihn zu küssen. Erst rechts und links auf die Wangen, auf das wunderbare Grübchen am Kinn, zuletzt auf den Mund.

Endlich gab er nach, öffnete die Lippen und erwiderte gierig ihren Kuss.

»Doch lieber Staatsexamen statt Weltrevolution?«

Eine fröhliche Stimme begrüßte Amrei, als sie die Schlange der Wartenden vor dem Seminarraum im geisteswissenschaftlichen Institut der Uni erreichte. Gaby! Als hätten sie sich gerade erst voneinander verabschiedet und nicht seit dem Frühjahr aus den Augen verloren, fielen sie einander um den Hals.

»Und deine Filmkarriere pausiert zugunsten von Fontanes Frauenromanen?« Neugierig musterte Amrei sie. Auf den ersten Blick schien sie sich nicht verändert zu haben.

»Und zugunsten der Hoffnung auf bessere Angebote«, räumte Gaby vergnügt ein. »Für Hollywood wäre ich natürlich jederzeit bereit. Irgendwann werden die sich schon melden. Der Geiselgasteig ist mir auf Dauer allerdings zu provinziell für internationalen Ruhm.«

»Sagt die Frau aus dem Allgäu mit dem unverkennbar schwäbischen Zungenschlag.«

»Das wird mein Markenzeichen. Ein solcher Akzent macht sich sensationell auf dem roten Teppich bei den Filmfestspielen in Venedig. Er ist außergewöhnlich, klingt exotisch. So tut sonst keiner schwätzen.« Gaby lachte selbst am herzhaftesten über ihren Witz.

Sie warteten nebeneinander auf der Bank, bis sie an der Reihe waren, sich fürs Seminar anzumelden. In diesem Semester wollte Amrei sich wieder intensiver um ihr Studium kümmern. Die Selbstverständlichkeit, mit der Wastl seinen Streifendienst erledigte, trotz der herausfordernden Arbeitszeiten, spornte sie an, sich ebenfalls wieder mehr anzustrengen für das, was sie eigentlich tun wollte: studieren.

»Mir macht es Spaß, Polizist zu sein«, hatte er ihr erklärt. »Das ist genau das, was ich immer wollte. Ich bin froh, dass ich tun kann, was mir wichtig ist, und damit auch noch mein Geld verdiene. Das ist für mich echte Freiheit.«

Voller Stolz hatte er ihr seine Wohnung gezeigt, genau genommen zwei winzige Zimmer mit Dachschräge im Haus seiner Großmutter in Moosach, Bad und Klo unten bei der Oma, ebenso Herd und Kühlschrank. Mit seinem alten klapprigen 3er-BMW hatte er sie hingefahren. Ebenfalls sein ganzer Stolz, finanziert vom eigenen Gehalt.

»Falls ich mein Abi auf der Abendschule schaffe und zur Fortbildung bei der Kriminalpolizei zugelassen werde, kann ich mir später locker etwas Größeres leisten.«

Für Amrei schien es keine Frage, dass ihm das gelänge, so engagiert, wie er sein Ziel ansteuerte.

»Wenn wir den Schein für das Proseminar im Februar bekommen, haben wir unser Grundstudium fast in der Tasche«, verkündete Gaby fröhlich, als sie mit ihr nach der erfolgreichen Seminaranmeldung Arm in Arm das Unigebäude verließ.

»Zumindest in Germanistik. In Romanistik fehlt mir noch einiges. Auch in Pädagogik.«

Bei dem Gedanken ärgerte Amrei sich über sich selbst. Hätte sie im vergangenen Sommer die ein oder andere Übung besucht, statt mit David und den anderen rund um die Uhr an der Akademie zu protestieren, wäre sie bereits wesentlich weiter. Und viel früher ähnlich unabhängig wie Wastl. Vor allem vom Vater, der ihr nach wie vor die Miete bei Annamirl und einen geringen Grundstock fürs tägliche Leben zahlte. Bei keinem Telefonat versäumte er, ihr das unter die Nase zu reiben. Seit einiger Zeit fragte er bereits ungeduldig, wie lange es noch dauere mit ihrer Studiererei. Dabei hatte sie doch gerade erst das dritte Semester begonnen! Davon aber hatte der Vater keinerlei Ahnung. Stattdessen wollte er von ihr hören, ob er überhaupt noch darauf vertrauen könne, dass sie es ernst meine mit der Uni. Verdächtig lang schon habe sie nichts mehr von bestandenen Klausuren oder erhaltenen Scheinen erzählt.

»Haben sie die Prüfungen etwa abgeschafft, weil die langhaarigen Rabauken so viel Krawall machen?«, hatte er erst vergangenen Sonntag wissen wollen. »In Regensburg ging's anders zu als in München. Das hab ich dir gleich gesagt. Da wärst du schneller fertig mit dem Zeug. Und ich müsst nicht so lang zahlen. Mach wenigstens einen großen Bogen um die Gammler, die sich in Schwabing herumdrücken. Man liest so einiges, selbst bei uns in der Oberpfalz. Nicht dass es eines Tages noch Ärger gibt, weil du auf die schiefe Bahn geraten bist.«

»Anständig bleiben, das ist allweil wichtig für ein junges Fräulein«, hatte die Mutter gemahnt. »Du willst doch, dass dich hinterher noch einer nimmt, wenn du fertig bist mit dem Studium. Oder etwa nicht?«

»Wenn das das Einzige ist, worauf es im Leben ankommt, haben wir Frauen rosige Aussichten«, hatte Annamirl kopfschüttelnd gesagt. Da die Eltern laut genug ins Telefon geschrien hatten, war ihr nichts von dem Gespräch entgangen, das Amrei am Apparat im Flur führte.

»Dass sie mir Dampf machen, ist ihr gutes Recht. Meinen Geschwistern haben sie keine Ausbildung bezahlt«, hatte Amrei Mutter und Vater halbherzig verteidigt.

»Zwischen Dampf machen und einen solchen Schmarren verzapfen liegen aber allweil noch sehr viele Welten«, hatte Annamirl erwidert und sich in ihr Zimmer verzogen.

»Das kriegen wir hin«, verkündete Gaby Amrei jetzt fröhlich. »Wenn wir uns geschickt absprechen, können wir uns bei den Vorlesungen und Übungen einiges an Lernstoff ersparen. Dafür muss allerdings jede von uns zuverlässig Mitschriften anfertigen. Am Semesterende helfen die uns obendrein beim Lernen für die Klausuren. Lass uns am besten gleich zum Atzinger gehen und unsere Stundenpläne vergleichen.«

»Du gehst neuerdings freiwillig zum Atzinger? Ich dachte, da ist es dir zu langweilig.« Sie musste an ihre erste, etwas hilflose Kneipentour mit Gaby denken. Damals war sie auf der Suche nach David, Chris und Jürgen gewesen.

»Genau deswegen wollen wir hin. Lektion eins: Wenn's ums Lernen geht, ist eine langweilige Umgebung das Beste, was dir passieren kann«, erwiderte Gaby und grinste.

Amrei staunte, wie zielgerichtet sie wenig später daranging, einen effizienten Plan für sie beide mit möglichst wenigen Freistunden und einer gerechten Verteilung der Aufgaben zwischen ihnen zu erstellen. Kaum saßen sie in dem bereits mittags voll besetzten Wirtshaus an der Ecke zur Amalienstraße, begann Gaby, eine Tabelle für die verschiedenen Aufgaben anzulegen. Davon war Amrei derart fasziniert, dass sie fast vergaß, ihre Nudeln zu essen, die ihnen gerade serviert wurden.

»Essen musst du schon auch noch. Nicht dass du vom Fleisch fällst und ich keine Lernpartnerin mehr habe«, spottete Gaby. »Heute Abend feiern wir aber erst einmal unser Wiedersehen. Wie wäre es um acht vor dem Blow Up am Elisabethplatz?«

Ihr Ton ließ keinen Zweifel, dass das keine Frage, sondern eine Aufforderung war. Trotzdem widersprach Amrei.

»Ich habe schon was vor«, sagte sie.

»Gewährt dein WG-Künstler dir keinen Ausgang? Zwingt er dich jeden Abend zum Antanzen in der Akademie? Oder ist ihm das Blow Up zu teuer, weil Männer dort den doppelten Eintritt zahlen? Er soll mal nicht so geizig sein und dich einladen nach allem, was du den Sommer über mit ihm bei den Protesten durchgemacht hast.«

»Es liegt nicht an David«, räumte Amrei zögerlich ein.

»Woran dann? Haben dir seine Mitbewohnerinnen das Blow Up madig gemacht? Die Go-go-Girls gefallen ihnen gewiss nicht. ›Billige Fleischbeschau für schmierige Kavaliere mit fetten Brieftaschen‹, werden sie sagen. In Wahrheit sind sie wohl neidisch, weil sie selbst keine so gute Figur im Mini machen und nie von wem ins Blow Up eingeladen werden.« Gaby kicherte.

»David und ich sind nicht mehr zusammen«, räumte Amrei leise ein.

»Was?« Gaby starrte sie sichtlich überrascht an.

»Ich hab einen neuen Freund.«

»Und damit rückst du erst jetzt raus?« Gabys Augen sprühten vor Neugier. Schon rückte sie dicht an Amrei heran, legte ihr die Hand auf den Arm und sah ihr forschend ins Gesicht. »Wer ist er?

Ein konservativer Haremswächter, der dich bei Dunkelheit nicht mehr vor die Tür lässt? Oder ein völlig bekiffter Hippie, noch zugedröhnter als dein Möchtegern-Franz-Marc?«

»Du magst David und die Leute aus der WG nicht, richtig?«

»Dazu kenne ich sie zu wenig. Schon vergessen? Je mehr du mit ihnen zusammen warst, desto weniger Zeit hast du für mich gehabt. Und im Sommersemester bist du vollständig abgetaucht.« Gaby versuchte gar nicht erst, ihre Enttäuschung zu verbergen.

»Du hattest auch keine Zeit mehr, weil du auf deine Entdeckung beim Film gewartet und dafür im Arri gejobbt hast«, gab Amrei zurück.

»Was ist jetzt mit deinem Neuen?« Geflissentlich ignorierte Gaby den Vorwurf. »Warum bringst du ihn heute Abend nicht einfach mit? Ich brenne darauf, ihn kennenzulernen. Vielleicht hat er einen gut aussehenden Freund, der zufällig gerade eine kluge, attraktive Frau wie mich sucht?« Amüsiert schob Gaby sich in Pose.

Amrei schmunzelte, wurde jedoch schnell wieder ernst. »Er ist Polizist.«

»Was?« Gaby stutzte von Neuem. Schlug sich die Hand vor den Mund, weil sie vor Überraschung fast die Nudeln mit Tomatensoße herausgeprustet hätte, die sie sich gerade mit der Gabel in den Mund geschoben hatte.

Insgeheim fluchte Amrei. Sie hätte sich denken können, dass das das Totschlagargument war. Derzeit war es einfach undenkbar für eine Studentin, mit einem Polizisten zu gehen. Einem Bullen, wie es in der WG hieß.

»Das nenne ich mal einen Sinneswandel.« Schon lachte Gaby wieder. »Erst krallst du dir einen zu allem entschlossenen Profi-Protestler von der Kunstakademie und dann einen Bullen aus der Ettstraße. Gratuliere! Jetzt bin ich noch gespannter auf deine neue Eroberung.«

»Dass er Bulle ist, stört dich nicht?«, hakte Amrei verdutzt nach.

»Warum sollte es?« Gaby legte ihr den Arm um die Schultern. »Du musst mir allerdings erst noch etwas ausführlicher erzählen, wie es gekommen ist, dass du jetzt mit einem echten Münchner Schandi zusammen bist!«

Erleichtert atmete Amrei auf.

Wastl war gleich einverstanden mit Amreis Vorschlag, statt abends zu zweit ins Kino mit Gaby ins Blow Up zu gehen.

»Quirin kommt bestimmt auch gern mit«, erwiderte er, als sie am frühen Abend telefonierten. »Tanzen ist immer klasse. Außerdem war ich schon länger nicht mehr dort. Dabei mag ich den Schuppen.«

»Du gehst ins Blow Up?«, fragte Amrei.

»Fein, dass ich dich auch nach drei Wochen Zusammensein noch überraschen kann.« Er lachte in die Leitung.

Sie verkniff sich einen weiteren Kommentar. So ganz brachte sie die Nobeldisco und ihn nicht zusammen, noch weniger mit seinem Freund und Polizistenkollegen Quirin Hochstetter, einem bärigen Endzwanziger, den sie eher am Stammtisch im Hofbräuhaus denn auf einer der vier Tanzflächen im Blow Up inmitten von leicht bekleideten Go-go-Girls und fetziger Lichteffekte zu Musik von Pink Floyd oder Yes verortete.

»Fesch schaust du aus«, brummte Annamirl, als sie sich wenig später fertig angezogen und geschminkt vor dem Garderobenspiegel im Flur betrachtete.

Sie hatte recht. Auch Amrei war mit ihrem Aussehen zufrieden. Den goldenen Paillettenbolero hatte sie vor einigen Wochen mit Chris und Biggi zusammen für läppische fünf Mark bei einer Altkleidertandlerin in Schwabing erobert. Eine echte Rarität aus den Zwanzigern. Er machte sich hervorragend zu ihrem cognacfarbenen Cordmini und den hohen Wildlederstiefeln und schien ihr mehr als passend für einen Auftritt im Blow Up.

»So ein glitzerndes Jäckchen hast du dir für deinen Möchtegernkünstler aus der Amalienstraße nie geleistet«, stellte Annamirl fest und verschränkte die Arme vor der Brust. »Wird es also Ernst mit dir und deinem wackeren Schandi?«

Alarmiert horchte Amrei auf. Offenbar bekam die Großtante mal wieder mehr mit als vermutet. Bislang hatte sie sich noch nicht zu erzählen getraut, dass es mit David vorbei war und sie inzwischen mit Wastl ging. Zu deutlich sah sie Annamirls Gesicht vor sich, als er sie an Ostermontag in Uniform an der Wohnungstür abgeliefert hatte. Ehe Amrei sich eine einigermaßen ehrliche Erwiderung überlegt hatte, strich die Großtante ihr unerwartet sacht über die Wange.

»Schön, dass du dich endlich entschieden hast. Ich wünsche dir, dass es dieses Mal der Richtige ist. Denk immer dran, was du dir wert bist. Für dich muss es passen. Für niemand anderen sonst.«

Nach einem aufmunternden Kopfnicken schlurfte sie in ihr Schlafzimmer hinüber. Gerührt sah Amrei ihr nach. So deutlich war Annamirl bei David nie über ihren Schatten gesprungen.

1972

Anfang September

Es war ein völlig absurder Tag. Ungläubig blinzelte Amrei in den Himmel, über den sich hie und da weiße Wolkenstreifen zogen. Mit der flachen Hand schirmte sie die Augen gegen das gleißende Licht ab. Anders war es nicht auszuhalten. Wie schon in den vergangenen elf Tagen der Olympischen Spiele beschien die Sonne von früh bis spät die Szenerie. Selbst die optimistischsten Organisatoren hatten eine derart stabile Schönwetterlage nicht für möglich gehalten.

An diesem Tag war jedoch jeglicher Optimismus mit einem Schlag vorbei. Der nicht enden wollende Sonnenschein machte Amrei ganz besonders zu schaffen. Und nicht nur ihr, sondern auch Millionen anderen, die das Geschehen bei den Olympischen Spielen weltweit mitverfolgten. Am Radio oder vor dem Fernseher. Das schöne Wetter passte nicht zu diesem Tag und allem, was mit ihm verbunden war. Die Stimmung hatte sich verändert. Jäh war das Unbeschwerte aus dem Olympiadorf und von den Gesichtern der Menschen, die sich dort aufhielten, verschwunden.

Stattdessen hatte sich nackte Angst breitgemacht. Gepaart mit wachsender Verzweiflung. Das Unvorstellbare, an das offenkundig keiner gedacht hatte, keiner hatte denken wollen, war eingetreten: Der Terror war in die als ‚heiter' deklarierten Spiele eingedrungen und hatte ein für alle Mal die anfängliche Unbeschwertheit zerstört.

Am schlimmsten fand Amrei, dass niemand genau wusste, was gerade geschah, welche Katastrophe in der Unterkunft der israelischen Mannschaft tatsächlich ablief, nachdem palästinensische Attentäter in den frühen Morgenstunden Geiseln genommen, den Ringertrainer Mosche Weinberg erschossen und einer Frau des olympischen Sicherheitsdienstes ein vierseitiges Communiqué mit Forderungen überreicht hatte. Hauptpunkt auf der Liste war die Freilassung von mehr als zweihundert in Israel inhaftierter Palästinenser sowie der deutschen Terroristen Andreas Baader und Ulrike Meinhof. Seit Stunden wurde darüber verhandelt. Mittels einer weiteren Polizeibeamtin aus dem Ruhrgebiet, die beim olympischen Sicherheitsdienst tätig war und zufällig in die Rolle der Vermittlerin zwischen dem Anführer der Attentäter, einem zierlichen Mann in hellem Anzug und weißem Hut namens Issa, und den deutschen Behörden hineingerutscht war.

Das Büro des kanadischen Teams, dem Amrei und ihre Hosteskollegin Mona zugeteilt waren, befand sich nur wenige Hausnummern vom Gebäude der Tragödie entfernt. Dennoch schien es Amrei, als befände es sich auf einem anderen Stern. Nichts bekam sie von dem Geschehen mit, fühlte sich trotz der räumlichen Nähe weiter davon entfernt als beispielsweise ein Fernsehzuschauer in Toronto oder ein Radiohörer in Sydney. Sicherheitskräfte hatten die Umgebung des Hauses weiträumig abgeriegelt, darunter eine Brigade schwer bewaffneter Polizisten in der üblichen Uniform. Belagert wurde die Absperrung von einem dicken Wall aus Kameraleuten, Fotografen und Reportern, die sich teilweise auf Klappleitern postiert hatten, um eine bessere Sicht auf das Geschehen zu erhalten, sowie unzählige Schaulustige, die es trotz der mittlerweile strikten Kontrollen auf wundersame Weise ins Dorf geschafft hatten.

Jeder, der irgendwo auf der Welt an einem Radio oder vor einem Fernsehbildschirm saß, konnte live mitverfolgen, was sich in der Connollystraße abspielte, nur Amrei und die anderen Hostessen, Olympiateilnehmer und sonstige Beschäftigte im Dorf bekamen fast nichts mit. Für sie herrschte paradoxerweise *business as usual*, denn die Wettkämpfe im Stadion liefen weiter, die Trainings an den verschiedenen Sportstätten ebenfalls. Also mussten auch die Athleten, Trainer und Betreuer wie gewohnt versorgt werden. Ein Albtraum!

Fahrig massierte Amrei sich die Schläfen. Sie sehnte sich danach, in Ruhe mit Mona zu sprechen. Von wegen lustiger Semesterferienjob. Nie im Leben hätte sie damit gerechnet, Zeugin eines solchen Fiaskos zu werden.

Endlich gelang es ihnen, für eine kurze Zigarettenpause zum rückwärtigen Ausgang des Gebäudes hinauszuschlüpfen, in dem das Büro des kanadischen Olympiateams untergebracht war. Der Vorderausgang war ihnen ebenso verwehrt, wie ihnen mittlerweile verboten worden war, die Balkone im Haus zu betreten. Am Hinterausgang zu den Tiefgaragen trafen sie dafür auf einige andere Hostessen, Sportler und Betreuer aus den benachbarten Häusern, die für wenige Minuten frische Luft schnappen und ungestört reden wollten.

»Ich kann einfach nicht glauben, was hier gerade passiert.« Amrei sog an ihrer Ernte 23. »Gestern noch habe ich mit Ze'ev Friedman und David Berger aus dem israelischen Team hier gestanden. Gelästert haben wir noch darüber, wie leicht man jemanden ins Dorf schmuggeln kann, Hauptsache, derjenige trägt einen Trainingsanzug. Und dass man selbst oft hineinspazieren darf, ohne dass man seinen Ausweis vorzeigen muss.«

Verzweifelt schüttelte sie den Kopf, bevor sie weitersprach: »Überreden wollten mich die beiden, abends mit ins Deutsche Theater zu gehen. Sie hatten Karten für *Anatevka*. Und nach der Vorstellung eine Einladung hinter die Bühne. Sie waren so stolz. Wie kleine Jungs haben sie sich darauf gefreut. Und jetzt schweben sie nur wenige Meter entfernt von uns als Geiseln in Lebensgefahr. Es ist nicht zu fassen!«

»Hoffentlich überleben sie das.« Mona sprach aus, was Amrei kaum zu denken wagte.

»Wir müssen optimistisch bleiben«, mahnte Amrei. »Die Palästinenser wollen, dass die Welt endlich mitbekommt, was in Israel geschieht. Das haben sie inzwischen in jedem Fall schon erreicht. Vielleicht lassen sie es damit gut sein, wenn man sie einfach abziehen lässt.«

»Optimistisch bleiben!« Empört schnaubte Mona. »Die Attentäter sind zu allem fähig! Gleich zu Beginn der Aktion haben sie Mosche Weinberg erschossen. Wer weiß, was in diesem Moment in der Unterkunft passiert.«

Die Worte trafen Amrei mitten ins Herz. Zu gern hätte sie ausgeblendet, wie viel Blut bereits geflossen war.

»Ein zweiter Israeli soll schwer verletzt im Zimmer liegen. Zwischen den anderen Geiseln. Ständig müssen sie ihn vor Augen haben. Grauenhaft! Wissen Sie zufällig mehr, Fräulein?« Ein kahlköpfiger Mann hatte sie offenbar belauscht und drängte sich ihnen ungeniert auf. Vermutlich ein Journalist. Inzwischen drückten die sich auch auf dieser Seite der Häuserzeile herum, ständig auf der Suche nach Informationen und Ecken, von denen aus sie einen noch besseren Einblick ins Geschehen in der Connollystraße gewinnen konnten.

»Wir wissen gar nichts.« Eilig packte Amrei Mona am Arm und zog sie mit nach drinnen.

»Das ist ja wie eine Belagerung!«, stöhnte sie auf, sobald die Tür hinter ihnen zugefallen war und sie allein in dem dämmrigen, angenehm kühlen Treppenhaus standen. »Wie sollen wir das nur aushalten?«

Beschämt biss sie sich auf die Lippen. Was beschwerte sie sich? Was mussten erst die Israelis aushalten? Ze'ev, David und die anderen, die sie in den letzten Tagen oft genug gesehen und gesprochen hatte?

»Und trotzdem müssen wir funktionieren.« Erschöpft wischte Mona sich über die schweißnasse Stirn.

Amrei schwitzte ebenfalls, selbst im dämmrigen Treppenhaus des Bürogebäudes. Für Anfang September war es viel zu heiß. Zum Schutz vor Neugierigen waren sämtliche Fenster im Büro geschlossen, ebenso waren die Vorhänge zugezogen. Das machte es noch unerträglicher.

»Lass uns weitermachen. Wer weiß, wozu es gut ist«, versuchte sie Mona abzulenken. »Zumindest Post müssen wir heute keine mehr austragen.«

»Und auch nicht zu den grimmigen DDRlern rüberlaufen«, ergänzte Mona und rang sich ein Lächeln ab.

Tatsächlich unterschieden sich ihre Aufgaben an diesem Tag erschreckend wenig von denen, die sie an allen anderen Tagen erledigt hatten. So selbstverständlich wie möglich erteilten sie den kanadischen Sportlern Auskünfte, wenn sie im Büro auftauchten und Fragen stellten. Größtenteils drehten die sich allerdings um das Geschehen in der benachbarten Unterkunft. »Sorry, we don't know anything«, war der Satz, der ihnen an diesem Tag am häufigsten über die Lippen ging, gelegentlich nur mit der französischen Version »Désolée, nous ne savons rien« variiert oder von der eher vergeblichen Bitte »Please, don't panic!« abgelöst. Angesichts der Lage ein frommer Wunsch.

Sogar zum Mittagessen in der Mensa durften sie gehen. Sofern sie wollten. Angesichts der überall auf den Wegen lauernden neugierigen Reporter- und Kamerateams verzichteten sie jedoch darauf.

»Ich kriege sowieso keinen Bissen hinunter.« Amrei war froh, im Kühlschrank eisgekühlte Cola und Limonade zu wissen. Für alle Fälle hatte sie immer eine Banane und eine Packung Kekse dabei. Ausreichend Zigaretten sowieso. Das genügte ihr für diesen Tag.

Mona bot ihr einen Riegel Schokolade an. »Nervennahrung«, sagte sie und brach ein großes Stück ab, steckte es sich in den Mund. Amrei lehnte ab.

Zum x-ten Mal fragte sie sich, wo Wastl wohl steckte. Ob er bei den Sicherheitsleuten war, die die Connollystraße abriegelten? Vorhin hatte sie aufgeschnappt, dass die Polizei bereits am Morgen Scharfschützen im Dorf postiert hätte. Wastl war ein guter Schütze. Ob er sich dafür gemeldet hatte? Sie wollte sich lieber nicht ausmalen, was das bedeutete.

Natürlich gab es tausend weitere Möglichkeiten, wo er gerade stecken konnte. Sie war jedoch überzeugt, dass er nicht irgendwo am Zaun um das Dorfgelände Neugierige auf Abstand hielt. Das entsprach nicht seinem Verständnis, was er als Polizist in einer solchen Situation zu tun hatte. Sollten Freiwillige für eine besondere Aufgabe gesucht werden, wäre er unter den Ersten, die sich meldeten. Kaum wollte sie sich ausmalen, wie er mit einem Maschinengewehr im Anschlag nur wenige Meter von ihr entfernt Posten bezog. Dass die Terroristen zu schießen bereit waren, hatte der Tod Mosche Weinbergs bewiesen. Ihr wurde flau.

»Was ist mit der Spielstraße? Stimmt es, dass sie geschlossen ist? Ausgerechnet heute?« Ein kanadischer Masseur stand plötzlich vor ihr und wedelte mit einem Programmheft durch die Luft. Er sprach sie auf Französisch an und wirkte verärgert. »Endlich habe ich einen halben Tag frei und will mir den riesigen Phoenix ansehen, den ein japanischer Künstler zeigt, und jetzt heißt es, das ginge heute nicht.«

Amrei benötigte einige Sekunden, bis sie begriff. Nicht wegen der Sprache. Die Empörung des Mannes wunderte sie. Drei Häuser weiter bangten Menschen um ihr Leben und seine einzige Sorge war das Straßentheater am Olympiasee? Jäh hatte sie David vor Augen. Ob er auch wütend war, weil er heute früher nach Hause geschickt worden war? Hoffentlich war er inzwischen daheim. Wenigstens ihm konnte dann nichts mehr geschehen.

»Désolée, aber die Spielstraße ist heute tatsächlich geschlossen«, erklärte sie dem Kanadier und zwang sich zu einem entschuldigenden Lächeln. »Fahren Sie doch zum Nymphenburger Park raus. Da finden die Mannschaftswertungen im Dressurreiten statt. Es ist sehr idyllisch dort. Und einen großen Biergarten gibt es gleich nebenan im Hirschgarten. Ich suche Ihnen die Trambahnlinie heraus.« Schon zückte sie den Fahrplan, der in der Schublade bereitlag, und markierte auf einem Stadtplan, wo genau sich der Park und der Biergarten befanden.

Kaum hatte sie den Mann zur Trambahnhaltestelle am südlichen Ende des Olympiaparks geschickt, klingelte das Telefon. Eine der Hostessen aus dem Büro des Organisationskomitees war am Apparat. Kurz angebunden teilte sie mit, die Wettkämpfe seien ab sofort bis zur Klärung der Lage im Olympischen Dorf unterbrochen, lediglich bereits begonnene sollten noch zu Ende geführt werden.

Amrei sah auf die Uhr. Viertel vor vier. Der Kanadier würde gewiss nicht mehr rechtzeitig in Nymphenburg eintreffen.

Dafür war ihre Schicht fast zu Ende. In einer Viertelstunde durfte sie nach Hause. Um hoffentlich mehr über das Vorgefallene und natürlich Wastls und Davids Verbleib zu erfahren.

»Der Abbruch der Spiele heißt bestimmt, dass gleich etwas Entscheidendes passiert. Lass uns schnell nach Hause fahren, damit wir alles im Fernsehen verfolgen können.« Schon begann Mona, ihre Sachen zusammenzupacken. Ohne dass sie groß darüber geredet hatten, stand fest, dass sie mit zu Annamirl kommen würde. Obwohl ihr Amrei immer wieder aufs Neue gesagt hatte, dass die keinen Fernseher besaß, sondern nur ein altes Radio.

Es dauerte länger als erwartet, bis sie endlich aufbrechen

konnten. Mit einer fast halbstündigen Verspätung trafen die beiden Kolleginnen ein, die sie ablösten. Amrei war dennoch erleichtert. Allerdings gelang es ihr nicht, sich zu freuen. Es schien ihr so irreal, angesichts des Geschehens nach Hause zu fahren. Niemand wusste, wie es weiterging. Es erschien ihr wie ein Verrat an denjenigen, die hier festsaßen. Und an den gefangen gehaltenen Israelis sowieso.

»Macht, dass ihr zur U-Bahn-Station kommt. Draußen fangen sie an, die Umgebung zu räumen«, berichtete die eine Hostesskollegin, eine kurzhaarige Frankfurterin, mit der Amrei den Schminkkurs absolviert hatte.

»Auffälliger als das, was da draußen gerade abläuft, geht es wohl nicht. Jetzt wissen auch die Geiselnehmer, dass es hier gleich losgeht«, schimpfte die zweite.

»Gleich werden sie das Haus stürmen und die Attentäter niedermähen«, prophezeite die Frankfurterin.

»Schnell weg hier!« Auf Monas Gesicht breitete sich Panik aus.

Amrei packte sie am Arm, zog sie mit zum Hinterausgang und rannte von dort mit ihr auf den schmalen Fußwegen zwischen den Bungalows des Frauendorfs zur U-Bahn-Station.

1968

Dezember

Der Herbst gab sich trist und trüb. Oft regnete es ohne Pause von morgens bis abends, wurde nicht einmal tagsüber richtig hell. Dennoch meinte Amrei, von einer frühlingshaften Aufbruchstimmung erfüllt zu sein und schwebte auf Wolken. Sie war bis über beide Ohren verliebt, wusste endlich, wen sie wirklich wollte: Wastl!

Bei ihm schien der Knoten ebenfalls geplatzt. Er gab sich freier, lebhafter und aufgeschlossener, als sie je vermutet hätte. Und das nicht nur beim Tanzen im Blow Up oder im Big Apple.

Obwohl sie sich seiner unregelmäßigen Dienste wegen oft tage- und nächtelang nicht sahen, fühlte sie sich ihm bereits nach kaum einer Handvoll Wochen sehr nah. Ähnlich wie mit David konnte sie auch mit ihm über alles reden, was ihr durch den Kopf ging. Es gab nichts, was sie tat, sagte oder dachte, das ihn nicht interessierte. Er hörte sich sogar aufmerksam an, was sie an der Uni in den Vorlesungen oder Seminaren erlebte. Besonders gefiel ihr, wie er sich ganz auf sie konzentrierte, wenn sie zusammen waren. David hatte sich weitaus schneller ablenken lassen, hatte gelegentlich sogar recht fahrig gewirkt und nur halb zugehört, was sie ihm erzählte. Das war wohl die Kehrseite seines Künstlertums: Ständig sprudelte er vor Ideen. Ihm fiel es schwer still zu sitzen. Zuzuhören. Wastl dagegen verstand sich genau darauf gut, ohne je langweilig zu werden. Dafür genoss er das Jungsein selbst viel zu sehr und stürzte sich auch gern ins Vergnügen. Für Überraschungen war er dabei auch stets gut, wie sich schon bei der Sache mit dem Blow Up gezeigt hatte.

Konnten sie nicht zusammen sein, rief er wenigstens einmal am Tag an. Mitunter spät in der Nacht oder früh am Morgen, je nachdem, wann er Dienstschluss oder Pause hatte und Zeit fand, ungestört zu telefonieren.

»Den Apparat stellst du besser gleich in dein Zimmer. Wenn es klingelt, ist es sowieso allweil für dich«, schlug Annamirl vor.

Das stimmte zwar, allerdings war es nicht immer Wastl, der anrief. Auch Gaby meldete sich mindestens einmal am Tag, um sich für die Uni mit ihr abzusprechen und sich dabei vermeintlich beiläufig, in Wahrheit äußerst neugierig, nach dem Stand der Dinge mit Wastl zu erkundigen.

»Zum Glück klebt er nicht wie eine Klette an dir und lässt dir deine Freiräume. So einen Mann musst du dir warmhalten. Der ist echt ein Volltreffer«, sagte Gaby, als sie sich zum Billardspielen im Schelling Salon trafen.

»Oft genug ist es schlichtweg seinem Dienstplan geschuldet«, erwiderte Amrei. »Und natürlich auch meinem Pragmatismus. Ich habe ihm klar gesagt, wie sehr ich dich brauche, um dieses Semester meine Scheine und Klausuren zu schaffen.«

»Gut zu wissen, woran ich bei dir bin«, scherzte Gaby und versetzte der weißen Kugel auf dem grünen Filz einen entschlossenen Stoß mit dem Queue.

»Du bist echt sagenhaft.« Gebannt verfolgte Amrei, wie die Kugeln auseinanderstoben und nach und nach in den Löchern verschwanden. Nur die vollen. Die halben kullerten in Zeitlupe beiseite. Beim Billard war Gaby unschlagbar. Das hatten auch Wastl und sein Freund Quirin festgestellt, nachdem sie einige Partien zu viert gespielt hatten.

»Mir macht es wirklich nichts aus, dass sie Bullen sind«, hatte Gaby Amrei nochmals versichert, als sie sich ausführlicher über die beiden unterhalten hatten. Amrei war das wichtig gewesen. Eine ähnliche Situation wie mit Rainer und den anderen im PN wollte sie nie mehr erleben. Wie auf der Anklagebank hatte sie sich gefühlt. Umso mehr erleichterte sie Gabys Offenheit.

Nach wie vor freute sie sich über den Zufall, ihr zu Semesterbeginn wiederbegegnet zu sein. Chris und Biggi schienen seit Wochen wie vom Erdboden verschluckt. Mehrere Male hatte sie in der WG angerufen. Vergeblich. Auch in der Uni und in den von ihnen bevorzugten Kneipen oder Clubs hatte sie die zwei nicht gefunden. Ebenso wenig Jürgen oder einen von den anderen aus dem Umfeld der WG. Anscheinend vermissten die sie auch nicht. Warum sonst kamen sie nicht auf die Idee, sich bei ihr zu melden?

Doch Amrei wollte auch nicht zur Akademie gehen und nach ihnen suchen. In Wahrheit, gestand sie sich mit einem seltsamen Gefühl im Bauch ein, verspürte sie nicht die geringste Lust, David zu treffen. Sosehr sie sich inzwischen ihrer Liebe zu Wastl sicher war, hing ihre Beziehung mit ihm streng genommen nach wie vor in der Schwebe. Ausgesprochen und eindeutig getrennt hatten sie sich noch immer nicht.

Müde, weil sie nach dem Telefonat mit Wastl morgens um sieben nicht mehr eingeschlafen war, verteidigte Amrei im großen 101er-Hörsaal des Unihauptgebäudes den Platz neben sich gegen den Andrang der hereinströmenden Kommilitonen für Gaby. Zu etwas sollte es gut sein, dass sie ausnahmsweise einmal bereits eine Viertelstunde vor Beginn da war.

Während sie immer wieder von Neuem jemanden wegschickte, ließ sie das Gespräch mit Wastl Revue passieren. Er hatte ihr viel zu erzählen gehabt von der Fortbildung, auf der er sich gerade befand. Eine Schulung, um Gewaltexzessen bei Protestaktionen vorzubeugen. Sehr spannend, das musste sie zugeben. Noch faszinierender war, mitzuerleben, wie gierig er das aufsaugte. Geradezu besessen war er inzwischen von der Idee, auf der Abendschule sein Abitur nachzuholen und im Anschluss zu studieren, um sich für den polizeipsychologischen Dienst bei der Kriminalpolizei zu qualifizieren. Das sei genau das, was er langfristig tun wolle, erklärte er.

»Morgens in der Früh finde ich das mindestens so toll wie du«, hatte sie ihm leicht ironisch versichert.

»Wenn ich zurück bin, erzähle ich dir gern auch einmal abends um acht oder noch später, welche Möglichkeiten sich da für mich auftun«, hatte er erwidert, nicht im Geringsten irritiert von ihrer Reaktion. »Und ich höre dir auch gern zu, wenn du mir von deinen Plänen mit Frankreich erzählst, vor allem, wie konkret du sie inzwischen verfolgst.«

»Bist du sicher?«, hatte sie amüsiert und erstaunt zugleich gefragt, weil er sich trotz allem, was ihm gerade durch den Kopf ging, noch daran erinnerte, was sie ihm beiläufig erzählt hatte. Dabei war es bislang nur eine vage Idee, nachdem sie bei den Romanisten am Schwarzen Brett das Gesuch einer französischen Familie entdeckt hatte, die für ein halbes Jahr eine deutschsprachige Studentin zur Betreuung ihrer Kinder suchte.

»Das ist deine Chance! So günstig kommst du nie mehr ins Ausland, noch dazu nach Paris. Im Umgang mit kleinen Kindern lernst du die Sprache sowieso am besten«, hatte Wastl sie gleich ermutigt.

»Erst einmal bringe ich das Wintersemester hinter mich«, hatte sie entschieden, froh darüber, dass er sie in ihren Plänen unterstützte, und auch ein wenig enttäuscht, weil es ihm anscheinend nichts ausmachte, dass sie dann für Monate getrennte Wege gehen und sich kaum sehen würden. Wenn sie doch nur wüsste, was sie wollte!

Abermals schickte sie jemanden weg, der sich im Hörsaal neben sie setzen wollte. Endlich erspähte sie Gaby. Kurz vor Vorlesungsbeginn schlüpfte sie direkt hinter dem Prof und dessen Entourage durch die Tür und kämpfte sich zu Amrei durch.

»Was Kleist wohl dazu gesagt hätte?«, fragte sie, kaum dass sie endlich saß, und schob Amrei während Müller-Seidels Ausführungen über Kleists Rechtsempfinden am Beispiel des Michael Kohlhaas eines der unzähligen Flugblätter hin, die sie bei Betreten der Unigebäude auch im Wintersemester an gefühlt jeder Tür in die Hand gedrückt bekamen. Eine Gruppe letzter Standhafter versuchte, die Protest- und Diskussionskultur an der LMU aufrechtzuhalten, obwohl die Resonanz bei den Studenten immer bescheidener ausfiel.

»Vielleicht hätte er endlich einmal eine Michaela Kohlhaas zu Wort kommen lassen«, erwiderte Amrei und überflog nicht sonderlich interessiert den Aufruf zur x-ten Diskussionsveranstaltung über *Wahre Gerechtigkeit und Wirklichkeit des bundesrepublikanischen Rechtssystems im Winter 68*, die am Nachmittag im Audimax stattfinden sollte. Vermutlich statt der Goethe-Vorlesung. Sofern der Prof den Hörsaal freiwillig hergab. Gewiss würde das erst wieder für heftige Diskussionen sorgen oder gar in einer Hörsaalbesetzung enden, wie sie nach wie vor üblich waren. Mittlerweile wurden die jedoch von Studenten im Prüfungsstress mindestens ebenso entschieden bekämpft wie von den Dozenten.

»Kommst du mit in die Schellingstraße zu den Mediävisten?«, fragte Gaby. »Der Assi, der die Übung zu Parzivals doppelter Wegstruktur hält, ist genial.«

Kaum war die Kleist-Vorlesung beendet, packten sie ihre Sachen zusammen. Das Flugblatt ließen sie liegen, wie die anderen auch. Berge von Papier auf Tischen und Bänken sowie vor Flugblättern überquellende Abfalleimer waren die untrüglichen Zeichen der versiegten Aufmüpfigkeit.

»Du meinst, er ist genial attraktiv«, korrigierte Amrei im Hinausgehen Gabys Bemerkung über den Dozenten und schmunzelte.

»Das auch.« Gaby lächelte versonnen. »In der Engelsburg bin ich ihm gestern Abend zufällig über den Weg gelaufen. Ausdrücklich gefragt hat er mich, ob ich heute zur Übung komme.«

»Hört sich nicht so an, als bräuchtest du meine Begleitung. Halte mich auf dem Laufenden, damit ich auch Quirin informieren kann, wie es um dich steht.«

»Mit dem musst du nicht unbedingt reden, aber vielleicht einmal mit wem anderen.« Mit einer Kopfbewegung wies Gaby zum Seitenausgang des Audimax, an dem sie gerade vorbeikamen. Auch dort wurden wieder Flugblätter verteilt.

Neugierig folgte Amrei ihrem Blick. Und erspähte David.

Für einen Moment war sie versucht, so zu tun, als hätte sie ihn nicht gesehen, und wollte einfach weitergehen. Gaby räusperte sich energisch. Wahrscheinlich hatte sie recht. Es war an der Zeit, endlich mit ihm zu reden. Das war nur fair. Ihm gegenüber. Aber auch Wastl gegenüber. Und ihr selbst gegenüber.

Die Grübelei erübrigte sich ohnehin. Längst hatte David sie entdeckt und winkte ihr zu. Fröhlich. Als wäre alles in bester Ordnung zwischen ihnen. Sie seufzte.

»Hi, Amrei! Warte!«, rief David und schlenderte zu ihr herüber.

»Ich geh dann mal lieber, sonst komme ich zu spät zu Parzival.« Schon verschwand Gaby die Treppe hinunter.

Amrei war allein. Und sah David mit klopfendem Herzen entgegen.

»Schön, dich zu sehen.« Schon war er bei ihr und küsste sie auf die Wange. »Du machst also tatsächlich ernst.«

»Womit soll ich ernst machen?«, fragte sie verdutzt.

»Mit dem Studium, womit sonst.«

Bevor sie etwas antworten konnte, hakte er sich bei ihr unter und führte sie zum Hinterausgang in der Amalienstraße.

»Natürlich mache ich ernst«, erwiderte sie. »Ich brauche die Scheine, um die Studienzeit einzuhalten.«

Während sie dicht nebeneinander die ausgetretenen Steinstufen hinunterliefen, versuchte sie, den Ausdruck auf seinem Gesicht zu deuten. War er doch sauer? Aber warum er? War nicht sie diejenige, die nach der hässlichen Szene im PN und seinem kompletten Schweigen und Abtauchen danach allen Grund dazu hatte?

»Du weißt, dass mir mein Vater im Nacken sitzt. Ewig bezahlen wird er mir das Studium nicht. Das kann er sich nicht leisten. Und ich will auch gar nicht, dass er das tut. Meine Unabhängigkeit ist mir wichtig.« Warum sagte sie das? David war der Letzte, vor dem sie sich rechtfertigen musste.

Sie erreichten die Tür, blieben stehen. Ein gutes Dutzend Studenten strömte herein, ehe sie endlich hinauskonnten.

Unter dem Vordach streifte sie sich die Kapuze ihres Dufflecoats über den Kopf. Es regnete wieder. Allmählich ging der Regen in Schnee über. Eine schmierige weiße Schicht bedeckte den gepflasterten Vorplatz. Die vielen Studenten zertrampelten sie in Windeseile.

»Ewig können wir es uns auch nicht leisten, die Klappe zu halten und weiter mitzumachen in dem Getriebe«, entgegnete David und zerrte mit einer Hand die Kapuze seines Parkas über die dunklen Locken.

»Uns muss klar sein, wo das endet«, fuhr er eifrig fort. »Und welchen Preis wir über kurz oder lang dafür zahlen. Alle. Das können wir aus der Vergangenheit lernen. Die gar nicht so weit weg ist, wie wir gern tun. Solange wir das nicht schaffen, werden wir immer abhängig bleiben von dem Gespenst des Ewiggestrigen.«

Typisch David! Gegen ihren Willen musste sie jetzt doch

schmunzeln. Er ging gar nicht erst auf ihre Worte ein. Wahrscheinlich hatte er wieder nur halb zugehört. Viel zu sehr beschäftigte ihn bereits ein neuer Gedanke, vermutlich ein besonderer Einfall, mit dem er den Protest weiter vorantreiben wollte. Nur dafür schien er wirklich zu brennen. Dass sie sich seit Wochen nicht gesehen, nichts voneinander gehört hatten und auch alles andere als einvernehmlich auseinandergegangen waren, spielte vor dem Hintergrund keine große Rolle für ihn. Er lebte in anderen Dimensionen. Und ging ganz selbstverständlich davon aus, dass sie seine Gedanken teilte. Und dass sie deshalb genauso selbstverständlich auch mit ihrer Beziehung weitermachen würden wie bisher. Warum sonst verlor er kein Wort darüber?

»Komm mit, ich zeig dir was. Du wirst Augen machen!« Er packte sie am Arm. Seine dunklen Augen sprühten vor Begeisterung, erwartungsvoll strahlte er sie an.

»Wieder eine von euren berühmten Aktionen, mit denen ihr Touristenattraktion spielt? Auf dass noch mehr Busse bei der Stadtrundfahrt vor der Akademie halten und Reisende aus aller Welt euch begaffen wie Zootiere?« Sie zögerte mitzukommen. Sie hatte keine Lust mehr auf die Proteste, so wichtig und ausgefallen sie auch waren. Bewirkt hatten sie letztlich nichts. Weil sie keiner ernst nahm, sie nur als originelle bunte Farbtupfer im ansonsten grauen Dreck der gigantischen Olympiabaustelle München verstanden wurden.

Und dafür hatten Robert und der Fotograf an Ostern sterben müssen!, überfiel sie ein lang verdrängter Gedanke. Ganz zu schweigen von den Verletzten, die es auf beiden Seiten gegeben hatte, als die Proteste aus dem Ruder gelaufen waren. Plötzlich sah sie die Narbe am rechten Augenlid von Wastls Freund Quirin vor sich. Ein Relikt von Karfreitag. Jener Nacht, in der die Wasserwerfer der Polizei und der weiße Chevrolet der Studenten vor der Auslieferung der Bild-Zeitung aufeinander zugerollt waren. Ein

Geschoss, vermutlich ein Pflasterstein aus der Menge der Protestler hatte Quirin erwischt, gefährlich nah am Auge. Fast hätte er es verloren.

»Für mich ist das kein Spaß, was da passiert. Für mich ist es bitterer Ernst«, hatte er klargemacht, als Amrei und Gaby ihm erzählt hatten, dass sie studierten und im Frühjahr auch bei einigen Protestaktionen mitgemacht hatten.

»Von wegen berechtigte politische Forderungen, für die sich die Studiosi einsetzen«, hatte er nach einem wütenden Schnauben hinzugefügt. »Ich will auch meinen Frieden. Nicht nur in Vietnam, sondern hier in München, direkt vor meiner Haustür. Radaubrüder sind doch die meisten, die da auf die Barrikaden steigen. Sie wissen nicht, was arbeiten heißt, weil ihr Papa ihnen allweil das Geld in den Hintern schiebt.«

Wastl hatte zwar versucht, die Worte seines Freundes etwas abzumildern, doch auch er sah die Aktionen teils kritisch. Amrei konnte es ihm nicht verdenken. Und Gaby hatte eingeräumt, dass sie mit Politik nichts mehr am Hut habe: »Nach dem Chaos an Ostern ist mir das klar geworden. Das Leben ist kurz, deshalb will ich meinen Spaß, solange mir das möglich ist«, hatte sie bekräftigt, bevor sie im Blow Up auf die Tanzfläche gestürmt und im Rhythmus von *Lazy Sunday Afternoon* der Small Faces aufgegangen war.

»Dieses Mal ist es wirklich etwas Besonderes. Kein lustiger Spaß, um das Fremdenverkehrsamt zu unterstützen, sondern eine Aktion mit Tiefgang. Du wirst überrascht sein«, holte David sie wieder in die Gegenwart zurück.

Amrei blieb unentschlossen. Sagte er das nicht immer? Und hing letztlich doch wieder nur bekifft mit den Kommilitonen und vor allem mit den Kommilitoninnen an der Akademie ab, weil ihnen die Dauerparty mehr Vergnügen bereitete als die ernsthafte

Auseinandersetzung mit dem, was sie ursprünglich einmal hatten anprangern und verändern wollen?

David schien allerdings noch genau zu wissen, was er tun, wie er sie ansehen musste, um sie ins Wanken zu bringen. Zu seinen Gunsten beeinflussen konnte.

»Du wirst es nicht bereuen«, versprach er leise. »Es dauert auch nicht lang. Wenigstens ansehen musst du es dir. Ganz kurz nur.«

Seine rechte Hand verharrte in der Luft, unentschlossen, ob er sie am Arm fassen sollte oder nicht.

Noch ein, zwei zögerliche Seufzer, dann kapitulierte sie. Hatte David nicht verdient, dass sie sich seine Aktion wenigstens ansah? Danach konnte sie ihm sagen, dass es mit ihnen vorbei war.

»Also gut. Aber nur kurz. Und anschließend auf einen Kaffee in der Cafeteria. Ich wollte noch etwas mit dir besprechen.«

Sie erwachte mit einem vertrauten Anblick vor Augen: Plüschteddy Kunibert. Verzückt zupfte sie ihm an der verblichenen rosa Halsschleife. Träge kippte er zur Seite, gab dabei einige neue kahle Stellen am abgegriffenen Leib frei. Wirkte dadurch erschütternd nackt.

Im selben Moment schreckte sie auf. Erschütternd nackt war sie selbst. Noch dazu auf Davids Matratze.

Sie zerwühlte die Laken, hob sie an die Nase, sog den vertrauten Geruch ein. Sie strahlten noch Wärme aus. David war vermutlich eben erst aufgestanden.

Verdammt! Was war geschehen? Sie hatte keinen blassen Schimmer. Schon der erste Blick auf die Szenerie weckte schlimmste Befürchtungen. Ihre Klamotten entdeckte sie malerisch auf dem Fußboden quer durchs Zimmer verstreut.

Hatte sie etwa mit David geschlafen? War sie wahnsinnig? Reden hatte sie mit ihm wollen, endgültig Schluss machen. Was war nur in sie gefahren?

Sie schlug die Hände vors Gesicht. Weinte.

»Nicht doch! Du musst nicht weinen.« David kam herein, mit zwei Kaffeetassen in der Hand, wie sie zwischen den halb geöffneten Fingern verschwommen wahrnahm. Hastig stellte er die Tassen neben der Matratze ab und setzte sich neben sie, strich ihr zärtlich über den Rücken.

»Was hast du denn?«, fragte er.

»Frag besser nicht«, erwiderte sie.

Sie wusste gar nichts mehr. Oder nur noch sehr wenig. Hauptsächlich, dass sie sich abgrundtief schämte. Und nicht wagte, David anzusehen.

Bruchstückhaft kamen die Erinnerungen zurück. Sie waren zur Akademie gegangen und hatten im Treppenhaus an der feierlichen Enthüllung der »Anti-Heldengedenktafel« unter der offiziellen Steintafel für die Toten der beiden Weltkriege teilgenommen. Irgendwann und irgendwie waren sie danach statt in der Cafeteria in der WG-Küche gelandet. Weil Chris und Biggi darauf bestanden hatten, ihr Wiedersehen zu feiern, nachdem sie sich bei der Zeremonie getroffen hatten.

»Die verlorene Tochter ist wieder da! Wenn das kein Grund ist, eine Flasche Wein zu kappen«, hatte Chris lauthals verkündet, und Biggi hatte ergänzt: »Besser gleich zwei oder drei. Das wird kein rauschendes Fest, wenn jeder nur einen Fingerhut voll abbekommt.«

Peggy, Sandra, Rainer und Udo waren ebenfalls aufgetaucht. Unter stetig steigender Fröhlichkeit und mit Chris' und Biggis Anleitung hatten sie einen Eintopf gekocht, Sandra hatte zwei oder drei Tüten Chips aus der Speisekammer geholt und Peggy etwa ein halbes Dutzend Flaschen billigen Rotwein daneben gestellt. Schließlich hatte Biggi noch Obstler von der Schnapsbrennerei ihrer Oma aus den Geheimbeständen in ihrem Zimmer spendiert. Eine gefährliche Kombi. Zumal Jürgen auch noch in der Küche aufgetaucht war und eine Grundsatzdiskussion vom Zaun brechen wollte.

»Feiern können wir immer noch. Erst müssen wir etwas klären«, stieß er wütend hervor.

»Bei uns Frauen geht beides zusammen: feiern und etwas klären«, hatte Chris betont, und David hatte entgegnet: »Bei uns Männern auch.«

»Dann mal los: auf das Feiern und das Klären!«, hatte Biggi verkündet und den Schnaps in Umlauf gebracht.

In das lauter werdende Gelächter hatte Jürgen ungerührt gesagt: »Wir brauchen eine neue Form des Protests. Wir müssen endlich den nächsten Schritt wagen, wenn wir unsere Ziele erreichen wollen. Das hat sich heute bei der Enthüllung der Tafel eindeutig gezeigt. Sonst nimmt uns keiner mehr ernst.«

Die Erkenntnis hatte er an diesem Abend oder vielmehr in dieser Nacht mehrfach wiederholt.

»Und was schwebt dir vor zu tun, um wieder ernst genommen zu werden?«, hatte Chris ihn gefragt, und Biggi war gleich etwas eingefallen: »Als Nächstes soll David eine riesige Muschi in der Akademie an die Wand malen. Das regt die braven Bürger mehr auf als die harmlosen Männerschwänze.«

»Hört doch mal mit dem Scheiß auf«, war Rainer ihr empört über den Mund gefahren. »Genau das ist es doch immer. Ihr blödelt hier herum, wollt immer nur euren Spaß und verkennt den Ernst der Lage. Pubertäres Wandgeschmiere reicht auf Dauer nicht aus, um dem Establishment den Garaus zu machen.«

»Genau! Schluss mit dem Spaß und mehr Ernst bei der Provokation«, hatte Udo ihm zugestimmt.

»Schaut euch Frankfurt an. Da hat man sofort gesehen, wie entsetzt die Bürger aufschreien, wenn ihre Konsumtempel brennen. Den ein oder anderen hat das bestimmt wieder dazu gebracht, sich mit dem Vietnamkrieg und was die Amis da anrichten zu beschäftigen. Die Idee sollten wir weiterverfolgen«, hatte Rainer hinzugefügt.

»Und noch mehr Kaufhäuser anzünden? Wozu? Baader, Ensslin und die anderen hat man doch gleich geschnappt und eingesperrt. Das ergibt keinen Sinn«, hatte Chris eingewandt.

»Brennen ist immer gut! Verfolge du mal den Schnaps in deiner Kehle. Der brennt auch verdammt gut«, war Biggi dagegen kichernd auf Rainers Worte eingegangen und hatte ihm Obstler nachgeschenkt.

»Mehr Taten statt Worte«, hatte Jürgen gefordert und sein Glas ebenfalls großzügig befüllt.

Amrei hatte ihnen so schnell nicht mehr folgen können, weder beim Schnapstrinken noch bei den Argumenten für oder gegen das Abfackeln von Kaufhäusern, um den Vietnamkrieg zu beenden. Irgendwann war bei ihr der Faden ganz gerissen, und sie hatte nicht mehr unterscheiden können, was noch ernsthafte Diskussion oder schon albernes Geschwätz im Suff war. Längst waren Rainer und Jürgen offenbar davon überzeugt, im Bonner Bundestag Feuer legen zu müssen, und Chris und Biggi waren derweil mit Udo und Peggy über das wahre »Eau de vie« aneinandergeraten. Amrei dagegen war nur noch danach gewesen auszusteigen, bevor Schlimmeres geschah.

Sie meinte sich zu erinnern, dass sie ein Taxi hatte rufen wollen, aber dann doch in Davids Zimmer gelandet war. Im Dunkel der Nacht verschwamm ihre weitere Erinnerung. Es tat zu weh, sich einzugestehen, wie gern sie David und seinen Zärtlichkeiten nachgegeben hatte. Das war nicht allein mit ihrem Alkoholrausch zu erklären.

Oh Gott, Wastl!, schoss es ihr in den Sinn. Das hatte er nicht verdient. Beschämt massierte sie sich den brummenden Schädel.

»Hier, für dich.« David hielt ihr ein Wasserglas hin. Darin hatte er ein Aspirin aufgelöst. Gierig trank sie es aus.

»Ich muss nach Hause«, sagte sie leise, sammelte, ohne ihn anzusehen, Unterwäsche, Pulli und Rock vom Boden auf und hastete ins Badezimmer hinüber, um sich die Reste der vergangenen Nacht vom Leib zu waschen.

»Es ist aus«, verkündete sie, als sie zu David ins Zimmer zurückkehrte.

Perplex sah er sie an. Sie wusste, dass sie gerade einen jämmerlichen Anblick abgab. Die Haare klebten ihr kalt und nass am Kopf. Um zur Besinnung zu kommen, hatte sie sich in der Dusche eine gefühlte Ewigkeit lang eisiges Wasser darüberlaufen lassen.

Ehe er reagieren konnte, lief sie in den Flur, schlüpfte in Stiefel und Dufflecoat.

David folgte ihr und beobachtete sie schweigend.

Verflixt! Was ging da in ihm vor? Hatte er sie nicht verstanden? Er lächelte nur.

»Es war schön mit dir. Wie immer«, sagte er endlich, als sie bereits an der Tür stand. »Pass auf dich auf. Aber dafür hast du ja jetzt deinen Bullen. Grüß ihn herzlich von mir.«

Mit dem Zeigefinger tippte er sich an eine imaginäre Mütze auf dem Kopf. Lächelte sanft sein typisches David-Lächeln.

Verdammt! Ehe ihr vollends das Herz brach, rannte sie weg.

1972

Anfang September

»Die Annamirl ist fort. Schon gleich heute in der Früh.« Die Stimme der Doblerin krächzte besorgniserregend.

Vor Schreck fiel Amrei der Schlüssel aus der Hand, bevor sie ihn ins Schloss der Wohnungstür hatte stecken können. Mona bückte sich danach, während Amrei sich langsam zur benachbarten Tür umdrehte.

Die war nur einen Spalt breit geöffnet. Von der Doblerin war kaum mehr als Auge, Nasenspitze und ein Teil ihres Mundes zu erkennen.

»Wo ist sie hin?« Eine lähmende Angst schnürte Amrei die Kehle zu. Beruhigend legte Mona ihr die Hand auf den Arm.

In Amreis Kopf wirbelte es dennoch immer wilder durcheinander. War Annamirl etwa von Neuem zusammengebrochen, als sie mitbekommen hatte, was im Olympiadorf geschehen war? Womöglich gar aus Angst um sie, Amrei? Verflucht! Warum hatte sie sich nicht getraut, bei ihr anzurufen? An einem Tag wie diesem hatte es niemanden zu interessieren, ob es erlaubt war oder nicht, vom Apparat im Büro der Kanadier privat zu telefonieren. Vor allem nicht, wenn es um die vierundachtzigjährige Großtante ging, die vor Kurzem erst einen Herzanfall erlitten hatte.

»Mit deinen Freundinnen ist sie weg«, erlöste die Doblerin sie aus dem Albtraum. »Abgeholt haben die sie, sobald im Fernsehen gezeigt wurde, was die Terroristen im Olympiadorf angerichtet haben.«

Amrei wagte aufzuatmen, obwohl sie nicht wirklich verstand, was die Doblerin ihr berichtete.

»Chris und Biggi?«, hakte sie sicherheitshalber nach.

»Wie die heißen, weiß ich nicht. Aber gesehen habe ich sie schon öfter bei euch. Eine große Blonde und eine kleine Pummelige, die fast wie eine Indianerin ausschaut, so dunkle Haut und Haare hat sie. Und so ist sie auch angezogen.«

Kein Zweifel. Das waren die beiden. Aber wie war es ihnen gelungen, Annamirl zu überzeugen, mit ihnen zu kommen? Vermutlich in die Amalienstraße? Sofort hatte Amrei das Gespräch mit Elly im Ohr. Sie erinnerte sich an das, was Annamirl der früheren Freundin vorwarf. Es musste verdammt schlecht um sie gestanden haben, wenn sie sich ausgerechnet in Ellys Haus hatte bringen lassen.

Plötzlich schwang die Tür weiter auf, die Doblerin machte zwei Schritte auf sie zu, sah neugierig erst zu ihr, dann zu Mona, dann wieder zu ihr.

»Und? Was habt ihr mitbekommen von der ganzen Tragödie? Habt ihr die Schüsse gehört? Und den Toten gesehen? Den ganzen Tag schon zeigen sie im Fernsehen, was bei euch im Olympiadorf los ist. Und allweil diesen zierlichen Issa mit dem hellen Hut, wie der mit der Polizistin redet. Eine mutige Frau! Sogar geraucht haben die zwei miteinander. Und eine Banane gegessen haben sie zusammen. Als wären sie beim Picknick im Englischen Garten. Ganz ordentlich hat er hinterher die Schalen zum Mülleimer gebracht. Sie hat sie nämlich einfach auf den Boden geschmissen. Kaum zu fassen, dass so einer ein so ein übler Gauner ist.«

Sichtlich verwundert schüttelte die Doblerin den Kopf. Dann überzog ein Leuchten ihr faltiges Altweibergesicht. »Deinen feschen Schandi haben sie auch gezeigt. Riesengroß. Mit einem Gewehr im Anschlag. Auf dem Dach. Mutig hat er ausgeschaut, sehr mutig. Obwohl er in so einem schlabberigen roten Trainingsanzug gesteckt hat und nicht wie sonst in seiner schönen Wachtmeisteruniform. Viel besser steht die ihm. Das musst du ihm bei Gelegenheit sagen.«

»Was?« Amrei meinte, sich verhört zu haben. Was faselte die Doblerin da gerade für einen Unsinn? Sprach sie etwa tatsächlich von Wastl? Aber wieso sollte er im Fernsehen zu sehen gewesen sein? Noch dazu im Trainingsanzug? Und obendrein schwer bewaffnet?

Nicht auch noch das! Die Knie wurden ihr weich. Nahm das heute gar kein Ende mehr mit den entsetzlichen Nachrichten, die sie zu verdauen hatte? Den roten Trainingsanzug mit den weißen Seitenstreifen kannte sie leider nur zu gut, wusste, wie sportlich Wastl darin aussah. Sie selbst hatte ihm den geschenkt. An ihrem ersten Weihnachten, das sie allerdings getrennt voneinander bei ihren Familien verbracht hatten. Damals, als noch alles in Ordnung gewesen war zwischen ihnen. Fast. Sie schluckte.

Hatte sie es nicht schon längst geahnt? Wastl war einfach zu geschickt an der Waffe und war ein zu verantwortungsvoller Polizist, um jetzt nicht zum Einsatz zu kommen.

Die Doblerin rückte dicht vor sie, fasste sie an den Händen, drückte kurz zu und nickte aufmunternd. »Allweil hab ich's gewusst. Ganz ein tapferer Bursche ist das. Gleich beim ersten Mal, als er dich heimgebracht hat, damals an Ostern vor vier Jahren, hab ich ihm das angesehen. Das ist keiner, der sich wegduckt, wenn es drauf ankommt. Nicht so wie der andere, der Langhaarige, der allweil so verrückte Sachen macht und gern protestiert. Dein Schandi ist einer von denen, die wissen, was sie tun müssen, wenn es hart auf hart kommt. Deshalb hab ich mich auch nicht gewundert, als ich ihn vorhin im Fernsehen gesehen hab. Als sie versucht haben, die Terroristen zu überlisten und vom Dach herunter mit Maschinengewehren zu beschießen und dann hinterrücks zu überrumpeln. Damit es endlich ein Ende hat mit dem

Schurkenstück da draußen bei Olympia. Bei unseren heiteren Spielen in unserem schönen München.«

Amrei begriff. Die Doblerin sprach von dem Einsatz, der in der Luft geschwebt hatte, als sie und Mona aus dem Olympischen Dorf getürmt waren. Keine halbe Stunde war das her. Wie mochte es Wastl ergangen sein? Hatte er das Manöver unverletzt überstanden?

Plötzlich fühlte Amrei sich unendlich erschöpft, lehnte den Kopf an den Türstock und schloss für einen Moment die Augen. Mona legte ihr die Hand auf die Schulter.

Die Doblerin redete unterdessen weiter. »Schade, dass es nicht funktioniert hat. Abblasen müssen haben sie die Aktion. Noch bevor der erste Schuss gefallen ist. Weil die Terroristen auch zugeschaut haben, was passiert. Einen Fernseher haben die nämlich auch in der Unterkunft. Dumm sind die nicht. Sonst hätten sie das ohnehin nicht gemacht mit den Geiseln. Und würden jetzt auch nicht mit den Ministern von uns Deutschen und denen aus Israel und mit sonst noch wem verhandeln. Seit Stunden schon!«

»Danke, dass Sie mir Bescheid gegeben haben. Besser, ich kümmere mich jetzt um meine Großtante.« Irgendwie gelang es Amrei, der Doblerin zuzulächeln, dann wandte sie sich ab und hastete die Treppe hinunter.

Mona folgte ihr.

Auf dem Weg zur U-Bahn schwirrte Amrei der Kopf. Auch ohne Worte begriff Mona, dass ihr nicht zum Reden zumute war. Ganz selbstverständlich begleitete sie sie.

Die U-Bahn war brechend voll. Erstaunt hörte Amrei aus den Unterhaltungen der anderen Fahrgäste heraus, dass sie größtenteils zum Olympiadorf wollten. »Sehen, was da wirklich los ist«, wie ein Mittfünfziger mit rot aufgedunsenem Gesicht einem etwas Jüngeren mit Seehundschnauzer verkündete.

»Hoffentlich kriegen wir auch wirklich was mit. Mehr als im

Fernsehen, sonst hätten wir gleich daheimbleiben können«, erwiderte der, in den hellen Augen ein sensationslüsternes Funkeln, das Amrei aufstieß.

Rasch wandte sie sich ab. Dachte an Wastl. Stellte sich vor, wie es ihm gerade ging. Was ihm durch den Kopf schwirrte, während er mit dem Maschinengewehr in der Hand durchs Olympiadorf lief. Was, wenn er jetzt tatsächlich auf einen Menschen schießen musste? Ausgerechnet er, der glühendste Anhänger der Münchner Linie zur Deeskalation in heiklen Situationen. Brachte er das über sich? Aber natürlich! Er war Polizist und absolvierte regelmäßiges Schießtraining. Wie aber ginge er hinterher damit um, falls er jemanden träfe, unter Umständen gar tötete? Darüber wollte sie gar nicht erst nachdenken.

In der Amalienstraße öffnete David ihnen die Tür, umarmte wortlos erst Mona, dann Amrei. Hielt sie einen deutlichen Moment länger fest als Mona.

Sosehr sie sich freute, ihn wohlbehalten vor sich zu haben, schob sie ihn dennoch energisch weg.

»Hast du Wastl gesehen?«, fragte sie hastig.

»Du meinst im Fernsehen? Klasse, was? Unser Wastl – ganz in Groß. Der ist absolut konsequent in allem, was er tut«, sagte David ernsthaft beeindruckt.

»Spinnst du? Das ist kein Spaß! Das ist bitterer Ernst. Er schwebt in Lebensgefahr.«

»Aber genau wegen solcher Einsätze ist er doch Polizist geworden«, rief Chris.

Zusammen mit Biggi kam sie zu ihnen, dicht gefolgt von Davids Mutter Jule. Und von Jürgen. Im Halbkreis versammelten sie sich direkt hinter der Tür um Amrei und Mona.

»War doch zu befürchten, dass Wastl bei den Freiwilligen für den Sturmtrupp ganz vorn mit dabei ist«, stellte Jürgen fest. »Und dass er schießt, wenn er den Befehl dazu hat. Doch beruhig dich. Vorerst ist der Angriff abgesagt. Aber wie Chris schon gesagt hat: Schießen ist die Aufgabe eines Bullen. Das hat Wastl immer gewusst. Außerdem ist er Mitglied im Schützenverein und schießt sogar in seiner Freizeit. Zum Spaß.«

»Erfahrene Scharfschützen wurden ausdrücklich gesucht, hat es vorhin in den Berichten geheißen. Nie würde er sich verzeihen, da zu kneifen«, ergänzte Biggi.

Obwohl Amrei zugeben musste, dass sie wohl recht hatten, war das alles schwer für sie zu ertragen.

»Wo ist Annamirl?« Ehe sie losheulte, beeilte sie sich, das Thema zu wechseln. »Hier oben oder unten bei Elly in der Wohnung?«

»Hier. Hinten in Uris Zimmer«, antwortete Jule.

»Danke.« Sanft schob Amrei die anderen beiseite, nickte Jule kurz zu und eilte den Flur hinunter.

»Ein Fernseher steht da auch im Zimmer«, rief Jürgen ihr nach. »Den habe ich ihm überlassen, sonst gäbe es immer noch keinen in der WG.«

»Das musst du jetzt natürlich loswerden. Nicht dass jemand nicht mitbekommt, wie großzügig du bist«, lästerte Chris.

»Hört doch auf«, mahnte Jule.

Amrei war froh, die Großtante in Uris Zimmer in erstaunlich guter Fassung auf dem Sofa vorzufinden. Erleichtert umarmte sie sie.

»Schön, dass du endlich da bist. Eine Sorge weniger«, brummte Annamirl.

»Und du? Wieso bist du ausgerechnet hier?«

»Das ist eine andere Geschichte. Macht keinen Sinn nicht, heute auch noch darüber …«

»Heute geht es um viel Wichtigeres als den alten Kram von früher«, pflichtete Elly ihr bei. Ein glückliches Leuchten blitzte in ihren Augen auf. Sie saß dicht neben Annamirl auf dem Sofa. Die beiden sahen aus, als wären sie die dicksten Freundinnen. Wieder. Kaum merklich zwinkerte Elly Amrei zu.

Trotz aller Sorge um Wastl freute Amrei sich für sie. Wenigstens die Geschichte schien aus der Welt geschafft. Unbedingt musste sie sich später erzählen lassen, wieso Annamirl über ihren Schatten gesprungen und warum sie freiwillig mit zu Elly in die Amalienstraße gekommen war. Zuerst aber musste dieser absurde Tag zu Ende gehen. Natürlich mit der Befreiung der israelischen Geiseln. Und mit Wastls Heimkehr. Unverletzt und unbeschadet.

Annamirl schien das ähnlich zu sehen. Auffordernd klopfte sie auf den freien Platz neben sich und sagte: »Setz dich zu uns und erzähl, wie es im Olympiadorf zugegangen ist. Das wird dir helfen, damit klarzukommen.«

»Vor dem Fernseher habt ihr wahrscheinlich mehr mitbekommen als wir Hostessen im Dorf. Wir hatten Dienst wie jeden anderen Tag auch. Als wäre alles in bester Ordnung. Bis kurz vor vier sind die Wettkämpfe weitergegangen, und die Athleten haben brav trainiert«, brachte Amrei hervor.

»Heilfroh bin ich, dass du da fort bist. Und deine Kollegin auch.« Annamirl tätschelte ihr die Hand, winkte auch Mona zu sich herüber.

»Wollt ihr nicht eure Dirndl ausziehen?« Biggi hielt ihnen die rotseidenen Morgenröcke hin, die sie und Chris vor Jahren von Elly geschenkt bekommen hatten.

»Trinkt erst einmal was.« David reichte ihnen jeweils ein Bier.

Die Fürsorglichkeit der anderen war eine Wohltat. Nur zu gern schlüpfte Amrei aus der Hostessenuniform, dann hüllte sie sich in den angenehm leichten, duftigen Morgenmantel und setzte sich zu Annamirl und Elly.

Zum ersten Mal war Amrei in Uris Zimmer. Es wies noch deutliche Spuren seines Vormieters Jürgen auf. Matratze, Bücherregal, Tisch, Stuhl, Kommode – Uri schien alles von ihm übernommen zu haben. Ebenso das Sofa, auf dem sie saßen. Selbst die Poster an der Wand waren noch dieselben wie bei Jürgen. Nicht einmal neu gestrichen hatte Uri, obwohl das einst frische Sonnengelb längst an Leuchtkraft verloren hatte. Schuld waren wohl die Unmengen Zigaretten und Gras, die Jürgen hier drin geraucht hatte. Und der Staub, der die Regale und Bücher bedeckte. Selbst bei Letzteren handelte es sich eindeutig um Jürgens Hinterlassenschaft. Einige juristische Fachbücher und Gesetzessammlungen sowie etwa zwei Dutzend rote Goldmann-Krimis und eine Handvoll grüner Karl-May-Bände mit der signifikanten Goldschrift. Enttäuscht, keine hebräischen oder arabischen Titel darunter zu finden, wanderten Amreis Augen weiter. Blieben an Waldi, dem grellbunt gestreiften Olympiamaskottchen, hängen, den Mona und sie ihm geschenkt hatten. Wie ein kleiner Bub hatte Uri sich über das kratzige Plüschtier gefreut. Als hätte er noch nie so etwas besessen.

Verschämt wischte sie sich die feuchten Augenwinkel. Sah sich weiter um. Abgesehen von einem Stapel schmutziger Klamotten auf dem Stuhl entdeckte sie sonst nichts, was sie eindeutig Uri zuordnen konnte.

Zuletzt streifte ihr Blick die Yucca-Palme auf dem Fenstersims. Der Ficus benjamina, den Uri dazu spendiert hatte, reckte sich gleich daneben in die Luft. Beide Pflanzen wuchsen und gediehen üppig. Sie dachte an die erste Begegnung mit ihm im Biergarten. Stolz hatte er erzählt, dass es ihm gelungen sei, der halb toten Pflanze neues Leben einzuhauchen. Und auf dem Küchenbalkon einen kleinen Kräutergarten anzulegen. Inzwischen hatte der sogar den nasskalten August überstanden.

Sie wandte sich wieder den anderen zu. Sah von einem zum

anderen. Mona, Annamirl und Elly mit ihr auf dem Sofa, Jule im Sessel, Chris, Biggi, Jürgen und David auf dem Boden.

Einer fehlte.

»Und wo steckt eigentlich Uri?«, fragte sie leise.

Amreis Frage entfachte eine lebhafte Diskussion. Sofort fühlte Biggi sich verantwortlich, eine stichhaltige Erklärung für Uris Fehlen abzugeben: »Bestimmt ist er bei einem Freund. Oder in der Uni. Ja, ich glaube, er wollte heute länger in der Bibliothek arbeiten. Für den Deutschkurs muss er noch eine Extraprüfung ablegen. Unglaublich, welche Hürden man ausländischen Studenten ...«

»Du musst ihn nicht verteidigen«, unterbrach Jürgen sie. »Uri ist erwachsen. Er kann tun und lassen, was er will. Keinem von uns ist er Rechenschaft schuldig. Auch nicht an einem Tag wie heute und weil er zufällig keinen deutschen Pass besitzt.«

»Was soll das jetzt schon wieder heißen? Warum betonst du das? Willst du etwa sagen, weil er einen israelischen Pass hat, ist er heute besonders ...?«, sprang Chris sofort darauf an, bis Mona ihr ins Wort fiel. »Seid ihr sicher, dass er einen israelischen Pass hat? Ist er Jude? Oder vielleicht Palästinenser?«

»Was willst du damit sagen?« Verärgert stellte David sich vor sie und verschränkte die Arme vor der Brust, studierte ihr Gesicht.

»Willst du etwa andeuten, er hätte uns hinters Licht geführt? Nur, weil er arabisch aussieht und wir nicht nachgeschaut haben, ob er beschnitten ist?« Auch Chris schaltete sofort auf Angriff um.

»Da könnte Biggi vielleicht am besten Auskunft ...«, warf Jürgen süffisant schmunzelnd ein, um von Biggi mit einer schallenden Ohrfeige zum Schweigen gebracht zu werden. Verblüfft über ihre harsche Reaktion presste er sich die Hand gegen die rot glühende Wange.

»Haltet alle mal für einen Moment die Luft an.« Jule hob die Hand, sah sich in der Runde um. Ihre Miene schien eine einzige Mahnung für alle, sich zusammenzureißen.

Verlegen senkten Mona und Biggi die Köpfe, David biss sich auf die Lippen, Chris verdrehte sichtlich genervt die Augen und Jürgen schüttelte sich. Amrei staunte, wie leicht es Jule gelungen war, für Ruhe zu sorgen. Vordergründig zumindest.

Auch Annamirl und Elly schien das aufzufallen. Beide nickten einvernehmlich. Sobald ihnen das auffiel, lächelten sie sich milde zu. Das erstaunte Amrei noch mehr.

»Es stimmt schon«, begann Biggi ungewohnt nachdenklich und wickelte sich versonnen eine blonde Haarsträhne um den Finger. »Wir wissen tatsächlich kaum mehr von Uri außer seinem Namen. Erzählt hat er eigentlich kaum etwas von sich. Selbst mir nicht, obwohl wir doch ...«

»Spinnst du jetzt komplett?« Fassungslos starrte Chris sie an. »Was wissen wir denn alle überhaupt voneinander? Tut das etwas zur Sache? Oder hat uns das je gekümmert? Noch nie haben wir jemanden, der bei uns einzieht oder uns besucht, einen Fragebogen zu seiner Vergangenheit ausfüllen lassen. So weit käme es noch! Wir waren uns immer einig, dass es uns allein auf das Hier und Jetzt ankommt. Bei jedem von uns. Und nicht auf seine Herkunft, seine Eltern, sein Vorleben. Oder willst ausgerechnet du Uri jetzt allein aufgrund seines Namens und fremdländischen Aussehens ...?«

»Ich ganz bestimmt nicht! Ihr habt damit angefangen!«, brauste Biggi auf. Plötzlich schien sie den Tränen nahe.

»Nicht wir, sondern Mona«, korrigierte Jürgen.

»Tut mir leid. Ich wollte nicht ...« Sichtlich zerknirscht brach Mona mitten im Satz ab, biss sich auf die Lippen und blickte zu Boden.

Die anderen schwiegen.

»Vielleicht sollte ich jetzt besser gehen.« Unvermittelt sprang sie vom Sofa auf, verharrte noch einen Moment an der Tür.

»Besser ist es. Für heute jedenfalls«, sagte Annamirl, und Jule ergänzte: »Momentan sind wir wohl alle ziemlich durch den Wind.«

Mona nickte nur und verließ das Zimmer, die Hostessenklamotten vor dem Leib zusammengeknüllt.

Amrei folgte ihr in den Flur.

Zitternd vor Scham schlüpfte Mona dort aus dem roten Morgenmantel und in ihre Sachen. Amrei sah ihr zu, viel zu erschöpft, um noch irgendetwas Sinnvolles zu sagen. Sie begleitete sie bis zur Wohnungstür, umarmte sie zum Abschied.

»Nimm's ihnen nicht übel. Ich glaube, sie machen sich große Sorgen. Um Uri. Und um Wastl.« Kaum war der Name heraus, brach sie in Tränen aus. Ihr war elend vor Angst. Uris Schicksal war ihr zwar nicht egal, aber sie ging davon aus, dass es sich klären würde. Zu seinem Besten natürlich. Bestimmt saß er bei Freunden, vereint in ähnlich großer Sorge um die Landsleute wie sie.

Mona presste sie an sich, hielt sie einige Sekunden lang fest, dann löste sie die Umarmung wieder.

»Wird schon alles gut gehen und sich aufklären. Mit beiden.«

Damit verschwand sie zur Tür hinaus.

Die Stunden verrannen, ohne dass sich etwas tat. Längst war es dunkel geworden. Immer noch saß Amrei mit den anderen in Uris Zimmer vor dem Fernseher, starrte auf den Bildschirm. Schwieg mit den anderen, nahm gelegentlich einen Schluck Bier aus der Flasche oder rauchte eine Zigarette.

Annamirl hatte ihre Gauloises dabei. Irgendwann hatte sie das blaue Päckchen in der knisternden Zellophanhülle auf den niedrigen Sofatisch geworfen. Elly quittierte das mit einem Augenbrauenhochziehen, Jule schob einen Aschenbecher in die Tischmitte, Chris öffnete beide Fensterflügel. Viel zu warme Sommerabendluft wehte aus dem Hinterhof herein. Nach und nach bedienten sich alle an den Zigaretten.

In Amreis Empfinden dehnte sich der Abend zu einer Ewigkeit. Weder tauchte Uri auf, noch traf eine Nachricht von Wastl ein.

Im Olympiadorf hatte man den Terroristen mittlerweile freies Geleit nach Kairo zugesichert. Dort sollten wie von ihnen gefordert die israelischen Geiseln mit den in Israel inhaftierten Palästinensern ausgetauscht werden. Der Abflug war mit einer Lufthansa-Maschine vom Militärflughafen Fürstenfeldbruck geplant. Sobald die startklar wäre, würden Hubschrauber Geiselnehmer und Geiseln dorthin bringen.

»Das hätten sie gleich am Morgen schon haben können, als Issa der ersten Polizistin die Liste mit den Namen gegeben hat.« Elly schüttelte den Kopf.

»Da ist was faul. Nie im Leben geht das jetzt so glatt über die Bühne. Dafür haben nicht der Bundesinnenminister, der bayerische Innenminister und all die anderen Wichtigen den ganzen Tag mit den Leuten verhandelt.« Chris runzelte die Stirn.

»In Israel steht längst die Antiterror-Einheit bereit. Die beiden Abgesandten der Regierung von Golda Meir werden die deutschen Verantwortlichen überzeugt haben, die Sache ihren Profis zu überlassen«, stellte Jule fest.

»Die werden keine israelischen Spezialkräfte auf bundesdeutschem Boden dulden. Weder der bayerische Ministerpräsident noch der Bundeskanzler. Das wäre ein inakzeptabler Eingriff in die staatliche Souveränität. Und eine Blamage sondergleichen.« Jürgen lachte höhnisch auf, als er seine Zigarette im Aschenbecher ausdrückte.

»Was bleibt ihnen anderes übrig?« Chris stieß ihm den Rauch

ihrer Zigarette entgegen. »Oder glaubst du, die riskieren ernsthaft, dass noch einmal Juden auf deutschem Boden erschossen werden?«

»Die Scharfschützen im Olympiadorf sind abgezogen«, ging Biggi dazwischen. Während die anderen stritten, hatte sie die Berichte im Fernsehen weiterverfolgt. »Die Hubschrauber mit den Terroristen und Geiseln sind eben nach Fürstenfeldbruck gestartet. Glaubt ihr tatsächlich, Uri könnte einer von denen ...?«

»Bist du jetzt völlig übergeschnappt?«, fuhr Chris ihr sichtlich empört über den Mund. »Nur weil Mona vorhin so einen Blödsinn verzapft hat?«

»Oft hat er Amrei und Wastl so seltsam ausgefragt.« Sichtlich nervös knetete Biggi ihre Finger, wagte kaum, einen der anderen anzusehen. Zu gern hätte Amrei sie einfach in den Arm genommen und beruhigt, aber die Vorstellung, Wastl könnte einer der Scharfschützen sein, die gerade in Fürstenfeldbruck Stellung bezogen und auf das Eintreffen der Hubschrauber mit den Geiseln und den Kidnappern warteten, lähmte sie. Vor allem, wenn sie sich ausmalte, Uri wäre unter Umständen einer der anderen ... Nein, das war zu entsetzlich! Darüber wollte sie gar nicht nachdenken.

Biggi kam ebenfalls nicht von dem Thema los.

»Auch von mir hat er ständig wissen wollen, ob Amrei mir nicht zufällig mehr über ihre Arbeit im Olympiadorf erzählt hat als ihm«, fuhr sie fort. »Und dann kommt das noch mit seinen Freunden und den Ausweisen dazu. Ist doch seltsam, wie offen sie mir gegenüber damit geprahlt haben, die wären ganz einfach nachzuahmen und dann hätten sie überall auf dem Olympiagelände freien Zutritt.«

»Wer so offen prahlt, hat bestimmt nichts ...«, setzte Chris an. Jule unterbrach sie und wandte sich an Biggi: »Vertrau auf deinen Bauch. Du hättest doch längst gemerkt, falls Uri ...«

»Aber wie hätte ich das merken sollen? Ich war doch bis über beide Ohren in ihn verknallt.« Verzweifelt brach Biggi in Tränen aus

»Das haben wir mitbekommen. Mehr als deutlich«, stellte Jürgen fest.

»Natürlich hättest du das gemerkt«, mischte Elly sich ein. »So etwas spürt man, wenn man jemanden liebt.« Tröstend strich sie Biggi übers Haar.

Annamirl lächelte Biggi aufmunternd zu und bot ihr eine Zigarette an. »Mach dir keine Sorgen. Solange dir niemand das Gegenteil beweist, musst du einfach darauf vertrauen, dass dein Uri dich nicht angelogen hat. Warum hätte er das tun sollen?«

»Dann hoffen wir mal, alles löst sich in Wohlgefallen auf, Uri kommt zum Abendessen heim und Wastl darf endlich auch Feierabend machen, nachdem alle aus dem Olympiadorf weg sind.« Energisch und sarkastisch zugleich beendete Chris das Thema.

»Feierabend macht heute sicher keiner von den Bullen«, korrigierte Jürgen sie.

»Ich rufe bei Wastls Eltern an. Womöglich wissen die mehr.« Amrei hielt es nicht mehr aus. Sie sprang vom Sofa hoch, rannte zur Tür.

»Was sollten sie wissen?« Jürgen stellte sich ihr in den Weg. »Glaubst du ernsthaft, die Polizei startet einen Rundruf per Telefon an sämtliche Familienangehörige, welcher Beamter bei der Aktion wie im Einsatz ist? Dann können sie es gleich als Verlautbarung an die Presse geben.«

»Was ist mit Wastls Freund Quirin? Erinnerst du dich an ihn? Der ist inzwischen zwar im Innendienst, aber vielleicht weiß er mehr.« David stellte sich zu ihnen und strahlte Amrei an, sichtlich stolz auf den Einfall.

»Super Idee! Warum sind wir da nicht eher draufgekommen?« Seit Quirin sich auf Wunsch seiner großen Liebe Hildegard vom

Streifendienst verabschiedet hatte, waren er und Wastl zwar nicht mehr so innig wie früher, aber bestimmt würde er jetzt alle Hebel in Bewegung setzen, um ihnen zu helfen.

»Hast du seine aktuelle Nummer? Jetzt, wo du so dicke mit Wastl …«, hakte sie nach.

Statt zu antworten, zog David sie in den Flur und wählte kurz darauf am Telefon die Nummer, die er in seinem zerfledderten Adressbuch gefunden hatte.

Nach drei-, höchstens viermaligem Klingeln meldete sich Quirins Frau Hildegard am Apparat. Amrei lauschte ihrem Versuch, David abzuwimmeln, doch er ließ nicht locker, versprach ihr einen riesigen Blumenstrauß, eine extra große Flasche ihres Lieblingsparfüms und eine Einladung ins Theater. Tatsächlich erhielt er im Gegenzug Quirins Durchwahl im Präsidium.

Der war noch im Dienst und wenig begeistert, dass David ihn dort erwischte. Amrei hörte sich nicht lange an, wie David versuchte, ihn zu überreden, gegen sämtliche Vorschriften zu verstoßen. Entschlossen entriss sie ihm den Hörer und probierte selbst ihr Glück. Mit Erfolg.

»Sagen kann und darf ich nichts. Ihr kennt den Wastl sowieso besser als ich. Im Moosacher Schützenverein gehört er zu den besten Scharfschützen. Und bei den Kollegen auch. Außerdem ist er keiner, der sich drückt, wenn es ernst wird.«

»Verdammt!«, war alles, was Amrei noch sagen konnte, bevor ihr der Hörer aus der schweißnassen Hand glitt.

Also doch! Er hatte sich für den Einsatz auf dem Flugplatz gemeldet. Fassungslos sank sie in Davids Arme.

1968/1969

Dezember/Januar

Die folgenden Tage machte Amrei sich zur Hölle. Sie konnte sich nicht verzeihen, was geschehen war, was sie getan hatte. Was sie Wastl angetan hatte – und sich selbst, als sie David gegenüber noch einmal schwach geworden war. Nicht einmal reden konnte sie darüber mit Wastl. Er war nicht da, befand sich immer noch auf der Fortbildung außerhalb Münchens. Zwar telefonierten sie nahezu täglich, doch es schien ihr unpassend, ihm auf diesem Weg ihren Ausrutscher zu beichten.

»Was machen deine Träume von Paris?«, erkundigte er sich bestens gelaunt bei seinem nächsten Anruf, nachdem er ihr ausführlich von seinen neuesten Erkenntnissen in Sachen Eskalationsstufen und gewaltfreie Konfliktlösung berichtet hatte. Dass er so unbeschwert war, machte es noch unerträglicher für sie.

»Hast du dich inzwischen an der Uni erkundigt, welche Möglichkeiten sie dir empfehlen, um nach Frankreich zu gehen?«, fuhr er fort. »Wäre doch genial, wenn du einen Weg finden würdest, den Aufenthalt auch für dein Studium zu nutzen.«

Hastig murmelte sie etwas von »Die Studentenkanzlei ist bis Weihnachten nicht mehr besetzt« und war froh, das Telefonat zu beenden. Dabei tat es ihr eigentlich gut, seine Stimme zu hören.

Sein Enthusiasmus beschämte sie. Schon bei ihrem allerersten Gespräch damals im Einsatzwagen hatte er ihr beneidenswert konkrete Zukunftspläne präsentiert. Zweifelsfrei stand sein Weg für ihn fest. Und ebenso, dass er ihn auf alle Fälle gehen würde.

Schritt für Schritt. Er wusste auch schon genau, wie. Dasselbe schien er von ihr zu erwarten. Offenbar kam er gar nicht auf die Idee, sie könnte anders an ihre Zukunft herangehen. Das ermutigte sie zwar, sich mehr zuzutrauen, weil er ihr offensichtlich mehr zutraute, allerdings setzte es sie auch unter Druck. Gerade beschäftigte sie anderes als ein möglicher Paris-Aufenthalt im Frühling. Bis dahin war es noch lang. Noch war sie sich nicht einmal sicher, ob sie das wirklich wollte.

David war ganz anders. Großen Plänen und noch größeren Träumen hing er zwar auch nach, allerdings fehlte ihm die Ausdauer, sich länger damit zu beschäftigen, wie sie zu verwirklichen wären. Für ihn reichte es, immer wieder etwas Neues zu finden, für das er sich begeisterte. Kurzfristig.

Kaum dachte Amrei an ihn, glühten ihre Wangen von Neuem. Wie hatte nur passieren können, was passiert war? Hinter Wastls Rücken. Wie hatte sie nur so dämlich sein können? Sie schämte sich in Grund und Boden und fürchtete nichts mehr, als Wastl deswegen zu verlieren.

»Sei nicht allweil so streng mit dir.« Zum Frühstück brühte die Großtante ihr in der dickwandigen Tasse einen besonders starken Kaffee auf. Das tat gut. Ebenso wie die kleine Berührung, mit der Annamirl ihr über die Wange strich. Ihr konnte Amrei nichts vormachen. Sie bekam alles mit, ohne dass sie ihr beichten musste. Wahrscheinlich hätte sie das ohnehin nicht gewollt.

»Manchmal braucht's einen Umweg, damit man den richtigen Weg findet. Und den erkennt man auch selten gleich aufs erste Mal. Und am allerwenigsten, wenn man mittendrin steckt. Ein bisserl Abstand ist nie das Schlechteste.«

Einen Atemzug lang legte Annamirl ihr die Hand auf die Schulter, drückte sie sanft. Dann schlurfte sie zu ihrem Stuhl, setzte sich ihr gegenüber und aß schweigend ihr Butterbrot zum Kaffee.

Mindestens so gut wie Annamirls Rat tat Amrei die Routine in der Uni, die sie bis Weihnachten in Atem hielt. Ebenso Gabys frische Verliebtheit mit dem Mittelhochdeutsch-Assistenten, von dem die Freundin unentwegt schwärmte. Energisch schob Amrei den Gedanken weg, dass Gaby ihr erstes Rendezvous mit Oswald am selben Abend gehabt hatte, an dem sie noch einmal zu David in die WG gegangen war. Bei der Erinnerung wurde ihr inzwischen übel.

»Wie findest du Oswald? Ist er nicht genial?«, wollte Gaby wissen und riss sie aus ihren Grübeleien. Endlich hatte Amrei sie in die Übung zur Parzival-Vorlesung begleitet, um sich Gabys neuen Schwarm genauer anzusehen.

»Quirin wird dich beim Billard im Schelling Salon vermissen«, wich sie einer direkten Stellungnahme aus.

»Dann hat er endlich eine Chance zu gewinnen«, gab Gaby zurück und zwinkerte ihr vergnügt zu.

Ähnlich reagierte Wastl, als sie ihm eröffnete, dass Gaby als Begleiterin für seinen Freund Quirin ausfiel. Vorerst zumindest.

»Stört es dich, wenn er heute Abend trotzdem mitkommt?«, fragte er. »Nur ins Kino. Ich habe es ihm schon versprochen. Durch die Fortbildung habe ich ihn lange nicht gesehen. Danach sind wir beide in jedem Fall allein bei mir. Das ganze Wochenende habe ich frei. Nur für dich. Für uns. Endlich sehen wir uns wieder!«

Fast hätte sie laut gelacht, als Wastl am Telefon wegen Quirin so herumdruckste. Wenn er ahnen könnte, wie erleichtert sie war! Das schob das quälende Geständnis einen weiteren Abend auf.

Der Film, den sie zu dritt in Amreis Lieblingskino in der Häberlstraße sahen – *In der Hitze der Nacht* über einen schwarzen Polizeiermittler, der in den Südstaaten einen Mordfall aufklären soll –, entfachte gleich nach dem Aufblenden der Beleuchtung zwischen ihnen eine Debatte über Vorurteile gegenüber Schwarzen, die sozialen Missstände in den USA und überhaupt die beste Form der Polizeiarbeit. Ganz selbstverständlich landeten sie mit Quirin auf ein Bier im Paulaner am Kapuzinerplatz.

»Bin ich froh, dass wir mit unserer Münchner Linie so fortschrittlich bei der Polizeiarbeit sind«, hob Wastl wieder einmal zu seinem Lieblingsthema an, sobald sie mit den Bierkrügen angestoßen hatten.

»Wenn Polizeipräsident Schreiber sie nicht erfunden hätte, wärst spätestens du darauf gekommen«, neckte Quirin ihn und wischte sich genüsslich den Schaum von den Lippen. »Weiß der Geier, warum du überhaupt zu den Moosacher Schützen gehst und auch noch schießt wie ein Weltmeister. Nie könnte ich mir eine Situation denken, in der du das Gewehr in Anschlag nimmst und gar auf einen Menschen zielst, selbst wenn es noch so berechtigt wäre. Mit erhobenen Händen würdest du wohl noch auf einen Terroristen einreden, bis er von selbst aufgibt. Jede Wette, dass er das dann auch tun würde.«

»Hoffentlich«, erwiderte Wastl überraschend ernst.

Amrei wünschte ihm inständig, dass er nie in eine solche Lage geriete, um die Probe aufs Exempel machen zu müssen.

»Hat dir Amrei schon verraten, dass sie im Frühling nach Paris will?« Wastls jäher Themenwechsel wie auch das Ausplaudern ihrer vagen Pläne überrumpelte sie. Zu ihrer Verwunderung zeigte Quirin sich beeindruckt, was sie gleich wieder ein wenig versöhnte. Ungeniert begann er, sie nach Frankreich auszufragen, als hätte sie bereits dort gelebt. Erst zur Sperrstunde brachen sie auf, um nach Hause zu gehen.

»Leider habe ich es nicht mit dem Lernen und mit dem Lernen von Sprachen sowieso nicht.« Verlegen schob Quirin sich die riesigen Hände in die Taschen seiner eng sitzenden Manchesterhose, als sie sich vor dem Bretterzaun der U-Bahn-Baustelle Goetheplatz bei den geparkten Autos voneinander verabschiedeten.

»Wahrscheinlich werde ich in meinem Leben kaum je viel weiter als nördlich bis zur Donau oder südlich zu den Alpen kommen.«

»Viel weiter war ich bislang auch noch nicht fort«, räumte sie ein.

»Dann wird's aber Zeit, dass wir das ändern.« Mit einer tiefen Verbeugung öffnete Wastl die Beifahrertür seines BMWs. »Bitte einsteigen, Gnädigste, damit wir abfahren können zum Wochenende in Venedig.«

»Venedig? Bist du verrückt?« Amrei meinte, sich verhört zu haben.

»Einmal verrückt sein, schadet gewiss niemandem«, erwiderte Quirin und zwinkerte Wastl vergnügt zu. »Viel Spaß euch beiden! Habt eine schöne Zeit.«

Kurz winkte er ihnen zu, dann machte er auf dem Absatz kehrt und ging in die dunkle Winternacht davon.

Zunächst begriff Amrei nicht. Erst als Wastl und sie wenig später mit dem BMW statt nordwärts Richtung Moosach tatsächlich südwärts Richtung Salzburger Autobahn brausten, dämmerte ihr, dass er es tatsächlich ernst meinte mit dem spontanen Ausflug. Ausgerechnet er, der angeblich so biedere, brave Münchner Schandi! Amrei kam aus dem Staunen nicht mehr heraus. David und die anderen aus der WG würden Augen machen. Wenn sie es ihnen überhaupt je erzählen würde.

Das Abenteuer war kurz, kalt und anstrengend. Aber wunderbar, wie sie sich gegenseitig nicht müde wurden zu versichern. Wahrscheinlich, weil keiner von ihnen dem anderen das je zugetraut hätte.

Gegen Mittag tanzten sie schon ausgelassen über den Markusplatz. Platz genug dafür hatten sie. Das Wintergrau scheuchte die wenigen Touristen in die Cafés, Kirchen und Palazzi. Außer Amrei und Wastl nutzten nur die Tauben die Gelegenheit, die

Gassen und Plätze nahezu ganz für sich zu haben. Stundenlang liefen Amrei und Wastl an den Kanälen entlang, querten die unzähligen Brücken, schlenderten durch die entlegensten Viertel. Hin und wieder fanden sie ein Café oder eine Pizzeria, um sich aufzuwärmen und mit Essen zu stärken.

Nie hielten sie es lange drinnen aus, trotz der nahezu durchwachten Nacht. Die Zeit war zu kostbar. Venedig erwartete sie. Sie waren ganz berauscht von ihrem Mut, einmal zu tun, wovon man sonst so gern redete, wenn man die Straßenschilder Richtung Süden schon in München vor sich hatte: das Gaspedal einfach ganz durchtreten und weiterfahren, statt an der nächsten Kreuzung brav wie gewohnt nach Hause abzubiegen.

Irgendwann am Abend, als längst wieder tiefe Dunkelheit die Stadt geheimnisvoll einhüllte und das Wasser in den Kanälen mysteriös glänzen ließ, ging es für Amrei trotz aller Abenteuerlust und Entdeckerdrang beim besten Willen nicht mehr weiter. In ihren viel zu dünnen Schuhen waren ihr die Zehen steif gefroren, die Beine schmerzten vom stundenlangen Laufen. Und ihr Kopf quoll ohnehin über von all den vielen Eindrücken. Geschlafen hatte sie in der Nacht zuvor im Auto fast gar nicht.

Wastl hatte ein Einsehen. Sie quartierten sich in einer kleinen, gemütlichen Pension im Cannaregio ein. Froh, Wastl endlich für einige Stunden ganz für sich zu haben, zog sie ihn kurz entschlossen zum Bett in dem mit riesigen dunklen Möbeln vollgestopften Doppelzimmer. Die Erschöpfung war vergessen. Sie wollte nur noch ihn. Kurz flackerte zwar die Erinnerung an den erst wenige Tage zurückliegenden Fehltritt mit David auf. Überraschend schnell aber gelang es ihr, die Gedanken daran energisch wegzuschieben.

Stunden später erwachte sie. Laut stöhnend drehte Wastl sich im Bett herum, rollte gegen sie. Sie erschrak. Quälten ihn Albträume?

Der schmale Lichtstreifen einer Straßenlaterne fiel durch einen Schlitz im Vorhang auf sein Gesicht. Besorgt betrachtete sie ihn. Und war gleich wieder beruhigt. Friedlich und entspannt sah sein Gesicht aus. Sogar das Grübchen am Kinn erspähte sie im fahlen Licht. Es juckte sie in den Fingern, sanft darüber zu streichen, die zart sprießenden goldenen Bartstoppeln zu berühren.

Wie gut, dass sie sich entschieden und David den Laufpass gegeben hatte. Und wie gut, dass sie außerdem noch keine Gelegenheit gehabt hatte, Wastl ihren Ausrutscher zu beichten. Sie sollte es nicht tun. Sie sollte das einfach vergessen. Und sich lieber daran freuen, was sie an Wastl hatte. Darauf kam es an.

Beruhigt kuschelte sie sich an ihn.

»Wo wart ihr? Eben mal so über den Brenner und ab nach Venedig? Ich fasse es nicht!« Gaby machte aus ihrem Neid keinen Hehl. Und Amrei merkte, wie sehr sie es genoss, der Freundin am Montag in der Pause zwischen Kleist-Vorlesung und Französisch-Grammatikübung bei einem Kaffee in der Cafeteria von ihrem Ausflug zu erzählen. Fast war es, als würde sie dadurch selbst erst kapieren, was sie mit Wastl erlebt hatte.

»Wie gut, dass du David in die Wüste geschickt hast. So witzige Ideen er an der Akademie hat, aber das wäre ihm wohl nie eingefallen, zumindest derzeit nicht.« Gaby grinste.

Das hatte Annamirl am vergangenen Abend auch schon gesagt. Mit einem ungewohnt zufriedenen Kopfnicken hatte sie Amreis begeisterte Erzählung vom spontanen Venedig-Wochenende quittiert.

»Einfach mal so ab nach Italien – zugetraut hätte ich das deinem Schandi nie. Eher wohl noch deinem Farbkleckser, aber dem fehlt schlichtweg das Geld dafür. Und der Kopf, weil er allweil mit Protestieren beschäftigt ist«, hatte die Großtante zum Schluss festgestellt.

Amrei hatte darauf verzichtet, ihr zu gestehen, dass sie David endgültig den Laufpass gegeben hatte.

»Gut, dass du dich anderweitig entschieden hast«, hatte Annamirl das ohnehin gleich selbst angesprochen. »Nur schauen musst du, dass dich auch dein wackerer Polizist nicht allweil überrumpelt mit seinem Kram.«

Amrei war sofort klar gewesen, worauf Annamirl abzielte. Und sie hatte sich vorgenommen, den Rat zu beherzigen: Inzwischen wusste sie besser, was sie wollte, und was für sie gut war. Was sie sich wert war. Für einen Mann würde sie sich nie wieder selbst aufgeben. Einmal hatte genügt.

»Gut schaust du aus. Dein Polizist tut dir auf Dauer wohl eindeutig besser als der verhinderte Franz Marc.« Auch die Pfefferle ließ ihrer Begeisterung freien Lauf, als Amrei am folgenden Freitagnachmittag wieder bei ihr im Laden jobbte. Die Stammkunden zeigten sich ohnehin längst unisono angetan von Wastl, weil er nie versäumte, Amrei freitagabends nach Dienst- und Geschäftsschluss im Laden abzuholen.

»Ein zuverlässiger Bursche«, brummte Kurt Holzapfel, und Thilda Schuster bekräftigte: »Sehr gut erzogen und sehr charmant.«

»Zwar tut er dir sichtlich gut, trotzdem bist du in letzter Zeit ein bisserl arg blass um die Nase und schmal im Gesicht geworden.« Besorgt tätschelte die Sinnhuberin Amrei die Wange, musterte sie eindringlich.

»Was meinst du, wie viel Schlaf sie kriegt, wenn sie allweil am Wochenende nach Venedig gondelt und sich von dem Burschen verwöhnen lässt?«, kommentierte die Pfefferle das und schüttelte amüsiert den Kopf.

Das aber beeindruckte die Sinnhuberin nicht im Geringsten. Gleich fügte sie an Amrei gewandt hinzu: »Über die Feiertage futterst du dir bei deinen Eltern wieder ein bisserl was an. Deine

Mutter wird schon was Ordentliches auf den Tisch bringen, damit du was zulegst.«

»Aber nicht zu viel, sonst passen die schicken Röcke nicht mehr«, mahnte der Winninger Schorsch, woraufhin Thilda Schuster ihm einen vernichtenden Blick zuwarf und »Alter Lüstling!« murmelte. Die anderen lachten. Auch Amrei.

Den Weihnachtstagen bei den Eltern sah Amrei allerdings weniger begeistert entgegen. Nicht nur, weil sie sich ungern schon wieder für einige Tage von Wastl trennte, ausgerechnet jetzt, da sie so glücklich miteinander waren. Auch Annamirl ließ sie ungern allein in München zurück.

»Komm bloß nicht auf die Idee, mich in die Oberpfalz einzuladen«, verkündete die Großtante beim letzten gemeinsamen Reiberdatschiessen vor Weihnachten. »Der Friede auf Erden wäre dann zumindest in Eggling für dieses Jahr abgesagt. Und das, wo ihr jungen Leute für Frieden allweil gern auf die Straße geht. Achtzig Mal hab ich Weihnachten jetzt schon gehabt, davon bestimmt sechzig Mal allein. Dann werde ich es auch ein einundsechzigstes Mal gut ohne Besuch hinter mich bringen.«

So weh es tat, wusste Amrei, dass sie recht hatte. Die gelassene Haltung nahm sie sich zum Vorbild, um die Zeit bei den Eltern zu überstehen, die Fragen nach den Fortschritten im Studium und dem Alltag mit Annamirl gut zu parieren.

»Wie schaut's denn aus mit der Liebe? Tut sich da was bei dir? Zeit wär's. In deinem Alter.« Unverblümt nutzte die Mutter Amreis Unachtsamkeit für ein in ihren Augen dringend notwendiges Mutter-Tochter-Gespräch, als sie am zweiten Weihnachtstag zu zweit den großen Abwasch in der Küche erledigten.

»Der Alfons soll sich neuerdings allweil mit der Höllerer Gerdi zeigen. Sogar in der Christmette haben die zwei schon zusammengesessen. Wie es ausschaut, hast du ihn zu lange warten lassen. Jetzt hat die Gerdi ihre Chance genutzt. Ganz genau weiß sie, dass sie sich bei ihm ins gemachte Nest setzt, jetzt, wo sein schönes Haus fast zum Einzug fertig ist. Ein gerissenes Luder ist das, sag ich dir.«

»Freut mich für ihn, wenn er mit ihr sein Glück findet«, wich Amrei so diplomatisch wie möglich aus und verdrängte den Gedanken, dass sie wohl in den Augen von jemand anderem das »gerissene Luder« gewesen wäre, hätte sie sich Alfons mitsamt Eigenheim und Sparkassenkarriere geangelt.

»Und du? Was ist mit dir? Studium hin oder her, aber in deinem Alter musst du als junge Frau schon ein bisserl darauf achten, dass du am Ende nicht allein dastehst wie die Großtante Annamirl. Das ist doch kein Leben für eine Frau, so ganz allein in der Stadt.«

»Annamirl geht's bestens damit«, beeilte sich Amrei klarzustellen.

»Aber dir liegt es schon auf der Seele. Ganz krank macht's dich, das seh ich dir doch an. Und nicht nur ich! Oder meinst du, wir kriegen nicht mit, wie du morgens in der Früh zum Klo stürzt und eine Viertelstunde lang über der Schüssel hängst? Wüsste ich es nicht besser, weil du derzeit allein bist, würde ich schon denken, du wärst …«

»Jetzt reicht's aber!« Wütend knüllte Amrei das Geschirrtuch zusammen, warf es ins Spülbecken und stürzte aus der Küche. Gerade noch rechtzeitig erreichte sie ihr altes Zimmer oben unterm Dach, schmiss sich aufs Bett und weinte.

Leider wusste sie es besser als die Mutter. Die Anzeichen waren nicht zu übersehen und hatten sich in den vergangenen Tagen verdichtet, einerlei, ob sie es wahrhaben wollte oder nicht. Das konnte nicht sein. Das durfte nicht sein. Nicht ausgerechnet jetzt.

Sobald sie sich einigermaßen beruhigt hatte, begann sie zu

packen. Je schneller sie von hier verschwand, desto besser konnte sie ihre Verzweiflung vor den Eltern verbergen. Noch. Der Moment kam früh genug, in dem sie mit ihnen reden musste. Und das ausgerechnet jetzt, da sie dem Vater am Abend zuvor sein Einverständnis abgerungen hatte, das Studium für einen halbjährigen Aufenthalt in Frankreich zu unterbrechen.

»Wozu willst du nach Paris?«, hatte er zunächst unwirsch gefragt. »Unterrichten sollst du doch später bei uns in der Schule. Was du im Studium lernst, reicht völlig aus dafür. Keiner deiner Schüler von hier fährt je nach Paris, um zu hören, ob du richtig Französisch redest oder nicht.«

»Keiner aus der Familie ist bislang je länger im Ausland gewesen, in Frankreich sowieso nicht«, hatte die Mutter hinzugefügt, nur Amreis ältere Schwester Bärbel hatte leise »außer im Krieg an der Westfront« ergänzt. Der Vater wäre fast explodiert, hätte die Mutter im selben Moment nicht von ihm den Likör zum Nachtisch eingefordert. Zum Glück hatte der dem Vater trotzdem geschmeckt, sodass er gleich zwei Gläser hintereinander getrunken und so die nötige Gelassenheit zurückgewonnen hatte, wenig später sein Einverständnis zu Amreis Auslandsaufenthalt zu geben. Zum ersten Mal seit Langem hatte Amrei ihn dankbar umarmt.

Kaum war Amrei zurück in München, flaute die morgendliche Übelkeit ab. Vielleicht war es doch das Essen bei der Mutter gewesen. Sie kochte fetter als die Großtante. Und reichhaltiger als in der Mensa. An Weihnachten erst recht.

Schon wuchs Amreis Hoffnung. Sie fand immer bessere Gründe, warum nicht sein konnte, was einfach nicht sein durfte. Ohnehin nahm sie doch die Pille. Was sollte also passiert sein? Über der ganzen Aufregung mit David, dem Kurztrip mit Wastl nach Venedig, dem Gerenne für die Bewerbung in Paris und überhaupt dem ganzen Stress, den sie in der Uni aktuell hatte, um zum Semesterende alle Scheine zu bekommen, war es doch kein Wunder, dass ihr Zyklus ebenso durcheinandergeraten war wie sie selbst.

Mit der Pille hatte sie von Anfang an Probleme gehabt. Am besten ging sie demnächst noch einmal zu der netten Ärztin, die sie ihr verschrieben hatte, obwohl sie nicht verheiratet oder verlobt war. Aber erst nach den beiden wichtigen Referaten, die im Januar anstanden. Es war einfach immer zu viel zu tun. Sie brauchte dringend mehr Ruhe, um das anstehende Pensum zu schaffen.

»Lass dir Zeit. Mit allem. Es macht keinen Sinn, etwas zu überstürzen. Davon wirst du nur krank, wie du gerade siehst.« Wastl zeigte Verständnis, wie immer, als sie ihm ihr Herz ausschüttete, weil sie fürchtete, weder das Studium noch die Vorbereitungen für den Auslandsaufenthalt zu schaffen.

Eng aneinandergekuschelt saßen sie nach der turbulenten Silvesternacht mit seinen Freunden auf dem alten Sofa unter der Dachschräge in seinem winzigen Wohnzimmer, die Wand mit dem orangeroten Sonnenuntergang auf der Tapete vor Augen, Tassen mit heißem Pfefferminztee in den Händen. Wastl trug den roten Adidas-Trainingsanzug, den sie ihm zu Weihnachten geschenkt hatte. Auf dem Plattenteller kreiste das *White Album* der Beatles, das er ihr geschenkt hatte. Gerade sang Paul McCartney vom *Blackbird singing in the dead of night*, während vor dem Fenster dicke weiße Schneeflocken durch die heraufziehende Dämmerung tanzten. Zärtlich zog Wastl sie noch näher an sich.

»Wird schon alles schiefgehen!«, ermutigte er sie. »Nächsten Montag starte ich übrigens mit Quirin zu einer Skitour im Chiemgau. Eine Woche sind wir unterwegs. Danach stehen einige Extradienste für uns an, weil die Faschingssaison losgeht. Im Januar bleibt dir also viel Ruhe vor mir. Gewiss werde ich dich nicht wieder spontan sonst wohin entführen. Und bis Februar hast du bestimmt schon die Zusage für Paris in der Tasche. Sobald das Semester vorbei ist, bringe ich dich mit dem Auto hin. Dann machen wir uns noch einige schöne Tage zu zweit an der Seine. Ein bisschen Französisch musst du mir unbedingt beibringen. Ich werde dein erster Schüler in deinem neuen Job als *assistante* sein.«

»Das willst du wohl eher nicht, so schwer von Begriff, wie ich mich im Pädagogikseminar anstelle«, warf sie ein.

Doch darauf reagierte Wastl nicht. Längst widmete er sich schon seinen eigenen Plänen. »Am besten entscheide ich mich an der Abendschule für Französisch als zweite Fremdsprache. Das ist genial! Die meisten wählen Italienisch. Wenn aber in dreieinhalb Jahren die Olympischen Spiele bei uns stattfinden, werden gewiss auch Polizisten gesucht, die Französisch sprechen. Dann habe ich größere Chancen, dort eingesetzt zu werden. Stell dir vor: Ich eines Tages auf Streife im Olympiastadion oder im Olympischen Dorf bei den Spielen. Das wird klasse!«

Begeistert sprang er vom Sofa auf. Die Beatles waren längst beim Song *Why don't we do it on the road* angekommen. Übermütig stimmte Wastl in den Text ein, spielte einige Takte Luftgitarre dazu, bevor er Amrei an den Händen fasste und mit ihr durch den offenen Durchgang zum Bett tanzte.

Wie gut, dass sie ihm nicht den Ausrutscher mit David gebeichtet hatte, dachte sie erneut. Es hatte nichts bedeutet. Wastl aber bedeutete ihr alles. Und alles andere erledigte sich von selbst, wie sie gerade wieder sah.

Leider stimmte das nur für kurze Zeit. Und nicht für alles. Jäh übermannte die morgendliche Übelkeit Amrei wenige Tage später wieder, sogar heftiger als zuvor. Sie konnte die Augen nicht mehr davor verschließen, was das bedeutete, obwohl sie es einfach nicht wahrhaben wollte.

»Dringend musst du zu deiner Ärztin gehen«, riet Annamirl. Als Amrei von der Toilette in die Wohnung zurückkehrte, fing die Großtante sie am Eingang ab und scheuchte die neugierige Doblerin mit einem verärgerten Winken hinter deren Tür zurück.

»Meinst du, sie hilft dir auch tatsächlich so, wie du's jetzt nötig hast?« Forschend sah Annamirl ihr ins Gesicht. Amrei war zu verdutzt, um zu antworten, aber die Großtante wartete ihre Antwort sowieso gar nicht ab. Geschäftig ging sie in die Küche, rückte Amrei den Stuhl am Tisch zurecht, während sie den Kaffee aufsetzte.

»Ich wüsste jemanden, zu dem du gehen kannst«, verkündete sie, kaum dass sie einander mit dem starken Kaffee in den Händen am Tisch gegenübersaßen. »Die wird dir auf alle Fälle helfen, ohne lange zu fragen. Und ohne dir zu schaden.«

Rücksichtsvoll blies sie den Rauch ihrer Gauloise zur Seite aus. Amrei wurde jedoch wegen des Geruchs von einem flauen Gefühl in der Magengegend überfallen. Mühsam unterdrückte sie das Würgen. Das lenkte sie für einige Sekunden ab.

Annamirl überraschte sie immer wieder. Selbst jetzt. Ginge es ihr besser, würde sie am liebsten lauthals lachen. Die Situation war absurd, kaum zu fassen: Statt sich mit ihren gleichaltrigen Freundinnen zu beraten, besprach sie sich mit ihrer achtzigjährigen Großtante. Die offenbar bestens informiert war und gleich schon einen Ausweg parat hatte, noch bevor Amrei sich überhaupt hundertprozentig sicher war.

»Ich bin gar nicht sicher, ob ich tatsächlich ...«, setzte sie erschöpft an, doch Annamirl unterbrach sie sofort: »Worauf willst du noch warten? Bis es zu spät ist und dir keine Wahl bleibt? Fang jetzt bloß nicht an, naiv auf Erlösung zu hoffen! Alles aufgeben wirst du müssen, wenn du dich fürs Kind entscheidest. Oder glaubst du, dein wackerer Polizist schiebt seine Abendschule ein paar Jahre auf, um die Windeln zu wechseln, damit du zu Ende studieren kannst? Von Paris gar nicht erst zu reden. Das kannst du dir gleich abschminken. Die Chance ist dann vorbei.«

»Ich weiß ja nicht einmal, ob es von ihm …«, brachte Amrei leise hervor.

»Bei deinem Farbkleckser brauchst du dir erst recht keine Hoffnungen machen. Allweil hat der eine neue Idee, um zu protestieren und die Welt zu verändern. Dem bleibt keine Zeit für Familie. Und Lust darauf hat der sowieso nicht. Dann müsste er sich ja um jemanden kümmern, auf seine witzigen Sachen an der Akademie verzichten und Verantwortung übernehmen. Der ist sofort weg, sobald du nur den Mund aufmachst, um etwas anzudeuten.«

Amrei biss sich auf die Lippen, kämpfte angestrengt gegen die aufsteigenden Tränen an.

»Überleg noch einmal genau. Aber nicht zu lang«, setzte Annamirl nach. »Das Einzige, was im Leben zählt, ist, dass du weißt, wovon du träumst. Und was du bereit bist, dafür zu tun, damit es kein Traum bleibt. Aber nur du ganz allein. Auf andere darfst du dich dabei nicht verlassen. Niemals!«

Vielleicht wollte Amrei ihr das Gegenteil beweisen. Wahrscheinlich wollte sie sich vor allem selbst ihre Illusion bewahren. Und zumindest bei David den Versuch starten. Wastl war auf Skitour und bis zum Wochenende nicht erreichbar.

Ausführlich nachgedacht, was sie da genau gerade tat, hatte sie jedenfalls nicht, stellte sie überrascht fest, als sie sich wenig später bereits in der Tram wiederfand. Doch es blieb ihr keine Wahl. Annamirl hatte recht. Ewig warten konnte sie nicht mehr. Ihre Situation betraf auch David. Sie musste mit ihm sprechen.

Der voll besetzte Waggon der Tram quälte sich durch dichtes Schneegestöber über vereiste unebene Schienen, die über ähnlich provisorische, abenteuerliche Höhen führten wie vor beinahe genau einem Jahr, als sie zum ersten Mal in die WG in der Amalienstraße aufgebrochen war. Warum ging ihr ausgerechnet das jetzt durch den Kopf? Erschöpft lehnte sie die heiße Stirn gegen das kalte Glas des Seitenfensters, kämpfte immer wieder von Neuem gegen die aufsteigende Übelkeit an. Um sich abzulenken, sah sie nach draußen, ließ die endlosen Baustellen und das noch endlosere Chaos vorbeiziehen.

Immer wieder ächzte die Straßenbahn kurze Anstiege hinauf, donnerte über wacklige Trassen dieselben mühselig erklommenen Meter wieder hinunter, bevor sie seltsame Kurven schnitt, um auf der früheren königlichen Prachtstraße nach Schwabing voranzukommen. Das ständige Geruckel war eine enorme Herausforderung. Bald stand Amrei der Schweiß auf der Stirn, sie presste die Arme gegen den Leib.

Vor der Fensterscheibe der Tram rauschte immer wieder dasselbe Bild vorbei. Nach wie vor beherrschten tiefe Gräben, hohe Kräne und ausufernde Baustellen die Stadt. Als würde es nie vorangehen mit dem Vorhaben »München wird moderner«, damit die Stadt fit für die heiteren Olympischen Spiele und den Ansturm der Besuchermassen aus aller Welt wurde. Dreieinhalb Jahre blieben noch bis dahin. Eine verdammt kurze Zeit, wenn man in die tiefen Löcher und den undefinierbaren Schlamm in sämtlichen Winkeln der Stadt blickte. Vielleicht war der Traum längst geplatzt, der Preis zu hoch gewesen, und das Millionendorf würde sich doch nicht zur Weltstadt mit Herz mausern. Ähnlich nah am Ende ihrer Träume fühlte sich auch Amrei an diesem Vormittag. Wie hatte sie nur je ernsthaft daran denken können, es in München zu schaffen? Wie betäubt schleppte sie sich schließlich in der Amalienstraße die Stiegen in den vierten Stock hinauf.

»Die sind alle ausgeflogen«, rief ihr die Nachbarin aus der ersten Etage vergnügt entgegen. »Irgendwas mit Motorrädern wollen sie heute in der Kunstakademie aufführen. Verrückt wird's sein, wie immer. Der David hat sich jedenfalls gestern schon das Mofa von meinem Sohn ausgeliehen. Ganz aufgeregt war er. Wie ein kleiner Bub an Weihnachten. Der wird nie erwachsen.«

Das fürchtete Amrei auch, als sie wenig später bereits von Weitem den ohrenbetäubenden Lärm aufheulender Motoren, das Quietschen von Bremsen, chaotisches Hupen und anfeuernde Rufe von Zuschauern vernahm. Foyer und Flure des riesigen Akademiegebäudes waren ganz davon erfüllt.

Noch an der Eingangstür entdeckte sie Chris, Biggi, Peggy und Sandra bei der Startrampe. Mit wehenden dunklen Locken brauste David auf einem hellblauen Mofa vorbei, winkte übermütig, als er sie erkannte, und rief ihr zu, er wäre gleich bei ihr.

Unschlüssig verharrte sie eine Weile direkt neben der Tür, beobachtete das Geschehen, das die Kunstakademie in eine inhäusige Rennbahn verwandelte. David kam nicht. Auch Chris und Biggi standen auf einmal nicht mehr mit Peggy und Sandra am Startblock.

Suchend durchquerte Amrei das Foyer, sah überall in lachende Gesichter bestens gelaunter Menschen. In schwarzes Leder gekleidete Motorradfahrer liefen herum, dazwischen zeigten sich sportlich zurechtgemachte Radler. Immer wieder wuselten auch Kleinkinder auf ihren Dreirädern über die Gänge. Ein Wunder, dass ihnen nichts geschah. Bestialisch stank es nach Benzin, der Krach der Motoren, Hupen und Klingeln war unerträglich. Was niemanden außer Amrei zu stören schien.

Eine Weile verharrte sie noch beim Ziel. David tauchte auch dort nicht auf.

Durch ein Megafon knatterte die Ankündigung für das nächste Rennen. Die Namen der Teilnehmer wurden aufgezählt. David Grafenstetter war nicht darunter.

Kurz wartete Amrei noch, dann aber wurde es Zeit. Sie musste gehen. Sie hatte einen Termin. Den Annamirl ihr verschafft hatte.

Auf dem Weg nach draußen meinte sie für eine Sekunde, David in einem der Malersäle zu entdecken, an denen sie vorbeikam. Sie hatte sich jedoch getäuscht.

Als sie die Auffahrtsrampe hinunterschlenderte, wurde ihr klar, dass die Großtante recht hatte. Es machte keinen Sinn, mit David zu sprechen. Selbst wenn sie ihn jetzt noch aufspürte, hätte er nicht den Kopf, sich mit ihr und vor allem dieser folgenreichen Entscheidung zu beschäftigen.

Ebenso wenig Wastl. Auch dem stand der Sinn derzeit nach anderem, wie sie dank ihrer ausführlichen Gespräche der vergangenen Wochen wusste. Aber selbst wenn er sich das alles jetzt von ihr anhörte, müsste sie ihm fairerweise die ganze Wahrheit verraten, sprich: ihm ihren Ausrutscher mit David gestehen. Und dass das Kind wahrscheinlich nicht einmal von ihm, Wastl, war. Wie würde er darauf reagieren? Riskierte sie nicht, ihn dadurch ganz zu verlieren?

Nein, sie hatte keine Wahl. Sie musste das allein entscheiden. Und allein erledigen. »So wie allweil«, wie Annamirl sagen würde.

Auf zittrigen Beinen lief sie zur Türkenstraße, in der sich die Praxis der Ärztin befand, die die Großtante ihr empfohlen hatte.

1972

Anfang September

Amrei hatte gut geschlafen. Sie erwachte, als die Sonne ihr das Gesicht wärmte. Taghell war es bereits. Schwungvoll setzte sie sich auf, stieß dabei Davids Teddy von der Matratze. David musste ihn beim Zubettgehen als Aufpasser für sie dorthin gesetzt haben. Dunkel erinnerte sie sich daran, dass sie völlig erschöpft, aber zutiefst erleichtert gegen ein Uhr nachts ins Bett gesunken war. Allein, wie sie beim Blick auf den Teddy schmunzelnd feststellte.

Kurz nach Mitternacht war die erlösende Meldung über den Bildschirm geflimmert, dass die Geiselnahme auf dem Fliegerstützpunkt Fürstenfeldbruck beendet worden war. Erfolgreich. Ein wahres Wunder! Und eine Erlösung. Mehrfach hatte der Regierungssprecher im Fernsehen erschöpft, aber sichtlich erleichtert verkündet, die Terroristen seien von Scharfschützen überlistet, vier von ihnen getötet und die Israelis aus der Hand ihrer Kidnapper befreit worden.

Damit war der Einsatz vorbei, und sie hatten beschlossen, schlafen zu gehen, zumal sich auch Uris Verbleib noch geklärt hatte. Es konnte nur noch eine Frage von Stunden sein, bis Wastl bei ihnen auftauchte und sie mit ihm den glücklichen Ausgang des furchtbaren Zwischenfalls feiern würden.

Dass Uri so schnell nicht wieder in der WG auf der Matte stehen würde, wussten sie inzwischen auch. Dank eines Anrufs von Biggis Oma Gretl. Ebenfalls um kurz nach Mitternacht. Amrei war an den Apparat gestürzt, weil sie gehofft hatte, es wäre Wastl. Oder wenigstens Quirin. Doch es war Biggis Oma Gretl.

»Wissen sollt ihr, dass der Uri hier bei uns ist. In Sicherheit. Nicht dass ihr euch unnötig Sorgen macht«, war sie sofort mit der entscheidenden Nachricht herausgeplatzt. »Obwohl er nicht will, dass ich euch anrufe. Angst hat er, ihr kriegt Ärger, falls euch jemand nach ihm fragt. Die Polizei womöglich. In die Bredouille kommen und für ihn lügen sollt ihr nämlich nicht, hat er gemeint. Aber nach allem, was bei euch in München los ist, hab ich mir gedacht, ich gebe euch Bescheid, sobald er oben in der Kammer liegt und schläft. Der Ärmste! Heimlich fort aus München ist er, weil er Muffensausen hat, seine Freunde hätten was mit der Geschichte im Olympiadorf zu tun. Bevor er deswegen festgenommen, verhört und am Ende gar ausgewiesen wird, hat er sich lieber in den Zug gesetzt und ist hergekommen zur Doris und zu mir. Auf die Schnelle ist ihm wohl sonst keiner eingefallen. Ist wahrscheinlich eh das Beste, weil wir in Österreich sind. Und für uns ist es auch schön.«

Nach dem letzten Satz hatte sie innehalten und lachen müssen, bevor sie weiterreden konnte. »Ganz narrisch freuen die Doris und ich uns, ihn hier zu haben. Ganz für uns allein. Helfen kann er uns vorerst gut. Jetzt, da die Brennerei losgeht, das Obst angeliefert und sortiert werden muss, können wir einen wie ihn gut brauchen. Sag der Biggi Bescheid, und kommt einfach alle vorbei, sobald ihr wollt. Und bringt euren Polizisten mit. Den wollen wir auch endlich einmal kennenlernen.«

Fest hatte Amrei versprochen, das sehr bald schon zu tun. Am See zu sitzen und sich von Gretl und Doris verwöhnen zu lassen, würde Wastl nach diesem Einsatz sicher guttun. Sie alle könnten das gut gebrauchen, hatte sie gedacht und es den anderen sofort freudig berichtet.

Die guten Neuigkeiten hatten sie noch mit einer Runde Obstler gefeiert. Obwohl sie mehr geweint hatten als getrunken. Vor Freude. Weil alles am Ende doch noch gut ausgegangen war.

Die Erinnerung an die befreiende Stunde nach Mitternacht trieb Amrei von Neuem Tränen in die Augen. Jetzt aber wurde es Zeit, nach den anderen zu sehen. Außerdem brauchte sie dringend einen Kaffee. Am besten einen, den Biggi liebevoll aufgegossen hatte.

Behutsam drapierte sie den in die Jahre gekommenen Plüschbären auf dem Kopfkissen, erhob sich von der Matratze, schlüpfte rasch in ihre Klamotten und lief barfuß über die sonnenwarmen Holzdielen aus Davids Zimmer.

In der Wohnung war es still. Schliefen die anderen etwa noch? Sie blickte auf die Uhr. Acht. Nicht unbedingt die Zeit, in der in der WG bereits das Leben tobte. Sie hatte an diesem Mittwoch Spätdienst, musste erst nachmittags um vier im Olympiadorf sein. Zeit genug also, um für die anderen ein üppiges Frühstück vorzubereiten. Sie ging in die Küche.

Noch in der offenen Tür blieb sie stehen.

Die anderen saßen bereits dort. Vollzählig bis auf sie. Chris, Biggi, David und Jürgen, ebenso Annamirl, Elly und Jule. Ein lähmendes Schweigen umfing sie. Das in krassem Gegensatz zu dem strahlenden Sonnenschein stand, der von draußen durch die weit geöffnete Balkontür hereinfiel.

Alle hatten verweinte Augen. Rot verweinte Augen.

»Was ist passiert?« Amrei wagte kaum zu fragen.

»Setz dich«, bat Annamirl leise.

Auf Jules Drängen und zu Amreis Überraschung, war sie letzte Nacht einverstanden gewesen, in Ellys Gästezimmer zu schlafen. »Jetzt ist es auch schon wurscht«, hatte sie gebrummt und war mit ihr und Jule in den zweiten Stock hinuntergegangen. Jürgen hatte sein altes Zimmer, das inzwischen Uris Reich war, für sich requiriert. Alle waren sich einig gewesen, dass es Uri nicht stören würde. Und einfach nur erschöpft auf die Matratzen gesunken, nachdem der Albtraum endlich überstanden war.

Die Zuversicht der vergangenen Nacht war jetzt allerdings verflogen. Bei allen. Die Großtante blickte so finster, als wäre ihr wieder bewusst geworden, seit Jahrzehnten mit Elly und allem, was mit ihrer Buchhandlung in der Amalienstraße zusammenhing, auf Kriegsfuß zu stehen. Auch Elly, Jule und die anderen wirkten mehr als bedrückt.

Auf alles gefasst, dankte Amrei David für den Stuhl, den er ihr neben Annamirl zurechtrückte. Die Großtante griff nach ihrer Hand, drückte sie fest.

»Sagt endlich was!«, bat sie, obwohl sie sofort das Gefühl hatte, lieber nichts hören zu wollen.

»Es ist doch schiefgegangen.«

Jede einzelne Silbe, die sie hervorbrachte, kostete Annamirl Überwindung. Das spürte Amrei sofort. Das, was es bedeutete, begriff sie jedoch nicht.

Es konnte nicht sein, durfte einfach nicht sein. Die Nachrichten im Fernsehen und auch im Radio hatten anderes berichtet.

»Gründlich schiefgegangen ist es«, bekräftigte Annamirl. »Nichts hat funktioniert. Die Geiseln sind tot. Alle. Und auch ein Polizist.«

Den letzten Satz fügte sie erst nach einer beklemmenden Pause hinzu.

Amrei wurde blass. »Wastl?«, fragte sie und hatte zugleich das Gefühl, ins Leere zu stürzen. Ohne Netz und doppelten Boden im freien Fall in unerträgliche Tiefe zu fallen.

»Wir wissen es nicht«, sagte Annamirl leise.

Amrei schlug sich die Hände vors Gesicht.

Von weit entfernt hörte sie, wie David, Chris, Jule und Biggi weiterredeten. Von allen Seiten sprachen sie auf sie ein.

»Quirin geht nicht ans Telefon. Weder zu Hause noch im

Büro.« David. »Bei seiner Oma und seinen Eltern in Moosach hebt keiner ab.« Chris. »Die Leitung ins Präsidium ist zusammengebrochen. Selbst beim Organisationskomitee, beim Rundfunk oder bei der Süddeutschen Zeitung kommt man nicht durch.« Jule. »Alle drehen durch. Komplett.« Biggi.

Nur Annamirl und Elly schwiegen. Und Jürgen.

Er schien sich bewusst herauszuhalten, dachte Amrei noch.

Dann kippte sie zur Seite. In Annamirls Schoß.

Schützend legte die Großtante ihr die Hände auf den Rücken, streichelte sanft darüber.

Amrei begann zu weinen. Sie sehnte sich danach, sich in Annamirls Obhut zusammenzurollen wie ein Baby.

Der Gedanke machte es allerdings noch schlimmer. Jäh stürzte über sie herein, was sie lange verdrängt und worüber sie bislang nie gesprochen hatte. Mit niemandem. Außer mit der Großtante. Weil es alles noch viel, viel schlimmer machte, wie ihr auf einmal durch den Kopf schoss.

Aufschluchzend steckte sie sich die Faust in den Mund. Wagte kaum zu atmen. Oder das Undenkbare zu denken.

Sie wusste jedoch, dass sie es tun musste.

Was, wenn Wastl jetzt aus dem Leben gerissen worden war, ohne dass etwas von ihm blieb? Und sie war schuld! Eine zentnerschwere Last legte sich ihr auf die Brust.

»Ich habe es nicht behalten können. Mir blieb keine Wahl. Ich hätte es nicht geschafft allein mit dem Kind.« Endlich war es heraus. Amrei hatte es erzählen müssen. Ausgerechnet jetzt, da sie alle unter Schock standen. Sie hatte den Gedanken nicht länger ertragen, wahrscheinlich noch mehr verloren zu haben als die anderen. Ausgerechnet jetzt brauchte sie den Beistand, der ihr vor dreieinhalb Jahren gefehlt hatte, von Wastl und von David, aber auch von allen anderen.

Annamirl hielt ihre Hand, drückte sie sanft, aber bestimmt, um ihr zu versichern, dass sie an ihrer Seite war. Ganz selbstverständlich. Genau wie damals. Die anderen wichen ihr aus. Ebenfalls genau wie damals.

Starr sah sie durch die offene Balkontür in den Hinterhof. Registrierte das üppige Grün, das auf dem Balkon wucherte. Das war Uris Verdienst. Kräuter, Blumen und niedriges Gebüsch von beeindruckender Pracht gediehen dort. Munter surrten Bienen und Insekten von Blüte zu Blüte. Neugierig beobachtet von einem Spatz, der sie mit schief gelegtem Kopf lauernd vom Geländer aus beobachtete.

»Du warst schwanger? Kurz bevor du im Frühjahr 1969 nach Frankreich gegangen bist? Von Wastl oder von David? Oh Gott!« Als würde ihr in diesem Moment klar, was das hieß und was Amrei wohl durchgemacht hatte, schlug Biggi sich die Hand vor den Mund, schüttelte sichtlich betroffen den Kopf. »Warum bist du nicht zu uns gekommen? Wir hätten doch ...«

»Was hätten wir?«, unterbrach Chris sie erbost. »Amrei dabei zugesehen, wie sie sich selbst in den Wahnsinn getrieben hätte mit der ewigen Grübelei, von wem es sein könnte, was sie tun sollte und was nicht?«

»Ihr bildet euch doch hoffentlich nicht ein, ausgerechnet ihr beide wärt die Richtigen gewesen, um ihr bei der Entscheidung beizustehen?« Höhnisch lachte Jürgen auf.

»Das ganz bestimmt nicht«, entgegnete Chris wütend. »Natürlich wären da zwei andere Herrschaften wesentlich stärker gefordert gewesen als wir. Die beide zu der Zeit allerdings anderes im Sinn gehabt haben als eine solche Frage, wie du dich vielleicht erinnerst. Es ist eben immer dieselbe Katastrophe. Letztlich bleiben wir Frauen am Ende allein mit der Entscheidung, ohne den Beistand dessen, den wir in der Situation am meisten bräuchten.«

»Bist du jetzt völlig übergeschnappt?«, brauste David auf.

»Wastl ist tot. Wie kannst du jetzt über das Thema Abtreibung lamentieren?«

»Du bist wohl der Letzte, der dazu etwas sagen sollte«, wies Chris ihn sichtlich wütend zurecht. »Und was heißt überhaupt, ich würde über das Thema Abtreibung lamentieren? Männer wie du sind doch schuld, dass das überhaupt noch ein Thema ...«

»Schluss jetzt!«, rief Amrei und hielt sich die Ohren zu.

»David und Amrei haben recht«, schaltete Jule sich ruhig, aber bestimmt ein. »Jetzt ist wohl kaum der geeignete Zeitpunkt für eine solche Grundsatzdebatte.«

»Das ist es nie«, schnaubte Chris empört.

Biggi legte ihr die Hand auf den Arm, um ihr zu signalisieren, dass sie sich zurückhalten sollte.

»Ihr versteht es immer noch nicht«, stellte Amrei leise fest.

Von Neuem rang sie mit den Tränen, war einfach nur noch fassungslos.

»Wastl ist tot«, fügte sie nach kurzer Pause hinzu.

Kaum gehorchte ihr die Stimme. Noch immer wollte sie es nicht glauben, musste es aber wohl. Und spürte in derselben Sekunde wieder, was das bedeutete. Auch für ihre Entscheidung damals, vor fast vier Jahren. Die sie nun erst recht wieder tonnenschwer niederdrückte.

»Womöglich habe ich die einzige Chance verpatzt, dass er wenigstens in unserem Kind hätte ...«

»Das darfst du gar nicht erst denken«, schnitt Jule ihr energisch das Wort ab.

»Und sagen erst recht nicht. Dich trifft keine Schuld«, ergänzte Elly.

»Schuld – so ein Schmarren!«, brauste Annamirl empört auf. »Überhaupt gar nicht erst reden von Schuld darfst du. Wenn, dann haben die sowieso andere mindestens genauso und nicht nur du allein. Nämlich die, die dich damals im entscheidenden

Moment im Stich gelassen haben. Die hätten die einmalige Chance gehabt, zu dir und dem Kind zu stehen. Dann hätte mehr von ihnen bleiben können als nur das Bisserl, was sie selbst in ihrem Leben tun. Und obendrein weißt du ja sowieso nicht, ob der Wastl wirklich der Vater gewesen ist.«

Annamirls Zuspruch tat Amrei gut. Schon damals war es die Großtante gewesen, die ihr sofort beigestanden hatte. Vor allen anderen. Ohne Wenn und Aber. Und mit dem richtigen Gespür dafür, was sie gebraucht hatte. Dankbar drückte sie deren Hand.

»Warum bist du jetzt auf einmal so sicher, dass das Kind von Wastl gewesen ist?«

Jürgen formulierte das zwar als Frage, für sie klang es jedoch wie ein Vorwurf. Jäh fuhr sie herum. Begegnete dabei zu allem Überfluss Davids Blick.

Eine halbe Ewigkeit starrten sie einander an. Wie eine Ertrinkende klammerte Amrei sich an Annamirls Hand.

Endlich stand David auf, ging wortlos aus der Küche.

»Shit«, entschlüpfte es Biggi.

Das Telefonklingeln weckte sie aus der Starre. Biggi stürzte in den Flur. Wahrscheinlich hoffte sie, Uri meldete sich endlich selbst aus seiner Zuflucht am Attersee.

»Quirin!«, schrie sie in den Hörer. Ihre Stimme überschlug sich, wurde zu einem schrillen Schrei.

Alle in der Küche hielten die Luft an. Wie auf Kommando wandten sie die Köpfe zum Flur, spitzten die Ohren und lauschten gespannt, was Biggi dort sagte.

In unregelmäßigen Abständen rief sie immer aufgeregter und in immer kürzeren Abständen: »Wahnsinn!«, »Ist ja super!«, »Kaum zu glauben« und »Welch ein Glück«. Dazwischen kicherte sie nach einem »Ist nicht dein Ernst« albern, bis sie mit einem »Tausend Dank, dass du uns sofort Bescheid gegeben hast« den

Hörer auf die Gabel knallte und in die Küche stürmte. »Alles wird gut! Wastl lebt! Er ist im Krankenhaus«, rief sie.

Noch auf halbem Weg zurück in die Küche warf sie die Arme vor Freude in die Luft und drehte eine übermütige Pirouette. Mit zitternden Händen wischte Amrei sich über die nassen Wangen, eine Sekunde lang völlig überfordert, wie sie auf die Nachricht reagieren sollte.

Schon verkündete Biggi mit triumphierender Miene die nächste Neuigkeit: »Mitten in den Hintern wurde er getroffen. Das war sein Glück. Und, dass er blonde Haare hat. Sonst hätten die eigenen Leute ihn für einen der Attentäter gehalten und erschossen. Zwischen die Fronten geraten ist er nämlich auf dem Flugplatz. Vor sich die Hubschrauber und die Terroristen, hinter sich die eigenen Leute. Die längst auf ihn angelegt hatten, um ihn zu töten. Buchstäblich im allerletzten Moment ist dem Bullen am Abzug erst aufgefallen, dass die Beschreibung nicht auf ihn gepasst hat. Dass er helle Haare hat, die Attentäter aber dunkle. Der Wahnsinn! Aktuell liegt er unterm Messer. Lebensgefahr besteht definitiv nicht, heißt es.«

Amrei brauchte einige Sekunden, bis sie begriff. Langsam erhob sie sich, drehte sich zu Annamirl um, umschlang sie mit den Armen und weinte und lachte zugleich.

»Er lebt! Er lebt!«, schluchzte sie.

»Was für ein Schlawiner!« Zärtlich strich die Großtante ihr übers Haar.

»Großartig!«, »Sapperlot!«, »Sieben Leben muss der Schlawuzi haben!«, »Ein Pfundskerl!«. Fröhlich und wild riefen die anderen durcheinander, sprangen von ihren Stühlen, fassten einander an den Händen und tanzten und hüpften durch die Küche.

Endlich schloss Amrei sich ihnen an. Nach all dem Bangen und Grübeln und Warten tat das mehr als gut.

»Wer fährt mit zum Krankenhaus?« Unerwartet tauchte David

wieder bei ihnen auf. Der Aufruhr in der Küche war ihm nicht entgangen. Erwartungsvoll sah er in die Runde.

»Meinst du, sie lassen uns zu ihm?« Amrei zog zweifelnd die Augenbraue hoch.

»Falls sie ihn schocken wollen, dürft ihr zwei bestimmt an seinem Bett stehen, wenn er aufwacht«, kommentierte Chris. »Wenn sie ihn allerdings noch etwas schonen wollen, schirmen sie ihn die nächste Zeit vor euch ab.«

»Gib dich doch als seine Verlobte aus. Nach allem, was wir jetzt wissen, ist das naheliegend«, schlug Jürgen vor, auf dem glatt rasierten Gesicht ein provozierendes Schmunzeln.

»Ich soll lügen?«, fragte Amrei irritiert.

»Wastl zuliebe wird dir das wohl nicht schwerfallen. Nicht nach dem, was du sonst noch ...«, setzte David an.

»Hör auf!«, unterbrach sie ihn.

»Schummeln würde ich es eher nennen«, korrigierte Jürgen. »Wenn ich mich recht erinnere, hast du dich früher damit nicht so geziert. Nicht nur Wastl zuliebe, was?«

»Was soll das heißen?« Verärgert sah sie ihn an.

»Das weißt du besser als ich«, entgegnete er aufreizend gelassen und erwiderte ihren Blick. Seelenruhig.

»Auch ihr beide solltet endlich Ruhe geben. Die ewige Streiterei bringt doch gar nichts, vor allem nicht, wenn ihr ständig Zeug von vorgestern ausgrabt«, mischte sich Jule von Neuem ein.

»Wenn ich Biggi richtig verstanden habe, liegt Wastl derzeit auf dem OP-Tisch«, setzte sie nach kurzer Pause nach. »Gebt ihm wenigstens bis morgen Zeit, um einigermaßen zur Besinnung zu kommen, bevor ihr ihn heimsucht.«

Bis morgen – das schien Amrei auch für sich selbst ein willkommener Aufschub zu sein. So blieb auch ihr etwas Zeit, das Gefühlschaos zu verdauen und zu entscheiden, wie sie sich Wastl und David gegenüber verhalten sollte.

Schummeln musste Amrei letztlich doch nicht. Quirin sorgte dafür, dass David und sie als Wastls beste Freunde am folgenden Tag in der Klinik problemlos zu ihm vorgelassen wurden. Am liebsten wäre sie zwar allein zu ihm gegangen, doch sie traute sich nicht, David vor den Kopf zu stoßen.

Mit Wangenküssen begrüßten sie sich an der Tramhaltestelle Max-Weber-Platz. Sie steckte bereits im türkisen Hostessendirndl, weil sie später zum Dienst im Olympiadorf musste. Er trug Jeans und ein ungebügeltes weißes Hemd, war ohne Verpflichtung, hinterher pünktlich irgendwo antanzen zu müssen, wie er gleich erzählte.

»Die Spielstraße ist ab sofort geschlossen. Für immer. Den Verantwortlichen war sie nach dem Attentat angeblich zu heiter.« Empört schnaubte er. »Was für eine Heuchelei! In Wahrheit haben sie doch nur darauf gewartet, uns und unserer Kritik an ihrem elenden Kommerz einen Maulkorb zu verpassen. Und der Rest der Spiele und des großen Geschäfts geht munter weiter, als wäre nichts gewesen.«

»Allerdings ohne die israelische Mannschaft«, stellte Amrei klar und spürte, wie ihr die plötzlich wieder aufsteigende Trauer die Kehle zuschnürte. »Mit elf Särgen sind die abgereist. Das ist immer noch unglaublich.«

Sie senkten die Köpfe, schwiegen betreten.

»Schön, dass du an Blumen gedacht hast. Wastl wird sich freuen.« Entschlossen richtete Amrei sich auf, wischte sich die Tränen weg und deutete auf den bunten Strauß, den David unbeholfen in den Händen hielt.

»Das macht man doch so bei einem Krankenbesuch. Meine Mutter hat darauf bestanden.« Nervös zupfte David die Blumen zurecht.

»Dass du mal auf deine Mutter hörst.«

»Immer.«

Sie lachten beide.

Amrei erschrak, wie affektiert das klang. Rasch wandte sie sich dem Haupteingang der Klinik zu, doch David hielt sie am Arm zurück.

»Warum hast du das gemacht?« Er fixierte sie mit dem Blick.

»Was?«, fragte Amrei.

»Du weißt genau, was …«

»Nein, das weiß ich eben nicht genau«, brauste sie auf.

Verflixt! Genau die Situation hatte sie vermeiden wollen. Seine Frage. Und ebenso ihre eigene, heftige Reaktion. Sie musste sich nicht rechtfertigen. Nicht vor ihm. Am allerwenigsten vor ihm. Und überhaupt vor niemandem. Sie zwang sich, tief durchzuatmen, bevor sie so ruhig wie möglich weitersprach.

»Du fragst mich ein bisschen spät«, sagte sie.

»Wie hätte ich es früher tun sollen? Ich hatte ja überhaupt keine Ahnung.«

»Weil du keine Ahnung haben wolltest.«

Sie starrten einander an.

»Als ich mit dir reden wollte, warst du beschäftigt.« Kaum hatte Amrei das ausgesprochen, sah sie gleich wieder vor sich, wie sie am »Tag des Zweirads« Anfang Februar 69 in den unendlich langen Fluren der Akademie gestanden hatte, umgeben von aufheulenden Motoren, stets auf der Flucht vor vorbeibrausenden Höllenmaschinen. David mittendrin auf einem hellblauen Mofa, besessen vom Rausch der Geschwindigkeit. Und einmal mehr übermannt von der Faszination für den ungeheuren Protest, dessen Protagonist er war.

»Du warst vollauf beschäftigt. Wie hätten wir da Ruhe finden sollen, um zu reden und über eine Lösung nachzudenken?«

»Es war also doch von mir? Bist du sicher? Gestern warst du überzeugt, es wäre von Wastl. Außerdem haben wir im Herbst, als du mit Wastl zusammen warst, doch nur noch einmal …«

»Für das eine und einzige Mal erinnerst du dich erstaunlich gut, bedenkt man dein damals wie heute sehr abwechslungsreiches Liebesleben«, fauchte Amrei ihn an.

»Das ist nicht fair.« David sah sie traurig an.

»Verzeih«, schob sie nach. Er hatte recht.

»Wie sollte ich je eine Nacht mit dir vergessen?« Jäh hatte sich sein Ton verändert. Er legte ihr die Hand auf die Wange, sah ihr tief in die Augen

»Lass das!« Energisch schob sie seine Hand weg.

»Du weißt gar nicht, wie verliebt ich in dich war. Eigentlich immer noch bin. Ein Kind hätten wir ...«

»Du und ein Kind?« Ungläubig lachte sie auf.

»Du warst doch selbst noch ein Kind. Bist es eigentlich immer noch. Nein, David, das hätte nicht funktioniert. Damals nicht. Und heute auch nicht.«

»Weil du nicht nach Frankreich hättest gehen können? Weil du nicht das hättest tun können, was du wolltest, jedenfalls nicht sofort? Weil du nur an dich und deine Pläne ...«

»An was hast du denn damals gedacht?«, hakte Amrei sofort aufgebracht ein.

Für einen Moment verstummte David, kniff die Lippen zusammen. Schien nachzudenken.

»War es auch wegen Wastl?«, fragte er plötzlich verzagt. »Weil du damals mit ihm ... Weiß er eigentlich Bescheid? Hast du ihm je gesagt, dass wir beide ...«

»Das geht dich nichts an. Und jetzt hör auf damit. Es war allein meine Entscheidung. Es ging tatsächlich allein um mich. Und weißt du, warum? Weil sich keiner von euch dafür interessiert hat, was mit mir war. Weil ihr mit euren Sachen beschäftigt wart. Alle beide, falls es dich beruhigt. Nicht einmal bemerkt habt ihr, wie schlecht es mir ging. Es war mein gutes Recht zu tun, was ich für richtig gehalten habe.«

»Würdest du es wieder tun?« David ließ nicht locker.

»Du willst es nicht verstehen, oder?«, gab sie zurück.

Wieder sahen sie einander an. Lange. Bis es Amrei zu viel wurde.

»Wir müssen zu Wastl. Ich habe noch Dienst.« Am Handgelenk zog sie David zum Haupteingang des Klinikums rechts der Isar.

»Nur kurz bitte. Der Patient ist sehr geschwächt. Verständlicherweise. Keinesfalls dürfen Sie über das jüngste Geschehen mit ihm reden. Er darf sich nicht aufregen«, mahnte die Stationsschwester, die sie wenig später den endlos langen, nach Desinfektionsmittel riechenden Krankenhausflur zu Wastls Zimmer entlangführte. Überdeutlich ließ sie sie spüren, für wie unangebracht sie den Besuch hielt. Noch dazu, da Amrei im Hostessendirndl und David mit seiner Künstlermähne vor ihr stand. Sie bedachte sie mit einem so strengen Blick, dass Amrei sich wie ein außerirdischer Eindringling fühlte.

Zu allem Überfluss wachte ein Streifenbeamter vor der Tür des Krankenzimmers. Sobald sie ihn erreichten, erhob er sich schwerfällig von dem unbequemen Stuhl.

»Nur zu seiner Sicherheit«, betonte er und prüfte ausgiebig ihre Personalausweise, als wollten sie zum Ministerpräsidenten persönlich. Erst dann trat er beiseite, um sie einzulassen.

»Gut zu wissen, dass jetzt überall kontrolliert wird. Besser spät als nie.« David warf seine langen dunklen Locken zurück.

Amrei schüttelte mahnend den Kopf.

»Danke«, sagte sie zu dem Polizisten und schenkte ihm ein besonders freundliches Lächeln. Er machte schließlich auch nur seinen Job.

Als sie das Zimmer betraten, lächelte Wastl ihnen entgegen. Blass wie ein Blatt Papier verschmolz er fast mit den blütenweißen Kissen des Krankenhausbetts. Amrei erschrak. Ausgerechnet er, der sich so gern an der frischen Luft bewegte und die Nase am liebsten sofort Richtung Sonne streckte, sobald auch nur der erste zarte Strahl am Himmel auftauchte.

»Mit dem Radeln wird das diesen Herbst wohl nichts mehr.« Sie strich ihm über die Hand. Matt lag die auf der Bettdecke, im Handrücken ein dickes Pflaster an der Stelle, wo bis vor Kurzem vermutlich eine Kanüle gesteckt hatte.

»Und mit dem großen Preisschießen im Schützenverein wohl auch nicht«, kam es von David.

»Muss das jetzt …«, flüsterte Amrei ihm verärgert zu, doch Wastl unterbrach sie mit einer schwachen Handbewegung, die wohl ein Abwinken darstellen sollte.

»Geschossen habe ich genug. Vielleicht gebe ich das ganz auf. Wäre wohl das Beste.«

»Doch nicht ausgerechnet jetzt, wo sie dich zum Helden von Fürstenfeldbruck …«, warf David ein und ignorierte weiter Amreis hartnäckige Versuche, ihn zu stoppen.

»Ich bin kein Held«, unterbrach Wastl ihn mit gequälter Miene. »Helden waren die Israelis, die bis zuletzt aufrecht in den Hubschraubern saßen. Bewundernswert. Und das nach allem, was sie zuvor schon hatten ertragen müssen. Oh Gott, es ist so furchtbar.«

Er wandte sich ab, starrte in den wolkenlosen Septemberhimmel vor dem Fenster. Dicke Tränen rannen ihm über die Wangen.

»Schon gut.« Zärtlich strich Amrei ihm über den Arm.

»Nichts ist gut! Nie mehr.« Mit einem Ruck entzog er ihr seinen Arm, wandte sich weiter stur nach draußen. Verlor sich in dem endlosen Himmelsblau.

»Ihr habt keine Ahnung, was da abgelaufen ist. Es war die Hölle. Für alle. Geschossen habe ich. Auf einen Menschen. Direkt draufgehalten habe ich auf den. Auf einen lebendigen Menschen!

Nie im Leben habe ich je so etwas tun wollen. Aber jetzt hatte ich keine Wahl. Und dann lag er auch schon am Boden und hat sich nicht mehr gerührt, weil ich ihn …«

Mitten im Satz brach er ab, schluchzte laut auf und kniff die Augen zusammen.

Sein Körper bebte. Sein Gesicht war schmerzverzerrt, die Wangen binnen kürzester Zeit tränenüberströmt.

Am liebsten hätte Amrei ihn in den Arm genommen und mit ihm geweint. Sie traute sich jedoch nicht. Nicht nur wegen der vielen Schläuche und Kanülen, die immer noch an ihm hingen. Wastl schien so weit weg wie nie zuvor. Unerreichbar.

David wirkte ähnlich hilflos. Welcher Teufel hatte ihn geritten, trotz der Warnung der Stationsschwester überhaupt mit dem Thema Schießen anzufangen? Verzweifelt zermarterte Amrei sich das Hirn, wie sie davon wieder wegkamen.

Eine Weile verharrten sie schweigend an Wastls Krankenbett. Der eine rechts, die andere links, die Köpfe gesenkt, jeder seinen Gedanken nachhängend. Traurigen Gedanken nachhängend.

»*The games must go on*. Die Spiele müssen weitergehen«, zitierte Wastl auf einmal leise den wichtigsten Satz aus der Rede, die IOC-Präsident Avery Brundage am Vortag bei der Trauerfeier im Olympiastadion gehalten hatte. Mit dem ihm der Applaus von den überfüllten Zuschauerrängen und aus dem Innenraum, in dem die Athleten saßen, sicher gewesen war.

Amrei staunte, woher Wastl den Satz hatte. Anscheinend waren sie nicht die Einzigen, die ihn über die Spiele auf dem Laufenden hielten.

»Vielleicht ist es wirklich das Beste«, setzte er nach einer Pause nach und drehte sich ihnen wieder zu. »Vielleicht ist es tatsächlich die einzige Möglichkeit, um weiterzumachen. Irgendwie. Mit allem.«

»Willst du denn wirklich weitermachen wie bisher? Mit allem?

Eben hast du noch gemeint, es wäre besser aufzuhören.« Die Frage war schneller heraus, als Amrei beabsichtigt hatte. Erschrocken biss sie sich auf die Lippen, bangte, wie er sie aufnehmen würde.

Offenbar aber schien er sogar froh zu sein, dass sie es ansprach. Sacht drückte er ihr die Hand.

»Mit dem Schießen bei den Schützen werde ich aufhören.« Er schien den eigenen Worten nachzulauschen. Zögernd nickte er, als wollte er sich selbst noch einmal versichern, was das bedeutete, blieb noch eine Weile ganz in seine Gedanken versunken.

»Aber das heißt nicht, dass ich als Polizist aufhören muss. Nicht jeder Polizist steht im Dienst in vorderster Front. Und nicht jeden Tag kommt man als Polizist in die Situation, schießen zu müssen.«

»Willst du etwa in den Innendienst? So wie Quirin? Geh, Wastl, das bist doch nicht du!« David schüttelte den Kopf.

»Das muss er zum Glück nicht heute entscheiden«, sagte Amrei.

Auf einmal sah sie Wastl und sich in der Nacht von Ostermontag '68 im Einsatzwagen sitzen. Sie wusste, wovon er träumte. Und sie ahnte, dass er bereit war, den Preis dafür zu zahlen.

»Mit dem Hintern im Verband bleibt mir vorerst genug Zeit zum Nachdenken. Da läuft nichts weg. Ich sowieso nicht.« Ihm gelang ein schiefes Schmunzeln. Und ein Augenzwinkern zu Amrei. Dankbar drückte sie ihm noch einmal die Hand.

1969

Mitte April

Es war vorbei. Amrei war nicht mehr schwanger. Und nicht mehr in München, sondern in Paris. Allein. Weit weg von Wastl. Weit weg von David. Und von den anderen und der WG sowieso.

Weggelaufen war sie. Getürmt vor den Problemen, die sie nicht hatte lösen können. Geflohen vor dem, was sie zu erdrücken drohte. Und weggerannt vor denen, die ihr ohnehin nicht geholfen hätten. Und das tat gut.

Es ging ihr immer besser. Mit jedem Tag Abstand, den sie zu München hatte, gewann sie an Zuversicht und Gewissheit, dass sie das Richtige getan hatte. So bitter es war, so notwendig war es auch für sie gewesen, sich zu entscheiden. Sie hatte es tun müssen. Es hatte keine Alternative gegeben. Zumindest keine, mit der sie auf Dauer klargekommen wäre. Und Wastl und David sowieso nicht.

Mit keinem von beiden hatte sie darüber geredet. David hatte sie ohnehin seit jenem »Tag des Zweirads« in der Kunstakademie nicht mehr gesehen, und Wastl war ihr mehr und mehr entglitten. Ohne besonderen Anlass, böse Absicht oder gar Streit. Mit ihm zu streiten, schien sowieso nahezu ein Ding der Unmöglichkeit. Je mehr er sich allerdings auf seine Kurse für die Abendschule und seine weitere berufliche Zukunft konzentriert hatte, desto mehr war ihr klar geworden, dass sie ihr eigenes Leben leben musste.

Ohne ihn. Und letztlich genau so, wie er sie stets ermutigt hatte, es zu tun.

Sie legte den Kopf in den Nacken, schloss für einige Sekunden die Augen und genoss die warme Frühlingssonne auf dem Gesicht.

Sie befand sich mitten auf der Seine, an Deck eines *bateau mouche*. Träge schipperte es am Louvre und an den Tuilerien vorbei Richtung Eiffelturm. Obwohl Amrei schon mehr als fünf Wochen in Paris lebte, ertappte sie sich noch immer dabei, nicht so recht glauben zu können, dass diese unfassbar schöne Stadt jetzt ihr Zuhause war. Zumindest für das kommende halbe Jahr. Vielleicht auch länger, sofern sie wollte. Irgendeine Möglichkeit, irgendeine Tätigkeit ergab sich immer. Das hatte sie dank der Kontakte zu anderen deutschen Studenten inzwischen schon erfahren.

Biggi und Chris hatten ihr das Billett für die Bootsfahrt geschenkt. Zum Abschied aus München. Auf dem kleinen Fest, das Annamirl für sie ausgerichtet hatte. »Aber nur für dich und deine Freundinnen«, wie sie betont hatte – mit einem ganzen Berg Reiberdatschi und Schüsseln voll selbst gekochtem Apfelmus natürlich. Und mit dem Obstler aus Biggis Geheimvorräten.

»Wenn du schon ohne uns nach Paris gehst, musst du wenigstens für uns die Augen offen halten und all die schönen Dinge tun, die man in Paris tut«, hatten Chris und Biggi gesagt, als sie Amrei das schlichte Holzkästchen überreicht hatten. Eine Kiste voller Gutscheine, Ideen und Anregungen, wie sie sich die Zeit in der französischen Hauptstadt vertreiben konnte, wenn sie nicht auf die beiden Kinder von Madame und Monsieur Besson aufpassen oder in der Sprachschule sitzen und Vokabeln und Grammatik pauken musste.

»Zumindest so lange, bis wir dich besuchen kommen«, hatten sie lachend angedroht.

Auch Gaby hatte versprochen, sie zu besuchen, »sobald du

dich ein bisschen besser eingelebt hast«, und ihr einen literarischen Reiseführer geschenkt. »Damit du gleich was für dein weiteres Studium hast.«

Das klang eher nicht danach, als plane sie ernsthaft zu kommen. Zu beschäftigt war sie offensichtlich mit ihrem Oswald, der vermutlich spätestens zum kommenden Wintersemester mit seinem Professor an eine andere Uni wechseln würde. Und Gaby damit wohl auch.

Die Pfefferle und ihre Stammkunden hatten ebenfalls einen Reiseführer für Amrei besorgt. Über die Kunst an der Seine. Den hatte Thilda Schuster ausgewählt. Aus den Beständen ihres dritten Ehemanns, eines früh verstorbenen Gymnasiallehrers.

»Paris war und ist schließlich das Mekka der Malerei. So einen Aufenthalt muss man nutzen, um viel zu lernen«, hatte sie erklärt.

»Vor allem fürs Leben«, war die Pfefferle dazwischengegangen und hatte dem kleinen Band nur einen verächtlichen Blick gegönnt. »Mit der Malerei und der Kunst hat die Amrei hier in den letzten Monaten wohl mehr als genug zu tun gehabt. Eine Pause davon wird ihr guttun.«

Die Pause würde sie sich in jedem Fall gönnen. Nicht nur von der modernen Malerei und der Kunst. Direkt nach ihrer Ankunft in dem winzigen Apartment, das die Familie Besson ihr im Dienstbotentrakt der prächtigen Stadtvilla, in der sie lebte oder vielmehr residierte, zur Verfügung gestellt hatte, hatte Amrei sowohl den literarischen als auch den Kunstreiseführer ins hinterste Eck des Bücherregals verbannt. Ganz oben auf der Liste der Dinge, die sie in den kommenden Monaten zu tun gedachte, stand *Leben* – mit allen Sinnen und genau so, wie sie es wollte.

Das Ausflugsboot steuerte die nächste Station an: den Eiffelturm. Mit klopfendem Herzen lief Amrei vom Kai zur Grünanlage hinüber.

Da stand er tatsächlich. Zum Greifen nah. Die Mittagssonne

tauchte ihn in ein besonderes Licht. Nachher würde sie hinaufsteigen und sich einen Traum erfüllen: Paris zu ihren Füßen liegen sehen. Kaum konnte sie es erwarten, den Moment zu genießen. Allein. Und so lange sie wollte.

1972

Mitte Oktober

Beinahe wären sie wieder im Dauerregen an den Attersee gefahren. Amrei wollte schon lästern, ob dort jemals die Sonne schien. Dann aber riss der Himmel doch noch rechtzeitig zu ihrer Abfahrt an einem Freitagmorgen Mitte Oktober auf. Während der gesamten Fahrt in den Süden begleiteten sie dicke weiße Wolken am tiefblauen Himmel, als wollten sie ihnen Geleitschutz geben.

In ein verführerisches Blaugrün getaucht, die Wasseroberfläche spiegelglatt, durchbrochen nur von silbern glitzernden Sonnenflecken, empfing sie der See gegen Mittag. Die Lufttemperatur suggerierte, sie befänden sich eher an der Côte d'Azur denn im herbstlichen Salzkammergut. Dazu passte auch Uris Vorschlag, in den See zu springen und eine Runde zu schwimmen.

»Du bist ja völlig verrückt.« Fassungslos sah Biggi ihm zu, wie er sich bereits eilig Hemd und Jeans auszog. Kaum hatte sie ihn länger umarmen und küssen dürfen. Und das nach dem Schreck, den er ihr mit seinem plötzlichen Verschwinden eingejagt hatte.

»Natürlich muss ich verrückt sein. Warum sonst bin ich hier?«, erwiderte er und rannte bereits in Unterhose auf bloßen Füßen zum Bootssteg, sprang von dort aus laut jauchzend ins Wasser.

»Der hat sich ja bestens akklimatisiert«, stellte Jürgen fest und schob die verrutschte Pilotensonnenbrille an die Nasenwurzel.

»Das Schnapsbrennen hat er auch gleich gelernt«, bestätigte Oma Gretl und schmunzelte versonnen.

»Sind das schon die Hochzeitsglocken, die ich da läuten höre?«, spottete Chris.

»Als potenzielle Brautmutter habe ich da wohl noch ein Wörtchen mitzureden.« Biggis Mutter Doris tat entrüstet.

»Und was ist überhaupt mit mir als seiner Zukünftigen?«, meldete Biggi sich zu Wort.

»Sag jetzt nicht, du willst Uri heiraten? Das übernimmt doch schon deine Oma!« Amrei legte ihr lachend den Arm um die Schultern.

»Wäre ich fünfzig Jahre jünger, würde ich das glatt tun«, gestand Gretl augenzwinkernd.

»Du und Heiraten? Bist du sicher? Das hast du doch schon bei meinem Vater nicht gewollt.« Verwundert zog Doris die Stirn kraus.

»Das ist eine andere Geschichte.« Gretl winkte ab. »Den Schluri hättest du auch nicht nehmen wollen.«

»Aber als mein Vater hat er dir getaugt?«

»Ein großer Spaß war es mit ihm, das hat mir seinerzeit gereicht. Mehr hab ich nicht von ihm gebraucht.«

»Und was ist mit meinem Vater?«, unterbrach Biggi das Geplänkel zwischen Mutter und Großmutter. »Den wollte Doris wohl auch nicht auf Dauer haben.«

»Dann seid ihr eine reine Weiberwirtschaft?« Erstaunt sah Amrei die drei Frauen an. Davon hatte Biggi nie erzählt.

»Was man nebenbei so alles über seine Mitbewohner erfährt.« Auch Chris wirkte überrascht.

»Du wolltest doch nie nachfragen, woher einer kommt und wer er gewesen ist, bevor er in die WG zieht«, erinnerte David sie.

»Was denkt ihr denn, wie wir seit Jahrzehnten den Hof und die Brennerei am Laufen halten?«, überging Gretl den Einwand. »Das geht nur als reine Weiberwirtschaft. Ein Mannsbild pfuscht uns nur ungefragt dazwischen. Der weiß alles besser, plustert sich als

Herr im Haus auf und säuft der Kundschaft am Ende noch die besten Brände weg.«

Sie lachte. Und Doris hakte sie ebenso vergnügt unter.

»Nur der Uri wäre eine Ausnahme, die wir bei uns dulden würden. Sofern die Biggi ihn will.«

»Sonst muss er es halt doch mit mir versuchen.« Gretl ließ nicht locker. Die Lachfalten um ihre Augenwinkel vermehrten sich. Das stand ihr bestens.

»Kaum zu glauben, wie fest sich Uri hier schon sein Plätzchen im gemütlichen Nest gesichert hat«, murmelte Jürgen leise.

»Bist du etwa eifersüchtig?« Süffisant schmunzelnd betrachtete Amrei ihn.

»Nur irritiert. So lange ist es nicht her, dass ihr dem armen Uri wegen seines israelischen Passes und seines arabischen Aussehens unterstellt habt, er würde mit den Olympia-Attentätern unter einer Decke stecken.«

»Das waren nicht wir, wenn ich dich erinnern darf«, korrigierte Amrei ihn, obwohl sie sich dennoch ein wenig ertappt fühlte, sobald sie an die leidige Szene mit Mona dachte. Die sich nach wie vor dafür schämte, so unbedarft dahergeredet zu haben. Dabei hatte sie sich nur über Uris Verschwinden gewundert. Wie Amrei und die anderen auch.

»Außerdem hat er selbst befürchtet, man würde ihn seiner Freunde wegen verdächtigen, etwas mit dem Attentat zu tun zu haben«, schob sie nach. »Deswegen ist er doch überhaupt nach Österreich abgehauen.«

»Ob er uns je erzählt, ob da was dran ist?« David postierte sich neben ihnen, schirmte die Augen mit der flachen Hand gegen die grelle Sonne ab und blickte zum See hinüber. In regelmäßigen Zügen tauchten Uris Arme aus dem Wasser auf. Er schien ein exzellenter Schwimmer zu sein, zog Bahn um Bahn nicht weit vom Bootssteg entfernt.

»Das ist wirklich ein paradiesisches Fleckchen Erde.« Wastl kam ebenfalls zu ihnen herüber. Noch humpelte er, wenn auch kaum merklich. Amrei fiel es dennoch auf. Außerdem war er noch etwas blass und schmal im Gesicht. Die dunklen Ringe um die Augen verrieten, wie schwer er sich nachts offenbar weiterhin mit dem Schlafen tat. Beharrlich vermied er jedoch jedes weitere Reden über das jüngst Erlebte.

Mit verzücktem Gesichtsausdruck betrachtete er stattdessen das Panorama. Als weiße Dreiecke schaukelten Segelboote über den See, ein Dampfschiff durchpflügte das Wasser in eiligerem Tempo. An den Ufern symbolisierten verschieden große weiße Punkte und die Sonne reflektierende Zwiebeltürme die einzelnen Ortschaften. Sattgrün zogen sich die Weiden an den Hängen dahinter bis zu den dunklen Waldsäumen hinauf, bunt gesprenkelt von herbstlich verfärbten Laubbäumen. Die Gipfel der Berge verschwammen in der Ferne im milchig-blauen Dunst.

»Jetzt weiß ich, was ich im Sommer hier verpasst habe«, bekannte Wastl voller Ehrfurcht.

»Nur den Dauerregen hast du verpasst, den Rest erlebst du gerade schöner denn je«, beruhigte Amrei ihn.

»Und den besten Zwetschgendatschi der Welt sowieso«, warf David ein.

»Das wird mir jetzt wirklich zu viel Biedermeieridylle. Das halte ich nicht aus.« Mit einem entnervten Blick zur einladend gedeckten Kaffeetafel unter den Apfelbäumen wandte Jürgen sich plötzlich ab und marschierte davon. Amrei und David wechselten verdutzte Blicke.

»Was hat denn unser Möchtegern-Revoluzzer? Angst vor dem Spießertum?« Die erste Tasse mit Gretls dampfendem Kaffee in der Hand blickte Chris Jürgen irritiert hinterher. »Dabei ist er doch der Einzige von uns allen, der bereits fest im beamteten Biedermeiertum verankert ist.«

Sie schüttelte den Kopf.

»Oder gibt es sonst noch jemanden unter uns, der sein Erstes Staatsexamen schon in der Tasche hat und trotz Radikalenerlass sein Referendariat im Justizministerium antreten durfte?«, setzte sie nach.

»Noch dazu mit voll möbliertem Apartment im Arabella-Haus und dickem BMW in der Tiefgarage«, ergänzte Biggi und lief mit einem flauschigen Handtuch an ihnen vorbei zum Bootssteg, um Uri abzufrottieren, als er tropfnass aus dem See stieg.

»Wer sagt denn, dass das nicht alles Tarnung ist?« Davids dunkle Augen sprühten auf einmal vor Sensationslust. »Jürgen ist auch der Einzige von uns, der sich über Jahre hinweg im SDS engagiert hat und immer noch Kontakte zu all denen unterhält, die nach den Protesten vor vier Jahren abgetaucht sind oder vielmehr abtauchen mussten.«

»Ist nicht dein Ernst?« Verblüfft starrte Chris ihn an.

»Ich fürchte, da geht wohl wieder einmal deine blühende Fantasie mit dir durch. Oder willst du ernsthaft behaupten, Jürgen hätte was mit Andreas Baader und Gudrun Ensslin am Hut?« Das fand Amrei nun doch ein wenig zu dick aufgetragen.

»Uri hat er uns jedenfalls als Nachmieter angeschleppt«, mischte Chris sich ein. »Soweit ich mich erinnere, weil ihm jemand vom SDS eigentlich einen Freund von Uri, der nach dem Attentat übrigens tatsächlich von der Bildfläche …«

»Jetzt langt es mir aber mit euren Verdächtigungen!«, fuhr Amrei ihr verärgert über den Mund.

»Warum regst du dich auf? Uris Unschuld ist doch längst bewiesen. Du hast doch eben selbst gehört, dass Oma Gretl ihn sogar heiraten will.« Chris lachte.

»Und ich dachte immer, du warst diejenige von uns allen, die am wenigsten gekokst und getrunken hat und deshalb am klarsten mitbekommen hat, was Jürgen und seine Freunde Rainer und

Udo so alles ausbaldowert haben an unserem Küchentisch.« In einer Mischung aus Verwunderung und Vorwurf suchte David Amreis Blick.

»Jetzt mach mal halblang«, ging Wastl sichtlich verstört dazwischen. »Bei euch am Küchentisch haben wohl kaum ernsthaft RAF-Sympathisanten gesessen. Und Jürgen gehört da schon gleich gar nicht mit dazu.«

»Wissen wir das wirklich?«, beharrte David trotzig. »Bei Rainer und Udo kann ich mir das sehr gut vorstellen. Bis heute kann ich sie nicht richtig einordnen. Und sie hatten immer viele Kontakte ...«

Kaum sagte er das, hatte Amrei wieder die WG-Party kurz vor Beginn der Spiele vor Augen, als sie die beiden in der Küche auf Uris Freunde hatte einreden hören. War das wirklich Zufall gewesen? Oder steckte doch mehr dahinter? Verdammt! Im Nachhinein fiel ihr auf, wie blauäugig sie gewesen war. Wie blauäugig sie alle gewesen waren. Vor vier Jahren wie auch im vergangenen Sommer.

»Bis heute reden die zwei noch dasselbe geschwurbelte Zeug wie damals, als wir ständig demonstriert und protestiert haben.« In einer Mischung aus Belustigung und Verwunderung sah Chris in die Runde. »Oder habt ihr je verstanden, was sie uns eigentlich haben sagen wollen?«

»In jedem Fall haben sie beharrlich vermieden, sich eindeutig von den radikal gewordenen Genossen von früher abzugrenzen«, stellte Amrei fest.

»Langsam macht ihr mir echt Spaß.« Wastl wirkte sichtlich verunsichert.

»Du willst lieber nicht wissen, was bei uns in der WG-Küche früher noch alles gelaufen ist, wenn wir erst einmal richtig Fahrt aufgenommen haben«, erwiderte Chris amüsiert.

»Das war natürlich alles lange vor deiner Zeit. Das ist alles längst vorbei und vergessen«, beeilte Biggi sich, ihm zu versichern.

Offenbar hatte sie das Gespräch vom Steg aus mitverfolgt und seinen zunehmend entsetzter werdenden Gesichtsausdruck bemerkt. Arm in Arm mit Uri gesellte sie sich zu ihnen.

»Ich glaube, ihr braucht alle ein dickes Stück Zwetschgendatschi und eine ordentliche Portion Schlagobers«, rief Doris ihnen vom Kaffeetisch aus zu.

»Und ein oder zwei Stamperl Schnaps täten euch gewiss auch nicht schaden, um den warmen Altweibersommertag besser zu vertragen«, ergänzte Gretl.

Es war früh dunkel geworden, aber noch immer erstaunlich warm. Amrei nutzte die Gelegenheit, mit David am Bootssteg noch eine Zigarette zu rauchen und endlich einmal ungestört mit ihm zu reden. Zwar war kein Vollmond zu sehen, die Mondsichel und das unendliche Sternenmeer am Firmament sorgten jedoch für ein mysteriöses Funkeln auf dem dunklen See. Und für die Möglichkeit, dem Mond beim Flirten mit den Sternen zuzusehen, wie Amrei in einem Anflug von Melancholie dachte.

David schien sich nicht mehr an diesen Spruch zu erinnern. Er beachtete den Nachthimmel kaum.

»Was ist aus deinem Galeristenkontakt geworden, von dem du kurz vor den Spielen erzählt hast? Kriegst du die Ausstellung in Düsseldorf?«, fragte Amrei.

»Natürlich kriege ich die nicht«, erwiderte er leicht gereizt. »War doch absehbar. Bis heute hat sich der Typ nicht mehr bei mir gemeldet. Letztlich ist alles geplatzt, was mit der Spielstraße zusammenhing. Kein Wunder, so abrupt, wie die nach dem Attentat geschlossen wurde.«

»Der Galerist wird wohl kaum wegen des Attentats und dem vorzeitigen Ende der Spielstraße ...«

»Das ist mir scheißegal«, unterbrach David sie eine Spur zu hastig. »Es spielt sowieso keine Rolle mehr für mich. Ich höre auf.«

»Womit?«

»Mit dem Studium. Und mit dem Malen. Es war eine verrückte Idee. Und einige Jahre lang ein großer Spaß. Aber jetzt ist Schluss. Meine Mutter hat mir angeboten, die Buchhandlung zu übernehmen.«

»Du machst eine Buchhändlerlehre?«, hakte Amrei überrascht nach.

»Die brauche ich gar nicht. Ich weiß doch, wie der Laden funktioniert. Seit meiner Kindheit habe ich das mitbekommen. Chris ist auch mit dabei. Mit zwei, drei anderen Leuten gründen wir ein Kollektiv. Das wird die erste Buchhandlung dieser Art in München. Und im Rest Deutschlands.«

»Was ist mit deiner Mutter? Und mit deiner Oma?«

»Die setzen sich zur Ruhe. Wer heutzutage ein Haus in der Maxvorstadt besitzt, hat ausgesorgt. Schon vergessen? München ist jetzt Weltstadt.« Er lachte. »An der Buchhandlung bleiben sie außerdem beteiligt.«

»Kannst du das Malen von einem auf den anderen Tag so einfach sein lassen?« Es fiel Amrei schwer, sich das vorzustellen. Abgesehen davon war die Buchhandlung für David bislang eher eine Verpflichtung denn ein Herzensanliegen gewesen.

»Muss ich das? Vielleicht setze ich mich ins Schaufenster und male vor Publikum. Work in progress. Künstlertum live.« Abermals lachte er.

»Wie steht's bei dir? Wartet Alfons noch in seinem prächtigen Eigenheim auf dich? Hast du dich überhaupt schon für eine Referendarstelle in der Oberpfalz beworben? Die Aussichten, dort zu landen, dürften nicht schlecht stehen. Vermutlich will sonst keiner freiwillig dorthin.«

»Schön zu hören, wie gut du mich nach mehr als vier Jahren kennst.« Ein Anflug von Bitterkeit erfasste sie. »Alfons ist längst mit seiner Gerdi glücklich. Und Lehrerin will ich schon lange nicht mehr werden. Aber sei's drum. Schön, dass du endlich weißt, was du tun wirst. Das ist doch das Wichtigste. Für dich jedenfalls.«

Sie drückte die Zigarette fester als nötig auf dem Boden aus und schnippte sie ins Wasser. Es war dunkel genug, dass David ihre Tränen nicht sah. Hastig stand sie auf und lief ins Haus zurück.

Jürgen musste in der Nacht gefahren sein, ohne sich von jemandem zu verabschieden. Nicht einmal eine Nachricht hatte er hinterlassen. Amrei beschlich das seltsame Gefühl, dass sie ihn nicht wiedersehen würden.

Womöglich befürchteten die anderen Ähnliches. Am Frühstückstisch herrschte eine gedrückte Stimmung. Fast war Amrei froh, als das Telefon klingelte und sie verlangt wurde.

Dass es eine schlechte Neuigkeit war, die sie zu hören bekam, überraschte sie seltsamerweise nicht im Geringsten. Davids Mutter Jule überbrachte sie. Ohne Umschweife kam sie auf den Punkt. Annamirl war tot. Ein neuerlicher Herzanfall.

»Letztlich ist es schnell gegangen«, versicherte Jule. »So, wie man es sich wünscht.«

Das mochte als Trost gemeint sein, aber Amrei hatte es sich trotzdem nicht gewünscht. Gern wäre sie bei Annamirl gewesen. Hätte sie in ihren letzten Stunden nicht allein gelassen.

Wieder einmal fühlte sie sich von der Großtante überrumpelt. Annamirl gelang es selbst beim Sterben noch, ihr zu beweisen, dass sie ihren eigenen Kopf hatte und ihren eigenen Weg ging. Allein. Wann und wie es ihr passte. Genauso, wie sie es ihr gesamtes Leben gehalten hatte. Vierundachtzig Jahre lang. »So wie allweil«, wie Annamirl zu sagen pflegte. Fast hörte Amrei die Großtante das in dem Moment in ihrer rauen Stimme sagen.

»Die Nachbarin hat sie gefunden«, fuhr Jule fort. »Wie beim letzten Mal. Gestern vor der Wohnungstür. Am Abend. Dieses Mal war es zu spät. Auch der Arzt konnte nichts mehr tun.«

Das Letzte, was Amrei für die Großtante tun konnte, war das Begräbnis. Auf dem Münchner Ostfriedhof.

»*Im kleinen Kreis. Und ohne deine Leute aus Eggling*«, hatte Annamirl in dem Brief gebeten, den Amrei bei ihrer Rückkehr vom Attersee in der Wohnung vorgefunden hatte. Auf ihrem Nachtkasten im Schlafzimmer hatte die Großtante ihn platziert, gut sichtbar, damit Amrei ihn leicht finden konnte. Offenbar hatte sie ihn nach ihrem ersten Herzanfall im Sommer bereits verfasst. Für den Fall der Fälle.

»*Damit alles geregelt ist und ich Dir keine unnötigen Umstände mache*«, hieß es weiter in Annamirls erstaunlich klarer, von schwungvollen Ober- und Unterlängen charakterisierten Schrift.

»*Und bitte ohne Pfarrer und Weihrauch und sonstigem Firlefanz. Und ohne salbungsvolle Worte am Grab, einerlei von wem.*«

So wurde es ein stilles Abschiednehmen. Ohne die Familie aus Eggling. Das hatte dort zwar für einen empörten Aufschrei gesorgt, den aber hatte Amrei geflissentlich ignoriert.

»Ihr konntet eh nichts mit ihr anfangen. Für euch war sie zu speziell, wie ihr immer behauptet habt«, hatte sie den Eltern am Telefon erklärt und energisch darauf bestanden, dass sie Annamirls letzten Wunsch respektierten.

Mit dem Hinweis traf sie offenbar ins Schwarze. Der letzte Wunsch war ihnen sogar bei der Großtante heilig.

Eine erstaunlich große Gruppe Trauernder fand sich auf dem Ostfriedhof ein. Amreis Freunde aus der WG waren gekommen, um ihr beizustehen. Außerdem Elly und Jule Grafenstetter an erster Stelle derjenigen, die Annamirl das letzte Geleit geben wollten. Zudem die Pfefferle und ihre Stammkunden aus dem Zeitungs- und Tabakladen, die Doblerin sowie noch eine ganze Reihe vorwiegend alter Leute, Männer und vor allem Frauen, die Amrei nie zuvor gesehen hatte. Freunde aus Annamirls früherem Leben, vermutete sie, über das sie letztlich nie mit ihr geredet hatte. Leider.

»Jeder Mensch braucht sein Geheimnis, bis ins Grab«, versuchte David sich in einem ungelenken Versuch, ihr Trost zu spenden, als er Amreis verwunderten Blick auf die lange Reihe der Trauergäste bemerkte.

Zum Glück hatte Elly den Schleier ein wenig gelüftet. Dankbar hielt Amrei sie am offenen Grab länger als jeden anderen Gast in den Armen.

»Für Annamirl schließt sich der Kreis«, flüsterte Elly ihr ins Ohr. »Bestimmt feiert sie da oben irgendwo schon längst ihr Wiedersehen mit Henni. Das freut mich für die beiden.«

Auch Wastl zeigte sich tief beeindruckt von der enormen Resonanz auf Annamirls Ableben: »In so einem hohen Alter noch von so vielen betrauert zu werden, beweist, was für ein außergewöhnlicher Mensch deine Großtante war.«

Auch das gefiel Amrei. Fest drückte sie seine Hand.

»Und wie geht es jetzt bei dir weiter?«, erkundigte sich Wastl später am Abend bei Amrei. Die letzten Trauergäste hatten inzwischen das kleine Café in der Nähe des Ostfriedhofs verlassen. Es war Annamirls Wunsch gewesen, dass Amrei sie nach der Beisetzung dorthin eingeladen hatte. Sogar das Geld dafür hatte sie schon in einen Umschlag gesteckt, als hätte sie geahnt, wie viele sich trotz allem an ihrem Grab versammeln würden.

»Ich gehe wieder weg. Sobald ich Annamirls Wohnung in der

Tumblingerstraße aufgelöst habe.« Das kam Amrei erst auf Wastls Frage in den Sinn. Bislang hatte sie noch gar nicht darüber nachgedacht, was sie künftig anfangen wollte. Zu viel war in den vergangenen Wochen passiert, um ihr Gelegenheit dafür zu lassen. Eigentlich hatte sie auch noch keinen Anlass gehabt, sich sonderlich viele Gedanken zu machen. Erst Annamirls Tod und die Konfrontation mit der verlassenen Wohnung hatten ihr in den vergangenen Tagen immer deutlicher gezeigt, dass sie nicht in München bleiben wollte. Es war Zeit für einen Neuanfang. Auf eigenen Füßen. Sie ganz allein. Und nur für sich selbst verantwortlich. Wie Annamirl zeit ihres Lebens.

Dass ihr das möglich sein würde, auch dafür hatte die Großtante mit einer größeren Geldsumme gesorgt. »*Unter der Bedingung, dass du etwas für dich tust. Allein!*«, hatte sie ausdrücklich verfügt. Amrei war, als hörte sie sie das gerade sagen. Unnachahmlich.

»Und wohin willst du gehen?« Wastl klang enttäuscht. Das hatte sie befürchtet. Dabei verfolgte er doch ebenfalls seine eigenen Pläne. Allein. Und nur für sich verantwortlich. Auch wenn es dieselben wie vor vier Jahren waren: Nach dem inzwischen an der Abendschule abgelegten Abitur wollte er die Ausbildung bei der Kriminalpolizei beginnen.

»Ich gehe zu Mona nach Hamburg«, sagte Amrei plötzlich. Auch das fiel ihr gerade erst ein. Am Morgen war ein Brief von der ehemaligen Hostesskollegin eingetroffen, in dem sie ihr zu Annamirls Tod kondolierte. Und sie zu sich einlud. »Falls du mal einen Tapetenwechsel brauchst«, hatte sie geschrieben.

»Gaby lebt ja schon seit Längerem da oben. Die wollte ich ohnehin besuchen«, erzählte Amrei Wastl weiter.

»Dann wünsche ich dir gutes Gelingen. Wahrscheinlich höre ich die nächsten Jahre wieder nichts von dir.« Wastl hielt ihr die Hand hin, schaffte es jedoch nicht, ihr in die Augen zu blicken.

»Lass dich überraschen. Außerdem liegt es vielleicht auch an dir, was dagegen zu tun. Gelegentlich bist du doch selbst für das Spontane.« Amrei sah ihm fest in die Augen.

»Du meinst, wie beispielsweise unser Wochenendausflug nach Venedig?«, fragte er sichtlich unsicher.

»Zum Beispiel.« Sie lächelte aufmunternd.

Einen kurzen Moment bedauerte sie, dass es ihm noch immer nicht gelang, auch sein abruptes Wegfahren mit ihr im Einsatzwagen an Ostermontag vor vier Jahren als Beweis seiner Spontanität zu sehen. Aber das gelang ihm vielleicht im Lauf der Zeit. Wie auch ihr im Lauf der Zeit schon so manches gelungen war.

Spontan fiel sie ihm um den Hals und drückte ihn noch einmal fest an sich, bevor sie sich wieder von ihm löste und fortging. Allein. In die dunkle, kühle Herbstnacht hinaus.

Zum Schluss

Das Lebensgefühl der späten 1960er- und frühen 1970er-Jahre ist für mich komplett orange: orangefarbene Prilblumen auf den Küchenkacheln, orangefarbene Plastikmöbel, orangefarbene T-Shirts, Röcke, Kleider, Schuhe – und natürlich orangefarbene Fanta in den Limonadengläsern sowie orangefarbenes, klebriges Wassereis. Ebenso ist dieses Gefühl für mich untrennbar mit München verbunden. Ganz begeistert von dem, was sich unter dem Slogan »München wird moderner« seinerzeit an der Isar verändert hatte, haben meine Eltern meinen Geschwistern und mir hier die Errungenschaften rund um Olympia 72 vorgeführt. Vor allem die rasante Fahrt vom Olympiazentrum zum Marienplatz mit der U-Bahn-Linie 3, die bis heute – Sie ahnen es! – orange gekennzeichnet ist, ist mir in Erinnerung geblieben. Sehe ich mir die Fotos im Album heute an, haben sie inzwischen ebenfalls einen eindeutig orangefarbenen Stich. Auf ihnen ist immer Sommer, denn unsere München-Besuche fanden immer im Sommer statt. Auch das hat meine Erinnerungen im Rückblick spürbar orange gefärbt.

Anfang der 1970er-Jahre wurde ich eingeschult. Der altersbedingte Wechsel in der Lehrerschaft damals sorgte dafür, dass ich überwiegend von jungen engagierten Lehrer:innen der sogenannten »68er-Generation« unterrichtet wurde. Ihre pädagogischen Konzepte waren Ausdruck der politischen und gesellschaftlichen Umbrüche jener Jahre und prägten mich ebenso nachhaltig wie die Diskussionen um die Pille, die Berufstätigkeit von (Ehe-)Frauen und die Gleichberechtigung der Geschlechter, die ich als Kind in heimlich belauschten Gesprächen der Erwachsenen, zufällig mit angehörten Nachrichten oder in herumliegenden Zeitschriften aufschnappte. Aber auch das Olympia-Attentat am 5. September 1972 und die ständige Bedrohung durch die RAF in den Folgejahren haben mich sehr beschäftigt, wenn auch meine Eltern überzeugt waren, davon bekäme ich noch nicht viel mit. Je weniger in Gegenwart von uns Kindern darüber geredet wurde, desto interessanter fanden wir das jedoch. Ebenso wie die langhaarigen, bärtigen Typen und die psychedelisch bunt gekleideten Frauen, die so viel unangepasster und lustiger auftraten als unsere Eltern, die uns eindringlich vor diesen Leuten warnten.

Die Farbe Orange, der Sommer, die Studentenproteste, München, die Olympischen Spiele und der wegweisende Aufbruch in die Moderne an der Schwelle der späten 1960er- zu den 1970er-Jahren bilden für mich also seit meiner Kindheit und Jugend eine untrennbare Einheit. Schon seit Langem wollte ich davon erzählen. Jetzt ist daraus Amreis Geschichte entstanden.

Amrei und ihre Freunde sind frei erfunden. Die Buchhandlung von Davids Großmutter Elly, Amreis Großtante Annamirl und die geheimnisvolle Henni dürften manchen von Ihnen bekannt vorkommen. Von ihnen handelt mein Roman »Die Buchhandlung in der Amalienstraße«.

Eingebettet sind Amreis Erlebnisse in einen weitgehend authentischen historischen Hintergrund. Aus dramaturgischen Gründen habe ich mir dabei gelegentlich jedoch einige Freiheiten erlaubt. So habe ich den Namen des Studenten, der bei den Osterunruhen 1968 ums Leben kam, frei erfunden. Nicht erfunden ist jedoch, dass es an jenem Ostermontag in München tatsächlich zwei Tote gegeben hat – den Fotografen Klaus Frings, der die Ereignisse für die Nachrichtenagentur AP dokumentieren sollte, sowie den Studenten Rüdiger Schreck. Bis heute sind dessen genaue Todesumstände nicht eindeutig geklärt. Mehrfach hat der Münchner Journalist Ulrich Chaussy in den vergangenen Jahrzehnten darüber berichtet und dazu Filmaufnahmen eines Studenten ausgewertet, die lange als verschollen galten.

Auch die originellen und friedlichen Proteste an der Münchner Kunstakademie im Sommer 1968 haben größtenteils tatsächlich stattgefunden, ebenso der »Tag des Zweirads« im Februar 1969, an dem Motorräder, Motorroller, aber auch Fahr- und Dreiräder durch die Gänge des ehrwürdigen Gebäudes gebraust sind, sowie der faschingshafte Empfang der Professorenschaft der Ludwig-Maximilians-Universität München bei der Rektoratsübergabe Ende November 1967.

Zu den Ereignissen der Olympischen Spiele 1972 in München, insbesondere zum Attentat am 5. September, sind anlässlich des 50. Jahrestages im vergangenen Jahr zahlreiche interessante Publikationen erschienen, die die damaligen Ereignisse aus verschiedensten Perspektiven lebendig schildern. Die Erlebnisse von Amrei und ihren Freunden an diesem Tag habe ich weitgehend daran entlang erzählt, ergänzt um einige aufschlussreiche Hintergrundinfos speziell zum nächtlichen Polizeieinsatz auf dem Fliegerhorst Fürstenfeldbruck, die ich Ludwig Waldinger vom Bayerischen Landeskriminalamt verdanke. Dennoch bleibt es ein Roman, basierend auf fiktiven Charakteren und deren fiktiven Erlebnissen und Schicksalen.

Falls Sie ausgewählte Schauplätze des Romans vor Ort erleben und mehr über die historischen Hintergründe erfahren möchten, begleiten Sie mich gern auf meinem Romanspaziergang, den ich auch zu diesem Buch wieder anbiete. Aktuelle Informationen und Termine finden Sie auf meiner Website www.heidi-rehn.de.

Anders als bei meinen bisherigen Romanen, deren Geschichten weiter in die Vergangenheit zurückreichen, konnte ich bei der Recherche dieses Mal nicht nur auf eine Vielzahl an Büchern, Zeitungen und Zeitschriften, Film-, TV- und Rundfunkaufnahmen zurückgreifen, sondern auch aufschlussreiche Gespräche mit Zeitzeug:innen führen. Mein besonderer Dank gilt vor allem meiner Kollegin und Freundin Lilli Beck sowie Steffi M. Black, der Mitgründerin und -inhaberin der legendären Basis-Buchhandlung München, und der ehemaligen Olympiahostess Dagmar Carra. Außerdem haben mir Ingeborg Castell, Petra Linnenweber, Ingrid Majer und Wolfgang Wenzl Interessantes aus jenen Jahren in München erzählt, was mein Bild von der Stadt und der damaligen Zeit entschieden bunter hat werden lassen. Eine weitere, sehr aufschlussreiche Fundgrube war mir das Zeitzeugenportal des Hauses der Bayerischen Geschichte (www.zeitzeugen-portal.de).

Ein Teil des Manuskripts entstand am Attersee in Österreich, wo ich im Rahmen des Stipendiums »Schreiben unter Sternen« arbeiten durfte. Dafür geht mein Dank an den Buchhändler und Krimiautor Erich Weidinger, der das Programm mit der Sternenparkregion Attersee initiiert hat. Ebenso danke ich Rosi Huber, »d'Brennerin vom Attersee« in Weyregg, für die Gastfreundschaft und meinem Mit-Stipendiaten, dem Wiener Kinderbuchautor Heinz Janisch, für den anregenden Austausch.

Schreiben ist eine einsame Tätigkeit. Umso mehr weiß ich die Menschen zu schätzen, die mir helfen, das tagtäglich auszuhalten. Meiner Lektorin Margit Schulze danke ich für so manches Brainstorming und die Begleitung während des Schreibprozesses, Inga Lichtenberg für den unentbehrlichen, konstruktiven Feinschliff am Text sowie der List-Programmleiterin Marion Wichmann, dass sie meinem Roman einen Platz im Verlagsprogramm eingeräumt hat. Ebenso ein dickes Dankeschön an das gesamte Team des List-Verlags, das aus dem Manuskript ein fertiges Buch werden lässt und es in die Buchhandlungen und zu den Leser:innen bringt.

Meine Agentin Franka Zastrow hat mich wieder einmal bestens unterstützt, wann immer es nötig war, und von den ersten Anfängen bis zur Verwirklichung an die Idee geglaubt. Dafür ein ganz besonders großes Dankeschön!

Christa Schauer danke ich für die stets nötige, mir sehr willkommene Kritik schon in sehr frühem Stadium des Textes, außerdem meinen wunderbaren Autorenkolleginnen und Freundinnen Gisela Albrod, Marta Donato, Gabriella Engelmann, Theresia Graw, Beatrix Mannel, Alessa Schmelzer und Tanja Weber für den ehrlichen Austausch und die Ermutigung, falls es mal wieder hakt.

Danke auch an Alexander, Eva und Jonas, die mich bei den Aufs und Abs des Schreibens tapfer ertragen und sich am Ende immer mit mir über das fertige Werk freuen. Ohne euch gäbe es das nicht!

Heidi Rehn, Mai 2023